黄胤然 著

诗词与对联创作

从入门到精通

中国文史出版社
CHINA CULTURAL AND HISTORICAL PRESS

图书在版编目（ＣＩＰ）数据

诗词与对联创作：从入门到精通 / 黄胤然著 . —北京：中国文史出版社 , 2024.8

ISBN 978-7-5205-4766-6

I. I207.2；I207.6

中国国家版本馆 CIP 数据核字第 2024LH6477 号

责任编辑：卜伟欣

装帧设计：灵雍

出版发行：中国文史出版社

网　　址：www.chinawenshi.net

社　　址：北京市海淀区西八里庄 69 号院　邮编：100142

电　　话：010-81136606　81136602　81136603（发行部）

传　　真：010-81136655

印　　装：河北京平诚乾印刷有限公司

经　　销：全国新华书店

开　　本：170×240　　1/16

印　　张：26.75

字　　数：480 千字

版　　次：2025 年 1 月第 1 版

印　　次：2025 年 1 月第 1 次印刷

定　　价：86.00 元

自序

对很多饱含诗意情怀、却缺乏专业知识和诗创能力训练的普通诗词爱好者来说，自己瞎子摸象般地闷头写了多年，创作了很多自我感觉良好的"诗词"作品，但既不知问题究竟在哪里，也不知该怎样修改、优化、提高，白白耗费了更为宝贵的时间和精力，无疑很让人有挫败感。

笔者 14 岁写出第一首自己满意的诗词作品，至今已有 40 多年了；自大一时赶鸭子上架首次指导诗友写作诗词，也已经 30 多年过去了；后来又积累了 10 多年的文案创作及文案质量外包监理优化经验。作为中华诗词学会、中国诗歌学会会员里既可以填旧体诗词也可以写新诗的专业诗人，在总结了多年诗创、诗授的心得体悟和经验方法的基础上写出此书，希望能帮助大家在创作上少走弯路。

本书主要针对广大普通诗词爱好者、国学爱好者、写作爱好者。再延展一些，也涵盖：广大教授中文的教师、文化传媒领域的创意写作人员、广告营销领域的文案人员以及政府行政组织特别是包括寺庙道观、风景名胜在内的文旅行业的管理及策划创意人员。另外，喜欢填制各类国风、古风歌曲的词曲作者以及喜欢创作道妙禅心楹联的僧道中人，阅读本书，也定会大有裨益。

本书尽可能让诗友系统地掌握格律诗词（包括楹联）的必备知识和诗创的基本规则及一般技巧，在夯实诗创基本功底的前提下，有序精进。把情怀落纸成诗，把诗意铸成经典。进一步延伸，培养大家对文字、文案、文创乃至文化的敏感性与兴趣，提高其综合艺术鉴赏水平及文学素养。

本书力求全面、系统，共列举了 300 多首诗歌案例、300 余副诗联案例、430 多处引用参考。可谓既有实战体系，亦有学术理论。既可当诗词知识普及读物，亦像某位资深诗创人看过初稿后所评价的那样：吟诗填词，从入门到精通，读这一本书就够用了。

本书的整体结构按对联、诗、词的顺序编排，实践表明，这是最优的诗创次第。笔者在国内外各大知识分享平台上线的"胤然诗创"视频知识课、知识分享群及网上线下的创作实战课，也是按此顺序展开的。

在当代语境下，创意古诗词的新应用、新价值，比创意诗词本身可能更重要，这也一直是胤然诗创的践行方向之一。这些"诗创后"内容将在本书第六章详细探讨。相信会让广大诗友大开眼界。

限于笔者才疏学浅，虽然经过前后 8 遍的自我监理、优化，从近 500 页的初稿，精简到目前的页数，删除了很多非诗创重点的内容与行文上的套话，沉淀出更多的干货与精华，但难免存在一些错误、纰漏。如发现本书有任何问题，或有任何宝贵建议，非常欢迎广大诗友随时指出，以便再版时更正、优化。

苍云迷过客，圆月照归人。

黄胤然

2023 年 3 月始撰于加拿大维多利亚

改稿于广州南沙九道茶舍等地

2024 年 12 月定稿于大理臻谛书院

目 录

第一章

概论

一、本书的不同之处

若只用一句话，那么本书可以概括为：由会吟诗填词写对联的专业诗人编写；主要针对并服务于以抒情言志为目的的广大普通诗创爱好者；更侧重于诗创的实战作法而非流于表面的鉴赏；基于 21 世纪的当下语境而非民国以前的旧语境。

1. 由会吟诗作对的专业诗人撰写

可能很多人认为这是废话，甚至是笑话：不懂吟诗填词你能写诗词书吗？其实还真不能这么说，王步高教授讲课时曾说："古人评诗和今人评诗有很大的不同了，古人评诗者大多自己都是诗人，所以往往很中肯。而今人大多数自己都不懂诗，只是为了评职称而去评论古诗，外行话就居多。所以古代教诗者自己多为诗人，但如今的教诗者自己多不会吟诗，这一点我认为是中国当今诗词教育最大的一个悲哀！"

很多人都认为研究诗词的也一定会吟诗填词写对联，反之亦然。其实诗词创作和诗词研究虽然有不少交集，但两者并不完全等同，就如同研究影视文学的教授与电影导演也不能画等号一样。

2. 针对广大业余诗词写作爱好者

本书的目的只有一个，就是尽可能以最少的时间、最有效地教会最广大的诗创爱好者学会写诗词对联，但不是非要像古代那样把你培养成以诗词谋生的极少数"职业"诗人。古代的专业诗人以诗创为本、为命、谋生；而今人则以此抒情、言志、自娱。在古今不同的语境背景下，同样是学吟诗填词，其教学的理念、方法、模式等，必须顺应时代发展而有很大的不同，否则就会陷入笔者经常说的诗词创作"两不靠"的尴尬境地：已经作古的文宗诗祖从古迹里爬出来眄（miǎn，斜着眼睛看）了你一眼，哪怕你写得再好，人家依旧觉得不合"古宜"，又回文物古籍里继续躺平了；而今人颈椎都抬断了，劳神企及了半天，也没见你把他们诗创的"甜点"给共振出来，也只好悻悻叩首拜别了。

3. 以诗创实战为主兼顾鉴赏

诗创，是笔者从小的爱好和天赋所在，虽然行业和职业几经变换，四十多年仍笔耕不辍。借由多年诗创、诗授的"临床"经验，本书自然是以实战创法为主，并辅以大量的古今案例剖析，而不是你抄我、我抄你地拷贝一大堆平仄格律知识和韵书。换句话说，如果你想看哪位老师诗词创作方面的书籍或参加其相关诗创的课程，那么就一定先找来他的诗词对联作品读一读，如果没有，或质量很一般，那么基本上就不用再浪费时间去读他的书、学他的课程了。

懂鉴赏不见得懂诗创，但懂诗创一定懂得更高层次的、更到位的鉴赏。

反过来说，如果读者能系统完整地把创作的门道学到位了，自然也把一半鉴赏的能力掌握了，而且是最关键、最难的那部分。笔者坚持认为，那种抛开诗词内部的规律、章法、套路、技巧而流于表面的鉴赏，顶多只能算是诗词翻译，或者诗词故事、诗词段子的分享，可谓外行式的鉴赏。

4. 面向当代文化语境

如果你还跟着清代曹雪芹[1]在《红楼梦》里借黛玉之口教授香菱那样学诗（具体见本书第四章第三节里的详述）……

如果你还沉湎于创制那些今人无法欣赏与感动的摹古"大作"……

如果你还不知运用网络工具检查平仄格律、辅助组词、搜验典籍佐证……

如果你还不会借助诸如国家图书馆、哲学社会科学学术期刊数据库等中外公益的网络资源检索下载史料文献、书籍论文……

如果你居然还不会用智能手机……

那么笔者只能说，你没有置身于当代语境。任何弘扬包括诗词在内的传统文化，如果没有充分融于今天的世界，终究只会使这种弘扬流于口号以及缥缈的虚古而不落实地。你的诗词之根如果连当今的土壤都插不进去，又怎么能奢望它会在今后马斯克的火星时空开花结果？你那种跟不上时代的"两不靠"的教法和学法，结果也只能是被淘汰。

为何要学会利用现代文明提供的各种诗创便利？一言以蔽之，就是它：

> 无情降低了中文博士的知识优势，
> 有效放大了业余诗友的爱好情怀！

回想笔者从1982年写出个人第一首"诗词"到今天，可谓矢志不渝地诗创了四十多年，今昨对比感慨万千。过去写诗非中文专业与中文专业相比真是差别巨大。

---

[1] 书中第一次出现古代人名时，会标以朝代前缀，其后若再次出现同一人物时则不标出，下同。

别说什么能力技巧，光是最基本的词汇量都拼不过，至于用典什么的就更别提了。但在高科技互联网的助力下，经过几十年日积月累，不但完成了很多辞典、古籍和当代书刊及论文的数字化，而且建立于其上的检索归类和大数据分析功能也日新月异，可谓只有你想不到，没有它查不到、分析不到的了。

比如很多诗词网站都能自动检查诗、词、对联的平仄格律，能瞬间发现你人工查验了几十年都没发现的问题，其准确度和高效率是人工完全无法抗衡的。组词功能亦如此，你根据平仄先想一个字，然后网站能立刻把所有以该字结尾或开头的词组显示出来，还都是古代语境下的；再点击任何一个词组，弹窗会继续告诉你该词所有确切的语意及古代诗句案例。几秒钟的工夫，相当于三十年前一个古汉语研究生、博士生水准的人几个星期的工作量。这样你就可以把更宝贵的时间花在诗意的纵情驰骋上，而不是被这些琐屑的诗创案牍功夫荒废。而且日积月累的这种检索学习，最后诗创所需的能力和底蕴也会被熏陶得与中文专业的人相差无几了。

难度更大的查验事典、语典对网络来说也轻而易举。过去除非你自己饱读诗书，或身边有个田家英式的人物可随时问询请教，否则几乎寸步难行。等你费了牛劲在某个图书馆的典藏里引证到了所求之典，灵感早跑了，对广大业余选手来说就太不便于诗意随发了。诗情的窗口期非常短，稍纵即逝。

所以大家一定要立足于 21 世纪的当下进行诗创，如果，仍然完全照搬唐宋元明清等旧时代语境下的学习方法和模式，刻古代之舟以求当今之剑，这不但代表不了你对中国传统文化的敬意，相反连古人也许都会被你急得从坟墓里"活"过来在你的炕头上悬挂一面"食古不化"的大锦旗。

笔者所云诗创，有两重含义：一是"诗词创作"的简写；二是指笔者多年来一直践行的"创意古诗词在当代语境下的新应用、新价值"，为古诗词在当下新开一片应用的蓝海，这才是面向当代文化语境，甚至是面向未来语境的一种体现。

总之，如果要寻找一本适合当今广大诗词爱好者的诗词对联写作教程的话，那么本书既有知识体系又经过诗创实战检验，同时更具未来观，是不会让你失望的。

二、现在学诗词究竟还有何用？

经常有人问笔者这样的问题：黄老师，现在都 21 世纪了，高科技、互联网、人工智能、Web3.0 等，全在令人眼花缭乱、飞速迭代地发展，光是这充满变数的当下和未来都已让我们应接不暇，疲于奔命，何必再回过头去，钻研几百上千年前老祖宗流行的诗词旧时尚呢？再花这么多宝贵的时间和精力去学习诗创，到底能有什么实际的价值回报呢？针对这些问题，我们可从以下几个方面来探讨。

1. 诗词之于灵魂：诗意地栖居

当代诗词大家、中央文史研究馆馆员、加拿大皇家学会院士、曾获得 2015—2016 年度"影响世界华人大奖"终身成就奖的叶嘉莹先生，一生颠沛流离变故不断。但支撑她度过那些不期而至的暗流的最大支柱就是诗词。她曾说："诗歌最宝贵的价值和意义就在于诗歌可以从作者到读者之间，不断传达出一种生生不已的感发的生命。读诗的好处就在于可以培养我们有一个美好而活泼的不死的心灵。"[1]可见诗词一定是离我们的初心更近、比名利更灵魂而强大的东西。

在被埋没了一百多年，于 20 世纪被重新认知的德国著名古典浪漫主义诗人弗里德里希·荷尔德林，也有一句感动过无数中外灵魂的名句："人充满劳绩，但还是诗意地栖居在这片大地上。"[2]当下风靡于网络的名言"生活不只是眼前的苟且，还有诗和远方"，也可谓同一种暗夜擎烛般的真知，只是不同的言语表达。如今"诗和远方"已成为一个绝对热词，其实也是诗词那种纯粹的力量和人心最深处某根灵弦共鸣的结果。以上是诗词在精神灵魂层面带给我们的看不见、摸不着的价值，恰因其看不见、摸不着，所以才弥足珍贵，无价可估，才更高维，更值得追求。

2. 诗词之于文化：基础之基础

如果认为精神灵魂这一层可能过于缥缈虚幻，那么稍接地气一些，从文学层面看，南怀瑾先生曾经在总结前人的卓见时说道：文化的基础在文学，而文学的基础在诗词。[3]反过来倒推一下，一个可能被很多传统文化爱好者甚至专家学者都忽视的结论，就自然顺理成章地浮出水面：要复兴中国传统文化，就得先从诗词开始！

再拓宽视野向外观一下，看国外一些当代先验的社会学者是怎么评价诗歌对未

[1] 叶嘉莹. 唐诗应该这样读 [M]. 北京：中华书局，2019：前言.
[2] [德] 海德格尔. 人，诗意地安居：海德格尔语要 [M]. 郜元宝，译. 桂林：广西师范大学出版社，2000：75.
[3] 南怀瑾. 漫谈中国文化：企管、国学、金融 [M]. 中国台北：南怀瑾文化，2016：90，226.

来的意义和价值的。埃森哲评选的全球 50 位管理大师之一、著名未来学家、畅销书《大趋势》的作者约翰·奈斯比特，曾经在这本书里用了一个章节的篇幅阐述他对人类的劝诫："这个世界的科技水平越发达，我们就越需要艺术家和诗人。"[1]

文化战争方面的权威学者之一、北京大学王岳川教授也经常引用一则发人深省的故事：第二次世界大战期间，欧洲最古老的大学之一图宾根大学的校长向全校训话时说：学自然科学的孩子们请抬起你们的头，你们是这个时代的列车。于是学自然科学的学生都得意扬扬，而人文科学的学生们都低下头自惭形秽。突然，校长说：学人文科学的同学们，请高昂你们的头！因为你们是这个时代列车上的司机。高速行驶的列车若无人驾驶，肯定将会脱轨而人亡。[2] 所以这也是为什么中国的科技和经济越发达，我们自己也就越需要诗词文化来做某种终极的人文瞭望和情怀浸润。

3. 诗词之于文史：元代以前，文学史即诗歌史

从文史层面来看，元代以前中国文学史的主体就是诗歌史。可见诗词对中国人、对充满诗意的中国文化甚至中国历史来说，地位是多么的特殊和重要。以至于每个国人，不管你喜不喜欢传统文化、诗词文化，你身上一定显而易见或潜移默化地带有比其他异域文化更多的"诗意"色彩。

研究文史的人都知道，"文史哲不分家"是中国文化的一大特点。在史学界，"以诗证史"本身就是一种治史方法，一种必不可少的交叉验证手段。因为有大量的古代诗词作品与中国历史直接关联，甚至有的本身就是"咏史诗"[3]。如中唐诗人杜甫的代表作"三吏三别"，跨越晚唐及五代前蜀的诗人韦庄所作、反映唐末黄巢农民起义后社会乱象的《秦妇吟》等，都可谓其中的典型代表。

而且从元代以降的散曲、杂剧、小说里经常会读到一句妇孺皆知的口头禅："有诗为证"，也可佐证诗词的崇高地位。为何中国被称为诗的国度？很大原因就是诗不仅仅是一个文体、一门艺术了，甚至成了我们生活的一部分。千百年前中国先人的经典诗词，依然持久而深刻地融入当今普通百姓的日常生活中，这在世界范围来看，独此中国一家。

---

[1] [美] 约翰·奈斯比特. 世界大趋势 [M]. 魏平，译. 北京：中信出版社，2010：110.
[2] 王岳川. 文化输出——王岳川访谈录 [M]. 北京：北京大学出版社，2011：166.
[3] 诗说中国 [M]. 北京：中国大百科全书出版社，2011：序言.

4. 诗词之于心智优化：诗愈系

说到诗歌对人们心理、性格、情绪、智力等方面的积极作用，古今中外的百姓可谓"日用而不知"。但是随着学科的细分和研究的发展，诗歌的"治愈"效果越来越被人们认知，尤其是近现代心理学。

若要回溯源头，国外普遍认为希腊神话里的太阳神阿波罗，也就是光明、医药、音乐与诗歌之神，是西方诗歌治疗法的肇端。希腊人可谓最早直觉到文字和情感对疗愈疾病的重要作用。早在 2400 多年前，古希腊哲学家亚里士多德就曾经在《诗学》一书中探讨过"宣泄"（Catharsis）的治疗作用。希腊先哲们认为：宣泄是心灵挣脱肉体之骚乱的一种途径，具有纯净和开发心智的作用。净化的对象包括肉体和灵魂，净洗的目的是消除积弊，保留精华。[1] 之后近代大师级的心理学家弗洛伊德和荣格，均对诗歌治疗有过精辟的研究与见解。弗洛伊德曾直言不讳地说："不是我，而是诗人发现了潜意识。"[2]

发展到近现代，诗歌疗法已成为严谨的西方心理治疗体系的有效组成部分。该领域的先行者是美国诗人、作家、音乐家罗伯特·黑文·肖夫勒（Robert Haven Schauffler），他于 1925 年撰写了《诗歌诊疗：袖珍的诗歌药箱》一书，以开处方的形式为来访者（患者）不同的情绪问题提供不同的"诗歌药方"。[3] 诗歌疗法最全面的历史、理论和实践总结，是美国佛罗里达州立大学尼古拉斯·玛扎（Nicholas·Mazza）教授所著的《诗歌疗法：理论与实践》。我国东南大学出版社也先后出版了此书以及东南大学王珂教授撰写的《诗歌疗法研究》一书。

现在诗歌疗愈不但理论系统、研究全面，在具体实践中甚至还有专门的"诗疗师认证"。比如"国际阅读与诗歌治疗联合会"（International Federation for Biblio/Poetry Therapy）目前认证三种诗疗师，[4] 一种是 CAPF（Certified Applied Poetry Facilitator），即"认证应用诗歌导师"，它的级别最低，可以提供服务，但不能进行正式的诗歌治疗。更高一级的是 CPT（Certified Poetry Therapist）"认证诗歌治疗师"，最高的是 RPT（Registered Poetry Therapist）"注册诗歌治疗师"。后两者都可以进

---

[1] [古希腊] 亚里士多德. 诗学 [M]. 陈中梅，译注. 北京：商务印书馆，1996：227.
[2] National Association for Poetry Therapy: History of NAPT [EB/OL]. [2023-06-20]. https://poetrytherapy.org/History.
[3] [美] 尼古拉斯·玛扎. 诗歌疗法：理论与实践 [M]. 沈亚丹，帅慧芳，译. 南京：东南大学出版社，2013：3.
[4] International Federation for Biblio/Poetry Therapy: Overview of Training [EB/OL]. [2023-06-20]. https://ifbpt.org/overview-of-training.

行独立的诗歌治疗，区别是前者只可在非医学部门如图书馆、学校等场所独立开设诗歌疗法工作室，而后者更可在医学部门独立上岗。

说完了国外，再来看中国古代的诗歌疗愈。比亚里士多德更早 300 多年的我国春秋时期著名的政治家、军事家管仲就曾经说过："止怒莫若诗，去忧莫若乐。"[1]东汉思想家王符也有过"诗赋者，所以颂善丑之德，泄哀乐之情也"[2] 的精辟论断。

汉代辞赋家枚乘的《七发》赋也许可作为中国最早记载的以诗赋"疗愈"顽疾的例证。赋里说楚国太子有病，来自吴国的客人前去探望。经过观察沟通，他认为楚太子的病因在于贪欲过度，享乐无节，这就不是一般的用药和针灸可以治愈的了。于是通过诗赋描摹极美之音乐、极佳之饮食、极速之车骏、极奢之宴会、极盛之田猎、极壮之怒涛等六件事的乐趣，由安逸娴静到驰骋田野最后到波澜壮阔，逐步诱导太子打开胸襟，升华心境，转变认知及生活方式，最后众星捧月，烘托出关键的第七件事——"要言妙道说"而致楚国太子"涊（niǎn，汗出貌）然汗出，霍然病已"。

而家喻户晓的南宋著名诗人陆游也有一首七绝《山村经行因施药之三》：

> 儿扶一老候溪边，来告头风久未瘥。
> 不用更求芎芷辈，吾诗读罢自醒然。

诗中的"芎芷辈"指的是中医里专门对症下药治头风头痛的川芎、白芷一类的药物。虽然陆游并不是专业的中医，诗词也肯定无法从药理、病理层面根治相关疾病，但心理层面的辅助疗效却是无法否定的，也无疑留下了一首古代诗歌治愈系的有力"诗证"。

无独有偶，南宋胡仔在提及前人所述杜甫让友人不断诵读自己的诗句来治疗其"疟病"时说："世传杜诗能除疟，此未必然，盖其辞意典雅，读之者脱然，不觉沉疴之去体也。"[3] 同样肯定了诗在心理层面的辅助效果。

清代诗人梅曾亮也有一首关于诗创疗愈的七绝诗《病起遣兴·其六》[4]：

> 病中拈笔为谁忙？不暇看题检药囊。
> 心坐一窗行万里，除诗是药更无方。

以上诗例不胜枚举，可见诗歌疗愈在中外都是源远流长的。现在我们不是常说

---

[1] 管子 [M]. 钦定四库全书：管子卷十六，内业第四十九，区言五.
[2] （东汉）王符. 潜夫论 [M]. 印抄宋本，卷一. 务本第二：6.
[3] （南宋）胡仔. 苕溪渔隐丛话（后集）[M]. 廖德明，校点. 北京：人民文学出版社，1962：47.
[4] （清）梅曾亮. 柏枧山房诗文集 [M]. 彭国忠，胡晓明，点校. 上海：上海古籍出版社，2005：644.

治愈系吗？诗歌疗愈可谓"诗愈系"。根据现代心理治疗的理念，宣泄也被视为一个重要手段，而情感共鸣则是宣泄疗法的重要内容。音乐、诗歌、绘画等又是非常有效的艺术宣泄工具，它们最容易释怀共鸣，净化情感和精神，给养心灵，达到优化情绪、缓解焦虑、树立自信、激发潜能、和谐性格的目的，最后提高生命的质量。

　　诗愈系有两大模式，一个是读诵鉴赏（即玛札教授所说的接受性／指定性模式），另一个是实际诗创（即玛札教授所说的表达性／创作性模式），它们各有特点。读诵鉴赏式的诗愈手段更加简易和普及，不需自己有针对性地创而只需读经典诗篇即可。而诗创式的疗愈程度无疑更深，效果更好。肖夫勒说："那些真正能起到疗效的诗作其实在作者构思酝酿之时就已开始它的诊疗事业了，而它第一个诊疗的对象就是那位诗人。"[1] 当然后者难度也相对更大，更需基本的诗创能力。

　　诗愈系前提下的诗创不同于一般的诗歌创作，前者是以疗愈为目的，后者是以"言志抒情、教化传承"为主要目的。前者更注重"宣泄"的功效，注重诗愈的质量；而后者更关注所创作品本身的质量。当然这两者也并不是截然分开的，很多情况下是相得益彰的，只不过因人而异，因事而异，因诗而异。

　　为什么古今中外的诗歌都会有如此"正能量"的疗愈副作用呢？因为："诗歌韵律的轻巧和优美是有序的，为来访者（接受诗歌治疗者——作者按）无序的（disorder）精神状态提供样板，是消除混乱心理的一种方法。"[2] 正像口吃者唱歌时绝少口吃一样，很多类型的患者也都可以通过诗创来重塑他们丢失的与他人及社会之间的节奏感、谐调感。从诗愈系的角度而言，旧诗无疑比新诗的"治愈"效果更好，因为旧诗整体在韵律上、在诗美上、在与音乐节奏的合拍性上，无疑是刻意消除这些诗歌与生俱来的特质而过分"自由化"的新诗所望尘莫及的。

　　诗歌界的能量守恒定律是：越是轻易发泄出来的（新诗），吟读时的宣泄感就越差，无论是自己还是别人。从这个角度看，比较难写的旧诗因规则格律而更经典，读来更享受。一旦你也学会了旧体诗的创作，那么旧诗的这种诗创式的"宣泄"治愈效果，肯定比新诗更显著和持久，无论对作者还是读者。

　　总之吟诗填词能让你的理性和感性更加和合融洽，左、右脑被训练得更加平衡发达。这也是为什么写古典诗词的古人，很少有自杀和疯掉的原因，哪怕命运的摧残和折磨再怎么极端。这其实是和格律诗词自身的特点有很大关系：它可谓在严格

[1]［美］尼古拉斯·玛札. 诗歌疗法：理论与实践 [M]. 沈亚丹，帅慧芳，译. 南京：东南大学出版社，2013：3.
[2] 田兆耀. 当代欧美诗歌疗法管窥——以尼古拉斯·玛札的理论为主 [J]. 语文学刊，2018，38（2）：59.

的格律规则下让你充分地自由创意，实践表明，那种完全不受控制的自由，对健康和谐的性格与情绪并没有什么助益。格律诗词可谓戴着脚镣来跳舞，这种特性就比新诗极度的、恣意的、完全的自由更适合于磨炼出健康平衡的心理结构。

反观笔者这几十年换了很多工作，跨越了多个领域，行走了几十个国家，在国内外也都读书、工作、生活过。有过各种成就，也经历过诸多低谷。但诗词却始终陪伴着我。它记录我的欢乐和痛苦，失落和希望。万虑丹心长啸苦，一怀明月大江清！如同音乐和绘画一样，在你情绪低落和抑郁时，诗词完全可以给你带来莫大的慰藉和解脱，尤其是亲自创作式的诗愈系。起因可能是一个负面的情绪，但一旦进入创作，奇妙的事情就会发生。刚才那种愤怒、忧郁、紧张、愤懑、担心、恐惧等诸多负面情绪，不知不觉地在诗创进程当中被转化成各种诗意的灵感和动力，负面情绪的毒性不但被减弱、转化，最后反而变成催生诗歌佳作的绝妙养分。

就如同唐代李白的仕途挫折却催生出他名垂百世的豪句"天生我材必有用，千金散尽还复来""长风破浪会有时，直挂云帆济沧海""大鹏一日同风起，扶摇直上九万里"等；杜甫的穷困潦倒也激发出他传诵千年的经典："无边落木萧萧下，不尽长江滚滚来""出师未捷身先死，长使英雄泪满襟""飘飘何所似，天地一沙鸥""朱门酒肉臭，路有冻死骨"等。

我们已无法细究、还原古人诗创时的真实心理过程了，但回想自己，笔者在吟诗填词时经常有一种联觉通感的体验：表面上你是在遣词造句写诗词，但朦胧地，天地间似乎有一虚拟的"大乐"、虚拟的"大舞"与诗创同步共进。诗词中的某处如觉不太满意，那么同步的"大舞""大乐"肯定也在此处不"协调"。而一旦诗作反复吟咏得非常流畅自然、颇有意境了，那么在"平行宇宙"里与你共鸣的"大乐"、与你互动的"大舞"，肯定会"印证"你，自然也是非常优美典雅、颇有格调的——如同量子纠缠。

虽然这种诗创体验带有很强个性化的色彩，但笔者不得不承认创意诗词对联的过程中及创作后，那份难忘的愉悦和唯美的熏陶，都是写新诗无法获得的。

另外不得不强调一点，虽然都是中国传统文化的雅元素，但学诗词的成本与学音乐、绘画、书法、古琴、茶道、香道、花道等相比，可谓成本最低的治愈系：有个网络，有个手机，齐活——所有诗创所需的字典、诗库、古籍、文献、工具等几乎全在里面了。不像学古琴，光一架琴可能就得十万金左右；不像学书法，笔墨纸砚工具一大把；也不像学茶道、花道、香道等，讲究的，每次还得沐浴更衣静心。

而诗创可谓躺着、坐着、走着，皆能学的国学神器。它不挑环境，家里、地铁里、车上、马桶上、散步时、洗澡时、等人时、开会时（如果不太重要的话）等，凡是可以走神而不影响大碍的场景，都可以瞬间切入诗创的状态。

倘若你经过努力，最后步入诗创的高手行列，甚至有一两句经典警句能够被人品读点赞，自动转发，试想一下：即便在你百年之后，你的作品仍然能让你的生命以另外一种形式在这个世界继续存在，诗愈他人，这种升华的意义比单纯肉体的永生更具有价值。

诗词，既是华夏文化的治愈系，也是我们每个苟且于红尘但仍诗意满怀的灵魂的治愈系。它如太阳般金黄的光辉照彻黑暗，抚慰每一个疲惫和受伤的心灵。希望我们都能在自己的诗愈系中，忘记所有烦恼和忧伤，逐渐找回那个原本自足圆满的本我，让灵魂在芸芸纷繁中，诗意栖居，无我而歌。

5. 诗词之于文案：经典，会传播得更久更远

世所公认，中国的诗词可谓限制最多、难度最大、意境最深，却又最易传播的文体，同时也最能全方位锤炼人咬文嚼字、遣词造句、谋篇布局、起承转合等各项写作能力。那么倘能上得此处戏水，训练有加，随后再延展至其他公文、文案、歌词、小说、剧本等文体，则可有一种一马平川似的轻松、天风独步似的逍遥，至少在遣词造句行文的维度上。它不但能大幅度提升你的写作水平，最关键的，借由诗创的训练，还能帮你锤炼出一种感觉和灵性，让你快速有效地发现自己和他人文案、广告语中的内伤和瑕疵。创意格律诗词对联，可以让人在文案上、文创上，乃至文化上，更加精准、更加敏锐、更加细腻、更加经典、更加唯美，更有韵味和意境。

这也是为什么笔者过去十几年断断续续的一个副业，就是帮诸多广告公司甚至4A广告公司的文案作质量外包，监理、优化其各类文案和广告语。不但笔者过去几十年的诗创实践充分证明了这一点，很多跟我学诗创的文案人员课后一个共同的感悟是：磨刀不误砍柴工。这种看似没关联的培训对其文字驾驭能力和敏锐度的提高，恰恰是其他专业文案课程培训所不能带来的。

其实，"直到今天，中国台湾和香港地区的大学中文系，也大都不开设文学史课程，而是开设《诗选与诗的写作》《词选与词的写作》《文选与文的写作》《曲选与曲的写作》这四门主干课程。"[1]这也是为什么早期中国台湾和香港地区的文案、

---

[1] 徐晋如.诗词入门 [M].北京：中华书局，2021：4.

歌词水平会遥遥领先于内地的原因。

即便不以吟诗填词为业余爱好，但只要是以创意各类公文、文案为主的从业人员，笔者都强烈建议他们去学学诗创，至少是对联的创作。因为对联可谓在实用层面唯一还"活着"的古代文体。在当今的社会生活中，已经没有你必须吟诗的"法律"规定了，像古代科举诗赋选才那样。但对联不一样，每年春节人们都要创作、张贴春联，甚至连日本、越南至今仍保留这一传统，绝大部分中式建筑的大殿、牌楼、山门，无论新旧，楹柱上也必须悬挂楹联。至于贺联、挽联等也都是对联。

还有各类文章里修辞最出彩、最精辟之处，主标题以及分节标题，还有广告语等，很多情况下也都是采用对偶、对仗、对联的形式来呈现。拿当代中国语言学的领军人物、中国社会科学院文史哲学部委员、中国语言学会会长、国际汉语学会会长沈家煊教授的话说："汉语大语法是以对言格式为主干"[1]，更符合汉语言文化圈的阅读欣赏以及交流沟通习惯，因为"单言在形式上站不住，对言才站得住"[2]。此处的对言指"成对的言辞表达（parallel expression），涵盖传统说的对仗和互文"[3]。由此可见，诗创尤其是对仗对联的创作训练，对各类文体写作能力的培养，仍具有特别的实用价值。

比如耳熟能详的"人头马一开，好事自然来""给我一天，还你千年""一直被模仿，从未被超越"等广告词，其实都是采用老祖宗传下来的对联（对仗、对偶）的形式，因为"单纯从记忆上看，对称的比不对称的便于记忆"[4]。格律诗词亦如此，一旦写好了，其朗朗上口、无脚自跑的互动传播性是新诗、白话文远不能相比的。即便是新诗里的名句，如当下出现频率最高的新诗诗句之一、著名诗人海子（查海生）的：

面朝大海，春暖花开。

其平仄为"仄平仄仄，平仄平平"（下句首字恰巧"拗救"了一下上句首字，正格应为：平平仄仄，仄仄平平），可以说人人皆能背的原因，主要就是其声调平仄完全合乎国人音律审美的定式，它们本来就被固定在很多旧体词牌里，可谓从旧诗中"化"出来的新诗名句！比如宋代薛梦桂的《眼儿媚·绿笺》：

---

[1] 沈家煊. 超越主谓结构——对言语法和对言格式 [M]. 北京：商务印书馆，2019：81.
[2] 同 [1]91.
[3] 同 [1].
[4] 同 [1]215.

碧筒新展绿蕉芽。黄露洒榴花。
蘸烟染就，和云卷起，秋水人家。

只因一朵芙蓉月，生怕黛帘遮。
燕衔不去，雁飞不到，愁满天涯。

以及宋徽宗赵佶的《眼儿媚·玉京曾忆旧繁华》：

玉京曾忆旧繁华。万里帝王家。
琼林玉殿，朝喧弦管，暮列笙琶。

花城人去今萧索，春梦绕胡沙。
家山何处，忍听羌笛，吹彻梅花。

还有宋代刘过的《柳梢青·送卢梅坡》：

泛菊杯深，吹梅角远，同在京城。
聚散匆匆，云边孤雁，水上浮萍。

教人怎不伤情。细屈指、知心几人。
后夜相思，尘随马去，月逐舟行。

词中画线部分就都是海子"面朝大海，春暖花开"诗句的古代"宗亲"了。

虽然海子曾经说过："从荷尔德林我懂得，必须克服诗歌的世纪病——对于表象和修辞的热爱。必须克服诗歌中对于修辞的追求、对于视觉和官能感觉的刺激，对于细节的琐碎的描绘——这样一些疾病的爱好。从荷尔德林我懂得，诗歌是一场烈火，而不是修辞练习。"[1]虽然荷尔德林与海子同样都对诗歌修辞有所"微辞"，但有意思的是，最能让大家记住的海子的诗句，反而恰恰就是那一句很讲"修辞"（诗词平仄）的。

笔者很早之前（高中时期）一首词的草稿里就有"斜阳陌外，栀子花开"的诗句，与其说是和海子的诗句撞衫（那时候也尚不认识同时代还未出名的海子），还不如说是"音循古律"。

总而言之，从传媒学理论而言，诗词对联的传播与宣传效果，无论从广度、深度还是持久度来看，都是任何其他文体难以企及的。单凭这一点就足以证明诗词对联依旧鲜活的实用价值。

---

[1] 海子 . 神的故乡鹰在言语 [M]. 桂林：广西师范大学出版社，2018：720.

三、如何评判诗创能力及作品

1. 如何判定自己处于什么水平？

笔者发现，许多诗词爱好者其实一直在走弯路，用错误的方法、错误的格律，自我感觉良好地"诗创"了几十年，白白浪费了宝贵的光阴，却只产出一堆光鲜的"打油诗"，甚至连古今作诗数量第一的乾隆的质量都达不到。《清史稿》记载，他总共创作了 43000 余首诗词。但钱锺书先生曾经一针见血地评价过乾隆的诗："一则文理通而不似诗，一则苦作诗而文理不通。兼酸与腐，极以文为诗之丑态者，为清高宗之六集。"[1] 清高宗即乾隆。

故与其花费更值钱的时间和生命去不断重复错误，为什么不在真会吟诗填词的专业人士的指导下，有针对性地分析出自己作品的优缺点，以及如何扬长避短，快速有效地找到一套适合自己的诗创模式呢？

上过笔者诗创视频课或实战课的诗友可能都知道，为诗授方便，我会根据学员诗词基础知识和实际创作能力的不同，粗略分成初级、中级、高级三个诗创等级。当然这种划分并没有非常严格科学的量化体系，仅做一个参考。初级、中级、高级，与其说是等级，更像是三个不同的诗创阶段。

初级

如果沿用 0~100 分的量化表示，这一阶段的大致分数范围是 0~60 分。包括热情高涨却白纸一张的诗词小白，以及虽然或长或短地有过诗创经历，但却没有掌握诗词的基本格律以及整体架构设计，使得作品稚嫩青涩，带有比较明显的出律出韵、逻辑不通、章法混乱、语意模糊、堆砌罗列等各种诗病。

本阶段最主要的任务就是在保持兴趣和热情不降甚至稳步提升的前提下，尽快熟悉对联、诗词的各种规矩，勤学多练，在专业教师的指导下高效达到知识和水平双提升。诗创有两类必需的铺垫，一是文化底蕴尤其是古代语境和诗境的铺垫，二是那些被外行或不善者诟病的诸多格律。广大诗友最应避免的就是千万先别夸夸其谈什么境界和意境，因为此时你们对诗创基本上是摸不到门路的。但很遗憾，恰恰就是这一阶段的诗友，他们前赴后继地和你争论诗词"境界"和"意境"的概率是最高的。

---

[1] 钱锺书. 谈艺录 [M]. 北京：商务印书馆，2011：180.

中级

作品乍一看能立得住，是这一阶段诗友的典型特征，其诗力和作品水平大致是50~80分。理论上他们十分谙熟诗词的平仄格律、对联的联律，能够借助书本或网络自查、自改，依据不同的诗题意旨、情感色彩来准确地选择词牌等。作品表面的硬伤、外伤明显减少，顶多一两处。起承转合、结构逻辑没有大问题，"像那么回事"，差不多能把业余外行的读者"唬住"，个别的还偶有一两佳句颇为耐读。

但此阶段往往如逆水行舟，稍不注意而有所松懈时，个别作品也很有可能重新滑落回初级。故应在继续保持一定数量训练的前提下，还得有意识地逐步启动适合自己的"巧劲儿"，而不再全部是初级阶段的蛮力了。在中级水平时，你的**诗力**——诗词的创意力，还有**诗觉**——诗词的整体觉知力，都已更上一层楼，它们的敏度和准度也都相应提升，自然允许自己有某种程度的大胆、恣意、"不以辞害意""不以律害意"——从这点来说，你可以认为初级诗创人基本无此特权，中级诗创人悠着点用，高级诗创人则可充分享受了。在前两个阶段，诗友们以老老实实地恪守各种诗创规矩的"走"和"跑"为主，都先别拔苗助长地学高级阶段诗创人才有资格尝试的"飞"的高难度动作，否则最后结局很可能你不但没学会高质量的"飞"，恐怕连"走"和"跑"都达不到，最后作品沦落为"爬"相十足的摊儿货水准了。

高级

此阶段诗友的大致分数是75~100分。首先，其典型特征是绝少有基本的、常识性的"诗误"（一时疏忽偶尔犯之不算，自古名家也许更多），特别是绝少重复犯错。如果做不到这一点，说明你的诗力还不够雄厚和纯熟，诗觉尚不全面，自审能力还不达标，仍需对症下药精准历练，以期尽可能补齐所有明显的短板。

其次，通篇读下来从中体味到的诗美和愉悦享受，整体上必须得明显超过那些不起眼的瑕疵和内伤所带给你的"不适感"。另外，不需保证每篇，但至少两三首诗作里就得有一两句经典耐读的"诗眼"。所谓诗眼，乃诗中最精彩耐读之处，"诗眼有全集之眼，有一篇之眼，有数句之眼，有一句之眼；有以数句为眼者，有以一句为眼者，有以一、二字为眼者。"[1]有些诗眼甚至能将其他瑕疵压抑、掩盖住——比如北宋王安石的《七绝·泊船瓜洲》里的重字、小韵、大韵三处瑕疵（详见本书第四章"诗的'八病'"小节）。有乍一看以为是古人所做的以假乱真之效果。高

---

[1]（清）刘熙载. 艺概 [M]. 上海：上海古籍出版社，1978：78.

级诗创人肯定是不会再退转回初级了，但如太过大意，个别作品也有可能回落到中级阶段的质量。

过了高级阶段的人就相当于现在的"博士后"，是可以在今后漫长的诗创道路上"生活自理"了——自我学习、自我监理、自我优化、自我发展、自我进阶。因为此时他们的诗力已足够雄厚、持久，诗觉已足够敏锐、到位。诗创时更多动用的是其经过艰苦训练、已潜移默化成型的一种直觉，一种灵性，而不再像前两个阶段那样，基本上都要调用理性的分析判断，那样相对来说所耗能量更多，诗创"成本"也更高。

当然，这里所说的初级、中级、高级，也都是基于当今业余"标准"而言的，绝不是说此处的高级就相当于古人的水平了，那是"专业"的高级，没法比。

但笔者长期实践发现，也是一再反复鼓励业余诗创选手的，我们今人的立意一点不比古人差，有时甚至更好。尤其是在短联、绝句、小令等体裁上。但一旦把白话文立意诗化成具体的诗词对联，诗力和诗觉，韵味和意境，就差距立现了。

细节决定成败，高级阶段诗创人的主要着力点应该放在这些遣词造句的细微之处。正是这些细小的炼字、炼词之处，由字成句、由句成体，才能彰显出整个作品的格调色彩。对高手而言，已经不再是从作品整体——整体主要在中级阶段就应历练到位，而是从细节着手来提升整体质量。因为就绝句和律诗的体量而言，其整体立意、章法布局和古人相比，其实已经没有太多可提高的维度、可"压榨"的空间了，但唯独这些炼字、炼词的关键细微之处，诗眼、词眼之处，理论上仍有着无限优化出彩的可能。笔者反观自己二三十年前的作品，当时自我满足地以为是"经典"了，结果现在偶一翻看，仍觉某些字词有更好的可换，即是此道理。

此阶段诗友最大的毛病之一，就是浅尝辄止于大面上的无瑕，而降低对作品的精益求精，止步于自我陶醉中。"没有任何缺点的乏味"可谓此阶段作品的一个通病。笔者确有不少处于此阶段的学员，作品乍一看无任何毛病，但掩卷后再回想，又无任何印象，就是因为鲜有让人能拍案叫绝的诗眼和词眼。相反地，有时个别中级水平的诗友，其偶尔妙手偶得的诗联，甚至都好过部分高级诗创阶段的诗友。

从更高的要求上讲，不能被人自主传诵的诗歌，哪怕学术上、思想上、宣传上、体制上再成功，也可谓"失败"的作品，因为它们很难"打穿"时代而成为传承的经典——做到这点虽然很难，但希望高级诗创人都应朝此方向努力。

2. 如何判断诗词对联作品的好坏?

文无第一,武无第二。诗词对联也一样,没有统一的标准,更多强调个人直觉和体验,比如所谓的诗味、诗趣、境界等。所以很多时候大家的评判不尽相同,甚至相左。比如两个极端,80%的文人士大夫更推崇杜甫,而80%的普通老百姓正好相反,更喜欢李白。前者可谓过多涉及诗词本身的因素,而后者则过多沉湎于诗词外的宣泄了。

但这并不等于说诗词没有好坏的衡量标准,诗词家的高下无法评判,还是有一些哪怕最基本的共性可循。

本书第四章第三节里将详细介绍季羡林援引古印度文艺理论,从道的层面阐述诗歌好坏的标准。此处则不妨从术的层面先抛砖引玉,斗胆分享笔者几十年诗创诗授积累出的不成熟的评判"步骤",以供方家指正。

第一眼: 看是否遵循押韵、平仄、对仗等相关格律规则,如多处有违,则不及格。根本就不用浪费时间再往内部细品什么"立意""境界"了。好比相亲见面,你若见对方穿得破破烂烂,眼角挂屎鼻外悬浆,就不用再费神去品其"内秀"了。这不是说要"以貌取人""以律取诗",而是说他连起码的诗责都不负,你还负责地读他的"诗"干啥? 这样的作品在一般的场合,笔者是既不看也不评,更不会去优化修改——报名参加笔者诗创知识分享群或实战班的学员作品除外。

此类作品大多是门外汉自创的俗诗歪词。比如近几十年来特别流行的、被学者专家诟病已久的"老干体""退休体"等"三体诗词",可谓其中典型代表。遗憾的是笔者诗创、诗教几十年,被"恭请雅正"的诗词大概有80%都是过不了这第一关的。

笔者曾在苏州市任一个文化书院的院长,文人墨客各路豪杰经常汇聚一起搞些讲座雅集类的活动。结识了附近书院的某位院长——其名号取得比笔者所在的书院名还要"响彻"神州。也经常刷到他朋友圈里继往开来的各类无律"诗词",真是每感必发,每发必诗,每诗必有诸多群众点赞。但通读下来不但意境惨不忍睹味同嚼蜡,连基本的押韵平仄规则都不讲。笔者实在看不下去,偶尔向他提及诗词最好先把格律关过了。孰料这位院长立马"谦虚"地说:黄老师,我前面已提示了这是"拙诗"。这种"谦虚"其实很虚伪,他明知道旧时文人相互间云"拙诗""拙作"纯属谦辞,非实拙也。倘若真拙,就根本不敢拿出来欺眼污耳了。但对广大不明"诗理"的老百姓而言，还真以为这院长谦谦君子谦谦辞，于是一片叫好、转载，甚至为院长刻碑上匾，真是贻害无穷。

能过这"第一眼"的诗词，才值得继续往下看。

第二眼： 如果第一眼没有发现明显的外伤、硬伤，第二眼要看的东西就比较多了，比如是否有不易被发现的"内伤"、高级瑕疵；感觉是否有诗味；整体结构、起承转合是否浑成；（律诗）中间颈联和颔联的对仗是否工整；是否能做到包括景语和情语在内的诸多元素、维度的大平仄（大阴阳）的架构设计等。情语和景语是两个非常重要的诗创概念，你可大致理解为：情语，就是主观的抒情之语；景语，就是客观的摹景之语。诗词不能一情到底、一景到底、一议到底、一叙到底，必须要有个（大平仄）转换、轮替，如同字的平仄变换一样。大平仄（大阴阳）的理念将在本书第四章第三节中详细介绍，此处先引用，下同。

诗词如能过第二眼的这些关注点的关，基本上就过了75分的坎儿了。

第三眼： 如作品能过第二眼，笔者第三眼便只看是否有"佳句"。好诗词之所以成为名篇的原因，绝大部分都少不了诗眼、词眼的功劳。如作品中有让人眼前一亮的金句，就可谓当代高手了，作品自然不俗。

有人可能会说是否为锦句妙联，每人评判标准各异且偏主观，具体如何定论？其实有一个不是办法的办法：一个你看了几遍的诗词对联作品，过了几小时你居然还能记住其中的某句，那八成就是警句了。当然，如果你自己鉴赏水平很低，或直接就是作者的超级粉丝，则另当别论。

笔者判断是否为圈内高手，关键就是看他诗词中是否有让人能自然记住的诗眼，如果10篇作品里居然都没有一句，那么他的诗创水平肯定是上不了90分的。

实际运用中也并非总是机械地按序操作，或二、三调换或同步进行，因诗境而异。

以上步骤曾有诗友戏称为"黄三眼"。

四、中国诗歌的几个概念

不少诗友对中国诗歌的诸多概念，如新诗、旧诗、古体诗、近体诗、古诗、格律诗、歌行、乐府、词、曲等识辨不清。我们下面就简述一下其定义。

1. 旧体诗

旧体诗又叫旧诗，是指用文言和传统格律写的诗，包括古体诗和近体诗[1]，以及词、曲。上海辞书出版社的《现代汉语大词典》里定义旧体诗举例时没有包括词和曲，可能很多人都误解为近体诗包括词和曲，这是不对的。涵盖近体诗、词和曲的是格律诗。与旧诗对应的是新诗。

2. 古体诗

再细分旧诗，其中的古体诗又叫古诗[2]，是古代诗歌的一种形体，包括了诗经、楚辞、乐府、歌行体等，它是相对于近体诗而言的。古诗每句有四言、五言、六言、七言不等，句数无限制，用韵也没有统一的准则，既可押平声韵，也可押仄声韵，更不拘于平仄对仗，故在格律规则等方面就比与它对应的近体诗（属格律诗）宽松了许多。

虽然《诗经》是我国最早的一部诗歌总集，但之前亦有诗歌流传，比如据说是尧舜时期的两首诗歌（究竟何人所作，现已不可考）：

击壤歌

日出而作。日入而息。凿井而饮。耕田而食。帝力于我何有哉？

南风歌

南风之薰兮，可以解吾民之愠兮。南风之时兮，可以阜吾民之财兮。

（1）诗经

两千多年前的《诗经》里有很多经典唯美的篇章，比如《秦风·蒹葭》：

蒹葭苍苍，白露为霜。所谓伊人，在水一方。

溯洄从之，道阻且长。溯游从之，宛在水中央。

蒹葭萋萋，白露未晞。所谓伊人，在水之湄。

---

[1] 阮智富，郭忠新编著. 现代汉语大词典 [M]. 上海：上海辞书出版社，2009：2191.
[2] 古诗还有另外一个释义是"泛指古代诗歌"，这样等于把近体诗又包括了。

溯洄从之，道阻且跻。溯游从之，宛在水中坻。

蒹葭采采，白露未已。所谓伊人，在水之涘。

溯洄从之，道阻且右。溯游从之，宛在水中沚。

《诗经》里的诗绝大多数都是四言句式。它确立了古代诗歌首句及偶句押韵的格式，但无平仄限制。其最大的三个修辞表现手法赋比兴对中国后世诗歌影响深远。

（2）楚辞

如果说以写实为主的《诗经》主要孕育于黄河流域，那么肇端于长江流域的楚辞则可谓中国浪漫主义诗歌的源头。以战国时楚国三闾大夫屈原的作品如《九歌》《天问》《离骚》《九章》等为杰出代表的楚辞，篇幅均较《诗经》更长，更具灵异与浪漫色彩，辞藻更华美，亦突破了四言诗句的格局，以六言、七言为主，字数灵活多变，参差错落，对其后的汉赋有直接影响。屈原苏世独立、傲然不屈的人格，早已烙刻进中国历代诗人的深层文化基因中。比如其《九章·橘颂》：

后皇嘉树，橘徕服兮。受命不迁，生南国兮。

深固难徙，更壹志兮。绿叶素荣，纷其可喜兮。

曾枝剡棘，圆果抟兮。青黄杂糅，文章烂兮。

精色内白，类可任兮。纷缊宜脩，姱而不丑兮。

嗟尔幼志，有以异兮。独立不迁，岂不可喜兮？

深固难徙，廓其无求兮。苏世独立，横而不流兮。

闭心自慎，不终失过兮。秉德无私，参天地兮。

愿岁并谢，与长友兮。淑离不淫，梗其有理兮。

年岁虽少，可师长兮。行比伯夷，置以为像兮。

20世纪80年代我国香港曾拍了一部令人难忘的歌颂屈原的同名电影，其主题歌《橘颂》的歌词就是选用了楚辞《橘颂》的部分内容，旋律非常古雅到位，让人一听就不由得发出"这就是《橘颂》原本旋律"的感慨。不像现在很多没有文化历练和底蕴积淀的年轻词曲作者，凑着诗词文化的大潮瞎填瞎谱了太多的"诗词歌曲"，全是今人新腔干号俗吼所谓的"古韵"，却没有一点古典诗味、韵味在里面。

即便为古诗词重新谱曲，很多作者也没有真正读懂所选作品的意蕴，没把其当诗而只是当成字，机械地一个个和旋律里的音符去码配。不信你把这些不伦不类的"古诗词歌曲"的词全换成白话文，照样能唱甚至更好听，那请问：你这谱的又怎能叫"古诗词歌曲"呢？如果非要作诗词歌曲，建议先好好补补诗词课。

（3）乐府诗

乐府诗的内涵比较广泛，包括汉乐府古辞、南北朝乐府民歌以及后世文人以它们为模拟对象的拟乐府诗歌。早期的乐府诗其实就是汉武帝时期乐府所制乐府歌曲的歌词。比较著名的有汉代佚名的《上邪》：

> 上邪！我欲与君相知，长命无绝衰。
> 山无陵，江水为竭；冬雷震震，夏雨雪。
> 天地合，乃敢与君绝。

这首诗后来被著名的音乐家石夫先生十分到位地谱出了"原配"般的旋律（歌曲取名《长相知》），这才是复唱古诗真正成功的案例。

另外，汉末一批佚名文人的典范系列《古诗十九首》，可谓五言诗成熟的标志，也是汉代文人诗的最高成就。它们曾被南朝梁代著名的文学批评家刘勰盛赞为"五言之冠冕"。比如其中很凄美也是笔者十分喜欢的一首《涉江采芙蓉》，五言八句：

> 涉江采芙蓉，兰泽多芳草。采之欲遗（wèi）谁？所思在远道。
> 还顾望旧乡，长路漫浩浩。同心而离居，忧伤以终老。

乍一看很多人以为它是一首五言律诗，其实不是。它并不遵循五律的格律，比如平仄以及中间两联需要对仗。尤其是它的韵脚：草、道、浩、老，都是仄韵，这种押仄韵恰是古诗的典型特点、却是近体诗的大忌。如果说《古诗十九首》是文人五言诗滥觞之丰碑，那么第一位接踵者便是独占天下"八斗之才"的曹植，至于后世的陶渊明、鲍照、杜甫等更多诗创大咖，其风格无一不受《古诗十九首》的影响。

（4）歌行体

歌行体其实是属于乐府诗大类的，由乐府发展而成其体。姜夔在《白石道人诗集》里说："体如行书曰行，放情曰歌，兼之曰歌行。"汉魏以来的乐府诗很多题名里都有"歌"和"行"，两者虽名称不同而实无二致。清代钱良择也在《唐音审体》里说："歌行本出于乐府，然指事咏物，凡七言及长短句不用古题者，通谓之歌行。"著名的歌行体如李白的《蜀道难》《将进酒》，杜甫的《兵车行》，白居易的《长恨歌》《琵琶行》以及以下这首被誉为"孤篇横绝，竟为大家"[1]"诗中的诗，顶峰上的顶峰"[2]的唐代张若虚的《春江花月夜》：

[1]（清）王闿运.论唐诗诸家源流（答陈完夫问）[M].陈兆奎，辑.王志（卷二）.
[2] 闻一多.唐诗杂论[M].上海：上海古籍出版社，1998：18.

春江潮水连海平，海上明月共潮生。滟滟随波千万里，何处春江无月明？
江流宛转绕芳甸，月照花林皆似霰。空里流霜不觉飞，汀上白沙看不见。
江天一色无纤尘，皎皎空中孤月轮。江畔何人初见月，江月何年初照人？
人生代代无穷已，江月年年只相似。不知江月待何人，但见长江送流水。
白云一片去悠悠，青枫浦上不胜愁。谁家今夜扁舟子，何处相思明月楼？
可怜楼上月裴回，应照离人妆镜台。玉户帘中卷不去，捣衣砧上拂还来。
此时相望不相闻，愿逐月华流照君。鸿雁长飞光不度，鱼龙潜跃水成文。
昨夜闲潭梦落花，可怜春半不还家。江水流春去欲尽，江潭落月复西斜。
斜月沈沈藏海雾，碣石潇湘无限路。不知乘月几人归，落月摇情满江树。

3. 格律诗

大致介绍完了古体诗，下面简要介绍一下本书主要针对的诗体概念，也就是格律诗（取其广义，狭义的格律诗仅指定型于唐代的近体诗）。格律诗是指按照一定的格式和韵律（如规定的字数、句数、平仄、押韵、对仗等）写成的诗，包括近体诗（律诗、排律和绝句）、词、曲。之所以叫近体诗是唐人的说法（而不是望文生义指现在的诗），他们把初唐由沈佺期、宋之问等人最终定型的诗称为近体诗，也叫今体诗，而把之前的都称为古体诗。

《唐书·宋之问传》中有曰："魏建安后迄江左，诗律屡变，至沈约庾信以音韵相谐附，属（zhǔ）对精密，及（宋）之问与佺期又加靡丽，回忌声病，约句准篇，如锦绣成文，学者宗之，号为沈宋。"元稹在《唐故工部员外郎杜甫君墓系铭序》里也曾说："沈宋之流，研练精切，稳顺声势，谓之为律诗。"

（1）（近体）诗

虽然我们现代人把格律诗与古体诗相对更合逻辑，但唐代人与古体诗相对的却是近体诗，因为彼时词、曲尚未诞生。近体诗的字数、句数、平仄、用韵等都要比古体诗严格，且更有律可循。如果说古体诗以押仄声韵为主的话，那么近体诗绝大部分都是押平声韵，这样使得诗读起来"高亢清朗"。比如唐代李峤的《风》，是一首标准的格律诗（五言绝句），韵脚"花""斜"都是押的平声韵（六麻韵部）：

解落三秋叶，能开二月花。
过江千尺浪，入竹万竿斜。

　　此诗妙处在全诗两两对仗，无一"风"字却处处写"风"，更隐含有人文的深意。再看一首沈佺期著名的七律《古意呈补阙乔知之》，此诗曾被明朝的文人何仲默、薛君采推为千古七律第一 [1]。虽是一家之言，但亦足以说明其地位：

> 卢家少妇郁金堂，海燕双栖玳瑁梁。
> 九月寒砧催木叶，十年征戍忆辽阳。
> 白狼河北音书断，丹凤城南秋夜长。
> 谁谓含愁独不见，更教明月照流黄。

　　本书的诗创和鉴赏主要是针对格律诗词而讲的。因为格律诗诞生盛行的时代离我们更近，更有诗律可依，更容易系统学习，之后历代诗人创作的诗词主流无疑都是格律诗词，也说明了这个道理。

　　古体诗因为范围广、跨度大（无论时间还是诗体）、规范性不明确，很难系统地学习。再者，古体诗和今人隔了唐诗宋词这两个鼎盛的"诗代"，唐宋规范的格律诗词如果都没过关，贸然追仿所谓古体诗的高古厚郁之风，实属滑稽，尤其对新手来说。几十年来笔者见过太多自命不凡的初生牛犊，一读其诗总觉意不明、律不美、格不浑，人家却辩白说我那不是格律诗，是"古体诗"。这好比刘宝瑞、郭启儒合说的相声《画扇面》：先是吹嘘画美人，不成，改画张飞；画张飞也不成，改画怪石；连怪石都画不像，最后干脆把扇面全"画"黑，在上面改写金字吧。所以，笔者觉得与其糟蹋古体诗，还不如跟张打油好好学学打油诗更有意义——对极少数准备以诗创特别是古体诗创作为"终生职业"的天才除外。

　　今人果真要学作古体诗，最好先学会近体诗，有所熏陶后再去染指为好。

（2）词

　　词是不同于诗的另一种古代诗歌体裁，因早期大多能依谱而歌，故在唐及五代时又称"曲""曲子词"等，后世也称"诗余"，由此可见在古代曾一度被标为"艳科"的词之地位，永远无法比肩于正统的诗。后世科举考试文体也只是诗赋，从来不考词。关于词，王力老师总结得言简意赅："可以从两方面来说：若从'被诸管弦'一方面说，词是渊源于乐府（燕乐）的；若从格律一方面说，词是渊源于近体诗的。"[2]

　　词滥觞于晚唐五代期间，而兴盛于宋代。最早是随着西域音乐被引入宴会，配

---

[1]（清）潘德舆 . 养一斋诗话 [M]. 歙县徐宝善刊巾箱本，1836：卷八 .
[2] 王力 . 汉语诗律学 [M]. 北京：中华书局，2015：537.

合宴乐（燕乐）而填的曲词。长短不一、合乐而歌可谓词区别于当时正统诗体的两大特征。虽然古代早期的诗很多亦可入韵而歌，如横跨西周初年与春秋中叶的诗经，甚至初唐的绝句等，但这种"诗曲"主要是中原的雅乐，与肇端于西域燕乐的"词曲"风格还是有很大不同的。"诗（如《诗经》、汉乐府）是选词以配乐，即先有歌词，再为词谱曲，由词而定乐；词与曲则是由乐以定词，即先有乐曲的谱式，然后依曲子的格律填词。"[1] 前者中正平和，但也比较沉闷。后者则欢快活泼，更为当时社会尤其是勾栏瓦肆所喜闻乐见。

词之初始，无疑带有"西域""民间"等标签，接续而来的就可谓"艳科""婉约"。如南唐中主李璟的名篇《摊破浣（huàn）溪沙·其一》：

> 菡萏香销翠叶残，西风愁起绿波间。还与韶光共憔悴，不堪看。
>
> 细雨梦回鸡塞远，小楼吹彻玉笙寒。多少泪珠何限恨，倚栏干。

但这样的词也很难讲是百分之百的"婉约"，正像苏轼所云"端庄杂流丽，刚健含婀娜"[2]，在真正的诗词大家那里，很少有"婉约""豪放"两色泾渭分明的作品，更多的是随着诗旨、诗脉而自然生发的五颜六色。就如同清代文学评论家刘熙载在《艺概》里说的："词淡语要有味，壮语要有韵，秀语要有骨"[3]，它们往往相互渗透、转化，否则便沉郁不足。

说词就不能不提苏轼，他在前人的基础上，通过对词之题材的扩展，词之境界与风格的拓宽，表现手法的丰富，以及突破音乐对词的规约〔虽然此举亦招来李清照的微词"皆句读不葺（qì，整齐）之诗尔，又往往不协音律"[4]〕，最终促成了词的革命。"苏轼解放了词体，开创了豪放一派，在词学发展史上有着特殊重要的位置。有了他，词的地位开始上升，进而与诗并列。"[5] 发展到现在，用我们今人的审美眼光看，词的地位不但早已与诗并驾齐驱，甚至读起来更具一种参差错落之美。"苏能以诗入词，词之疆域始广；辛（指辛弃疾，作者按）能以文入词，而词之气始大。"[6] 比如苏轼的《水调歌头》：

> 丙辰中秋，欢饮达旦，大醉。作此篇，兼怀子由。

[1] 元曲三百首 [M].张燕瑾，黄克，选注.北京：人民文学出版社，2021：前言.
[2]（宋）苏轼.东坡集.[M].南宋前期刊本.金泽文库旧藏，卷一：和子由论书.
[3]（清）刘熙载.艺概 [M].上海：上海古籍出版社，1978：120.
[4]（宋）李清照.李清照集笺注（修订本）[M].上海：上海古籍出版社，2013：289.
[5]（宋）苏轼.苏轼诗词选 [M].孔凡礼，刘尚荣，选注.北京：中华书局，2005：前言 11.
[6] 朱庸斋.分春馆词话 [M].广州：广东人民出版社，1989：1.

明月几时有，把酒问青天。不知天上宫阙，今夕是何年。

我欲乘风归去，又恐琼楼玉宇，高处不胜寒。起舞弄清影，何似在人间。

转朱阁，低绮户，照无眠。不应有恨，何事长向别时圆。

人有悲欢离合，月有阴晴圆缺，此事古难全。但愿人长久，千里共婵娟。

这首词可谓典型的豪放中流淌着婉约，也许正是由于如此拿捏之度，才造就了其千古中秋词第一的地位。[1] 由于苏轼等人对词的这种改革，以及靖康之变"衣冠南渡"等原因，使得宋词自南宋起便逐渐脱离音乐属性，变成"调有定格，字有定数，韵有定声"[2] 的长短句文体。另外，词的格律比诗更加严苛且鲜有拗救之说，往往除正格之外还有很多变格。所以诗的格律必须记住，但词的格律则无须背，诗创时上网查谱、校验即可。

借机提一下，一半以上的《水调歌头》传世之作，都会像苏轼那样在上（下）半阕的非平声韵脚处设计有"句中韵"，如："去""宇"。此可谓慢词中的"惯技"，因其能避免"句长韵远"的单调，呈现一种用韵上的交错之美，诗创人不可不知。

（3）曲

元代虽然在中国历史上存在的时间不足百年，但"一代有一代之文学"（王国维《宋元戏曲史·序》），属于元代之文学者非元曲莫属。元曲由两部分组成：一是杂剧，比如元曲四大家的代表作：《窦娥冤》（关汉卿）、《倩女离魂》（郑光祖）、《汉宫秋》（马致远）、《梧桐雨》（白朴），以及元代王实甫的《西厢记》。

元曲的另外一部分就是更为现代人熟悉的散曲了。散曲与杂剧相比，没有科白（即戏曲作品中角色的动作与道白），只有独立的"唱段"，故无法成为自成体系的剧。比较著名的散曲作品如大家耳熟能详的马致远的《越调·天净沙·秋思》：

枯藤老树昏鸦，小桥流水人家，古道西风瘦马。

夕阳西下，断肠人在天涯。

元代张养浩的《中吕·山坡羊·潼关怀古》：

峰峦如聚，波涛如怒，山河表里潼关路，望西都，意踌蹰。

伤心秦汉经行处，宫阙万间都做了土。兴，百姓苦，亡，百姓苦。

---

[1] 南宋胡仔于《苕溪渔隐丛话》书中曰："中秋词自东坡水调歌头一出，余词尽废。"

[2]（明）徐师曾. 文体明辨序说 [M]. 罗根泽，点校. 北京：人民文学出版社，1998：164.

还有元代姚燧的《越调·凭栏人·寄征衣》，也是一首非常耐人玩味的小令：

> 欲寄君衣君不还，不寄君衣君又寒。寄与不寄间，妾身千万难。

虽然散曲有时很像词，但还是有不少区别，比如散曲里"不仅可以增加大量衬字，甚至还可以增加句子。从形式上看，有无衬字是曲与词最明显的区别；又，曲之韵脚平仄通押，用字不避重复，从这一点看，词律严于曲律"[1]。

诗词曲，一言以蔽之：诗庄，词媚，曲俗。虽然失之偏颇，但亦算中肯。

不建议涉足元曲

笔者建议诗创学到词就可以打止了，元曲顶多肤浅了解，蜻蜓点水熟读屈指可数的几篇经典之作即可。如类似以上所举之曲例。因为稍微过度"沾染"了元曲，则整个诗创的风格就会被带偏。唐诗宋词元曲，虽然可并列而论，但与唐诗宋词相比，元曲整体上确实偏口语俚俗。最关键的是，诗与词早早就脱离了音乐旋律的羁绊，而逐渐在文人士大夫手里演变成一种经典的文体，但元曲从诞生到式微，几乎一直与谱律说唱紧密勾连，绝少作为一种单独的文字文体而存在。说白了，它其实就是元代"24K 足金"的流行歌曲歌词而已。现在你可以说某人诗写得很有意境，词填得很有味道，却很少听说过夸当今谁"元曲"创制得一流的。

而且现在写"元曲"和当时关汉卿、王实甫等人写元曲完全不一样，人家依曲谱填完了就有伶工能唱。你现在的人再装模作样地写个什么元曲，请问有谁唱？依什么谱唱？现代人喜闻乐见的是当代歌曲。所以元曲的地位非常尴尬，也是上下两不靠：向上它够不上唐诗宋词的诗美境界，要说通俗它又根本不是当代流行歌曲歌词的对手。元曲胜过唐诗宋词的地方就是它"多以本色语擅胜场，也就是采集人民口头语言，给以加工提炼"[2]，即更亲民、更落地。但它只是亲元明之民、落元明之地，而不是互联网时代的当今之民、当今之地。故对今人来说就不建议涉足元曲了，无论是诗创还是鉴赏，除了少数纯研究及专业人士外。

4. 对联

对联是一个特殊的文体概念。说它特殊是因为从学术文史的角度看，它其实不属于诗词——这与我们很多人惯常的认知好像有些不同。对联是一种独立的语言艺术形式，属独立的文体。它可以写在纸上、布上，或者刻在竹子上、木头上、柱子上等。虽不划归为诗词，但因为对联实际是从古代诗文、辞赋的对偶句逐渐演化发

---

[1] 元曲三百首 [M]. 张燕瑾，黄克，选注. 北京：人民文学出版社，2021：前言.
[2] 龙榆生. 词曲概论 [M]. 北京：北京出版社，2003：128.

展起来的。旧体诗、对联虽然属于不同的文体，但是讲诗创的时候我们一定要讲对联，也往往把对联和对仗一起来讲，因为对仗是诗词格律三个基本要素之一。

对联的案例，我们看相传是清代的袁枚与状元秦大士游苏堤时同谒南宋岳飞墓，袁枚出的上联，秦大士对的下联：

> 人从宋后羞名桧；我到坟前愧姓秦。

此联后来也成了杭州岳王庙的名联。[1] 它可按"一三一二"的节奏来断读，以突出其中的重点字"羞""愧"。[2] 还有于右任赠蒋经国的对联 [3]：

> 计利当计天下利；求名应求万世名。

以及昆明太华寺余音绕梁、禅意十足的佚名联：

> 听鸟说甚；问花笑谁？

5. 新诗

新诗是五四运动以后流行的一种白话诗体，它是自由而不遵平仄的。比如徐志摩的《再别康桥》、余光中的《乡愁》、郑愁予的《错误》、卞之琳的《断章》、席慕蓉的《一棵开花的树》、北岛的《回答》等，还有顾城著名的短诗《一代人》：

> 黑夜给了我黑色的眼睛，我却用它寻找光明

以及笔者几首非常短的新诗案例：

诗

以为是创意

其实，是天忆

要强调的是，这个"天忆"是"忆"而不是"意"。要是写成"意思"的那个"意"，就真的很没意思了，毫无境界，便不成为诗了。

时间

——夜读觉者李尔纳文集《桥接天堂与人间》有悟

诞生与开悟之间的足迹

---

[1] 谷向阳，刘太品. 对联入门 [M]. 北京：中华书局，2007：170.
[2] 朱庆文. 楹联十讲 [M]. 杭州：西泠印社出版社，2016：97.
[3] 同 [1]48.

悟
——与觉者灵雍对话

网

一望无际

一忘无际

一忘无迹

一望无际

　　新诗与旧诗到底孰优孰劣，争了几十年，现在还在辩。作为中国诗歌学会、中华诗词学会的会员，笔者其实是既写新诗也填旧诗的，两者都喜欢，但更爱旧诗一些。跳出那种无谓的争论，我们可以简单对比一下新诗旧诗各自的特点。其实两者在很多维度上都恰好相反。比如说旧诗有两千余年的高寿，那么新诗才刚过百岁。公认的第一首新诗是胡适先生创作于1916年、1917年发表在《新青年》杂志上的《两只蝴蝶》：

　　　　两只黄蝴蝶，双双飞上天。不知为什么，一只忽飞还。

　　　　剩下那一只，孤单怪可怜。也无心上天，天上太孤单。

　　很明显，新诗的鼻祖当时还颇显稚嫩，没有完全脱离旧诗的窠臼。

　　旧诗特别是格律诗词，非常讲究平仄格律，条条框框很多。填制旧体诗相当于戴着脚镣跳舞；新诗则几乎完全自由，没有限制——只是别忘了换行（回车），否则就跑散文它们家去了——因为"串门"次数多了，便有了"散文诗"一体。旧诗可谓古代文人凭专业本职所制，科举考试就是考诗赋，这是当时文人士大夫的第一社会竞争力，必须专业才行。很多旧诗非常经典，但却非常难写，而一旦写成，又非常容易背诵、传播。另外旧诗的各类诗体大多数在最开始时也都是能合乐而歌的。

　　新诗则是现在的诗人与诗歌爱好者凭借业余的能力所为，即我们现在没有一个专职靠写新诗谋生的职业了。然后是数量很多，因为没有任何标准和限制，谁都可以写，有的人一天可以写几十首新诗。这么容易写出来，就很难称经典，很难记，更没法唱。借用东南大学教授王步高的说法，"全校（东南大学）40000余学生，你找不出一个背不出20首古诗的，但也找不出一个能背20首新诗的。"[1]

[1] 王步高. 诗词格律与写作 [M]. 南京：东南大学出版社，2020：1.

第二章

诗词格律三要素

　　一般倾向于把押韵、平仄、对仗称为诗词格律的三个基本要素（王步高教授将此三者及"文言"，列为格律诗的四要素[1]）。何为格律？它是指诗、词、曲、赋等关于字数、句数、对仗、平仄、押韵等方面的格式和规律。[2] 字面上也可理解为：格指格式（或格调），律指韵律。按照一定的范式创意出来的富有韵律的诗词就是格律诗词。中国有格律，其实外国或其他语言文化里也有，只不过是按照他们语言的规则而已。

一、押韵

1. 不谐韵者岂为诗

　　笼统地说，中国古代文学主要有韵文、散文两大体裁。其中韵文又可细分为诗、词、曲、赋。散文则可分为散文、小说、戏剧。当然戏剧的唱词部分也属韵文的范畴。

　　总体来说，中国"诗歌及其他韵文的用韵标准，大约可分为三个时期：唐以前为第一期。在此时期中，完全依照口语而押韵。唐以后，至五四运动以前为第二期。在此时期中，除了词曲及俗文学之外，韵文的押韵，必须依照韵书，不能专以口语为标准。五四运动以后为第三期。在此时期中，除了旧体诗之外，又回到第一期的风气，完全以口语为标准"[3]。

　　《文心雕龙·声律》中云："异音相从谓之和，同声相应谓之韵。"[4] 追溯源头，所有的诗歌都是押韵的，无论中外。为什么？因为要背诵传唱。亚里士多德曾说："由于模仿及音调感和节奏感的产生是出于我们的天性（格律文显然是节奏的部分），所以，在诗的草创时期，那些在上述方面生性特别敏锐的人，通过点滴的积累，在即兴口占的基础上促成了诗的诞生。"[5] 在诗早期的文化语境里，其传承更多是仰仗说唱与听，而不是写与看——因为无"纸"可记，故押韵谐音就显得尤为重要。

　　中国最早的诗相传是上古炎黄时代的民歌《弹歌》，只有 8 个字，分成 4 句：

　　　　断竹，续竹；飞土，逐肉（一说"肉"为"害"）。

　　极简而生动地描绘了原始狩猎劳动的过程（一说此诗为"守孝歌"）：断竹，就是砍下竹子；续竹，就是把竹子制作成弓箭；飞土，出发打猎了所以尘土飞扬；

---

[1] 王步高. 诗词格律与写作 [M]. 南京：东南大学出版社，2020：1.

[2] 汉语大词典（第四卷）[M]. 上海：汉语大词典出版社，1989：994.

[3] 王力. 汉语诗律学 [M]. 北京：中华书局，2015：3.

[4] （南朝梁）刘勰. 文心雕龙 [M]. 王志彬，译注. 北京：中华书局，2012：385.

[5] [古希腊] 亚里士多德. 诗学 [M]. 陈中梅，译注. 北京：商务印书馆，1996：47.

逐肉，追逐猎物。如按《中华通韵》此诗是不押韵的，但若按《平水韵》则是押韵的：韵脚"竹""肉"，都属于入声部的一屋韵。

作为诗词格律的三要素之一，押韵最好理解，它是指在诗词歌赋中，规定句子的末字使用韵母相同或者相近的字。押韵有四个关联概念：声母、韵母、声调、韵脚。比如说我们看"燃"字：rán，它的声母是"r"，韵母是"an"，声调是阳平（二声）；代入诗中成为押韵句的句脚，就称为韵脚。比如看杜甫的五绝《绝句》：

江碧鸟逾白，山青花欲燃。
今春看又过，何日是归年。

其中韵脚字"燃""年"押《平水韵》的一先韵部。律诗都是押平声韵，而词和曲则平上去入四声调皆可入韵。

王步高教授曾说：诗词曲赋都是韵文，以押韵为基本条件，所以严格来说那种不押韵的根本就不叫诗。施向东先生也对押韵有过一段精辟的论述："心理学理论指出，当人们的'期待'得到实现时，内心会产生快感和美感。诗句的第一个入韵字往往给人暗示，使人产生期待。当下一个入韵字按照预期的节奏来到时，这种回环的美感便会产生，而且会对人的理解、记忆产生帮助。"[1] 我们看盛唐王维的《鹿柴》：

空山不见人，但闻人语响。
返景入深林，复照青苔上。

因为押的是仄声韵，"响""上"属《平水韵》的二十二养韵，故只能算古诗而不是格律诗。词也一样，唐代诗人温庭筠的《清平乐（yuè）·其二》：

洛阳愁绝，杨柳花飘雪。终日行人争攀折，桥下水流呜咽。
上马争劝离觞，南浦莺声断肠。愁杀平原年少，回首挥泪千行。

词的押韵比较复杂，此词上阕4个韵脚"绝""雪""折""咽"押《词林正韵》的第十八部入声韵，下阕3个韵脚"觞""肠""行"则换成了第二韵部的平声韵了。词的韵脚位不像诗那么固定，是因为"诗基本上是偶句押韵的，词的韵位则要依据曲度。韵位大都是音乐上停顿的地方"[2]，所以受乐曲的制约性很大。

[1] 施向东 . 诗词格律初阶 [M]. 天津：天津大学出版社，2001：11-12.
[2] 夏承焘，吴熊和 . 读词常识 [M]. 北京：中华书局，2001：6.

再看两首诗歌翻译的案例。殷夫诗译匈牙利诗人裴多菲的著名诗篇：

> 生命诚可贵，爱情价更高。
> 若为自由故，二者皆可抛。

虽然殷夫所处时代是 20 世纪二三十年代，正是旧诗转新诗的巨大交汇期，但这首诗依然带有很深的中国古典诗歌的烙印，也是押韵的。

还有一首是曾缄先生诗译仓央嘉措的著名诗篇：

> 曾虑多情损梵行，入山又恐别倾城。
> 世间安得双全法，不负如来不负卿。

这是一首合辙押韵的七绝诗，曾缄先生早年毕业于北京大学文学系，受教于著名语言文字学家、国学大师、诗人黄侃。所以他肯定在平仄格律上不会出错。其中的"行""城""卿"都是押《平水韵》中的八庚韵。

清代学者、诗人沈德潜曾在《说诗晬语·卷上》第五十五中有云："诗中韵脚，如大厦之有柱石，此处不牢，倾折立见。"这绝不是耸人听闻，如果不押韵，真的就只是古代散文了，焉可称诗？而且，"出韵是近体诗的大忌。科举考试时，出了韵，便肯定落榜，所以诗家无论如何都要设法避免出韵"[1]。

2. 汉语音韵三阶段

"汉字读音大体上经历了三次变化：汉代以前的读音被称为上古音，南北朝至唐代的读音被称为中古音，宋元明清的读音被称为近代音。汉字古音（这里说'古音'指的是'上古音'和'中古音'）怎么读，其实谁也说不太准。我们今天说某个字的古音用国际音标如何读，说的都只是推测出的'拟音'。"[2]

打个比方，如果老子与孔子交流时，李白、杜甫突然穿越回去，估计是一句也听不懂，就是因为老子、孔子是处于上古音的时代，而李白、杜甫则是中古音时代，读音差别甚大。

3.《平水韵》

历代的韵书均需由皇帝钦定颁布，诗及诗韵的重要地位由此可见一斑。

---

[1] 施向东 . 诗词格律初阶 [M]. 天津：天津大学出版社，2001：24.
[2] 王力 . 中国古代文化常识（插图修订第四版）[M]. 北京：世界图书出版社，2008：261.

　　《平水韵》是宋人在总结唐诗用韵的基础上产生的一部韵书，也是我们现在参照古韵吟诗的一个标准韵书。其演变大致是这样的：隋代的陆法言编撰的《切韵》可谓目前已知最早成体系的韵书，总共有193韵，虽然全面但确实烦琐。后来唐代的孙愐根据《切韵》修编成了一部《唐韵》，有206韵，因为部分韵部可以通押，故实际韵部有112个。再后来到了宋代，陈彭年等人又在《唐韵》的基础上编撰了《广韵》，作为宋代的官韵系统，有206韵，因部分韵部可通押，实际韵部有108个。理论上韵部的数量越多，你要按它来吟诗填词押韵的话，每一个韵部可用的韵脚（字数）就越少，诗创的自由及内涵的呈现必然受限。

　　为适应语音语言的演变，有感于之前诸多韵书过分细化，在宋末元初就由山西平水籍（这也是为何后来称为《平水韵》的原因）的官员刘渊、王文郁先后完成了《平水韵》总共106韵的重新划定编撰，最后被定格在清康熙年间的《佩文韵府》里。这106韵，平声有30个韵部，仄声的上声有29个韵部、去声有30个韵部、入声有17个韵部：

　　平韵：平声（30韵部）

　　上平声：一东、二冬、三江、四支、五微、六鱼、七虞、八齐、九佳、十灰、十一真、十二文、十三元、十四寒、十五删。

　　下平声：一先、二萧、三肴、四豪、五歌、六麻、七阳、八庚、九青、十蒸、十一尤、十二侵、十三覃、十四盐、十五咸。

　　仄韵：上声（29韵部）

　　一董、二肿、三讲、四纸、五尾、六语、七麌、八荠、九蟹、十贿、十一轸、十二吻、十三阮、十四旱、十五潸、十六铣、十七筱、十八巧、十九皓、二十哿、二十一马、二十二养、二十三梗、二十四迥、二十五有、二十六寝、二十七感、二十八俭、二十九豏。

　　仄韵：去声（30韵部）

　　一送、二宋、三绛、四寘、五未、六御、七遇、八霁、九泰、十卦、十一队、十二震、十三问、十四愿、十五翰、十六谏、十七霰、十八啸、十九效、二十号、二十一个、二十二祃、二十三漾、二十四敬、二十五径、二十六宥、二十七沁、二十八勘、二十九艳、三十陷。

　　仄韵：入声（17韵部）

一屋、二沃、三觉、四质、五物、六月、七曷、八黠、九屑、十药、十一陌、十二锡、十三职、十四缉、十五合、十六叶、十七洽。

因为近体诗都是押平声韵的，所以这30个平声韵部还有一种细分就是按每部字数由多到少分成了四类：宽韵、中韵、窄韵、险韵。宽韵自然就是指该韵部里可供选择作为押韵韵脚的字最多，最便于创作，比如：四支、一先、七阳、八庚、十一尤、一东、十一真、七虞。中韵包括：十三元、十四寒、六鱼、二萧、十二侵、二冬、十灰、八齐、五歌、六麻、四豪。诗友们尤其是初学者吟诗时，应优先选用宽韵、中韵作韵脚。相反，窄韵、险韵就是可供选择的韵脚字数偏少，部分限制了诗创的自由度。比如，窄韵：五微、十二文、十五删、九青、十蒸、十三覃、十四盐；险韵：三江、九佳、三肴、十五咸等。

这里面有一个有趣的现象：南朝陈与隋代的诗人，以及今天的我们，在吟诗时，江阳这两个韵部都是通押的（因为口语明明是押韵的）。但偏偏到了盛唐以后，江阳二韵就绝对不能通押了，就是因为唐人科举的应试要求按韵书来押韵，而在《唐韵》里江阳分属不同韵部了，即以韵书的规矩拘束了人们口语的习惯。同理，其他像元韵和先韵等，在六朝时期的先人和我们今天后人眼里，也都是可以通押的，但却被盛唐所禁止。"这一切都表示唐以后的诗歌用韵不复是纯任天然，而是以韵书为准绳。虽然有人反抗过这种拘束，终于敌不过科举功令的势力。"[1]

4.《词林正韵》

如果说吟诗主要依《平水韵》的话，填词就得依《词林正韵》了。

《词林正韵》是清代的戈载在总结宋词用韵基础上编撰的韵书（初版于1821年）。所以我们可以认为宋词用韵大体上无出《词林正韵》，虽然它是清代人编的。这与《平水韵》一样，虽然唐朝实际并没有《平水韵》一书，但它是宋朝末年的刘王二人根据前朝韵书及唐人写诗用韵总结出来的，故也可以等同认为唐人吟诗就是遵从《平水韵》的。另外，清代的《词林正韵》跟宋代的《平水韵》其实有很大的渊源，因为戈载等于是把《平水韵》的106个韵部大大缩编了，变成19个韵部的《词林正韵》。从106个变成19个，韵部数大大减少，必然带来每部韵脚数的大大增多。所以总的来说，现在即便按古韵填制诗词，词比诗在韵脚的选择上更从容自如。也是因为这个原因，前面所说的什么宽韵、险韵，主要是针对（依古韵）吟诗而说的，

---

[1] 王力. 汉语诗律学 [M]. 北京：中华书局，2015：5.

填词就没有险韵一说了。

《词林正韵》的十九个韵部罗列如下，每部内都是通押的。但个别词牌如《满江红》《忆秦娥》《念奴娇》等，按惯例正格都是通篇押入声韵，而不能上去入混押，需注意。

第一部：平声，一东二冬，通用；上声，一董二肿；去声，一送二宋，通用。

第二部：平声，三江七阳，通用；上声，三讲二十二养；去声，三绛二十三漾，通用。

第三部：平声，四支五微八齐十灰（半），通用；上声，四纸五尾八荠十贿（半）；去声，四寘五未八霁九泰（半）十一队（半），通用。

第四部：平声，六鱼七虞，通用；上声，六语七麌；去声，六御七遇，通用。

第五部：平声，九佳（半）十灰（半），通用；上声，九蟹十贿（半）；去声，九泰（半）十卦（半）十一队（半），通用。

第六部：平声，十一真十二文十三元（半），通用；上声，十一轸十二吻十三阮（半）；去声，十二震十三问十四愿（半），通用。

第七部：平声，十三元（半）十四寒十五删一先，通用；上声，十三阮（半）十四旱十五潸十六铣；去声，十四愿（半）十五翰十六谏十七霰，通用。

第八部：平声，二萧三肴四豪，通用；上声，十七筱十八巧十九皓；去声，十八啸十九效二十号，通用。

第九部：平声，五歌，独用；上声，二十哿；去声，二十一个，通用。

第十部：平声，九佳（半）六麻，通用；上声，二十一马；去声，十卦（半）二十二祃，通用。

第十一部：平声，八庚九青十蒸，通用；上声，二十三梗二十四迥；去声，二十四敬二十五径，通用。

第十二部：平声，十一尤，独用；上声，二十五有；去声，二十六宥，通用。

第十三部：平声，十二侵，独用；上声，二十六寝；去声，二十七沁，通用。

第十四部：平声，十三覃十四盐十五咸，通用；上声，二十七感二十八俭二十九豏，去声；二十八勘二十九艳三十陷，通用。

第十五部：入声，一屋二沃，通用。

第十六部：入声，三觉十药，通用。

第十七部：入声，四质十一陌十二锡十三职十四缉，通用。

第十八部：入声，五物六月七曷八黠九屑十六叶，通用。

第十九部：入声，十五合十七洽，通用。

5.《中华通韵》

《中华通韵》是目前最新的韵书，由国家语委语言文字规范标准审定委员会于2019 年 3 月审定通过，并于同年 11 月 1 日由教育部、国家语言文字工作委员会发布试行。但该韵书并不会取代旧韵书（《平水韵》《词林正韵》），而是实行"双轨并行"制，尽最大可能地兼顾不同用韵风格的广大诗词爱好者。[1]

《中华通韵》有十五个韵部，分列其名称及韵母如下：

一啊：a, ia, ua;　　　　　　　　　二喔：o, uo;

三鹅：e, ie, üe;　　　　　　　　　四衣：i (-i) ;

五乌：u;　　　　　　　　　　　　六迂：ü;

七哀：ai, uai;　　　　　　　　　　八欸：ei, ui;

九熬：ao, iao;　　　　　　　　　　十欧：ou, iu;

十一安：an, ian, uan, üan;　　　　十二恩：en, in, un, ün;

十三昂：ang, iang, uang;　　　　　十四英：eng, ing;

十五雍：ong, iong;

附加：儿，韵母为：er，几乎不用，因为该韵部里常用的韵脚字就 2 个：儿，而。

6. 吟诗作对该依什么韵？

这也是近几十年一直争论不断的问题，当然最好是你填制的诗词依古今哪种韵书体系都不出韵出律。但因为入派三声等原因，确实同时遵守古今韵书很难。那么如果难以两全其美非要二选一，笔者建议优先依古韵，即吟诗用《平水韵》，填词用《词林正韵》。个别场合为了寻求一种简便，你可以用《中华通韵》即普通话来押韵。

我们来看一些案例，比如笔者为广州九道茶舍的国孟沉香茶创意的广告文案，体裁是明代人天河钓叟（陈赏）定型的"鸳鸯交颈十字回文体"（以下简称十字回文诗）：祥天引水弄茶香好梦长。虽然只有 10 个字，但按照一定规律回环往复地读，可以读成一首合辙押韵的 28 个字的七言绝句：

---

[1] 中华人民共和国教育部 .《汉语手指字母方案》和《中华通韵》两项国家语委语言文字规范正式实施 [EB/OL].（2019-11-01）[2024-01-28]. http://www.moe.gov.cn/jyb_xwfb/gzdt_gzdt/s5987/201910/t20191031_406311.html.

祥天引水弄茶香，水弄茶香好梦长。

长梦好香茶弄水，香茶弄水引天祥。

这首七绝正好是同时遵循《平水韵》及《中华通韵》。虽然古典诗词诞生于古代，我们现在吟诗填词好像是遵循古韵显得更正统、更雅致一些，但在某些特殊场合，可能用《中华通韵》会更合适。比如笔者首倡的"写意音乐剧"新文创理念（将在本书第六章里详细介绍），因为是唱给当今老百姓而不是古人听的，最后就选择依新韵而创。

7. 押韵的禁忌

（1）出韵

诗词押韵也有一些禁忌要避免。第一个肯定是出韵，即诗词中的韵脚字没有按规定出自同一韵部，而是用了其他韵部的字。比如看笔者的七绝诗《尺八》：

乐谐黄吕在瑶台，花尽神州隔海开。

吹破红尘千古色，一音成佛去如来。

如果末句改成"一音成佛去如山"，先别管通不通，韵脚字"山"与"台""开"都不在一个韵部里，就出韵了。在古代"科场中，诗出了韵（又称落韵），无论诗意怎样高超，只好算是不及格"[1]。

（2）重韵

重韵就是指一首诗里重复用相同的字作韵脚，这也是大忌。新手尤其会在律诗中常见，虽然总共才八句，但往往也"看不见"。比如把以上诗例的末句改成"一音成佛落天台"，还是先别管是否通顺，居然在四句里重复两次用了"台"作韵脚，那么和"台"同为十灰韵部的至少75个常用字，均表示委屈和不服。

另外，若是同一韵部不同的字，但意思相近或相同，也应避免。比如用了"香"字就别再用"芳"字作韵脚了；用了"花"字就别再考虑用"葩"字了；用"忧"字作了韵脚"愁"字就别想了。否则就等于昭告天下自己词汇量不足。

（3）凑韵

凑韵是初学者经常会犯的另一个毛病，只是明显与否。它是指虽然所有韵脚字

---

[1] 王力. 汉语诗律学 [M]. 北京：中华书局，2015：45.

均在同一韵部，但部分韵脚字的选用使得它在本句内部或跟前后句之间的语义、逻辑、调性等不一致，明显有一种凑字的嫌疑。比如上例中的末句若改成"一音成佛不悔哉"，高手一眼就能看出败笔：阿弥陀佛，终于凑上个韵。

（4）僻韵

这指用不常见的生僻字作韵脚。如一东韵里的"鬷"（zōng）：扇动翅膀上下飞；三江韵里的"娏"（máng）：古书上说的女神名；九青韵里的"罃"（yíng）：岭罃，山深貌……连大学中文教授都没几个能认全的，那你酸不溜秋地从《古代汉语字典》里扒开"棺材盖"，刨出来几个镶在韵脚，是何居心呢？清代诗人袁枚曾说过："李杜大家，不用僻韵，非不能用，乃不屑用也。"[1]

（5）大韵与小韵

另外两种情形是指大韵与小韵引起的"干扰韵"，二者属"八病"里的两病。"八病"将在本书第四章中"诗的'八病'"小节详述。

简言之，大韵可理解为诗中的非韵脚字使用了韵脚字的韵母，如果是白脚处（指诗词中不需用的那句尾脚）犯大韵则读来更加别扭。小韵是指非韵脚的字都没有与韵脚字撞韵，但在一联中它们之间出现互相撞韵的字。这两种情形能避免尽量避免，因为读来确实有"不谐感"。看两首非常有名的诗例，王安石的《七绝·泊船瓜洲》：

> 京口瓜洲一水间，钟山只隔数重山。
> 春风又绿江南岸，明月何时照我还。

以及中唐韩愈的《七绝·早春呈水部张十八员外二首·其一》：

> 天街小雨润如酥，草色遥看近却无。
> 最是一年春好处，绝胜烟柳满皇都。

王诗第二句"钟山"的"山"与其韵脚处的"山"理论上既属重字，又犯大韵——当然你也可当成半个修辞技巧来理解；首联里的"口""洲""钟""重"韵母都相同，均犯小韵。尾联"南""岸"（白脚）与韵脚字"还"撞韵，犯了大韵。韩诗上联"如"字与韵脚字"无"同韵母，犯大韵；"天""看"同韵母，犯小韵。尾联"处"（白

---

[1]（清）袁枚.随园诗话（共两册）[M].顾学颉，校点.北京：人民文学出版社，1982：186.

脚）亦与韵脚字"都"同韵母，犯大韵；"年""烟"同韵母，犯小韵。

　　大韵、小韵到底算不算诗病，目前尚无定论。但大韵肯定比小韵严重程度更高，前人这样的案例也很少，故新手一定要避免。小韵如要彻底避免则显得过于苛刻，即便唐宋的诗人与诗论家也均不避忌，初学者注意不要过多犯小韵即可。王安石的诗里大韵、小韵犯了个遍，但还依旧成为千古名篇，有人说就是因为其诗眼"绿"太出彩了，好像把大韵、小韵的瑕疵给掩饰了一样，也有一定道理。

　　还有一种用韵的情形也值得一提。看盛唐王昌龄的七绝《从军行七首·其五》：

大漠风尘日色昏，红旗半卷出辕门。

前军夜战洮河北，已报生擒吐谷浑。

　　第一句韵脚字"昏"和末句的韵脚字"浑"，声母韵母均相同只是声调不一样。当代"网络专家"称其为"连韵"。但实际上诸多权威辞典没有一个知道"连韵"为何意。而且历代诗家要么对同一种情形的命名各异，要么同一称谓在不同时代不同诗家手里又表示不同含义，给训诂和考据带来不少麻烦。比如日僧空海在《文镜秘府》中就把"连韵"定义为五言诗的"第五字与第十字同音"[1]，此处"音"当作韵母解释。显然与此诗例中的情形不匹配。一首诗词尤其是绝句与小令，居然找不到其他韵脚字而使用了声母韵母相同的字，实属不该，除非有特殊理由——比如王昌龄诗中的"吐谷浑"是专属人名可以原谅，我们诗创初学者最好不要用这些古代的特例为自己找借口。

8. 诗词唱和用韵

　　诗词写到一定水平，且寻得三五同道中人群聚而吟，难免互有唱和（hè），于是诗作的题目中经常有和韵、步韵、次韵、依韵等字眼。现在也简单介绍一下。

　　和韵：按照目前权威的解释，和韵一般理解为一个总的"和诗"用韵的概念，唐代以前的诗人大多并不依原韵来和诗，可谓和诗不和韵。唐代以后诗人相互唱和时一般就都依原韵来奉和了。和韵具体有依韵、用韵、次韵三种。[2]我们具体看案例。

　　和诗（不和韵）：学者考证，目前诗歌史上已知最早的一组有名有姓的唱和诗，恰恰是楚霸王项羽垓下诀别宠姬虞氏的《歌》：

---

[1] [日] 遍照金刚（空海）.文镜秘府论汇校汇考 [M].卢盛江，校考 .北京：中华书局，2006：188.
[2] 大辞典 [M].中国台北：三民书局，1985：729.

> 力拔山兮气盖世，时不利兮骓不逝。
>
> 骓不逝兮可奈何，虞兮虞兮奈若何。

以及虞姬的和诗《和项王歌》：

> 汉兵已略地，四方楚歌声。
>
> 大王意气尽，贱妾何乐生。

由此可知最初的唱和诗其实是相互独立的，不但韵脚不同，甚至连每句字数也不一样，即和诗不和韵。这种酬和诗相对最容易创作，因为律韵限制最少。

依韵：和诗的韵与原诗在同一韵部，但不忌讳偶用原诗之韵脚字。现存最早依韵和诗的案例是三国时期的陈思王曹植和南朝梁的江淹两人的和诗。曹诗是《赠丁仪诗》：

> 初秋凉气发，庭树微销落。凝霜依玉除，清风飘飞阁。
>
> 朝云不归山，霖雨成川泽。黍稷委畴陇，农夫安所获。
>
> 在贵多忘贱，为恩谁能博。狐白足御冬，焉念无衣客。
>
> 思慕延陵子，宝剑非所惜。子其宁尔心，亲交义不薄。

江淹的和诗是《杂体诗三十首·其五·陈思王曹植赠友》：

> 君王礼英贤，不吝千金璧。双阙指驰道，朱宫罗第宅。
>
> 从容冰井台，清池映华薄。凉风荡芳气，碧树先秋落。
>
> 朝与佳人期，日夕望青阁。裹裳摘明珠，徙倚拾蕙若。
>
> 眷我二三子，辞义丽金膲。延陵轻宝剑，季布重然诺。
>
> 处富不忘贫，有道在葵藿。

二诗同属入声韵的十药韵部，且大部分韵脚字不相同，故是依韵。创作难度排第三。

用韵：用韵是限制用原诗的韵脚之字，但不限制出现的顺序。比如除了唐代元（稹）白（居易）唱和之外，我们看另一对同朝代的唱和名家陆龟蒙与皮日休的诗例。陆龟蒙的原诗是七律《四月十五日道室书事寄袭美》：

> 乌饭新炊芼臛香，道家斋日以为常。

月苗杯举存三洞，云蕊函开叩九章。
一掬阳泉堪作雨，数铢秋石欲成霜。
可中值著雷平信，为觅闲眠苦竹床。

皮日休的和诗是七律《奉和鲁望四月十五日道室书事》：

忘朝斋戒是寻常，静启金根第几章。
竹叶饮为甘露色，莲花鲊作肉芝香。
松膏背日凝云磴，丹粉经年染石床。
剩欲与君终此志，顽仙唯恐鬓成霜。

两首诗的韵脚字同为"香""常""章""霜""床"，但出现的次序不一样。难度排第二。

次韵：也叫步韵，按序依次用原诗韵脚之字，可谓难度最大的唱和诗。目前已知最早的次韵唱和诗的案例是南北朝谢氏的《赠王肃诗》：

本为箔上蚕，今作机上丝。
得络逐胜去，颇忆缫绵时。

南北朝陈留长公主的《代（王肃）答（谢氏）诗》：

针是贯绅物，目中常纴丝。
得帛缝新去，何能衲故时。

看到此处，逻辑很清晰的诗友可能会发现以上还有一种情况没有被涵盖：如果用依韵方式和诗，但是每一个韵脚字都完全不一样，这叫什么？目前没有正式的学术称谓，但明末清初的诗人吴乔在《答万季野诗问》曾给出了一个说法："同其韵而不同其字者，谓之和韵。"相当于和韵除了以上所说的有一个总概念的属性，还有另外一个含义是指韵同字不同。[1]

不过正像瞿蜕园老先生曾告诫的那样"其一是咏物诗不宜多作……其二是和韵诗不易多作"[2]，因为两者都是因为限制性过强，不便于诗创的自由生发，意境的纵横驰骋。笔者恰恰也最不喜这两类诗，诗词作品里咏物诗或和韵诗很少。

---

[1] 黄君. 关于唱和诗用韵的考察 [J]. 中国韵文学刊：2016，30（2）：82-87.
[2] 瞿蜕园，周紫宜. 学诗浅说 [M]. 北京：当代中国出版社，2014：184.

二、平仄

1. 四声二元化

平仄作为诗词格律最基本的三要素之一，无疑也是三者中最重要的。平仄是指诗词中字的声调（即语言学概念的四声），归类为或"平"或"仄"两种相对的诗律学的属性。"在诗句之中平仄的区别主要不在声音的长短上，而在声音的高低上。可以说平仄律是借助有规律的抑扬变化，以造成音调的和谐优美。"[1]之所以说不在长短上，是因为"中古声调若有长短区别……其分界定在入（入声，笔者按）与非入（上去平三声，笔者按）之间，跟平仄无关"[2]。从发音角度来说，平声长仄声短，平声低仄声高（或者平声高仄声低，由古今及方言等诸多因素引起），入声发音最短促声调却最激昂。

根据古代韵书，古汉语中的四种声调平、上、去、入，平声韵字归为"平"，上、去、入三种声韵字都归为"仄"。比如在古韵中分别为平上去入四声的案例：空（一东韵部，平声）、恐（一董韵部，上声）、控（一送韵部，去声）、哭（一屋韵部，入声），其中"空"属于平声，"恐""控""哭"都属于仄声。其声母一样，所以叫一纽。在八病中也会涉及纽的概念。"哭"字是阴平声（《中华通韵》）为什么属仄声，其实它在古代（《平水韵》里）是不折不扣的入声字，属仄。此处牵涉到一个很重要、也很容易让当今的我们尤其是北方人迷惑的概念，就是入派三声，我们后面会讲到。

现在大部分学者都认同汉字的四声调为南朝文学家周颙（yóng）所发现，而同时代的沈约则率先将其实践总结成了诗歌创作中的声律。

和古代汉语类似，现代汉语的四声阴平、阳平、上声、去声（即一声、二声、三声、四声），阴平、阳平归为"平"，上声、去声归为"仄"。比如：荒（十三昂部，阴平，第一声）、黄（十三昂部，阳平，第二声）、谎（十三昂部，上声，第三声）、晃（十三昂部，去声，第四声）。荒、黄都属平声；谎、晃都属仄声。"上古的声调大约只有两大类，就是平声和入声。中古的上声最大部分是平声变来的，极小部分是入声变来的；中古的去声大部分是入声变来的，小部分是平声变来

---

[1] 袁行霈. 中国诗歌艺术研究（增订本）[M]. 北京：北京大学出版社，1987：122.
[2] 张洪明. 汉语近体诗声律模式的物质基础[J]. 中国社会科学，1987（4）：190.

的（或者是由平声经过了上声再转到去声）。"[1]
由中古音到近代音的变化可见右表[2]：

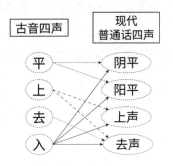

古今声调变化对应表

无论是古代汉语还是现代汉语，平仄就是四声二元化的一种归类体现，也可理解为它是阴阳在字的声律学上的一种呈现。为什么近体诗主要押平声韵？一个理由就是平声音长，便于吟唱特别是韵脚处的拖腔，更符合声律学的需求。

把平仄概念代入诗词，看中唐刘长（zhǎng）卿的五绝《平蕃曲三首·其三》：

绝漠大军还，平沙独戍闲。空留一片石，万古在燕山。
仄仄仄平平，平平仄仄平。平平仄仄仄，仄仄仄平平。

在古韵也就是《平水韵》里，"绝""独""一""石"都属仄声而不是平声，因为它们都是古入声字，但在《中华通韵》里却完全相反，全都归为平声了。另外此诗第三句为三仄尾（一片石），出律了。再看笔者创作的一首七绝：

山中（依新韵）

骤雨惊窗梦不成，断滴犹续夜无声。周遭隔作苍茫色，山远孤光一点灯。
仄仄平平仄仄平，仄平平仄仄平平。平平平仄平平仄，平仄平平平仄平。

为什么旁边必须标注"依新韵"的字样？这也是因为"滴"在古韵里是属于入声字，为仄，若按古韵此诗就出律了。但在《中华通韵》里它属平声，合律。故只能"依新韵"。

我们这里重温一下诗词作品韵系标注的默认规则，很多传统文化爱好者都不熟悉，闹了很多高雅的笑话授人以柄。诗词界默认的行规是：如果你要展示古诗词的韵系，比如你在盛唐王之涣的《凉州词》边上标注"依《平水韵》"，在宋代李清照的《如梦令》旁边标注"依《词林正韵》"，便是画蛇添足的笑话。为什么？因为它们本来就是依古韵被填制出来的，而不是依当代的《中华通韵》普通话。

---

[1] 王力.汉语诗律学 [M].北京：中华书局，2015：6.
[2] 周绍华.诗词写作入门与名篇赏析 [M].广州：华南理工大学出版社，2011：16.

第二种情况：当代人的原创诗词，如果你要是依《平水韵》或者《词林正韵》填制并且符合平仄格律，也无须多此一举地标注。

第三种情况：如果你是依《中华通韵》来填制，而且一检查确实有多处平仄不符合古韵的格律要求，那么就必须标注"依新韵"一类的字样了。

2. 入派三声

很多人都觉得古韵、今韵在平仄上有些"混乱"，造成此类现象最大的一个梗，就是"入派三声"。它是指元代以后，古代的入声逐渐地演变消失，分别被派入现在的平声（包括阴平、阳平）、上声、去声三个声调当中了。即现在《中华通韵》的韵部里面，古代入声没了。如果是古入声被派到现在的上声和去声两个大声部里，皆可不管，因为它还属仄声，平仄完全没变。比如："百""雪""不""各"，都是古入声字。其中"百""雪"是被派入今天的上声部，"不""各"是被派到了今天的去声部。这种派入对这四个字的平仄属性没有任何影响，声调虽变而平仄未变。但若古入声被派到今天的平声里去，产生了平仄属性的改变，这就麻烦了。这样的字大概有1000多个。当然，其中也只有部分会被我们经常用到：

八、杀、拔、薄、泊、约、托、郭、别、决、节、迭、结、说、桔、绝、缺、截、竭、插、鸭、夹、峡、出、一、实、七、失、疾、合、答、杂、达、活、泼、脱、喝、得、德、国、直、织、息、熄、识、食、黑、极、滴、敌、笛、劈、激、击、独、读、服、哭、福、熟、屋、竹、菊、逐、蝶、贴、叠、侠、捷、接、毒、烛、俗、发、滑、忽、筏、佛、白、择、泽、石、夕、席、昔、惜、拍、格、阁、隔、迹、及、急、集、十、汁、袭、吸、湿、拾、觉、学、桌、浊……

比如中唐孟郊的七绝《洛桥晚望》：

> 天津桥下冰初结，洛阳陌上人行绝。
> 榆柳萧疏楼阁闲，月明直见嵩山雪。

这是一首押仄韵（入声）的七绝，在普通话里，结、绝都属阳平声，但在古代，此诗中的结、陌、绝、阁、月、雪均为入声字。

3. 平仄通用字

还有一种特殊情况，就是在古韵里有一些字是平仄两用且意思相同，就是可平可仄的字，当然它只限于古韵，在《中华通韵》里并无这样的字，列举其中最常用的：

听（动词）、过（动词）、看、望、忘、叹、缠、探、醒、撞、敲、料、泯、漩、笸、驱、障、澜、么、欷、轲、廷、喷、嘘、站、潽、填、凭、偿、司、霓、茹、缔、诋、诽、批、挤、瞪、溶、淤、砭。

举一些相关案例，比如诗仙李白的古风《塞下曲六首·其一》：

> 五月天山雪，无花只有寒。
> 笛中闻折柳，春色未曾看。
> 晓战随金鼓，宵眠抱玉鞍。
> 愿将腰下剑，直为斩楼兰。

其中的"看"可平可仄，但因为在诗中是韵脚，必须平声，相当于"堪"的发音了。再看唐代来鹏的七绝《子规》：

> 月落空山闻数声，此时孤馆酒初醒。
> 投人语若似伊泪，口畔血流应始听。

"醒""听"在古韵里都是可平可仄且意义相同，因是韵脚须取其平声属性。

4. 诗词为何要讲平仄？

总是有很多诗友抱怨：现在吟诗作对，干吗非要讲究平仄？太影响我发挥诗意了！其实只有平仄两两搭配，按照音律交替的变化，读起来才最是抑扬顿挫，体现一种韵律美，自然也非常便于阅读记忆、吟咏传播。平仄的格律有一个最基本的原则，就是变化！你不能一平到底，也不能一仄到底，否则写的人和看的人都非常难受，就不是"诗愈系"而是"诗病系"了。比如我们把王之涣原版的七绝《凉州词》修改成一个每句全平全仄没有变化的诗对比看一下。有专家学者考证，我们在中学里学的其实是后世古人几番改版后的通行版，经过《唐诗三百首》及中学教科书的影响，以至于改版比原版还著名。[1] 现用原版作案例：

凉州词二首·其一

黄沙直上白云间，一片孤城万仞山。羌笛何须怨杨柳，春光不度玉门关。
平平仄仄仄平平，仄仄平平仄仄平。平仄平平仄平仄，平平仄仄仄平平。

---

[1] 盛大林. 王之涣《凉州词》异文全面考辨[J]. 商丘师范学院学报，2020，36（7）：49-55.

改诗（无平仄变化）

黄河波扬青云间，天帘屏遮千城山。野笛不许怨翠柳，春风何年飞西关。

平平平平平平平，平平平平平平平。仄仄仄仄仄仄仄，平平平平平平平。

大家自己读一读这种全无平仄轮换的诗句到底有多别扭。请再也别说什么"诗词只要意境美就行了，何必拘泥于什么平仄格律而限制了诗意"这一类放之四海而皆准的空话了。但现实中，越是水平低的，越爱把这句话挂在嘴边。真是"朽木"可雕、"孺子"不可教也。

不错，李白的旷世名篇确实大多为古风歌行一类不落窠臼的。但李白跟你不一样，他正好处于盛唐格律诗定格的时期，古风一类依然盛行。而且以诗而论李白本来就不是人而是仙，风流飘逸、天马行空、不循常理是他典型的风格。但唐代以后各朝诗之主体无一例外都是以今体诗为主而非平仄更自由的古风歌行体，也从侧面印证了你跨越时代、跨越语境，没打好今体诗的底子就去强行"起飞"追什么古风歌行体，是多么不切实际。新手务必先知规矩、学套路，熟练之后，步入了真正的高手行列，对境生情、有感而发。此时是循规还是破矩，全率性任由拿捏有度的诗力自如而为了，甚至都不是你来写诗，而是"让诗自己来写诗"了。

今体诗中平仄的这种要求其主要目的就是确保一句内部不能全平全仄，必须平仄不停地变换，此为横（向）不同；同时在一联内的上下两句之间，又要确保相同位置上的平仄要尽量相反（对），即竖（向）相反，从而使整首诗歌体现出韵律美。

当然我们不是说你只要依平仄格律创填诗词就万事大吉了，这些只是"大规矩"。从技巧性上、从意境美学角度来说，仍然有很多"细讲究"需要诗创人掌握。比如五言句"仄仄平平仄"里第二字与第五字，七言句"平平仄仄平平仄"里第四字与第七字，虽然同为仄声，但你不能全选"上""去"或"入"声，应"花搭"着填。为什么？我看还是只有古人最开始约定平仄格律时"秘而不宣"的初心在起作用，平仄需不断地变化，才是其永远不变的主旋律。比如笔者创意的一副禅联：

　　　　　　道有山中水；禅无世外缘。

其中的"有""水"都是上声，就有违这一条"规则"了。理论上应该改其中一字为去声或入声字。但反复琢磨：山和水，正好是阴阳的绝佳自然物象；有和无，亦为天生的工对组合。即便短短五个字内，"挤"进去2个上声字，使得整句的声调有些延沓之感，但后句里"世""外"两字均为去声，相当于句内这种重复上声字带来声情上稍多一些的柔缓，靠句外（对句）复用去声字所带来稍过的铿锵之感，正好在一个比"字面"更高一层的"句面"的维度，做某种程度的冲抵融洽了。也可谓顺应了另外一个惯用的说法"不以辞害意"，故笔者最后就没改。

但在笔者参加天台山唐诗之路雅集后创作的雅集诗的例子中，尾联原稿是：

飘然最爱天台雾；不惹清风不惹尘。

其中"最""爱""雾"居然连用三个"去"声字，反倒将此句的声情调性渲染成激昂拗怒的色彩而不是禅诗的从容恬淡。它本来应起铺垫煽情的作用，却部分地抢了后句的"戏"了，略显架构失度。权衡之后，笔者最后改成：

飘然最喜天台雾；不惹清风不惹尘。

"喜"字上声的长拖音使得尾联在声律上复归和谐美听了。而且"最喜"的平仄是"去上"，"去上""上去"此二声一扬（去）一抑（上），搭配可得顿挫之妙，因其"阴阳间用，最易动听"[1]，也是唐宋乃至晚清的词家颇为推崇的仄声组合。虽然是填词的"妙招"，但只要能让诗句吟诵起来音律更美，我们于对联及诗的写作中自然不也排斥，大家在今后的诗创中慢慢用心体验。

---

[1] 吴梅，黄节. 词学通论；曲学通论；诗学诗律讲义 [M]. 长春：时代文艺出版社，2009：9.

三、对仗及关联概念

诗词格律三要素最后一个是对仗。从诗词创作角度看，对偶、对仗、对联、楹联，它们既密切相关，同时也是广大诗友经常混淆的概念，所以在本小节里先讲解一下它们的定义，帮大家厘清异同。

1. 对偶

刘勰在《文心雕龙·丽辞》篇中言道："造化赋形，支体必双；神理为用，事不孤立。夫心生文辞，运裁百虑，高下相须，自然成对。"赵仲邑先生解释道："丽辞就是对偶的词句。在这篇里，刘勰认为对偶是客观存在的反映，是自然规律的体现。"[1]

对偶是修辞学上的辞格之一，用两个字数相等、句法类同的语句表现相反、相对或相关的意思。[2]大家注意对偶定义里并没有出现"平仄"，即不做要求：

一直被模仿，从未被超越——白话文广告语（对偶）

大漠孤烟直，长河落日圆——王维（对仗）

无奈宅家消疾疫，何如上网学诗词——黄胤然（对联）

溪云初起日沉阁，山雨欲来风满楼——唐·许浑（对仗）

日月两轮天地眼，诗书万卷圣贤心——宋·朱熹题白鹿洞书院（楹联）

对偶是最宽泛最基本的概念，所有的对仗、对联、楹联在修辞上也都算对偶，甚至白话文也可以写成对偶的形式。

2. 对仗

对仗是写律诗骈文时按照字音的平仄和字义的虚实做成对偶的语句。[3]对仗开始有"平仄"的要求了，而且也开始有出处了，从律诗或骈体文中衍生而出。比如：

露重飞难进，风多响易沉（唐代·骆宾王《五律·在狱咏蝉》的颈联）

---

[1] 赵仲邑.文心雕龙译注 [M].桂林：漓江出版社，1982：300.
[2] 夏征农，陈至立，主编.辞海（第六版彩图本）[M].上海：上海辞书出版社，2009：516.
[3] 同 [2]517.

五更鼓角声悲壮，三峡星河影动摇（杜甫《七律·阁夜》的颔联）

以及初唐诗人王勃的绝世之作《滕王阁序》里的：

关山难越，谁悲失路之人；萍水相逢，尽是他乡之客。

落霞与孤鹜齐飞，秋水共长天一色。

渔舟唱晚，响穷彭蠡之滨；雁阵惊寒，声断衡阳之浦。

网上有老师说对仗必须是五言、七言句，这就过于局限了，因为把骈体文的出处给忽略了。我们知道，骈文的对仗句很多都是用四言、六言甚至更长的语句写就的，故对仗也自然不拘泥于五言和七言，三言、四言、六言、多言都可以。

另外对仗还有一个不同于对联（楹联）的特征，就是对仗句末字也并不拘泥于平声收尾，亦可以仄音结尾。王步高教授在《诗词格律与写作》中总结对仗的基本要求时说"平仄相对，上联以仄声收尾，下联以平声收尾"[1]，显然对对仗的理解也过于保守，因为骈体文和词中很多对仗句在上下句尾字的平仄上是"上平下仄"，正好和律诗相反。比如王力老师在《汉语诗律学》中讲词中的对仗[2]：

碧海无波，瑶台有路……绮席凝尘，香闺掩雾（北宋·晏殊《踏莎行·其三》）

香冷金猊，被翻红浪（李清照《凤凰台上忆吹箫》）

宫粉雕痕，仙云堕影（南宋·吴文英《高阳台其二·落梅》）

角黍包金，草蒲泛玉……慢啭莺喉，轻敲象板（宋·杨无咎《齐天乐其二·端午》）

王力老师在书中将此《齐天乐》词作者归为北宋的周邦彦，应是笔误，实为杨无咎。另外，骈体文和词中的对仗是不避讳同位重字的，但需注意律诗中的对仗句和对联是必须避忌的。再看笔者的一首《七律·不负丹心日月从》：

夕影弥林霞未远，高山把酒意何浓？
汗衣冷似陂阴雪，诗句真如壁上松。
万里鹏云擎汉梦，千秋凤野隐唐龙。

[1] 王步高. 诗词格律与写作 [M]. 南京：东南大学出版社，2020：52.
[2] 王力. 汉语诗律学 [M]. 北京：中华书局，2015：654—655.

> 终酬旧志乾坤转，不负丹心日月从。

律诗一般只要求中间两联即颔联和颈联对仗，此诗则是四联皆为对仗。但并不是所有对仗都能单独抽出来成为对联的，此诗只有颈联可作对联。此时笔者一般都是改成："万里鹏云擎汉梦，千秋龙野屹唐雄"，因为在《平水韵》里，"雄"属一东部，而其他韵脚字皆属二冬部，故在诗中颈联末字需选用同属一东部的"龙"字。

汉语语言无论是用来写诗行文还是日常沟通交流，人们总喜欢用对偶、对仗，这是因为从理论上说，"汉语的结构具有互文性和对言性"[1]"印欧语是主语加谓语表达一个完整的意义，汉语是互文对言表达一个完整的意义"[2]。

为什么说对仗是诗词格律的三要素？就是因为律诗中间两联都要求对仗（有的诗甚至首联或尾联也对仗），这是律诗的基本组成格式。律诗总共八句，如果中间两联不来点"修辞""花样"什么的提提神，读者读到五、六句就可能心神倦怠了，有堆叠杂乱之感。律诗中间两联的对仗就好比房屋的大梁，不对仗就难以"支撑"起比绝句多了四句的律诗这种大体量的"房子"。相对绝句不要求对仗，也可理解为其本身短小精悍，一口气能读完而不需再设计什么"修辞"技巧来达到此目的。但是从生理和心理双重维度来解读，律诗都是正常的一口气读不完的——你早已背得滚瓜烂熟的律诗不算。

前面已提及，很多词牌里也都会运用对仗的形式，比如岳飞《满江红·写怀》上半阕第五、第六句及下半阕第七、第八句：

> 三十功名尘与土，八千里路云和月。

> 壮志饥餐胡虏肉，笑谈渴饮匈奴血。

李璟《摊破浣溪沙》下半阕第一、第二句：

> 青鸟不传云外信，丁香空结雨中愁。

北宋晏几道《鹧鸪天·其一》上半阕尾二句：

> 舞低杨柳楼心月，歌尽桃花扇底风。

---

[1] 沈家煊.超越主谓结构——对言语法和对言格式 [M].北京：商务印书馆，2019：121.
[2] 同 [1]134.

南宋辛弃疾《西江月》上下半阕第一、第二两句：

> 明月别枝惊鹊，清风半夜鸣蝉。
>
> 七八个星天外，两三点雨山前。

唐代张志和《渔歌子》的第三、第四句：

> 青箬笠，绿蓑衣。

龙榆生先生也说："学填词必得先学作对偶，关键是要取得词义和字调的稳称、和谐与拗怒的统一。"[1] 可见学会了对仗，吟诗填词就可谓"搞定"了一半。所以它既是诗词格律的三要素，也是诗词写作的基础。所有经典到位的讲诗词写作的书籍，都无一例外地涵盖有对联（对仗）的创作内容。这也是为何笔者的胤然诗创实战班也是按照对联、诗、词的顺序渐次进阶、常年轮循的。

不光中国诗词里有对仗概念，其他民族语言文化里也有。比如英文的十四行诗 Sonnet 最后两句也讲"对仗"，但与中国的诗词对仗相比，它是不整齐的。拿最有名的莎士比亚第十八号十四行诗来说：

Sonnet 18　（William Shakespeare）

Shall I compare thee to a summer's day?
Thou art more lovely and more temperate;
Rough winds do shake the darling buds of May,
And summer's lease hath all too short a date.

Sometime too hot the eye of heaven shines,
And often is his gold complexion dimmed;
And every fair from fair sometime declines,
By chance or nature's changing course untrimmed;

But thy eternal summer shall not fade,
Nor lose possession of that fair thou ow'st;
Nor shall death brag thou wander'st in his shade,

---

[1] 龙榆生 . 词学十讲 [M]. 北京：北京出版社，2005：105.

When in eternal lines to time thou grow'st;

So long as men can breathe or eyes can see,
So long lives this, and this gives life to thee. } Couplet

十四行诗的诗体结构为三段四行的小节（Quatrain）和最后一处对偶句（Couplet）。其韵律（韵脚）的排列为"abab，cdcd，efef，gg"的格式，前面三段四行诗内部都是隔行两两押韵的（交韵）。英语的特点是多音节、无声调，正好和汉语的单音节、有声调相反。故它们的"对仗"句无法像我们诗词对联那样严谨工整。也正因此先天松散之故，十四行诗最后两句用对仗句结尾哪怕再是"工对"，也不用担心语感上"合"不上。而我们的诗词最后两句如用对仗，则必须使用一些额外的修辞技巧，否则就明显给人以此诗未完的感觉，且越是工对这种感觉越明显。

小结一下，对偶是属于语言运用范畴的一种修辞方式，对仗是属于诗词写作范畴的一种表现形式。总体来说，所有的对仗肯定是对偶，是对偶的一种高级表现形式。

3. 对联（楹联）

如果说在最基本的对偶句之上有一些限制后才变成对仗，那么再在对仗基础上进一步增加限定后，就成了对联。楹联是对联的应用和发展。当对联以书法为载体广泛用于悬挂和张贴以后，对联就从口头和文字的局限中脱颖而出，也从为诗词服务的从属地位跃升成一支崛起的文学劲旅，它就是悬挂或张贴在楹柱（门壁）、中堂上的楹联。[1]

对联与楹联，在一般场合它们二者往往可以等同。对联基本上有三种派生方式：第一种肯定就是从律诗中衍生出来的。比如笔者的一首作品：

七律·怀忠骨

农历己丑年四月作于北京广渠门内袁崇焕墓冢旁

竹柏蒿莱郁郁英，嚣尘墙外掩孤茔。

忠贤自古常蒙难，奸佞从来独显荣。

万虑丹心长啸苦，一怀明月大江清。

可怜壮骨生前恨，身后英名亦妄名。

---

[1] 陈树德. 对句、对联、楹联细区分 [J]. 太原：对联·民间对联故事，2003（11）：18.

这首诗的颈联"万虑丹心长啸苦，一怀明月大江清"被很多书法界的朋友喜欢，雅集时经常现场挥毫。

对联产生的第二种方式既不是从骈体文也不是从律诗里抽取出来，而是创作时本身就是只有上下两联、独立成体的。比如 2012 年笔者在北京举行国内首次"双章书法"展览时创作的一批禅意诗联：

> 何时无幻影；随处有空心。

> 道意栖云空入谷；禅魂透水漫开莲。

> 吹花千树乱；入境一禅空。

> 野水千洄琴脉远；山云一抹月香低。

对联第三个来源就是古代的楹联，比如朱熹题古代四大书院之一庐山白鹿洞书院的：

> 日月两轮天地眼；读书万卷圣贤心。

虽然我们宽泛地理解对联就是楹联，楹联就是对联。但从楹联文字本意来看，它是指挂或贴在楹上的对联。楹就是古代建筑物门堂前部的两个相对称的柱子。楹联可算是正统称谓——所以楹联相关最权威的组织叫"中国楹联协会"，而不是"中国对联协会"。对联偏口语一些，它其实是明代万历年间沈德符在《万历野获编》里首次使用并开始流行的。[1]

所有对联（楹联）均具有对偶及对仗的属性，但反过来对偶、对仗却不一定能升级为对联（楹联）。由前已知，和对仗相比，对联（楹联）在格律上最大的一个不同要求是上联末字须为仄声、下联尾字须为平声。而在意旨内容上，还有一个额外的要求是对联（楹联）必须能独立成章。比如杜甫的千古第一律《登高》：

> 风急天高猿啸哀，渚清沙白鸟飞回。
> 无边落木萧萧下，不尽长江滚滚来。
> 万里悲秋长作客，百年多病独登台。
> 艰难苦恨繁霜鬓，潦倒新停浊酒杯。

---

[1] 王步高 . 诗词格律与写作 [M]. 南京：东南大学出版社，2020：77.

全诗两两对仗，四联皆难以单独抽出来成为独立的楹联而悬挂。虽然有书法家单独把颈联"无边落木萧萧下，不尽长江滚滚来"拿来书写成斗方或条幅以送人，但实际上，即便此联也很牵强，独立含义并不明确。因为创作时杜甫压根就没想着要把这些联句一联两用（既当对联又当诗句用，且那时也并不时兴对联一说），而是专句专用，四联都是配角，主角是整首诗，任何一联都不具有独立的格局和意义。

而且很多时候对仗句为了更好地服务于主体，它甚至会被创意成"一顺边"的形式。这是笔者诗授时经常打的比方，如果把对联比喻成我们武术里的基本功站马步桩的话，那么"一顺边"就是两只脚不是与肩同宽左右一边一个，而是一前一后站成同一边了，就不稳，立不住了。我们知道"一顺边"式的对仗处理不好就容易犯"合掌"（对联禁忌之一）。但是律诗里的对仗句有时就是要求它夸张地渲染某一种氛围、某一种情怀，上下句全部在一种层次里强化效果而不跳脱到其他维度。所以杜甫此诗四联都有些"一顺边"的味道，但他用四副"一顺边"的联句成就了"古今七言律第一"[1]的美名。

像唐诗排行榜第一[2]的崔颢的七律《黄鹤楼》之颈联"晴川历历汉阳树，芳草萋萋鹦鹉洲"，以及相传李白和他比诗的七律《登金陵凤凰台》之颔联"吴宫花草埋幽径，晋代衣冠成古丘"等都可谓不能独立成章的"一顺边"联句。

诗中如此，词里亦然。比如词中最耳熟能详的几个对仗句"舞低杨柳楼心月，歌尽桃花扇底风"（晏几道《鹧鸪天·其一》），"壮志饥餐胡虏肉，笑谈渴饮匈奴血"（岳飞《满江红·写怀》）等都不可能成为独立的对联。"一顺边"的对仗句也是因为没有完成大阴阳（大平仄）的转换跳脱才导致无法独立成章的。

---

[1]（明）胡应麟. 诗薮 [M]. 上海：上海古籍出版社，1958：95.
[2] 见王兆鹏《唐诗排行榜》（中华书局，2011）第 4 页，（南宋）严羽《沧浪诗话》："唐人七言律诗，当以崔颢《黄鹤楼》为第一。"

第三章

对联创作与鉴赏

一、对联简介

从某种意义上说，对联（对仗）、互文以及平仄等，都是中国传统道家古老哲学在汉语语言学上的一个显化：太极生两仪，两仪生四象，四象生八卦，并以此衍生于万物。这里面都有一个或隐或现的二元对立规律，体现了中国传统的思维方式。但这种对立并不是机械式的水火不容，而是既相对又互融，合二为一，由此彰显出东方文化特有的和合之美。对联无疑是其中一个最典型的文体代表，对联之美可谓中国道家的阴阳对称之美、儒家的平衡中庸之美在诗体形式上的一种显化。

对联诞生于唐代，宋、元、明三代是平稳发展期，清代达到鼎盛。从韵文史的角度看，可以有"唐诗宋词元曲清对联"的说法。第一副名副其实的对联究竟产生于何时何地，目前史料所限无法确证。很长一段时间学界公认五代十国时期后蜀主孟昶的"新年纳余庆，嘉节号长春"是最早的一副对联，但其实只能说它"是见于正史记载的第一副春联"[1]。最新的研究考证表明，至少在唐代真正意义上的对联就已出现。比如方东先生于《霞浦县志》和《福鼎县志》上发现的三副产生于唐代的堂室对联[2]，其中一副为唐僖宗乾符年间的进士林嵩所题：

> 大丈夫不食唾余，时把海涛清肺腑；
> 士君子岂依篱下，敢将台阁占山巅。

白启寰在《江州义门陈氏家谱》中发现的唐僖宗李儇御笔书赐陈氏家族的对联：

> 九重天上旌书贵；千古人间义字香。

以及敦煌研究院研究员谭蝉雪先生根据敦煌藏经洞发现的誊抄文献（斯坦因0610V 卷编号 S.0610）《启颜录》记录的疑似早期对联，比如其中的：

> 三阳始布；四序初开。
> 福庆初新；寿禄延长。

而且最后还明确指出以上内容需"书门左右"[3]。

对联是一种很特殊的文体，它在历史上曾有过很长一段时间的争鸣期。不过现

---

[1] 谷向阳，刘太品. 对联入门 [M]. 北京：中华书局，2007：113.
[2] 余德泉. 对联通 [M]. 长沙：湖南大学出版社，2003：2.
[3] 谭蝉雪. 我国最早的楹联 [J]. 文史知识，1991（4）：49.

在逐渐清晰于认同"对联是集'文学性''实用性''谐巧性'于一身的文章体式，很难简单地用单一属性的模式来概括它"[1]。正像前面提及的，对联在当代语境背景下的实用性，其实是超过了诗词的。

对联是"一副"而不是"一幅"

顺便提一下，对联的量词单位应该是"一副（fù）"，而不是"一幅（fú）"。因为根据《说文解字》，幅的本意是指古代布帛的宽度（古制为二尺二寸），所以衍生而来，说"一幅字画"是对的。幅作为量词表示的数量为"一"不为"二"。但"副"正好相反，本意是：判也，剖也，裂也，凡分而合者皆谓之"副"。故"副"作为量词是指一套、一双以及面部表情，而对联都是书写成上下两联，有时甚至还有横批，然后合挂一处，故"一副对联"的说法才是正确的。

1. 对称之美——对联

对联从最小的字为单位的平仄相对，扩展到词和词组的结构、节奏，再到整句以及上下联的内容等方面，最后到书写并分挂于两边，都需要某种对应、对品。大家知道中华民族自古就崇尚一种对称的美、平衡的美、圆融的美，而对联可谓把这种对称美在文体形式上发挥到了极致。对这种对称美的追求也早已深入中国人的文化骨髓之中，变成了老百姓日用而不知的文化习惯。反过来这种文化习惯、审美惯式也正是对联之葩千年来在华夏大地长盛不衰的基础。

汉语言中的这种包括对仗对联在内的对称美，我们不仅仅是把它们看成可有可无的修辞装饰，其实有着更深层的理论支撑和客观需求。因为"汉语的组织根本上具有对言性、互文性、可回文性、顶真递系性、声象乎意性，重叠、凑双四、单双组配等实为汉语自身的语法形态，对言的格式化（包括双音化）实为汉语自身的语法化"[2]。"凑双四和半逗律、双声叠韵和平仄对应都有象征性，象征互文见义、对言明义，根本上是对言形式象征人与人、人与自然的对话，象征互动合作和情感共鸣。"[3] 比如：

---

[1] 谷向阳，刘太品. 对联入门 [M]. 北京：中华书局，2007：6.
[2] 沈家煊. 超越主谓结构——对言语法和对言格式 [M]. 北京：商务印书馆，2019：279.
[3] 同 [2]270.

宠辱不惊，闲看庭前花开花落；

去留无意，漫随天外云卷云舒。

——明·洪应明[1]

删繁就简三秋树；领异标新二月花。

——清·郑板桥[2]

殿前无灯凭月照；山门不锁待云封。

——河北省井陉县苍岩山福庆寺[3]

2. 非对称之美——俳句

作为一个很有意思的参照，可以对比一下我们的近邻日本。他们的文化中除了也有这种对称的美，但似乎更崇尚一种侘寂类型的"残缺"之美、质朴之美、不对称之美。正像中国有对联，那么日本就有俳（pái）句，正好呈现一种形态上的非对称之美。作为日本韵文学最早的形式之一，和歌的体式是"五七五七七"共 31 音，派生自和歌的连歌也是"五七五"（上句）"七七"（下句）的不对称格式，那么源于连歌的俳句最早由山崎宗鉴确定的"五七五三句十七音"的定式[4]，也自然是不对称的。如江户时代特别有名的俳句师松尾芭蕉的《青蛙》，有几个翻译版本：

闲寂古池旁，青蛙跳入水中央，扑通一声响。

这是五七五音（言）三句式的。还有三七言两句式的译本：

古池塘，青蛙跳入水音响。

中国是没有这种不对称而又极短小的诗体的，我们哪怕最小的单调小令也比它要长。它因为过于短小，无法铺垫更多修饰的辞藻，只能以极简体现一种质朴，故俳句呈现出的只能是景语或情语，没有空间完成情景交融的大平仄转换了。

因为日本的俳句，我们相应地也有了汉俳一说，它是仿照日本俳句以中文创作的韵文。最早是翻译日本的俳句，后来直接用中文来创意，最后 1980 年由德高望

---

[1] （明）洪应明．菜根谭全编 [M]．李伟，编注．长沙：岳麓书社，2006：64.
[2] （清）郑板桥．郑板桥全集：增补本 [M]．卞孝萱、卞岐，编．南京：凤凰出版社，2012：199.
[3] 张过，刘新志，选编．中华名胜楹联集 [M]．北京：新华出版社，1986：34.
[4] 郑民钦．日本俳句史 [M]．北京：京华出版社，2000：1-5.

重的赵朴初先生给它的格律定型了。[1] 当时有一个日本的俳句协会访问中国，两国诗人欢聚一堂。赵朴初先生诗性勃发，现场写了几首汉俳，其中这首最有名：

> 绿荫今雨来，山花枝接海花开，和风起汉俳。

此汉俳虽短小，寓意却非常深刻：俳句起源于东洋日本，故曰"海花"。"和风"乃双关语，既指中日友好的祥和气氛，亦喻日本文化（大和为日本的代称）。和风孕育了俳句，亦催生了汉俳。日俳汉俳相继盛开，故曰"山花枝接海花开"。短短17个字里蕴藏了这么多内涵，可见赵朴初先生诗思之妙、诗力之厚。此汉俳作为经典的诗创案例，对广大诗友很有借鉴价值。

这首是平开的，即首句平声入韵。还有一种是仄开的汉俳格律。

2018 年笔者参加好友语言学人王伟博士、啸乐文化践行者三强组织策划的河北美院中秋"明月印心"雅集，并填写了两首雅集诗，就是采用赵朴初先生确定的五七五言平开格式：

> 天净古风长，雅集酬还满月光，正定印心香。（有季汉俳[2]）

> 玉树晒八荒，吟上中天夜未央，照水有诗装。（无季汉俳）

---

[1] 郑民钦 . 日本俳句史 [M]. 北京：京华出版社，2000：432.
[2] 季，指季语，即在日本的俳句中用来表达季节的特定词汇。例如：桃花、归雁（春）；青蛙、芭蕉（夏）；月、雁（秋）；雪、寒鸦（冬）等。以日本传统的眼光看，季语之于俳句，甚至是比格律之于我们近体诗更严苛的一种规则要求。但即便是现在的日本，新兴俳坛的流派已早就允许俳中无季语，何况汉俳。因为中国从古至今就没有一个诗中如无特定"季节词语"就不成为诗的说法。

二、对联之律

1. 对联平仄格式

理论上对联是不限上下联字数的，可以比最长的词牌——四叠的《莺啼序》（240字）还要长。比如黄摩西《挽程稚依联》（334字）、潘炳烈《武汉黄鹤楼联》（350字）、李善济《灌县青城山联》（394字）、张之洞《屈原湘妃祠联》（400字）、钟耘舫《六十自寿联》（890字）和《拟题江津临江城楼联》（1612字）[1]。当然其中最著名的长联还是要算早期清代孙髯翁题云南昆明大观楼的那副总共180字的长联：

五百里滇池奔来眼底，披襟岸帻，喜茫茫空阔无边。看：东骧神骏，西翥灵仪，北走蜿蜒，南翔缟素。高人韵士何妨选胜登临。趁蟹屿螺洲，梳裹就风鬟雾鬓；更蘋天苇地，点缀些翠羽丹霞，莫辜负：四围香稻，万顷晴沙，九夏芙蓉，三春杨柳。

数千年往事注到心头，把酒凌虚，叹滚滚英雄谁在？想：汉习楼船，唐标铁柱，宋挥玉斧，元跨革囊。伟烈丰功费尽移山心力。尽珠帘画栋，卷不及暮雨朝云；便断碣残碑，都付与苍烟落照。只赢得：几杵疏钟，半江渔火，两行秋雁，一枕清霜。

不过再长的对联也是由基本对联的句式构成的，熟悉了基本句式的平仄，也就搞定了全部对联的平仄。基本句式理论上依字数而言只有从一言到七言共七种格式，其他更多字数的句式不过是由这几种基本句式灵活组合而成。我们下面分别梳理。

（1）一字联平仄

只有一种格式。肯定就是上仄下平，如：地—天，水—山，鬼—神等。再重复一下对联平仄最基本的要求：上联句脚一定是仄声，下联句脚一定是平声。不过一字对联基本上无意义，因为信息量太少，无法承载丰富的文化内涵，立不住。除非极少数附加有其他典故、故事的一字联，以及运用拆字等修辞技巧来扩充信息量以弥补其先天字数的不足。如网络上风传的清代康熙出的上联"墨"，其孙弘历也就是后来的乾隆皇帝对的下联"泉"（但未见确切出处）。如果光看字面毫无意义，

---

[1] 樊明芳. 中国长联初探[J]. 唐都学刊（社会科学学刊），1992, 8（3）: 91.

甚至合掌了——墨和泉都是水相关的。但是用拆字法一看，便豁然开朗："墨"的结构上黑下土，"泉"的结构正好是上白下水，黑对白，土对水，字面上也都算工对。不过即便如此，此联也无甚情怀寄托，纯属文字游戏。后世独立的一字联极少。

（2）二字联平仄

二字联的平仄有两种，第一种是**平仄—仄平**：

丽水；泰山。　晨鼓；暮钟。

诗趣；墨香。　膏雨；惠风。

第二种是**仄仄—平平**的格式：

竹笛；松琴。　地户；天台。

塞北；江南。　汉韵；唐风。

其中"竹""笛"在《平水韵》里全是仄声，故没有问题。另外，丽水是浙江的市名，在地名里读"黎"不读"力"，同理，浙江的天台县的台读"苔"而不读"抬"。

（3）三字联平仄

常见的也有两种，第一种是**平仄仄—仄平平**：

横醉眼；捻吟须。　星拱北；月流西。

花岸雨；板桥霜。　临水驿；傍山城。

第二种：**平平仄—仄仄平**（"仄平仄—平仄平"只能算它不论首字平仄后的一种变体）。一般来说，一二三字联因字数少，独立成章性都有些勉为其难：

禅无巧；道有常。　苍茫水；料峭天。

青莲动；浣女喧。　临风阁；得月楼。

苍茫、料峭都属于连绵词里的叠韵，故上下联同样位置上的修辞也得相对应。

（4）四字联平仄

四字联常见的正格也有两种，一种是**平平仄仄—仄仄平平**（首字不拘平仄的"仄平仄仄—平仄平平"等，亦归此类）。比如看岳阳楼的一副对联：

> 水天一色；风月无边。

还有《全唐诗》曾收录了日本天武天皇之孙、曾任右大臣的长屋的一首诗。他在执政期间，曾托遣唐使赠袈裟若干予唐僧人，上绣韵语四句（四言诗）。扬州僧见后，起东渡传法之兴。[1] 此诗的首联即：山川异域；风月同天。原诗是：

> 山川异域，风月同天。寄诸佛子，共结来缘。

再看另一副：

> 齐蝉噪晚；蜀鸟鸣晨。

"齐"字本身有很多义项。借这副对联提一下骈体文和诗词对联的一个阅读理解技巧：绝大部分汉字都至少有两种意义。所以理解起来很有难度。那么如果诗句是采用对仗对偶修辞的话，你自然就有了上下文的一个对照可供"解题"。比如"齐"于此处到底是"一起""同时"之意，还是"齐鲁"之意？即它到底是形容词还是名词？光看上联无法验证。但一看下联同一位置的"蜀鸟"就顿时明白它此处作"齐鲁之地"解释。因为根据对联的格律要求，上下联必须词性对品，结构对应。可对比品味一下，如果把下联各改一个字：蜀—独：

> 齐蝉噪晚；独鸟鸣晨。

第二种格式是仄平平仄—平仄仄平。举两个笔者创意的案例：

> 谷风鸣道；天雪落禅。
>
> 远山分水；明月照人。

（5）五言联平仄

最常见的两种格式，第一种是仄仄平平仄—平平仄仄平，比如唐代王湾《五律·次北固山下》的颈联（四言以上很多对联案例取自诗词中的著名对仗，下同。亦往往遵循五言诗的第一、第三字平仄放宽原则）：

> 海日生残夜，江春入旧年。

---

[1] 周勋初.唐诗大辞典 [M].南京：凤凰出版社，2003：51.

以及笔者的诗联：

乱雪飞天远；孤梅动地香。

第二种格式是**平平平仄仄—仄仄仄平平**：

空潭成对影；明月悟前身（佚名题杭州三潭印月）。

古人的对联往往言简意赅韵味浓，颇值得细细品味。还有笔者写的一副对联：

华章缘雅正；大礼本真然。

（6）六言联平仄

六言联常见的就只有一种形式：**仄仄平平仄仄—平平仄仄平平**，例如：

名士弹冠白屋；鄙夫曳履朱门。

树衬残霞画稿；花含宿雨诗情。

雅士葛巾漉酒；骚人兰佩题诗。

具体应用时，不在节奏点上的第一、第三字往往可平可仄。最后一副对联里面的典故是说晋代陶渊明因为好酒，以至于用头巾去酒肆过滤酒后又照旧戴上，头戴酒香。所以后来用漉酒、葛巾或者是葛巾漉酒等来形容爱酒成癖，嗜酒为荣，但又流溢出一种真率超脱的气质。

（7）七言联平仄

正格也有两种。格式一：**平平仄仄平平仄—仄仄平平仄仄平**。其中第一、第三字往往可平可仄（后面的格式二亦如此）。如郑板桥的：

书从疑处翻成悟；文到穷时自有神。

还有明代徐五的这副对联，字面及引申均足够经典，对联就应该这样写：

鼠因粮绝潜踪去；犬为家贫放胆眠。[1]

---

[1] 朱庆文 . 楹联十讲 [M]. 杭州：西泠印社出版社，2016：158.

还有唐代刘禹锡的《七律·始闻秋风》的颈联：

马思边草拳毛动，雕眄青云睡眼开。

再看笔者的一副对联：

窗前雪影飞天去；纸上梅香动地来。

此联我们说它也有设计在里面：什么"香"动地来？是你想象出的梅香，还是纸上墨香动地来呢？先说一个禅宗的公案：唐代六祖慧能结束了十几年与猎人为伍的避难阶段，决定出山弘法了。然后在法性寺（今广州光孝寺）遇到印宗法师讲经，现场看到有两个和尚因事辩论，因为他们看到经幡在飘动。一个僧曰：是风动，另一个僧曰：是幡动，争议不已。此时慧能说："不是风动，不是幡动，仁者心动。"[1]

说回笔者此联，底层境界可以理解为墨香，高一点的是梅香，最高境界则是"心香动地来"，禅锋犀利，它只取最究竟者，而把其他意解权当多余全部截断。不过着个相，比这最高的还更"高"的诗意理解就是三者同时存在！诗贵"重旨"（即重意），如果只求单解、单味，反而把诗联的多重意韵给过滤掉了，所以既是"梅香"，也是"墨香"，但更主要的还是"心香"动地来。

格式二：仄仄平平平仄仄——平平仄仄仄平平。看陆游《七律·书愤》的颈联：

塞上长城空自许，镜中衰鬓已先斑。

还有笔者用"以诗译诗"的方式诗译泰戈尔《飞鸟集》第十二首短诗的：

海有真疑询有悟；天无妄语应无声。

其中运用了掉字对（两"有"两"无"），只是相隔稍远，隔了3个字。

2. 马蹄韵、朱氏规则及其他变格

马蹄韵

马蹄韵的说法至少在清代曾国藩时期就已定型。他在《求阙斋读书录》卷七中说："（唐）陆（贽）宣公文则无一句不对，无一字不谐平仄，无一联不调马蹄。"[2]

---

[1]（唐）六祖慧能．坛经 [M]．赖永海，主编；尚荣，译注．北京：中华书局，2010：31.
[2] 余德泉．对联格律、对联谱 [M]．长沙：岳麓书社，2000：16.

马蹄韵主要是针对多句长联的。它是指对联上联最后一句的尾字为仄声，那么前面无论多少句，各句的尾字平仄之排列，均按倒序作双平、双仄的轮替；相应地，下联末句尾字为平声，则前面各句尾字之平仄排列，均按倒序作双仄、双平的轮替。比如三句联、四句联，其上下联各句尾字的平仄排列次序分别为：

平・平・仄；仄・仄・平

仄・平・平・仄；平・仄・仄・平

注意这不像我们之前指的一句内各字的平仄，而是特指每句尾字的平仄，故特意用"・"间隔开。如一副八句联，其上下联各句尾字平仄的排列规律为：

仄・平・平・仄・仄・平・平・仄

平・仄・仄・平・平・仄・仄・平

这就好像马走路时，左右后蹄必踏前蹄印，每个蹄印皆被马蹄踏印两遍——相当于以上所说的双平、双仄；但是起步时的左右后蹄印只是单印并无重踏——相当于上下联句脚（末句尾字）的单仄与单平。所以古人就形象地称之为马蹄韵。对联长联其实是不限句数的，于是马蹄韵也就可以按此规律一直倒序地双平、双仄轮替下去。比如看三句联案例，清代江峰青题扬州二十四桥联[1]：

胜地据淮南，看云影当空，与水平分秋一色；

扁舟过桥下，闻箫声何处，有人吹到月三更。

上联各句尾字分别是："南""空""色"，平仄是：平・平・仄；下联各句尾字分别为："下""处""更"，平仄是：仄・仄・平，符合马蹄韵规则。

四句联案例，河南荥阳虎牢关的对联：

南连嵩岳，北接武山，天险扼西东，势压两河鹰猎地；

汉拒楚兵，晋阻石众，征战历唐宋，古来三字虎牢关。

上联各句尾字分别是："岳""山""东""地"，平仄排列为：仄・平・平・仄；下联各句尾字分别为："兵""众""宋""关"，平仄顺序是：平・仄・仄・

---

[1]（清）吴恭亨. 对联话 [M]. 长沙：岳麓书社，2003：1.

平，也符合马蹄韵之律。

再看贵阳文昌阁有名的八句长联：

且作鸱夷子，泛一舸隐清溪。记从沅水而来，探青龙飞云牟珠诸名胜，已觉神怡目骇，那知更有蓬莱。到此狂歌，甲秀楼高容我卧。

肯让鄂西林，向两间撑铁柱。溯平苗疆以后，得北江芸台邰亭三先生，大开酒国诗坛，留下无边风月。何人洒墨，南明河上把桥题。

上联各句尾字分别是："子""溪""来""胜""骇""莱""歌""卧"，平仄排列为：仄·平·平·仄·仄·平·平·仄；下联各句尾字分别为："林""柱""后""生""坛""月""墨""题"，平仄顺序是：平·仄·仄·平·平·仄·仄·平，也正好嵌合。

《对联通》作者余德泉先生是马蹄韵的忠实拥趸，书中单辟一章专讲马蹄韵。

朱氏规则

但是马蹄韵不是多句长联尾字联律的唯一规则，有学者从以往经典长联的统计结果发现，它甚至也不占最大比例。故楹联协会副会长叶子彤先生当初在解读《联律通则》时指出，除了马蹄格之外，"朱氏规则"也是多句联的主要格式之一。所谓"朱氏规则"是指《对联话》的作者吴恭亨的老师朱恂叔先生所提出的：联句不论有多少句，上联总是最后一句末字为仄，其前各句尾字均为平；下联正好相反，最后一句尾字为平，其前各句尾字均为仄。[1] 比如八句联各句尾字的平仄规则为：

平·平·平·平·平·平·平·仄
仄·仄·仄·仄·仄·仄·仄·平

案例我们看近代由云龙题昆明大观楼的四句楹联：

与岳阳，黄鹤相衡，一样雄奇，各有大名垂宇宙；
揽昆海，碧鸡之胜，同来眺赏，莫将佳日负春秋。

但从诗创角度而言，句数不多倒也无妨。一旦句数增多，比如每联十句以上，你硬要求我上联每句尾字皆为平声（除末句外）、下联每句尾字全为仄声（除末句

---

[1]（清）吴恭亨.对联话 [M].长沙：岳麓书社，2003：176.

外），笔者反倒觉得对创作有限制了——我上哪儿找那么多全平全仄的末字都凑在一顺边呢？反而是马蹄韵和以下的变格可能更适合。

变格

这是一种不同于马蹄韵和朱氏规则的变格：上下联各句尾字平仄规则简单地按"平仄"单数交替排列。同样以八句联为例，其上下联各句尾字平仄规则为：

平·仄·平·仄·平·仄·平·仄
仄·平·仄·平·仄·平·仄·平

还是看一副四句联的案例，康有为题袁宗焕祠：

其身世系中夏存亡，千秋享庙，死重泰山，当时乃蒙大难；

闻鼙鼓思东辽将帅，一夫当关，隐若敌国，何处更得先生。

这三种规则似乎均有其自圆其说的规律，也不难记。不过造成其不同的底层逻辑到底是什么？刘德辉先生倒是提出了一个很有价值的"算式"值得我们注意。他是在台湾学者蔡东藩等人研究的基础上，总结出了文言多句联每句尾字平仄的总体规律：每一个层次的"层尾字"应与联尾字平仄相反，而每一层内部的句尾字又应与"层尾字"平仄相反。[1] 此处所说的"层"是指多句联的语意结构分隔层次，可以用分号来划分不同层次的间隔，因为有的长联意脉上可以一逗到底，但有的必须中间有若干分号甚至句号相隔。统一以四句联为例，用 A、B、C、D 分别代表上下联的四句，用括弧分割不同的逻辑语意层次。那么在以下几种情形下分别套用刘德辉先生的"算式"[2]：

对（ABCD）、（A）（BCD）、（A）（B）（CD）这三种层次的四句联，其尾字平仄规则均为：

平·平·平·仄；仄·仄·仄·平（相当于朱氏规则）

对（AB）（CD）、（AB）（C）（D）这两种层次的四句联，其尾字平仄规则均为：

仄·平·平·仄；平·仄·仄·平（相当于马蹄格）

---

[1] 刘德辉. 文言多句联尾字的平仄——兼评余德泉先生的"马蹄韵"[J]. 船山学刊，2002（2）：107.
[2] 同 [1]107-109.

对（A）（BC）（D）这种层次的四句联，其尾字平仄规则为：

平·仄·平·仄；仄·平·仄·平（相当于变格）

对（ABC）（D）这种层次的四句联，其尾字平仄规则为：

仄·仄·平·仄；平·平·仄·平（相当于另一种变格）

虽然这种"算式"很有借鉴意义，不过在诗创实操层面来看，稍显烦琐，学术意义比实用价值更大。即便历代经典多句联，也有个别案例并未遵循此"算式"，而且一旦句数再增多，情况就更为复杂，也超出了本书及其目标读者群的关注范围。分享于此，仅供大家参考。在实际属对时，可根据具体情况及个人诗创风格来择取多句联的规则。

3. 对联创作七要素

如何才能创作出高质量的对联，一直是广大诗词对联爱好者共同感兴趣的一个热门话题。中国楹联协会颁布的《联律通则》是规范合格对联的一个可用的参考，也相当于给出了我们创作时所应追求的方向以及如何达到。所谓联律，对联之格律是也。在没有更好的联律范式的前提下，我们下面权且以《联律通则》中的六条基本规则（六要素）为脉络逐一介绍。需注意的是，《联律通则》及楹联学会官方的解读里，尚有个别地方专家们仍在争鸣与商榷中，故其并非通行四海的铁律。比如最后一条"第七要素"其实是笔者补充的，原《联律通则》里并没有。但笔者从实战角度出发认为它也非常重要，亦往往被忽视。以"精品对联"的标准来衡量的话，第七要素可能更重要。

一般来说，初学者只要注意以下"7项原则"，就能创作出质量不错的对联了。

（1）字数要对等

对联都是有上下两联，那么其字数必须相等，这是最基本的要求。以下统一拿笔者的对联做改动举例，如果一副对联你写成：

上联：禅门天地开，梦幻泡影全由此中过；
下联：佛印古今同，究竟涅槃不向心外求，自春秋。

这肯定是个低级错误，因为上下联句数、字数都不一样，虽然读起来好像也挺有诗趣禅理的，但总体上更像词的感觉而绝非对联了。

（2）词性要对品

指上下联对应位置上字词的词性要相同。具体实施时可按两条标准，满足任一即可：

① 满足现代汉语体系里的名词对名词，动词对动词，数量词对数量词……

② 满足古代汉语体系里属对所要求的实对实，虚对虚，死对死，活对活。

当然这样对出来的只是宽对，工对的要求会更细分到同门类的词相对才行。

《楹联十讲》的作者朱庆文老师总结了古人在对联上有一个"实严虚宽"的原则。就是上下联中实字的平仄尽可能要对上，但是虚字、领字的平仄要求可以放宽。何为实字，何为虚字？古人云：无形可见为虚，有迹可指为实，体本乎静为死，用发乎动为生，似有似无者半虚半实。

现代汉语语境里的名词、动词、形容词大家都容易理解，但对古代汉语语境里的虚、实、死、活等概念认为晦涩难懂，我们可以大致地给出一个现代汉语和古代汉语不同词性称谓的对应关系：

实字，大致相当于现在有形体的名词、代词：天、地、树、花、鱼、楼等。

半实字，相当于抽象名词：诗、善、慧、智、苦等。

活虚字，相当于动词：奔、动、落、打等。

死虚字，相当于形容词和副词：长、阔、老、高等。

半虚词，相当于抽象概念的形容词与时间名词：迟、早、上、下、内、外等。

助词，相当于今天的介词、连词、助词：而、者、然、于、焉、也等。[1]

当然，"古人讲虚实并非绝对定位，并不以名、动、形三类为实词，虚和实不是二分对立，而是相对而言，没有明确的界限。代词、副词《马氏文通》称为实词，刘淇的《助词辨略》归入虚词（助词）。有人以形容词为实词而动词为虚词。袁仁林《虚字说》里，动词相对名词而言是虚词，解衣衣我、推食食我里的第二个衣、食是'实词虚用'。在实词中可有虚实之分，在虚词中也同样可有虚实之分，有所谓半实半虚和半虚半实之说。"[2] 而且即便"名词也有虚实之分"[3]"虚实由用法而定……

---

[1] 朱庆文. 楹联十讲 [M]. 杭州：西泠印社出版社，2016：51-52.

[2] 沈家煊. 超越主谓结构——对言语法和对言格式 [M]. 北京：商务印书馆，2019：218.

[3] 同 [2].

汉语同时存在实词虚用和虚词实用两种用法"[1]。

属对时是工是宽、工宽孰好？还须代入具体语境里综合考虑。看具体案例：

> 万里鹏云擎汉梦；春秋龙野隐群雄。

上联的"万"为数量词，而对应位置上，下联的"春"却是名词，词性就没对上了。同理"汉"（名词）与"群"（数量词）的词性也都没对上。一个好的优化方案是：

> 万里鹏云擎汉梦；千秋龙野隐唐雄。

（3）结构要对应

即上下联对应位置上的词、句使用的结构要相对一致。换句话说，上下联相同位置上要：主谓（结构）对主谓（结构），偏正对偏正，动宾对动宾，动补对动补，并列对并列……比如以下这副对联：

> 琴有松风听古韵；好茶动念起真香。

上联的"琴有"二字是主谓结构，而对句的"好茶"却变成了偏正结构；上联的"松风"为偏正结构，而下联的"动念"则是动宾结构，结构都没对上。应该是：

> 琴有松风听古韵；茶无心念起真香。

（4）语句节奏要对拍

即上下联对应联句的断读节奏要保持一致。比如我们看此案例：

> 茶煮禅空香自在；琴鸣道妙大音成。

上联末尾三字"香自在"是"一二"断读的句式节奏：香—自在。而对句末三字"大音成"却变成了"二一"断读的节奏句式：大音—成。这样节奏就不对称了。而且"香自"与"大音"细究起来，字的词性与词的结构也都对错了，即同时违反了第二、第三项规则。应该这么优化就没问题了：

> 茶煮禅空香自在；琴鸣道妙韵天成。

---

[1] 沈家煊.超越主谓结构——对言语法和对言格式 [M].北京：商务印书馆，2019：219.

说到诗句节奏的确定，其中关键是节奏点的确定。可以按声律节奏"二字而节"来定，节奏点在语句用字的偶数位次，出现单字占一节；也可以按语意节奏，出现不宜拆分的三字或更长的词语，其节奏点均在最后一字。当然，有时候"意义上的节奏，和诗句上的节奏并不一定相符。所谓意义上的节奏，也就是散文的节奏。……五言近体诗的节奏是二二一，但是，意义上的节奏往往不是二二一，而是二一二、一一三、一三一、二三、三二、四一、一四等"[1]。实际情况可能更复杂，不是那么泾渭分明，也往往是既可以这样断读也可以那样断读，不同节奏都同时成立。这不是语病，反而是汉语言的一种魅力。不过因为对联必须上下对应，故只能取同时适配上下联的节奏。

（5）平仄要对立

即上下联对应字词（至少关键节奏点上之字）的平仄要正好相反。比如：

传音十里幽犹在；挂壁千载字还香。

上联的"里"为仄声，"犹"为平声，尤其是"里"字处于节奏点上，所以这两个字在下联的对字也应该分别为平声、仄声才符合平仄相对的原则，但对句却分别对的是"载"：仄声，"还"：平声，都没有对上。

另外，对句的"字还"与出句的"幽犹"在发音修辞上也未对上："幽犹"二字声母、韵母完全一样，只是声调不一样，下联遣词造句也必须兼顾此处的"修辞"特点。否则上联用了修辞，等于预先设计、埋伏了一个"包袱"，而下联同样位置上你居然置之不理，没有接住这个"包袱"，这就"演砸了"，肯定不行。"包袱"为曲艺术语，指相声、评书、山东快书、独角戏等曲种中组织笑料的方法。一个笑料在酝酿、组织时称"系包袱"，迸发时称"抖包袱"。习惯上也将笑料称为"包袱"[2]。笔者在诗授讲解中经常借用"包袱"的概念来形象说明诗词对联上下的相互照应。那么可以这样优化：

传音十里幽犹在；挂壁千年字自香。

当然平仄还牵涉是依据古韵（《平水韵》），还是依新韵（《中华通韵》）的问题。原则上你依据哪种都行，但两种不能同时混用于一副对联（或诗词）中。

---

[1] 王力. 汉语诗律学 [M]. 北京：中华书局，2015：250.
[2] 夏征农，陈至立，主编. 辞海（第六版彩图本）[M]. 上海：上海辞书出版社，2009：98.

（6）形式内容要对上

即上下联要在形式、内容上有某种关联。风马牛不相及的两句，即便拆开来每个字词都完全符合以上 5 条原则，也不能成为好对联：

> 庄鹏击水尘霾尽；土犬看家笑脸开。

此下联在内容、意脉、境界上完全没对上，显得很俗气。应这样优化：

> 庄鹏击水尘霾尽；颜巷澄怀鹤梦长。

此处"庄鹏"用的是庄子《逍遥游》里以鲲鹏喻高远志向的典故，"颜巷"则用的是颜回居陋巷自得其乐不改其志的典故。意象虽不同，但意旨上是关联的。

但是有一类彻底不关联的"无情对"，将在本章"对联之类"中介绍。

（7）下联不能输上联

即笔者强调的对联下联从意象、境界、格局、气势、胸襟等维度看，应该超过上联或至少不输给上联。但以下案例里：

> 道意栖云空入谷；诗情写意自有声。

下联明显偏弱，且有"三体诗词"味道。虽然用以上 6 条原则看都没什么问题，可谓及格，但不能算是好对联。大家注意有一个不成文的惯例，就是儒释道三家，从诗美的境界高低来论，似乎由低到高是按儒、道、释（禅）的顺序排列的，虽然不绝对，但你非要创意一副道盖过佛、儒境力压禅意的对联不是不可以，只是你明知山有虎，偏向虎山行，难度会很大。如果奇思妙想创意得好，也肯定会成为经典作品甚至流传后世。但如果诗力和诗觉都没炼到那个份上，还是低调规矩点好。具体优化如下：

> 道意栖云空入谷；禅魂透水漫开莲。

笔者所加的"下联不能输上联"这个对联创作的第七要素还是很重要的——只是没有上升到"规则"的高度而已。所以一般高手往往最后"一公里"时就爱在此处掉链子，不是上下联一边齐，就是上联反而"力压"下联，头重脚轻最后境界"扬"不上去，格调就"飞"不起来。不信大家随手拈来那些家喻户晓的经典名联，看看哪一副是明显上联盖过下联的？比如明代顾宪成撰写的题无锡东林书院联：

风声雨声读书声，声声入耳；家事国事天下事，事事关心。

湖北汉阳归元寺联：

见了便做，做了便放下，了了有何不了？

慧生于觉，觉生于自在，生生还是无生。

扬州梅花岭史忠正公（可法）祠墓联：

殉社稷，只江北孤城，剩水残山，尚留得风中劲草；

葬衣冠，有淮南抔土，冰心铁骨，好伴收岭上梅花。

如果是长联，大家尤其注意一下每联的末句，对比其上下的权重。

另外再看笔者诗创班一些学员的案例："山中飞雪乱"，这是笔者出的上联，大家判断一下这几句下联哪个更好：

亭外落花香；墙角腊梅香；琴上落花深

应该说是逐级地好，我们来详细讲解一下：首先为什么"墙角腊梅香"比"亭外落花香"更好？实际上就是为什么"墙角"比"亭外"更有意境的问题。"亭外"某种意义上已经被"山中"涵盖，即二者其实是属同一纬度的概念，这样等于你的跳脱度不够——未完成大平仄（大阴阳）的变换。那么用"墙角"就好一些了，因为你上联"山中"已经是个大格局的意象，下联同样位置如要保证大平仄的变换，就最好用一个相对"小格局"却能出诗意的意象——"墙角"，正好满足此要求。

讲到这里，可能有部分诗友已经能领悟到为什么第三副下联的"琴上"比第二副下联的"墙角"更好的奥妙了。我们再看一个非常有名的佳对例子，上联是：

海到无边天作岸

如果你认为"星高万里宇为家"好像也像那么回事，及格肯定没问题，但总觉下联不出彩，略带干号诗风，有些配不上上联。那么第二个选项"树生绝顶叶为峰"，就感觉比第一个灵动了些，更有诗意了对吧？因为注重了大平仄（大阴阳）的变换。那么最好的是什么？当然是清代文忠公林则徐的原配对联[1]：

---

[1] 谷向阳，刘太品. 对联入门 [M]. 北京：中华书局，2007：31.

海到无边天作岸；山登绝顶我为峰。

其中的创意和评判逻辑：比山大的是海，比海大的是天，但是比天大的你就别再说是宇宙了，那样就栽进俗浅的死胡同里了，就着相了。此时要绝处逢生——比天大的一定是人的胸怀！个中玄妙大家是否品味到了？出上联的人似乎比较"缺德"，人家已经把最大的天、海都给占全了，境界、格局、空间都说尽了，等于把路给堵死了。但凡你顺杆爬，还循规蹈矩、绞尽脑汁地想找一个可能科学上、道理上讲确实比海、天格局更大的意象，一落笔即落俗，完全入人家的"套"了。所以高手此时往往不会霸王硬上弓地傻拼，而一定是转换思路，另辟蹊径，力求一种大阴阳的跳脱，而不在你预设的套路、维度里打转，用奇思妙想来个咸鱼翻身、大片反转，打到共同价值、普世情感的甜点上——我不但不和你海、天比大小，我干脆拿一个相对来说小到不能再小的意象：人，蹲在山脚下我啥也不是，但站在山顶我就是不可逾越、凛然不可犯的最高峰！这种鲤鱼跳龙门的"诗爽"，是每个诗创高手都乐此不疲的。而且上联是景语，下联则跳到情语的维度了。看来只要完成了大平仄（大阴阳）多重转换的作品，境界一定不会低。

说到这里笔者又想起一个例子，也同样用的是绝处逢生、大片反转的手法，只不过不是诗词而是相声领域的。20世纪八九十年代听过著名相声演员马季、赵岩合说的相声《吹牛》的观众，也许都记得其中有这么一个桥段，他俩比赛吹牛，看谁吹得大。最后赵岩就说了：我们家是世界吹牛中心——我看你下一句还能往哪儿吹！没想到此时马季来了一个咸鱼翻身，他说：你们家那个中心是我们家吹出来的！这才是真正叫绝的创意！哈哈大笑之余，还能给你无限的笑后反思和启迪，比如这个包袱不但让我记忆了几十年，居然还潜移默化地融入好像风马牛不相及的诗创领域。这也是过去老一辈艺术创作者和今天诸多同行最大的区别之一。

再回过头来看之前的案例，也就明白了为什么如下第三个对句更好：

（十万）山中飞雪乱；（七弦）琴上落花深。

字面上的理解是：虽然室外如席大雪漫天飞舞，但在自成一体的陋室，高士从容抚琴，琴曲里所向往的盛春百花之香，早已在琴弦上层层叠舞。引申地，此联可以有两种层面的解读：

一是从儒家角度：雪是真雪，花则隐喻一种优雅从容与雄浑气象并融的文人境界，一种一花独抗万千激雪的文人傲骨。

二是从禅家角度：狂乱不息的漫天飞雪预示着源源不绝的红尘幻惑，以诗悟禅，以琴悟禅，心弦上莲花自开！

这里面体现的诗创技巧就是在某些"走投无路"的情况下，如果架构设计好了，遣词造句功夫到家了，"虚象"反而能倒转统摄"实景"，"小资"逆袭取胜"大情"，"唯心"咸鱼翻身干掉"唯物"——此创作法则无论古今，无论中外（好莱坞大片每每如此），屡试不爽。

比如要你编个故事或剧本，"蟒蛇"要吃"小鸡"，你搬出来个"大象"一脚踩死"蟒蛇"，就没见过这么既赖又笨的创意。但如果你设计成"小鸡"绝地反击，惊天大逆，最后勇敢加智慧，"啄死"了"蟒蛇"，这样的故事谁都爱看，也是好莱坞大片畅销全球百年的秘籍之一。

4. 对联的书写张贴

古人书写和印刷都是按自上而下、从右向左的顺序来的，所以古代对联写（刻）好了张贴或悬挂，都是上联贴在右边楹柱（或门框）上，下联贴在左边，同时横批或牌匾上的字也是从右向左的。横批即与对联配套的横幅，以四字为常见。横批必须与对联正文内容意脉相合，通常是其意旨的提示或点睛之处。自明朝改用红纸书写对联后，才开始有了配以横批的习惯。[1] 如笔者横批为《绝唱千古》的对联：

楚玉鸣天问；山兰动地香。

楚玉本指和氏璧，在这里指代屈原，所以是人和玉两相辉映。而兰亦为梅兰竹菊四君子之一，也常用来代指古代文人士大夫的气格，可谓人、玉、兰三位一体。

对联的落款上款写在（上联）右边，下款写在（下联）左边。书法家的正章也就是名号印，一般为正方形或者长方形，朱文或者白文，或者朱白文阴阳搭配，一般是盖在左边下款姓名之后或者姓名左边的位置上。

闲章又叫随形章，随形就是随着刻印石头的形状而设计，所以它一般就不是正规的正方形或长方形了。随形章一般盖在上联联文的第一、第二两个字之间是最好的，或者是上款的右上部位也可以。

现在写好对联后图阅读和粘贴方便，也可以完全和古人左右次序相反，但切记此时你的横批或牌匾（横额）上的字也一定要跟你上下联的顺序一致。笔者全国游

---

[1] 谷向阳，刘太品. 对联入门 [M]. 北京：中华书局，2007：14.

学时，可真不下百次地在大江南北的五星级旅游景点内的寺庙道观或其他文化场所，甚至海外华人中心温哥华市的中山公园里，都领教了门楣匾额的字序与上下联的顺序相左的壮观文化"败象"。

当然如果并不准备对称悬挂，那就不用写在两条那种对联专用的长卷宣纸上，而是写在一张宣纸上，可根据对联字数、大小或受者所需求的尺寸而量身裁切。

对联还有一种叫龙门对的书写形式，它是指每边联文都在两列乃至两列以上，那么最后一列必须不能像其他列一样正好写到底部——那样就失去龙门对的含义了，写到不超过宣纸上下的中线最好。龙门对最关键的地方是：如果匾额或横批的顺序是从右往左，那么上联居右，从右往左写；下联居左，必须倒过来从左往右写！只有这样才能使得上下联最后一列诗文（即没写到底而留有半列空白的）都在左右对称的"里边"而不是"外边"，这样看起来就像个繁体字的"門"字，故称龙门对。如图示的双章书法：

龙门对案例

撰句：黄胤然

书法：小篆名家张殷实

> 琴有松风听古韵；
> 茶无心念起真香。

就是被写成了龙门对的形式。遗憾的是，现在人张贴的龙门对，有小一半都搞反了。不是联文与横批顺序相左，就是联文左右颠倒。

如果你的横批或牌匾是从左往右的字序，那么龙门对的联文就正好和上面说的相反：上联居左，从左往右书写；下联居右，从右往左书写。龙门对的上下款只能写在"門"内上下联最后一列下面的空白处了，上款写在上联的最下面，下款写在下联的最下面。另外，"正文和横批的字体应当统一，款文字体出现的时间亦不能早于联文字体出现的时间，这叫'今不越古'。如联文用草书者，款文就不能用篆隶。款文与联文的字体（年代）相距也不能太远，如联文用小篆，款文用狂草，也会显得不协调。"[1]

根据对联上下联的句脚必须上（联）仄下（联）平的原则，你是很容易判断出对联是否张贴顺序有误的：看句脚是平声的那一联是否和横批或牌匾的尾字在同一边（左右而言），如果不是，就是顺序贴反了。当然如果门楣上是空的，没有横批或牌匾，那么左右怎么张贴顺序都对（龙门对除外）。

简繁转换问题

在书写诗词对联作品的时候，会在一个地方经常出问题，就是简繁转换特别是同音代替引起的错误，尤其是用电脑一键转换生成时，因为现在的计算机还无法根据你的上下文准确给出正确的繁体字。我们把最容易搞错的几组字总结如下：

丰，豐：统一简化为"丰"字。而在古代它们是区分用法的，不能通用。丰：丰采、丰姿。豐：豐富、豐滿、豐年、豐功偉績。

里、裏（裡）：统一简化为"里"。裡为裏的异体字。古代表述距离和地理概念时用"里"：鄉里、公里、里數。表示"内部"概念时用"裏"：裏邊、家裏、表裏。从笔者 2009 年创作的《七律·不负丹心日月从》中化出的对联"万里鹏云擎汉梦，千秋龙野隐唐雄"，当时有一个南方的书院用它悬挂在大门两边，结果网上定制的商家用电脑自动转换时，把"万里"错写成了"萬裏"，应该是"萬里"。

帘、簾：统一简化成"帘"。在古代如果指酒家、茶馆的幌子，用法是：酒帘；但如果指窗帘，正确的是"簾"：窗簾、布簾、垂簾聽政。

系、係、繫：统一简化成"系"。系：系統、系列、世系。係：關係、確係、聯係。繫：繫馬、心繫家國、繫鞋帶、維繫。三字在"拴绑"意思语境里通用。

冲、衝：统一简化成"冲"。冲：冲茶、冲喜、冲毀、冲天、怒冲冲。衝：衝鋒、衝擊、要衝、衝動。

發、髮：统一简化成"发"。發（fā）：發出、發芽、發動、發達、出發、啟發。髮（fà）：頭髮、毛髮、結髮、落髮、髮妻。

復、複：统一简化为"复"。復：往復、復辟、去而復返、死灰復燃、報復、復習。複：複雜、繁複、複製、複數、山重水複、重複。同时还要注意这个"覆"：反覆無常、答覆。

---

[1] 余德泉. 对联通 [M]. 长沙：湖南大学出版社，2003：236.

5. 对联的标点符号

古代的书籍都没有标点符号，书写也没有。虽然现在书法一般也不会写标点符号，但印刷成书都是必须加上标点符号的。目前对联的标点符号一般通行的标法是：针对短联，上联句脚用分号，下联句脚用句号，比如清代梅州八贤之一诗人宋湘题云南昆明大观楼的诗联，初看平淡而实则情怀高远饱满：

> 千秋怀抱三杯酒；万里云山一水楼。

针对长联，如果上联中间已有问号、感叹号、分号或者句号了，那么上下联的句脚一律用句号。比如我们看《楹联丛话》中的案例[1]：

> 亦知吾故主尚存乎？从今日遍逐天涯，且休道万钟千驷。
> 曾许汝立功乃去耳！倘他日相逢歧路，又肯忘樽酒绨袍。

6. 对联的拗救

拗救的内容我们主要放在本书第四章"诗的创作与鉴赏"中介绍，此处先用其概念。对联是否能拗救，虽然有很多争论，但一般认为：律诗拗句的自救与互救，在五七言对联中同样适用，如说孟昶的春联：

> 新年纳余庆；嘉节号长春。

出句就是采用了本句自救"平平仄平仄"的格式。但长联就不适合了。因为律诗从来没有某句有病，要推迟到很多句后才救的道理。这最终也是从人们吟诵阅读的声律体验角度来说的：上句有病，但紧接着下句马上救，弥补的时效性很强，整体感觉还是和谐的。但如果是长联，比如每联 5 句，上联的五言或七言句平仄不合律，你就必须得隔了整整 5 句，这"解药"才到——在下联同一位置上进行拗救，等于只剩下纯书面上的、并无太大意义的心理安慰——我拗救了，但却完全丢失了验证拗救是否成功的阅读吟诵的语感——相当于没有救。

---

[1]（清）梁章钜.楹联丛话附新话 [M].白化文，李如鸾，点校.北京：中华书局，1987：34—35.

三、对联之类

对联（对仗）的类型按不同的维度有很多种，比如按字数的分类，按属对用词的分类，按属性的分类，按修辞的分类等。下面一一介绍。

1. 对联用词的门类

王力先生在《汉语诗律学》中，根据清代汤文潞所辑《诗韵合璧》中《诗腋》《词林典腋》所列的古代字词的分类（主要是名词），重新整理成二十八类[1]：

（1）天文门

包括天、日、月、星、辰、云、霞、风、雨、雷、电、霜、雪、雹、露、雾、霰、烟等；比如李白《五律·渡荆门送别》颈联中的"云"对"月"：

月下飞天镜，云生结海楼。

唐代杜牧《七律·怀钟陵旧游四首·其四》颈联中的"月"对"日"：

日落汀痕千里色，月当楼午一声歌。

还有杜甫《七律·曲江对雨》颔联中的"雨"对"风"：

林花著雨燕脂落，水荇牵风翠带长。

（2）时令门

包括朝、暮、晨、夕、昼、夜、早、晚、寒、暑、年、岁、月、日、时、春、夏、秋、冬、元夕、寒食、清明、除夕等；比如宋代朱淑真《七律·暮春三首·其二》颔联中的"清明"对"谷雨""三春"对"四月"：

清明已过三春候，谷雨初晴四月天。

晚唐白居易《七律·早朝思退居》颔联中的"日高"对"夜半"：

自问寒灯夜半起，何如暖被日高眠。

南宋戴复古《七律·庐山·其三》颔联中的"中秋"对"半夜"：

---

[1] 王力. 汉语诗律学 [M]. 北京：中华书局，2015：163–177.

松摇半夜风声壮，桂染中秋月色香。

（3）地理门

包括土、地、山、川、江、河、湖、海、池、溪、水、泉、关、塞、田、野、城、市、郡、乡、道、路、谷、洞、井等。比如杜甫《七律·九日蓝田崔氏庄》中的颈联：

蓝水远从千涧落，玉山高并两峰寒。

这副对仗特别美，因为你明明知道它是经过严谨推敲锤炼而出的，但读起来又完全不觉粘连，非常洗练、浑成，是可谓境界也。

余下的门类有（多数为名词性质，大同小异，故省略这部分门类的诗例）：

（4）宫室门

包括屋、庐、楼、殿、堂、阁、亭、榭、轩、栏、窗、斋、阶、亭等。

（5）器物门

包括舟、船、车、床、榻、席、鼓、角、剑、灯、镜、香、烛、钱、瓶等。

（6）衣饰门

包括衣、裳、裙、巾、冠、环、佩、带、鞋、袍、盔、甲、裘、衫等。

（7）饮食门

包括酒、茶、糕、饼、茗、酿、浆、饭、肴、蔬、菜、粥、盐、汤、蜜等。

（8）文具门

包括笔、墨、纸、砚、印、书、琴、弦、笛、书、剑、棋、策、册、幅等。

（9）文学门

包括诗、书、赋、章、句、集、文、字、信、碑、歌、典、籍、图、画等。

（10）草木花果门

包括树、木、花、草、杨、柳、菊、桂、兰、枝、叶、桃、杏、梅、禾等。

（11）鸟兽虫鱼门

包括马、牛、鸡、犬、虎、龙、鱼、鸟、凤、燕、蜂、蝶、雁、鱼、虾等。

（12）形体门

包括身、心、肌、肤、骨、肉、头、肩、眼、耳、手、足、胸、背、爪等。

（13）人事门

包括功、名、恩、怨、才、情、吟、笑、谈、言、论、感、爱、憎、品等。

（14）人伦门

包括父、母、兄、弟、妻、子、女、臣、友、叔、伯、圣、贤、仙、道等。

（15）代名对

包括吾、我、余、汝、君、子、他、谁、何、孰、或、自、者、人等。

（16）方位对

包括东、南、西、北、中、外、里、边、前、后、上、下、左、右等。

（17）数目对

数目门原则上是不与其他门类相对的，否则感觉不工整。需注意的是：一、二、三、四、五、六、七、八、九、十、百、千、万、亿、兆，这十五个标准的数字在《平水韵》里，只有"三""千"是平声，其余都是仄声。那么在属对的时候就会发现平声字太少了，不够用，限制了创意的自由。一个变通的办法就是采用"孤""单""双"等几个平声字。当然还有一个讨巧的办法就是架构设计时数字尽量不要放在节奏点上，而是放在可平可仄的位置上，这样即便上下联同样位置上都用了仄声的数量词也不算违律。比如晚唐李商隐《五律·蝉》颔联中的数目对位置即非节奏点：

五更疏欲断，一树碧无情。

笔者下面这副诗联数字也是置于句首。而且如果其他数字不好属对，用"满""全"之类的替代亦可：

满腹箴言尤爱国，一怀明月自垂天。

（18）颜色对

包括红、黄、白、黑、青、绿、紫、碧、翠、蓝、朱、丹、银、玄、素等。颜色门原则上也最好与同门类字词相对。

（19）干支对

包括甲、乙、丙、丁、戊、己、庚、辛、子、丑、寅、卯、辰、午、未等。

（20）人名对

如李商隐《七律·安定城楼》中颔联的"贾生"对"王粲"：

<blockquote>
贾生年少虚垂泪，王粲春来更远游。
</blockquote>

（21）地名对

如白居易《七律·题岳阳楼》中颔联的"梦泽"对"长安"：

<blockquote>
春岸绿时连梦泽，夕波红处近长安。
</blockquote>

（22）同义连用字

如杜甫《七律·公安送韦二少府匡赞》中颈联的"兵甲"不是和"江湖"相对的，而是本句自对："兵"对"甲""江"对"湖"：

<blockquote>
时危兵甲黄尘里，日短江湖白发前。
</blockquote>

（23）反义连用字

如陆游《七律·五鼓起坐待旦》颈联里的"南北""古今"（本句自对）：

<blockquote>
南北迢迢悲往事，古今莽莽叹浮生。
</blockquote>

（24）连绵字

如唐代皎然《五律·宿支硎寺上房》颔联里的"寂寞"与"萧条"（叠韵）：

<blockquote>
寂寞千峰夜，萧条万木寒。
</blockquote>

（25）重叠字

如王安石《五律·秋风》颈联中的"漠漠""纷纷"：

<blockquote>
漠漠惊沙密，纷纷断柳高。
</blockquote>

（26）副词

包括忽、渐、才、已、将、欲、即、皆、俱、怎、岂、空、徒、枉、堪、每、亦、又、却、莫、休、不、未、只、但、尚、复、可、能、尝等。如盛唐孟浩然《七律·登万岁楼》颔联中的"堪""欲"：

<blockquote>
天寒雁度堪垂泪，日落猿啼欲断肠。
</blockquote>

（27）连介词

包括与、共、同、并、且、还、于、而、则、因、为、之等。如杜甫《七律·又送》颈联中的"同""并"：

> 同舟昨日何由得，并马今朝未拟回。

（28）助词

包括也、矣、焉、哉、乎、耶、尔、耳、兮、然、止、之等。如唐末杜荀鹤《五律·将归山逢友人》颔联中的"矣""乎"：

> 白发多生矣，青山可住乎？

罗列了这么多门类，可能让不少诗友颇感压力，其实也不必过于紧张。施向东先生曾说：属对追求的是一种对称的美，但若过分追求工整，有时却又可能导致词气的纤弱和意境的束缚，反而以辞害义。古人为调和两者的矛盾，在实战中总结出的技巧之一便是宽中求工，即联中的数目词、颜色词、方位词、连绵词、叠音词、反义词等这几个关键门类的词要确保工整对上，哪怕其余部分对得不是那么严谨，整个诗联看起来也会显得很工整。因为这些词语在诗句中出现的时候，往往比其他词语更引人注目，从而某种意义上起到掩饰的效果。[1] 比如以下这几个案例：

长江一帆远，落日五湖春——刘长卿《五律·饯别王十一南游》

青山横北郭，白水绕东城——李白《五律·送友人》

树头树底参差雪，枝北枝南次第春——戴复古《七律·山中见梅寄曾无疑》

宦情落落思三径，世事悠悠付一杯——宋代虞俦《七律·和汉老弟见寄二首·其一》

白居易《五律·北窗闲坐》中的首联与颔联：

> 虚窗两丛竹，静室一炉香。门外红尘合，城中白日忙。

元末明初叶颙《五律·秋日有怀帅府李从道二首·其一》中的颔联与颈联：

> 黄花秋梦淡，红叶晚晴长。访旧心千里，浇愁酒一觞。

---

[1] 施向东.诗词格律初阶 [M].天津：天津大学出版社，2001：53-54.

2. 对联属性的类别

（1）工对、邻对与宽对

对联按上下联属对的严谨程度来衡量，可分成三大类：工对、邻对、宽对。

工对

按古代的标准，工对就是上下两联的平仄格律、结构、节奏等完全一致，而且相对位置上的字词，还要出自同门类：天文对天文，地理对地理，人伦对人伦，器物对器物。比如这首古代最有名的"励志联"：

> 有志者事竟成，破釜沉舟，百二秦关终属楚；
>
> 苦心人天不负，卧薪尝胆，三千越甲可吞吴。

很多地方都把此联的作者说成了清代的蒲松龄，但据清代吴恭亨所著《对联话》记载，此联的主体应为明末清初的学者金声（字正希）[1]。

按照王力教授的观点，如果上下联大部分位置上的字是工对的话，那么就可以认为整副对联为工对。而且，如果上联有句中自对，那么下联同样位置也只需当句自对即可，上下联之间就不必再苛求相对位置上的字词也非要工对了。

再看笔者为浙江温州兴福寺山门牌坊创作的禅联，括弧内的字表示可据楹柱长短随意增减，最后寺庙请人书写刻印时略去了括弧内的字：

> （无锁）禅门天地开，（去去来来）梦幻泡影全由此中过；
>
> （有情）佛印古今同，（时时刻刻）究竟涅槃不向心外求。

此联绝大部分字面为工对。不过"锁"属器物门，而"情"则属人事门，二门甚至都不相邻，此处算宽对。"去去"与"时时""来来"与"刻刻"根本对不上，但是它们都是本句自对，故此部分的对仗为"工"而非"宽"。另外"梦幻泡影"与"究竟涅槃"字面上似乎也都没对上，但它们是佛禅术语，不宜将其分开按字"细究"，而是当成固定词组来理解，它们恰恰是两个针锋相对的极端：梦幻泡影是迷，究竟涅槃是悟。而且前者语出《金刚般若波罗蜜经·应化非真分》，后者语出《般若波罗蜜多心经》，语典出处也可谓"工"。

---

[1] 吴恭亨. 对联话 [M]. 长沙：岳麓书社，2003：288.

另外佛教禅宗认为人之自有的心性即是佛心，因其永久不变，犹如印契，故名"佛心印"，简称"佛印"。而此联上下联相对位置上正好完成"禅门——此""佛印——心"横向同物、竖向对应两个维度的勾连，故此联整体看仍为工对。

其他"似宽实工"的对联比如李商隐《七律·无题二首·其一》中的颔联：

　　　　身无彩凤双飞翼，心有灵犀一点通。

我们细究一下："身无"对"心有""彩凤"对"灵犀""双"对"一"，对得都非常工整。但是最后的"飞"对"点""翼"对"通"，就有些牵强了。不过由于整联相当凝练自然，可谓不以辞害意的典范，故整体上仍可把它当成工对。

对联从"技术上"说，越工越好，宽对理应次之。但若从美学境界的角度衡量，则并不绝对，有时宽对反而更有一种"跨门类"混搭互撞而出的渲染力。因为如果上下每个字都必须选同门类字词的话，等于是限制了内容的宽度、意旨的广度，并不便于诗意的自由驰骋。所以很多约定俗成的惯用对仗也都被认为是最工，比如说："歌—舞""声—色""心—迹""老—病"等；另外某些不同门甚至不同类的也会按习惯认为是最工："诗—酒""金—玉""金—石""人—地""人—物""兵—马""无—不"等[1]。具体看案例，唐代许浑《五律·陪王尚（cháng）书泛舟莲池》颈联里的"歌—舞"：

　　　　舞疑回雪态，歌转遏云声。

许浑《七律·长庆寺遇常州阮秀才》颔联中的"诗—酒"：

　　　　晚收红叶题诗遍，秋待黄花酿酒浓。

杜甫《七律·宿府》颔联里的"声—色"：

　　　　永夜角声悲自语，中天月色好谁看。

注意此处可平可仄而意义相同的"看"因是韵脚字须押平声韵，故读"堪"。

再看白居易《七律·赠邻里往还》颈联中的"人间—地上"：

　　　　但能斗薮人间事，便是逍遥地上仙。

[1] 王力.汉语诗律学 [M]. 北京：中华书局，2015：178.

注意"斗数""逍遥"都是用的叠韵连绵词。诗创时要注意，上联用了什么样的修辞，可谓抖了个"包袱"，设了个"埋伏"，那么下联同样的位置就不能不接，必须迎头对上去。还有白居易《七律·偶吟》颈联里的"无—不"：

> 无情水任方圆器，不系舟随去住风。

邻对

邻对就是指采用相邻门类的字词来组对：天文对时令，地理对宫室，器物对衣饰等。比如说朱庆文老师创作的佛联（温州江心寺）[1]：

> 寺佑新津，从来普度众生客；
> 佛临古刹，何见妄收一炷香。

其中"津"是属于地理门，"刹"属于宫室门，它们就属于邻对。再看：

> 书香浮月远；琴意卧云闲。

笔者这副对联"书"是文学门，"琴"是文具门，故也属于邻对。

王力教授把邻对划分有 20 类，都可以两两相对：天文与时令；天文与地理；地理与宫室；宫室与器物；器物与衣饰；器物与文具；衣饰与饮食；文具与文学；草木花卉与鸟兽虫鱼；形体与人事；人伦与代名；疑问代词及"自、相"等字与副词；方位与数目；数目与颜色；人名与地名；同义与反义；同义与连绵；反义与连绵；副词与连介词；连介词与助词。[2]在古代这种邻对的案例比比皆是，就不再枚举了。

宽对

如果一些相对照的字词既不属于同门类，甚至连相邻门类也不算，只能在符合平仄、结构、节奏等相对应的大前提下，退而求其次地保证词性相同：名词对名词、动词对动词等，那么这就属于宽对。比如杭州西湖岳飞墓前那副脍炙人口的对联：

> 青山有幸埋忠骨；白铁无辜铸佞臣。

其中"山"属地理门，而"铁"属器物门；"骨"属形体门，而"臣"属人伦门，

[1] 朱庆文．楹联十讲 [M]．杭州：西泠印社出版社，2016：4.
[2] 王力．汉语诗律学 [M]．北京：中华书局，2015：182.

这就是王力老师说的"工整的对仗和高雅的诗意不能两全的时候，诗人宁愿牺牲对仗来保存诗意"[1]，故这副对联可谓虽宽犹工、字宽意工，因为太经典了，以至于人们都没注意到这些"瑕疵"而只沉浸在诗美的体验当中。其实这是清代的松江女史（徐氏女）所作的七律中的一联，被人摘出悬挂于岳王庙内。[2]

从对联创作角度而言，笔者一般强调的是从初级到高级"由工渐宽"的原则，先连滚带爬地学会工对，先学会严谨，知道什么叫规矩。随着诗力、诗觉的逐步提高，再渐次逐宽（对），最后至工对宽对随心所欲，唯意是举，唯美是举。因为一般艺者都是由凡人、匠人、大师阶次进化而来，你妄想越过中间的"匠人"阶段，由凡人一步登天成"大师"，笔者不知当代"李白"是否有此"特异功能"，但你我常人还是落个地，踏实点走比较好。

另外，工对、宽对的度的掌握也很重要，正像南宋诗论家葛立方在《韵语阳秋》里说的："近时论诗者，皆谓偶对不切则失之粗，太切则失之俗。"[3] 故须得代入诗联中根据上下文语境具体拿捏。

（2）正对、反对与流水对

我们把对联按照关联性来分类，又可分成三类：正对、反对和流水对。

正对

所谓正对，就是上下联虽词句不同，但所显意旨类似或互为映衬，同向并立。你也可以把它理解为内容相近。比如有副流传甚广但不知确切出处的谜语对联：

> 白蛇过江，头顶一轮红日；
>
> 青龙挂壁，身披万点金星。

上下联的谜底分别是"灯芯""秤杆"，非常形象。注意下联对上联的微妙权重："青龙"势压"白蛇"一点，"一轮"稍逊"万点"一分——即便是完全不分贵贱的两个主旨意象词"秤杆""灯芯"，也体现下重上轻原则。

记得几十年前笔者第一次从"课外书籍"中看到它时，一下子就记住了——这几乎是所有经典作品的共同特点。否则如果字面上缺乏形式美，骨子里也没有耐品的诗趣之韵，那么再短的内容恐怕你也记不得长久，比如：标语口号和课本里的很

---

[1] 王力.汉语诗律学 [M].北京：中华书局，2015：187.

[2] 谷向阳，刘太品.对联入门 [M].北京：中华书局，2007：172.

[3] （南宋）葛立方.韵语阳秋 [M].上海：上海古籍出版社，1984：10.

多必背内容。

再看杜甫的正对案例《七律·登楼》中的颔联：

> 锦江春色来天地，玉垒浮云变古今。

此联也属正对形式。玉垒是指四川境内的玉垒山。还有笔者的对联：

> 两盏琼浆斟古意；一怀明月照青山。

一样也属正对。理论上正对最容易出现合掌的形式，故稍微诗力不足或诗觉不到位，架构设计时跳脱感不够，就容易在创作正对时犯此忌。

反对

反对与正对相反，是指上下两联在意旨内容上针锋相对，反向对比，是一种互相反衬而非映衬的关系。比如鲁迅《七律·自嘲》中的颈联：

> 横眉冷对千夫指；俯首甘为孺子牛。

此联是针尖对麦芒的反衬。还有陆游《七律·游山西村》的颔联：

> 山重水复疑无路；柳暗花明又一村。

笔者之前诗译泰戈尔的短诗，其中有一首就是采用反对的形式：

> 梦里相逢如陌路；醒来始觉是亲人。

由于强烈对比的渲染效果，理论上反对更容易立得住，艺术感染力更强，更容易出彩，所以反对也更容易出千古佳对。但实际中，也有反对平淡无奇，正对流芳百世的案例，关键看创作者的功力如何。另外，正对在律诗中运用得比反对更普遍。

流水对

流水对是指上下两联意旨纽带紧密贯串，须合读才能完整，分开或颠倒均无含义的对联。典型的如杜甫《七律·闻官军收河南河北》之尾联：

> 即从巴峡穿巫峡；便下襄阳向洛阳。

在律诗的对仗那一节我们会介绍如果尾联也用对仗的话，那么起承转合的合，从技术上来说，是比较难合上的，须用一些诸如流水对之类的修辞才能解决这个难题。杜甫是颇善此道的。还有王之涣《五绝·登鹳雀楼》的尾联：

欲穷千里目；更上一层楼。

骆宾王《五律·在狱咏蝉》里的颔联：

不堪玄鬓影；来对白头吟。

以及笔者《七律·瓷胎画珐琅》里的颔联：

却逢时变国容黯；幸有政和圆梦长。

大家可能注意到了，大多流水句里都有个明显的标志，就是一般都设计有承接虚词成对出现。故初学者可以先从熟悉以下惯用的虚词对入手：一从—几度、幸有—岂无、莫道—须知、若非—定是、但得—何须、但觉—岂知等。也不用刻意去背下来，很多网站现在都有对仗词汇的查询匹配功能。

流水对的好处是使联句无论在形式上还是意脉上，都更加灵动紧凑，如行云流水一般一气呵成，读来赏心悦目，更易于理解背诵。流水对一般只适合短联，中长联的纵向维度就不适合了，不过却可以横向维度地安排在一联之内。

（3）本句自对

本句自对也叫当句对，指一句诗句内部前后的语词自成对偶形式。钱锺书先生认为"此体创于少陵，而名定于义山"[1]。如杜甫《七律·登高》之首联：

风急天高猿啸哀；渚清沙白鸟飞回。

"风急"对"天高""渚清"对"沙白"，不但是本句自对，上下其实也对上了。还有清代刘凤诰题济南大明湖小沧浪亭的[2]：

四面荷花三面柳；一城山色半城湖。

此联本句自对是三字对四字，并不拘泥于字数了。再看笔者的一副禅联：

池中莲上；禅影天香。

"池中"对"莲上""禅影"对"天香"，只能是本句横向自对，上下的纵向

---

[1] 钱锺书.谈艺录 [M].北京：商务印书馆，2011：20.
[2] 谷向阳，刘太品.对联入门 [M].北京：中华书局，2007：67.

就没对上了，即"池中"对不上"禅影""莲上"对不了"天香"。当句对顾名思义只要求本句自对时没问题就行，不可苛求上下再对上。至于左右（本句）与上下（对句）全都对上是否更好，这得看联语的立意及上下文的意脉，对联有时并不是越难、越工则境界越美，有时反而是自讨苦吃，适得其反。另外，此禅联实际是把"池中禅影，莲上天香"打散了重新架构而成的，而且还隐约有些流水对的痕迹。

> 汲水甘泉，祈悠悠文运中兴，福泽士人，慧开众庶；
>
> 擎茶华顶，沐奕奕灵光彻照，千如一念，不二三观。

这是笔者创作的《忆2014年天台山华顶讲寺唐诗之路雅集无我茶会》对联，其中上下联的尾部只能是"福泽士人"与"慧开众庶"自对，"千如一念"与"不二三观"自对，上下是无法对上的。可能有细心的诗友注意到了，"不二"的"二"与"千如"的"如"自对时也对不上。确实单个字来看没有对上，不过此处不按字而是按词来寻求一种宽对而非工对以保全整体联意。另外，一念三千（百界千如）、一心三观均为中国古代最早本土化的成熟宗派天台宗的法门。再看清代陶澍的：

> 游目驰怀，此地有崇山峻岭；
>
> 仰观俯察，是日也天朗气清。

"游目"对"驰怀""崇山"对"峻岭""仰观"对"俯察""天朗"对"气清"。这也是本句自对而不上下相对的经典案例。

当句对最有名的诗是李商隐的一首七律，题名直接就叫《当句有对》：

> 密迩平阳接上兰，秦楼鸳瓦汉宫盘。
>
> 池光不定花光乱，日气初涵露气干。
>
> 但觉游蜂饶舞蝶，岂知孤凤忆离鸾。
>
> 三星自转三山远，紫府程遥碧落宽。

这首诗八句竟然每句内皆有自对，从第一句到最后一句分别是："平阳"对"上兰""鸳瓦"对"宫盘"与"秦楼"对"汉宫"（即第二句中其实有两副自对）"池光"对"花光""日气"对"露气""游蜂"对"舞蝶""孤凤"对"离鸾""三星"对"三山""紫府"对"碧落"。如此飞蛾扑火般的堆砌，要是换了我们，这首诗早就撑破了或散架了。但在李商隐手里居然被锤炼到凤凰涅槃，实在给我们很大启迪。其中充满了诗创的技巧而又能做到让一般读者浑然不觉——那些能传唱千秋的诗词名篇，在一般读者眼里可能只是浑然天成，但在诗创人眼里，要么是妙手偶得，要么就是极尽设计。你以为一首诗里没什么技巧，其实正是充满了炉火纯青的"技巧"所以才显得没有技巧！可谓最高级的技巧。此诗稍微再盘点一二：

① 本来根据首联出句当句对的位置，对句当句对的"正位"应该是"鸳瓦""宫盘"，但是吟读的语感反而觉得处于"偏位"的"秦楼"对"汉宫"更明显，可能这种"偏位"抢戏的效果，正是李商隐所刻意要求的感觉。在语感上就把八句非常整齐的当句对一通到底的呆板形式在首联给"破"掉了一些——大平仄（大阴阳）的转换，然后字面上又没有违矩，可谓一举两得。

② 本句自对到第七句难免让读者感到麻木厌烦，于是就用了数量词"三"来调剂一下之前全部是名词或形容词的格式——这也是一个及时杀到的大平仄的转换。

③ 和第二条所述目的一样，为了避免过分雷同引致的沉闷匠俗，颈联作为起承转合之转联，非常及时地运用了"但""岂"这两个救命的虚词，一下又让沉闷的意韵有了些许欢快流婉，某种意义上还是大平仄的变换。

当句对除了上述例子中常见的格式外，还有其他几种：

单边当句对。如白居易《七律·送敏中新授户部员外郎西归》中的尾联：

> 前鸿后雁行难续；相去迢迢二十年。

只在出句有"前鸿"对"后雁"的当句对，而对句没有。

相错当句对。比如戴复古《七律·夜宿田家》里的尾联：

> 乡书十寄九不达；天北天南雁自飞。

出句本句自对的位置是最后 5 个字的"十寄""九不达"（虽然形式上因字数不统一没对上，语意上还有对偶的意韵），但对句本句自对的位置却变成了前面 4 个字的"天北""天南"，相错了。但以上单边和相错位的当句对仅在诗词中可以出现，在对联中的当句对则必须在上下联句中相同的位置出现。

当句对时常会用到一种修辞叫仿词，即"根据表达的需要，更换现成词语中的某个语素，临时仿造出词语"[1]。如韩愈《七绝·游城南十六首·其十六·遣兴》中的尾联：

---

[1] 黄伯荣，廖旭东. 现代汉语（下册）[M]. 北京：高等教育出版社，2017：204.

莫忧世事兼身事；须著人间比梦间。

此处的"梦间"就属于在前面固定词组"人间"作铺垫的前提下，根据当句对的形式及诗句的意脉，临时"仿造"出来的一个不常用的词语搭配。

（4）错综对

也叫交股对，就是指上下联对仗的字词，往往由于平仄制约或修辞效果等方面的原因，不是严格依照上下顺序相对，而是部分地斜向交错相对。比如刘禹锡《七律·始闻秋风》中的首联即是错综对：

昔看黄菊与君别；今听玄蝉我却回。

其中上下联的"君""我"是斜交叉着相对，同时另外相关的两个字也必须得连带地错综相对，就是"与""却"。然后李白《五律·谢公亭》里的颈联：

池花春映日；窗竹夜鸣秋。

这副交股对的特点是"日—夜""春—秋"交错相对时，中间各隔了一个字："映""鸣"，阅读几乎没难度，甚至都不觉察是交股对，但创作时的难度比不隔字又加大了一些。

再看唐代李群玉的错综对案例《七律·同郑相并歌姬小饮戏赠》的首联：

裙拖六幅湘江水；鬓耸巫山一段云。

这一副是以词而非字为单位来错综相对的："湘江—巫山""六幅——一段"。另外王安石《七绝·晚春》里的首联：

春残叶密花枝少；睡起茶多酒盏疏。

"多—少""密—疏"，是各交错了一个词就是两个字（花枝和酒盏）。

为何会允许这种字面上看其实是错位了的交股对出现？其实这涉及阅读心理学，古今一样。央视新闻曾发布了一个小视频，介绍以下这段文字[1]：

"研表究明，汉字序顺并不定一影阅响读。"

---

[1] 为什么汉字打乱顺序也能读懂 [EB/OL]．（2022-04-19）[2023-05-04]. https://content-static.cctvnews.cctv.com/snow-book/video.html?item_id=12163109395281114352.

粗看一眼没有问题，但若细究就会发现这行字有四处顺序其实是前后错位了的——如同我们现在提及的错综对。为什么汉字打乱顺序也能读懂？这是由于我们的阅读习惯所致：除了有特殊需求的个别场合，我们在阅读时一般都不会逐字阅读，而是扫视关键字，然后由大脑凭借经验进行"脑补式"的理解。不光是汉字，英语、法语等也适用此规律。只不过由于汉字是二维图形式的表意文字，我们阅读汉字时会同时加工语言和图形信息，使得大脑获取图形信息时更倾向于关注整体而非细节。因此我们能更容易理解乱序汉字，而且越是熟悉的信息码就越会如此。比如：

谁知中盘餐，粒粒辛皆苦。

这两句"诗"乍一看没问题，但事实上字的顺序是错的！就是因为这两句诗我们早已耳熟能详了。可能古人很早也就意识到了这一点，所以他们约定俗成地在有限的范围内可以允许这种交股的存在，哪怕隔了一个字，甚至两个字，都可以产生一种错综的变化。我们反复强调格律诗词的音律美学有一个最基本的规则是：尽可能在不影响你整体诗词结构和理解的前提下，产生一定的变化（之美）。所以最后古人就干脆把这种交股对作为一种格式（修辞）给保留下来了。

另外，央视新闻那个小视频后面继续补充到如果要截断这种"大脑根据经验自动修正错误"的阅读惯性，尤其在校对、审题、发文等重要场合，就可以采取一些必要的步骤：第一，适当清空大脑内存。当你完成一份重要文件后，可以先做些别的事情或休息几分钟，等大脑将此前的记忆清空后，再去检查，你会对错别字、错位字等更加敏感。第二，采用逆序检查法，从每一句的最后一个字开始反方向检查，这样的阅读顺序和平时相反，从而更容易发现错误[1]——其第一步正与笔者提及的诗词作品创作完后的"阴干"理念不谋而合（将在本书第四章第三节里的"诗创三部曲"中详解）。

（5）借对

借对就是指某个词语在本句是一种意思，但它与对句同位置的字词相对时却"借用"了另一种意思，即横竖分别用两种不同的意思。借对可以有借意和借音（即谐音）两种。先看借音的，比如李商隐《七律·锦瑟》中的颈联：

沧海月明珠有泪；蓝田日暖玉生烟。

---

[1] 为什么汉字打乱顺序也能读懂 [EB/OL].（2022-04-19）[2023-05-04]. https://content-static.cctvnews.cctv.com/snow-book/video.html?item_id=12163109395281114352.

三点水的"沧"和表示蓝色的"蓝"，从字面上看其实并没有对上。但是它和草字头的"苍"同音，而"苍"又可指深绿色，故"沧"借"苍"之音，从竖向来看，它就和"蓝"在颜色上对上了。而横向来看，"沧海"本身就是固定词组没有问题，这就是借对。再看一副比较著名的借对，相传是清代纪晓岚对船夫的：

> 两船并行，橹速不如帆快；
>
> 八音齐奏，笛清难比萧和。

这副对联有四处借音：橹速—鲁肃、帆快—樊哙、笛清—狄青、萧和—萧何。后者皆是古代人物。还有相传为乾隆和纪晓岚唱和的对联[1]：

> 南通州，北通州，南北通州通南北；
>
> 东当铺，西当铺，东西当铺当东西。

"东西"横向当物品理解，而竖向则与南北作方位名词解，这就是借意。

(6) 掉字对

掉字对就是指一句之内相同的字词间隔重复使用，再上下句两两相对的格式。根据所重复的字词之位序异同，还可再细分为掉同位对、掉异位对两种；根据所掉复音词构词成分的异同，又可细分为掉同词对、掉异词对。比如现当代钱锺书先生《五律·斯世》中的首联：

> 斯世非吾世；何乡作故乡。

"斯世""吾世""何乡""故乡"，两组词并不完全一样，即"掉异词对"。在同样的位置上"世""乡"分别在上下句复用而没有移动位置：掉同位对。

清代诗论家冒春荣在其《葚园诗说》中将此诗法命名为"掉字法"[2]。不过查遍古代、现代汉语字典，发现"掉"字并无"重复"之意，而此语境里，适合的只有"掉换、交替"这种解释。如果将理解的关键放在所重复的字词上，就很费解为何取名"掉字"。不过如果把着眼点放在和其搭配的那个字词上，一切就迎刃而解了："实际上是复音词或词组在隔字叠的过程中掉换了一个字。"[3]具体到以上掉字对

---

[1] 谷向阳，刘太品.对联入门 [M].北京：中华书局，2007：247.

[2] 清诗话续编 [M].郭绍虞，编选；富寿荪，校点.上海：上海古籍出版社，1983：1593.

[3] 饶少平.杂体诗歌概论 [M].北京：中华书局，2009：231.

案例，其修辞手法是在出句里把"斯"换成"吾"，在对句里把"何"换成"故"。延伸一下，笔者也认为张静老师所云不无道理："'掉字法'这一名称强调了'掉字'（即'换字'），而丢掉了这一诗法的核心信息'叠字'，如果我们进一步命名其为'掉字叠'似乎更确切。"[1]

另外乍一看，掉字对好像和我们后面要介绍的对联之禁忌：同位重字、异位重字有些类似。但其实是不一样的：掉字对是一种刻意如此的修辞，而不是无意重字的诗病；掉字对是在本句内部重复使用某个字词，同时又掉换与之搭配的字词，而同位重字、异位重字往往是指相同的字在不同的句子中重复使用。

再看字数更多的掉字对，骆宾王《七古·代女道士王灵妃赠道士李荣》：

相怜相念倍相亲；一生一代一双人。

"相""一"分别在上下联各"叠"了三次，但前两处在相同位置上是同位，最后一处"相""一"有错位，可谓"掉同位异位对"。再看北宋李复《七律·蔡元度话其子能言前世事江晦叔有诗次韵·其二》中的颔联：

北涧水通南涧水；南山云绕北山云。

两"涧水"对两"山云"，这属于掉同位对；只不过对句在字的掉换过程中，没有换成其他的字，而只是把出句的"北""南"错位复用成"南""北"。再看元末明初胡翰《拟古九首·其一》中的首联：

一夕复一夕；一朝非一朝。

有人称其为掉同词对，但其实它只有"叠"（重复），而没有"掉（换）"，所以与其说是掉字对，还不如说它是"同位地"运用了"反复"的修辞手法，即"为了突出某个意思、强调某种感情，特意重复某个词语或句子"[2]。

笔者也曾经给某新媒体公司用掉同位对的对联形式，创意了一条嵌字广告语（需嵌入"泉""媒"二字）：

无双泉涌无穷意；有道媒传有益人。

---

[1]张静."掉字法"的历史梳理与审美内涵[J].西安建筑科技大学学报（社会科学版），2014，33（5）：78.
[2]黄伯荣，廖序东.现代汉语（下册）[M].北京：高等教育出版社，2017：218.

再看王实甫的一首元曲小令《中吕·十二月过尧民歌·别情》中的：

> 新啼痕压旧啼痕；断肠人忆断肠人。

此联有个小变化：出句"新啼痕""旧啼痕"，有"掉"有"叠"，合起来属于异词；而对句重复"断肠人"，可谓同词。故整体上可称为掉同词异词对。

（7）虾须对与燕尾对

虾须对与燕尾对是一对姊妹概念。之前我们说本句自对只要求在当句对上即可，但若既能本句自对，还能与对句完美对上的，那么如在联首位置上，就形象地称其为"虾须对"，好比龙虾前面两条大大的虾须。比如笔者创作的《题臻谛书院》对联：

> 天为盖，地作杯，日月流光，饮尽真茶千种味；
> 文启今，诗承古，功名过眼，眠来细雨一荷禅。

"天为盖""地作杯""文启今""诗承古"，即可本句自对，亦可对句相对，是为虾须对。同理，如果是在联尾完成既自对又对句对上的对联，就叫"燕尾对"。比如笔者创作的《怀古》对联：

> 嗟屈贾丹心万虑，徒自悲吟，难逢吐哺人，枉费调羹手；
> 慕阮嵇白眼一生，晏然独啸，堪比夷齐节，偏赢墨客书。

其中化入了屈原悲吟、贾谊垂泪、周公吐哺、唐玄宗为李白御手调羹，以及竹林七贤里的阮籍和嵇康放荡不羁清啸俗世、商末耻食周粟于首阳山采薇而食终至饿死的伯夷叔齐等典故。对联尾部的"难逢吐哺人""枉费调羹手"与"堪比夷齐节""偏赢墨客书"，在本句和对句均能对上。另外虾须对和燕尾对必须为三句以上的多句联，否则没有了"身子"，"头""尾"也不成立了。

（8）无情对

如果一副对联仅仅是字面相对，上下联的意思完全不关联，就叫无情对：

> 树已半寻休纵斧；果然一点不相干。

此联相传为清代张之洞所创。单从字面上看，它上下联每一个字全对上了："树一果""已一然""半—一""寻一点""休—不""纵—相""斧—干"，其中"寻"

字有一个义项是指古代的长度单位，一寻等于八尺，故"半寻"对"一点"是非常贴切的。虽然字面上完全是"工对"，但上下联的意脉完全没连上，真是"一点不相干"，才能叫无情对。另外余德泉先生在《对联通》里也给出了两个无情对的例子[1]：

> 公门桃李争荣日；法国荷兰比利时。

> 庭前花始放；阁下李先生。

3. 对联修辞的类别

虽然归类到对联的章节里，但以下介绍的很多修辞手法也同样适用于诗词。举例时也会有部分诗词的案例。经过成百上千年的文化演变，修辞的手法其实有非常多的种类，本书只撷取其中与诗创有重度关联者加以论述，其他则不一而足了。

（1）连绵词

连绵词亦称"连绵字"，指由两个音节连缀成义而在意义上不能分割的词。有4种细分格式：双声、叠韵、非双声叠韵、双声叠韵[2]。

双声

双声就是指两个字的声母相同的连绵词。比如：凌厉、玲珑、鸳鸯等。

叠韵

就是两个字的韵母相同的连绵词。比如：斗数、逍遥、徜徉、苍茫。

非双声叠韵

它是指那些既非双声又非叠韵的连绵词。比如：玻璃、蜈蚣、妯娌。

双声叠韵

就是指两个字的声母和韵母都相同的词。比如笔者《七绝·九仙琴话雅集》的首联：

> 诗风缱绻无双韵；琴雨玲珑不二声。

"缱绻"是双声叠韵，"玲珑"是双声。双声叠韵词并不多见，下联只要对上一种修辞就行了。再看明末清初吴伟业《七律·闻台州警·其一》中的颈联：

---

[1] 余德泉. 对联通 [M]. 长沙：湖南大学出版社，2003：41.
[2] 夏征农，陈至立，主编. 辞海（第六版彩图本）[M]. 上海：上海辞书出版社，2009：1371.

投戈将士逍遥卧；横笛渔翁缥缈愁。

(2) 析字

析字是对文字形体加以离合、增损或假借字形的一种修辞手法，以离合最为常见 [1]：

此木为柴山山出；因火成烟夕夕多。

上联的"柴"字上面是"此"下面是"木"，而"出"字则是两个"山"字叠加而成；同理，下联的"烟"字左边是"火"右边是"因"，而"多"字则是两个"夕"字叠加而成。还有更复杂的析字联：

寸土为寺，寺旁言诗，诗曰：明月送僧归古寺；

双木成林，林下示禁，禁云：斧斤以时入山林。

(3) 同旁

同旁就是上下联同样位置的字偏旁一致。比如这副清代某武士所对的：

烟锁池塘柳；炮镇海城楼。

上下联每字的偏旁部首都是分别用的金木水火土五行，读来颇有妙趣。此联因殊为难对，故之前之后都有很多人尝试。比如明末清初的诗人陈子升曾先后写过三首五言绝句，首联都是尝试属对此联：

烟锁池塘柳；灯垂锦槛波。

烟锁池塘柳；烽销极塞鸿。

烟锁池塘柳；钟沈台榭灯。

后来无名氏也有如此属对的：

烟锁池塘柳；桃燃锦江堤。

笔者后来也尝试对了一下：

烟锁池塘柳；墨消霜镜愁。

---

[1]夏征农，陈至立，主编.辞海（第六版彩图本）[M].上海：上海辞书出版社，2009：2455.

　　然后将其做成短视频发到国内最火的某平台，有趣的是：网友大多都尊"炮镇海城楼"为第一，较少的人说无名氏的也不错，但几乎没有一个说笔者对得好的。

　　那么究竟孰优孰劣？此时就不能纯由外行大众的直觉体验为主，得从专业的角度来衡量了。比如也姑且像古代科举考试那样，那么结果如何？不好意思，这第一个被淘汰的就是"众望所归""民心所向"的"炮镇海城楼"！道理很简单：此对句区区五字三个节奏点，居然就有两个节奏点平仄未相对："锁""镇"均为仄音，"塘""城"均为平声，既违反了联律亦不符合律诗的格律，这是其硬伤，如考试可能就直接出局了，虽然它读起来气势最足。

　　再看无名氏属对的"桃燃锦江堤"，也颇有诗意，尤其"燃"字，可谓诗眼。但可惜节奏点上"塘""江"平仄也出律了，节奏点是比其他非节奏点的字更重要的位置，它的平仄不能不讲。而且此联上下句意象重复，跳脱感也不像原对那么明显，故其更像对仗而非对联。另外原对上下句的偏旁至少还适配了同旁的修辞，而无名氏此对上下句的偏旁散乱无序，从此角度而言，此对又输给原对一招。存在这些"瑕疵"，分数也不可能高到哪里去。

　　最后看笔者属对的"墨消霜镜愁"：首先没有任何硬伤，是这三副对联里唯一完全符合联律而没有任何扣分的。另外，笔者认为既然每字的偏旁所嵌入的是五行元素而不是其他如"东南西北中"等，那么五行里有个更重要的逻辑纽带是相生相克概念，这不能不考虑。这个"义理美"维度的权重，理应高于简单地把五行偏旁作上下一致的"形式美"。故根据五行相生的理念，下句五个字的五行偏旁顺序只能如此来排列：土、水、木、金、火，这样下联所嵌五行，相生于对应上联的五行。另外还有一点，笔者的对句也是唯一明显地由景（语）转情（语）、情景交融的对联，而其他对联尤其是无名氏的，似乎纯景语的描写了，缺少一种跳脱的格局。当然笔者所对亦有明显的短板：整体孱弱了些，从气势方面来看，确实比原对差了不少。

　　文无第一，武无第二。孰优孰劣，各人的标准、立场、直觉不尽相同。不过公平地说，具体应该看场合，如果是考试比赛，恐怕还是笔者属对的会胜出，因为实在找不出什么能扣大分的地方，其"瑕疵"也只是加分点不多而已。但原对和无名氏对的，扣分点实在是铁板钉钉，而加分点又不足以弥补其有违联律所扣的分数。并不是笔者狂妄和"轴性"，只是想把其中的道理给广大诗友尤其是欲学诗创的新手说清楚。

　　当然，如果是在网络自媒体一类的平台上展示的话，老百姓是完全不管，也根本不懂什么联律、诗律的，甚至都不管它是不是对联，纯凭个人直觉来感性论定，故结果肯定是原对"胜出"而其他属对望尘莫及的，这也很正常。

（4）转类

转类也是修辞学的格式，就是在特定的语境里，把某一类的字词临时转换成另外一类字词。比如把形容词、名词转作动词："春风又绿江南岸"（王安石）中的"绿"转作动词了。还有山海关孟姜女庙里那副非常有名的对联：

> 海水朝朝朝朝朝朝朝落；
>
> 浮云长长长长长长长消。

有专家最后居然能总结出它有十几种不同的断读法，可见中国文字和诗性语言的绝妙魅力。最常见的一种读法是：

> 海水潮，朝朝潮，朝潮朝落；
>
> 浮云长，长长长，长长长消。

其中"朝—潮""长（cháng，形容词）—长（zhǎng，动词）"就是做了转类。

（5）双关

它是利用语言文字同意或同音的特点，使一种表达具有两种及多种含义，比如明末清初号称铁骨湘儒的思想家王夫之创作有一副双关对联：

> 清风有意难留我；明月无心自照人。

其中清风之清与明月之明，均有两重意思。第一重是本意，第二重是引申义："清"指"清朝"，"明"指"大明"。王夫之是用此双关诗联表达其不与清朝妥协，三军可易帅、江山可易色，而士大夫不可易前朝之忠的冰心傲骨。

> 虚心竹有低头叶；傲骨梅无仰面花。

这是郑板桥所创的名联，虽然字面全为景语，初看似一顺边，立不住，但因虚心、傲骨拟人的用法，把情语隐在其中，也用了双关修辞。

> 虽然毫末生意；却是顶上功夫。

这是过去某剃头店的门脸对联——用今天的语境观之，就是一条24K足金的广告语。笔者非常欣赏，因为其中的双关技巧可谓运用到绝顶境界了。首先按字面理解，理发就是于毫末处下手，而头发长在脑袋上——顶上。再取双关意，在过去理发本来就是一门非常普通的手艺，没太多技术含量，所以是不起眼的"毫末"生意，出句先"自谦"一下，低调铺垫一下，为对句的"屌丝逆袭""咸鱼翻身"卯足劲。然后再表示虽然是在脑袋上做的"毫末"功夫，但俺的技术可是一流的——顶上。过去文化人作的对联广告语和今天文案总监们创作的广告语还真不一样。记得国外某位广告教父级的先驱曾说过一句话：能用十年以上的才是真正的好广告语。现在至少已过百年了，咱文人老前辈创作的这条广告语还以各种形式继续"鲜活"着，也将继续"永垂不朽"，而当代 4A 广告公司的文案大师们写的广告语，99% 都居然"活"不过一年，甚至下个月即忘，不能不让人深思。

再看笔者用双关修辞创作的《浙东游学》对联：

> 国清自有隋梅，意灌京尘，引华顶皎然，直见寒山拾得天台月；
>
> 兰亭能无禊帖，墨书盛事，正惠风和畅，闲听曲水吟来雅集香。

其中"国清"指天台山国清寺。"隋梅"指国清寺内那株江梅，其原木相传由隋代高僧、天台宗五祖章安灌顶大师手植，距今已有 1300 余年历史，是国内五大名梅之一。联中"皎然""寒山""拾得"首先取字面本义，自显禅意的美学境界；同时亦引申指中唐时在天台山附近修行过的三位高僧的法号，又突增孤妙的禅家意趣。华顶，即天台山主峰华顶峰，你也可理解为某种文化的高峰。

（6）譬喻与比拟

譬喻即比喻，就是打比方。比如河北赵州桥上的对联：

> 水从碧玉环中去；人在苍龙背上行。

比拟就是把人拟作物或把物拟作人，比如这副对联：

> 鹊噪鸦啼，并立枝头谈祸福；
>
> 燕来雁去，相逢路上话春秋。

譬喻、比拟一般都得上下联成对使用。表面看来（以《中华通韵》），这副对联音韵上似乎有一处"微瑕"：下联的"燕""雁"韵母相同，而上联的"鹊""鸦"韵母则不相同，音律上就似乎没有呼应上。其实按《平水韵》读此联是无此瑕疵的：

"燕"属十七霰韵部，而"雁"属十六谏韵部，二者严格说来并不属同一韵部。

（7）谐音

谐音就是利用某些字词发音相同或相近，从而有字面本义和（同音或近音的）引申义。比如这副明代吏部尚书李贤与礼部右侍郎程敏政唱和的对联[1]：

> 因荷而得藕；有杏不需梅。

其引申义上联为：因何而得到了配偶？下联（回答）：有幸我就不需要媒人了。还有这副相传是李调元（清代）对唐伯虎（明代）的妙联，同时运用了回文和谐音技巧，上下两联正读反读发音一模一样：

> 画上荷花和尚画；书临汉帖翰林书。

在某些原字词很难入诗的情况下，我们也会运用谐音的技巧。比如笔者为青年艺术家赵志军（笔名池中）创意的嵌名品牌诗联（"照至君""赵志军"发音相同）：

> 道心世外寻无迹；禅影池中照至君。

（8）回文

回文也是一种修辞格，又称回环，是指利用字词顺序的回环往复，表达出更多的内涵，比如这副相传是乾隆出句、纪晓岚对句的对联[2]：

> 客上天然居，居然天上客；
>
> 人过大佛寺，寺佛大过人。

既工整巧妙，又富有诗趣。还有厦门鼓浪屿的：

> 雾锁山头山锁雾；天连水尾水连天。

（9）顶针

顶针也叫连珠，就是前句尾字与下句首字相同。比如北京潭柘寺弥勒佛的对联：

> 大肚能容，容天下难容之事；
>
> 开口便笑，笑世间可笑之人。

---

[1] 谷向阳，刘太品. 对联入门 [M]. 北京：中华书局，2007：234.
[2] 同 [1]240.

此联除了运用顶针修辞格之外，还用到了反复的技巧。延伸一下，虽然此联非常有名，经常被人们挂在嘴边，但毕竟是犯了"同位重字"的对联之禁忌："之"字重复了，"所以从全篇来说固然大部分是对偶的，但出现两个相同的虚字相对，终究被认为对仗不工。"[1] 另外还有长沙天心阁那副有名的顶针对联：

> 天心阁，阁落鸽，鸽飞阁未飞；
>
> 水陆洲，洲停舟，舟行洲不行。

（10）换位

换位就是将联句中某些特定的词语次序在其他位置上再做某种对换，比如：

> 子将父作马；父愿子成龙。

> 走马灯，灯走马，灯熄马停步；飞虎旗，旗飞虎，旗卷虎藏身。

> 过苦年，苦年过，过年苦，苦过年，年去年来今变古；
>
> 读好书，好书读，读书好，好读书，书田书舍子而孙。
>
> ——钟耘舫自撰春联（同时亦有掉字、顶针等修辞）

（11）用典

典即典故，一般指诗文里引用的古代故事或词句，前者为事典，后者为语典。"典故往往包含了丰富的历史文化信息，沉淀了古人的智慧、品格、理想、价值取向和生活经验，而它的表现形式只有短短的两三字、三四字。诗中使用典故，不但能言简意赅，而且还能显得典雅、婉转、深沉和庄重。"[2] 比如笔者的这副对联：

> 啸傲倚昆仑，诗近钧天，看十万山中飞雪乱；
>
> 逍遥随蝶梦，心斋陋巷，听七弦琴上落花深。

蝶梦、陋巷可谓事典，前者说的是庄周梦蝶而不知是庄是蝶之典故；后者讲的是颜回甘居陋巷而不改其志的典故。事典的用词如"蝶梦""陋巷"基本上也是语典，肯定被古人用过很多。啸傲、飞雪乱、落花深可谓语典，因为在古代诗库里均可查

---

[1] 白化文.闲谈写对联[M].北京：北京出版社，2017：12.

[2] 施向东.诗词格律初阶[M].天津：天津大学出版社，2001：145.

到几十上百处有同样组词结构的诗句。但很多纯语典背后可能已没有一个固定确切的古代故事与其对应了。再看山西霍县韩信祠里描绘汉代韩信一生的对联：

> 成败一知己；存亡两妇人。

"知己"说的是萧何。因为萧何慧眼识人，他知道韩信是个人才，所以要月下把他追回来帮助刘邦打败了项羽。"两妇人"一个是指曾经救济过韩信的漂母，另一个就是最后置他于死地的吕后。很多语典需代入上下文里才能确知其所指。

这副对联对称用典，很工整。但也可以只在一联内用典，不必上下联同时使用。

(12) 互文

互文是指意思在两句里分开用不同的字词表述，然后得合起来理解才行。比如，南北朝的名诗《木兰辞》中"当窗理云鬓，对镜贴花黄"，这两句完整的理解应该是：当着窗、对着镜，理云鬓、贴花黄。它是一整套的系列动作，得两者互相补充文意才能理解到位。还有张若虚《春江花月夜》中的：

> 谁家今夜扁舟子？何处相思明月楼？

应综合理解为：今夜谁家在何处孤舟漂荡？谁人今夜又在何处的高楼独自相思？

> 柳色供诗用，莺声送酒须。

这是唐代诗人岑参（shēn）的五言排律《送卢郎中除杭州之任》中的一联，也需按互文来完整理解：柳色莺声的风光景象正好可以助兴诗酒之需。

(13) 嵌字与藏头

嵌字顾名思义就是在诗词对联中嵌入特定词字的一种修辞，现在我们一般称嵌名多一些。而在古今两种语境里，藏头的说法似乎更通俗。藏头在不同时代不同古人的论述中有不同的含义，其中一种是将所言之事按序藏嵌入特定诗句首字位置上。这种解释就与我们现在普遍理解的藏头诗的定义相同了。根据刘振威《对联中的"镶嵌格"》中的研究总结，嵌字格（诗）因具体所嵌位置的不同，还可再细分十几种"镶嵌格"，其中比较常见的如下[1]（基于七言联句）：

鹤顶格：将所嵌之字，设计在上下联的第一字者；

---

[1] 余德泉. 对联通 [M]. 长沙：湖南大学出版社，2003：174-175.

燕颔格：将所嵌之字，设计在上下联的第二字者；

蜂腰格：将所嵌之字，设计在上下联的当中（第四）字者；

鹤膝格：将所嵌之字，设计在上下联的第五字者；

雁足格：将所嵌之字，设计在上下联的最后一字者；

魁斗格：将所嵌之字，设计在上联第一字、下联最后一字者；

蝉联格：将所嵌之字，设计在上联最后一字、下联开头一字者；

碎锦格（散嵌）：将所嵌的人名或地名分散嵌于联中而不拘一定位置者。

在当代广告宣传、品牌传播领域，采用嵌字手法的诗词对联体广告语也应用得非常普遍。下面结合笔者一些实际案例讲解一下。比如上下联首字嵌入"浩淳"：

鹤顶格：浩歌千古意；淳演一天香。

这是笔者给浩淳酒业机构创意的嵌字广告诗联。上联基于人品、下联基于酒品发力，占全双维。当然也可根据具体需要只聚焦于某一个诉求点。另外，不得不说"浩淳"这两个字确实很好入诗。遗憾的是现实当中，很多所嵌之名因字义、字音等关系，较难入诗，硬嵌就会导致作品难登大雅之堂，得相应采用一些变通的创法。

鹤顶格：吟风书远梦；啸月解清愁。

这是为好友啸文化非遗传承人三强先生的啸乐馆创作的诗联。这里捎带提一下，其实在古代，中国文人有几个频率非常高的文化动作：把酒、望月、临江、登楼、行吟、长啸等，其语典、事典的数量大大超过了品茗、喝茶，二者差了两三个量级，从古诗词库的关键词检索中即可证明这一点。再看嵌于最后一个字的：

雁足格：空寂禅无巧；浑纯道有常。

还有笔者为一个叫"玺石阁聚"的文化品牌创作的广告文案。此四字在《平水韵》里皆为仄声故很难嵌。若采用散嵌的话则无甚意义和水准，只能用中华新韵，而且安排来安排去，只能放在燕颔（每句第二字）的位置上。

七绝·玺石阁聚（依新韵）

天玺怀来日月光，

兰石境界引华章。

> 　　　　高阁自有禅茶韵，
> 　　　　雅聚时贤鹤梦长。

　　不过如果难度实在太大的话，也只能考虑运用散嵌（碎锦格）的手法，所嵌位置就不那么对称有规律了。比如笔者有位友人，恰逢其父亲过生日，笔者就想效仿古人吟诗作对予以祝寿。结果问来名字，一看吓一跳：姓佃名本炎，这个太难嵌了。开始以为什么地方搞错了，但仔细研究一番，百家姓里确实有"佃"姓，而且是纯正的炎黄子孙。思来想去，最后就采用流水对、碎锦格的手法创意如下：

> 　　　　佃缘百姓；根本炎黄。

　　初看此嵌字联似乎绝难完成，但最后柳暗花明又一村，终于创作得让自己及友人均很满意。当然在诗创的实践中，并不是每一首嵌字诗都能成功，这个既考验诗创者的功底，也要讲究机缘。笔者就有几首嵌字文案开始以为没有问题，但苦思冥想创作了几稿都过不了自己那一关，只好对甲方说抱歉，换用其他修辞解决方案了。

　　作为一名文化监理人，放眼一望，笔者发现目前网络上广传的什么嵌名诗、藏头诗，用专业眼光衡量，95%以上可谓胡诌乱扯、俗不可耐、惨不忍睹的摊儿货作品。或平仄不讲，或格律不通，或立意很烂，铁匠石匠般的生凿硬镶。比如笔者曾在南方帮某寺庙主持其下的文化书院一年多。寺里面有一座肃穆庄严的观音和地藏王菩萨的石雕像，都是五米多高，是两位很有功德心的居士供养的。石雕像底部还有个书形石碑，上面刻着某位"文人"给捐赠者"创意"的"嵌名诗"：

> 　　　　红心菩提罗汉叶，大江南北故汤金。
> 　　　　华夏千秋禅茶香，同尘共生万里军。

　　此东拼西凑"诗"平仄格律皆未遵循，立意既庸俗又不通，而且居然还把人家一位功德主的姓给嵌"丢"了！实属不该。我们说寺庙及其他名胜古迹一类的文旅场所，除了旅游观光功能外，自古还有一份传承圣学、教化一方的文化责任。寺庙师父们精通佛法，但并不谙熟诗法联律。所以奉劝"3·15晚会"暂无暇顾及的假冒伪劣的"文化人"们，别欺负不懂诗词的修行师父们。没有金刚钻，别揽瓷器活，尤其还刻在了石碑上，后果就更严重了，简直可称为"文化事故"了。

　　从技术上来说，藏头诗、嵌字诗，最玄妙也是最难的地方在于不能以所嵌之字害意，应该要让所嵌之字词如盐入水，视之不着痕迹，而品之却别有诗味！这才是上品之作。否则像刚才那首歪诗，一眼望去只见嵌名不见诗，就堕入"诗沟"里了，不但未起雅宣之用，反而辱没了别人的品牌，把好端端的寺庙和好端端的功德主"诗"掉价了。

4. 对联应用的类别

对联按其应用种类，常见的有春联、胜迹联、讽喻联、格言联、喜联、寿联、挽联等。

（1）春联

春联可谓古代驱魔辟邪的桃符与对联"跨界混搭"出来的产物。目前公认最早的一副春联，就是孟昶在其归宋前一年除夕所题的：

新年纳余庆；嘉节号长春。

而春联真正大面积地普及、成为一种通行的文化模式，则需归功于明代开国皇帝朱元璋。他不但亲自创作春联，而且还强制要求京城每家每户在除夕必须贴春联。比如这副就是他给一位阄猪户题的春联：

双手劈开生死地；一刀割断是非根。

（2）胜迹联

据专家考证，目前已知最早的一副胜迹联是吴越广顺初年，龙华寺僧人契盈陪吴越王钱俶游江时吟出的：

三千里外一条水；十二时中两度潮。

还有清代硕庆题昆明黑龙潭的：

两树梅花一潭水；四时烟雨半山云。

清代符秉忠题武汉黄鹤楼的知名对联[1]：

爽气西来，云雾扫开天地撼；

大江东去，波涛洗尽古今愁。

一般来说，包括寺庙道观等宗教文旅场所在内的胜迹联创作时应尽可能做到工

---

[1] 谷向阳，刘太品 . 对联入门 [M]. 北京：中华书局，2007：78.

对，因为毕竟是贴出去、悬挂起来文范四方，甚至可能要悬挂几百年的。如果创作得好，则可以教化一隅，流芳百世；但如果创作得不到位甚至漏洞百出，厚着脸这么一直挂着，则真可谓败笔高悬，俗熏三界，遗臭千载。

倒退三十年，别说通信，就连交通都不发达。你在风景名胜悬挂一个难登大雅之堂的自创"大作"，除非有哪位会人或学者坐火车转汽车外加双腿，吭哧吭哧到近前监理出瑕疵，否则挂多少年也都只会听到身边阿谀之人的喝彩之声。但现在完全不同了，你上午敢创个瑕疵对联刻碑立匾"屹立"出来，下午也许就有人照个相、拍个视频上网，立马便可能被人刷到，来几条一针见血的评论就足够让你"名"扬了。

(3) 讽喻联

讽喻联在对联应用中可谓仅次于春联和胜迹联的大宗，在历代文人手中被演绎得出神入化、金句频出。比如明代解缙嘲讽某徒具虚名的秀才的对联：

> 墙上芦苇，头重脚轻根底浅；
>
> 山间竹笋，嘴尖皮厚腹中空。

还有清代曾任户部尚书（古称大司农）的常熟人翁同龢讥讽出句、曾任直隶总督兼北洋大臣的合肥人李鸿章反讽对句的：

> 宰相合肥天下瘦；司农常熟世间荒。

还有某考官对将"昧昧"误书为"妹妹"的考生的联：

> 妹妹我思之；哥哥你错了。

"昧昧我思之"语出《尚书·秦誓》。昧昧，即暗暗。昧昧而思，乃深潜而静思之意。此为清代一次科试中，以"昧昧我思之"为题。但某考生视力不佳，写成了"妹妹我思之"。阅卷官见了，哑然失笑，提笔批了"哥哥你错了"五字，恰成一副妙对。[1]

(4) 格言联

格言联也是雅俗共赏的一个类别。比如林则徐的：

> 海纳百川，有容乃大；
>
> 壁立千仞，无欲则刚。

---

[1] 谷向阳，刘太品. 对联入门 [M]. 北京：中华书局，2007：200.

清代民族英雄文襄公左宗棠的：

> 身无半亩，心忧天下；
>
> 读破万卷，神交古人。

还有以下几副佚名对联：

> 宝剑锋从磨砺出；梅花香自苦寒来。
>
> 能受天磨真铁汉；不遭人忌是庸才。
>
> 忠厚传家久；诗书继世长。

（5）喜联

在过去，"结婚与生日的礼物以及对一个亲戚的死亡表示吊唁，我们中国人送的不是花，而是一首诗，一篇短文或一副对联。我们认为，这样才最能表达我们的欢乐或哀思。"[1] 那么接下来我们就讲讲喜联、寿联、挽联。

喜联是专用于婚礼婚庆场合的对联。比如，光绪皇帝在 1889 年举行结婚大典，英国维多利亚女皇送给他一封贺信和一座自鸣钟，钟上就刻了她送给光绪皇帝的喜联[2]：

> 日月同明，报十二时吉祥如意；
>
> 天地合德，庆亿万年富贵寿康。

当然肯定不是她作的，估计也是请一个海外秀才作的。不过这个喜联其实也不怎么样。我们不妨仔细分析一下：上联用了析字技巧：日，月：明。但可惜下联对应的就没有了。然后"吉祥如意""富贵寿康"，怎么看都觉得有点儿合掌嫌疑。而且上下联的"十二时""亿万年"，包括节奏点在内的平仄全都没有对上。

不妨看看古代文人的喜联，《醒世恒言》记载[3]（大家仅当传说看待），上联是苏小妹给新婚夫婿秦少游出的入洞房前的"考试联"，下联是秦少游对的，可谓二人共同完成的喜联，颇富文人雅趣，值得玩味：

> 闭门推出窗前月；投石冲开水底天。

[1] 蒋彝. 中国书法 [M]. 上海：上海书画出版社，1986：7.
[2] 余德泉. 对联通 [M]. 长沙：湖南大学出版社，2003：250.
[3] 冯梦龙. 醒世恒言 [M]. 明金阊叶敬池刊本，卷 11：13.

　　另外旧时有潘、何两家联姻，潘家出句、何家对句的喜联为 [1]：

　　　　喜潘家有田有水兼有米；庆何氏添人添口又添丁。

　　此联运用析字修辞，上联巧妙地将"潘"字拆为"田""水""米"三字于联中，下联亦对等地将"何"字拆为"人""口""丁"三字。

（6）寿联

　　寿联在宋代就已出现，目前所知有史料记载的最早一副寿联，是宋代吴叔经的《寿黄耕庚夫人三月十四日生辰》[2]：

　　　　天边将满一轮月；世上还钟百岁人。

　　还有乾隆年间岳麓书院山长王文清送给湖湘某百岁老人的寿联 [3]：

　　　　人生不满公今满；世上难逢我独逢。

　　郑燮（郑板桥）所撰的《六十自寿》联：

　　常如作客，何问康宁？但使囊有余钱，瓮有余酿，釜有余粮，取数叶赏心旧纸，放浪吟哦，兴要阔，皮要顽，五官灵动胜千官，过到六旬犹少。

　　定欲成仙，空生烦恼，只令耳无俗声，眼无俗物，胸无俗事，将几枝随意新花，纵横穿插，睡得迟，起得早，一日清闲似两日，算来百岁已多。

（7）挽联

　　挽联是为悼念逝者而作。如清代严问樵为爱妾（姬人）创作的名联 [4]：

　　　　不合时宜，唯有朝云能识我；

　　　　独弹古调，每逢暮雨便思卿。

　　因联中用了苏东坡与其丫鬟朝云（后为爱妾）的事典，故后世误传为苏轼所作。
　　一般来说，和胜迹联一样，春联、喜联、寿联、挽联，因为实用性很强，故应尽可能用工对的形式，力求完美无瑕。

---

[1] 余德泉. 对联通 [M]. 长沙：湖南大学出版社，2003：252–253.
[2] 谷向阳，刘太品. 对联入门 [M]. 北京：中华书局，2007：116.
[3] 余德泉. 对联通 [M]. 长沙：湖南大学出版社，2003：257.
[4]（清）梁章钜. 楹联丛话 楹联续话 [M]. 王承略，布吉帅，点校. 南京：凤凰出版社，2016：227.

还有清代爱新觉罗·玄烨（康熙）摒弃成见，挽民族英雄郑成功的名联：

> 四镇多二心，两岛屯师，敢向东南争半壁；
>
> 诸王无寸土，一隅抗志，方知海外有孤忠。

（8）其他

除了以上介绍的常见对联种类外，很多专业对联书籍还有更细的分类。比如政务联、时令联、行业联、姓氏联、集句联、名人联、谐趣巧对联等。此处不再枚举，只分享其中的部分。比如李渔（《笠翁对韵》的作者）与扬州桃花庵方丈互相唱和的对联[1]：

> 有月即登台，无论春秋冬夏；
>
> 是风皆入座，不分南北东西。

宋代沈义甫的两副对联[2]：

> 绿水本无忧，因风皱面；青山原不老，为雪白头。

> 藕入泥中，玉管通地理；荷出水面，朱笔点天文。

以及行业联（某宾馆）[3]：

> 随地可安身莫诩乾坤为逆旅；
>
> 当前堪适意且邀风月做良朋。

时令联我们看一副上元节对联，上元又名元夕、元宵节，在古代非常热闹[4]：

> 玉宇无尘千顷碧；银花有焰万家春。

相传何绍基所作的谐趣巧对联[5]：

> 东安寺死个和尚；西竺国添一如来。

---

[1] 谷向阳，刘太品.对联入门 [M].北京：中华书局，2007：76~77.
[2] 同 [1]226.
[3] 张傲飞.中华楹联大全集 [M].北京：高等教育出版社，2010：351.
[4] 谷向阳.中国楹联大典 [M].长春：吉林教育出版社，1994：1123.
[5] 同 [4]1271.

四、对联之道

1. 属对的方式

笼统地说，对联属对的方式无非两种，第一种是别人先有一联，你再补全一联；第二种是上下联都是你原创（当然还有版权不好界定的集句联等，本书略）。如果是别人出联你来对，一般来说都是对下联而不是上联。因为你先起兴，我来后续发挥（转合），就有一个自由的创作空间。但如果你出的本来就是下联，那么格局、意脉、境界就等于盖棺论定了，而且我对的这个上联的权重还不能明显压过你原本的下联，故掣肘太多就不容易出彩，对的意义就不太大。这是一个属对默认的准则。

但是初学者作为练习，偶试一二也是有益的。对别人出句的对联，无论是上联还是下联，你首先需要读懂题意，摸清意脉，整体把握好后，再过渡到具体的切入点，比如可以从某些关键的字词下手。我们看案例："花开四季有真香"，首先判断其为上联还是下联，末字为"香"——平声，可见已是下联，需对上联。快速扫描后发现其中有一个数量词"四"，那么在上联的同样位置你必须也要对一个数目门的词。"四"是仄声，故与其配对的字最好是平声，如果要追求工对的话，大致就只有"三""千""孤""单""双"这五个字可供选择了，所以可先由此切入点来构思，相对事半功倍。

另外如果是对别人的出句联，你还要反复检查其上联或下联究竟用了哪些常见的修辞格，一般它们都是要求在上下联相同位置成对出现。还有，埋伏设计了些什么"包袱"，也都需要照应彼此，这些都最易被初学者忽视。如果是上下联皆为自己原创，则没有以上顾忌，因为所有的相关"设计"都是你自己来架构安排。另外版权也都是你自己的。

有了整体的立意，找到了切入点下手，接下来遣词造句时，如果诗友大致参照《联律通则》的六条规则以及笔者补充的第七要素——下不输上，并且注意对联的那些避忌，那么创作出的作品肯定是没有什么大问题的。

2. 先写上联还是下联？

很多诗友都以为对联也一定得按部就班地先构思上联再构思下联，初学时大抵如此。先学会用技巧驾驭诗词，与诗词沟通，然后随着状态提升到一定阶段，诗无定法、联无定式，一切可随感而发、应运而生。此时你大可放心地把自己交给诗词，让诗词自己去写诗词，让对联自己去属对，它们会反过来告诉你什么叫境界。比如多年前笔者游学到浙江温州仙岩的时候，第一次看见梅雨潭，岩壁中间有一些凸起的大石头，把梅雨潭的瀑布一分为二。当时就好像接通了高维下载通道似的，脱口而出一句诗：

> 一瀑流禅两半边。

它以平声结尾，等于是下联，得补全上联。如果说下联是一瞬间妙手偶得，那么上联则是有一搭没一搭地磨叽了一两个月才最后吟出的：

> 三天问道孤圆影；一瀑流禅两半边。

其中的"三天"你既可以往时间上理解，也可以往三种空间、三种境界上理解。比如说佛教界把欲界、色界、无色界分为三天，道教也有称清微天、禹馀（yǔyú）天、大赤天为三天，即三位最高天神所在之天境。另外，大家是否也隐约感觉到上联有点王国维人生三境界之第二境界的意韵，下联则有些第三境界的味道。

3. 炼字和炼意

诗创不像写文章，文章因为长，只要掌握好结构和节奏，即便每一句的质量都很平常，但凑起来就能叠加出一篇行云流水、畅快淋漓的美文。诗词不一样，因为短小，那些旷世名篇不但强调整体，更强调句、词、字，都要求锤炼到位，否则难成佳品。这是诗词对联不同于任何一种其他文体的地方。如果写长篇小说的人也像我们诗人一样咬文嚼字的话，估计还没写到五分之一就已"吐血而亡"了。

炼字和炼意无疑是诗创两个非常重要的手段。炼字可谓"埋头功夫"——着眼于细节，炼意可谓"抬头功夫"——着眼于整体。炼字追求的是细节上精益求精，炼意追求的是结构意脉的浑成流畅和意境的高格不俗。这两者也不是截然分开、独立运用的。炼意中一定有炼字的过程，炼字也一定是炼意不可或缺的一元。举几个例子，比如笔者之前读屈原的作品时，有感而发，创意过这样一副对联：

> 千秋楚玉鸣天韵；一涧幽兰代月香。

炼意完成后，进一步炼字时，笔者发现下联的"代"字处很微妙：换成"待""戴""带"四个字似乎居然都挺好，只是意旨、意韵有些许微妙变化。那么到底选哪个？就需要你不断地吟咏、感觉了，此时的取舍更考验的是你的诗觉而不是诗力。在你步入诗创的高级阶段后，诗觉往往比诗力更重要。诗觉一般不像诗力体现得那么稳定，那么容易驾驭。有时经常会出现于最后一两处炼字的地方，有所谓的"选择性障碍"，这也是一种高级的"诗症"，它并不是一种"病"，而是一种只有到了高级阶段才有的特征，即便古代的高人亦如此。比如，唐代的贾岛一次在路上苦吟一句"僧敲月下门"，但又在"敲"和"推"两字间拿捏不定，结果不知觉中冲撞了时任京兆尹韩愈的仪仗队（京兆尹是首都的地方行政首长，下级官民都要避道而行）。等韩愈问明白后，替贾岛沉思了片刻，说还是"敲"字好。这也是推敲典故的由来。而五代诗人卢延让亦有"吟安一个字，捻断数茎须"的佳句。

等到了高级阶段，也得要有几个比自己高一些、至少同样水平的诗创高手做某种"韩愈式"的参谋。这种"局外人"的"第三方直觉"，有时往往比你已沉浸其中多日以至于有些麻木和锈钝的诗觉更灵敏和准确。所以此时虚心请教一下，比继续自己反复推来敲去的效果可能更好。再看笔者的一副禅联：

茶·煮·禅·空·香·自在；琴·鸣·道·妙·韵·天成。

每一个圆点表示一处句读，总共有五种不同的断读法，从而有五种不同意韵的诗趣：

茶，煮禅空香自在；琴，鸣道妙韵天成。

茶煮，禅空香自在；琴鸣，道妙韵天成。

茶煮禅，空香自在；琴鸣道，妙韵天成。

茶煮禅空，香自在；琴鸣道妙，韵天成。

茶煮禅空香，自在；琴鸣道妙韵，天成。

汉语不愧为"模糊之中特别模糊者"[1]——当然不是贬义，只有世界上最精妙的语言才能产生这样神奇的效果，彰显中国诗词的无穷魅力。沈德潜说得好："古人不废炼字法，然以意胜而不以字胜，故能平字见奇，常字见险，陈字见新，朴字见色。近人挟以斗胜者，难字而已。"（《说诗晬语·卷下》第三十三）

前不久，笔者偶然读到云南师范大学文学院教授、书法家杨修品先生所撰昆明妙高寺禅联：

---

[1] 季羡林. 季羡林随想录 4：国学漫谈 [M]. 北京：中国城市出版社，2009：216.

妙不可言，一片白云来去；

高能入定，大千世界有无。

这副嵌字联精工绝伦，天机禅语，妙不可言。但不知为何，笔者第一次读时，竟鬼使神差地自动创意式吟成了：

妙不可言，一片白云来（自）去；

高能入定，大千世界有（还）无。

反复细品，始终难下定论究竟哪个更好：从音律美上，应该是笔者的四七言句式更优；不过也许有人会说，笔者添加两字拖泥带水，有违禅家直超而入的金刚之性，不如截断为原稿的四六句式更有醍醐灌顶之效。然而孰更好，不当由诗联的字面而应由读者的心感论定，故权且留一当代"公案"于此，让各位禅友、诗友凭第一读感的直觉告诉你自己，如人饮水，冷暖自知。当然，也许本来就没有答案，也无须答案。

古人七律的丰碑，继杜甫之后，至今无人能出李商隐之右。古今高人常见的多是炼字，到了李商隐手中则已纯熟到意、句、字三位一体来炼了。细品《七律·无题》里的颔联，无疑是炼意、炼句、炼字，炼到看不出任何"炼"痕的千古名句：

春蚕到死丝方尽，蜡炬成灰泪始干。

"丝""思"谐音双关；蜡炬之泪又与相思之泪神似。蜡泪乃油脂一类，极难自然成灰，故又隐喻海枯石烂般的天长地久；全句 14 个字，字面看无一不是景语而无一为情语，但浮面之下的深意，又无一不是情语。"此联为全诗之'秀句'"[1]，"道出一生功夫学问，后人再四摹仿，绝无此奇句"[2]（清·熊琏《澹仙诗话》）。

再看相传为苏轼兄弟与宋代高僧佛印属对的联语。[3] 开始是苏轼对佛印：

无山得似巫山好；何叶能如荷叶圆。

但佛印觉得以叶对山，难免有头重脚轻之感，托不住上联（笔者补充之对联第七要素）。弟弟苏辙听后思索片刻，对成如下联语：

---

[1] 李商隐诗选 [M]. 黄世中，选注. 北京：中华书局，2005：34.
[2] 清诗话三编 [M]. 张寅彭，编辑；吴忱，杨焄，校. 上海：上海古籍出版社，2014：2414.
[3] 刘太品. 中华对联故事 [M]. 北京：中华书局，2013："东坡兄弟对佛印"小节.

> 无山得似巫山好；何水能如河水清。

山水乃天地间一对绝配大词（亦隐喻阴阳），以水代叶，对句不但气势瞬间宏大，也使得上下句轻重相宜，更加工稳。由此可见对短联来说，炼意即为炼字，反之亦然。

还有北宋诗人唐庚编撰的《唐子西语录》中也记载了一个著名的炼字故事：唐代有位僧人曾自负地把自己歌咏御沟的诗出示给诗僧皎然，皎然看后指着"此波涵圣泽"那一句说道："'波'字未稳，应当改。"僧人听后很不高兴，负气而去。皎然早料到他一定还会回来，便提前在手掌上写下"中"字。果然不一会儿僧人就兴冲冲地跑回来问："改为'中'字可否？"皎然此时摊开手掌，两人相视大笑，从此结为至交。

在古代还有很多诗句炼字的一字师案例。比如南宋戴埴所著《鼠璞》记载，晚唐著名诗僧齐己有一次在彻夜大雪的清晨，突见几枝梅花已凌寒绽放，深有感触，便写了那首著名五律《早梅》：

> 万木冻欲折，孤根暖独回。前村深雪里，昨夜一枝开。
> 风递幽香去，禽窥素艳来。明年如应律，先发映春台。

颔联原稿是"前村深雪里，昨夜数枝开"，他颇为自得，便踌躇满志地拿着这首诗去请教大诗人郑谷。郑谷看后评点说："数枝梅花，多而落俗，不如改'数枝'为'一枝'更精妙切题。"齐己听后豁然醒悟，遂拜郑谷为"一字师"。

再看清代举人陈理堂（燮）题高邮露筋祠的对联：

> 冷月照寒塘，十里残荷香未歇；
> 夕阳沉古渡，一湖秋水影长消。

笔者认为，其中"长"字可谓诗眼：夕阳晚照，是不是所有实体的影子都是越来越淡、越来越长地消失的？一个字就把整个一段三维时空的意境激活了。同理，笔者几十年前读课本里白居易的《琵琶行》，突然悟到"去来江口守空船，绕船月明江水寒"里的"绕"字，原来是千金不换的诗眼：只有月上东山、月过中庭、月淡流西，方可谓"绕"。故一个字就把琵琶女被薄情重利的商人独自冷落在船，一整夜悲苦凄怨的场景，淋漓尽致地盘活了。

白居易在《金针诗格》里说："诗有四炼：一曰炼句，二曰炼字，三曰炼意，四曰炼格。炼句不如炼字；炼字不如炼意；炼意不如炼格。"我们说诗贵浑成，然应该在诗法上先浑成而不能机械割裂。即意、格炼到位了，字、词、句也一定炼得不差，反之亦然。

4. 寻找上下联神合之点

对联，顾名思义，即要对上又要关联。对联与包括诗词在内的其他文体最大的不同点，就在于无论多长，形式上的组成部分永远是上下两联，这是其最大、最特殊的结构特征。对联所有的格律、修辞、审美等"上层建筑"都得建立在此基本结构之上。处于初级和中级诗创阶段的诗友往往可以写出一联好句（相当于短联来说），但另外一联总是不尽如人意，或两联均不错——各自独立观之，但总无法将两联的意旨、意脉、意境拧成一股绳，而是泾渭分明，好像上下两联是来自两副不同的对联。而传世经典之作其上下两联的神合之点一定是畅通无阻，浑然无二，最后达到一加一大于三的艺术张力效果。这才足以打动人心，令读者拍案叫绝。

比如明代董其昌题西湖飞来峰下冷泉亭的对联：

泉自几时冷起；峰从何处飞来。

不知出处及其中玄妙的人，以为此联上下句八竿子打不着。但唯有身临其境始赞其妙，"西湖飞来峰，相传晋咸和元年，西天僧慧理登山，叹曰：'此是中天竺灵鹫之小峰，不知何年飞来。'因以为名"[1]。由此渊源展开，出句之"几时"与对句之"何处"，恰构成宇宙中其大无外其小无内的阴阳——时空之链，将上下句神合以成。有境界之人方能品得其中浑然一体之奥妙，"彼教中机锋语也"[2]。

笔者的这副长联《读史有感》，上下联分开来单独欣赏，好像都能独立成体：

东归学子，南滞北漂，孔席何时坐暖，墨突几处居黔，终俗世难巢鹤梦；

市隐儒冠，伤今怀古，无缘岂识荆州，非蝇焉随骥尾，乐颜瓢自饮诗香。

故创作时就需要作者心里始终有种要把这两联拧成一脉的力量存在，然后浸染到你每一处遣词造句里。此联最后读来的效果似乎上联呈现的是现状和结果，下联呈现的是原因和志向，并且为了支持这种立意的架构设计，在上下对称位置上也运用了多个匹配的典故，给人的感觉似乎隐隐有种流水对的意脉存在，还是比较好地达到了预期效果。所以创作时找到你上下两联间的神合之点，并时刻保持这种契合

[1]（清）梁章钜. 楹联丛话附新话 [M]. 白化文，李如鸾，点校. 北京：中华书局，1987：71.
[2] 同 [1].

之力，打通二者的意脉通路，使得上下两联产生某种"量子共振"般的应意同频，才能最终让上下两联浑然一体。再看佚名所题云南正续寺禅院的楹联：

> 云过树头拖绿去；客从山外踏青来。

此联一看就知是过去文化人所题，造微入妙，尽展文人豪迈霸气的意兴。"拖绿去""踏青来"链接成两联的神合之点。全联无一字眼说佛理，但却无一处不着禅意。上联之云象征红尘意象一定是去，而下联的（香）客一定是来（入寺庙内）；既有象外潇洒唯美的境界，也有入世落地的圆融。

5. 对联中的景语情语与"起承转合"

我们知道对联比较特殊，短的如五言联上下句各只有 5 个字，长的上下联都可以破百。那么其景语情语的编排与起承转合的架构也必须适应这种变化。起承转合将在本书第四章的"吟诗之道"里详细介绍，此处先超前借用。对于短联而言，虽然不像诗那样有明显的起承转合的结构，但意脉上还是可以笼统地认为"起承"的效果在上联体现，"转合"功能由下联完成。比如清代石韫玉所作：

> 精神到处文章老；学问深时意气平。

此七言联被设计成了全为情语（议论）的模式。再看九江浔阳琵琶亭联：

> 一弹流水一弹月；半入江风半入云。

表面看似乎全为景语，但实际上有白居易的千古名篇《琵琶行》作背书，未尽之情语皆在言外，悬于琵琶亭内，便显得恰到好处，格外能立得住。

还有笔者从南北朝孔稚珪的骈体文圭臬之作《北山移文》中的"夫以耿介拔俗之标，萧洒出尘之想，度白雪以方洁，干青云而直上"化借而出的对联：

> 白雪超尘远；青云拔俗吟。

乍一看也好像全是摹景之语，但仔细一品，便知依然有人之情感所托：

> 出句似稍微暗含有嵇康辈的超尘傲骨；
> 对句则些许游溢出陶潜式的旷澹绝俗。

对句一个"吟"字，不但使其情语的浓度胜过出句，也有效突出了"合"意。

再看前人所题岳阳楼旧联中一副高度凝练范仲淹《岳阳楼记》的名联：

> 四面湖山归眼底；万家忧乐到心头。

这是典型的景语起承、情语转合的结构，情景辉映，相得益彰。

新手写短联，可以先尝试上景下情模式，景（语）开、情（语）合是一种立得住、很保险的架构；然后是上下联全为抒情言志、说理议论的，这样虽然有时显得“干巴”，但好歹还能立得住，起码大家还能从情理中获得一些共鸣。接下来就可以尝试稍难一些的上情下景以及两联皆为景语的结构，但要注意的是，如上下联皆景语，你一定也得暗含、引申有情语的设计在里面，否则若两联都是足赤地摹景，读者是很难找到共情之点、共理之见的。这是很多初学者常犯的一个毛病。当然你也可以不按以上顺序行进，而是按照自己的风格和喜好另起次第完成。

情景交融几乎是包括对联在内的古今中外所有文体所追求的化境之一。如果对联句数多，体量大，空间够，你可以从容地在上下联内各自安排成景语为情语作铺垫或者情语为景语作映衬等多种呈现形式。而针对五七言的短联，客观上空间就不足，那么也可以考虑情语景语二者浑成不分你我的表现风格。

> 琴意赊来明月满；墨香融尽远山长。

这是笔者参加大唐春海棠雅时所作。当时有雅士携前朝名琴抚清风明月，艺术家提笔泼墨山水，咫尺间现天地之远，盛景难忘，遂成此情景互融之联。

再看楹联大家梁章钜题兰州五泉山的楹联：

> 佛地本无边，看排闼层层，紫塞千峰平槛立；
>
> 清泉不能浊，笑出山滚滚，黄河九曲抱城来。

初看也似全为景语，但实则上联后两句那层层千峰全都是为了体现佛地的无边。虽然黄河下游的水千百年来都是黄色的，但兰州的黄河水在 20 世纪 80 年代以前都是清的，梁章钜所处的清代就更不用说了。那么下联这不能浊污的清泉水汇入清澈滚滚的黄河，抱城而过，又喻示着什么？是说五泉山的泉水清澈可饮？还是借物喻人，说五泉人乃至兰州人质朴纯挚？抑或更高一层，以泉喻心，昭示人人具足的本来面目无可沾染——何处惹尘埃？以清净本心入世下山，泽润红尘苦惑，生色娑婆世界？诗贵有文外之旨，“含不尽之意见于言外”，此联可谓一副融汇本义、引申义及暗示义的多重意境之作。

　　另外此联上下各设计有一引领字："看""笑"，起承转合的逻辑可以解构为：上联首句为"起"，"看"引领的两句为"承"；下联首句为"转"，"笑"引领的两句为"合"。但是如果每联句数过多，其章法结构就变成了上下两联总体相对的大结构，嵌套有上下联内部各自具有起承转合逻辑的小结构了，更便于创作和理解。如清代道光年间贵州知府进士窦序（xù）题岳阳楼的对联[1]，上下联各自具有起承转合的脉络：

　　一楼何奇（**起**）？杜少陵五言绝唱，范希文两字关情，滕子京百废俱兴，吕纯阳三过必醉（**承**）。诗耶，儒耶，吏耶，仙耶（**转**）？前不见古人，使我怆然涕下（**合**）。

　　诸君试看（**起**）：洞庭湖南极潇湘，扬子江北通巫峡，巴陵山西来爽气，岳州城东道岩疆（**承**）。潴者，流者，峙者，镇者（**转**）。此中有真意，问谁领会得来（**合**）？

　　注意上下联的承、转均是由四个排比句按序构成，太长的对联几乎非得用类似的修辞不可，否则很难给读者一个流畅阅读与理解的美感体验。

6. 联贵有意趣

　　不少诗友慢慢进入对联创作的高级阶段，写出的作品几乎没有任何一处明显的毛病或暗伤，但很遗憾，也许每次最后成型的都是些不温不火的对联，难成经典。因每个人、每个作品而异，其原因也是多方面的。此处根据多年的实战经验务虚泛谈一下，既然能力已经训练到作品"不犯一错"的水平了，重点就应该转移到想方设法为诗联"生色"、锤炼亮点、增添意趣方向了。意可以理解为意义、情怀；趣可以理解为妙趣。比如宋代苏麟的名句自成其联：

　　近水楼台先得月；向阳花木易逢春。

　　表面看也好像纯属景语，实际确是一副寓意于景、情景浑融的绝妙好联，千百年来被人们在很多场景下引用、书写。如果没有借助景语所抒发的那种哲理内涵于其中，是不会被后世吟咏传诵的。再看陆游《七律·临安春雨初霁》中的颔联：

　　小楼一夜听春雨，深巷明朝卖杏花。

---

[1] 常江，李文郑，刘太品. 中华对联鉴赏 [M]. 成都：四川辞书出版社，2018：229.

把富有哲理性的思辨借诗词里的景语来代言，可谓宋代诗人的爱好和特长。还有清代永嘉诗丐《七律·绝命诗》里的颈联，品味那份决绝的浪漫里，诗禅满溢的情怀意趣：

两脚踢翻尘世界，一肩挑尽古今愁。

旧时的这副对联，也是立意明确，意味深长：

发上等愿，结中等缘，享下等福；

向高处立，在平处坐，从宽处行。

再看明代沈昭题云南玉溪市通海县秀山逋翁亭的楹联：

亭外何人闲放鹤？坐中有佛敢降龙！

"有放鹤的闲逸，也有降龙伏虎的担当；道家因任自然，而佛子不忘拯救的热肠。写的是道家和佛家不同的思想，不同的境界；也写出了游览者的不同的视野和胸襟。但不妨同聚一亭，同在一山，同此美景。"[1] 可谓意趣漫溢。

还有梁章钜苏州沧浪亭的集句联：

清风明月本无价；近水遥山皆有情。

上联是北宋欧阳修的诗句，下联是北宋苏舜钦的，上景下情，合起来不但工得不能再工了，而且妙趣十足，颇值得反复细品。用在沧浪亭既应景又达情。

清风满地难容我；明月何时再照人？

这是明末清初佚名所创对联，满地对何时，完成了大平仄（大阴阳）的转换。此联亦是包含多重意韵的双关作品：借清风、明月暗示一种反清复明的情怀，意趣鲜明。

笑古笑今，笑东笑西，笑南笑北，笑来笑去，笑自己原来无知无识；

观事观物，观天观地，观日观月，观上观下，观他人总是有高有低。

此联系四川乐山凌云山大佛寺中的一副佚名题大肚弥勒佛的对联[2]，应是古人所为（"识"是古入声字），还是比较经典的。但作为"文化监理"[3] 理念的提出者，

[1] 骆锦芳. 楹联文化通论 [M]. 北京：人民出版社，2013：146.
[2] 常江，李文郑，刘太品. 中华对联鉴赏 [M]. 成都：四川辞书出版社，2018：311.
[3] 黄胤然. 文化监理、优化与创意 [M]. 北京：中国文联出版社，2017：209.

自诩为首位"文化监理师"，笔者还是认为此联可以优化得更好：上联的"古今"与"东西南北"正好有一个时空的涵盖（或转换），可惜下联同样位置上的"事物"与"天地日月"却并没有如上联一般地精确对应到；上联"来"为重字，可惜下联同样位置上亦未呼应此"修辞"，那么此重字只能算"瑕疵"了；下联立意上本来没什么大问题，但你把此联放在大肚弥勒佛的大殿两边则稍显不协调："有高有低"本是有分别心的入世诸家的不究竟呈现，可不是弥勒佛的"标配范儿"；上联的"知识"是并列着相对，下联的"高低"却变成对立着相对了，也未对品。总之此联的意趣还不是十分到位。

作为今人，还有一个创作的方向也是不能不重视的，就是多尝试运用你已炼到位的诗力、诗觉，去"诗译"当下社会与生活中人们常见常说的那些见解、看法、道理、情感等，否则你的立意内涵触不到当代活着的人的内心甜点，连5年都传播不出去，如何能指望你的诗词对联能传播到50年、500年以后的人那里？

理论上来说，我们也不用惧怕尝试用一些21世纪的新词汇入诗入联，虽然笔者自己在这方面偏保守一些，但却很鼓励那些诗力、诗觉达到高级诗创阶段水准的诗友合理合趣地大胆尝试。其实历朝历代也都会有诗人筚路蓝缕地把不少新词入诗入词，积淀下来，竟成了今人心目中的雅词了。"例如唐以前的诗讲到茶的很少，而从唐人开始，茶道便成重要诗料之一了。这个'茶'字本来就是俗字，可是诗中讲到茶，不仅不俗，而且极雅。那么，有什么新的生活方式不能入诗呢？又如梅花是从六朝才开始入诗的，牡丹是从唐才开始入诗的，芙蓉（指初秋天气开花的木芙蓉，与以前称荷花为芙蓉的不同）、蜡梅、水仙等是从宋才开始入诗的。"[1]

我们再来看现代著名诗人聂绀弩先生的一些案例，他被称为"20世纪最大的自由主义者"（周恩来戏语）[2]，用其深厚的诗词功力，化俚俗为神奇，将现代的日常琐屑入诗，所创"聂体诗"毫无疑问在现代旧体诗坛新开一派[3]：

七律·搓草绳

冷水浸盆捣杵歌，掌心膝上正翻搓。一双两好缠绵久，万转千回缱绻多。
缚得苍龙归北面，绾教红日莫西矬。能将此草绳搓紧，泥里机车定可拖。

如果不看题名及首尾几联，光看颈联，你还以为这是描写什么后羿射日般的民

[1] 瞿蜕园，周紫宜.学诗浅说[M].北京：当代中国出版社，2014：188-189.
[2] 聂绀弩生平经历简介 聂绀弩经典诗句有哪些？[EB/OL].（2020-05-13）[2023-11-18]. https://www.86lsw.com/zgls/17028.html.
[3] 以下三首七律均引自人民文学出版社1982年版《散宜生诗》3-42.

族壮举呢。还有他的《七律·清厕同枚子二首·其一》，尤其注意妙笔生花的中间两联：

> 君自舀来仆自挑，燕昭台畔雨潇潇。高低深浅两双手，香臭稠稀一把瓢。
> 白雪阳春同掩鼻，苍蝇盛夏共弯腰。澄清天下吾曹事，污秽成坑便肯饶？

再看他的《七律·钟三四清归》：

> 陌上霏微六出花，先生归缓四清夸。忙中腹烂诗千首，战后人俘鬼一车。
> 青眼高歌望吾子，红心大干管他妈。民间文学将何说，斩将封神又子牙。

先不说别的，光是"红心大干管他妈"一句就足以雷翻岸然诗坛、吓晕道貌诗人。然后为了让这句比打油还"低俗"的大白话堂而皇之地入典雅的七律，诗人巧夺天工地搬来诗圣杜甫《短歌行赠王郎司直》中的名句"青眼高歌望吾子"来背书，炼成足色纯金的工对，便瞬间意趣盎然，妙不可言。难怪有评论家说："读绀弩诗，初读感到滑稽，再读使人心酸，三读使人振奋。"[1]

诗词对联虽然体属古代，但在达意上自然也不拒新声。我们除了多用它们来歌颂真正有文化正能量的主题外，对社会上那种不良的歪风、邪风自然也可以讽诫。但无论什么内容，无论多纪实，都必须注意意趣到位，或让人眼前一亮，或让人过目难忘。比如，笔者有感于我们某些网络平台的部分低素质网友，不是视"国骂"为争鸣，就是奋不顾身做杠精，于是作过两副对联以赠之：

> 良言每恨几回有；恶语偏居第一楼。

> 智障心坚无象齿；穷山恶水出习猴。横批：杠精

7. 诗创求事实还是求美？

诗创新手经常受此问题困扰：是尊重原型事实——求实，还是追求作品优美感人——求美？笔者的回答斩钉截铁且一千年不动摇：求美。道理很简单，诗创和写小说一样，都属于追求用经典作品打动人心的文学创作，所以才不惜以虚构、夸张、修辞等艺术手法来达此目标，自然是和新闻、消息、报告文学、法律判案公文等以事实真相为基础的文字内容完全不一样。笔者发现新手因为观念和诗力方面的问题，其作品常常意象雷同、拘谨，内容单调乏味，想象力不够大胆丰富。比如一首律诗颔联写了岸边的花草，紧接着颈联仍旧"合掌"似的写岸边的树木，你就不能从植

物跳脱到动物维度，比如写点水中游鱼、水面鹅鸭、空中飞鸟大雁什么的吗？结果人家回答：黄老师，那天我确实没看到您说的这些动物。这么诚实的一个人可能去月球上应聘嫦娥和吴刚的驻地球新闻记者更合适，而不是学诗创。

古希腊哲学家柏拉图认为："诗的性质是非理性的……诗不是科学，因而也不受科学的检验；诗不是理性的产物，因而也不受理性的规束和制约。"[1] 所以如果一味求真的话，那么李白就可谓古今诗词界最大的忽悠和"骗子"了：什么"两岸猿声啼不住"？也许事实是当时只有一边河岸有猿猴而另一边被老虎盘踞着呢。而且你李白也许听到的虎啸明明比猿啼更响亮，为何不写进诗里？"飞流直下三千尺"指的是庐山风景区的香炉峰瀑布，落差只有 150 米，换算成唐尺的量度，也连 490 尺都不到，凭什么"胡说八道"有三千尺呢？当然，这与他的"白发三千丈"相比则更是小巫见大巫了。

在诗授中笔者总有一个附加的任务，就是帮助初学者掌握好真与美的平衡。其实文学作品所谓的真，是能打动人心的真情实感，但并不是百分之百还原为激发你产生这些灵感的事实本身。我有时会针对此点反其道而夸张地给学员打比方：如果一个基于真实事件的剧本，事实本来是男主人公的妻子死去了，但如果写着写着，或者拍着拍着，发现让他女儿死比让他妻子死更能打动人，效果更好。不好意思，编剧或导演就应该果断地"赐死"他女儿，完全无须受制于事实。对文学艺术作品而言，有时那种事实，可谓真实的败笔，"好心帮倒忙"，使得你和你的作品一同沦为平庸之类。

8. 工对、宽对，哪个更好？

南朝梁代的刘勰在《文心雕龙·丽辞》里说过："反对为优，正对为劣……反对者，理殊趣合者也；正对者，事异义同者也。"从结构性上来说，反对因为其上下两联意旨、情趣等方面的对抗，更有一种先天性的语言张力、渲染力，更容易出彩。把两种几乎完全相反、互相冲突的东西完美浑然于一处，那种落差的撞击感更令人印象深刻。

如林则徐的这副反对兼有流水对的形式的作品，不但字工，意亦工[2]：

> 岂能尽如人意；但求无愧我心。

不过在具体的诗境下，在不同境界的诗家手里，自然也没有什么必然如此的规

---

[1][古希腊] 亚里士多德 . 诗学 [M]. 陈中梅，译注 . 北京：商务印书馆，1996：259.
[2] 谷向阳，刘太品 . 对联入门 [M]. 北京：中华书局，2007：21.

律可言。明代学者胡应麟在《诗薮·近体中》说过："对不属则偏枯，太属则板弱。二联之中，必使极精切而极浑成，极工密而极古雅，极整严而极流动，乃为上则。"可见具体如何，还得由诗家自己掌握。换句话说，高手笔下的诗联，即便是宽对，也比俗手笔下的反对高不知几多倍。

工对有工对的神韵，宽对也有宽对的味道，即所谓的"拙"。"对联过工则气弱害意……流为纤巧浅俗的风格（尚佐文）。"[1] 钱锺书先生对此也有过一段名言："愈能使不类为类，愈见诗人心手之妙。"[2]

其实，"在古今对联的大家族中，绝大多数属于宽对"[3]。比如：

> 天为棋盘星为子，何人能下？
>
> 地作琵琶路作弦，哪个敢弹？

此为明代朱元璋与刘伯温的应对联[4]，再看明代陈继儒的自题联[5]：

> 宠辱不惊，看庭前花开花落；
>
> 去留无意，望天上云卷云舒。

清代胡敬《题安徽采石矶太白楼》的对联[6]：

> 公昔登临，想诗境满怀，酒杯在手；
>
> 我来依旧，见青山对面，明月当头。

另外，相对来说，对联的各种格律要求是越短越严，越长越宽。

9. 可否临时改意？

在诗授时也经常有学员问笔者这样一类问题：我创作时本来拟定的是这一类主题和意旨，结果写着写着"跑题"了，关键这跑题的字句好像还更美，怎么办？我的回答很简单：只要不是命题考试一类的场合，如果真是"跑题"的诗句更好的话，那就赶紧"跑题"。你本来是要歌颂傲梅的，结果最后发现意象风格居然偏到翠竹上去了，没关系，诗创以抒发情怀写出经典作品为主要目的，既然你现在兴头上写

---

[1] 朱庆文. 楹联十讲 [M]. 杭州：西泠印社出版社，2016：85-86.
[2] 钱锺书. 谈艺录 [M]. 北京：商务印书馆，2011：467.
[3] 谷向阳，刘太品. 对联入门 [M]. 北京：中华书局，2007：339.
[4] 同 [3]229.
[5] 同 [3]61.
[6] 同 [3]86.

翠竹正来劲，感觉颇好，何不趁热打铁一气呵成？傲梅诗留待以后写也不迟。诗创当中的改意屡见不鲜，就是因为对联（短联）和诗词（排律等除外）体量都非常小，但你要是写中长篇小说一类大体量的作品的话，就开弓难有回头箭了，再改，创作成本就很高了。

10. 对联是否可以有序跋释义？

现在创作对联，是既可以有序跋（正文前附加的内容叫序，正文后的叫跋），亦可以有释义的。题联而加序文，首创自清代的文化巨匠李渔。比如他的一副加序对联[1]：

遍庐山而扼胜者，皆佛寺也。求为道观，止此数楹。非独此也，天下名山，强半若是。释道一耳，不知世人何厚于僧而薄于道？因题此联，为黄冠吐气，识者皆称快之。

> 天下名山僧占多，也该留一二奇峰，栖吾道友；
>
> 世间好语佛说尽，谁识得五千妙论，出我仙师。

"五千妙论"乃指《道德经》，"仙师"指老子李耳。

现代人创作对联，都是可以有题名、序跋和注解的，只是需要注意应当和你的正文风格一致，不能正文是"古得不能再雅的文言、诗言"，序跋和注解是"新得不能再俗的白话"。可相应考虑用文言、古白话、白话书面语等匹配。比如，笔者为2012 年在北京举行的双章书法业界首展创意的禅联，很多也都是配有艺术序跋的：

> 苍云迷过客；圆月照归人。

跋文：浩浩天地，悠悠我心，人生大美，幻如浮云之无常，如参不透，此生以至来世轮回悉循环如过客而不得挣脱无明。大智大幸者若能悟道，恰似一轮金黄明月，圆满自足，朗照乾坤，送归人回家。

> 道意栖云空入谷；禅魂透水漫开莲。

跋文：某日，梦中之梦里悟得大美如斯：道披云被栖于幽谷，梦禅，禅出莲花，花梦香满天地间，看，不见。

对联的释义案例见笔者为苏州俗见品牌创意的对联体广告语：

---

[1] 谷向阳，刘太品. 对联入门 [M]. 北京：中华书局，2007：306.

诗装绚冬夏；礼俗见文华。

跋文：此对联可有两种断句读法，构成多重美境：

（1）诗装，绚冬夏；礼俗，见文华。　（2）诗，装绚冬夏；礼，俗见文华。

释义：礼俗，"惟天地之道，一阴一阳；礼俗之变，一文一质"——南北朝西魏·苏绰。文华，唐韦应物有诗曰："茂苑文华地，流水古僧居"（《寄皎然上人》），茂苑即苏州。

11. 对联题库解题思路分享

下面分享笔者对联实战班题库里部分作业的解题思路，供广大诗友借鉴参考，举一反三，融会贯通：

● 出句：山中飞雪乱。

解题思路：注意方位名词"中"；两个动词"飞""乱"，"飞"修饰名词"雪"构成偏正结构。教师参考对联：

（十万）山中飞雪乱；（七弦）琴上落花深。

● 出句：一醉解千愁。

解题思路：此为对句（下联），需对上联；含两个数量词"一""千"；注意"醉"与"愁"的逻辑关系。

● 出句：衔觞吟远梦。

解题思路：注意五字阴平、阳平、上声、去声俱全。"衔觞"：把酒；"吟远梦"：可分解成两个动作——吟诗、诗含远梦（省略诗）。

● 出句：寄傲南窗觞自饮。

解题思路：留心方位名词"南"；形容词"傲"活用作"寄"的宾语；"觞"：酒具，代指酒。教师参考对联：

寄傲南窗觞自饮；归闲东圃啸长吟。

● 出句：空来空往磨鞋底。

解题思路："空"作成掉字对；注意谐趣色彩，以及上半句和下半句的逻辑关系。

●出句：潇潇澎湃演从容。

解题思路：此为下联。注意叠字"潇潇"，连绵词"澎湃"（双声），"从容"（叠韵）。从容：形容词活用作宾语。

●出句：书尽丹心蜡泪红。

解题思路：此为下联。注意"丹心""蜡泪"的逻辑关系；"书"应作动词看，审题力求准确；此句化用李义山之诗句"蜡炬成灰泪始干"。

●出句：菩提叶落佛禅悟。

解题思路：注意禅意诗联的应对及相关知识的储备。教师参考对联：

菩提叶落佛禅悟；水岸莲开天地香。

●出句：千秋月鉴古今事。

解题思路："千"为数量词；"千秋"为时间维度；"古今"为本句自对词。教师参考对联（"一扇风"为典故）：

千秋月鉴古今事；一扇风摇天地清。

●出句：半壁书香萦旧梦。

解题思路：留意量词"半"；出句"半""旧""梦"皆去声，"壁"为入声，对句注意大平仄（大阴阳）：必须设计有一上声字。教师参考对联：

半壁书香萦旧梦；一怀天月洗空心。

●出句：传音十里幽犹在。

解题思路："十"为数量词；"十里"为空间维度。"幽"为形容词当名词主语用；"幽犹"有"叠韵"修辞设计，对句亦需照应。教师参考对联：

传音十里幽犹在；挂壁千年字自香。

●出句：不负先贤与来者。

解题思路：注意隔一个字"与"的本句自对："先贤""来者"；千万注意此为律诗准律句，对句平仄须与"仄仄平平平仄仄"对应，而不是与"仄仄平平仄平仄"来对应。

●出句：沧海横流，驾疾舟而望月。

解题思路："沧海"——俗世，"驾疾舟"——处世，"望月"——既指向往高洁，亦指自观本心；省略主语"高士"。

●出句：吟天地，啸古今，盏往杯来，醉不尽人间多少梦。

解题思路：颇多当句自对部分："天地""古今""往来""多少"——对立关系，"吟啸""杯盏"——并列关系；"吟啸"亦为古代士人的标准文化动作。

●出句：苦乐自春秋，不向红尘输傲骨。

解题思路：注意"苦乐""春秋"，皆为当句自对修辞。

●出句：一去万里归来，怎料故乡何似他乡陌。

解题思路："一""万"为数量词；"万里"为空间维度。"乡"作成掉字对。

●出句：手机洗衣机数码相机，机机耗电。

解题思路：留意"机"合成的掉字对；出句含谐趣色彩，对句亦应合趣。

●出句：大学生小学生，大小都是个人。

解题思路：此句为下联，注意掉字对；含谐趣色彩，出句亦应合趣并做好铺垫。

●出句：七弦琴上演风流，好一曲梨花带雨舞江天，舞落谁家院。

解题思路："一""七"为数量词；复用"舞"字。注意典故"梨花带雨"指唐明皇与杨贵妃的爱情悲剧。

12. 案例剖析：对联是怎样炼成的？

下面笔者像围棋赛后复盘一样，尽可能给大家还原自己一副对联创作的各节点之呈现。这副对联因为有一个先天性的难度，故耗时较长，前后两个多月，反复创意，反复"阴干"，最后成型如下：

篆笔高张殷实韵；儒风漫卷甚嚣尘。

作为诗创过程的副产品，它还有另外 3 句下联作为备选：

天风远举湛清声；禅心漫舞不空尘；禅风共舞不空尘。

虽然最后选定的是"儒风漫卷甚嚣尘"，但从《平水韵》的音律角度来看，"禅风共舞不空尘"似乎更好。为什么？因为上联里的"笔""实"同属四质韵部，属于之前介绍的"八病"中的"小韵"之病。如果不"救"，在有些具体诗例里可能无伤大雅，而在另外的诗例里可能就稍显别扭。具体到此联，如果要"救"该怎么作？一种是把其中一字换成不同韵部的其他字；另外一种就是不换字，但下联同样位置上的两个字也相应设计成同韵部的字，即"禅风"句的"风""空"同属一东韵部。之前我们提及的沈家煊先生的说法："汉语大语法是以对言格式为主干" [1] "单言在形式上站不住，对言才站得住" [2]，也可谓这类修辞上下相对式"救"法的一个理论根据。可以通俗地把它理解成如果上联那种同韵部字出现算"瑕"的话，那就一"瑕"到底，让"瑕"成对地出现。"单瑕"容易让人理解成无意中的某种失误，但"对瑕"就不算错而成了刻意如此的设计，反而是某种"修辞"技巧。

有的诗友可能会说："禅风共舞不空尘"里的"共"也与"风""空"两字犯小韵了。我们说在《平水韵》里面不是，因为"共"属于二宋韵部，仄声，其对应的平声二冬部在《平水韵》里，是不能和"风""空"所在的一东韵通押的，所以二者并不"犯韵"。

创作时上联很快先成型：篆笔高张殷实韵，而且因为特殊原因一个字都不能改，所以主要的功夫都花在"炼"下联上。把除上述 4 句外其他的下联草稿罗列如下：

诗风更洗甚嚣尘；天风远送古诗香；天风漫卷不空尘。

儒风尽染不尘心；诗心鹤舞不空尘；龙文远契（和）碧天心。

龙文漫引丽天章；诗情远啸鹤天声；儒风长举湛清声。

由以上可知诗创的不易。有时候创作的过程就像这样一个先广泛"罗列"可选项，再逐一甄选淘汰至最优者的过程。当然此处指的是这种小体量的作品，中长篇的巨著，或并不太重要的诗联，就不适合用此创法了。

现在揭秘一下为什么上联"篆笔高张殷实韵"不能改，因为这是给好友、中国小篆书法名家张殷实老师创意的嵌名对联。而张老师本人更中意"儒风漫卷甚嚣尘"，因此句与他的气质风格更匹配。

---

[1] 沈家煊.超越主谓结构——对言语法和对言格式 [M].北京：商务印书馆，2019：81.
[2] 同 [1]91.

五、对联禁忌及常见错误

1. 上下联分不清

对联上下联的句脚一定是"上仄下平"，这可谓属对最基本的第一关，若连上下联都分不清还去对对联的，"止增笑耳"，连弄獐宰相李林甫都不如了。遗憾的是，很多诗词小白在此处犯迷糊。为此，笔者对联诗创班里总备有一二这样的题库：

> 其一：书尽丹心蜡泪红；其二：一醉解千愁。

七言、五言各给出一联，要求完成属对。这其实是个陷阱，你是不是对联行家，是否对诗词及对联的格律理解透彻，立马就会见分晓。此两联句脚均为平声，即已经是下联了，需对个上联。如果你把对联的尾字平仄安排成"上平下仄"或全平、全仄，就全都错了。当然，也有个别特例，比如明代文学家李梦阳出句、与他同名同姓的考生对句的 [1]：

> 蔺相如，司马相如，名相如，实不相如；
>
> 魏无忌，长孙无忌，彼无忌，此亦无忌。

此联句脚平仄正好上下联颠倒，但"相如""无忌"皆为历史上的人名，可谓有史典支撑；又出自名人唱和，可谓有事典支撑，则可另当别论。

还有湖南岳麓书院那副闻名遐迩的集句对联：

> 惟楚有材；于斯为盛。

其句脚平仄也正好倒过来了，但因为这是从古书中集句而成的对联，而且还有一段很长的历史故事演绎作背书，限于篇幅，此处不详述。总之大家写对联一定要遵平仄，尤其是联尾字及节奏点上的平仄。

2. 合掌

合掌是对联界"如雷贯耳"的一个禁忌，说它如雷贯耳是因为很多对联创手甚至是高手，稍不注意也会有这样的"高级"失误。合掌最初是指律诗中的对句，如果上下两句的意思相同则称合掌。[2] 我们看具体案例：

> 有汉一人，有宋一人，百世清风关岳并；

---

[1] 谷向阳，刘太品. 对联入门 [M]. 北京：中华书局，2007：249.

[2] 大辞典 [M]. 中国台北：三民书局，1985：688.

奇才绝代，奇冤绝代，千秋毅魄日星悬。

这是民国时期的俞长林先生在杭州岳飞墓前题写的墓联。写得非常好，但也不能说是满分，还是有一点瑕疵，"百世""千秋"都是时间概念，而且都是形容久长之意，其实就合掌了，虽然合掌的"面积"不大。如果笔者来创作，一般会把"百世""千秋"解放出来一个，不再在时间维度打转而是转成空间或其他维度的概念——大阴阳的变换。

说到合掌，还有一个更有名的例子，南梁王籍《五律·入若邪溪》诗中的颈联：

蝉噪林逾静；鸟鸣山更幽。

"林逾静"跟"山更幽"意思雷同。这在对联中应极力避免，因为这种"一顺边"的风格，立不住。但它们在诗词中却很常见，因为往往有时就需要如此，刻求其强化色彩、反复渲染之功效，它以"牺牲"自己为代价而服务于诗词的整体主旨意脉。这也是之前说的对仗与对联最大的不同之一。

诗友们常爱犯合掌的毛病，原因无非这么几条：想象力不丰富，整体架构设计能力纤弱，词汇量少，底蕴不足，诗觉不敏等。但经过一定的训练，合掌是很容易避免的。尤其是要记牢大平仄（大阴阳）的概念："东边"打了一榔头，你就别在"东边"再抢棒子了，应该换个方向，朝"西边"抢它一棒子。

3. 不规则重字

不规则重字也是对联的一个大忌，就是指一副对联中出现两个或多个没必要相同的字。比如笔者那副对联"十万山中飞雪乱，七弦琴上落花深"，如果把下联改成"七弦琴上乱花深"，就有两个"乱"字，互成干扰字，显得很别扭。

越是那种20字以内的短联越要避免，长联因为体量大，即便有不规则重字，因为句数多，"相隔"足够远，以至于一般人都不会注意到，自然也糊弄过去了。

除去叠字、掉字对等修辞外，那种同位重字、异位重字皆应避免。有时同位重字甚至比异位重字更掉价。比如很多年前某广告公司（估计也是个4A）为世界著名品牌卡地亚（Cartier）公司的一款婚戒创意的广告语：

炫真爱异彩；唤挚爱芳名。

上下句同样位置（第三个字）居然重复了同样一个字"爱"。文案创手以为采用传统文化的对联形式可以加分，但实际却因完全不谙对联的禁忌及美学，反而创意成了败笔：笔者过去讲课时多次现场做过试验，看结束后有谁还能记得刚才提及的这只有区区十个字的对联广告语，结果没有一个。就是因为读起来太过拗口，不好记的广告语肯定是失败的。

再看山西省新绛县绛守居园池（又名隋代花园）里洄涟轩的一副楹联[1]：

> 放明月出山，快携酒于石泉中，把尘心一洗；
> 引薰风入座，好抚琴在藕乡里，觉石骨都清。

这副古人所作楹联立意与境格自不必说，唯一稍显不足的就是上下联有不规则重字"石"。如果非要保留这两个"石"字，可以尝试将"尘""藕"换成同一个字，这样好歹将无意间的不规则重字刻意地斜向交叉，成对出现了，别人就不好说你是败笔，而"洗白"成一种修辞了。

当然也有特例，比如说：

> 洞庭天下水；岳阳天下楼。

其实这本是明代魏允贞《五绝·岳阳楼》中的头两句，于诗中不但毫无问题反而很出彩。但后世被人从诗中摘出来雕刻成楹联悬挂于岳阳楼，既成事实，约定俗成，反而见怪不怪了，虽然它明显违反了对联同位重字的大忌。

虽然诗词对联很多规则的限定性并不是那么严格和死板，但正像我们多次强调的，初始阶段最好从严要求自己，循规而作。

4. 三平尾与三仄尾

这两个概念具体也会在本书第四章诗部分里详述。既然诗是对联的来源之一，那么诗中的平仄禁忌如三平尾、三仄尾等，在对联中亦应避免，尤其五言、七言的短联。拿笔者的两副对联作案例：

> 苍云阻过客；圆月知归人。

上联三仄尾、下联三平尾，读起来显得很呆板拗口，改成如下就好多了：

> 苍云迷过客；圆月照归人。

再看一副七言联：

---

[1] 张过，刘新志. 中华名胜楹联集 [M]. 北京：新华出版社，1986：46-47.

野水千洄鼓脉远；山云一抹天香低。

也是上联三仄尾、下联三平尾，俗腻之气立显，原联就比较有意境：

野水千洄琴脉远；山云一抹月香低。

相对来说，对联里的三仄尾不像三平尾那么问题严重，而且若是非标准律诗的五七言诗句，如按"一四"断读的五言句、按"三四"断读的七言句，以及四言六言或其他多言句（实际上相当于词句），也可以不苛求。

5. 总把对仗当对联

有位学员的对联是化用明代诗人宋登春《五律·中秋夜月》中的首联而成：

萧萧枫叶冷；耿耿客衣寒。

因为先天"出身"所致，若此"联"置入一首律诗，是很好的诗句，但独立成为对联，就立不稳了，前文所述的"一顺边"痕迹明显。古人佳作里，绝妙对仗（服务于整诗）的案例比比皆是，但很多皆不能单独抽出来成为对联。比如杜甫《七律·蜀相》中的颔联"映阶碧草自春色，隔叶黄鹂空好音"，李商隐系列《七律·无题》中的颈联"晓镜但愁云鬓改，夜吟应觉月光寒""沧海月明珠有泪，蓝田日暖玉生烟"等。再看王勃的《五律·送杜少府之任蜀州》：

城阙辅三秦，风烟望五津。
与君离别意，同是宦游人。
海内存知己，天涯若比邻。
无为在歧路，儿女共沾巾。

首联"城阙辅三秦，风烟望五津"也都只能是对仗，难成对联。但颈联"海内存知己，天涯若比邻"则既是服务于整诗的警句，又是能独立"行走"的对联，千百年来经常被提取出来单独书写。

大家对自己诗库里日积月累的那些灵感诗句，得要有个清晰的判断，哪些能成为对联，哪些是只能今后代入诗中成为对仗句的，二者不能混淆。有诗友会问：那么五言、七言的对联是否可以将其扩充为律诗？理论上而言，正对的对联一般会比反对的对联更容易化而入诗，后者如想嵌入律诗里，必须要求整首诗立意和内涵将此对联正反两句的意脉完全涵盖了，否则在诗中容易显得"突兀"刺眼，佳联反而俗落成败笔。

6. 埋头功夫与抬头功夫不兼顾

用笔者诗创实战班两位学员的对联案例来讲解：

> 笔穷墨骨松峰翠——学员甲对句
> 书尽丹心蜡泪红——黄胤然出句

> 无边枯木落——学员乙对句
> 一醉解千愁——黄胤然出句

这两位学员的对句恰恰反映了诗创初学者爱犯的两个典型毛病。用笔者诗授时的通俗说法：学员甲诗创时的埋头功夫优于抬头功夫，只见树木不见森林，因为掰开来看人家一个字一个字都码得非常工整。但连字成句，上下联整体来看，虽然表面上意思好像有粘连，但实际上意脉总有某种离隔之感，不浑成，就好像是由两副不同对联的诗句凑起来的一样，无法两股绳（上下联意脉）天衣无缝地扭成一股绳（上下联的神合之点未设计好）。上联更多的是一种书画家泼墨挥毫的三维意象，下联则化用李商隐"蜡炬成灰泪始干"诗句，更多勾画的是分处两地的男女相思之意象，意旨脉络就不合拍，有违《联律通则》第六条"形对意联"。往往细节处很认真但全局视野把控不足的新手爱犯此类诗病。故创意之前应好好品味，准确把握好对联出句的内容，琢磨透了，再酝酿对句。

另外"书尽丹心蜡泪红"的"书"字，本身既可作名词亦可作动词，但此处肯定作动词用更达意也唯美，你要是当名词理解那就完了，既不太通顺又俗浅掉价。

埋头功夫和抬头功夫，很像农村的插秧：不能老是埋头插，必须时不时抬头检查所插秧苗是否成一直线，如果不直就得修正。否则插着插着——相当于诗创里的写着写着，就发现歪了，越晚发现则改动优化的成本越高。

那么学员乙正好相反，他的特点是抬头功夫强过埋头功夫，只见森林不见树木。"无边枯木落"对"一醉解千愁"，内容上、意脉上连属得非常好，不懂诗创的人乍一看，无不认为这是一副好"对联"。但实际上此联就5个字，只有第一个字"无"对下联的"一"，算对上了，而其他四个字竟然词性、结构甚至节奏全都没有对上："边"与"醉"，"枯"与"解"，"落"与"愁"，"木"与"千"词性均不对品或未完全对上，且"枯木"是偏正结构，"枯木—落"是主谓结构，而下联的"解—

千愁"却是动宾结构，无论结构与断读节奏也皆未对上。这么多地方没对上，但读起来居然十分流畅，全仗其意脉层面的功力和感觉，也由此可见，意脉浑成对诗创而言是多么的重要，无论对联还是诗词。

当然，如果埋头功夫和抬头功夫都能同时做到位，那肯定能对出佳联。

7. 没有任何缺点的乏味

在本书概论里曾提及处于诗创高级阶段的诗联作品的一个通病就是"没有任何缺点的乏味"，实在可谓让师生双方都颇感头疼的"慢性诗病"——还真会持续很长时间。审阅了作品很多遍，似乎都满足《联律通则》的几项要求，表面看似乎挑不出什么"问题"，但"问题"就是读来没什么美感，无法打动你的诗心。

不好的案例就不举了，古今中外这类"上得了台面的平庸之作"汗牛充栋，类型五花八门。我们可以看一个高过"台面之上"的经典案例，来反向映射出那些"没有任何缺点"的作品的缺点在哪里。山西汾阳拥有一千余年酿酒历史的杏花村有一副极品对联 [1]：

> 酒味冲天，飞鸟闻香化凤；
> 糟粕落地，游鱼得味成龙。

首先，遵循了所有联律的规则，此处不再费墨，直接点其妙处：上联"冲天"，下联"落地"，占全两极，不给他人落脚之隙；连带出天上飞鸟——为句尾的"凤"埋好伏笔、地上游鱼——为句尾的"龙"设好包袱；鸟闻香、鱼得味，就顺势引出了酒的两个最大卖点：香与味，光闻得香喝起来没味或光喝起来有味但闻着不香都不行；然后，这酒笨鸟闻了都能变凤、破鱼尝了都能成龙，"马屁"拍得真是雅；而且，龙凤又是中国文化里最吉祥的神物，又占全两极；笔者认为立意层面最绝的神来之笔，就是下联连酒之"糟粕"都能使咸鱼翻身、鲤鱼跳龙门，那酒之精华就更能引来仙人下凡佛跳墙了，完美架构出笔者补充的下联微压上联的"第七要素"——此处如不拿酒的糟粕，而是拿酒另一个卖点来说事就反而易落俗。

笔者猜测这是古代一个"探花"所创而不是"状元"所为，就是因为它有不规则重字"味"（将"酒味"改成"酒气"是否更好？）。而笔者第一时间居然没看到，只是行文时才发现，可见真正的好作品其光环是连瑕疵都能巧妙地掩盖一下的。

---

[1] 周渊龙. 中国名胜楹联注释 [M]. 北京：光明日报出版社，1986：76.

六、学员对联作业点评提要

下面分享最近几年参加诗创实战班学员的对联作业，以及笔者分析点评的提要。

鸿雁南飞远；霜华北望深。（2021年对联班第2期）

✿ 点评提要：此联为学员自创联。对初学者而言，已属上乘之作了。该诗友报名参加第一轮诗创班时学得既艰苦又努力，虽诗力明显日渐长进，可惜未出现经典范例作品。然第二轮继续进阶，便于对联班中首现此佳联，既欣慰又感慨。

此联虽为"小作"，然诗格不俗、诗境清远：伫立中原，登高四顾，仰望一行幽雁南飞已远，不免感慨怅惘。遂回首北眺，极目所至，料想霜华渐次加深。既刻画出眼前所及之意象，又以诗人之想象力接续目之所不及，把意象、诗境继续向极南极北之所无限延伸突破……全联字面似皆为景语，然"望"字留一丝情愫痕迹，点睛妙笔。此景语情语大阴阳之意象轮替，又岂是区区五言所能局限？

落叶林间舞；故人月下归。（2021年对联班第2期）

✿ 点评提要：此为学员自创诗联。意脉流畅，对仗工整。上联铺垫到位，下联则完美合于高境之处。立意上亦能独立成章，颇有画面代入感，给人无限遐想。出句中，"落""叶"两入声字，搭配一上声"舞"字；对句"故"为去声"月"为入声，亦搭配一上声字"下"（按《平水韵》），初学即能做到兼顾声韵谐美，殊为难得。

降世当须入世；出家岂复无家。（2023年对联班第4期）

✿ 点评提要：此亦为学员自创联。设计有掉字对技巧，无论形式还是立意，整体上堪称经典。上联气势不凡，下联恰到好处地延续其脉，更微微胜出，可谓满足"对联七要素"者无俗联也。对联亦贵重意：你可按人生阶段来理解，那么上联是意气风发的儒家入世进取的上半场，下联则可谓觉后更加精彩喜乐的佛禅下半场；同时也可将此联当成修行人的两种并行无碍的人生态度来解。

苦乐自春秋，不向红尘输傲骨。黄胤然出句
沉浮皆梦幻，愿留清气满神州。学员对句（2021年对联班第1期）

✿ 点评提要：此联立意尚好，形对意联（字面对品工整，意旨流畅合脉）也到位。下联原末句为"在神州"，改"满神州"意境更好。另外，下联的上句用的是"皆"，判定色彩更坚决；下句用的是"愿"，主观着意性更强。如此"皆""愿"搭配下来的感觉，似乎使得下联前半部分有佛家出世的意境，而后半部分则显儒家入世情怀。换句话说，如果改"皆"为"如"，改"愿"为"但"，相对会更浑成一些。

遥看竹枝牵小月。他人出句

静听秋水和鸣琴。学员对句（2021年对联班第2期）

✿ 点评提要：全联唯美如画，情趣盎然。出句一个"牵"字，意境立显：抬头仰望，月上东山，才过墙头，月华摇曳于一丛高挑的翠竹枝头。微风习来，这一泓明月仿佛被细细的竹枝牵引而出，朗耀乾坤。如何不引惹琴意诗情澎湃？果然，幽僻处传来琅琅琴声，又有潺潺秋水伴和，好一幅境高意远的文人图画！另："看""听"皆为平仄两用字，为协律，"看"取仄声，"听"取平声。

半壁书香萦旧梦。黄胤然出句

千江月影照归心。学员对句（2021年对联班第1期）

✿ 点评提要：音律谐拍，对仗工整，意合境连。不但悉数满足《联律通则》之六要素，亦符合"第七要素"，下联微压上联。归心，归于何处？是归于诗书之最高格局意境处，还是归于更跳脱于此的佛禅之境界？诗贵重旨，品者自悟。

兰亭笔态文姿书两晋风骨；

多宝碑坚石硬凿千秋国魂。学员自创联（2022年对联班第3期）

✿ 点评提要：学员自创联。中间三字"态文姿""坚石硬"皆有歧义且诘屈聱牙，不如果断删去，境界顿出：兰亭笔书两晋风骨；多宝碑凿千秋国魂。

一去万里归来，怎料故乡何似他乡陌。黄胤然出句

平生几回梦醒，始觉禅境更比世境真。学员对句（2022年对联班第1期）

✿ 点评提要：上联可谓入世之儒叹书愤，下联则为出世之禅悦照心。符合对联"第七要素"之架构设计。彰显学员诗力、诗觉之不俗。"似""比"节奏点平仄应相反；"一去""平生"处，还可优化得更好。

茶煎天下事。黄胤然出句

酒解古今愁。学员对句（2022年对联班第1期）

✿ 点评提要：形对意联堪称到位，可惜"酒""解""古"并列三连上声，音律欠谐美。优化方案：上、去、入声搭配，保证三仄声不能同为一种声调。

第四章●

诗的创作与鉴赏

　　各国的诗歌史，放到大背景下看，似乎都经历着由民间（业余）到诗人（专业）、由质而文的转换及博弈。先秦诗经大部分采自民间，由专业诗官整理；早期乐府诗也肇端于民间，后被文人效仿；唐诗是文人、诗人的主战场，后期严谨的格律让歌楼酒肆颇感束缚，遂在依谱而歌的曲子词方向另起炉灶。但随后唐末五代的专业文人又开始插足进来，至两宋间词之阵地更被大批文人、诗人统领，"以诗入词""以文入词"，浸淫殆尽。之后，随着宋灭元兴，那股民间之力又在更通俗落地的元曲中得以发泄。虽然元曲也被部分文人跟进过，但终归太过"接地气"，并未引起后续士人的广泛参与，这也是为何元曲从天生的艺术和美学境界上，无法和唐诗宋词媲美的原因。同时也是现今所有讲诗词写作的书籍，绝少将元曲创作列入其中的主要缘由。

　　中国古代的诗歌韵文体裁丰富而又灿烂，在世界诗歌之林中绝无仅有。按王国维"一代有一代之文学"的说法，大致可以按时间脉络排列为先秦诗经，楚辞，汉赋，南北朝骈体文，唐诗，宋词，元曲，清对联。前文已述，本书所讲的诗词创作，主要是针对格律诗词，而不是古诗，也不涉及元曲。

　　对今天我们广大业余爱好者学诗词创作，最普遍最合理的顺序是：对联，诗，词。具体到（近体）诗，应该是先绝句后律诗，极少数有兴趣，有天赋，或者有客观需求者，可以在熟练掌握（近体）诗的创作后，再去尝试排律、古体诗。即我们不会机械到按诗歌史的次序，古体诗诞生比近体诗早，就去先学古体；律诗也比近体绝句先出现就从律诗"开蒙"。具体到词，也应该是先单调小令，后中调，有天赋及特殊需求者，可再去攻长调。至于为何与所谓的"古法"相异，将在第四章第三节"吟诗之道"中进一步解释。

一、诗之体

（格律）诗的正格只有五言、七言两种句式，以及绝句、律诗、排律（主要指五言排律）三种体式，交叉衍生出五言绝句、七言绝句、五言律诗、五言排律、七言律诗（七言排律很少）五种体式。

从诗的发展脉络来看，可以大致认为先有古体绝句（有平韵体和仄韵体两种），后有律诗，然后才有近体绝句（原则上只能押平韵）；从（近体）诗内部来看，是先有五律，再有七律，然后是五绝（少部分允许有仄声韵，因此体在唐以前即已成型），最后才出现七绝（主要是律绝，均押平声韵，古绝很少）。

五言、七言律诗体是由沈佺期和宋之问（号称沈宋）最终定型的，比如说全篇平仄的粘对、中间两联的对仗等。沈、宋二人在诗技上可谓大师。当然，"今人对于五言律诗的最终定体亦各有见解，除传统的沈宋说，还有梁陈说、四杰说、杜审言说（'文章四友'说）、初唐诸家说、王维说等等"[1]。此类讨论已超出诗创的范围，本书不再展开。

唐以前的五言古诗都是隔句押韵，且以首句不入韵为常见，如《古诗十九首》的首句都是不入韵；七言则正好相反，七言古诗往往句句押韵，即便演化到唐代的七律、七绝诗，也以首句入韵为正格。主要是由于七言韵脚之间相隔的字数比五言的多了不少，首句入韵则可强化七言诗的韵律感。另外，七言诗亦可大量嵌入比五言诗更多的虚词，也使得它先天就比五言诗更适合配乐而唱。近体诗都是押平声韵的，也是"因为平声是一个长音，便于曼声歌唱的缘故"[2]。

1. 绝句

（1）五言绝句

下面我们具体看一下五言律句的平仄格式，总共有四种，可谓基本的基本，因为绝句、律诗的几种格式都是由它们按一定规律排列推衍而出的：

① 仄仄平平仄；② 平平仄仄平；③ 平平平仄仄；④ 仄仄仄平平。

对应推衍出来五言绝句（五绝）的格式也有四种，⊙表示可平可仄：

---

[1] 叶汝骏 . 唐代五言律诗研究述评 [J]. 西安：唐都学刊，2017，33（4）：22.
[2] 王力 . 汉语诗律学 [M]. 北京：中华书局，2015：7.

第一种 五言仄起仄收式：

⊙仄平平仄，平平仄仄平。⊙平平仄仄，⊙仄仄平平。

严谨点说仄起仄收是针对首句第二字（起）和末字（收）而言的，下同。

第二种 五言平起平收式：

平平仄仄平，⊙仄仄平平。⊙仄平平仄，平平仄仄平。

第三种 五言平起仄收式：

⊙平平仄仄，⊙仄仄平平。⊙仄平平仄，平平仄仄平。

注意：此格式与第 2 种除了首句不一样，其余三句排列完全一样。

第四种 五言仄起平收式：

⊙仄仄平平，平平仄仄平。⊙平平仄仄，⊙仄仄平平。

注意：此格式与第 1 种除了首句不一样，其余三句排列也完全一样。

以上是五言律绝的四种基本格式，其实五绝、七绝、五律、七律都只有四种基本格式，都是由五言基本句式推衍出来的。笔者诗授时都是要求学员要把这几种格式全背下来，这也是区分你是否诗创水平达到高级阶段的一个标志。因为如果你连这种韵律格式都没熟悉到能脱口而出，就证明你平时吟诗填词的训练太少了，积累不够。

大多数人的作品都可用金字塔来形容，底部一定最宽，平庸甚至烂作一大把，都做垫脚石了。越往上越小，塔尖可谓你的"传世经典"。概率上说，还没到中间那层，光是塔基那一层就足够把你锤炼到不会背也能背、不想背也能背这些基本格式了。千万别说你是特殊的另类，别人都是金字塔形，而你的是"棍形"，上下一般粗。如果真是那样，你显然是"万中无一的绝世高手"，已不属于标准正态分布的中间部分而落在两头的极端区域了，那也自然不属于本书所对标的广大普通诗友了。

（2）七言绝句

七言也很简单，相应地在五言句的前面加上"平平"——如果五言句头两个字的平仄是"仄仄"，或者"仄仄"——如果五言句头两个字的平仄是"平平"，就能很容易推衍出七言的所有格式了：

第一种 七言仄起仄收式：

⊙仄⊙平平仄仄，⊙平⊙仄仄平平。⊙平⊙仄平平仄，⊙仄平平仄仄平。

第二种 七言平起平收式：

⊙平⊙仄仄平平，⊙仄平平仄仄平。⊙仄⊙平平仄仄，⊙平⊙仄仄平平。

第三种 七言平起仄收式：

⊙平⊙仄平平仄，⊙仄平平仄仄平。⊙仄⊙平平仄仄，⊙平⊙仄仄平平。

注意：此格式与第 2 种除首句相异，其余三句排列完全一样。可对比五言。

第四种 七言仄起平收式：

⊙仄平平仄仄平，⊙平⊙仄仄平平。⊙平⊙仄平平仄，⊙仄平平仄仄平。

注意：此格式与第 1 种也是除首句不一样，其余三句排列完全一样。另外，七言诗句的首字都是可平可仄的，这是和五言诗不一样的地方：五言诗的"平平仄仄平"格式首字必须为"平"，否则即犯孤平了（详见本章"诗的平仄禁忌"一节）。

（3）绝句的对仗

绝句的起源历来是学者研究争论的话题之一，本书暂且不去深入。但为理解绝句对仗起见，不妨借用其一予以阐述。首先把律诗的正格提前交代一下，即中间两联全部对仗而首尾两联不要求对仗。那么以此正格为参照模板，清代文学家赵翼曾在其《陔余丛考》卷二十三中，援引《诗注源流》的说法提道："绝句，截句也。如后两句对者，是截律诗前半首；前两句对者，是截律诗后半首；四句皆对者，是截中四句；四句皆不对者，是截前后四句也（见《瓯北全集》册十七）。"以上定义不难理解，对应地四种绝句对仗的案例依次为杜甫的《七绝·江畔独步寻花七绝句·其六》（只在后两句对仗）：

黄四娘家花满蹊，千朵万朵压枝低。留连戏蝶时时舞，自在娇莺恰恰啼。

杜甫的《七绝·江南逢李龟年》（只在前两句对仗）：

岐王宅里寻常见，崔九堂前几度闻。正是江南好风景，落花时节又逢君。

杜甫的《七绝·绝句四首·其三》（四句全部对仗）：

两个黄鹂鸣翠柳，一行白鹭上青天。窗含西岭千秋雪，门泊东吴万里船。

杜甫的《七绝·赠花卿》（四句全都不对仗）：

锦城丝管日纷纷，半入江风半入云。此曲只应天上有，人间能得几回闻。

从诗创角度而言，诗友前期可先选择四句皆不对仗、前两句对仗的格式，然后尝试后两句对仗，最后尝试创作四句皆对仗的格式。原因还是后两句用对仗的话，若不采取某些特殊手段，则有此诗未完的感觉。

（4）五言诗和七言诗的区别

明代的胡应麟说："五言绝尚真切，质多胜文。七言绝尚高华，文多胜质。"[1]在此语境里，文主要是指文采、辞藻、修辞等，相应句中虚词偏多；相反地，质主要是指质朴的语言风格，以实词居多，修辞较少。故五言顿挫古雅，七言飘逸唯美。七言的节奏感、韵律感天生强于五言，更易入乐而歌。虽然从格律上看，你可权当七言是五言前增加两字而成，但从源头上讲，"七言句一向属于乐府歌曲。沈、宋创造的七言律诗，应当看作是从乐府歌辞演变而来，不是五言律诗的增字发展"[2]。

五言诗因每句就五个字，铺张的空间有限，就需要把很多修饰性的虚词比如连接词、副词甚至形容词去掉。故五言诗用字上就不可太纤弱艳丽，否则与其本位调性不谐，就立不住了。明代"顾华玉云：'五言绝以调古为上乘，以情真为得体。'调古则韵高，情真则意远"[3]。试比较以下五言句和七言句在这方面的细微差别：

五言：鸡声茅店月，人迹板桥霜。（温庭筠《五律·商山早行》）

七言：花径不曾缘客扫，蓬门今始为君开。（杜甫《七律·客至》）

五绝·宿建德江（孟浩然）
移舟泊烟渚，日暮客愁新。野旷天低树，江清月近人。

---

[1] 杜甫.杜诗详注 [M].仇兆鳌，注.北京：中华书局，2015：38.
[2] 施蛰存.唐诗百话 [M].上海：华东师范大学出版社，2017：32.
[3]（明）胡震亨.唐音癸签 [M].上海：上海古籍出版社，1981：23.

七绝·芙蓉楼送辛渐二首·其一（王昌龄）

寒雨连天夜入吴，平明送客楚山孤。洛阳亲友如相问，一片冰心在玉壶。

五绝·逢雪宿芙蓉山主（刘长卿）

日暮苍山远，天寒白屋贫。柴门闻犬吠，风雪夜归人。

七绝·夜雨寄北（李商隐）

君问归期未有期，巴山夜雨涨秋池。何当共剪西窗烛，却话巴山夜雨时。

古法认为五言诗比七言诗难写，这也是其中原因之一。因为"啰唆"的语句容易脱口而出，而精简的诗句表达，相对来说需耗费更多的斟酌取舍，更见功力。而且语词越多，本身就可能带了部分"铺垫""解释"功能，就越易解。但若语词变少，却要求信息量不变，对写者而言，难创；对读者来说，则是难懂。

2. 律诗

（1）五言律诗

五言律诗（五律）的格式也可对应推衍出四种：

第一种　五律仄起仄收式：

⊙仄平平仄，平平仄仄平。⊙平平仄仄，⊙仄仄平平。（即五绝格式一）
⊙仄平平仄，平平仄仄平。⊙平平仄仄，⊙仄仄平平。（重复五绝格式一）

第二种　五律平起平收式：

平平仄仄平，⊙仄仄平平。⊙平平仄仄，平平仄仄平。（即五绝格式二）
⊙平平仄仄，⊙仄仄平平。⊙平平仄仄，平平仄仄平。（即五绝格式三）

第三种　五律平起仄收式：

⊙平平仄仄，⊙仄仄平平。⊙仄平平仄，平平仄仄平。（即五绝格式三）
⊙平平仄仄，⊙仄仄平平。⊙仄平平仄，平平仄仄平。（重复五绝格式三）

注意：此格式与第 2 种除了首句相异，其余七句排列完全一样。规律亦同五绝。

第四种　五律仄起平收式：

⊙仄仄平平，平平仄仄平。⊙平平仄仄，⊙仄仄平平。（即五绝格式四）

⊙仄平平仄，平平仄仄平。⊙平平仄仄，⊙仄仄平平。（即五绝格式一）

注意：此格式与第 1 种除了首句不一样，其余七句排列完全一样。

（2）七言律诗

再对应推衍出四种七言律诗（七律）的格式：

第一种 七律仄起仄收式：

⊙仄⊙平平仄仄，⊙平⊙仄仄平平。 ⎫
⊙平⊙仄平平仄，⊙仄平平仄仄平。 ⎬ 即七绝格式一

⊙仄⊙平平仄仄，⊙平⊙仄仄平平。 ⎫
⊙平⊙仄平平仄，⊙仄平平仄仄平。 ⎬ 重复七绝格式一

第二种 七律平起平收式：

⊙平⊙仄仄平平，⊙仄平平仄仄平。 ⎫
⊙仄⊙平平仄仄，⊙平⊙仄仄平平。 ⎬ 即七绝格式二

⊙平⊙仄平平仄，⊙仄平平仄仄平。 ⎫
⊙仄⊙平平仄仄，⊙平⊙仄仄平平。 ⎬ 即七绝格式三

第三种 七律平起仄收式：

⊙平⊙仄平平仄，⊙仄平平仄仄平。 ⎫
⊙仄⊙平平仄仄，⊙平⊙仄仄平平。 ⎬ 即七绝格式三

⊙平⊙仄平平仄，⊙仄平平仄仄平。 ⎫
⊙仄⊙平平仄仄，⊙平⊙仄仄平平。 ⎬ 重复七绝格式三

注意：此格式与第 2 种除首句相异，其余七句排列完全一样。规律和七绝类似。

第四种 七律仄起平收式：

⊙仄平平仄仄平，⊙平⊙仄仄平平。 ⎫
⊙平⊙仄平平仄，⊙仄平平仄仄平。 ⎬ 即七绝格式四

⊙仄⊙平平仄仄，⊙平⊙仄仄平平。 ⎫
⊙平⊙仄平平仄，⊙仄平平仄仄平。 ⎬ 即七绝格式一

注意：此格式与第 1 种除首句不一样，其余七句排列完全一样。

（3）律诗的对仗

对仗正格

经沈、宋二人最终定型，律诗的"正格"为中间两联——颔联和颈联需对仗，其余的首联和尾联不做强求。后期大部分律诗也都依循此法。比如杜甫《五律·春夜喜雨》中间两联的对仗就很工整：

> 好雨知时节，当春乃发生。随风潜入夜，润物细无声。
> 野径云俱黑，江船火独明。晓看红湿处，花重锦官城。

中国现代文学的奠基人之一、文学家鲁迅先生的《七律·自嘲》也是如此：

> 运交华盖欲何求，未敢翻身已碰头。破帽遮颜过闹市，漏船载酒泛中流。
> 横眉冷对千夫指，俯首甘为孺子牛。躲进小楼成一统，管他冬夏与春秋。

律诗的中间两联为什么要对仗？笔者在授课时，经常如此分享拙见：从阅读心理和审美的角度出发，因为律诗总共有八句，信息量毕竟比绝句多一倍。而且无论是诗词、文章、小说，中间部分一定比开头和结尾更容易让人们有审美疲劳之感，古今中外皆如此。理论上如果开篇（首联）无法一鸣惊人博得眼球的话，相对来说颔联和颈联也是最容易让人分神乃至罢读的危险"部位"。故此时如果有什么结构性上的设计、修辞格的应用，使得在这些"最危险"的关键位置上，读者依然能被吸引，从而主动愉悦且自然流畅地读至尾联，无疑是作者和读者都梦寐以求的。那么对仗这一读完出句就让人不由自主地想接着读对句的天生特点，也许就是演进到初唐时期的诗人们，某种"集体无意识"在诗律上的默契。

另外，在五律的"颔联和颈联的二十个字当中，除了叠字之外，不得重字"[1]，也是由其位置的敏感性和重要性决定的。此处出现"重字"一类的瑕疵，就更容易"吸人眼球"。若重字分别出现在首尾联的位置上，因为它们隔了中间两联四句，并不易被多数人注意到，就不至于那么要紧。

有时除了对仗，人们亦会在中间两联用到其他一些诸如数字、虚词、叠词、连绵词、疑问与反问等各类技巧，或者锤炼出诗眼来强化这种律谐韵美的效果。比如王维的《五律·使至塞上》：

---

[1] 王力. 汉语诗律学 [M]. 北京：中华书局，2015：317.

> 单车欲问边，属国过居延。征蓬出汉塞，归雁入胡天。
> 大漠孤烟直，长河落日圆。萧关逢候吏，都护在燕然。

中间颈联的"直""圆"用的是最平常最普通的白描，却是历代公认之"诗眼"所在。还有杜甫《五律·春望》中在颈联位置上用了数字"三""万"：

> 国破山河在，城春草木深。感时花溅泪，恨别鸟惊心。
> 烽火连三月，家书抵万金。白头搔更短，浑欲不胜簪。

韩愈《七律·左迁至蓝关示侄孙湘》里的颔联用了"欲为""肯将"等引领虚词，颈联出句则用了反问句式：

> 一封朝奏九重天，夕贬潮州路八千。欲为圣朝除弊事，肯将衰朽惜残年。
> 云横秦岭家何在？雪拥蓝关马不前。知汝远来应有意，好收吾骨瘴江边。

再看杜甫那首"千古第一七律"《七律·登高》，其中颔联既用了叠词"萧萧""滚滚"，又用了"无边""不尽"一对虚词来引领；颈联则用了"万里""百年"，既是数字，也作了一个空间到时间的大阴阳（大平仄）的变换，经典里面可谓全是技巧：

> 风急天高猿啸哀，渚清沙白鸟飞回。无边落木萧萧下，不尽长江滚滚来。
> 万里悲秋常作客，百年多病独登台。艰难苦恨繁霜鬓，潦倒新停浊酒杯。

还有现代著名"绀弩体"的创始人聂绀弩先生的《七律·马逸》，颔联运用的是掉字对技巧（3无，3越），颈联亦选用了连绵词（苍茫，斑白）来引领：

> 脱缰羸马也难追，赛跑浑如兔与龟。无谔无嘉无话喊，越追越远越心灰。
> 苍茫暮色迷奔影，斑白老军叹逝骓。今夕塞翁真失马，倘非马会自行归。

笔者诗授时一律要求学员从初级阶段开始就要把颔联、颈联皆作成对仗形式，等步入高级阶段后再视具体情况而定。"网络行家"们经常用502胶水粘在嘴边的"不以辞害意""不以律害意"云云，对尚处于初级和中级诗创阶段的诗友来说，并不适合。因为这么多年诗授的经验告诉笔者，这两个阶段诞生出值得传承的经典作品的概率是很低的，说句可能比较"伤人"但却是事实的话：根本没什么诗意，请问哪里来的"害意"之说？没有步入诗创的高级阶段，你的诗觉往往自我感觉良好，但大抵不准。既然没有什么真正出彩的意境与诗眼，请问你的作品有什么不能改的？为什么不愿优化一些字词，先使得整首诗合乎平仄格律再说呢？这样不但没什么实际损失，反而从一开始就熏陶出一种"正格"诗创的感觉，有了这种"正觉""正念"打底，你今后要跑要飞、天马行空、剑走偏锋，才能心里始终有一种度，有一种把握，有一种底线，不至于失控而贻笑大方。希望大家能体味其中的良苦用心，少走弯路。那么律诗除了正格的对仗格式，还有其他一些变格，简介如下。

蜂腰格

如果四联中只在中间的颈联一联对仗，其余三联均不对仗，就好像蜜蜂的细腰，故称蜂腰格（蜂腰体），比如贾岛的《五律·下第》：

> 下第只空囊，如何住帝乡？杏园啼百舌，谁醉在花傍？
> 泪落故山远，病来春草长。知音逢岂易，孤棹负三湘。

以及早看出安禄山必反、主张诛杀之却反被玄宗怪罪的唐代名相张九龄的《五律·望月怀远》：

> 海上生明月，天涯共此时。情人怨遥夜，竟夕起相思。
> 灭烛怜光满，披衣觉露滋。不堪盈手赠，还寝梦佳期。

注意：以上两诗的颔联虽然放弃了对仗的修辞，却均增加了十字格的手法来加强结构的紧凑性。所谓十字格，即五言律诗的颔联或颈联，两句（十个字）只表达一个意思。十字格若对仗工整，即为流水对。

偷春格

如果四联中只有首联和颈联对仗，颔联并不对仗，就称为偷春格（偷春体），"言如梅花偷春色而先开也"（南宋魏庆之《诗人玉屑》），即本不要求对仗的首联偷走了颔联的对仗格。比如李白的《五律·送友人》：

> 青山横北郭，白水绕东城。此地一为别，孤蓬万里征。
> 浮云游子意，落日故人情。挥手自兹去，萧萧班马鸣。

隔句对

隔句对也叫扇面对，是指四句诗联里，第一句与第三句相对（隔着第二句），第二句与第四句相对（隔着第三句）。此形式其实最早在诗经中就已有滥觞，比如《采薇》中的：

> 昔我往矣，杨柳依依。今我来思，雨雪霏霏。

其中"昔我往矣"并不按常理与紧跟着的"杨柳依依"相对，而是隔着这句与其下面的"今我来思"相对。同理，"雨雪霏霏"也不与它之前的"今我来思"相对，而是隔着这句与"杨柳依依"相对。还有白居易《五律·夜闻筝中弹潇湘送神曲感旧》里的首联与颔联也是隔句对，虽然律诗中隔句对的案例其实很少见：

> 缥缈巫山女，归来七八年。殷勤湘水曲，留在十三弦。
> 苦调吟还出，深情咽不传。万重云水思，今夜月明前。

四联皆对仗

律诗中四联皆用对仗也并不多见，一是难度颇大，尤其是尾联，如果不用一些手段的话就使得尾联很难"合"上，总给人意犹未尽的"滴沥"之感。二是诗觉稍微有偏差，又很容易给人一种"匠气"之感。四联皆对仗最有名的是杜甫的《七律·登高》，初唐"文章四友"之一的苏味道《七律·正月十五日夜》也是如此：

> 火树银花合，星桥铁锁开。暗尘随马去，明月逐人来。
> 游伎皆秾李，行歌尽落梅。金吾不禁夜，玉漏莫相催。

笔者为纪念好友、著名青瓷艺术家"守艺人"李震先生的青瓷同名作品上太空所创作的《七律·三叶草香插》，四联也都是采用了对仗的形式，尾联使用了虚词引领的假设复句的技巧（且有些许流水对痕迹），方使"合"意显见：

> 由来国器崇文化，自好家珍守艺传。厚积十年终有日，真香三叶本无烟。
> 天行翠釉龙泉影，史记青瓷李震篇。若许松风吟鹤梦，长吟流水到君前。

还有笔者的《七律·无题》虽然也是四联皆对仗，且尾联亦无明显的虚词构成流水对，但靠句意的锻造也能较好地合上全诗。

> 天下名山僧有庙，世间好水道多缘。古贤郁郁苍生苦，时佞营营信众虔。
> 仙气择云空入谷，禅魂透水漫开莲。天尊不落乾坤外，诗梦常吟日月边。

四联皆不对

李白的《五律·夜泊牛渚怀古》：

> 牛渚西江夜，青天无片云。登舟望秋月，空忆谢将军。
> 余亦能高咏，斯人不可闻。明朝挂帆席，枫叶落纷纷。

虽然这首诗没有一个字不合乎平仄，但后世律诗所要求的中间两联尽可能对仗，天风独步的李白是不愿屈就于此窠臼的——全篇无一工对。虽然如此，此诗依然被传为经典之作，一是因为体裁为五律，中间四联仰仗对仗修辞来"支撑"起整篇韵律"大梁"的需求，客观上就不如体量更大的七律显得那么需求迫切；二是全仗李白无人能及的天赋功力所为——他之所以不爱循常理惯律，是因为人家有如此之实力和资格。《唐宋诗醇》中盛赞李白"天才超迈，绝去町畦……能化尽笔墨之迹，迥出尘埃之外"[1]，已经达到唐代司空图所云"不著一字，尽得风流"以及南宋的严羽所谓"镜中之花，水中之月，羚羊挂角，无迹可求"之妙境。能做到五律不用对仗而又似有排偶之效果，既不粘亦不脱，非李白而不可为。

但对我们初学者而言，尚未步入能独立"凌飞"的高级阶段，一定先按规矩来，律诗中间两联都要作成对仗，先找到那种感觉再说。千万别先学李白，因为"李白的律诗多数是不正规的……所以往往可读而不可学"[2]。

过去禅宗公案里有个著名的说法"逢佛杀佛，逢祖杀祖"[3]。借用到诗创领域，笔者几十年诗授下来发现很多诗友尤其是自负的新手，特别爱"学"李白，或以其为挡箭牌。不但不按格律的规矩"出牌"，还颇爱"自创"词组甚至诗律，即特别爱干"逢佛杀佛"的事，既可笑又可惜。因为正像古代临济宗的禅师们以此作为修行参究的话头那样，如果你"杀佛"了之后，你还能自立一"佛"自圆其说、自证其果，自然是没有问题。但如果没到那个境界，最好还是放下你的"禅刀""诗刀"什么的，老老实实地先按规矩学会"走"和"跑"，之后再去"飞"，磨刀不误砍柴工，反而事半功倍。

（4）律诗中的佳句一般在什么位置？

历代佳句一般爱出现在什么位置？拿律诗来讲，王步高教授的团队做过一个统

---

[1]（清）爱新觉罗·弘历. 御选唐宋诗醇 [M]. 珊城遗安堂藏板，卷八：5.
[2] 瞿蜕园，周紫宜. 学诗浅说 [M]. 北京：当代中国出版社，2014：91.
[3]（宋）普济. 五灯会元 [M]. 苏渊雷，点校. 北京：中华书局，1984：891.

计：70% 都出现在第二联颔联的位置上，也就是八句中的第三、第四句。25% 出现在颈联的位置上，即第三联。出现在首联和尾联的比重只占 5%。为什么？其实大数据也是有逻辑支撑的。我们说首联主要起一个开篇起兴的作用，而且它的这种格局、意境、权重等，最好不要过高，得放低身段，否则整首诗就头重脚轻了。对联里面不是也有一个默认的下不输上的权重法则吗？就好比唱歌起调，开始声调太高了，后边就没法唱了。律诗也一样，所以在结构上就限制了首联。

尾联亦类似，它必须根据前三联的意脉和内容，完成合的作用，把整首诗完美地收官，所以相对来说它也不自由。故首联、尾联出现这种佳句的概率只占 5%，中间两联尤其是颔联，它附加的任务较少，更自由一些。颈联虽然也是一样，但它还有一个关键任务——转。所以颔联相对来说这种负担、牵绊最少，便更容易出现千古佳句。

既然有大数据打底，诗友们在创作律诗的初期，可以有意识地在颈联处多锤炼一下，看能否诗创出自己的经典诗句。等驾驭能力进一步提高之后，便可全诗"四处开花"了。

（5）排律

唐朝以后科举考试的应试诗就是采用的五言排律，但是限定长度为十二句。因首句不入韵，故谓"五言六韵十二句"。和现在的高考状元最后很少成才一样，历代的应试诗能成为经典并为后世传唱的更是凤毛麟角。唐代钱起的《省试湘灵鼓瑟》算是特例：

善鼓云和瑟，常闻帝子灵。冯夷空自舞，楚客不堪听。
苦调凄金石，清音入杳冥。苍梧来怨慕，白芷动芳馨。
流水传潇浦，悲风过洞庭。曲终人不见，江上数峰青。

这首排律的尾联是典型的宕开笔法，可谓一步跃上高境，余韵绵邈不尽，被历代诗话盛赞。一般来说，排律仅限于五言，因为七言排律除首联与尾联外，中间所有联句均要求对仗，这样每句均增加两个字，而且中间也不能像古风及歌行体那样换韵，必须一韵到底，难度就明显比五言高很多了。传世的七言排律和五言排律比起来，不但数量很少，题材也十分有限。七言排律除了杜甫、白居易、元稹等偶尔为之以外，他人鲜有经典出现。我们可以看一首隋末唐初的谢偃所写的已经非常规范的七言排律《乐府新歌应教》：

青楼绮阁已含春，凝妆艳粉复如神。细细轻裙全漏影，离离薄扇讵障尘。
樽中酒色恒宜满，曲里歌声不厌新。紫燕欲飞先绕栋，黄莺始啭即娇人。
撩乱垂丝昏柳陌，参差浓叶暗桑津。上客莫畏斜光晚，自有西园明月轮。

词学大家王国维曾经说过："近体诗体制，以五七言绝句为最尊，律诗次之，排律最下。盖此体于寄兴言情，两无所当，殆有韵之骈体文耳。"（《人间词话·五十九》）从诗创角度而言，笔者认为对于今天大部分诗友来说，创作到律诗足矣，古风、歌行留给极少数佼佼者或以此为"营生"者，否则可不用尝试，排律则更加——古人都没有折腾出个所以然的诗体，你就别穿越回去奋勇向前地替文宗诗祖们在诗坛"筚路蓝缕"了。

3. 杂体诗

笼统地说，"杂体诗是传统正宗诗体之外，各种体裁因素驳杂、规范样式细屑繁多的诗体的总称"[1]。杂体诗的种类确实多到令人眼晕，明代学者徐师曾在《文体明辨》中列举了包括盘中体、回文体、拗体、蜂腰体、断弦体等在内的 88 种杂体诗。在古代正统诗体占主流统治地位的语境下，就连词都算"诗余"，元曲可谓"词余"，那么杂体诗的地位就更不用说了。但是，杂体诗在充分创作自由的前提下，利用汉字音形意的特点，极大可能地不断丰富着诗创的新手法和欣赏审美的新模式，这也是严格受限于各类格律规则的"正体诗"所无法企及的。

而且在当今语境里，现在的人既然认为词与诗一样的美，而不像古代"正统语境"那样"歧视"词，甚至一半以上的今人，反而因为词的长短句结构天生就具有的比诗更易谐韵而歌的特点，从而认为词比诗更"雅致唯美"，那么今天的我们又有多高的资格和多深的传统文化底蕴，来歧视古代的杂体诗呢？今天早已经没有了古人"歧视"杂体诗的那种文化语境了。

其实从文字、诗理的纯学术角度出发，正体与杂体并无质的分别，更多是正体诗的某一类格律体（五言六韵十二句）被确立为科举考试的"国家诗体标准"而被广大举子大力研习，以及最终由此在唐朝便确立了律诗与绝句的正统地位的缘故。故杂体诗实在只是名"俗"而诗并不俗，"事实是：杂体诗之所以历代绵延不绝，令曹植、陶潜、庾信、李白、韩愈、白居易、刘禹锡、温庭筠、苏轼、秦观等一流

---

[1] 郡化志. 中国古代杂体诗通论 [M]. 北京：北京大学出版社，2001：17.

诗人参与，甚至令大周天册金轮皇帝武则天、刚毅执拗的政治家王安石、存理灭欲的道学家朱熹、'留取丹心照汗青'的民族英雄文天祥也纷纷染指，原因绝不仅仅是本非其长的讽谏功能，更主要的，还应是其引人注目、令人赏心的体裁形式。"[1] 所以我们今天的诗创人和研究者们不但不应忽视以及歧视杂体诗，相反地，更应该继续把杂体诗超过正体诗几十倍的丰富体式以及美学体验发扬光大。

　　杂体诗因为类型数量太过丰濡，难以遍及，故此处仅选择一二至今仍有顽强生命力的、且笔者颇有心得的诗体予以列举。从所有流传下来的杂体诗格式中，综合其技术特点及与当代文化语境切入的适宜性而言，笔者认为嵌字诗与回文诗是其中最值得我们重视和应用的两类。

（1）嵌字（名）诗

　　在之前讲对联修辞时，我们已提及了嵌字与藏头。嵌字诗最早可上溯至魏晋南北朝时期，尤以南朝诗人开先河。如南朝梁元帝萧绎的这首《针穴名诗》：

> 金推五百里，日晚唱归来。车转承光殿，步上通天台。
> 钗临曲池影，扇拂玉堂梅。先取中庭入，罢逐步廊回。
> 下关那早闭，人迎已复开。

　　诗中所嵌的归来、承光、通天、曲池、玉堂、中庭、步廊、下关、人迎等，都是中医穴名，采用的是散嵌的手法。

　　后世《水浒传》中吴用题卢俊义的宅中诗，就在四句的首字嵌入了"卢俊义反"四字（需用繁体字呈现）[2]：

> 芦花荡里一扁舟，俊杰那能此地游。义士手提三尺剑，反时须斩逆臣头。

　　此可谓藏头嵌字诗。从古代发展到现在，改革开放以后全民皆商，前浪未歇，后浪又拍过来全民皆播主、人人自媒体、个个赛专家的新浪潮。聚焦到传统文化这一领域，有底蕴没底蕴的，有能力没能力的，也都来引吭高歌，结果一"诗"一大片。当今社会老百姓对诗词的鉴赏水平，与宋代卖艺不卖身的歌舞艺伎们相比，可谓天壤之别。不光他们，现在就算医学教授、物理学博士、金融圈年薪百万元的白领们也一样，工业革命、信息化浪潮带来的社会精细分工，别说隔行如隔山，即便是同

---

[1] 郗化志. 中国古代杂体诗通论 [M]. 北京：北京大学出版社，2001：10.
[2] 施耐庵，罗贯中. 水浒传 [M]. 北京：人民文学出版社，2005：819.

一领域的行内，甚至会产生"隔类如隔山"，比如肛肠科的专家对脑外科"只通半窍"（说一窍不通有些夸张）。

藏头诗、嵌名诗因天生就比其他诗体更富趣味性、新奇性以及实用性——我把您大名都嵌入"诗"里去了，常言说得好：忠厚传家久，诗书继世长，您还能不被"传唱千古"吗？既然隔行的博士教授们都难以分辨，真是天赐良机。于是引来无数诗意恶俗、纯属外行但"商思"绝顶，也混入嵌名诗的这一"噱头"领域。

二十多年前媒体曾报道过，某青年花两个月"创作"了一千多首"嵌名诗"，并尝试申请"吉尼斯世界纪录"[1]。此处引用其中两首：

谢霆锋

<u>谢</u>客醉斟共杯潺，<u>霆</u>空无雨云自散。<u>锋</u>寒久别饮沙场，<u>吟</u>尽离骚盟风凉。

张艺谋

<u>张</u>弓不为步后羿，<u>艺</u>高何处不可取。<u>谋</u>筹生擒奥斯卡，<u>力</u>斩嘎纳金棕榈。

读者可自行品读、研判。

诗贵有趣，雅有雅趣，俗有俗趣。比如，我们看讹传为民国时期山东军阀张宗昌的打油诗：

天上闪电

忽见天上一火链，好像玉皇要抽烟。如果玉皇不抽烟，为何又是一火链？

虽然俗不可耐，但你读后也确实感觉有一种令人忍俊不禁的"味道"在里面。

最没有价值的"诗"，就是那种真雅雅不起来、俗又"俗"不到极致，然后来个大片反转的趣俗之诗。现在依然随时随处可见这些诗坛的歪俗之风，与自古风行于今的以"老干体"为龙头的"三体诗词"强劲不衰的影响不无关系。"老干体是一种非诗之诗，却由于诗词组织的推动，十分行时，充斥于各种诗词刊物（公开发表的和内部交流的）。连一些'权威'诗刊，也不得不为之让地三尺。在网络上也很流行。"[2]

老干体诗词最显著的特点是那种无感而发、无病呻吟、套话连篇式的歌功颂德，

---

[1] 两月创作千首藏头诗　一青年欲申报"吉尼斯"[EB/OL].（2002-08-30）[2023-05-12]. http://news.sohu.com/88/66/news202916688.shtml.
[2] 周啸天. 不会吟诗也会吟——诗词创作十日谈[M]. 成都：四川文艺出版社，2009：13.

但因为缺乏真情实感，实际效果往往适得其反，甚至有时反而有"低级红"的色彩。"有人注意到，毛泽东一生中没写过一次国庆节、一次党代会，甚至连开国大典也没写。然而，感兴到时，他写《人民解放军攻占南京》，写 1950 年国庆观剧（《浣溪沙·和柳亚子先生》）'宜将剩勇追穷寇，不可沽名学霸王''一唱雄鸡天下白'（语本李贺《致酒行》》），情怀是独特的，措词是独到的，是真诗。"[1]

没有金刚钻，别揽瓷器活，如果诗力和诗觉尚未历练到足以驾驭中华文明的文宗诗祖所发明的高雅诗词的"圣技"的话，还是不要利用自己各方面的强势影响力予以强行公开发表，以己之愚俗哺育熙熙无明之昏蒙。质量不高的诗词对联，从长远来看，肯定不会带来自我品牌的传播。比如十全老人乾隆的几万首诗词，现在是否还有半首或哪怕一句依然滋养当今百姓的心灵和精神？

说回正题，笔者以为，藏头诗、嵌字诗最玄妙也是最难的地方，在于不让人轻易识出所嵌之字词，而完全被全诗所烘托出的意境所感染、优美所吸引、情怀所打动、妙趣所熏陶。正像明代王骥德所云："须字则正用，意却假借，读去不觉，详看始见，方得作法。"[2]也就是说，诗之整体内容和意蕴必须能立得住，不能以所嵌之辞害意，否则就是失败，沦落到连打油诗都算不上的诗歌垃圾堆里。有些垃圾是可以利用的，但这种垃圾连看一眼都会损了境界、败了雅兴、污了耳目。

反观古人诗例，如宋代文化集大成者苏东坡自杭州通判任上被召回京，在润州被知州许仲途邀至府上宴待。席间有官妓郑容和高莹二女请求"落籍""从良"。苏轼于是就在许仲途的公文上写了《减字木兰花·赠润守许仲途》：

> 郑庄好客，容我尊前先坠帻。落笔生风，籍籍声名不负公。
>
> 高山白早，莹骨冰肌那解老。从此南徐，良夜清风月满湖。

若不挑明，你能看出大诗人词里的藏字吗？把这首词每句首字连起来读，便是"郑容落籍，高莹从良"八个字（见清赵翼所著的《陔余丛考》卷二十四"题字嵌句首"）。

不论古代还是现在，所有嵌字诗（联），无论是嵌人名还是嵌商号名，都可谓宽泛意义上的宣传、广告，因为它不可避免地对该人或商号有正向的褒赞、传扬的作用（讽刺的除外）。嵌字诗，虽循古制名归"杂体"，于当下应用却是刚需。

[1] 周啸天 . 不会吟诗也会吟——诗词创作十日谈 [M]. 成都：四川文艺出版社，2009：13.
[2]（明）王骥德 . 曲律注释 [M]. 陈多，叶长海，注释 . 上海：上海古籍出版社，2012：204.

创作嵌字诗的大致步骤

第一步：确定名称是否适合嵌诗。

不是所有名称都能嵌入诗词对联的，因为嵌字诗首先必须是首诗，嵌字联必须首先是副对联，而诗词对联必须具备诗之雅、诗之美、诗之格，否则就不是诗，那还不如直接降维用白话文创意，别再糟蹋老祖宗发明的诗词了。当代人创意的所谓"嵌名诗"依笔者来看，95%以上都俗不可耐，更别指望能有什么正向的品牌传播效果。

根据笔者多年的诗创经验，大概只有不到三分之一的名称很好入诗，而大部分有嵌名需求的名称其实不太好嵌，甚至无法嵌入。比如在对联修辞格章节里提及的"浩淳"这两个字就很好嵌，而"赵志军"这三个字就很不好嵌。对于不好嵌的只有两种办法：要么放弃，要么变通。笔者最后是放弃实字硬嵌，而是采用了嵌音的变通手法完成"赵志军"嵌名联的（照至君）。

第二步：根据需求及所嵌名称的平仄确定诗体、联体。

根据客户的需求，及所嵌名字的平仄，确定诗体类别：对联，诗，词。顺带也应确定是遵循古韵：《平水韵》——诗，对联；《词林正韵》——词，还是都用《中华通韵》。这要根据客户的背景、客户的客户的类型以及实际需求分析，如果是偏传统文化的，则宜选用古韵。如果是偏现代时尚类的，则古韵、新韵均可。嵌字诗联往往带有较强的宣传诉求，故平仄格律等可以为此做某种程度的让步，但格调境界则不应妥协。否则作为载体的诗创烂了，品牌所欲传播的效果又能好到哪里去？

第三步：确定名称所嵌位置。

在本书对联部分的"嵌字与藏头"小节里介绍了各种位置的"镶嵌格"，可以对照参考，诗与对联大同小异。有的时候也完全可以根据具体情况灵活运用，比如笔者有一首五绝《知邑》：

> 佳人如月皎，
> 凰凤共于飞。
> 天地灵知永，
> 高山望邑归。

乍一读，以为是一首偏古雅的抒情诗，其实它也是一首嵌名诗，只不过笔者在授课当中以此为案例，确实从没有一个人猜全是什么名的。这便是前面提及的"读去不觉"的妙处。此诗暗藏了"佳人如月于知邑"，也属于散嵌。它是当时笔者受好友所托，为其刚出生的千金所作。好友告知其所求此诗的意愿：希望心爱的女儿长大成人后，不求大红大紫，只求她能淡然顺当地过好自己希望的一生，不要被眼前的红尘幻惑所迷惑，时刻都能找到一条"回家"的路。按《平水韵》，"于知邑"这三个字只能在如是的位置上安排。此诗创就后令好友夫妇非常感动和欣赏。

笔者还创作了一首民俗文化的四言"风水能量"诗《四季诗》：

> 春暖山鐘，
> 荷夏舉風，
> 雲水秋月，
> 煙雪棲冬。

春木位于东，夏火位于南，秋金位于西，冬水位于北，除明含"春夏秋冬"4字外，还暗嵌"金木水火土"五行（需按繁体字呈现）、"地水火风"古印度佛家四元素、以及"山川日月、风云雨雪"等天地气象于文字或偏旁部首中，属民俗文化风水能量诗词，但整体气脉融畅，并没有打磨之痕。

（2）十字回文诗

说杂体诗，就必须讲回文诗。因为"回文诗是杂体诗中影响最大、数量最多、形式规范最繁杂，对社会生活影响也最为深入的诗体，古今对回文诗的编集、研究、创作等方面给予的关注，远非其他任何种类的杂体诗可以相比"[1]。

回文本是修辞学的辞格之一，它利用了汉语字词相互间更易于组句达意的固有特点，顺序逆序，回环往复均能表达一定的思想内容。回文诗则是在特定规则下运用回文修辞的诗体。"中国传统讲文章，不讲主谓结构，而是讲对仗对称，互文回文，顶真续麻，重言叠词"[2]。

回文诗最有名的是前秦窦滔之妻苏蕙织作的《璇玑图》，文渊阁版《四库全书·集部二》中别集一之康万民的《璇玑图诗读法》里，就记载有后人从中解读出的近八千首诗。据学者考证，目前普遍认同的最早的回文诗，是西晋人苏伯玉妻所

[1] 鄢化志. 中国古代杂体诗通论 [M]. 北京：北京大学出版社，2001：180.
[2] 沈家煊. 超越主谓结构——对言语法和对言格式 [M]. 北京：商务印书馆，2019：279.

作 168 个字的《盘中诗》。

　　作为杂体诗的最大宗之类，回文诗亦有很多细分。笔者经过多年的诗创实践，认为回文格律诗词仍然值得今人继续研究、创作、应用，而其中尤以明代举人陈赏所创十字回文诗最为经典。首先，它用字少而张力大：仅仅用十个字，就能回环往复读成一首 28 个字的七绝诗；其次，所成七绝诗完全合乎平仄格律要求，"名为杂体，实是正格"。其中最有名的十字回文诗是明代蒋一葵所著《长安客话·皇都杂记》中记载的陈赏所写的《四时回文递进熏叠诗》：

　　《春》：莺啼岸柳弄春晴夜月明。可读成七绝诗：

莺啼岸柳弄春晴，柳弄春晴夜月明。
明月夜晴春弄柳，晴春弄柳岸啼莺。

　　《夏》：香莲碧水动风凉夏日长。可读成七绝诗：

香莲碧水动风凉，水动风凉夏日长。
长日夏凉风动水，凉风动水碧莲香。

　　《秋》：秋江楚雁宿沙洲浅水流。可读成七绝诗：

秋江楚雁宿沙洲，雁宿沙洲浅水流。
流水浅洲沙宿雁，洲沙宿雁楚江秋。

　　《冬》：红炉透炭炙寒风御隆冬。可读成七绝诗：

红炉透炭炙寒风，炭炙寒风御隆冬。
冬隆御风寒炙炭，风寒炙炭透炉红。

　　但后人亦有云："此组诗中《春》诗为嘉靖皇帝作，余三首为臣下应制唱和。又近有不少杂志乃至杂体诗选本都云此组诗为清初才女吴绛雪作，并有对吴绛雪身世的简介，不知何据。此诗既见录于明人笔记，则作者不应迟至清人。"[1]

　　眼尖的诗友可能已经发现了，十字回文诗其实第三句就是第二句的逆序，而最后一句正好是第一句的倒读！这种"逆序倒读"某种意义上，恰恰与截断常理、反逆常识、直超而入、"退步原来是向前"的曼妙禅门如出一辙。

---

[1] 鄢化志. 中国古代杂体诗通论 [M]. 北京：北京大学出版社，2001：353.

比如笔者有首十字回文诗《禅》：
空山映雨落花红乱舞风。可回环读成：

空山映雨落花红，
雨落花红乱舞风。
风舞乱红花落雨，
红花落雨映山空。

诗中首句与末句恰可谓佛经所云
"须弥藏芥子，芥子纳须弥"的另类诗
译，换句话说，空山映雨落花红，是事实；而红花落雨映山空，则是禅理。

我们如果将这首诗改两个字，变成"空山楚雨落花红泪舞风"，那么一下子就
由禅诗变成了两情悲怨诗矣：

空山楚雨落花红，雨落花红泪舞风。
风舞泪红花落雨，红花落雨楚山空。

还有《来如梦》：来如一梦见花开漫上台。回环读成的七绝诗如下：

来如一梦见花开，梦见花开漫上台。
台上漫开花见梦，开花见梦一如来。

以上十字回文的禅诗大多是笔者通读经书及《五灯会元》一类的禅宗公案，有
所熏陶。说这些诗的版权是笔者的肯定无误，但其中很多意旨至少是部分诗句的禅
理，其实是直接或间接来源于古圣先贤、高僧大德的思想及隽语，只不过笔者把它
们"诗化"了而已。

另外，新中国成立后第一起诗词类的版权案件——笔者在北京互联网法院起诉
某艺术家及某公司涉嫌侵权商用笔者原创诗词并胜诉的案件，涉及的作品正是一首
十字回文禅茶诗《等》：茶人等雪落天华素满家（详见本书第六章）。

除了十字回文诗，还有一种十四字的"半句顶针回环"诗，宋代桑世昌所著《回
文类聚》里就记载苏轼写的一首《赏花》：赏花归去马如飞酒力微醒时已暮。这诗
最后也可以读成一首28个字的合乎格律的七绝诗：

> 赏花归去马如飞，去马如飞酒力微。
>
> 酒力微醒时已暮，醒时已暮赏花归。

十字回文诗天生就更适合写禅理哲趣，而不是闲情逸致的主题，故今人诗创十字回文诗时，不应再取法宋明之人的纤弱立意，沉溺游戏于回文表面的技巧，而应将格局及境界突破在其天生丽质的更高处。

回文原来只有诗，但到了号称古代文化集大成者的苏东坡等人手里，便开始有了回文词。比如他所作的《菩萨蛮·回文》五首之一：

> 落花闲院春衫薄，薄衫春院闲花落。迟日恨依依，依依恨日迟。
>
> 梦回莺舌弄，弄舌莺回梦。邮便问人羞，羞人问便邮。

其中的偶数句均为其前的奇数句的完全逆序倒读。岂止苏轼，就连提出过"存天理，灭人欲"南宋理学大儒、后世被尊奉为"朱子"的朱熹，也有数首这类回文词。比如《菩萨蛮其一·回文》：

> 晚红飞尽春寒浅，浅寒春尽飞红晚。尊酒绿阴繁，繁阴绿酒尊。
>
> 老仙诗句好，好句诗仙老。长恨送年芳，芳年送恨长。

由此可知，作为一种修辞格的回文，与作为杂体诗中最大宗的回文诗，在殿堂和坊间共同所受的欢迎程度。难怪"早有诗评家指出，回文诗反复成章有不同的诗意，不应该只当成一种文字游戏，以小道而轻之。当代作家王蒙自称喜好回文游戏，在《重组的诱惑》一文里说，回文是意义的解构与重组，'可能是对原文本的奥秘的探寻和发现'，'不必一听到游戏就发神经'，游戏'可能是高雅的'。过去以为只有单音节为主的古代汉语适宜回文，其实不然。现代汉语双音节词占优势，反而拓宽了回文的运用范围，推动了回环的发展（宗廷虎、陈光磊，2007：1279）"[1]。

经过文化梳理研究，笔者发现回文诗除了其自身的语言艺术特点使其从古至今仍然拥有顽强的生命力外，它还有一个显著的特点就是因为其字数少，使得它无论在传播中还是在与其他艺术元素跨界契合的文创实践中，都具有包括正体诗在内的其他所有诗体都不具备的先天优势——大大降低了成本：无论是让书法家书写，还

---

[1] 沈家煊.超越主谓结构——对言语法和对言格式 [M].北京：商务印书馆，2019：174-175.

是刻在紫砂壶上，抑或绣刻在服装上成为诗装等（将在本书第六章详细介绍），比一首诗词甚至对联更加短小。

　　大家知道中国的古典诗词最短的五言绝句有 20 个字，七言绝句有 28 个字。今天在与其他艺术元素或载体结合时，常常因字数过多而效果不尽如人意。比如：呈现在紫砂壶上要老师傅一笔一画刻几十个字；展现在诗装上，密密麻麻地刺绣或印刷那么一堆字，大家以为你是把《新华字典》直接穿在身上了；即便最省事的书法，你让书法家书写超过 20 个字，碰见脾气不大好的，也挺烦倦内卷的。故实际操作字越多越不现实——无论是从成本还是从艺术审美的角度来说皆如此。最关键的，这些正体诗也都缺少了回文诗天生的那种绝妙趣味以及艺术绽放力。比如，笔者曾创意了一首婚庆民俗文化的十字回文诗：缘情喜爱合心连又梦圆，并在此基础上二次衍生设计创意为：把此十字回文诗设计成圆形，并圆圆相连（联姻），正好连接处的"又""喜"组合成"双喜"字样（也将在本书第六章详细介绍）。

　　最后啰唆一下，虽然印欧语系如英语里也有回文（Palindrome）的概念，如回文词（Palindromic Words）：did，pop，rotator 等；回文句（Palindromic Sentences）：Madam I'm Adam——伊甸园里亚当初见夏娃时说的第一句话。但英语的这种回文绝大多数纯属顺读、倒读意义完全一样的词、句或诗（等义回文），文字游戏的色彩更浓。而汉语的回文则正好相反，绝大部分都是倒读后语义不同的（变义回文），因而也更有实际价值和意义。[1][2]

[1] 翁鹤年 . 略谈英汉回文 [J]. 外国语，1980（2）：21-22.
[2] 何晓琴 . 英语 chiasmus 的修辞功能 [J]. 江西财经大学学报，2004（3）：107.

二、诗之律

其实上一节介绍的绝句、律诗的平仄格式、其中的对仗等，也都属于"诗之律"的范畴，本节继续介绍其他相关内容。

1. 粘对

粘（nián）对可谓今体诗一对重要的规则概念，所谓"对"是指：五言、七言诗一联内部上下两句平对仄，仄对平。特例：如果首联入韵（平起平收式、仄起平收式），则上下两句无法完全对立，此格式五言句第三字同为仄，第五字同为平；七言句第五字同为仄，第七字同为平。相"对"的概念最早在南朝的永明体诗中即已确立。看图示：

五律仄起仄收式的粘对规律

对 ｛ ⊙仄平平仄，
　　平平仄仄平。｝粘
对 ｛ ⊙平平仄仄，
　　⊙仄仄平平。｝粘
对 ｛ ⊙仄平平仄，
　　平平仄仄平。｝粘
对 ｛ ⊙平平仄仄，
　　⊙仄仄平平。

五律平起平收式的粘对规律

对 ｛ 平平仄仄平，
　　⊙仄仄平平。｝粘
对 ｛ ⊙仄平平仄，
　　平平仄仄平。｝粘
对 ｛ ⊙平平仄仄，
　　⊙仄仄平平。｝粘
对 ｛ ⊙仄平平仄，
　　平平仄仄平。

五律平起仄收式的粘对规律

对 ｛ ⊙平平仄仄，
　　⊙仄仄平平。｝粘
对 ｛ ⊙仄平平仄，
　　平平仄仄平。｝粘
对 ｛ ⊙平平仄仄，
　　⊙仄仄平平。｝粘
对 ｛ ⊙仄平平仄，
　　平平仄仄平。

五律仄起平收式的粘对规律

对 ｛ ⊙仄仄平平，
　　平平仄仄平。｝粘
对 ｛ ⊙平平仄仄，
　　⊙仄仄平平。｝粘
对 ｛ ⊙仄平平仄，
　　平平仄仄平。｝粘
对 ｛ ⊙平平仄仄，
　　⊙仄仄平平。

　　所谓"粘"是指：后联出句第二字（连带第四、第六字）的平仄跟前联对句第二字相一致，平粘平，仄粘仄。[1] 诗中相"粘"的规则最后定型于初唐。

　　顺理推衍，也可以很容易导出七律的格式：

七律仄起仄收式的粘对规律

七律平起平收式的粘对规律

七律平起仄收式的粘对规律

七律仄起平收式的粘对规律

　　小结："对"是针对一联内部上下句之间的一个概念，即上下句对应位置上的字的平仄要正好相反（相对）。如果没对上的话，就叫"失对"——这是今体诗一个比较重要的禁忌（概念）。但因首句入韵而产生的首联两处平仄相同不算失对。

　　"粘"则是针对一联之外、两联之间的一个概念，即上一联的末句和下一联的

[1] 王力 . 诗词格律 [M]. 北京：中华书局，2001：28–30.

首句之间的排列特征：五言的第二字（连带第四字——主要指节奏点位置）、七言的第二字（连带第四、第六字）的平仄必须一致，如果不一致（相反了）就叫"失粘"——这是今体诗另一个比较重要的禁忌（概念）。不过由于中国人"对言格式"阅读理解的定式，使得我们对一联之内的失对更加敏感，而对一联之外的失粘现象不那么容易发现。

什么时候会发生失对、失粘的情况？很简单，就是你不按规矩出牌，不按前面介绍的几种基本平仄格式来咬文嚼字、填字入诗，如果是在那几个关键位置（可平可仄的位置除外）出错，那么肯定会连带失对、失粘，产生出律的毛病。换句话说，你如果每句都规规矩矩按"套路"吟诗填词，根本就不可能出现什么失对、失粘的错误。所以你也根本不需要强记粘对的概念。

几十年的诗创、诗授经验告诉笔者，现在不能再像过去旧时代的老先生们那样教诗词，因为在那个时代的语境里，是按照要把你以吟诗作赋为终生职业、养家糊口的第一社会竞争力来诗授的，和我们今天99%都是当成业余爱好，当成抒情言志、解郁排忧、修身养性的手段，有根本的不同。如果还用过去诗授的"老模式"，结果大都是还没等背会这些条条框框，很多诗友就已经心生烦感、情有倦意，教师诗授和学员诗创的效果都不好。所以笔者历来主张：该死记硬背的就一定要熟稔于心，但一定不能多。可背可不背的，或能换成其他办法解决和避免的，就一定不要填鸭式地让学员全都背会，尤其在学习的初期阶段。在当下语境里学习格律诗词最有效的方法不是先把规矩全背下来再去创作，而是以练代背、边创边背，最后自然而然就把最关键的全都背会了。

个别学员可能会深究：究竟为什么非要遵守粘对这些概念？分析一下就知道了，笔者的理解是：还是回到文化先祖们对原始诗歌的追求——使声调多样化，按一定规则轮替排列而使得诗句朗朗上口、句句动心，更便于背诵和传播——因为古代没有纸，或记录成本太高。读个一两遍还背不下来的就不叫诗，至少不能算好诗。

"对"的规则要求，是使得一联之内上下句之间的平仄不会雷同，读起来就抑扬顿挫富有一种音律变化的诗美。而作用于两联之间的"粘"，则是为了确保你这一联和上一联或下一联，联联之间不要平仄雷同，因为如果没有"粘"的要求，你就可以让律诗的四联全部重复使用首联的平仄格式一通到底，使整首诗读起来依然是平仄雷同、低俗拗口、顿失境界。

2. 拗救

拗救可谓诗词格律里一个特别让人挠头的概念。所谓"拗"就是诗句中的某些字的平仄不符合格律要求，即有"病"；"救"就是在本句或下一句相应位置上进行弥补、挽救，即"治病"。

很多人一提拗救就犯迷糊，但大家千万不要被它吓倒了。与失对、失粘一样，如果你严格遵守诗词的各项平仄格律，那么根本就不会产生拗，何需救？跟其他诗授教师尤其是过去的老先生的教法不同，笔者认为对初学者来说不需掌握拗救。因为如果还按照某些已不合时宜的"旧传统"去面面俱到、每点必踩的话，恐怕新手不但拗救最后没整明白，烦琐感、挫败感反而给整出来不少，以至于诗性顿减（而不是大发）、诗趣全无（而不是横生）。如果最后影响到了大家的兴趣和情绪的话，那可真是丢了西瓜捡了芝麻。凡是在需要的时候再去学都来得及的知识，笔者坚持认为完全没必要在开始阶段就去背。

所以拗救笔者从来不做一个重点来讲，一笔带过即可。等你的水平渐长，步入中级乃至高级阶段，如果自觉吟出了一二警句，但遗憾的是确实平仄出律了，那么此时你再去对症下药地看哪款拗救"药方"可治你此句的诗病，都完全来得及。而且因为你此时是带着极大的问题和兴趣来研究的（没准是自己可以"传世"的警句，是必须救的），再去翻阅书籍或网上搜索，这种边学边练、以练代学，效率是最高的。所以对于大部分拗救的规则，笔者从来不主张去死记硬背——极个别常用的除外。

但作为一本自成体系的专业书，这里还是简短介绍一下拗救。大家了解个大概即可。拗救根据具体拗字的情形可分为本句自救和对句相救两类。

（1）本句自救

在五言"平平仄仄平"句式中，如果第一个平声处用了仄声，则相应地需在本句第三字处变仄为平，补救一个平声：

> 平平仄仄平（正格）——仄平平仄平（本句自救格）

若此处不救，就是"犯孤平"。如杜甫《五律·发潭州》首联对句第一个字应平却用了仄声的"晓"，则需在第三字应仄的位置补一个平声"湘"：

> 夜醉长沙酒，晓行湘水春。
> 仄仄平平仄，仄平平仄平。

同理，陆游《五律·连日治圃至山亭又作五字四首·其二》的颈联"钓"处有拗，则补救一个平声的"溪"字：

> 放鹤云千顷，钓鱼溪一湾。
> 仄仄平平仄，仄平平仄平。

七言也一样，在七言句式"仄仄平平仄仄平"中，如果第三个平声处用了仄声，则相应地需在本句第五字处变仄为平：

> 仄仄平平仄仄平（正格）——仄仄仄平平仄平（本句自救格）

如唐代吴商浩《七律·塞上即事》中的颔联对句因第三字"一"《平水韵》里为仄声，故把第五字换成平声字"高"来拗救：

> 寒沙万里平铺月，晓角一声高卷风。
> 平平仄仄平平仄，仄仄仄平平仄平。

还有唐末韩偓《七律·伤乱》中的颔联（对句）：

> 一枝一影寒山里，野水野花清露时。
> 仄平仄仄平平仄，仄仄仄平平仄平。

准律句

本句自救里还有一种格式被王力老师称为准律句。因为这种格式古人用得太普遍了，故将其提升一个"段位"，几乎和标准律句地位一样，故称准律句：

> 平平平仄仄（正格句式）——平平仄平仄（五言准律句）
> 仄仄平平平仄仄（正格句式）——仄仄平平仄平仄（七言准律句）

比如王勃《五律·杜少府之任蜀州》中的尾联出句：

> 无为在岐路，儿女共沾巾。

本来正格应是"平平平仄仄"，结果它变成了"平平仄平仄"。之所以做这样的变化还是我们强调过多次的：音调需要多样化，不断地变换平仄就是格律永恒不变的一个美学原则。可能古人觉得如果三连平的话，音律上显得过于单调而难以出诗美。那么经过实践发现做一个小范围的平仄互调（第三、第四字的位置），就把三连平变成平仄错落，产生一种音律美，有时反而效果更好。最后用得人多了约定俗成，成了准律句。

同理，七言也是，比如杜甫七绝《江南逢李龟年》的尾联首句：

> 正是江南好风景，落花时节又逢君。
> 仄仄平平仄平仄，仄平平仄仄平平。

王之涣七绝《凉州词》中的尾联首句：

> 羌笛何须怨杨柳，春光不度玉门关。
> 平仄平平仄平仄，平平仄仄仄平平。

（2）对句相救

对句相救有几种格式：可救可不救的，必须相救的，后者里面还再有细分。

可救可不救

在五言的"平平平仄仄"格式中如果第一字用了仄声，那么既可以置之不理（不救），也可以对句相救：

> 仄平平仄仄，仄仄仄平平（不救）
>
> 仄平平仄仄，平仄仄平平（对句首字补平声）

救与不救具体看语境及整体效果，比如此处需要强调一下拗怒激越的声调色彩，声律节奏是稍显急促的，那么可以不救而任由出句、对句的首字均为仄声来渲染此效果。但如果诗的色调需要设计成婉转悠扬、从容恬淡的谐美效果，则对句补平声是一个比较好的选择。比如杜甫《五律·对雪》中的颔联就没有救：

> 乱云低薄暮，急雪舞回风。
> 仄平平仄仄，仄仄仄平平。

而王维《五律·辋川闲居赠裴秀才迪》中的颈联就采用了对句相救的处理：

> 渡头余落日，墟里上孤烟。
> 仄平平仄仄，平仄仄平平。

同理，七言也一样，在"仄仄平平平仄仄"格式中如果第三字用了仄声，那么根据具体意旨的要求，也是既可对句相救亦可置之不理的：

> 仄仄仄平平仄仄，平平仄仄仄平平（不救）

> 仄仄仄平平仄仄，平平平仄仄平平（对句第三字补平声）

没有救的案例看王维《七律·积雨辋川庄作》中的颔联：

> 漠漠水田飞白鹭，阴阴夏木啭黄鹂。
> 仄仄仄平平仄仄，平平仄仄仄平平。

同样是王维的另一首《七律·重酬苑郎中》中的颔联，就采取了对句相救的格式：

> 草木尽能酬雨露，荣枯安敢问乾坤。
> 仄仄仄平平仄仄，平平平仄仄平平。

必须相救

除了可救可不救的格式外，还有两种是必须对句相救的情形。

第一种

在五言的"仄仄平平仄"格式里，如果第三个平声字你填了仄声，本句已无法自救，则需要把对句的第三字用平声来补救，且对句首字可平可仄：

> 仄仄平平仄，平平仄仄平（正格）

> 仄仄仄平仄，⊙平平仄平（对句相救格）

本来对句"平平仄仄平"的首字必须为平不能换仄，否则犯孤平了，但因拗救使得第三字的仄换成了平，故其首字就能可平可仄而不会犯孤平了。比如对句首字为平的拗救案例有王维《五律·登裴秀才迪小台》中的颔联：

> 落日鸟边下，秋原人外闲。
> 仄仄仄平仄，平平平仄平。

还有杜甫《五律·天末怀李白》中的颔联：

> 鸿雁几时到，江湖秋水多。

平仄仄平仄，平平平仄平。

对句首字为仄的拗救案例有孟浩然《五律·早寒江上有怀》中的首联：

木落雁南度，北风江上寒。
仄仄仄平仄，仄平平仄平。

还有北宋梅尧臣《五律·僧元复院枕流轩》中的颈联：

一悟此中趣，万缘皆可齐。
仄仄仄平仄，仄平平仄平。

同理，在七言的"平平仄仄平平仄"格式中，第五字用了仄声，则需要在对句第五字改用一个平声字来拗救，且对句第一、第三字可平可仄：

平平仄仄平平仄，仄仄平平仄仄平（正格）
平平仄仄仄平仄，⊙仄⊙平平仄平（对句相救格）

对句第一、第三字可平可仄的排列组合共有四种，罗列一下，如白居易《七律·赠梦得》颈联出句中，因第五字"我"（仄声）而把对句第五字换成平声字"君"：

头垂白发我思退，脚蹋青云君欲忙。
平平仄仄仄平仄，仄仄平平平仄平。

还有许浑《七律·沧浪峡》颔联中因出句第五字"暗"拗而把对句第五字补救一个平声"流"字，同时对句既救上句亦本句自救（平声"流"亦救了仄声的"野"）：

一声溪鸟暗云散，万片野花流水香。
仄平平仄仄平仄，仄仄仄平平仄平。

陆游《七律·王给事饷玉友》的颔联上下句第五字的平仄拗救：

江河不洗古今恨，天地能知忠义心。
平平仄仄仄平仄，平仄平平平仄平。

北宋李新《七律·尹公湖晚归》的颈联：

天高雁迥字明灭，林杳笛寒声有无。

平平仄仄仄平仄，平仄仄平平仄平。

以上"仄平平仄平"（五言）和"仄仄仄平平仄平"（七言）里那种既救了本句孤平的拗字，又救了出句的拗字，古人这样似乎是为了"显出格调的高古"[1]。大家再细细品味一下孟浩然《五律·万山潭作》中的首联：

垂钓坐盘石，水清心亦闲。
平仄仄平仄，仄平平仄平。

以及陆游《七律·游郿》中的颔联：

高帆斜挂夕阳色，急橹不闻人语声。
平平平仄仄平仄，仄仄仄平平仄平。

第二种

在五言的"仄仄平平仄"格式里，如果第四字应平却仄，本句也无法自救，必须在对句的第三字处应仄却平来补救，同时首字变成可平可仄：

仄仄平平仄，平平仄仄平（正格）

仄仄平仄仄，⊙平平仄平（对句相救格）

比如李白《五律·江上寄巴东故人》中的首联：

汉水波浪远，巫山云雨飞。
仄仄平仄仄，平平平仄平。

相对于七言是在出句"平平仄仄平平仄"格式中，第六字用了仄声，则需要在对句第五字改用一个平声字来拗救，同时第一、第三字可平可仄：

平平仄仄平平仄，仄仄平平仄仄平（正格）

平平仄仄平仄仄，⊙仄⊙平平仄平（对句相救格）

比如唐代戴叔伦《七律·酬盩厔耿少府湋见寄》中的颔联：

流年不尽人自老，外事无端心已空。

---

[1] 王力.汉语诗律学 [M].北京：中华书局，2015：101.

平平仄仄平仄仄，仄仄平平平仄平。

和第一种的情况类似，对句在拗救时，也往往是五言格式在第一字处应平却仄：仄平平仄平，七言格式在第三字处应平却仄：仄仄仄平平仄平，同样变成既救本句也救出句。比如岑参的五言排律《陪群公龙冈寺泛舟（得盘字）》中的首联：

汉水天一色，寺楼波底看。
仄仄平仄仄，仄平平仄平。

七言的案例比如陆游《七律·园中赏梅二首·其一》中的颔联：

江边晓雪愁欲语，马上夕阳香趁人。
平平仄仄平仄仄，仄仄仄平平仄平。

不过需要强调一点，以上这第二种拗救的格式并不是完全通行的，它只能在四句和八句的绝句和律诗中出现，而在排律中是不被允许的，因为排律的格律要求比一般的律、绝更严谨。虽然有拗可以施救，但你也不能肆无忌惮地随意乱拗，吟诗填词时这几个地方可谓拗救的红线：五言诗句的**第二字**，七言诗句**第二、第四字**，以及所有**韵脚**的平仄，都得按平仄格律来，不能拗，因为没有常规的格式可救。

（3）后拗前救

一般来说，拗救的规律是前拗后救，出句有拗对句相救，因为惯常来说诗词是由前往后逐句吟出的。但"有时候诗人却为了对句有一个拗字，就索性在出句里安置一个拗字以为补救（两拗相消，即成为正）"[1]。比如王维《七律·辋川别业》中的颔联：

雨中草色绿堪染，水上桃花红欲燃。
仄平仄仄仄平仄，仄仄平平平仄平。

应该说"红欲燃"处是诗眼所在，且"红"尤为精辟，不能改。故从此角度看，王维不大可能创作时因为出句很平常"绿"字处有拗，结果对句相救时歪打正着地救出来一个诗眼，因为你把"绿"简单变成"青"字就不需拗救了。相反倒更像是因为对句"红"字应仄却平，不得已而把出句第五字改成应平却仄的"绿"字了。

---

[1] 王力. 汉语诗律学 [M]. 北京：中华书局，2015：98.

当然很多拗救你其实是很难分辨出究竟是谁先拗谁后救的,因为救的平仄格式都一样。

(4) 特例

总有一些特殊的情况,比如在五言出句全为仄声与七言出句后五字全为仄声的特例里,怎么救? 和以上对句的救法相同,也是在五言对句第三字与七言对句第五字处应仄却平来拗救。比如李商隐著名的《五绝·乐游原》中的首联:

> 向晚意不适,驱车登古原。
> 仄仄仄仄仄,平平平仄平。

以及杜牧的《七绝·江南春绝句》中的尾联:

> 南朝四百八十寺,多少楼台烟雨中。
> 平平仄仄仄仄仄,平仄平平平仄平。

3. 一三五不论, 二四六分明

总的来说,这是一句不十分严谨但却实用的口诀,尤其是对那些记不住格律规则的新兵来说,因为它在大部分情形下还是适合的。这句口诀是针对七言的,相对于五言绝律诗而言就变成"一三不论,二四分明"。它的字面本意是指七言诗句中,第一、第三、第五个位置上的字"可平可仄",但第二、第四、第六个位置上的字(也相当于我们习惯断读的节奏点)必须按规则确定平仄。比如说七言诗句的四种标准格律句是:

> ① ⊙平⊙仄平平仄; ② ⊙仄平平仄仄平;
> ③ ⊙仄⊙平平仄仄; ④ ⊙平⊙仄仄平平。

那么显而易见, "一"的位置上都是可平可仄的, "三"的位置上几乎也都如此, 除了"⊙仄平平仄仄平"这种句式, 否则就犯"孤平"了, 此处"三"位置上的平仄是必须论的。当然, 即便此处犯孤平了, 你也可以采用前面提到的本句自救的格式变成"仄仄仄平平仄平"。你虽然可理解为此时"三""五"位置上的字还是能改变平仄的, 但需要连动地改变(拗救)。

进一步而言, 就可平可仄出现的频率来说, 这三个位置由大到小排列次序为: "一">"三">"五"。比如我们看案例, 唐代陈陶《七绝·陇西行四首·其二》:

> 誓扫匈奴不顾身，五千貂锦丧胡尘。
> 仄仄平平仄仄平，仄平平仄仄平平。
>
> 可怜无定河边骨，犹是春闺梦里人。
> 仄平平仄平平仄，平仄平平仄仄平。

此诗二、三、四句中的首字，二、三句里的第三字均"不论"了。另外"二四六分明"在实际应用中也不是那么分明的。比如我们都知道七言准律句的格式：仄仄平平仄平仄，它其实就相当于"五"的位置上"不论"了平仄，改平为仄，那么就在"六"的位置上改仄为平，自救一下，相当于"六"也连带地"不论"了平仄。

总而言之，大家初学时只要对这句口诀有一个笼统的印象即可，千万别当金科玉律。实际应用时还要视具体分析而定。当然你也完全不必死记硬背这些，因为几乎任何一个诗词网站都能帮你在线实时根据《平水韵》《词林正韵》《中华通韵》检测平仄格律，甚至还有"本句自救""对句相救"的选项供你选择——换句话说，既然现在是个手机就有计算功能，你就根本没必要再苦练什么算盘技术和口诀了。

4. 诗的平仄禁忌

（1）孤平

下面简要介绍一下诗的平仄都有一些什么样的禁忌。首先第一大忌可谓之前引用多次的"犯孤平"，王力老师解释说：在五言句"平平仄仄平"中第一字必用平声，如果用了仄声字，就是犯孤平。因为除了韵脚的平声字之外，只剩下一个平声字了。同理，七言句"仄仄平平仄仄平"中是第三字不能改平声为仄声字，否则也是犯孤平了。[1]在失粘、失对、孤平三者中，孤平的避忌程度最高，失粘最轻。孤平的案例很少，著名的如杜甫《五律·玩月呈汉中王》中的首联出句即犯孤平而未本句自救的：

> 夜深露气清，江月满江城。
> 仄平仄仄平，平仄仄平平。

---

[1] 王力.诗词格律 [M].北京：中华书局，2001：30-31.

（2）三平尾

三平尾可谓诗的另一个大忌，但它却是古风体的"招牌句式"。三平尾是五言律句"仄仄仄平平"和七言律句"平平仄仄仄平平"的倒数第三字应仄却平，变成"仄仄平平平""平平仄仄平平平"。

三平尾在唐宋古人的作品中屡见不鲜，比如杜甫《七律·题省中院壁》的颔联：

> 落花游丝白日静，鸣鸠乳燕青春深。
> 仄平平平仄仄仄，平平仄仄平平平。

同时此联出句是三仄尾，对句是三平尾。还有张九龄五言排律《当涂界寄裴宣州》中的对句三平尾：

> 推心徒有属，会面良无缘。
> 平平平仄仄，仄仄平平平。

但今人再学格律诗词，还是强调能避免尽量避免，尤其是一张白纸的新手，在还没有破这些繁规冗矩的资格和能力时，先学会和熟悉这些规矩几乎是唯一的正道。否则学着学着就走到看似捷径的歪路上去了，无论对教师还是对学员，越到后期扳回来的成本和代价就越高。

其实强调避免三平尾，如果非要究其本因，还是那条不变的原理：不断变换平仄。否则你一个三连平，在诗中其他部位还好，偏要集结在一个万众瞩目的关键吟咏节点位置——结尾，从音律上说，先天就已输一格了，除非你意境内容上有非如此的强劲理由，宁肯损其音律美而保全意旨、意境之"美"。

（3）三仄尾

和三平尾相反，三仄尾是指一句诗中最后三字均为仄声（不论上去入）。从标准律句的平仄格式而言，就是指五言律句"平平平仄仄"不能变成"平平仄仄仄"，七言律句"仄仄平平平仄仄"不能变成"仄仄平平仄仄仄"。

三仄尾在古人中的案例更多，几乎是三平尾的一倍。故三仄尾是否严重违律目前诗界尚有争议。可以肯定的一点是，三仄尾的"犯忌感"不像三平尾那么严重，大家诗创实践中可灵活掌握。但还是那句话：初学者打基础时最好这些都别碰，按规矩来。也举一些三仄尾的著名诗例，苏轼《五律·答任师中次韵》中的颈联首句（已被后句拗救）和尾联首句均出现三仄尾：

世事久已谢，故人犹见思。平生不饮酒，对子敢论诗。

仄仄仄仄仄，仄平平仄平。平平仄仄仄，仄仄仄平平。

以及杜甫《七律·寄杜位》中的颔联出句：

逐客虽皆万里去，悲君已是十年流。

仄仄平平仄仄仄，平平仄仄仄平平。

5. 诗的"八病"

吟诗八病之说相传是南朝的沈约提出来的，但实际上很可能是唐代诗人在对诗歌声律不断完善的过程中总结出来的，然后再牵强附会给了声律论的首创者沈约。[1] 八病之说是从维护诗歌的音律美、韵律美的角度出发，总结出了一套五言诗创作时应避免的声律上的毛病，分别取名为：平头、上尾、蜂腰、鹤膝、大韵、小韵、正纽、旁纽。前四病是基于字调（平仄）维度的，后四病则是基于字音（声韵）维度的。因年代久远原典失传，后人对八病的理解定义不尽相同。此处主要综合日僧遍照金刚所著《文镜秘府》、明末清初著名学者仇兆鳌所著《杜诗详注》[2] 以及其他一些学者专家的后期研究成果，并且更侧重于诗创而非诗词考古及学术的视角。虽说八病是基于五言诗的，但理解之后，诗友亦可据情将其自主延展至七言诗。

（1）平头

指五言诗出句头两个字的平上去入四声，与对句头两字相同。比如《古诗十九首·其四》中的诗句：

今日良宴会，欢乐难具陈。

平仄平仄仄，平仄平仄平。

"今""欢"同为平声，"日""乐"同为入声，这就算平头了。但很有意思的是，仇兆鳌把北周时期王褒的《日出东南隅行》中的诗句：

高箱照云母，壮马饰当颅。单衣火浣布，利剑水精珠。

---

[1] 谈莉, 曹永久. "一代辞宗"沈约与南朝诗歌的声律追求 [J]. 燕山大学学报（哲学社会科学版），2015, 16（1）: 67–69.

[2] 杜甫. 杜诗详注 [M]. 仇兆鳌, 注. 北京: 中华书局, 2015: 42–43.

　　也称为犯了平头的诗病，就是因为虽然不符合"同声"的属性条件，但其构词格式清一色的是一虚一实：虚指形容词——如"高"，实指名词，如"箱"，然后很"匠气"地连叠四物：高箱、壮马、单衣、利剑，所以这也算平头。同理，曹魏时期杜挚《赠毌丘俭诗》中的：

<blockquote>
伊挚为媵臣，吕望身操竿。夷吾困商贩，宁戚对牛叹。
</blockquote>

　　也是在每句头两字堆叠四个古人的名字，这些都算平头的诗病。

　　看到这里诗友也许就更明白笔者提出的"大平仄"理念了，其中的"平仄"并不拘泥于字的声调，而是可以扩展到形、意等多元维度。从诗创的角度而言，笔者是比较认同仇兆鳌"扩展"出的这些额外定义的，因为如此机械地堆砌确实落俗而有损诗美。

　　诗友们可反复吟咏自行判断一下以上诸多犯平头案例是否真有某种程度的"不适"之感？可先抛弃历代前贤各不相同的定义及争辩，不受概念影响纯粹听从自己内心真实的审美感受。古代再多的平仄格律规矩和禁忌，最终是为了吟咏的享受与美感，而不是相反。正是无数个诗友历代叠加而成的"诗词能量场"，才是这些格律规矩的最终检验者，不符合人们诗词创作及阅读欣赏习俗的，自然淘汰；而有助于这些的，自然传承后世。不光是平头，以下诸条病犯所举案例，大家都可自行检验一番。当然不同阶段的诗友之诗力和诗觉差异较大，见解也不尽相同。

（2）上尾

　　关于上尾，比较一致的看法是一联诗中前句尾字不得与后句尾字平仄雷同。如《古诗十九首·其五》中的：

<blockquote>
西北有高楼，上与浮云齐。
</blockquote>

　　"楼"与"齐"都是平声，所以就犯了上尾之病。这是基于五言诗联的前句与后句而言。但仇兆鳌把第一句尾字的声调与第三句尾字的声调相同者，亦称为上尾，比如《古诗十九首·其十七》中的：

<blockquote>
客从远方来，遗我一书札。上言长相思，下言久离别。
</blockquote>

　　"来""思"均为平声。还有西汉才女班婕妤《怨诗》中的：

新裂齐纨素，鲜洁如霜雪。裁为合欢扇，团团似明月。

"素""扇"全是去声，也算犯上尾了。和平头一样，仇兆鳌把杜甫《七律·杜秋兴八首·其五》位于颔联、颈联句尾的"王母""函关""宫扇""圣颜"，亦当成"犯同"（犯上尾）了，即构词形式雷同：

西望瑶池降王母，东来紫气满函关。
云移雉尾开宫扇，日绕龙鳞识圣颜。

近体诗中也有一个典型的"犯上尾"的案例，就是刘长卿《五律·寻洪尊师不遇》中的所有白脚，居然都使用了相同声调的仄声字：

古木无人地，来寻羽客家。道书堆玉案，仙帔叠青霞。
鹤老难知岁，梅寒未作花。山中不相见，何处化丹砂。

"地""案""岁""见"全是去声，反复吟读后，也确有拗口之感。所以白脚处的仄声应尽量"上去入"三声混搭一下，相邻的白脚"两连调""三连调"更是应该避忌。至于刘禹锡的此首五律"四连调"，只能算是特例了。

（3）蜂腰

所谓蜂腰是指五言诗句最中间的字用平声，而其前后两字均为仄声。比如李白五言排律《赠崔侍郎》中的一联：

但仰山岳秀，不知江海深。
仄仄平仄仄，仄平平仄平。

首句即为蜂腰，也是我们之前讲拗救时提及的拗句之一种，其后句已作拗救。

（4）鹤膝

鹤膝与蜂腰正好相反，它是指五言诗句最中间的字用仄声，而其前后两字均为平声。比如孟浩然《五律·与王昌龄宴王道士房》中的首联：

归来卧青山，常梦游清都。
平平仄平平，平仄平平平。

此联不但前句犯了鹤膝，后句亦犯三平尾之律诗大忌。当成古体诗更合适。

针对平头、上尾、蜂腰、鹤膝这四个在平仄（字调）方面的诗病，冯春田教授以及韩国的赵纪贞教授等学者也给出了另外一种全新的解释[1]：

平头：五言诗中每联两句的头两个字皆为平声；上尾：五言诗中每联两句的尾字皆为上声；蜂腰：五言诗中每联两句的第三字皆为去声；鹤膝：五言诗中每联两句的第四字皆为入声。以上内容可用两句五言诗的图示如下[2]：

$$平\quad 平\qquad 去\qquad 入\qquad 上$$
$$平\quad 平\qquad 去\qquad 入\qquad 上$$

平头　　蜂腰　鹤膝　上尾

不管这种解释是否更符合古人当时最原本的定义，我们可以看到两句在最不该出现声调雷同的地方——各自对应节点上，恰恰都出现了雷同，这本身肯定是不符合诗创和欣赏的美学体验。实际上，后来唐代的近体诗格律已经把以上四病的新解给规避了（参见本书第四章第一节"诗之体"）。故从诗创而言，笔者更倾向于保留四病的旧解，否则抛弃旧解全按新解，那么旧解中定义的那些语病等于全一笔勾销、史无出处了，也必定会影响诗创的精细之美。

（5）大韵

以上四种病犯皆针对平仄（声调）而论，下面四种则基于声韵而言。首先看大韵，就是五言诗一联内其他用字（包括白脚）撞了韵脚的韵部。比如拿拙作《五绝》诗为例来改动一下逐一做演示：

清风万木鸣，野径几人行。日落云飞尽，山孤月照明。

这样改的话"清"就跟韵脚字同属八庚韵部，那么它就犯了大韵。

（6）小韵

小韵的严重程度没有大韵那么大。所谓小韵，就是一联之内除了韵脚外，有互相撞韵（非韵脚韵部）的字。比如：

长风万木鸣，荒径几人行。日落云飞尽，山孤月照明。

[1] 冯春田. 永明声病说的再认识 [J]. 语言研究，1982（1）：195-196.
[2] 赵纪贞. 声律论和平仄律的比较研究 [J]. 烟台大学学报（哲学社会科学版），1993（1）：84.

"长""荒"同属于七阳韵部，但又没犯（韵脚的）大韵，故此处就算犯了小韵了。而二者又同为平声且头两字构词方式一致：长风、荒径，也犯了前面说的平头诗病。

（7）旁纽

所谓旁纽，是指五言诗一联内有其他字与韵脚字的声母相同。下例中"木""鸣"虽韵母不同但声母相同，即犯旁纽：

> 长风万木鸣，野径几人行。日落云飞尽，山孤月照明。

另一种解释是五言诗一句中已有某一纽如"壬、衽、任、入"之字，就不得再用同声（母）的另一纽之字如"如、人、日"等字。

（8）正纽

正纽是指五言诗一联中有非韵脚字互相之间声母相同。比如：

> 任风木上鸣，野径几人行。日落云飞尽，山孤月照明。

以上案例中"任""人"同声母——正纽；"木""鸣"同声母——旁纽（因"鸣"字为韵脚）；"云""月"同声母——正纽。

但同理，正纽也有另一种解释是五言诗一句中已有某一纽如"壬、衽、任、入"之字"壬"，就不得再用同一纽中其他三字"衽、任、入"[1]。换成当代语境再将以上旁纽、正纽的另一种解释用案例说明一下：huang 的汉语四声调为"荒、黄、谎、晃"，一句诗中你已经用了"荒"字，再用其他三字"黄、谎、晃"则犯"正纽"；再用同声母不同韵母的其他字如"河、活、浩"等字，即犯"旁纽"。

以上所谓的八病其实古人自己也是持不赞同态度的，比如钟嵘、严羽等，所以说要酌情考虑。如果你能有更好的字作替换，那么能避免就避免。实在不能避免，你也不用把它当铁律非要去遵循，诗词毕竟是要以整体为重的，不能以字害意、以律损诗。王力老师说得好："八病的避免，如果作为形式美来争取，而不是作为格律来要求，原是未可厚非的。"[2]

---

[1][日]遍照金刚.文镜秘府论[M].北京：人民文学出版社，1975：196.
[2]王力.谈谈学习古代汉语[M].济南：山东教育出版社，1984：66.

6. 诗词用典

在对联章节里曾简单介绍过用典，诗词的典故也和对联一样，分语典和事典。为什么要用典？主要还是因为格律诗词对联（短联）的字数和体量都受限，用大量诗体文字描绘一份复杂的情怀或一类完整的故事，往往不现实。那么用二三凝练词语，把古代类似的故事或情感"借用""化用"于诗中，可以起到以小博大、以词喻事的作用。用最小数量的词汇尽可能表达更多的信息量，体现诗体语言一种特有的张力。故理论上诗词用典应该是一个十分常见的手法，但是它得有一个必要的前提——写诗的群体和读诗的群体在诗体语境下的文化底蕴差不多应处于同一层面上，否则你在诗词中用了典，但大部分人都难以读懂，虽然完成了你"诗言志"的目的，却失去了感染他人的"泣鬼神"之教化作用，自然难以传承后世。

用典有熟典和僻典(生典)之说。熟典就是被大多数诗人和读者熟知，无论事典、语典。比如：庄舟梦蝶、高山流水、红豆、采薇、问鼎、阳关、鸿雁、楼兰等。僻典就是从前人正史野史的犄角旮旯里抠出来的很少有人用的典故。不过有一个很尴尬的情形：古代大部分熟典对 Web3.0 和 ChatGPT 时代的我们来说，差不多都成了"生典"，因为文化语境变化太大了。

但无论古人今人，熟典生典，还是有一个都通行的用典"最高境界"："用典如水中着盐，但知盐味，不见盐质。"[1]古诗中有很多用典用得很到位的经典之作，比如王昌龄《七绝·从军行七首·其四》：

<blockquote>
青海长云暗雪山，孤城遥望玉门关。
黄沙百战穿金甲，不破楼兰终不还。
</blockquote>

其中的"楼兰"已是极熟之典，泛指边境之敌，用的是西汉大臣傅介子奉命出使西域，用计斩杀了曾多次杀害汉朝使者的楼兰王之典故。

还有北宋的文学家、军事家文正公范仲淹的《渔家傲·麟州秋思》：

<blockquote>
塞下秋来风景异，衡阳雁去无留意。
四面边声连角起。千嶂里，长烟落日孤城闭。
</blockquote>

<blockquote>
浊酒一杯家万里，燃然未勒归无计，
羌管悠悠霜满地。人不寐，将军白发征夫泪。
</blockquote>

---

[1]（清）袁枚 . 随园诗话（共两册）[M]. 顾学颉，校点 . 北京：人民文学出版社，1982：235.

　　其中"燕然未勒"用的是东汉车骑将军窦宪"登燕然山，命中护军班固刻石勒功，纪汉威德而还"[1]的典故。另外李清照的《五绝·夏日绝句》：

　　　　　　生当为人杰，死亦作鬼雄。至今思项羽，不肯过江东。

　　用的也是尽人皆知的楚汉相争的典故。我们再看李商隐著名的七绝《锦瑟》：

　　　　　　锦瑟无端五十弦，一弦一柱思华年。

　　　　　　庄生晓梦迷蝴蝶，望帝春心托杜鹃。

　　　　　　沧海月明珠有泪，蓝田日暖玉生烟。

　　　　　　此情可待成追忆，只是当时已惘然。

　　这首诗中庄舟梦蝶的典故可谓熟典，其次是望帝化杜鹃而鸣的典故，但其他几个典故对今天的大部分人来说就都可谓"生典"了。对于看不懂典故的诗词，蓝华增先生说得好："典故的运用真如'水中著盐'（用典的最高标准），即使不懂它们含义的人，也可以通过字面的形象被深深吸引而进入意境，古典反而增强了暗示性。"[2]这可谓对这些看不懂的经典诗词的一个艺术解释。不甚明其意的诗还能成为传世绝唱，李商隐可排头把交椅，他很多经典的无题诗都没有一个完全统一的解释。笔者甚至认为经典的诗都是越解释越"掉价"，并无确解的。正如真禅不可说一样，越说反而离禅越远。诗应开放多解而不能限于对字面的单解。

　　不过即便在古代，到了晚唐，"除少数士大夫外，没有人再喜欢典重古奥的诗了"[3]。到了宋代，大多数宋词用典"或者只能暗用而不能明用，或者只能用极熟的典而不能用稍生的典。大约当初为了唱起来大家能懂"[4]。再看笔者之前那副禅联：

　　　　　　苍云迷过客；圆月照归人。

　　"苍云""圆月"其实也算典故，它们字面的本意可谓语典，已在古代诗文里出现千百次了。另外，修行之人或是熟悉佛禅文化尤其是禅宗公案的会人，就都知道苍云其实隐喻白云苍狗般变化无常的红尘幻惑，而圆月隐喻证得究竟圆满的彻悟。

[1]（宋）司马光.资治通鉴（全二十册）[M].（元）胡三省，音注.北京：中华书局，1956：1522.
[2] 蓝华增.意境论[M].昆明：云南人民出版社、云南大学出版社，2014：23.
[3] 瞿蜕园，周紫宜.学诗浅说[M].北京：当代中国出版社，2014：114.
[4] 同 [3]141.

但即便普通读者不明了苍云和圆月的引申含义，只看它第一层的本意，也不妨碍去理解。这也许就是诸多出家师父和修行道友，都还比较认可此副禅联的原因。

初学者开始最好不要强行用典、为了用典而用典。等水平提高到了一定的程度，如果要用典，最好掌握这种状态：既让中文博士能看懂你的典故，然后也不妨碍不懂出处的普通老百姓欣赏到字面的意象所带来的那种意境和唯美。

另外，也要防止两类容易出现的错误，一是不少诗友往往自造一些很令人费解的组合字词来表达，除了他自己，几乎没人明白引用的是何典故。另一类就是本来不想用典，但某些字词组合却与史上特定用途的语典或事典"撞衫"而有了歧义，这也要避免。比如笔者曾经写过一首七绝《怀古有感》：

> 诗仙刺谒荆州府，诗圣身投严武堂。
> 百窘千愁风雨后，青天明月照华章。

之前曾经有一稿是"千载文风史雨后，世人只品圣仙香"，原本是想把"文史风雨"打散了，变成"文风史雨"。但笔者对"史雨"把握性不大，所以就特地用网络工具查了一下，发现还真不能用。因为它在古代乃专指一个典故：颜真卿在唐开元年间任监察御史，出使五原等地，恰逢五原大旱，且有冤案。颜真卿为民伸冤后，突然天降大雨，老百姓视他为救星，便给他一个"御史雨"的称号，简称"史雨"。所以用这类古今语境、语意不甚匹配的词就要格外慎重了。

现在网络的检索功能非常发达，能做很多有益的诗创辅助工作。比如今天的我们认为"孤舟""独舟"都挺优雅的。但笔者经过粗略检索，发现历代诗文中"孤舟"的语典有三千多处，而"独舟"却只有5处。按照学界引证案例需过十的说法（黎锦熙的"例不十，不立法"），偏激点讲，"独舟"用在诗中是有风险的。"诗琴"也是，"诗琴"专指古代希腊的弹拨乐器，现在也是音乐的公认标记。而在中国古代诗词典故里面，"诗琴"一词也是很罕见的，只有3处！所以如果你用"诗琴"表达中国意象，除非前面诗句里有很强的关联纽带或者修辞做好了某种铺垫——比如之前介绍的仿词，否则最好别用。

三、吟诗之道

1. 诗创三部曲

（1）摹诗

大家都知道书法有临摹一说，书法的初学之法即临摹之法。宋代著名书法家及书学理论家黄伯思说："临，谓以纸在古帖旁，观其形势而学之，若临渊之临，故谓之临。摹，谓以薄纸覆古帖上，随其细大而拓之，若摹画之摹，故谓之摹。"[1]而清代的书画家周星莲也在其书法专著《临池管见》中说："初学不外临摹。临书得其笔意，摹书得其间架。"可见几乎没有一个书法家之前没有经过临摹的过程。吟诗填词写对联，亦如此。"摹诗""临诗"可谓旧时传下来的初学吟诗的一种依范诗临摹而成的有效方法，也是初学诗创的必由之路，只不过可能没有书法临摹过程那么长而已。

那么具体怎么临摹诗词呢？选一首你很有共鸣、不厌其读的古诗词——这样可以确保一开始就具有一种激情和兴趣而持之以恒；另外也不要太难，要简单一些——这样可以保证容易摹成不至于半途而废。"然后挑出诗中的一联，自己找些字来换上试试看，先换实字，次换虚字，到能够完全换成新字为止。这样就能依傍古人的成句自己造出句子，等于以古人的字作范本临摹出来，这是最简单有效而且最正当无流弊的练习法。"[2]这相当于临摹了一副对联（对仗）了。虽显幼稚呆板，但整体结构及味道差不到哪儿去。也是最容易激发出你"沾沾自喜"成就感的法门。别小看这种"沾沾自喜"自我愉悦的重要性，它几乎是在比较脆弱且容易放弃的诗创初期，最强劲的一个"中流砥柱"，支撑你快速度过此阶段。

这一步练个几次就差不多了，可以自然过渡到临摹整首绝句。此处说一下是绝句而非律诗的原因，是临摹律诗在实操层面没什么含义。律诗体量比绝句大一倍，故应该是在你完成了临摹对联（对仗），临摹绝句，创作对联，创作绝句，谙熟了之后，再自然过渡到创作律诗，而不是愣头青地一样上来就临摹高难度的律诗。简而言之，对联绝句既可摹亦可创，而律诗只创不摹。下面我们直接看一个临摹绝句的案例。比如还是以王之涣的《七绝·凉州词》为范本：

---

[1] 黄伯思. 东观余论 [M]. 明毛氏汲古阁刊本，卷上. 论临摹二法：59.
[2] 瞿蜕园，周紫宜. 学诗浅说 [M]. 北京：当代中国出版社，2014：171.

> 黄沙直上白云间，一片孤城万仞山。
>
> 羌笛何须怨杨柳，春光不度玉门关。

笔者草拟了一个摹诗的七绝版本如下：

> 长江倒映晚霞天，两岸群峰百道关。
>
> 猿啸焉能阻流水，骚人自有月明船。

你"黄的沙"我就"长的江"；你"直着上"我就"倒着映"；你"一片孤城"我就"两岸群峰"……依你的"诗葫芦"画我的"词瓢儿"，这几乎是一个字的词性都不改的版本，实操起来大家完全可以根据自己的诗力、自己的立意、自己的感觉，在摹的阶段就直接进行一定程度的跳脱，对部分字词的词性、结构甚至节奏进行修改以更适合你改诗的主题意旨要求。因为诗词的语言必须打破常规，而其"所借助的手段之一是改变语言的运用节奏，增大语言的跳跃性。这种跳跃性的获得可以依靠拉大语词间的距离，从而获得陌生化的效果和更广大的表达空间"[1]。

（2）借诗

完成了第一步，就可以尝试第二步的借诗了。借诗有两种借法，一种是直接抄袭古人部分诗句，这种即便在古代也是很常见的"写诗"方法之一。而且即便在著名诗人身上也比比皆是。比如李贺的传世名句"天若有情天亦老"（《金铜仙人辞汉歌》）就先后被欧阳修在其《减字木兰花·伤怀离抱》中、北宋的贺铸在其《小梅花二首·其二·行路难》中、金末元初的元好问在其《蝶恋花·春到桃源人不到》中，一字不改地直接抄袭——古代叫借用。而欧阳修原创句"庭院深深深几许"（《蝶恋花·庭院深深深几许》）也被其他大家如李清照直接抄于其《临江仙》词中。

这是借用一句的。作为初学练习，你完全可以借两句（但任何时候都别超过两句）。比如笔者草拟借诗陆游的案例。其原诗是《七绝·秋夜将晓出篱门迎凉有感二首·其二》：

> 三万里河东入海，五千仞岳上摩天。
>
> 遗民泪尽胡尘里，南望王师又一年。

笔者的借诗为（依新韵）：

---

[1] 马奔腾.禅境与诗境[M].北京：中华书局，2010：44.

> 三万里河东入海，五千仞岳上摩天。
>
> 山崩水尽青天裂，一诺王孙不悔言。

头两句是大背景式的起兴手法。从诗创角度而论，起法格局可雄阔可细腻，大家不妨细品：陆放翁为何取前者开篇？另外：这两首诗中"河""山"各代表什么？

笔者提供一种解释：除了本意之外，陆诗中之"河"还隐喻了国土沦丧的恨与泪，"山"则隐喻了收复山河的壮志。而笔者的借诗版本中，"河"隐喻的是一种思念，"山"则隐喻的是情爱忠贞。一模一样的头两句，无论是在原诗里还是在改诗里，与后两句的意脉、意境融合得如此自然，这也再次印证了景语的特点和长处。

以上说的是明借，即当今所谓抄袭，或唐代诗僧皎然所云的"偷语"。还有一种借法是化用，即皎然所谓的"偷意"。这其实是一种更常见、更聪明的借诗方法，而且可从诗创初级贯穿到高级乃至"高级后"阶段。笔者曾从《古文观止》等经典古籍里，从那些脍炙人口、让自己颇有"共振感"（这点很重要）的名篇秀句中，化用而成了很多诗联，分享于下，希望能给广大诗友有所启发和借鉴：

> 歌出五噫天子怒，诗寻三径野夫狂。

此联出句借用的是东汉诗人梁鸿因作《五噫歌》得罪了肃宗皇帝（汉章帝刘炟），为避免有司的搜捕，他只好与妻子（中国古代四大丑女之一）不停迁徙的典故，成语举案齐眉也出自梁鸿夫妇。对句的"三径"乃指归隐者的家园，语出晋代赵岐的《三辅决录·逃名》："诩归乡里，荆棘塞门，舍中有三径，不出，惟求仲、羊仲从之游。"

> 孔席无暇暖，何时墨突黔。

注意此联用了"错综对"的属对技巧：孔席—墨突，无暇—何时。"借诗"借的是韩愈《争臣论》中的"故禹过家门不入，孔席不暇暖，而墨突不得黔"[1]。

> 大夫无职犹谋道，君子居官岂惜身？

原文也是《争臣论》中的"君子居其位，则思死其官。未得位，则思修其辞以明其道"[2]。还有从韩愈《祭十二郎文》中"所谓天者诚难测，而神者诚难明矣"

---

[1] 李梦生，史良昭.古文观止译注（注音版）[M].上海：上海古籍出版社，2005：329.
[2] 同 [1]330.

化用借出了：

> 神灵理异诚难测，天界情殊岂可知？

对比原文可知此联下句是笔者根据上句意脉自然补充吟出的。有些让你感动的原文可以完整地借出一副诗联，而有些则需根据情况补全。还有从文中另一处"生而影不与吾形相依，死而魂不与吾梦相接"可化用出：

> 生前影不同形依，死后魂焉与梦接。

平仄为：平平仄仄平平平，仄仄平平仄仄仄。上句三平尾下句三仄尾，诗的平仄禁忌占全两个，故此诗联不能入"格律诗库"，但可作为七古诗联入"古风诗库"。

即便是耳熟能详的千古名篇，前人早已读烂、借烂了，作为新手，广大诗友也可以再去挖一遍"矿"，看能否"淘"得一二好句，起码作为练习毫无问题：

> 贪泉吟士爽，涸辙纳鱼欢。

这是从王勃最著名的骈体文《滕王阁序》中"酌贪泉而觉爽，处涸辙以犹欢"化出的。另外南北朝孔稚珪的《北山移文》也是一篇丽彩纷呈的俊雅之作，笔者从其中"若其亭亭物表，皎皎霞外"化出了：

> 亭亭凌物表，皎皎映霞东。

从"使我高霞孤映，明月独举，青松落阴，白云谁侣"借出了：

> 高霞独映瞻孤举，碧水长流我自吟。

下句是补充而成的。然后从"诱我松桂，欺我云壑"借出的是：

> 诱松欺壑嘉名远，忧国哀民旧梦难。

此联下句亦为据意补全的。顺便提一下古代散文句和诗句的一个不同之处："散文喜欢偶数的结构……诗句喜欢奇数（五言、七言，笔者按）的结构"[1]，大家可以通过笔者化古文而出的诗句与原文言句在字数上的区别，来细细比较、品味由此带来二者在语感上的微妙不同。

---

[1] 王力．汉语诗律学 [M]．北京：中华书局，2015：282.

古文里有时是几段话让你"诗兴大发"，但有时则是一两个关键词让你共鸣。比如陶渊明的《五柳先生传》中，笔者只读到其中"衔觞赋诗"四字，便立马意有所动，情有所感，在眼前萌生出鲜活的立体画面，于是就吟出两副诗联，其一是：

> 衔觞吟远梦，处世遣新愁。

这是对恬淡豁达的士大夫从容应对有事、无事两种境况的一种颂扬。如同《菜根谭》里的那段名言："风来疏竹，风过而竹不留声；雁度寒潭，雁去而潭不留影。故君子事来而心始现，事去而心随空。"但第二种借出的诗联则反其道而行之：

> 衔觞吟远梦，处世起新愁。

这似乎刻画的是一个"说时似悟，对境生迷"的伪君子形象了。借古人的诗，没必要顺着其原意"正借"，完全可以随心所欲根据具体诗境逆意而为地"反借"。因为古文是死的，而你是活的，而且是比一般人更应灵动不已的吟诗之人。

同样还是从陶渊明另一篇美文《归去来兮》里，笔者从"引壶觞以自酌……倚南窗以寄傲"借出了：

> 寄傲南窗觞自饮，归闲东圃啸长吟。

从"登东皋以舒啸，临清流而赋诗"中借出了：

> 登高舒啸远，临水赋诗清。

屈原是中国古代伟大的浪漫主义诗人、楚辞的创立者，对后世很多诗人如贾谊、李白、杜甫、李贺、苏轼、辛弃疾等都产生过深刻的影响。其名篇《卜居》虽然有学者认为可能不是屈原所作，但这并不妨碍我们从中借诗。笔者的两副诗联：

> 奸佞由他先得意，正言任我忘危身。
>
> 奸佞由来先得意，正言不讳任危身。

就是从其中的"宁正言不讳以危身乎，将从俗富贵以媮（tōu）生乎"借出的。

> 高张谗佞无贤士，尽弃黄钟瓦釜鸣。

是从"世溷浊而不清：蝉翼为重，千钧为轻；黄钟毁弃，瓦釜雷鸣；谗人高张，贤士无名"借出的。

佩兰颂橘人难解，行意用心天自知。

则是从"用君之心，行君之意"借出的。上句原文里没有，是从屈原的《离骚》《橘颂》等其他名篇描绘的人物形象里借过来的。还有笔者创意的一副禅联：

看水看山终觉梦，非鱼非我更知谁。

上句是从《五灯会元》中青原惟信禅师那里借来的感悟："老僧三十年前未参禅时，见山是山，见水是水。及至后来，亲见知识，有个入处，见山不是山，见水不是水。而今得个休歇处，依前见山只是山，见水只是水。"[1] 而下句则典出《庄子·秋水》："子非我，安知我不知鱼之乐。"[2] 当然，以笔者提出的对联创作"第七要素"来衡量，下句的道意似乎压不住上句的禅境。后来笔者又把此七言联化入自创的另一副禅意对联里，就没有此遗憾了：

涸辙知鱼苦，濠梁识鱼欢，鱼鱼我我，共苦同欢，孰能道尽妙中妙？

青原不是山，惟信还是水，是是非非，观山看水，谁复参来禅外禅？

由以上案例可知，大家借诗于古，为诗创效率起见，最好都先借出对联（对仗）句存于你的小诗库里备用，毕竟五言、七言的联句是最容易创意成型的。既可以当独立的对联用，也完全可以等将来有灵感或激情时，再把库中的联句化入一首完整的格律诗词或者一副长联中。

就诗创的素材而言，像《古文观止》一类的书籍绝对是理想的选择。当然，即便像《古文观止》这样的精品也并不是完美得没有缺点。正如瞿蜕园先生所云："书中像《庄子》这样具有文学价值的书，竟然一篇都不选，是非常不适当的。至于所取的宋人，只以北宋为限，像陆游、朱熹、洪迈的文章都被排斥，也显然是偏见。" [3] 所以等我们步入了诗创的高级阶段后，一定要从中华传统文化的浩瀚古籍中广泛涉足，作为自己诗创的"沃土"去全方位地吸取必要的养分与灵感。

一般我们尽量借诗于古，因古事韵厚意深，而当今很多新生事物和词句入白话文很好，一旦入诗词对联便先天显俗。但若是广为人知的少数金句也

---

[1]（宋）普济. 五灯会元 [M]. 苏渊雷，点校. 北京：中华书局，1984：1135.
[2] 庄子 [M]. 方勇，译注. 北京：中华书局，2015：280.
[3] 瞿蜕园，周紫宜. 文言浅说 [M]. 北京：当代中国出版社，2015：87.

不妨有所尝试。比如小米公司的创始人兼 CEO 雷军当年所说的风靡网络的金句："站在风口上，猪也能飞起来"，笔者先试着借出了"豕霸风头唳九天"一句。后来偶然读到《史记》中云："颜渊虽笃学，附骥尾而行益显。"（卷六十一《伯夷列传》），唐代司马贞在《史记索隐》里释义为："苍蝇附骥尾而致千里，以譬颜回因孔子而名彰也。"后世《后汉书·隗嚣传》里亦云："帝报以手书曰：'……数蒙伯乐一顾之价，而苍蝇之飞，不过数步，即托骥尾，得以绝群。'"李贤注曰："张敞书曰：'苍蝇之飞，不过十步，自托骐骥之尾，乃腾千里之路。然无损于骐骥，得使苍蝇绝群也。'"[1]由此便凑成了这样一副对子：

> 蝇随骥尾行千里；豕霸风头唳九天。

（3）创诗

从摹诗到借诗，等差不多借出能立得住的"诗坯"时，诗友就可以马上进入自创诗的阶段了——当然以上几个阶段也完全可以因人而异，有所交叉重叠。

案例剖析：诗词是怎样炼成的？

我们很多对诗词抱有浓厚兴趣但又从来没有诗词写作经验的爱好者都表示说，一开始总有一种天生的恐惧和畏缩心理，因为从未见证过一首诗词从零到成型的写作全过程，不知道一首好作品到底是如何炼成的。因为笔者当时写《咖禅一味》七绝诗的心路历程和创作草稿都保留得较完整，故将其整理成一个可供剖析的案例，大致按关键步骤讲解一首诗词的实际诞生过程（具体创作时亦可部分循环或交错）：

①白话文立意；②发散式遣词造句；③吟成初稿；④推敲细节优化整体；⑤经过"阴干"最后成型。

白话文立意

古人也一样，写任何诗都会先有一个画面、灵感，触景生情，诗意涌动；先有一个情怀事件，有感而发，不吐不快。不会无缘无故冲口就是一句诗。事先都会在头脑里酝酿思考一番，这个过程只要是个人，而不是什么 AI 人工智能的话，都是一个样。这是写诗的第一步。

---

[1]（南朝宋）范晔.后汉书[M].（唐）李贤，注.北京：中华书局，2000：347-348.

笔者此诗的灵感来源于"茶禅一味"，那么咖啡有没有禅味？故首先确定一个主题：咖啡。接下来拟定一个中心思想：咖禅一味，禅咖一味，然后围绕中心思想在头脑里用白话文把大致意思内容按序理下来。为什么是白话文？因为我们当今绝大部分国人都是用白话文来思考的。这跟唐宋之人有很大不同了，人家思维所用的语言即便是当时的口语，对今天的我们来说，也相当于"文言文"，更接近于诗词语言是确定无疑的，稍加锤炼润色就可以代入诗词中。我们则不行，这可谓今人吟诗填词与古人相比最吃亏的地方之一。我们最后必须有一个把白话文的立意、构思内容"翻译"成颇有诗词味道的诗句的过程。当然这第一步的白话文立意也因人而异，有长有短有详有略。笔者的大致如下：

同样被天地日月、雨水阳光滋养。采摘，加工，烘培……经过匠师们很多道烦琐工序后，跨洋过海，来到你面前，只为能品得咖啡的本来面目。入口刹那，天地之香与心香如如不二。

白话文立意你可以写得毫无诗意，没关系，甚至都不需要写下来，直接在脑子里打草稿。而刚入门者头一两首最好还是写下来作为一个参照，免得跑偏，特别是吟诗填词容易在逻辑结构和章法方面出错的诗友尤其应该写下来。这方面的原因有两类：一是如果你的成诗完全是顺着白话文立意来的，那么问题就出在白话文立意本身就逻辑不清上了；如果一看白话文立意的逻辑结构清晰有序，那么问题一定是出在"诗译"的过程中了。总有部分人用白话文字甚至口头表达，逻辑都很清晰，但一旦"翻译"成诗句，便只顾埋头遣词造句，只见诗句，而不抬头纵观整体了，忘记了最初的立意，最后使得整诗显得结构错位逻辑紊乱。

今人吟诗最不输给古人的一个环节其实就是立意，甚至有时还要强于古人，而且越是短诗，比如绝句越如此。不信你把所有令人拍案叫绝的千古绝句都改用白话文表达（翻译）一下，很多真的是不过尔尔。相反你再看看当今，别说专业作家，就是无数网民那些惊爆眼球的金句就已令人叹为观止了。难怪南怀瑾老先生多年前就曾感慨地说：可惜我们这个民族的才华全用在网络段子上了。[1] 所以笔者从来都是鼓励初学者，情怀并无高低之分，普通人的立意并不输给古代大诗人，尤其是在

---

[1] 南怀瑾 . 漫谈中国文化：企管、国学、金融 [M]. 中国台北：南怀瑾文化，2016：91.

短言对联、短诗体裁上。当然，虽然今人也许有高于古人之诗种，但从大环境上说却无古人之诗土，故总体来看，今人之诗肯定是比不上古人的。

发散式遣词造句

创无定法，不懂的外行以为吟诗填词都是从第一句按序写到最后一句，其实长诗也许如此，对联、绝句、律诗和小令则完全不受"次序"限制。一首四句的绝句，灵感所致成型的第一句理论上可以是四句中的任意一句。笔者有几首诗就是先确定了最后一句所"合"的意境、高度、格局之后，再倒过来酝酿出前面"起承转"三句的，因为"诗而从头做起，大抵平常，得句成篇者仍佳。得句即有意，便须布局，有好句而无局，亦不成诗"[1]。而且据李商隐所撰的《李贺小传》，"诗鬼"李贺从不像他人那样循规蹈矩地先确立题目再写诗，而是常带一个小书童，背着破锦囊骑毛驴外出，一旦心有所获，旋即写下来投入囊中，晚上回家后再把那些诗句完补成诗的。

不过这首诗吟出的头句还是整诗的第一句：

肥雨和（清）风日月光。

第一句出来了，如果其尾字是平声，就等于确定了全诗的韵部。捎带说一下如何选韵，理论上任何一个韵部都可以，不过凡事总有个适宜和便巧的说法。不同韵部"有的发音响亮高亢，如'麻''豪''寒''阳'，比较适合写感情激昂奔放的诗词；有的发音轻微低沉，如'歌''佳''支''微''虞''鱼'，比较适合写感情孤寂凄苦悲凉的诗词；其他韵部发声适中，对写不同感情的诗词有广泛适用性"[2]。

吟成初稿

万事开头难，有了第一句，别管好坏，确定把它安排成诗中的第几句最合适，然后由此推衍，你所创之诗的整体平仄格式就出来了——此时如果你能把四种基本格式都背熟，就不用再翻看资料了，无疑你的诗创效率会大大提高。然后自然就能"连滚带爬"地吟出个大致模样：

雨顺风和日月光 [或：肥雨和（清）风日月光]，养成佳品渡重洋。
殷勤百作劝君饮，合和淳心天地香。

---

[1]（清）吴乔，述；（清）恒仁，纂；（清）许增，辑.围炉诗话 [M].北京：商务印书馆，1936：99.
[2] 王步高.诗词格律与写作 [M].南京：东南大学出版社，2020：17.

进一步打磨后笔者又过渡到：

> 膏（甘）雨清风日月光，匠成殊品过重洋。
> 殷勤烘萃邀君啜，天地冰心不二香。

末句的备用句：天地禅心不二香；两瓣禅心一合香；合契冰心动地香。

打草稿的阶段你会灵感不断、选择不断。和初级阶段不同，如果你的水平上升到诗创的高级阶段，经常困扰你的问题就不是搜肠刮肚、理屈词穷，而是选项众多，不知哪个更好了。所以如果有很多未决的可选字、词，甚至句，你都可以全部保留在草稿里，千万别贸然删去，也许它们都是今后你最后吟定的"警句"之绝佳线索或启迪素材。

推敲细节优化整体

一个大致能立得住的"诗坯"成型后，就要反复做必要的检查修改，比如押韵、平仄、格律是否有违；细细品味有多个可选项的字、词，甚至句，看哪一个更好；引用的典故是否与本诗形意俱配，且有天衣无缝之正向加分效果，而不是生硬的强套；诗化后的句子是否与最初白话文立意的方向一致，整体是否浑成；题目（如有的话）与序跋、正文、注释等是否相得益彰等。

如本诗后来就在膏雨、肥雨、甘雨、匠成、殊品、合契等用词上沉吟了许久。

今人吟诗填词，那种毫无根脉，毫无出处，只能自己读懂的生造词一定要避免。但有派生语境支撑的创造词除外。比如此诗吟到最后，根据咖啡语境合理地"生造"（创造）了两个词"烘萃""烘研"，反复求证了很多咖啡师，老百姓可能不懂，但他们专业人士都表示一看就知道所要表达的意思是指咖啡必经的烘烤、研磨、萃取之过程。故此类有文化背景出处的词不算生造而属合理创造，因为李白、杜甫从未喝过咖啡，所以你是不能指望从古籍里面寻得准确典故用词的——如果你要写一首咖啡诗的话。

经过"阴干"最后成型

创作诗词最后得"阴干"后方可示人。"阴干"是笔者诗授时为达到讲解更加形象生动的目的，从陶瓷制作领域借用过来的一个术语，相对应的是"晒干"。凡是懂制陶的人都知道，泥料经过拉坯做成坯体后，一定要阴干而不是晒干。人为地用晒干加快流程的话，最终结果只能是烧制时容易断裂甚至没烧就开裂成废坯。制

陶制瓷和制诗制词在此处道理相通：经过短期集中思维猛力苦吟之后，还带着那种
"只缘身在此山中"的局限，很容易"不识庐山真面目"，较难发现诗词中隐含的
瑕疵、内伤。那么把它们暂且放一放，让紧绷的诗创神经彻底休息一下。隔个两三天、
一两月（甚至有些作品隔了几年），再回头猛一翻看，便很有可能又会立马发现可
优化之处，而它们是你当时再花时间强行用力也很难发现的。这是笔者这么多年诗
创的一个切身体悟。

　　这首咖啡诗经过"阴干"最后的定型连带题跋文案如下：

　　近几十年常听一句时髦名言：茶禅一味。其实，从禅家看来，诗禅一味，
花禅一味，香禅一味……依禅之不二秉性，自然咖禅一味，禅咖一味……

　　密封之挂耳咖啡开包后应于一刻钟内萃饮，此类环节，咖则甚娇于茶。然
娇处亦为其妙处：天香如白驹过隙，倏而即逝，人生苦短，能品到上品真香的
时刻则更短，断当意无旁顾全心而入。

　　一品殊咖，从选种、种植，适度阳光、温度、雨水的养护，再经或干或湿
加工去皮、运输，延至后期极考量技术能力的烘培、萃取。与茶一样，诸多环
节更须精细之功。而之前所有工序参与者之良苦用心，全仗最后一环之饮者来
印证彰显。人如亵慢，千丈瑶台暴殄绝伦尤物；君若矜庄，一寸冰心悟落无上
天香。若真如此，既是饮者之最大功德，也是其最大福报，理应回向、反溯给
之前所有缘入的咖者。

　　唏，尊者，时不我待，请咖。咖前，与君共饮，咖后，且听我吟：

七绝·禅咖一味（仄起入韵）
甘雨清风日月光，匠成殊品过重洋。
殷勤烘萃邀君啜，天地冰心不二香。

七绝·天香无上落心香（平起入韵）
栽成殊品过重洋，也沐甘霖日月光。
匠手烘研劝君啜，天香无上落心香。

　　有意思的是，作为"禅咖一味"的提出者，从视频号、抖音及网络检索来看，
大家喜欢、引用以此命名的第一首咖啡诗更多，不知是不是诗名使然。

2. 起承转合：诗的结构与章法

起承转合的定义，最早是出自元代的杨载、范梈（pēng，字德机）。范梈最后把"起，承，转，合"四字总结为近体诗（绝句和律诗）的分段称谓，并且把它推衍为包括诗经、古诗、歌赋、近体诗在内的所有文学的一个诗文之"道"："作诗有四法：起要平直，承要春容，转要变化，合要渊水。"（范梈《诗格》）所以起承转合也就成了后世诗文章法结构的代名词，也是"一种思维格式，一种艺术创作的结构技法"[1]。

大部分人都有个误区，以为只有写诗词才需要起承转合，其实错了：中国人思维做事，要用到它；中国人说话交流，要用到它；中国人写文章写书，也要用到它；吟诗填词就更不用说了。总之一句话，起承转合，是中国人的逻辑，也是中国文章（包括诗词）的骨架。它早已经融入中国社会的方方面面，只是老百姓日用而不知。

我们借用一个司空见惯的生活场景来说明一下，比如：老杨向老张讨要 10 万元欠款，两人见面沟通，这里面就一定有起承转合的前后逻辑关系，只不过多少而已。我们一般是不是都这么说："哎哟，老张，今儿气色不错呀，红光满面！"这其实就是找个话头起兴，是我们中国人拉家常惯用的开场白。你不能一见面就单刀直入，那不符合传统的礼仪。"起"完了，那么"承"就得由着你的话头，慢慢往你预先设定的主题上走："哎哟，一定是发财了吧？"等于是巧妙地把"承"中的"发财了"，与你之前"起"里的"气色不错，红光满面"关联上了，同时也为"转"埋下伏笔："哎，我那孩子就是你侄儿，最近刚转入一私立小学，这一年的学费十几万元呢！"

话说到这份儿上，如果对方不是真傻或装傻，他一定就听出音来了，如果他还不接话茬而是"王顾左右而言他"，那么只好使出你的撒手锏——"合"在主题上："你看你侄儿这学费，你是不是给垫一下呢？"这就是隐含其中的起承转合的逻辑底脉。

有人问："起承转合"能不能省几样？有时候可以省，但有时候不能省，得依具体语境而定。比如还是这个案例，如果你丢掉"起"直接来"承"，见面就说："哎哟，老张，发财了吧？"这就有点愣了，等于不给老张预热期了，交流方式和技巧欠纯熟。

如果"起"和"承"都不要，一见面就直接"转"："哎哟，老张，我儿子刚转一学校，一年学费十几万元呢！"老张一听准吓一跳，等于你直接杠过来一个硬梗，他都不知该怎么接。最后，如果起承转合前三个全部省略，来个效率最高的，直接

---

[1] 沈家煊. 超越主谓结构——对言语法和对言格式 [M]. 北京：商务印书馆，2019：242.

"合"在主题上如何？设想一下：两人一见面，老杨从后腰拔出一把缺刃菜刀，啪的一声直接拍在桌上说："老张，今天你就给个痛快话，那 10 万元钱还不还吧？"——这就不是见面协商，而是找老张拼命了，你觉得效果能好吗？

另外，大家可能还有一个误区：以为起承转合只在中国才存在。其实它通吃古今中外，只不过在国外换了一个名词而已。美国好莱坞编剧教父罗伯特·麦基（Robert McKee）所著的、任何一个中外编剧必读的圣经《故事：材质、结构、风格和银幕剧作的原理》，他表示早"在亚里士多德指出之前的几百年间，三幕故事节奏就已成为故事艺术的基础"[1]。他所说的电影三幕式，其实就相当于咱们起承转合的"线性呈现"。

即故事三幕式的三个阶段：开端、发展、结局，正好是咱们老祖宗吟诗填词所定下来的起承转合这四个节点所连成的三线："开端"等于是"起"到"承"之间的阶段；"发展"等于是"承"到"转"的阶段；"结局"等于是"转"到"合"的阶段。

当然好莱坞个别先锋电影剧本可以把这三条线稍微来个交叉，甚至部分有倒行。美国鬼才编剧兼导演昆汀·塔伦蒂诺（Quentin Tarantino）就特别爱玩那种倒叙的、非线性的结构，比如他编剧的著名电影：《低俗小说》（*Pulp Fiction*）、《无耻混蛋》（*Inglourious Basterds*）等，但好莱坞电影整体上依然是以线性叙事结构为主。

某种意义上说，很多中国古典诗词就相当于极简版的电影，而很多诗意的影视作品也相当于放大了格局、扩充了体量之后的格律诗词。它们不同的只是文体形式、展现形式，而作品内部的结构逻辑、创意思维，以及读者（观众）阅读（观看）的习惯与审美模式等，大同小异。

当然，对那种长诗、中长篇小说、电影等篇幅较长的体裁作品，在大的起承转合结构里面，必须还嵌套有更细的起承转合，甚至还有多层的套接，如电影《盗梦空间》里梦中之梦的叠加。否则细小模块内部如果没有了章法结构，容易乱。大小兼顾，才符合人们阅读欣赏（观看）的审美定式而不至于疑惑或疲劳，才是一部完美的作品。

所以如果没有起码的起承转合（好莱坞电影三段式）的章法结构，那么你说话交流，会让大家感觉杂乱无序不知所云，沟通很累；你拍电影，大家看着看着就睡

---

[1] [美] 罗伯特·麦基 . 故事：材质、结构、风格和银幕剧作的原理 [M]. 周铁东，译 . 北京：中国电影出版社，2001：255.

着了；你写诗词，让人感觉结构紊乱，理解都困难，更别说审美体验了，自然就难以让人背诵传播。所以起承转合是诗词最基本的逻辑脉络，章法骨架。骨架搭不好，整个诗就垮了。而一旦学好了起承转合并加以灵活运用，不但夯实了诗创的基本功，也会在除此以外的诸如交流沟通及公文、文案、小说、剧本创作等方面带来诸多好处。

从阅读欣赏角度而言，起承转合，四个节点好像都很重要。但外行看热闹，内行看门道，从诗创角度出发，最关键的点其实是在"转"上。把握好"转"，则上下几个点全都盘活了，一首诗词的结构就没大问题了。我们往往是"起承"与"合"都构思好了，颇为自负地认为是佳句，但如何"转"得既契合上（起承）下（合），又能做到流畅自然，宛如天作，真可谓不靠妙手偶得，便是仰仗诗创硬功夫去反复吟咏雕琢了。

看一些具体案例，如中唐李贺的《五绝·马诗二十三首·其五》：

> **起**：大漠沙如雪，**承**：燕山月似钩。
> **转**：何当金络脑？**合**：快走踏清秋。

起与合很好区分：第一句（联）肯定是"起"，最后一句（联）肯定是合，然后紧跟着"起"的承也不难区分。"转"的功能句（联）相对较难分辨，也更关键。绝大多数绝句的转句都在第三句上，只有极少数剑走偏锋一反常态的作品是把"转合"功能全部放在最后一句里，下面会讲。本案例的转句是由虚词"何当"引领的问句，最后合句顺理成章地既呼应了前三个功能（前三句）又结束了全诗。这种合法最常用且易于驾驭，被杨载、吴乔等人视为"就题而结之正法"。引领虚词、疑问句、反问句、设问句等都是转句的标准特征，初学者可依葫芦画瓢。

再看王昌龄的七绝《出塞》：

> **起**：秦时明月汉时关，**承**：万里长征人未还。
> **转**：但使龙城飞将在，**合**：不教胡马度阴山。

也是由虚词"但使"引领的转句。再看律诗的案例，杜甫的《旅夜书怀》：

> **起**：细草微风岸，危樯独夜舟。
> **承**：星垂平野阔，月涌大江流。
> **转**：名岂文章著？官因老病休。
> **合**：飘飘何所似？天地一沙鸥。

律诗起承转合的功能单元划分与绝句不同，绝句都是以句而律诗一般以联为单位来完成。这首作品是规规矩矩、一联一功能地完成起承转合。还是注意转联的第一句"名岂文章著"又是虚词"岂"构成的反问句，最后一联宕开一笔合上。一般来说，这种看似不续前脉的宕开别法相对更难，但却能收到别开一境的殊效。

再看一些有所变化的案例，如李白的五律《渡荆门送别》：

> **起**：渡远荆门外，来从楚国游。
> **承**：山随平野尽，江入大荒流。
> **续承**：月下飞天镜，云生结海楼。
> **转**：仍怜故乡水，**合**：万里送行舟。

这首诗的正确划分应该是首联"起"、颔联颈联都是"承"，最后一联劈开：头一句（第七句）"仍怜故乡水"是转，这也是典型的由虚词"仍"引领的转句，最后一句就题而结完成了"合"的功能。

七律我们看传说李白在黄鹤楼自觉拼不过崔颢那首著名的千古第一七律，而改在金陵遥相"唱和"的《登金陵凤凰台》：

> **起**：凤凰台上凤凰游，凤去台空江自流。
> **承**：吴宫花草埋幽径，晋代衣冠成古丘。
> **续承**：三山半落青天外，二水中分白鹭洲。
> **转**：总为浮云能蔽日，**合**：长安不见使人愁。

这首七律是颔联、颈联同为"承联"，然后第七句又是虚词"总为"引领的转句，末句是合句。毛泽东的那首著名的七律《长征》也是如此：

> **起**：红军不怕远征难，万水千山只等闲。
> **承**：五岭逶迤腾细浪，乌蒙磅礴走泥丸。
> **续承**：金沙水拍云崖暖，大渡桥横铁索寒。
> **转**：更喜岷山千里雪，**合**：三军过后尽开颜。

然而张应中老师在《怎样写古诗词》里却说"这首诗有起、承、合，没有转"[1]，

---

[1] 张应中 . 怎样写古诗词 [M]. 北京：商务印书馆，2015：128.

他认为首联是起、中间两联都是承、整个尾联都是合，没有转句（联）。对此笔者不敢苟同，因为虚词"更"引领的第七句是非常明显的转句。

关于起承转合也有个别诗家观点新奇，比如范梈曾云："以律诗论之，首句是起，二句是承，中二联则衬贴题目，如经义之大讲，七句则转，八句则合耳。"[1]这样等于把中间两联直接游离于起承转合默认的格式之外，又另起一番结构的炉灶了，逻辑颇为牵强，除了标新立异，实属无益。

无独有偶，施蛰存先生也说过："中间二联是律诗的主体，但这是艺术创作上的主体，而不是思想内容的主要部分。一首律诗的第一联和第四联连接起来，就可以表达出全诗的思想内容，加上中间二联，也不会给思想内容增加什么。因此，我们可以说，律诗的中间二联，只是思想内容的修饰部分，而不是叙述部分。"[2]笔者揣测施先生此番论断也许有以下原因：一是四种格式的律诗若把中间两联去掉，只取首联和尾联，正好可以合成四种绝句的格式，读起来依然"朗朗上口"。二是如果在中间两联都是承联、第七句转、第八句合的情况下，首尾两联连成的绝句"恰巧"从理论上也能凑成起承转合，从而得出以上结论。但借由平仄的不违律、起承转合的不缺失，而推导出"思想内容的无增加"，也未免过于武断了，因为它实在无法适配本来就是把该诗的"思想内容"安排在中间两联的那些律诗了，比如杜甫的《客至》《登高》、孟浩然的《过故人庄》《望洞庭湖赠张丞相》、李白的《送友人》、李商隐的系列《无题》诗等。

另外，是否转句、转联必须由虚词或问句来体现呢？其实诗创无定式，否则等于限制或抹杀了诗人的创意天赋了。如被称为千古第一七律的杜甫的《登高》：

起：风急天高猿啸哀，渚清沙白鸟飞回。
承：无边落木萧萧下，不尽长江滚滚来。
转：万里悲秋常作客，百年多病独登台。
合：艰难苦恨繁霜鬓，潦倒新停浊酒杯。

这首七律一个显著的特点是每联两两对仗，非常工整，难度颇大。因对仗须上下联每个字词两两对应，故若设计虚词等修辞的话，上下得成对出现，就不太好处

[1] 张应中.怎样写古诗词 [M].北京：商务印书馆，2015：125-126.
[2] 施蛰存.唐诗百话 [M].上海：华东师范大学出版社，2017：69.

理成用某一句的虚词来单独完成之前案例里的转句功能。此诗杜甫是采用"句意引领转联"的模式——第三联。仔细分析一下便可知晓，此诗头两联都是摹景（景语），第三联开始就抒情（情语）了，所以是由景（语）转情（语），转的功能是由内容的转意来完成。同理也可以用情语转景语来完成转的功能——大阴阳变换。

下面再举一些很另类的案例。比如李商隐的七律《泪》：

> 起：永巷长年怨绮罗，离情终日思风波。
> 承：湘江竹上痕无限，岘首碑前洒几多。
> 续承：人去紫台秋入塞，兵残楚帐夜闻歌。
> 转：朝来灞水桥边问，合：未抵青袍送玉珂。

此诗最特别的地方是"前六句中六个关于'泪'的场面和故事平列排比，不相连属"[1]，和之前泾渭比较分明的"起承"联句案例不同，几乎没有明显的"起承"逻辑而都是"并列"逻辑，都是罗列典故里最典型的"泪奔"意象。所以李商隐用第七句"朝来灞水桥边问"，让诗境回到当下来完成句意引领的转句模式。

无独有偶，讲起承转合都必讲的特例——李白的七绝《越中览古》：

> 起：越王勾践破吴归，承：战士还家尽锦衣。
> 续承：宫女如花满春殿，转合：只今惟有鹧鸪飞。

前三句实际也是三并列，最后第四句由虚词"只今"引领回当下，把"转合"功能在同一句里完成，技法也是不落窠臼的宕开妙笔。

我们再看绝句里两两对仗的作品，比如杜甫的《绝句四首·其三》：

> 起：两个黄鹂鸣翠柳，承：一行白鹭上青天。
> 转：窗含西岭千秋雪，合：门泊东吴万里船。

以及笔者的两首作品，五绝《绝句》：

> 起：长风万木鸣，承：野径几人行？
> 转：日落云飞尽，合：山孤月照明。

---

[1] 邓丹，阵芝国．李商隐诗赏读 [M]．北京：线装书局，2007：166．

七绝《九仙琴话雅集》：

起：诗风缱绻无双韵，承：琴雨玲珑不二声。
转：一意随云归涧谷，合：几时乘月忘功名？

这三首绝句的例子因为均为两两对仗，故都是采用"句意引领转句"的模式。只是笔者的作品可能"转"的痕迹稍明显一些，不敢像诗圣的作品那样大胆洒脱。

当然，起承转合的分（辨）法并不绝对，也允许有不同的见解，可谓仁者见仁智者见智。比如孟浩然的五律《过故人庄》，过去很多老先生都是如此划分的：

起：故人具鸡黍，邀我至田家。
承：绿树村边合，青山郭外斜。
转：开轩面场圃，把酒话桑麻。
合：待到重阳日，还来就菊花。

即一联一用，规规矩矩。但笔者见解不同，是这样分的：

起：故人具鸡黍，邀我至田家。
承：绿树村边合，青山郭外斜。
续承：开轩面场圃，把酒话桑麻。
转：待到重阳日，合：还来就菊花。

还是虚词"待"引领的转句，铺垫效果一目了然。即明显给最后合句（联）作引领铺陈作用的联句，大概率就是转句（联）了。再比如崔颢的七律《黄鹤楼》，很多老先生也是因循守旧地按一联一用来划分，笔者还是凭着此诗本身的语感作如下划分：

起：昔人已乘黄鹤去，此地空余黄鹤楼。
承：黄鹤一去不复返，白云千载空悠悠。
续承：晴川历历汉阳树，芳草萋萋鹦鹉洲。
转：日暮乡关何处是？合：烟波江上使人愁。

还是虚词"何"构成的问句式转句。同样宋代文天祥的《七律·过零丁洋》的起承转合也是用了一个反问句的修辞来实现"转"的：

起：辛苦遭逢起一经，干戈落落四周星。

承：山河破碎风抛絮，身世飘摇雨打萍。

续承：皇恐滩头说皇恐，零丁洋里叹零丁。

转：人生自古谁无死？合：留取丹心照汗青。

曲中也有起承转合，比如马致远的《天净沙·秋思》，过去有老先生爱这么分：

起：枯藤老树昏鸦，承：小桥流水人家。

转：古道西风瘦马，合：夕阳西下，断肠人在天涯。

而笔者则是按语感作如下划分：

起：枯藤老树昏鸦，承：小桥流水人家。

续承：古道西风瘦马，转：夕阳西下，合：断肠人在天涯。

因为你再怎么琢磨品味，"古道西风瘦马"一句其实与上一句同属一个维度，没有任何跳脱而转的味道。词中自然也不例外。我们看李清照的《如梦令·昨夜雨疏风骤》：

起：昨夜雨疏风骤，承：浓睡不消残酒。

转：试问卷帘人，却道海棠依旧。合：知否，知否？应是绿肥红瘦。

这是一首单阕的小令，起承转合的结构同诗一样，此处也是虚词"试""却"搭配引领的转句。再看白居易的《忆江南》，它的起承转合应该是：

起：江南好，承：风景旧曾谙。

转：日出江花红胜火，春来江水绿如蓝。合：能不忆江南？

而笔者的《忆江南·惠风诗社雅集》你既可以按以上白居易的节奏来理解起承转合，也可以按如下节奏来理解：

起：天路晚，煮酒待真人。承：十万山中飞雪乱，

转：七弦琴上落花频。合：冬尽好回春。

因为在创意时，根据立意，"七弦琴上落花频"这一句便陡然突转，引出"冬尽好回春"的主旨合句。笔者本人更喜欢第二种理解。不过《忆江南》中的七言对

仗句，在语感上确实难以分割。以上同时两种理解的分辨法也正好体现了诗无达诂、创无定式的说法。

以上是单阕词，那么中长调的双阕词就有所不同了，大概率是上下两阕各有起承转合，由过片来契合上下两大片。比如北宋"奉旨填词"死后一贫如洗、葬费都是由身旁歌姬凑钱置办的柳永那首著名的《雨霖铃》：

> 起：寒蝉凄切，对长亭晚，骤雨初歇。
>
> 承：都门帐饮无绪，方留恋处，兰舟催发。
>
> 转：执手相看泪眼，竟无语凝噎。
>
> 合：念去去，千里烟波，暮霭沉沉楚天阔。
>
> 起：多情自古伤离别（过片），更那堪，冷落清秋节。
>
> 承：今宵酒醒何处？杨柳岸，晓风残月。
>
> 转：此去经年，应是良辰好景虚设。
>
> 合：便纵有千种风情，待与何人说！

双阕词中的过片权重其实比起承转合更大，因为上下两阕的大结构就靠过片承上启下。但两大片内部依旧有起承转合，尤其是长调，否则作品很可能章法混乱有碍理解和审美。再看苏轼的《江城子·乙卯正月二十日夜记梦》，过去居然有老先生是这样分的：

> 起：十年生死两茫茫。不思量，自难忘。
>
> 承：千里孤坟，无处话凄凉。纵使相逢应不识，尘满面，鬓如霜。
>
> 转：夜来幽梦忽还乡。小轩窗，正梳妆。相顾无言，惟有泪千行。
>
> 合：料得年年肠断处，明月夜，短松冈。

这样上下阕各有五句被强硬划分进一个单元"承"和"转"里，未免太牵强。因为五句的体量太大，你根本把控不了，必须在每片里再细分起承转合。

总结一下，起承转合，"起"最容易，因为白纸黑字，随便你怎么写。"承"次之，跟着走就行了，有时甚至比起更容易，因为有标杆指引。"转"最难，它既要兼顾头两句（联）意脉，又要为合句（联）设计好伏笔，这种钮链的锻造最耗精力。合句则相对最重要，"当如撞钟，清音有馀"（明·谢榛《四溟诗话》卷一），绝句的境界和余韵，一半以上靠的是结句"合"的效果。此二处也最考量创手的诗力。

但只要方法对路亦无须担忧。比如以上案例中引领虚词、疑问句、祈使句等修辞，以及句意铺垫等，都是转句（联）的惯用技巧；而宕开一笔又是使结句别开言外之意、余音缭绕不尽的祖传秘方。只要用心琢磨和训练，必能逐步掌握起承转合的真谛。

起承转合是学习吟诗填词的必由之路，特别在初学阶段，而一旦进入诗创的高级阶段，也可以尝试在某些案例里把它破掉——像李白、李商隐那样。笔者常说：**底层境界都是用来超越的，而最高境界是用来打破的。**等你的诗力足够驾驭诗词了，你的诗觉足够灵敏、判断足够准确之后，什么该破，什么不该破，你是心中自有灵犀，胸中游刃有余，此时就请跟着你天风独步的直觉走，而不要再去死抱着规矩——既然已经过了河，就没必要扛着过去渡苦海、渡学海时用的舟楫，再满大街去溜达了。

3. 景语和情语设计

景语、情语是两个诗词创作领域很重要的高频用词，大家一定要熟练掌握它们的设计和安排技巧。笔者诗授时经常拿射箭打比方，情语好比离弦之箭，直射一方，中间是不会"拐弯"了，所以它跟非目标方向的情感是没有关系的。而景语可谓张弓搭箭引而不发，意盖八荒，因为箭没有射出去，故理论上和所有方向上的情感，都有可能发生关联。如南北朝民歌"天苍苍，野茫茫，风吹草低见牛羊"，是典型的景语，我们来看它是如何与所有方向的情感产生诗意的"量子纠缠"的：

天苍苍，野茫茫，风吹草低见牛羊，情深意更长：热恋情人

天苍苍，野茫茫，风吹草低见牛羊，战士保边疆：革命战士

天苍苍，野茫茫，风吹草低见牛羊，报君直无望：古代被贬官员

天苍苍，野茫茫，风吹草低见牛羊，老子做山王：土匪山贼

后边搭配上不同内容方向的限定情语，居然都能天衣无缝地融合，构造出不同的场景，而且还会使那个语境下的情感得到更多的渲染拓展，可见景语既是百搭，又是放大。很多情况下这种景语间接的造境效果，也往往比直接的情语更好。

景语、情语在诗中的搭配模式似乎并没有什么一家独大的定式，更像是八仙过海，各显其式，根据不同的诗境由诗自己来定。但你不能整诗全是情语、议论而无任何景语的铺垫，也不能全是景语、白描而无任何情语、议论的色彩倾向。

我们先看王维的《五绝·相思》：

红豆生南国，秋来发几枝。愿君多采撷，此物最相思。

景语起兴后大概率是要合在情语上的；也有正好相反的安排，比如王勃的《五绝·山中》，采用的是情（语）开景（语）合的设计：

长江悲已滞，万里念将归。况属高风晚，山山黄叶飞。

孟浩然这首《五律·望洞庭湖赠张丞相》里，也是正好一分为二：

八月湖水平，涵虚混太清。气蒸云梦泽，波撼岳阳城。
欲济无舟楫，端居耻圣明。坐观垂钓者，空有羡鱼情。

上半截是景语起兴，下半截顺势言情扣题。不过一不小心景语过于雄阔强势，情语则平弱不称了。陈如江老师的《古诗指瑕》绝大部分指的都很对，不过具体到这首诗其"指瑕"反而自己有瑕："从首句的'湖水平'到第四句的'波撼'间，诗人没有作任何过渡，因此给人一种拼凑之感。如果其间有时序迁移，大风暴雨之类关锁映带的笔触，那么，血脉也就通贯了。"[1] 历代诗评里其实都鲜见诗家有这样的观点。笔者猜想应该是由首句"平"字的歧义所引发。首句字面看可有两种意解：一是"八月湖水平静可鉴"；二是"八月湖水暴涨几与湖岸相平"。如果按意解一，陈如江老师的"指瑕"肯定没错；但如果是意解二的话，则陈如江老师的"指瑕"就不成立了。这是五言诗，不便加过多解释性的虚词明其本意以避歧义，且第二句其实已暗示了首句的原旨定非意解一而是意解二：若是水平如镜、"上下天光、一碧万顷"的话，就根本不可能"混太清"，只有"连月不开的霏霏淫雨""排空之浊浪"才会引得"混太清""波撼岳阳城"的。故历代诗家的微词都是"前四句甚雄壮、后稍不称"（明·许学夷《诗源辩体》），而不是陈如江老师所指的首联与颔联"血脉不通贯"。

大家诗创时不但要安排情语景语的体量平衡（字数、句数、联数），尤须相应根据命题立意，把控两者整体气势、格局上的谐调。

昔日戏言身后意，今朝皆到眼前来。
衣裳已施行看尽，针线犹存未忍开。
尚想旧情怜婢仆，也曾因梦送钱财。

[1] 陈如江.古诗指瑕[M].上海：东方出版中心，2021：201.

　　　　　　　　诚知此恨人人有，贫贱夫妻百事哀。

　　元稹的这首《七律·遣悲怀三首·其二》情语景语的设计比较错综复杂，首联开篇直接言情抒意，与成为千古名句的尾联一样都是十足的情语。中间两联则情景杂糅，因悲情难抑，故将情语浓墨重彩地奔泻纸上而不再顾及景语的调度，但依然感人至深，蘅塘退士盛赞道"古今悼亡诗充栋，无能出此三首范围者"[1]。

　　　　　　　　花近高楼伤客心，万方多难此登临。
　　　　　　　　锦江春色来天地，玉垒浮云变古今。
　　　　　　　　北极朝廷终不改，西山寇盗莫相侵。
　　　　　　　　可怜后主还祠庙，日暮聊为梁甫吟。

　　杜甫这首《七律·登楼》的设计是首联情语，颔联景语，而颈联、尾联又复归情语了。
　　再看李白的古绝《山中问答》诗：

　　　　　　　　问余何意栖碧山，笑而不答心自闲。
　　　　　　　　桃花流水窅然去，别有天地非人间。

　　此诗一、三句是景语，二、四句是情语，属于搭配比较分明的架构。
　　当然，也有不少作品在景语情语的设计上采用的是浑融的模式而非转换，比如李白另一首家喻户晓的《七绝·黄鹤楼送孟浩然之广陵》：

　　　　　　　　故人西辞黄鹤楼，烟花三月下扬州。
　　　　　　　　孤帆远影碧空尽，唯见长江天际流。

　　看似全为景语铺陈，但实际上是寄情于景、情景交融的。还有赵翼的《七绝·野步》：

　　　　　　　　峭寒催换木棉裘，倚杖郊原作近游。
　　　　　　　　最是秋风管闲事，红他枫叶白人头。

　　此诗只有第三句为明显的情语，其余三句表面看都是景语，实际却融进无限的感伤之情，读来令人动容。再看南宋叶绍翁的《七绝·游园不值》：

---

[1] 喻守真 . 唐诗三百首详析 [M]. 北京：中华书局，1985：183.

> 应怜屐齿印苍苔，小扣柴门久不开。
> 春色满园关不住，一枝红杏出墙来。

字面上似乎也只有首句是情语，但实际上其余三句的景语也都是情景浑融的，尤其是尾二句。后世引用这两句景语，百分之二百都是当作情语来达意的。

> 荷叶生时春恨生，荷叶枯时秋恨成。
> 深知身在情长在，怅望江头江水声。

同理，李商隐的这首《七绝·暮秋独游曲江》虽然通篇以情语为主，在一、二、四句中也杂糅进了景语的色彩。

总之，情语景语是诗创中需寻求大平仄不断变换以及浑融的一对概念。

4. 诗词里的大平仄（大阴阳）理念

之前已经多次提及大平仄（大阴阳），相当于预热一番，现在终于可以详细讲解一下。在本书诗词格律要素里我们详析介绍了平仄的概念。简而言之，平仄可以认为是汉字四声的二元化，也可谓阴阳在格律中的一个显化形式。如用阴阳来具体对应标志平仄，从声调调性维度衡量，可以理解为：平为阴，仄为阳。

而且我们也解释过诗句平仄这种不断变来变去，为的是体现一个几乎不变的原则：变化。平仄唯有变化，才能带来诗词特有的那种音韵美、节奏美。《道德经》第二章里云："有无相生，难易相成，长短相较，高下相倾，音声相和（hè），前后相随"；《周易》第32恒卦里亦言："四时变化而能久成"，都是这个道理。

经过几十年诗创及诗授的实践，笔者发现了一个有趣的现象，除了前述这种以字为单位、以声调为衡量标准的平仄（阴阳）外，依据不同的衡量和参照体系，还有很多其他维度的元素也是需要在诗中不停地相互变化转换的，即诗词里还有个大平仄、大阴阳的交替变化的规律，只是不像字的（小）平仄那么标准和固定。以杜甫著名的七绝为例《绝句四首·其三》：

> 两个黄鹂鸣翠柳，一行白鹭上青天。
> 窗含西岭千秋雪，门泊东吴万里船。

这首诗是公认的佳作，其两联各自为工对。首联意象非常生动：黄鹂、白鹭。尾联的意象则特别壮阔：千秋雪、万里船。那么细分一下，若以动静划分阴阳属性，则首联属阳，尾联属阴。一动一静。换句话说，上下两联要设计有一个大平仄（大阴阳）的意象变化安排，不能四句全是安排动的意象——闹腾；也不能全是静的设计——沉闷。

不过如换一个维度，以场面格局论阴阳，就倒过来了：首联是不是就归阴、尾联归阳了？因为从格局、气势、境界上来说，尾联肯定是超过首联的。

这又表明了诗词里的大平仄（大阴阳）的属性并不是固定的，而是可以互相转化的。换句话说，不用太在意它们的名称属性，而应更多关注其变化的实质。

再细品首联内部，意象一低一高，低者为黄鹂，高者是白鹭。黄鹂可谓灵动可爱，而后者——上了青天的白鹭可谓高亢雄劲。很明显，首联内部上下两句的意象格调也是一阴一阳相趣互补。如果更细到句子内部，那么出句里"黄"字后一定不能再有黄色了，而是转一"翠"字；对句里"白"字后也一定不能再来白色了，而是接一"青"字，依然有大平仄（大阴阳）的转换。

接下来看尾联，出句的"千秋雪"是时间概念，对句的"万里船"则为空间概念，那么时间为阳，空间为阴，即前阳后阴，尾联内部也呈现出这种二元的意象交错。

所以整首诗从设计上来说，就有一个大平仄（大阴阳）的多维多次的变化、交错，往往高手善用此诗道，尤其对杜甫来说。他绝对不浪费这28个字，有意无意地安排架构成这种暗藏的交错互换，而不会一"平"到底、一"仄"到底，或者说一"阴"到底、一"阳"到底，既乏诗趣，亦欠诗美。

不过有意思的是亦有古今诗家对此诗很有微词，如明代杨慎曾言此诗："绝句四句皆对，……然不相连属，即是律中四句也。"[1] 明代胡应麟在其著名诗话《诗薮（sǒu）》里亦呼和曰："本七言律壮语，而以为绝句，则断锦裂缯类也。"张应中老师在其《怎样写古诗词》里也随声诟病此诗："由两副对联构成，四句平行，纯写景，没有起承转合的关系。这样的诗属于素描，练笔性质，在杜集中究竟不是优秀的诗歌。……四句各自独立，句脉不连属，意脉亦淡，虽描写如画，毕竟逊色。"[2]

笔者认为以上实乃一家之言，失之偏颇，值得争鸣一番。虽然此诗两两对仗，字面看尾联确实有些许未尽之感。但此乃"绝句四首·其三"，相当于组诗，四首互成犄角，以此首最为经典，故经常被后世单独集录。既然如此，此诗究竟合不合得上、立不立得住，不言自明。而且上面作为大平仄变换的案例讲解时，等于某种

---

[1]（明）杨慎. 升庵诗话 [M]. 卷五.
[2] 张应中. 怎样写古诗词 [M]. 北京：商务印书馆，2015：123-124.

程度上已经连带反驳了"不相连属""意脉亦淡"的微词，此处不再重复。

另外，表面看此诗两联似乎皆为景语，而无情语直见的所落之点、所着之相。然依王静安所言，景语之境界高于情语，为其所携言外之意、象外之情也。需说明一点，杜诗最后一句在设计上非常微妙，前三句所绘皆为纯自然之物，然最后合句的"东吴万里船"则不同，带上历史和人工之物，可谓隐约在情语景语之间，正是杜工部之高处。而且此诗的起承转合只能说不如其他绝句明显，但不能说没有。

写完了这两联，极致用尽，境界占满，再多添任何佳词丽句皆显多余。如同子猷雪夜访戴，兴尽必返，戛然而止。再敲门，便落街庸村俗之境界，而非士大夫文人洒脱之高格矣。此诗亦然，截断于"万里船"处，不假言语，则余韵境界豁然横出。比如：何船、载何人、赴何事……，恰供会人二次创意性品读感悟。如董仲舒在《春秋繁露·精华》中所云："诗无达诂（gǔ），易无达占，春秋无达辞。"

说杜甫此诗是"练笔"、非"优秀的诗歌"，实乃跟风过激之言，即便古人亦有盛赞之声，如明代的王嗣奭（shì）说："门泊吴船，即公诗'平生江海心，夙昔具扁舟'是也。公盖尝思吴，今安则可居，乱则可去，去亦不恶，何适如之！"[1]故胡可言"纯写景""意脉亦淡"耶？清代的《唐宋诗醇》也评论此诗："虽非正格，自是绝唱。"[2]

综上可知，工部此诗句脉、意脉非但不断、不淡，反而雄荡万里，绵延千年：

> 绝句千年魂不尽；天香一脉韵无边。

回归到本节的主题，我们继续看诗词中情语和景语交错呈现出大平仄错综替换的案例。比如顾炎武的《七律·五十初度时在昌平》：

> 居然澷落念无成，隙驷流萍度此生。
> 远路不须愁日暮，老年终自望河清。
> 常随黄鹄翔山影，惯听青骢别塞声。
> 举目陵京犹旧国，可能钟鼎一扬名。

首联为"居然"引领的情语，颔联则分别化入春秋末期伍子胥及《左传》引逸诗里的典故，可谓"景表而情里"，颈联就必须明显地转为景语了——但也设计进

---

[1]（明）王嗣奭. 杜臆 [M]. 上海：上海古籍出版社，1983：147.
[2]（清）爱新觉罗·弘历. 御选唐宋诗醇 [M]. 珊城遗安堂藏板，卷十六：27.

去了黄鹄、青骢的语典。尾联又转回情语。

再看吴伟业为感怀秦淮八艳之一的卞玉京所作的《七律·琴河感旧·其三》：

> 休将消息恨层城，犹有罗敷未嫁情。
> 车过卷帘劳怅望，梦来携袖费逢迎。
> 青山憔悴卿怜我，红粉飘零我忆卿。
> 记得横塘秋夜好，玉钗恩重是前生。

此诗景语、情语较模糊，就占比多少而言，可谓首联情语，颔联景语，颈联复归情语，而尾联则出句为景语，对句再转回情语了。

可见高手不可能一情到底，也不可能一景到底，必须情景交融才行。若把景语算作阴，则情语可谓阳，那么几乎所有古代高人的佳作里，都会呈现出这种情景意象交错的大阴阳（大平仄）变化融会。

之前说了这种大平仄概念可以从多重维度去理解，现在我们再从句式节奏的角度，解构一下沈佺期《古意呈补阙乔知之》（卢家少妇）里的轮换，此诗被明代诗家何仲默、薛君采二人认定为千古七律第一[1]：

> 卢家少妇郁<u>金堂</u>，海燕双栖玳<u>瑁梁</u>。
> 九月寒砧催<u>木叶</u>，十年征戍忆辽阳。
> 白狼河北音<u>书断</u>，丹凤城南秋<u>夜长</u>。
> 谁谓含愁独<u>不见</u>，更教明月照<u>流黄</u>。

一般来说，七言诗里的句式节奏普遍都按二、二、二、一来断读。但如果从第一句到第八句都是如此，尤其是每句最后三字如果总是按二一节奏来断读，肯定非常单调乏味，毫无节奏美感——如果不亲自创作的话，一半以上只懂讲诗词故事、诗词段子的教授是很难察觉到此点的。沈佺期的七律瑰丽精工，颇富律感，此诗可窥其一斑。用下划线字体区别标注全诗四联的最后三字节奏，从首联到尾联，无一重复，交错变换，以体现音律节奏变化的美。

不但如此，沈佺期还在颈联的前四字亦非常高难度地呈现出一个三、一节奏：白狼河—北，丹凤城—南，不愧为高人中的高人。大家知道，绝大部分五言、七言旧体诗的前四字皆为二、二断读节奏，所以此处三、一节奏的插入，也改变了这首

---

[1]　（明）杨慎.杨慎集[M].钦定四库全书·集部六·别集类五·升菴集：卷五十七.

诗里前四字本来二、二到底的固有格局，凸显出这种节奏的变化美。

我们再体会一下大平仄的另类变换，杜甫的《七律·咏怀古迹五首·其三》：

> 群山万壑赴荆门，生长明妃尚有村。
>
> 一去紫台连朔漠，独留青冢向黄昏。
>
> 画图省识春风面，环佩空归月夜魂。
>
> 千载琵琶作胡语，分明怨恨曲中论。

大家注意前四句：第一句可谓广角长景；第二句则一下子转换缩小成了近景的村落；第三句又变换到雄阔无边的沙漠；第四句再次聚焦到了小得不能再小的一方青冢。短短四句，杜甫便像拉风箱一般大开大合完成了四次转换。一般人都只顾徜徉于杜甫的诗美与境界的熏陶，殊不知经典之下，暗藏的全是纯熟老劲的诗力铸成的架构设计与技巧安排。

沈德潜在《说诗晬语·卷上》里也取五言律作案例说：起联"贵突兀"，颔联则必须变换一下，"宜缓脉赴之"，但接下来的颈联必再次"耸然挺拔"，而到尾联时则"或放开一步，或宕出远神，或本位收住"，把律诗四联以联为单位，反复作风格变换。由此可见，真正的高手，真正的好诗，正是从这种纵横交错的多重维度，有意无意地全方位立体架构出大小平仄、大小阴阳的轮替变换。

之所以说"有意无意"，是因为刚开始学诗时应该是要刻意地如此设计，一旦诗词的功力和境界到达一定高度，长期训练形成的诗词思维肌肉固化之后，就会有那种本能的反应，在吟诗填词的过程当中自然而成，无须刻意为之。

总结一下，每个字按平上去入分归平仄，也可以叫阴阳，这是字的平仄、阴阳。除此之外，现在我们又知道了从其他不同的维度扩展架构出的另类平仄和阴阳，就是我们所谓的大平仄（大阴阳）概念。正像诗词原本的（小）平仄、（小）阴阳的错综交替，可以带来音韵上的节奏美一样，大平仄（大阴阳）的这种变化互换，则可以带来意象上、内容上、意脉上、架构上、境界上的节奏之美。只不过之前以字为单位的（小）平仄、（小）阴阳可谓有法可依、有规可循，是显性的、固定的。而笔者这里所云的大平仄（大阴阳）则是隐性的，而且可根据创作者不同的设计语境、不同的创意维度的理解，产生变化乃至互换。总之，具体何为大阴阳、大平仄不重要，而不停地于诗词对联中呈现这种大平仄（大阴阳）的变换才最重要。

借由小平仄和大平仄这种你中有我、我中有你错综复杂的交叉变奏，方使中国古典诗词不但颇富语言音律的张力，也更具意脉境界上的美学变力。

很多讲古典诗词鉴赏的书籍和教格律诗词写作的教师，之前都很少强调笔者这里倡导的大平仄（大阴阳）的概念，因为如果你不亲自创作格律诗词，或者没有创作到一定水平的话，是很难领会到这一层面上来的。我们学格律诗词，不但明的章法要学，这些水平面之下潜藏的更大"冰山"之套路、秘籍也得要学会。

5. 诗词句法举隅

诗词先天严苛的格律限制（平仄、押韵、对仗、词谱等），使很多句法的使用比古诗和散文都更加独特。现简单将诗创中常用的几个句法罗列一下。

（1）省略法

散文中常见的"于""则""而""是""有"以及谓语等，在诗中都可以省略：

> 明月松间照，清泉石上流。（王维《五律·山居秋暝》）

完整句子为：明月照于松间，清泉流于石上。再看笔者的一副禅联：

> 琴意山川远；禅心草木香。

创作时原本的立意是：抚琴而把胸中的意境与远方山水相映，以开悟之心映照万物则草木四溢禅香。化成以上诗句则必须省略很多字词了。

五言诗因比七言又少了两字，故省略法在五言诗中比七言诗中运用得更普遍。

（2）倒装法

因受格律所限，倒装本来是迫不得已的做法，但有时其结果反而不同凡响，被炼成了传世的经典，引发出一种在其他文体中别扭、于诗词中尽显绝妙的修辞现象：

> 竹喧归浣女，莲动下渔舟。（王维《五律·山居秋暝》）

正常语序是：莲动渔舟下，竹喧浣女归。再看李商隐《七律·安定城楼》中的：

> 永忆江湖归白发，欲回天地入扁舟。

正常的语序理解应该是"欲待白发时、成就回天地之功后，入扁舟，归江湖"[1]

---

[1] 施向东.诗词格律初阶 [M].天津：天津大学出版社，2001：139.

（亦为互文的创作手法）。再看笔者的一副对联，既有倒装也有省略：

> 野水千洄琴脉远；山云一抹月香低。

其正常语序的一种翻译应该是：古琴的意脉宛如千洄野水奔流以远；明月流香，化成一抹山云飘荡而低。之所以说"一种翻译"是因为诗词既极致精练又贵有重意，而一旦用白话文来翻译，字数越多则语意越明确、越聚向，自然无形中就将其他可能维度的意境解读给屏蔽掉了，反而是种损失——这有点类似前面介绍的景语与情语的区别。

当然，在"倒装界"最有名的应该还是算杜甫了：

> 绿垂风折笋，红绽雨肥梅。（杜甫《五律·陪郑广文游何将军山林十首·其五》）
> 香稻啄馀鹦鹉粒，碧梧栖老凤凰枝。（杜甫《七律·秋兴八首》）

前者正常语序应该是：风折之笋垂绿，雨肥之梅绽红。由于押韵而倒装。后者正常的语序应该是：鹦鹉啄余香稻粒，凤凰栖老碧梧枝，乃有意为之的倒装。宋朝的范晞文在《对床夜语》卷三里总结说杜甫特别爱把颜色字放在首字，若不如此则"语既弱而气亦馁"。而这不可避免地要用到倒装句法：红入桃花嫩；青归柳叶新；青惜峰峦过，黄知橘柚来；碧知湖外草；红见海东云等。

（3）活用法

诗词是最能体现中国语言炼字炼句的体裁，而词性的活用，也是"炼"的一个常用法门。比如之前介绍的形容词转动词的经典案例，王安石"春风又绿江南岸"中的"绿"字；以及名词活用成形容词（"春"字）的案例：

> 沈舟侧畔千帆过，病树前头万木春。（刘禹锡《七律·酬乐天扬州初逢席上见赠》）

名词转动词（"春"字）、形容词转动词（"满"字）的案例：

> 明月已云满，桃花那再春。（明末清初屈大均《五律·春山草堂感怀·其十五》）

虚词实用案例看林则徐《七律·和邓嶰筠前辈虎门即事原韵·其二》中的"空""自"：

销残海气空尘瘴，听彻潮声自雨风。

以及李商隐《五律·风雨》中的"仍""自"：

黄叶仍风雨，青楼自管弦。

（4）重字：修辞还是败笔？

诗尽可能不要在正文里出现重字，绝句尤其如此。但如果是有意而为之的修辞，则不但不是负面的瑕疵，反而是拉分的亮点。比如：

莫道谗言如浪深，莫言迁客似沙沉。（刘禹锡《杂曲歌辞其八·浪淘沙》）

此处两个"莫"字是刻意而为之的重言修辞格。

东望望春春可怜，更逢晴日柳含烟。（唐代苏颋《七律·奉和春日幸望春宫应制》）

此处两"望"两"春"用的是句中顶针的修辞而非叠字，因为两字并不是并列关系。

从今日日须来看，看到红红白白时。（宋代杨万里《七绝·探杏二首·其二》）

以上"日日""红红""白白"是叠字修辞，两"看"字是顶针修辞。

日日湖南望，望夫夫未回。（宋代宋五《五绝·商人妇》）

以上案例更复杂："日日"是叠字、两"望"是句间顶针、两"夫"是句中顶针修辞。还有白居易的《七律·寄韬光禅师》，可谓重字诗的典范：

一山门作两山门，两寺原从一寺分。（掉字法）
东涧水流西涧水，南山云起北山云。（掉字对）
前台花发后台见，上界钟声下界闻。（掉字对）
遥想吾师行道处，天香桂子落纷纷。（叠字）

再着重举诗中一个非常有名的重字诗例，这便是曾经让明末清初的金圣叹拍案叫绝的沈佺期大名鼎鼎的马屁诗《七律·龙池》。在头四句里，居然被活生生地硬塞了五个"龙"四个"天"两个"池"，运用了重言、句中顶针、掉字对等多种修辞法：

> 龙池跃龙龙已飞，龙德先天天不违。
> 池开天汉分黄道，龙向天门入紫微。

　　若要给你出个诗题，要求在头四句里面填进去这么多重字，你一定会觉得这是故意刁难。即便高手霸王硬上弓，硬塞填出来的诗肯定味同嚼蜡，难成佳品。然而古代诗创"技巧派"的开山鼻祖沈佺期居然做到了，不但不拗口，反而因极其巧妙到位的重字设计，使得整首诗协畅自然，韵感十足。此诗既成功拍了皇上的马屁，还很有诗味，一点不觉得拖沓。由此可知，高手作诗，即便刻意重复了很多字词也可以做到毫无冗赘，但我们可能只重复了一个字就显得特别突兀别扭，此所谓境界之分也。

　　古人很少在诗中用无谓的重字，因为底蕴深厚，怎么着都能找到替代的字。但吹毛求疵，也不是没有。比如王力先生在杜甫的诗中找到一处确证为重字的案例，《七律·曲江二首·其一》：

> 一片花飞减却春，风飘万点正愁人。
> 且看欲尽花经眼，莫厌伤多酒入唇。
> 江上小堂巢翡翠，花边高冢卧麒麟。
> 细推物理须行乐，何用浮名绊此身。

　　第一句和第三句里的重字"花"构不成修辞，只能算瑕疵了。第六句中的"花"字一作"苑"字，故不算。

　　还有陆游的《七绝·十一月四日风雨大作二首·其二》"卧"字实乃重累拗口：

> 僵卧孤村不自哀，尚思为国戍轮台。
> 夜阑卧听风吹雨，铁马冰河入梦来。

　　过去有教师机械地认为以下李商隐《七律·春雨》中第一、第二句重复的"白"字为败笔，恰恰相反，这紧邻着的两个"白"字不是瑕疵而是修辞，而第一、第五句中整整相隔了三句的"春"字，相隔得仍不够远，确为重字瑕疵，大家自己揣摩：

> 怅卧新春白袷衣，白门寥落意多违。
> 红楼隔雨相望冷，珠箔飘灯独自归。
> 远路应悲春晼晚，残宵犹得梦依稀。

> 玉珰缄札何由达，万里云罗一雁飞。

再看王维的《七律·和贾舍人早朝大明宫之作》，第二、第四句的"衣"字重沓，第五、第七句的"色"字冗赘，且诗中重累与衣、帽相关之辞竟多达六处："绛帻""尚衣""翠云裘""衣冠""冕旒""衮龙"，若不是因为颔联记录大唐威仪天下盛景的名句，此诗是进不了《唐诗三百首》的：

> 绛帻鸡人报晓筹，尚衣方进翠云裘。
> 九天阊阖开宫殿，万国衣冠拜冕旒。
> 日色才临仙掌动，香烟欲傍衮龙浮。
> 朝罢须裁五色诏，佩声归向凤池头。

还有一种情况的重字也应避免，即笔者在"胤然诗创"知识分享群及实战班里反复强调的：题目、（前）序（后）跋和正文里的字，尽量避免重复。最早的诗都是没有题目的，即便后来诗有题名了，初期也是不避讳与正文有重字的，但从中晚唐以后就开始刻意避免题名和正文里的重字。当然如果你已经步入诗创"高级后"的阶段，成为省级甚至全国小有名气的诗人，那么就不必苛求，因为你怎么"重字"，可能都是一种"修辞"。

6. 诗创秘籍举隅

吟诗填词，法法皆法，并无定法，但亦有规律可循。下面举一些常见的创法。

（1）以偏概全法

诗创是一门艺术，艺术在表现手法上就一定得讲技巧，如果不能面面俱到（往往做不到或效果很差），就必须"一叶障目"，以偏概全，只瞄准一点用足诗力，因为格律诗词的体量大多偏小，本身就容不下太多内容。诗创在技法上乃至内容上，都不能太讲科学、逻辑、事实以及周全。如元末明初王冕的《七绝·墨梅》：

> 我家洗研池边树，朵朵花开澹墨痕。
> 不要人夸好颜色，只留清气满乾坤。

此诗的诗创思路是：纸上梅花本来就不如天然梅花色泽鲜艳，芬芳扑鼻，所以头三句不正面硬杠，但要设计好伏笔，给末句的爆发留足悬念和出彩的空间，然后只聚焦一个天然梅花的不足、又恰是墨梅的优处，无所不用其极地夸张放大，制成诗眼，最后转合成大片反转：只留清气满乾坤。经过这么一番架构设计，此句已经成功传唱了 700 年，并将继续流传下去。

还有一类"以偏概全"的创法就是细节成篇法，也介绍一下。作为美学的反面，我们曾经某个时期总是刻意强调所谓的思想和内容的干号，而忽视了感人的细节情怀，而且越是年龄大的学员比如离退休人员，诗创时这样的痕迹就越明显。殊不知，往往教育所不齿的那些靡靡细意铸就的经典，诵穿过无数个朝代；而我们那些假大空的腔调体，却连当代都活不过去。试举几个典型的以小博大、细节成篇的案例：

七绝·闺怨（王昌龄）

闺中少妇不曾愁，春日凝妆上翠楼。

忽见陌头杨柳色，悔教夫婿觅封侯。

七绝·咏柳（贺知章）

碧玉妆成一树高，万条垂下绿丝绦。

不知细叶谁裁出，二月春风似剪刀。

七绝·秋思（唐代·张籍）

洛阳城里见秋风，欲作家书意万重。

复恐匆匆说不尽，行人临发又开封。

七绝·春怨（唐代·金昌绪）

打起黄莺儿，莫教枝上啼。啼时惊妾梦，不得到辽西。

七绝·夜上受降城闻笛（唐代·李益）

回乐峰前沙似雪，受降城外月如霜。

不知何处吹芦管，一夜征人尽望乡。

这些"英雄不问伟光正"的经典无疑给了我们深刻的启示：诗创时不见得非要尝试填那些大意象、大背景、大格局、大故事的作品，有时候太大了，不但自己驾驭不了，诗词对联也受不了，会"撑破"的。还不如选择设计好一个细小的焦点，把它写透、写足、写活，以小见大，以点总面，效果反而更好。尤其是对绝句、短联这种篇幅严格限制的文体来说，不失为一个好的创意手法。

其实何止诗词，哪怕是对体量更大的电影来说，虽然有描写大格局、大场面、大事件为主的奥斯卡获奖影片如《辛德勒的名单》《泰坦尼克号》《角斗士》《指环王》等，但也不乏像《肖申克的救赎》、伊朗的《小鞋子》（又名《天堂的孩子》）、张艺谋的《一个都不能少》《一秒钟》等，描绘平凡得不能再平凡的小事件的高分电影。这些以"琐屑小事"为主线的电影，甚至让最熟练的电影文案写手绞尽脑汁、极尽所能给你推销，大部分人估计都不愿看，而一旦看完，那种震撼和感动却丝毫不亚于好莱坞大片，甚至日久弥新。这也是很值得诗创人思考和借鉴的。

（2）诗意夸张法

夸张是所有文艺作品包括诗词创作最常用的基本大法。不过诗创里的夸张不能太 Low、太俗，得确保基本的格调和品位，得诗意地夸张。这方面做得最有名的似乎是李白，不过虽然欣赏时人人都爱读李白经典的豪逸诗篇，但诗创时，谁跟李白学夸张谁"掉沟里"，一学即落俗，因为其夸张感过足，标志性太强，故李白的诗只能赏而不能学。此时不妨从其他人"含蓄的夸张"的作品里效仿：

七绝·山行（杜牧）

远上寒山石径斜，白云深处有人家。

停车坐爱枫林晚，霜叶红于二月花。

七绝·别董大二首·其一（盛唐·高适）

千里黄云白日曛，北风吹雁雪纷纷。

莫愁前路无知己，天下谁人不识君。

七绝·与浩初上人同看山寄京华亲故（唐代·柳宗元）

海畔尖山似剑铓，秋来处处割愁肠。

若为化得身千亿，散上峰头望故乡。

以及两首讽刺诗：

七绝·蜀后主出降诗（五代·王仁裕）

蜀朝昏主出降时，衔璧牵羊倒系旗。

二十万军高拱手，更无一个是男儿。

七绝·述国亡诗（五代·花蕊夫人）
君王城上竖降旗，妾在深宫那得知？
十四万人齐解甲，更无一个是男儿！

（3）名词堆叠法

初学诗创，诗思很稚嫩，字不够，名词凑，而且没掌握遣词造句的精髓，往往字字、词词搭配起来都是"死"的，没有激活字词间那种组合的能量。比如很多诗友哪怕作品中只有两三个地名的罗列，就已经让大家读来颇感啰唆堆叠了。但如李白一样的大家，居然在一首体量最小的五绝、七绝里连用四五个地名也浑成而不觉。比如他的《五绝·陪侍郎叔游洞庭醉后三首·其三》：

划（chǎn）却君山好，平铺湘水流。巴陵无限酒，醉杀洞庭秋。

在最少的二十个字的数量限制里，被活生生"塞"进去四个地名。
还有其著名的《七绝·峨眉山月歌》：

峨眉山月半轮秋，影入平羌江水流。
夜发清溪向三峡，思君不见下渝州。

在区区二十八个字的有限空间里，也居然被"挤"进去五个地名，整整"浪费"了十个字。但奇怪的是这两首诗每次读来都不觉凝滞涩重，反而很流丽自然，何也？

在笔者来看，一是绝句本来体量就小，再古涩的绝句，不经意地也就很快读完了，不至于引起读者更多的烦躁和审美疲劳等负面体验。不信你在律诗、排律、歌行体里也挤一大堆地名试试。

二是李白这两首绝句里无一典故，这也是一种诗创架构设计层面的技巧——既然准备要堆进去那么多可能让人感觉厌烦的枯燥地名，就别再"不识抬举"地还要硬塞进去典故了。不信你把李商隐在五言排律《喜雪》里用的"班扇""曹衣""逸少""令威""面市""盐车"等典故，以及辛弃疾在其名篇《永遇乐·京口北固亭怀古》里用的"寄奴""元嘉""狼居胥""佛狸祠"等加几个进去试试。

三是大家仔细品味一下李白选的这几个地名：峨眉、平羌、清溪、渝州、君山、湘水、巴陵、洞庭，不但当时上至帝王将相下至三教九流，大家都熟悉，而且字面上看还颇为典雅流美。如果非要堆填诸多你家乡的地名，也烦请尽量选那些耳熟能详且有"共振感"的淳雅之词。否则你把"高老庄""马家河子""夹皮沟"放几

个进去试试。虽然任何词都可以放进白话文里，但不是所有词都可以填进诗词对联
当中的。

（4）直意曲说法

这也几乎是绝大部分诗词对联都会呈现的一种"惯技"，最起码是诗创人应该
谨记的。虽然也会有情意直露的佳作，但毕竟中国人的审美体系更多的是以含蓄美
为基本的。故此类直意曲说、情意景说、心意物说、吾意他说的技法大家一定要记住。

此类案例比比皆是，信手拈来：杜甫的《七绝·赠花卿》、王昌龄的《七绝·芙
蓉楼送辛渐二首·其一》、叶绍翁的《七绝·游园不值》等，以及：

七绝·金陵五题其二（刘禹锡）

朱雀桥边野草花，乌衣巷口夕阳斜。

旧时王谢堂前燕，飞入寻常百姓家。

七绝·登飞来峰（王安石）

飞来山上千寻塔，闻说鸡鸣见日升。

不畏浮云遮望眼，自缘身在最高层。

七绝·长信怨（王昌龄）

奉帚平明金殿开，暂将团扇共徘徊。

玉颜不及寒鸦色，犹带昭阳日影来。

七绝·题竹石（郑燮）

咬定青山不放松，立根原在破岩中。

千磨万击还坚韧，任尔东西南北风。

当然除了以上点到的几个诗词创作技巧及方法外，很多其他技法包括各种修辞
格的合理运用、上一节重点介绍的大平仄（大阴阳）变换法（此法在每首诗词对联
里几乎均有体现）、如盐如水的典故（包括事典语典）运用法等，大家亦要熟悉。

7. 关于古体诗的写作

本书以格律诗词写作为主题，本不涉及五古、七古类的古体诗。但为了与之前
介绍的律绝有一种参照对比，还是有必要简单提及一下古风。除极个别特殊理由外，

笔者建议各位最好是先学会写近体诗，等水平上升到高级阶段后，再去偶尔试写古风。否则容易把你自己炼成一个律不律、古不古的"两不靠"人。

就押韵而言，古风既可押平声韵亦可押仄声韵（律绝正格只押平韵）。用韵则比较复杂，为简化起见，参照《平水韵》即可，尽量用本韵部之韵，不要轻易用邻韵。

就体式而言，古风以五古、七古为最主要的两大类。五言、七言被后世认为是诗的正统句式，四言、六言则被认为是词的特色句。五古因为根脉是从汉魏六朝的古诗延续而来，可算正统的古风。五古再细分可有"仿古"的古风和"新式"的古风，前者可谓自由得很，而后者则相对更受格律的制约，比如古风的粘对。至于七古则前无可承，唐人只是根据五古的声律及近体诗的格律演变而来了，故七古大多为"新式"的古风。

就平仄而言，古风的诗句"以避免入律为原则……如果不能句句避免入律，至少不能让出句和对句同时入律……当然，唐以前的诗句无所谓入律不入律。诗人们只是像做散文一样，字的平仄听其自然……古人并没有着意避免哪一类的平仄形式……但是，自从律诗产生以后，诗人们做起古风来，却真的着意避免律句了"[1]。

王力老师在《汉语诗律学》一书中也总结出了五古、七古一些常见的句式。专就五言、七言的尾三字而言，最常见的四种格式是：

平平平；仄仄仄；平仄平；仄平仄

即律绝的大忌三平尾、三仄尾反而是古风的"标配"。

五古最常见的几个句式包括"平平仄平仄""平仄平平平""平平仄仄仄""平平平仄平""仄平平仄平""仄仄平仄平""仄平仄平平""仄平仄平仄"等。

七古常见的句式则更多达 30 余种："平平仄仄平平平""仄仄仄仄平平平""仄仄平平平仄平""平仄平平平仄平""平平仄仄仄仄仄""仄仄平平仄平仄""平仄仄平仄仄平""仄仄平平仄仄仄""平平平平仄仄仄""仄仄仄仄平平仄"等。

由以上句式可知，无论五古还是七古，常用的句式几乎全都是"违律句"。

比如孟浩然的《宿业师山房期丁大不至》，用的是去声的二十五径韵：

> 夕阳度西岭，群壑倏已暝。
> 松月生夜凉，风泉满清听。

---

[1] 王力.汉语诗律学 [M].北京：中华书局，2015：403-405.

樵人归欲尽，烟鸟栖初定。

之子期宿来，孤琴候萝径。

这首可谓新式的五古，因为它的粘对都没错。再看笔者创作的一首仿古式五古：

题大理灵雍智慧坊

半生骥过隙，一觉醒相还。

仄平仄仄仄，仄仄平平平。

躺平海山日，临在天地间。

仄平仄平仄，平仄平仄平。

此为"标准"的古绝，即所有句式均有违诗律，且占全近体诗的两个大忌：尾三平、尾三仄。首联出句化用白驹过隙的典故，不用"驹过隙"而用"骥过隙"，为成就尾三仄之故。"醒"字可平可仄但此处应读平声，为的是对应做成尾三平。

诗贵重旨，尾联出句"海""山"有两解，一解泛指山海，二解实指大理的苍山洱海，即吾等醒者相还"躺平"之处。"日"字亦有两解，一解为日子，即时间概念，另一解为太阳。以世俗的红尘眼字面观之，总觉"躺平"思想境界不高。其实食惯了腐鼠的鸱鸮（chīxiāo，俗称猫头鹰）如何又能强求其理解鹓（yuān）雏（传说中与鸾凤同类的鸟）的境界呢？试想一下：能把时间或太阳都给躺平了，这里面又究竟蕴含了多少鸡血般爆棚的正能量呢？

当然，从诗美和临在法门的究竟而言，应是"躺平古今日"而非"躺平海山日"。一来"海山"虽然纪实了，但与"天地"同维，而"古今"则与"天地"大平仄地轮换成绝配；二来"躺平古今日"恰喻指临在法门不忆过去、不梦将来而只临在当下天地的妙谛。能躺平古今时间，其所需的高维"悟能量"，甚至都不是马斯克的全球最大火箭之世俗推力所能比拟的。是所谓三军可夺帅，士人不可夺其境也。

双章书法：躺平古今日；临在天地间
诗联：黄胤然；书法：张殷实

　　尾联对句既点题今后践行"临在"的智慧觉醒，同时亦把前句"躺平"的"消极"嫌疑彻底荡尽，故此诗貌似"躺平诗"实则为更高境界、更高使命的"临在诗"。

　　为求一种古拙，此诗两联均刻意设计成似对仗却又不是工对的风格，且尾联之流水对痕迹亦在隐约之间，使得首联脉落流畅，尾联合意十足。

　　关于更多更复杂的古体诗内容，大家可参考王力老师的《汉语诗律学》。

8. 关于诗题

　　世界广告教父、奥美广告公司创始人大卫·奥格威说过："读标题的人平均为读正文的人的 5 倍"[1]，虽然是针对广告文案，但从受众阅读心理而言，于诗亦然。可见题目的重要性。"诗的题目，最好像一束光，照亮着这首诗前进的道路。最好，诗的题目的声音能够在整首诗中贯穿着，处处都能听到它的回响。——保兰·彼得森"[2]

　　除非特殊情况，诗词的题目最好在诗词改定之后，根据成型的作品再设计一个匹配的，这样可以避免跑题。如果先定了一个明确的名字，一旦写起来，你天马行空的诗思和灵感，往往是之前的题目所罩不住的。故可先在心里有个大概方向，等写完诗后再定名。而且往往是"有时诗写完了，你才找到这首诗'真正的'题目"[3]。若是诗与题均定好了，"阴干"几日后又突然发现两者不甚匹配而必须改动其一，一般是改题而非改诗。若改诗则牵一发而动全身，成本太高。

　　古代诗词题目的演进经历了从没有诗题、简单的诗题、复杂的诗题等几个阶段。最早的比如《诗经》里的诗都是没有名字的，诗题都是后人用"首句取字"的形式后加的：《关雎》《蒹葭》《鹤鸣》《子衿》《扬之水》《野有蔓草》等。《楚辞》开始有真正意义上的诗题了，它不但是诗人自定其名的滥觞，甚至一出手就非常成熟，是对诗歌内容的精确概括，但形式却很简洁[4]，比如：《离骚》《天问》，《九章》中的《涉江》《思美人》《橘颂》等，《九歌》中的《云中君》《山鬼》《国殇》等。两汉诗歌又多为无题、后人以首句取名的模式，如：《古诗十九首》《孔雀东南飞》《上邪》《江南》等。魏晋南北朝时期题名开始成熟，或长或短型体兼备，至盛唐则与律绝诗体同步进入完全成熟期。

　　唐代的题名内容丰富、型体完备，不但有叙述诗歌的内容、主旨、背景、缘起

[1] [美] 大卫·奥格威 . 一个广告人的自白 [M]. 林桦，译 . 北京：中国物价出版社，2003：121.
[2] [美] 塞琪·科恩 . 写我人生诗 [M]. 刘聪，译 . 北京：中国人民大学出版社，2014：44.
[3] 同 [2]45.
[4] 吴承学 . 古代诗制题制序史 [J]. 北京：文学遗产，1996（5）：11.

等记事内容，更在诗名的艺术审美上远超前人、鲜有来者。比如：王勃《山扉夜坐》、孟浩然《与诸子登岘山》、王维《山居秋暝》《使至塞上》、李白《渡荆门送别》《夜泊牛渚怀古》《行路难》、杜甫《登高》《望岳》《蜀相》《佳人》《旅夜书怀》《茅屋为秋风所破歌》、刘长卿《逢雪宿芙蓉山主人》、李商隐《夜雨寄北》《晚晴》等。

到了宋代，诗题上唯一能超过前朝的就是字数了，比如苏轼的这首七律：

> 扁舟震泽定何时，满眼庐山觉又非。
> 春草池塘惠连梦，上林鸿雁子卿归。
> 水香知是曹溪口，眼净同看古佛衣。
> 不向南华结香火，此生何处是真依。

正文只有 56 个字，诗题却长达 102 字，几乎是诗的两倍长，可谓题名与序文混而一体了，难怪古人云："立题最是要紧事，总当以简为主，所以留诗地也。使作诗意义必先见于题，则一题足矣，何必作诗？然今人之题，动必数行，盖古人以诗咏题，今人以题合诗也。"（清·方南堂《辍锻录》）[1]捎带提一下，笔者撰写此书引用古人诗例，从便利和成本考虑，如果题名将近一行者一概不予引用，哪怕再好。

今人在前人的基础上再为自己的创诗拟定名字，如果只规定一个古代标杆的话，则非杜甫莫属了。因为杜甫题名从无题，至一字两字的极简，再到精当的长名，悉数盖全。具体创法可有以下几种：

（1）无题：标以"无题"可谓一种开放式的命名方式——就如同电影留有悬念的开放式结尾一样。那种因某种原因刻意不让别人明确知晓主旨的，或者诗歌本身有多重意旨的玄妙，明示诗题反而使作品降维掉价的，都可冠以"无题"之名。如李商隐的诸多经典《无题》作品。

（2）以诗中诗眼或凝练句为题：诗人们呕心沥血创作完作品后"精疲力竭"，再题名时往往有种心理上的"疲惫"感、诗思上的"断片"感，那么此法不失为一种讨巧。套用当代传播学和广告营销的理念解读，若诗名直接用诗眼或警句代替，人们在书面及口头交流时提及名字，就相当于把全诗的精要传播了。如笔者那首流传甚广的雅集诗《同道新交是故人》，诗题直接就是诗中点题的末句。原名叫《知

---

[1] 吴承学. 古代诗制题制序史 [J]. 北京：文学遗产，1996（5）：15.

音堂雅集》，后发现大家尤其喜欢末句，经常引以为雅集的标题，就索性改成现名了。

（3）重新创作诗题：以不超过20字为宜，最好7字以内。如觉题不尽意，可另加诗序或跋文以增加纪事感，也可对典故及专有名词等自加注释。

最全的格式也应该包括体裁，比如标明七律、五绝等诗体，《鹧鸪天》《满江红》《忆江南》等词牌，还可参照当代文化语境俱全主、副标题（加破折号），乃至序跋及释义。比如笔者的几首案例：

浣溪沙·合眸照见梦中人——诗译泰戈尔《吉檀迦利》诗一二

一路星光一路尘，苍颜泪汗两频频，心声浅近更劳魂。

四海孤舟归满月，千山幻影入真门，合眸方见梦中人。

离苏赴滇文旅有感

飞黄腾踏去，吟啸动寒青。骤雨池中木，微风天外星。

山缘千古寺，鹤梦一方亭。他日湖边饮，诗装合地灵。

跋：戊戌年冬末，余卸任苏州鹿山书院院长一职，赴"云南独一无二的全国状元"袁嘉谷故居所在地——红河州石屏镇文化考察，并与本人诗装专利之被授权机构磋商文创事宜。文旅期间，有感而发，得诗两首以志其事、抒其情、祝其愿。

注：寺，秀山寺，即唐真觉古寺；亭，指企鹤楼；湖，指云南第四大湖泊异龙湖。

茶人

天为玉盖地当碗，如水流光人是茶。

识得娑婆本来味，心香何处不灵华。

释义：灵华，佛教语，指天上之妙花。

跋：人作茶，品茶……升到更高维度来观：天为盖，地当碗，人自己便成了茶；而泡茶的水，则是时光。虽在娑婆，但本味如自性一般珍贵、殊胜，无论茶还是人。

强行外加给茶的农残、重金属、化肥……，如人之诸欲、诸盲、诸漏。苛求一点没有，不现实，因为娑婆。但请别超量、过度。中国茶业的真正希望在于用严谨的科学来呵护嗣承的文化，也可谓讲科学的文化、有文化的科学。

茶叶，首先是用来喝的，而不是用来吹的、装的。茶叶属农业部管，不归文化部。否则，超了标的、失去了原来本味的茶，再"通禅"，再有"文化"，也只敢在无明圈里蹦跶，传出去，不过又是个给中国人抹黑的笑话。

人做茶，人品茶。举头三尺的地方，神明品人不品茶，香与否，天知地知人自知。

诗中谁"识得"？季羡林言，重意性构成了中国古典诗词特有之美。"谁"于此处有三解：茶人（茶农）、品茶之人、您头顶上三尺远处住着的诸尊。

相应的"心香"，也有多重意解。如此延伸，诗的题目《茶人》便多了一层微妙诠释：茶作动词解，即把人当茶一样品味。

9. 什么样的诗才算好诗？

从大众层面通俗地说，能感动人的诗就是好诗；被感动的人越多，越是传唱不息就越是好诗。但是从文学和美学的学术层面说，什么样的诗才是好诗呢？

季羡林援引印度古老的文艺理论认为词汇有三重功能，表达三重意义：

（1）**表示功能**：表示义（字面义、本义）

（2）**指示功能**：指示义（引申义、转义）

（3）**暗示功能**：暗示义（领会义）

以上又可分为两大类：说出来的（第一种和第二种）；没有说出来的（第三种）。表示功能（第一种）和指示功能（第二种）耗尽了表达能力之后，暗示功能（第三种）发挥作用，这种暗示就是古印度人所谓的"韵"。[1]而韵就是诗歌的灵魂，故印度人依此把诗分为三个等级：

第一等：真诗，以没有说出来的东西即暗示的东西为主（领会义）；

第二等：次一等的诗，没有说出来的只占次要地位，只是为了装饰已经说出来的东西（引申义、转义）；

第三等：无价值的诗，把一切都放在华丽语言的雕琢堆砌上（字面义、本义）。[2]

中国古人亦倾向于以暗示为主的、有重旨的诗为好诗。何为重旨？就是指诗句的多重意境。中国唐代的诗僧皎然认为"两重意已上，皆文外之旨"。比如拿《古诗十九首》里的"浮云蔽白日，游子不顾返"为案例，后人总结其居然有三重意境：

第一重意：句中的本意；

第二重意：文外之意，如李善《文选》注曰："浮云之蔽白日，以喻奸佞之毁忠良，故游子之行，不顾返也"；

---

[1] 季羡林.禅心佛语 [M].北京：中国书店，2008：71.

[2] 同 [1].

第三重意：王志敏、方珊所著《佛教与美学》一书释为："当人之皎皎如白日的本心被世俗之风尘、云翳所遮蔽的时候，人就不能返本归真了。"[1]

诗歌是所有文体里用字最精练微妙的。逻辑上说，字越少，所能表达的意思也就越少。故真正的好诗都是要求能在有限的字数里，尽可能表达更多的诉求内容和意境，同向重意但不是歧义。

另外，当代琴人金蔚在《琴度》里总结前人艺术审美三境界时曾说："艺之道，由形意并简至并繁，然后至形简意繁。"[2]虽然是指艺术之道，但我们也可理解为诗歌之道，也是把诗歌的等级一分为三：

初级水平：形意并简，形式技巧和内容思想都非常简朴，好比小学生写的秒懂诗歌。

高级水平：形意并繁，形式和意蕴都极尽能事，异常繁稠。如大学教授写的诗，甚至有些字你都不认识。很多你看不懂的古诗大都属于这一层级。但这不是最高境界。

大师水平：形简意繁，即辞藻表面上看好像是返璞归真到原始的阶段，但字里行间所蕴含的意旨境界，却依然保持繁奢的高度而不降，意境丰富，张力十足——看山还是山，看水还是水。大家耳熟能详一看就明白、里面没有一个生词、几乎没有生典的很多唐诗宋词佳作，大都能入此境界。如李白、杜甫的很多诗，以及张若虚的《春江花月夜》，白居易的《长恨歌》《琵琶行》，岳飞的《满江红》，苏东坡的《水调歌头》等。

不光古代诗词如此，即便当代人的歌词作品亦可举出很多典型案例。比如李叔同（弘一法师）的《送别》、西部歌王王洛宾的《在那遥远的地方》、乔羽的《让我们荡起双桨》、陈小奇的《涛声依旧》、李海鹰的《弯弯的月亮》……，以及红遍海峡两岸歌坛的绝佳组合周杰伦和方文山合作的一些歌曲。其中方文山的《菊花台》歌词是形简意繁，属大师级，而《青花瓷》的歌词则是形意并繁，只能算高级水平——虽然不明真相的群众与隔行如隔山的外行人，认为两首都非常好甚至后者更好。但其实内行来看，《青花瓷》还是有不少"拽词"的意味和痕迹。

高语境与低语境

美国人类学家爱德华·霍尔于 1976 年正式提出了高语境与低语境的概念。根

---

[1] 王志敏，方珊.佛教与美学 [M].沈阳：辽宁人民出版社，1989：84-85.
[2] 金蔚.琴度 [M].杭州：西泠印社，2004：14.

据霍尔的观点，在高语境文化中，人们在交际时更多的信息量或由社会文化环境和情景来传递，或内化于交际者的思维记忆深处，显性的语言代码所负载的信息量相对较少，偏于暗码，需意会。低语境文化正好相反，它的交流信息量主要由显性的语言代码负载，属于明码，特点是言传。[1]

中国的语言文化是属于高语境的顶端——所以联合国6种官方语言，阿拉伯语、汉语、英语、法语、俄语和西班牙语，只有中文版的文件最薄。但如果各国对某个文件产生理解分歧时，无论理论上还是实操中——即便联合国的各国官员都谙熟中文，也不会翻看中文版本文件以求正解的，因为即便母语都是汉语的中国人在同样一个语境下，对相同字句的理解也可能会有歧义，更何况老外了。

但这并不是说低语境就比高语境高级、实用，主要还得看应用场合。如果是在需要沟通、协调、诉辩，以及解释法律法规等语境里，可能低语境语言工作的效率比高语境语言稍好。但是如果是用在艺术尤其是诗意、禅意等灵性领域，汉语言的高语境优势就非常明显了。

季羡林先生曾专门解释过为何作诗与参禅关系如此密切？原因之一就是汉字的模糊性。"没有形态变化的汉语是世界上模糊性最强的语言……模糊之中特别模糊者（绝非贬义）。"[2] 比如对孔子那句名言"民可使由之，不可使知之"（《论语·泰伯》），古今各路学者居然贡献了至少3种不同的断读法，意思大相径庭：

解释1：民可使由之，不可使知之：可以让老百姓按照我们的引导去行事，而不需要让他们知道为什么。

解释2：民可，使由之；不可，使知之。老百姓当中的那些"可者"，就任其行事不用管他；而对那些"不可者"，就得努力使其知之了。

解释3：民可使，由之；不可使，知之。老百姓若可任使，就让他们听命；若不可任使，就让他们明理。

由此汉语的模糊性可见一斑。但这并不是说汉语不好。申小龙先生曾精辟地指出："在某种意义上说，西方语言的句子是一种焦点式语言……（其）谓语必然是由限定动词来充当的。这个限定动词又在人称和数上与主语保持一致关系。……因此，抓住句中的限定动词，就是抓住句子的骨干。整个句子格局也就纲举目张。

---

[1] 胡超.高语境与低语境交际的文化渊源 [J].宁波大学学报（人文科学版），2009，22（4）：51-52.
[2] 季羡林.季羡林随想录4：国学漫谈 [M].北京：中国城市出版社，2009：215-216.

西方句子的这种样态，就像西方的油画一样，采用的是严格的几何形的焦点透视法。……汉语句子的思维不是采用焦点透视的方法，而是采用散点透视的方法，形成了独特的流水句的格局。这很像中国画的透视。"[1]"这样一来，模糊朦胧的语言，也许比明确清晰的语言，更具有魅力，更具有暗示的能力，更适宜于作诗，更能让作者和读者发挥自己的创造力。"[2]

学禅需悟禅境，学诗需悟诗境，它们的共同点在"悟"或"妙悟"上。悟得的东西，低层次的是无，高层次的是空。[3]

所以写中国的诗词写到一定的高度，都会自觉不自觉地往禅意上走了，因为那才是柳暗花明又一村的圣境，别开生面的最高境界，王维正在那里坐看云起而等你千年了。这与中国古代文人基本的人生规律是暗相合拍的：青年学儒——意气风发，慷慨入世；中年学道——天人合一，自然无为；老年归禅——看空幻惑，觉悟人生。

10. 简析古人诗作短长

作为诗创人，捷径当然是效法古人，但也不能唯古人马首是瞻，丧失自己的风格和主见。尤其对古人的个别作品，我们应该实事求是，客观辨其短长，取其长处，避其短板，无论对我们的诗创还是鉴赏，都是大有裨益的。下面我们择取一二略作分析。

七绝·望洞庭（刘禹锡）

湖光秋月两相和，潭面无风镜未磨。

遥望洞庭山水翠，白银盘里一青螺。

细细品味一下，头三句比较平淡，除了第二句用暗喻手法稍显"亮色"外，其余可谓诗创套话而已，唐宋诗人人人可为。不过最出彩处就是运用借喻修辞的末句。我们不妨试想一下：刘禹锡吟此诗时究竟是先有末句还是前三句？笔者更愿意相信是有了大致轮廓后，应该是先吟定了末句，然后前三句再顺势而成了末句的起兴铺垫。

即便如此，仔细感觉，首句的"湖"、第二句的"潭"、第三句的"望洞庭"与题目里的"望洞庭"等实在啰唆；末句的"白银盘"与第二句的铜"镜"面也差不多一回事，这些或多或少都有语意重沓的"合掌"之嫌。另外，大家再考虑一下

---

[1] 申小龙. 中国句型文化 [M]. 长春：东北师范大学出版社，1988：445-447.
[2] 季羡林. 季羡林随想录4：国学漫谈 [M]. 北京：中国城市出版社，2009：217.
[3] 同 [2]200-204.

首句的"秋月"可否改为"秋日"？我们说此处必须用"月"而不能用"日"，因为若用"日"则一、三两句的冗沓程度更深了。既然第三句显见只能于白日而望得，故首句必须沾染些夜月意象以示和第三句的不同——大平仄的变换。

大家可进一步思考，如若把第三句的合掌嫌疑优化改变一下，应该如何作？

诗创到了高级阶段，一定要有意无意地逼自己给古人的诗作从作法上挑挑毛病，大胆"放纵"自己已练就的诗觉来监理一下，看看是否有会让自己心里"咯噔"一下的地方，以及如何优化。哪怕是名之作，比如号称天下第一律的杜甫《七律·登高》：

> 风急天高猿啸哀，渚清沙白鸟飞回。
>
> 无边落木萧萧下，不尽长江滚滚来。
>
> 万里悲秋常作客，百年多病独登台。
>
> 艰难苦恨繁霜鬓，潦倒新停浊酒杯。

虽然经典，但最大的毛病就是尾联偏弱，很早以前第一次读时就隐约有这种感觉，总觉不如前几联精彩。其实关于这一点后来看到很多诗家也多有点破。杜甫素以严谨著称，这样的瑕疵在他的作品中体现得并不多。相比较而言，天马行空的诗仙李白则表现得比较突出。比如他的七言古诗《上李邕》：

> 大鹏一日同风起，扶摇直上九万里。
>
> 假令风歇时下来，犹能簸却沧溟水。
>
> 世人见我恒殊调，闻余大言皆冷笑。
>
> 宣父犹能畏后生，丈夫未可轻年少。

以及五言古诗《关山月》：

> 明月出天山，苍茫云海间。长风几万里，吹度玉门关。
>
> 汉下白登道，胡窥青海湾。由来征战地，不见有人还。
>
> 戍客望边邑，思归多苦颜。高楼当此夜，叹息未应闲。

两首名篇都有头重脚轻、起调过高的嫌疑，使得"合"时尾联已经无法从气势上、权重上、格局上盖过起始了。与其这样，我们新手不妨先规矩一些，既然诗力有限，诗觉尚浅，那么起句就不要过于卯足了劲，太高调了反而使得自己后面的诗句"唱"不上去了，容易"走调"，权重有失衡之嫌。同样是李白的名篇七绝《早发白帝城》：

朝辞白帝彩云间，千里江陵一日还。

两岸猿声啼不尽，轻舟已过万重山。

历代诗评对此诗都是一片盛誉，清代的诗词理论家王士桢甚至"推为三唐压卷"之作。但笔者从诗创的角度而论，它也不是十全十美的，其白璧微瑕之处就在于意有重沓：第三、第四句相当于又啰唆地解释了一遍第二句，语意明显合掌，没有跳脱。当然，想到李白因永王李璘谋反案被流放夜郎，走到白帝城大赦的诏书便突然降临，诗人狂喜之中于白帝城乘一叶飞舟直下江陵，本就放荡不羁的性格和不落窠臼的诗路，此时就更如野马脱缰了，这样写也是可以理解的。

还有明代于谦特别为近现代所欣赏的七绝《咏石灰》：

千锤万凿出深山，烈火焚烧若等闲。

粉骨碎身全不顾，要留清白在人间。

立意、取象都堪称上好，但其最大的诗病就是形式上过于重沓匠气：头三句前四个字整齐得像仪仗队，而每句诗后三字又皆为一二节奏断读，没有呈现大平仄的跳脱。但考虑到这是诗人十二岁时写的，以上指瑕便又无可厚非了。

再看一个不太明显，甚至是似有似无的作品，王维的著名古体诗《终南别业》：

中岁颇好道，晚家南山陲。兴来每独往，胜事空自知。

行到水穷处，坐看云起时。偶然值林叟，谈笑无还期。

大家注意这首诗的尾联，笔者每次读总觉得它合得稍欠到位，有种此诗未尽之感。

虽然这是一首禅诗，从禅家的角度看，尾联一点也不弱甚至还很出彩。但我们暂且从玄禅妙道的冷峻高处下来，下到入世儒家的诗体层面来说，尾联在具体的雕章绘句上，也许可以优化得更好。试比较同为五律的经典名篇，请大家反复琢磨品味它们的尾联，比如王湾的《次北固山下》：

客路青山外，行舟绿水前。潮平两岸阔，风正一帆悬。

海日生残夜，江春入旧年。乡书何处达？归雁洛阳边。

杜甫的《五律·登岳阳楼》：

昔闻洞庭水，今上岳阳楼。吴楚东南坼，乾坤日夜浮。

亲朋无一字，老病有孤舟。戎马关山北，凭轩涕泗流。

以及王维自己的《五律·山居秋暝》：

> 空山新雨后，天气晚来秋。明月松间照，清泉石上流。
> 竹喧归浣女，莲动下渔舟。随意春芳歇，王孙自可留。

这几首五律的尾联是不是都是"结意"十足呢？大家在此处那种微妙的不同感觉，其实也可反照出鉴赏与诗创的不同。从鉴赏角度，完全可以置这些似有似无的瑕疵于不顾，而只攫取其带给自己的或整体、或诗句、甚或字词的诗美体验与享受。但诗创则要求诗人应以极其敏感细微之"诗觉"，精确地捕捉到不同字、词、句、联所呈现出的微妙殊效，从而做到心中有境，取舍有道，拿捏有度。

多年前某日，笔者有位书画家朋友突然微信发来一首诗让笔者评价：

> 芭蕉心尽展新枝，新卷新心暗已随。
> 愿学新心养新德，旋随新叶起新知。

当时正在居大不易的京城由中介陪着看房子，想都没想就凭着直觉回复：不怎么样，典型的三体诗词之老干体的作品。没想到对方很得意地马上回复：哈哈，那可是北宋大儒张载的《七绝·芭蕉》！笔者一看吓得小心脏扑扑直跳，灵魂直出窍到举头三尺高的地方飞天般飘荡：张载不是凡人，那可是著名的思想家、教育家、理学创始人之一，世称横渠先生，尊称张子封为先贤的人物。如果对其人不甚了解，但总听说过那如雷贯耳、被历代文人士大夫奉为圭臬的横渠四句吧："为天地立心，为生民立命，为往圣继绝学，为万世开太平"，这就是张载说的。

于是笔者赶忙又深吸一口"洪荒之气"，细细品味了几遍，不由得深深欣慰于自己40多年诗创历练出来的诗力和诗觉，最终还是"三军可夺帅也，匹夫不可夺志也"地维持原诗判：确实太一般了。28个字里有7个"新"、3个"心"，架构的艺术性与我们之前举例的沈佺期的《龙池》相比，完全不在一个段位上，就如同沈佺期的人品与张载的地位更不在一个维度上一样。无独有偶，与张载同为"北宋五子"（周敦颐、邵雍、张载、程颢、程颐）的理学家邵雍，也有首几乎"同一个师父教出来的"诗：

> 当默用言言是垢，当言任默默为尘。
> 当言当默都无任，尘垢何由得到身。

针对这首《七绝·言默吟》，陈如江老师在《古诗指瑕》中毫不客气地指出：

"托象以明义并非方便事，'象'者，形象也，这依然要求诗人进行形象思维与艺术构思。有些逻辑思维能力强而形象思维能力差的人作诗，就容易发生'有义无象'的毛病。……面对这种赤裸裸的观念，读者何以会产生美感的联想？……令人倒足胃口，可以说，邵雍根本不懂诗。"[1] 真是一针见血，道破机关。

虽然与唐诗相比，宋诗确实理学、技巧泛滥而气象、情韵不足，但若能写成苏轼那样的经典禅理诗如七绝《题西林壁》：

> 横看成岭侧成峰，远近高低总不同。
> 不识庐山真面目，只缘身在此山中。

七绝·题沈君琴

> 若言琴上有琴声，放在匣中何不鸣？
> 若言声在指头上，何不于君指上听。

或者写成陆游的经典名句"山重水复疑无路，柳暗花明又一村"这样的，那么肯定也都会自发地被历代广为传唱。而不是像芭蕉诗一类的，只能默默无闻地躺在诗库的某个格子里，好不容易被这位书画家朋友当精品刨出来着实"酸"了笔者一把。看来诗书画在古人那里是完全相通的，可惜在当今语境里，只能说是隔行如隔山了。正像从没见有人把苏轼、陆游捧为儒学大家一样，也从没听说过谁还把儒学大家的张载同时尊为诗学大咖的。总之，我们不能因张载在儒学上的崇高地位，就幼稚到将其某首具体诗词也抬高到同样不可挑战的"尊"位上，这样既不公正，也不是一个真正的文人士大夫所为。不要以为不恰当地拍孔子的马屁就能把自己拍雅，孔子尚且如此，何况张载？

顺着以上的思路再反其道而延伸一下，针对古人的某个作品，从创作技法而言我们完全可以有一说一、就诗论诗，但不能以偏概全，一旦将其人或其作品上升到整体维度来论定，就需要慎重了。有的时候限于历史，古人可以"批评"古人，而今天的我们有幸站在全局的视野重新审视，就不能跟着古人"瞎评"古人了。比如以文学史的眼光来看白居易和元稹所独创的新体诗，是非常成功的，甚至可以说是前无古人后无来者。但苏轼却评价二人说"元轻白俗"，那是因为文化语境和视角

---

[1] 陈如江. 古诗指瑕 [M]. 上海：东方出版中心，2021：103-104.

的不一样。苏东坡可以一眼"读透"二人的新体诗，觉得不甚"厚重"，但对我们浸淫于白话文语境下的今人来说，元白既不"轻"也不"俗"，不但不"轻俗"，反而很"雅重"。同理，李清照"调侃"苏轼等人的词作不合律调，但今天我们再看，反而认为正是由于苏轼的大胆创新，才有了"新开一派"词风的浓重一笔。因为"宋词中尝有被称为一时名作，而文字不甚可观者，盖其作品以音乐为第一位……经过作者变伶工之词为士大夫之词，词之风格始高，境界始大。……词自东坡，才倡导文学与音乐分家，而将文学性提高至第一位，音乐始退至次要地位"[1]。

　　总而言之，今天的我们既不能跟着苏东坡偏论元白，也不能附和李清照妄议苏轼。对古人的很多观点我们得要有一定的文学史的背景及自己的思考，但这些均已超出本书的重点，仅点到为止。

11. 诗贵浑成

　　浑成是严羽、谢榛、王夫之等诗家共同推崇的一种诗词圣境，此种诗境羚羊挂角，香象渡河，不见雕琢痕迹而浑然一体。浑成所涉及的主体元素可以有多种多重维度：并列论之则有诗法与诗情、情语与景语、意象与主旨、音律与意脉浑成等；按大小论之则有词句与整篇、诗眼与全诗浑成等。呈现个事雕琢之象的背后之法，可有胤自天然而全然不假雕琢者，如汉魏诗篇；亦有干脆雕饰至极致而不显痕迹者，如盛唐诗篇。限于篇幅仅取其一论之，如清代龚自珍的七言绝句《己亥杂诗其五》：

> 浩荡离愁白日斜，吟鞭东指即天涯。
> 落红不是无情物，化作春泥更护花。

　　读过的诗友都会冲口吟出后两句，但前两句可能死活也记不住。原因就是此诗前后两截不浑成。做个横比，看唐代王翰的名篇七绝《凉州词二首·其一》：

> 葡萄美酒夜光杯，欲饮琵琶马上催。
> 醉卧沙场君莫笑，古来征战几人回。

　　以及中唐张继那首让寒山寺成为苏州寺庙排行榜第一的《七绝·枫桥夜泊》：

> 月落乌啼霜满天，江枫渔火对愁眠。
> 姑苏城外寒山寺，夜半钟声到客船。

---

[1] 朱庸斋. 分春馆词话 [M]. 广州：广东人民出版社，1989：62.

笔者敢说后两首七绝肯定比龚自珍的那首更浑成。首先是大家都能轻易地背下来，能背得全篇并不是说你背功了得，而是人家写得确实行云流水一脉贯通，更容易理解和记住。具体而言，大家注意《凉州词》第一句的"美酒""杯"与第二句的"饮"及第三句的"醉"，第二句中的"马上"与第三句中的"沙场"及第四句中的"征战"，均互相属于强链接的勾连字词，正是这种仰仗诗创"技巧"的前后照应的字词穿针引线，才能给人浑然一体的阅读愉悦感，自然就不会出现背前不背后或背后不背前的"断片"状况。

《枫桥夜泊》也是：第一句中的"月落"与第二句中的"眠"、第四句中的"夜半"，第二句中的"江"与第四句中的"船"，第二句中的"愁"与第四句中的"客"，以及第三句中的"寒山寺"与第四句中的"钟声"等，从意象上看这些字词无疑也都是前后关联的，"提起"第一句就自然把后面几句顺势带起，同理读到最后一句也自然能照应到前面几句而不至于"断裂"。正是由于通篇浑成，使得其诗整体能量场的"诗值"，有一种各诗句一加一大于二甚至三的"聚变"效果，肯定就比有割裂感的诗句凑成的诗更高。

12. 一定要学会利用网络工具

我们一再强调今人学吟诗填词，一定要学会充分利用现成的各种网络工具、大数据模型等，而且它们还在不断日新月异地迭代更新，所以我们也得持续保持对它们的跟进，直到人工智能 AI 机器有了奇点，有了情绪和情感，那时候我们诗创人才真的可以歇菜了——不过完全不用担心，也许整个碳基生命体系都得让位于硅基生命系统，又何足挂齿于碳基体系里小小的人类里的小小的诗创癖好？

从某种意义上说，当代计算机的运算能力已经使其具备了足够的"诗力"——它其实已能穷尽所有常用词汇的可能汉字组合，就相当于唐人和今人以及未来人所有已写尽和未写尽的诗，理论上全在人家的"数据库"里了，只是目前它的"诗觉"太差，根本无法自行判断哪些是诗，哪些是文字垃圾；哪些诗美，哪些诗俗，因为 AI 人工智能目前还完全没有任何自主的审美和情怀。

在人工智能的奇点到来之前（谁也说不清还要多久），为了更好地为当下的诗创人抒情、言志、宣泄服务，我们最好不要拒绝高科技、互联网、数据库等给我们提供的一切辅助便利。它们可以在检测韵字韵部、检查平仄格律、搜索检验典故、匹配对仗词汇、指定字眼组词等方面，给我们带来巨大的效率提升。

检测韵字韵部

几乎所有的诗词网站都具备此功能。无论是根据韵字查所在韵部，还是根据韵部搜选可用韵字；无论是基于古韵《平水韵》《词林正韵》，还是基于今韵《中华通韵》，也就是花费手机或电脑上"点击一下"的工夫，结果就全出来了。而且很多网站还会把每个字在《汉语字典》《康熙字典》《说文解字》注音、切音、释义、案例等罗列殆尽，举的例子还都是古汉语和古诗词的，针对性非常强。包括更细的是否平仄通用字（发音不同而含义相同）、平仄两用字（即发音不同意义也不同）等也都可以做到准确秒查。但在过去，这些都必须是身边得有个非常博学的"大儒"或专业的书籍库才能做到的。高科技和人工智能今后会淘汰很多职业，首先会从淘汰某些"技能和知识"型的开始，而且已经在进行中了，因为这方面网络和机器会做得比人既快又准。

检查平仄格律

这是诗词网站最基本的标配，也是最能节约当今诗创人时间和生命的功能。互联网不发达的从前，我们都是人工去翻看工具书来检测诗词作品是否入韵合律，但难免出错。笔者就有好几首作品的个别字以为没有纰漏，结果多年后用网络一查，平仄甚至韵脚还真有问题，当时愣是没看出来。尤其对习惯普通话的北方人来说，若吟诗填词选依古韵（《平水韵》《词林正韵》）的话，就更容易在涉及入派三声的很多字上出问题。

不光是诗词，对联的平仄也全都可以校验。检测出来有问题后，很多网站还会根据你前后未出错的字词，相应给出正确平仄的可选搭配字，而且这些字也均是有古代诗文语典出处的，虽然这些或许都不是最佳选择，但起码能给你提供一些可贵的线索，供你根据自己上下文的意旨及语境再作进一步的延展思考和推敲。

当然，还有很多诸如自动帮你检测诗词中是否有重字的拓展功能。

搜索检验典故

很多网站目前都提供了根据古代的人名检索所有与其相关的知名典故，以及根据可能的词汇检索是否有相关的典故，并且全都详尽提供了典故的原典出处、典故的用词、具体的诗词应用案例，等于是检索即学习，至少一石二鸟。

在前面诗词用典小节里，我们已经提及了一二，此处再用本书的一处标题作为例子继续阐述。第二章第一节第一处小标题原本的题目是"不谐韵者岂成诗"，这是刻意用了七言律句作为标题。后来笔者"阴干"几天后，突然觉得"岂为"似乎更好。其实二者大同小异，实无二致。但因为咬文嚼字的诗人职业病，如果你非要从中选一个而又定不下来，那么通过诗词网站的检索，便会发现据不精确统计，"岂为""岂成"的语典数真的相差很大：分别为 1543 个和 64 个，果然验证了笔者之前的那种"诗觉"。

之所以说"不精确"统计，是因为不愿花时间再去把这所有语典一个个分析排查、只保留"岂为""岂成"单独组词（以"为"和"成"为节奏点）的诗句，并且"为"字取平声意。此时只做定性判断而不做定量细分，二者也都会有统计误差，且误差比例大致相当，故不影响判断的结果。

笔者后来权衡了一下，就把标题换成了"不谐韵者岂为诗"——此时并不是一定要选用古人用得语典数最多的那种，更多的还是应根据你上下文的意脉而定。另外，此标题（诗句）中的"诗"既可指诗人，亦可指作品，而且都是笔者所想要强调的，"以少总多"亦为诗创高级阶段所应追求的境界之一。

匹配对仗词汇

在写对联及律诗的对仗句时，让我们挠头的一个难题就是出句容易对句难，其实就是最优对仗词汇的寻找选择问题。感谢伟大的互联网，只有你想不到而没有它找不到的。任何一个词汇甚至字，一秒钟不到的工夫，它就能从古代的对仗诗句里找出所有与其配过对的词、字，并按出现的频率排列。点进去，古诗的出处也尽现眼前，可谓解难、学习两不误。此功能对初学者很有帮助，勤用它的目的就是尽早步入高级阶段达到无须再用或偶尔用之的状态。

指定字眼组词

新手遇见次数最多的一个难题也许就是"词穷"，尤其是非中文系的同学。过去要么高手帮忙，要么查词典，要么花几年时间去增加自己的文化底蕴。但这些似乎都不是当下即得的有效办法，而且词典都只提供以某字起首（而不是结尾）的词语。此时大部分初学的诗友就开始乱来了，犯一个最常见的致命错误——把想得到的白话文语境里的词汇代入诗中，很多是既不搭又落俗。

但现在很多网络工具都提供以某字开头或结尾的所有古代诗文里用过的词组的检索功能，一回车，瞬间几十上百个选项汹涌到你面前，像古代妃子列队向皇帝争宠献媚一样。此时你只需轻启"御手"，看到有"眼缘"的点进去，立马可以通透地"御览"到该词汇所有不同的解释以及古代诗文的案例供你学习、取舍、"选秀"了。即便非中文系毕业，如此坚持一两年，也大差不差了。

今人与古人所处的古代文化语境太过遥远和生疏，而且也没办法像专门研究古文、诗词的大学教授成天浸淫于此，以至于达到与古人相差无几之地步。但我们吟诗填词又无时无刻不仰仗这些源于古代语境的词汇来填入或提供灵感与线索，那么用古人都垂涎三尺的现代数据库及互联网辅助工具来帮我们达到此目的，何乐而不为呢？诗创的辅助便利功能只可能越来越丰富和先进，希望大家都能跟上这个诗创大众化的时代。

13. 别再跟林黛玉教的"古法"学诗了

之前笔者在全国各地参加过不少文化雅集，也举办过很多次诗词讲座。记得很早就有位国学爱好者听说我主作诗词文化，很有找到"同道"的激动，然后第二句话冲口便是："黄老师，那你应该多研究研究《红楼梦》呀，多跟林黛玉他们学一学古典诗词。"第一次听到此类"群众指示"，笔者并未当回事，只是岔开话题。没承想后来隔三岔五地仍然会"沐浴"到该类不知疲倦的"谆谆教诲"。

自从咱国家大力倡导文化复兴以来，虽然大多是正向的势头，但也总有个别负面的现象。其中最甚者无异于不懂文化者附庸风雅大谈文化，一窝蜂地言必谈四大名著、诸子百家、唐诗宋词、周易八卦，而不管所引用的这些传统文化是否能与其原本的命题对镜。随着近年来国内外井喷式火爆的长短视频，另一个更严重的文化败象则愈演愈烈，当今在去中心化、全民自媒体、鸿儒与白丁齐肩内卷的网络上，翻版成了人人有"高见"、个个是"专家"。正如早期那句最有名的外国网络格言"在互联网上，没有人知道你是一条狗"[1]。因不断遭遇这些百姓"专家"的"当头棒喝"，遂觉这些观点绝非无须置理的个案，有很强的"群众基础"，必须严谨回应一下。

回应之前，我们不妨看看曹雪芹借林黛玉之口，在四大名著之首的《红楼梦》中是如何诗授的。在第四十八回里，林黛玉对想要学诗的香菱说："什么难事，也值得去学！不过是起承转合，当中承转是两副对子，平声对仄声，虚的对实的，实的对虚的，若是果有了奇句，连平仄虚实不对都使得的。"[2]黛玉还说："词句究竟还是末事，第一立意要紧。若意趣真了，连词句不用修饰，自是好的，这叫做'不

---

[1] 财经头条. 中关村在线: 在互联网上,没有人知道你是一条狗 这幅漫画卖出127万天价[EB/OL]. (2023-10-18) [2023-11-13]. https://t.cj.sina.com.cn/articles/view/1747383115/6826f34b02001acwj.
[2] (清) 曹雪芹, 高鹗. 红楼梦[M]. 2版. 北京: 人民文学出版社, 1996: 645.

以词害意'。"[1]——结果几乎所有不思进取的小白都坚信自己的诗"意趣最真"。

随后香菱表示："我只爱陆放翁的诗'重帘不卷留香久，古砚微凹聚墨多'，说的真有趣！"黛玉马上回道："断不可学这样的诗。你们因不知诗，所以见了这浅近的就爱，一入了这个格局，再学不出来的。你只听我说，你若真心要学，我这里有《王摩诘全集》，你且把他的五言律读一百首，细心揣摩透熟了，然后再读一二百首老杜的七言律，次再李青莲的七言绝句读一二百首。肚子里先有了这三个人作了底子，然后再把陶渊明、应玚、谢、阮、庾、鲍等人的一看。你又是一个极聪敏伶俐的人，不用一年的工夫，不愁不是诗翁了！"[2]

以上大概就是《红楼梦》里教诗的精髓了，即次序应该是先学五律，次学七律，再学七绝，最后学五绝，此为学诗的不二法门。其实这些也都不全算曹雪芹的个人发明，也是承袭了某些古代诗家的见解。比如严羽曾说："律诗难于古诗，绝句难于八句，七言律诗难于五言律诗，五言绝句难于七言绝句。"[3]林黛玉恰是照此排序教香菱学诗的。

平心而论，以上说法在古代语境里还是很有一番道理的，而且确有依此成才者。但放到当今则不尽然了。因本书主旨及篇幅所限，笔者此处不便展开专业的学术探讨——还没必要上升到教授、博士那么高的学术研究层面。我们不妨反其道而行之，退回到一般小学毕业生的基本常识和逻辑水平来解读，就足够了。请诗友们放下所有情绪和概念，稍微思考一下这几个问题：

1.《红楼梦》是一部小说还是讲解诗词乃至诗创的专著？

2. 林黛玉在书中的人物设定本身是否为诗词翰林或诗创大家？

3.《红楼梦》作者曹雪芹和高鹗，是被公认为清代的诗词高手吗？

4. 后世有哪位诗创高人是师从《红楼梦》的诗词而成就诗名的？出来走两步。

5. 五绝和七绝比，哪种诗体字数多？

6. 绝句和律诗比，又是哪种字数多？

相信看到这里，有悟性的诗友估计不用再读以下内容，就已经豁然于心了。这真的就只是个简单的常识逻辑命题。如果还不太明白，不妨继续细闻笔者"谬论"

[1]（清）曹雪芹，高鹗. 红楼梦 [M]. 2 版. 北京：人民文学出版社，1996：646.
[2] 同 [1].
[3]（南宋）严羽. 沧浪诗话 [M]. 北京：人民文学出版社，1983：127.

详解。

在经过多年诗词相关尤其是专职从事诗创、诗授之后，笔者一直秉持如下系列观点：一定不能混淆古代文化语境和现代文化语境、刻古代"之乎者也"语境之舟以求当今人工智能互联网时代诗创之剑；一定不能混淆古代专业诗创和当今我们业余诗创；很多自古传下来的诗词写作方法本身，一定要有所扬弃，否则就无法匹配当代诗词爱好者的实际情况。

大家都知道，吟诗填词是古代文人士大夫职场第一竞争力，在他们人生最关键的时刻——科举考试里，必须写出像样的诗词文赋来，那是他们今后安身立命最根本的专业能力。否则上对不起君，下对不起民；前有愧于古人，后负惭于来者。这是往大我上说。往小我上说，文人也是人，他今后这上面的高堂，下面的儿女，前后院的妻妾丫鬟佣人们都得养活，他不写出逆天的好诗词文赋来行吗？换句话说，能写出高水平的诗词歌赋，以上就可谓完成一半了。故对于古代文人来说，吟诗填词可谓要使出吃奶的劲儿、咬着后槽牙来严阵以待的，这是不容否认的古代真实语境。

反观当代，咱们拼命工作赚钱，养家糊口，还房贷、车贷等，请问这一切生活、教育、家庭以及事业的开销，究竟还有哪些会靠吟诗填词呢（极少数者除外）？如果说吟诗作对是古代专业人士的本职所为，那么在今天绝大部分情形下，就都可谓业余人士的休闲爱好了。即"诗不是一种谋生职业，而是一种生活方式（玛丽·奥利弗）"[1]。——这么巨大的鸿沟和区别，为什么有这么多人甚至包括部分学者专家就是整不明白呢？还在一味因循古法施教呢？

笔者不由得想起一个其他领域惨痛的经历，本人本科是湖南某大学计算机专业毕业的。20 世纪八九十年代别说文科，我们连西洋传过来的什么数理化这些理工科的课程体系都执行得非常教条死板，想当然的严重脱离实际。比如那时我们必修的计算机语言由先到后有汇编语言、Basic 语言、Pascal 语言、Fortran 语言、Cobol 语言、C 语言、数据库语言、人工智能语言……以及笔者现在已实在想不起来的其他更偏门、更"缺德"的语言了，多到连班里学习顶尖的同学都疲于奔命、苦不堪言。理论上可能学得越多越好，外国大学学四种我们就一定要学八种语言，先在数量上彻底"干翻""卷死"这些亡我之心不死的资本主义、帝国主义们。这种源于 20 世

---

[1][美] 塞琪·科恩 . 写我人生诗 [M]. 刘聪，译 . 北京：中国人民大学出版社，2014：1.

纪特殊时期早已老掉牙的理念，实行的结果往往是先"自损一千"，更别提能"伤敌一百"了。

我们在毕业后的实际工作中，90%以上的同学对大学学的半数以上的那些语言，从来都没有使用过哪怕编过一句程序。我们过去很多学校的教育体系设计，都是异想天开地为培养"他们心目中以为的"科学家甚至院士准备的，而不是为社会真正的需求服务的，因为那时从教师到系主任根本没一个真懂社会实际的需求到底是什么。别说那时了，即便今天又如何？君不见，前不久全国政协委员、民进上海市委副主委、上海科技馆馆长倪闽景，在"长三角教育发展研究院成立大会暨'学习贯彻党的二十大精神，加快建设高质量教育体系'研讨会"上，重磅祭出了振聋发聩的反思："我们的理科课程落后世界70年，大量内容是200年以前的知识！"[1]

理工科教学理念如此，文科的诗授亦不会好到哪里去。很多教授的相关思维恐怕还停留在元明时代，他们看似严谨完备的诗授体系，其实也同样是被一个严重脱离当下的潜意识思维所左右：恨不得把每个学生或学员都要往古代李白、杜甫、苏轼、李商隐的标杆上培养来"光耀师门"。这种不切实际一厢情愿的教学体系教出来的后果，更多的是使教与学的成本非常高昂。某种意义上我们是在垫背了大多数学员、诗友的努力成本和人生成本后，就为了大浪淘沙地从中筛选出来所谓极个别的"尖子"选手。但可笑的事实是，即便是你这种体系熬出来的所谓高端"人才"，也很难保证他们能成为引领世界的科学家、院士，就更别提成为李白、杜甫的下凡转世了。

之前我们也说过，元代以前的中国文学史其实就是诗歌史，即中国古代的文宗诗祖们很大程度上都是通过诗词歌赋的形式，把他们灿烂的文化、光辉的思想、博大的智慧，传承教化给后世子孙的。为往圣继绝学，为万世开太平，没有诗词歌赋这个撑起中国古代文化最大的砥柱还真不行。但是，在经过工业革命、互联网革命之后，全球的殿堂和坊间均被突如其来的人工智能的先锋"小浪"，拍得有些蒙圈的当下，在文化传承和文明迭代剧烈交织的时空里，客观看世界，诗词确实已经让出C位了。诗词由古代被赋予多重文化重任的文体之大宗，演变到今天更多的是"业余诗人"和普通爱好者抒情言志的全民参与式的休闲文体了，这个显著的变化相应地也必须引起诗教、诗创模式和方法的变化才行。

---

[1]上海科技馆馆长倪闽景：我们的理科课程落后世界70年 | 前沿抢先看 [EB/OL].（2023-12-11）[2023-12-16]. https://www.tmtpost.com/video/6829445.html.

　　经过几十年的实践，笔者所认同的对标当今广大业余诗词爱好者诗创和诗授的模式，正好和某些"古法"相反，对绝大多数入门诗友而言：最简便易学的捷径是先从对仗（对联）入手，接下来是绝句，然后是律诗。可以先尝试五言，再试手七言。同理词也最好按小令、中调、长调的次序渐进。当然部分诗友如认为自己对七言更有感觉，也完全可以先学七绝再练五绝。所谓诗创无定法，一切因时因人而异。

　　事实上，也只有少部分古人是按照严羽和曹雪芹所云"古法"学的，所谓"古法"也绝非定法。此处不妨来个以古制古、"以毒攻毒"，明代著名的学者、诗人、诗论家胡应麟同志曾精辟地指出："七言律最难，迄唐世工不数人，人不数篇。"[1] 既然如此，你让广大初学者一上来就先攻最难的律诗，不能不让大家怀疑这些无法置身于当下语境的教授，是否古代的"雅饭"吃得太饱而撑得没法干当代的事。

　　如果把命题换一下，已经步入高级阶段的诗创人，要求写出精品来，五绝和七律，哪个更容易？那倒很有可能半数以上的高手认为五绝更难。因为对他们来说，诗力和诗觉均已纯熟，轻易写出任何诗体已根本不是问题。五言因为字少，一眼就能"望穿"，败笔也好，诗眼也好，藏不住。恨不得每一处都是缺一不可的锦词警句。而七律是五绝的两倍字数还多，必须靠中间两联的对仗以及各类修辞技巧才能绷住而不至于让读者感觉索然无味。即写好律诗可谓靠的是诗力和功底，而五绝在实力的基础上，更需仰仗一种天赋和运气，故清代张谦宜云"五言绝句短而味长，入妙尤难"[2]。

　　古代中国人如此，当今老外亦然。罗伯特·麦基曾经举过当代全球 50 位管理大师之一、影响世界进程的 100 位思想领袖之一的理查德·帕斯卡尔的例子，帕斯卡尔曾经给朋友写过一封长而无当的书信，然后在信尾又深表歉意，说他没有时间写一封短信，简明扼要需要花费时间，卓越超群来自孜孜以求。[3] 你也可理解为**写好律诗需要的是技术，而写好绝句则需要的是艺术**。这也是为什么古法认为对专业诗人而言，绝句难于律诗、而五绝尤难的原因。但对既没技术也缺艺术的大多数新手小白来说，笔者建议诗创还是从五绝开始练，好歹字数少。

　　另外，林黛玉所云"若是果有了奇句，连平仄虚实不对都使得的"以及"词句究竟还是末事，第一立意要紧。若意趣真了，连词句不用修饰，自是好的，这叫做'不

---

[1]（明）胡应麟.诗薮 [M].上海：上海古籍出版社，1958：81.

[2]（清）张谦宜.絸斋诗谈 [M].卷二：8.

[3][美] 罗伯特·麦基.故事：材质、结构、风格和银幕剧作的原理 [M].周铁东，译.北京：中国电影出版社，2001：6.

以词害意'"等，其实也是应该针对古代专业人士而言，而不是对我们今天的初学者的。什么叫"奇句"？那些处于初级和中级阶段诗力弱、诗觉钝的新手笔下所谓的"奇句"，依笔者几十年诗创、诗授的经验来看，绝大多数根本就不是"奇句"，也达不到"意趣真"的地步。既然不是"奇句"，又何妨把"平仄虚实不对"之处改之？！既然没什么"真意境"，又何妨多修饰一下、多锤炼一下词句以达真境呢？！

而且，黛玉说的"不过是起承转合，当中承转是两副对子"，肯定是过于机械划分而失之偏颇了，我们在前面起承转合那一小节里早已详细讲过，很多律诗的"转"根本不在"当中的两副对子"，而是在第七句转的。

可见曹雪芹借黛玉之口所说的诸多只适合于古代部分专业诗人的"名言"（而且还有错误），却无意中误导了当今一大片普通诗友——往往越是水平低下的初生牛犊，越是胸中只有一两滴墨的"网络高手"们，越是把"不以词害意"当成不愿修改自己"俗诗糙词烂对联"的挡箭牌——而且此借口出身还颇为高古，原典应该是刘勰引用孟子所云的"说《诗》者不以文害辞，不以辞害意"[1]。

还有，林黛玉（曹雪芹）认为陆游的诗"重帘不卷留香久，古砚微凹聚墨多"偏于"浅近"，"断不可学"，也纯属古代语境下的一家之言。对今人来说，如果他已是经过历练的诗创高手，早已能"生活自理"了，根据自己的实情渐次取谁不取谁，如人饮水，冷暖自知。如果他还仍处于初级诗创阶段，正像笔者之前所言古代太多熟典均无一例外地成为今人语境里的生典一样，今天的诗词小白对标陆游一点不跌价。果真能写出类似的诗句，不但不浅近，反而算是今人步入业余高级诗创阶段的标志。而且曹雪芹和林黛玉都不是古代诗词史的专业研究者，又凭何论断没有古代诗人从类似陆游此联的诗句中得益？

此联出句无任何问题，颇有意趣，他们主要诟病的应是对句"古砚微凹聚墨多"。诚然，若仅从字面上求单解，确实不如出句精彩。但我们不妨一睹陆游此诗全貌：

七律·书室明暖终日婆娑其间倦则扶杖至小园戏作长句二首·其二

> 美睡宜人胜按摩，江南十月气犹和。
> 重帘不卷留香久，古砚微凹聚墨多。
> 月上忽看梅影出，风高时送雁声过。
> 一杯太淡君休笑，牛背吾方扣角歌。

---

[1]（南朝梁）刘勰. 文心雕龙 [M]. 王志彬，译注. 北京：中华书局，2012：419.

末句引用的是春秋时卫人宁戚因家贫为人挽车，扣牛角而歌，被齐桓公拜为上卿的典故（《吕氏春秋·举难》）。诗贵有文外旨，笔者从诗创维度，配合末句整体来看，认为不能浅薄地认为"砚"只是砚台，"墨"只是墨水，更有"向上一路""向上境界"的一解："砚"指作者之类的士人，"微凹"暗喻学识涵养，故"聚墨多"——腹有诗书气自华，乃双关语也，恰与尾联意脉暗合。故仅从字面解读此联"琐屑纤巧，流于小家数"，实乃谬矣！

类似地，当今仍有部分词家简单地用古代针对专业词人的"古法"，来硬套当今广大业余填词之人，也是笔者不敢苟同的。这部分将在第五章"词的创作与鉴赏"里详述。

总之，我们千万不能断章取义，况且《红楼梦》是一本只负"文责"而无须负"诗责"的小说而已，不会真有初学者傻到要跟一本小说学诗创的地步吧？况且历代学诗词惯常都依唐诗宋词为范本，即便师道于清，起码也会择取比曹雪芹、林黛玉至少高一个段位的顾炎武、钱谦益、吴伟业、纳兰性德、龚自珍、赵翼、袁枚等人的作品来研摹，或至少是清季四家（王鹏运、况周颐、郑文焯、朱祖谋）的。至于诗话、词话，清代本就是一个数量及质量上盛产的高峰，人才辈出，典籍浩繁，曹雪芹就更排不上号了。所以恰恰相反，笔者倒认为今人如果谁依着《红楼梦》里人物的诗词去学诗词创作的话，那可真的就是"一入了这个格局，再学不出来的"了。因为中国当代文学家、诗人木心先生曾一语道破地指出："《红楼梦》中的诗，如水草。取出水，即不好。放在水中，好看。"[1]换句话说，（现在的）歌词须靠旋律才能成其美，《红楼梦》里的诗也只能靠小说才能支撑得住。但真正经典的诗、词、对联，白纸黑字，凝章天地，都是不假外物，独立地流传于世的。

笔者非常敬仰曹雪芹和《红楼梦》以及虚构人物林黛玉，绝对没有贬低他们的意思，但确有些许贬低那些以曹雪芹及《红楼梦》为学诗宝典之人的想法，因为他们走的实在不是一条对广大 21 世纪的普通人来说最优的学诗之路。

14. 大家卓见

根据笔者的一隅之见，把认为对诗创有所助益的古今中外的大家卓见分享于此。可能既不系统，也不周全，姑妄览之。需提醒的是，即便这些大咖，其观点往往各异，甚至自相矛盾。故大家今后阅读古籍借鉴时需有所思考，有所扬弃：

---

[1] 文学回忆录（全2册）[M]. 木心，讲述；陈丹青，笔录. 桂林：广西师范大学出版社，2013：xii.

急于求成、缺少经验的作家往往遵从规则；离经叛道、非科班的作家破除规则；艺术家则精通形式。[1]
　　　　　　　　　　　　　　　　　　　　　　——罗伯特·麦基

咏物诗最难工，太切题，则粘皮带骨；不切题，则捕风捉影。须在不即不离之间。[2]
　　　　　　　　　　　　　　　　　　　　　　——清·钱泳

学诗先除五俗：一曰俗体，二曰俗意，三曰俗句，四曰俗字，五曰俗韵。[3]
　　　　　　　　　　　　　　　　　　　　　　——严羽

平澹不流于浅俗；奇古不邻于怪僻；题咏不窘于物象；叙事不病于声律；比兴深者通物理；用事工者如己出；格见于成篇，浑然不可镵；气出于言外，浩然不可屈。[4]
　　　　　　　　　　　　　　　　　　　　　　——贺铸

诗有四不：气高而不怒，怒则失于风流；力劲而不露，露则伤于斤斧；情多而不暗，暗则蹶于拙钝；才赡而不疏，疏则损于筋脉。

诗有六迷：以虚诞而为高骨；以缓漫而为冲澹；以错用意而为独善；以诡怪而为新奇；以烂熟而为稳约；以气少力弱而为容易。　　——皎然《诗式》

古人炼字，只于眼上炼，盖五字诗以第三字为眼，七字诗以第五字为眼。

陵阳谓少陵改诗：赋诗十首，不若改诗一首，少陵有"新诗改罢自长吟"之句，虽少陵之才，亦须改定——《室中语》。[5]
　　　　　　　　　　　　　　　　　　　　　　——魏庆之《诗人玉屑》

注：五言第三字、七言第五字的位置上往往动词、形容词用得较多。但也只能说大概率如此，肯定不能涵盖所有的诗眼位置。各人诗创时可由诗"自己"决定。

沈约曾提出诗文的"三易说"："文章当以三易：易见事，一也；易识字，二

[1] [美]罗伯特·麦基.故事：材质、结构、风格和银幕剧作的原理[M].周铁东，译.北京：中国电影出版社，2001：3.
[2]（清）钱泳.履园丛话[M].张伟，点校.北京：中华书局，1979：225.
[3]（南宋）严羽.沧浪诗话[M].北京：人民文学出版社，1983：108.
[4]（南宋）胡仔.苕溪渔隐丛话（前集）[M].廖德明，校点.北京：人民文学出版社，1962：254.
[5]（南宋）魏庆之.诗人玉屑[M].（清代）谨厚堂：卷八，二.

也；易读诵，三也。[1]"

　　其中"易见事"是指吟诗著文用典应当通俗易懂；"易识字"是不用生涩古奥的字词；"易读诵"则是指诗文要易于朗读背诵传播。

　　诗有可解，不可解，不必解，若水月镜花，勿泥其迹可也。[2]

　　律诗重在对偶，妙在虚实。子美多用实字，高适多用虚字。惟虚字极难，不善学者失之。实字多，则意简而句健，虚字多，则意繁而句弱。[3]

——明·谢榛

　　写景写情，不宜相碍，前说晴，后说雨，则相碍矣。亦不可犯复，前说沅沣，后说衡湘，则犯复矣。即字面亦须避忌字同义异者，或偶见之，若字义俱同，必从更易。　　　　　　　　　　——沈德潜《说诗晬语·卷下》第五十八

　　诗盖有法，离他不得，却又即他不得……故作诗者先从法入，后从法出，能以无法为有法，斯之谓脱也。　　　　　　　——清·徐增《而庵诗话》

　　七言句若可截去二字作五言，便不成诗。须字字去不得，方是好诗。所以句要藏字，字要藏意，如联珠不断，方妙。

——元·杨载《诗法家数》

　　科学语言追求的是严谨，求单解，避歧义；诗歌语言正好相反，它是多歧义，求多解，以少总多。　　　　　　　　　　　　　　　——尚永亮教授

---

[1] 颜氏家训 [M]. 檀作文，译注. 北京：中华书局，2011：156.
[2]（明）谢榛. 四溟诗话 [M]. 宛平，校点. 北京：人民文学出版社，1961：3.
[3] 同 [2]19.

四、初学者常见误区及常犯错误

1. 常见诗创误区

因为最近几年笔者开始借助互联网和自媒体进行传统文化普及和诗授的相关活动，参加"胤然诗创"实战班的学员越来越多，他们中间有不少共性的认知误区。分享在这里供广大初学者参考一下，可根据自己的实情有则改之无则加勉。

（1）不自信不敢写

这是新手都会经历的一个心理过程，大可不必担心。我们之前反复强调：今人在（绝句等的）立意层面一点也不输给古人，甚至更强，先自信于此。

我们现在获取各类资源的便利性、全面性、有效性是几十年前所不可想象的，更是古人所无法奢望的。过去如果家附近没有好教师的话，基本上是不可能通过电报、信件来指导你学习的。另外，唐朝的古人是没法体会到宋词成就的，而唐宋元明的古人也是无缘享受到清代乃至现当代所有诗词研究的成果的。但现在互联网和高科技所支撑的现代文明体系，拉平了一切，完全消除了时空距离这个最大的障碍：网上存师者，天涯若比邻。总之，现在的初学者应该比过去更自信才对。

笔者有位学员，她之前没有接触过任何正规的诗词对联的系统学习。和她爱人一样都是酷爱中国传统文化的退休人员。爱人的诗词文化底蕴比她深厚些，写出来的作品让她非常钦佩。于是她在网上某平台先学习了笔者的诗词写作视频课程后，就报名参加了胤然诗创实战班，打了对联、诗、词两轮创作的通关。在第二轮的对联班上就能创作出来一副即便放在古人诗堆里也很难辨别是今人还是古人的作品。她现在回过头来再去看她爱人的某些诗句，也非常自信地反客为主，利用所学的系统知识和训练，替爱人的作品指点一二，鲤鱼跳龙门地明显反超过去的崇拜者了。故大家一定要满怀信心，当然前提是**兴趣**、**信心**、**好教师**，缺一不可。

（2）心不静没法写

其实越是心静不下来就越需要吟诗作对，让一颗或躁动不安或迷茫不已的心在诗创过程中恬淡下来，因为越写心越静。要想心静，就去吟诗，而且是"臭规矩"一大把的格律诗词。诗愈系是成本最低的静心法门、治愈法门。最后不但治愈自己，其衍生品——好的诗词对联更有可能疗愈别人，成为当代的经典而流传。何乐而不为？

（3）太忙了没时间写

持这种观点的诗友，一看就知道或者不是诗创熟手，或者没有充分活在当下高科技的文明里。因为对今人来说，吟诗填词本来就不是一项在整块时间段里突击就能完成的"作业"，它更强调积累、锤炼、灵感、运气，日常碎片时间可能反而更有效。笔者很多诗词对联都是从容利用碎片时间（车上、地铁里、洗澡时、马桶上、等人时……）最后吟定的，所以不需要挤占太多工作、学习和生活的整块时间。

这里分享一些李白、杜甫永远也享受不到的诗创便利法门：你先在家里台式电脑上用某款云办公软件花一个小时修改诗作，然后一看表，跟人约谈的时间快到了，于是关上台式机，抱上笔记本出门，坐地铁去约定见面的咖啡店。在地铁里面掏出手机打开那款云软件的 App，你之前在家中台式电脑里用同款软件修改的草稿瞬时便同步在手机上，然后地铁上宝贵的一个多小时你又用上了——甭管你是站着还是坐着，两眼只盯着手机诗稿，可谓如一朵莲花般的诗心，出淤泥而不染，不管周围如何嘈杂纷扰。到了地点，朋友来电话说堵车要迟到。没关系，咱又掏出笔记本，方才在地铁里第二遍用手机修改的诗稿又瞬间同步回笔记本的同款软件中，然后继续沉浸于诗创的愉悦里，全然抛弃了地铁的拥挤和等人的不快等负面情绪。有时你更可以同时使用电脑与手机，比如一边用手机修改诗稿，一边用电脑检测平仄、搜查典故、组词筛选等——因为功能更全、屏幕更大。

当所约之人终于姗姗来迟，然后你暂停诗创，协商那些紧急而不重要的红尘"屁事"。谈完了再找个地方吃个便饭。饭后互相道别后，突然觉得有排山倒海之内急，以"迅雷不及掩耳盗铃"之势喷薄欲出——哎，现在人心不古，太多饭馆食材的卫生状况实在不敢歌颂，所以赶紧在附近找个厕所接住咱的"飞流直下三千尺"。稍微那么缓过点劲儿后，便又在马桶上继续掏出手机，在刚才笔记本电脑上第三遍改的基础上，继续"传音十里幽犹在，挂壁千年字自香"了。

以上其实就是把过去笔者真实的一些诗创场景，做了一个电影蒙太奇式的融合编排。比如笔者多年前创作的一首少儿绿色环保歌词《青鸟》，就是在北京拥挤嘈杂的一号线地铁里，突然来了灵感，把自己感动得一把鼻涕一把泪。于是立刻掏手机把歌词的第一部分（主歌 A1）、第三部分（副歌 B）快速记录下来，居然流畅得一个字都不用改。合作的蒙古族交响乐作曲家后来告诉笔者，她当时给著名词作家阎肃老师看过这首歌词，阎肃老师也很赞赏，认为当时在地铁里灵感迸发而出的 A1 及 B 部分写得很到位。有意思的是，等笔者后来再正襟危坐于书案旁，补齐主歌的 A2 部分时，作曲家反而总反映有个别地方**"倒字"**（指旋律中的音调走向与歌词字的声调〔调形〕产生不匹配的冲突而使听众误解），可见这种碎片时间不但不是创作的"垃圾时间"，有时反而是金牌时间，因为灵感来时不会挑环境是否奢华安静、周围红尘气味是香的还是臭的，故要求我们在任何时间地点都得有"时刻准备战斗"的技术保障。

顺便借题延伸再多说一下倒字。其实要求歌曲创作也像戏曲曲艺里那样"字正腔圆"地完全避免倒字，也是不现实的，即便戏曲里也无法百分之百规避。如果出现严重倒字或倒字过多需优化时，应权衡修改的成本，比如若旋律很好不便改动、歌词是白话文且又不是诗眼所在，就"换词就腔"修改歌词；但若是歌词的精彩之处或胤然体歌词里的诗词歌词部分，而旋律也不是高潮所在，那么就"换腔就词"修改旋律。但若两者都不便改动，选择接受也未尝不可，因为即便唱遍大江南北的经典歌曲里，也都有一两处严重的倒字现象，比如《难忘今宵》中的"宵"字，《天路》里"送到边疆"的"到"字，《你知道我在等你吗》中的"吗"字等。

事实上，歌词的很多语音要素，入曲之后变得模糊殆尽，比如汉字的四声声调会被曲调中的乐音"遮蔽"而无法呈现出来。这是普遍而正常的情况。无论中西歌曲，要想听明白歌词，都需要语境的帮助。即倒字现象不可避免，匹配才是例外。[1] 把笔者这首《青鸟》歌词也附录如下（黄胤然词；何琪傲娃曲；周敏演唱）：

A1	A2
我是一只小青鸟	我是一只小青鸟
出生在北方	流浪在远方
爸爸妈妈带着我	爸爸妈妈带着我
向着那南方飞翔	找不到梦的家乡
他们说那个地方	黄沙啊漫天飘荡
能闻到阳光的香	遮住了阳光的香
青青的小河流淌	黑黑的小河流淌
像大地的歌唱	听不到她歌唱

B2

爸爸多么悲伤，妈妈眼泪在淌

我啊又累又渴，还要不停地飞翔

风啊你给我力量，云啊你不要阻挡

哪里是我们梦中，梦中的那个天堂

谁能帮我们找到，梦中的那个天堂

---

[1] 陆正兰.古今歌词的平仄与音乐性[J].成都：符号与传媒，2020（1）：113-114.

继续回归本小节正题，多年以前笔者也是在上下班最拥挤的北京地铁八通线上，站着把罗伯特·麦基的编剧圣经《故事：材质、结构、风格和银幕剧作的原理》给看完的。更戏剧的是，有时还是左手持书，左胳膊肘钩住地铁中间的钢立柱——像电影里司空见惯的脱衣舞娘一般，然后右手拿红笔旁若无人、津津有味地在书中精彩的段落下面，娴熟地画着红线，其难度系数也真不比钢管舞差多少。

笔者没统计过究竟有多少自我感觉良好的诗联或其他文案作品，最后也是在这样的场景里修改优化的，也没计算过有多少创意点子是在类似的环境里旁若无人、闭目养神地下载高维能量获得的。而如果像之前那样，没有充分利用这些看似百无是处的碎片时间的话，那么或者所约之人迟到——80% 以上的概率是他们必须得迟到而笔者永远是准时甚至早到的，有生以来等得最久的一次是约两位京城年轻的"国学"教师谈事，让笔者足足等了近 3 个小时——或者在北京可以把人挤成双脚悬空凌波微步的地铁里，身体沾染上前后左右四个人的汗水……这些都让人不由得想骂娘。而现在，改骂娘为诗创，即便地铁里不方便长时间看手机，因为诗词对联体量大都短小，只要瞥一眼诗稿，就可目视人群的熙熙攘攘、心系诗中的皓月梅香——照样可以默默诗创。然后猛一抬头，发现快到站了，不知不觉也许一两个好句子已经瓜熟蒂落了。

现代社会最大的一个特点就是烦琐事情太多，进而产生的碎片时间也太多，所以给你连续两个小时以上的时间去专注做一件事情，尤其是并不能给生活和事业带来直接经济收益的诗词创作一类的事，难免一边诗创一边心慌，效果可能并不好。所以一定要学会充分借助当代科技提供的一切便利，高效利用所有碎片时间，将诗创进行到底。

（4）背得越多，诗词写得越好

虽然"熟读唐诗三百首，不会作诗也会吟"，但并不是背得越多就写得越好。背诵只是必要条件，但不是充分条件。而且背诵的多少与诗词写作水平的高低，并没有一个逻辑上的正比关系。大家别被完全以考背诵诗词为主的"中国诗词大会"带沟里了。诗词能大量熟读、背诵其中的精华就足够了。笔者诗创 40 余年，现在基本上能背下来的古诗词（而且完全不包括诗名、作者名），诗、词肯定各不过百首，楹联则更少。以诗创为目的的背诵应根据自己的风格特点，缺什么补（背）什么，够用即可，它是不同于以鉴赏为目的的背诵的。当然如果你是个诗词新手，多背点也没什么坏处，只要不会因此带来逆反等负面效果就行。至于笔者，更愿意把宝贵的时间和有限的精力直接放在诗创而不是背诵上。

应该是只有某些初级的爱好者才会处处显摆自己的背功，考你下一句唐诗是什么；高级阶段的诗创人从来都是或明或暗地"比拼"自己所创的作品如何。

（5）求赞忽视炼

这个现象也比较普遍，每期总有个别诗友在上笔者点评学员作业的诗创实战课时，比较斤斤计较于得到教师的点赞。如果作品比较好，笔者点赞的地方比较多，就沾沾自喜，颇有成就感。若作品里暴露的问题和瑕疵较多，笔者讲解重点可能放在挑刺纠错、对症下药上就多了一些，便容易引起他们的些许紧张或失望，有挫败感。其实大可不必，实战课本身就是各类瑕疵、毛病、短板的集中大量发现，然后修改、优化的一个过程。实战训练不以获得多少赞美为目的，相反地，以发现和修改问题为宗旨，以监理和优化作品质量为目标。暴露出的问题越多越好。在教师的指导下，你改正的毛病越多，越能提高自己的诗力、诗觉，今后关键场合闹出的笑话就越少，越能及早创作出自己的经典诗作。

所以上笔者的诗词实战课，得要有一颗"大心脏"才行。教师除了赞美优点外，更会一针见血指出你作品的不足，有时甚至是你"引以为傲"多年的诗误，然后相应给出优化的方向。

（6）求量不求质

越是新手越容易有这样的误区，提供一批作品，教师监理出毛病和优化的方向后，他们第一反应不是去好好消化认真修改，而是先放在一边，又拿出一批作品让教师再给看看是否有"可圈可点"之处，然后不断重复以上"标准动作"，那架势似乎说："我就不信没有一首不能让你拍案叫绝的。"

我们湖南有句土话：一个窑里出来的砖，（质量）都差不多，尤其是对初学者。你同一时期的旧作水平都一样，暴露的问题也都大同小异，点评一首和点评十首，对学员来说其实效果一样。所以大家千万不能为了追求数量，而丢掉了质量。

要比数量，你比得过乾隆吗？当时曾经是万人"匍匐膜拜"，但而今无论学者还是老百姓，谁都背不下来一首甚至一句，因为几乎全是垃圾，品相极低。从饱读诗书，并由清代最顶级的大学者共同从小调教出来的乾隆的万首"诗词"里，都挑不出一首像样的，从新手的几百首"大作"里就更别指望能有让人愉悦吟诵的作品了。

与其你把有限的生命和时间，把本来就比古人差一大截的诗力，蜻蜓点水地浪费在比乾隆更不如的漏洞百出的 100 首"大作"上，还不如认认真真地集中火力猛攻一两首能立得住的作品，它比创作几十上百首毛病重复的作品更能炼你诗力和诗觉，更有价值，更能标志一种质的飞升。宋代诗人、诗论家韩驹曾云"人生作诗不必多，只要传远"（魏庆之《诗人玉屑·卷五》）。全唐诗张若虚的诗仅收录 2 首，而其中一首便是"孤篇横绝"力压万首的《春江花月夜》，一篇就足以名垂青史。南唐后主李煜的亲爹李璟存词也不过 2 首，但却都是华篇。所以学谁而不学谁，得认真思考后告诉你自己。如果只是全无敬意地轻慢玩弄诗词体而又不求大家拍案欣赏、自主传播的，其实无异于耍"诗词流氓"。

（7）求快忽视慢

写诗写得太快，或只能写快诗而不能写慢诗，也是一种诗病，这种误区在诗创高手里最普遍。因为大部分体裁和题材都游刃有余手到擒来，总是时刻跃跃欲试，任何感想不论大小强弱，都得有感而发一番。而笔者则是典型的慢诗作手，曾应邀参加一场雅集，主办方也请了另一位诗创高手前来助兴。兴致所至，那位老师当场赋诗两首，主办方欢天喜地。轮到笔者这边现场只吟成一联，无暇细琢出全诗。当时因积压几个文案要创意，事后两个礼拜仍未见"交稿"，主办方都在怀疑笔者是不是诗人了，直到第三个礼拜笔者才阿弥陀佛地"呈"上去：

七律·归来明月写华章

孟冬雅集善缘堂，同道欣欣夜未央。
琴有松风听古韵，茶无心念起真香。
庄鹏击水尘霾绝，颜巷澄怀鹤梦长。
丽句惊人难再索，归来明月写华章。

但也就是这首作品的颔联"琴有松风听古韵，茶无心念起真香"得到很多人的喜爱和传诵，也是笔者所知最早被盗版的诗句，它被某书法家当成无版权的古人作品，写成书法参加全国比赛了。

所以写得过快而来不及细究，没有一个必要的"阴干"过程的话，哪怕你水平再高，诗作也难免有瑕疵（除非你是李白的转世），那样作品越多，等于是让自己"砸牌子"的话头在世上留得越多。好事不出门，瑕疵传万里（互联网没有距离）。尤其是那些刚步入诗创高手之列，却又能快不能慢者，得要好好掂量一下，看是否要好好改一下自己那种数量喜人，而质量却每一首都难有惊人之效果的"高级"诗病。

(8) 重"思想"而轻"形式"

这个标题的背后，其实是争论了几百年的艺术作品的"内容"与"形式"究竟谁更重要的议题。冠冕堂皇的教育答案当然是"缺一不可地都重要"。不过具体到诗创领域，如果非要来个"你妈和你老婆都掉进河里只能救一个你选择救谁"的命题，笔者只能站队"形式更重要"且五百年不动摇。

笔者近几年的实战班退休人员占了不少比例。不知是不是受过去教育洗脑所致，很多诗友诗创时都有重"内容"轻"形式"的通病。但凡灵光乍现一个"有思想""正能量"的想法，立马就以为抓到宝贝了，兴奋得撸起袖子就题诗。其实你兴奋得早了些且兴奋点也不对。因为恐怕连你上小学的孙子都被教育得时时正能量，刻刻好思想，内容分都一点也不输你了。物以稀为贵，真正好诗的第一步是你在一定的立意前提下，是否能锤炼出来一些美的"形式"而非美的"内容"，吟出一二别人所没有的诗眼、诗句。倒退几千年，若单纯从诗的初心与诗创的本源来看，但凡不满足朗朗上口的形式美的诗句，全是垃圾，无论中外，根本就传不到现在。

拿辛弃疾经典的四句"众里寻他千百度，蓦然回首，那人却在，灯火阑珊处"来作对比，以下对话是不是在当代普通人的场景里也司空见惯："哥们儿跟你说个事儿，我八百年都没逛灯会了，今年我妈非拉着我去了趟元宵灯会。你猜怎么着？居然看见了我们校花和几个闺密也在现场游来窜去的。我装作没看见，但一直用余光锁定她们。嘿，盯着盯着就没影儿了，人山人海的。后来陪我妈逛累了就找个僻静角落歇会儿。嘿，你猜怎么着？我一回头吓一跳，背后黑咕隆咚的犄角旮旯儿里我们那校花正幽幽地看着我呢！盯得我直发毛。""哇，那后来呢？"

权且让我们就此打住，经过艺术加工，后面可以衍生出无数个艺术作品或模块。虽然此场景与辛弃疾的词从境界上来说一个天上一个地下，但实际的画面和心理反射弧却并无二致。在如今这个信息内容大爆炸的时代，思想正能量但却毫无形式美感的"诗词"能从公共厕所里一路堆到你们家书柜上，但美到让人过目难忘的诗句却一句难求，非诗人、非大家而不能为也。故诗友们的重点要放在诗词的形式美上，最关键的是，但凡形式很美的诗词，你告诉我，它的内容又能差到哪里去？！

(9) 全用旧作交作业

很多学员平时都有本职工作，而且拖家带口的劳务繁重，于是干脆就一周写完几周的作业先存着，到点递交。或者干脆就用过去的旧作来交每周的作业。这样的弊端是显而易见的，说得直白一些，等于教师每次的点评都白说了。因为你每次的作业所呈现出的水平和问题，还停留在几周前甚至几年前，并未消化教师每周的分析指要，然后融入你的新作品中，或是据此优化后的老作品中。等于教师每次可能都得重复上几次已经点出的问题，使得师生同时有挫败感，而不是那种应有的、二者同时从学员的不断进步中获得的愉悦感和成就感，学习效率和能力锻炼自然大打折扣。所以学员应遵循每周重新创作或对之前旧作修改后再递交的规则。

（10）一对一比一对多辅导好

我们说并不是所有教学都是一对一的效果更好，就像所有小学到研究生都是有很多学友同班一样，那种纠错型的实战点评一对多恰恰比一对一的效果更好：也许同修诗友所暴露出来的问题，恰恰是你9周训练未及呈现的毛病，多一个诗友同班就等于多学一道，而且还可以有个互相鼓励、互相借鉴、互相比拼的"学伴效应"，都更有助于提高诗创的学习劲头和效果。当然也不是越多越好，笔者经过多年实践发现，线上每期两人以上六人以下效果是最好的。

（11）实战点评可以把我的作品点石成金

正像某位在大学里专职教授学生写诗词的知名教授所云：我不能保证把你培养成为一名（合格的）诗人，但我可以保证把你培养成为一名（懂得如何）写诗的人——这是比较切合实际的教与学的共同目标。

笔者想继续把它发挥一下：我不能保证你跟我学了诗创之后就一定能创作出经典传世的作品，但我可以保证帮助你快速有效地监理出自己诗创的特点和短处，找出影响你写出精品的那些习惯性的毛病，不断扬长避短、修正优化，最终有针对性地帮你打磨出一套适合自己的吟诗填词的模式。等于是教给你一套有效的方法和流程，至于最终是否能诞生经典作品，我们共同期望但不强行奢望。

所以诗创是以练为主，并不是非要帮你把作品优化成可以传世的佳作不可——这是可遇而不可求的，既仰仗天分也借助机遇；跟教师的点评好坏当然有关系，但更多地还是靠你自己的诗力和诗觉。有的诗坯适合，但有些可能本身就不适合也不值得去炼成"经典"，而是当成诗创锻炼的素材"用完"即"存档"的。如真想出精品，还不如审时度势另起炉灶，换一个主题、角度、方向等，重新创作可能还更容易出经典。

水平再高的教师也不敢保证能用9周时间把你某个作品优化成经典，即便李白、杜甫下凡也不可能。毕竟诗创不同于财务记账，只要认真努力结果都会令人满意，优秀的作品更多是依靠诗人轮回里所"下载"的底蕴——天赋，这是后天努力所无法抗衡的。

2. 作品易犯错误

此小节主要集中分享一些新手作品中最常见的毛病，供大家借鉴参考。虽然将其归为诗的篇章之下，但并不为吟诗所独有，亦常见于填词、写对联中。

（1）文白杂糅

文言文与白话文在诗词中粗暴低级地胡乱搭配，这几乎是新手最常见的错误了，尤其是古典文化底蕴欠深厚者。如果平时积淀不够，哪怕学完一轮诗创通关后，还是有少数地方会犯此禁忌的，看一首五绝案例：

> 长风无限慨，野外几多艰。日落云飞尽，星稀月上山。

其中"无限慨""几多艰""月上山"等均为不伦不类或文白混搭的别扭组合了，历代诗词里几乎无语典支撑，一眼望去尽落俗套，很不对味，要尽量避免。另外"无限意"有近三百处语典，为何不用它而非要用"无限慨"呢？即便咱古文功底不深厚，无法判断，但随便找个诗词网站对比一搜，便立马知晓。文化底蕴的积淀虽然得采用慢炖的模式，但亦不拒绝一些便巧法门，比如多检索历代诗库，就能知道你的用词是有语典支撑的，还是可以去中国版权保护中心申请著作权的文白混搭的"独创"的。所以咱越是新手越不能犯懒，此所谓勤能补拙、巧能补拙。

其实这也是"无限感慨"的不合规缩写，没有这样的"缩法"，属生造词。"汝果欲学诗，功夫在诗外"，新手平时务必多读一些文言古书，以强化自己文言语境里的濡染和感觉，毕竟诗词脱胎于古代，离文言更近而不是白话文。

还有一些明显是现代汉语才用的词，代入诗句里也立见生硬，必须相应换成诗境下的用词。比如你吟出一句"长风拉水浪摩天"，这"拉水"用得就很拉胯掉价，明显是文白混搭的诗句。如果改成"曳"就立马像那么回事了：长风曳水浪摩天。

再比如"找"字，元朝以前的诗典里没有一个，元朝也只有一个，它是典型的白话文语境用词。所以你写成"海上找仙客"肯定俗不可耐，得换成"求"字：

> 海上求仙客，三山望几时。（孟浩然《五律·寄天台道士》首联）

笔者前不久有一期对联班的学员作业是：

> 三更细雨吹花冷；一盏青灯把酒温。

"把酒"为古代文人士大夫高雅的文化动作无疑，它是动宾结构，本身没有问题。但若在其后再填一动词"温"，语感和美感顿失，只能用现代汉语语境来解释了："把"变成介词，与"酒"组成介宾短语，作动词"温"的状语。"把"作动词很高雅，但作介词则落俗。文白语境真的不能混搭——聂绀弩先生的"绀弩体"诗词除外，大家可多加揣摩。比如他的《七律·草宿同党沛家》：

> 成百英雄方夜战，一双老小稍清闲。
> 眠于软软茅堆里，暖过熊熊篝火边。
> 高士何需刘秀榻，东风不揭少陵椽。
> 清晨哨响犹贪睡，伸出头来雪满山。[1]

以及《七律·削土豆伤手》：

> 豆上无坑不有芽，手忙刀快眼昏花。
> 两三点血红谁见，六十岁人白自夸。
> 欲把相思栽北国，难凭赤手建中华。
> 狂言在口终羞说，以此微红献国家。[2]

聂诗最大特点就是很多诗句单看很"俗"，但他用雄厚的诗力将风马牛不相及的白话与文言打磨成圆融无二的工对，"屌丝逆袭"得令人叹为观止。当然鸡蛋里挑骨头聂诗也不是完美无瑕，如后一首诗的毛病是有几处语意重赘："北国""中华""国家"。

(2) 意象重复

新手亦往往缩手缩脚，总爱在同一个维度转来转去：

> 兰竹挂壁幽千古，笔墨邀朋醉半生。

"千古""半生"：同为时间维度，为何不能跳脱至非时间维度呢（大平仄变换）。

> 千秋月鉴古今事，一纸书明天地心。

"月鉴""书明"：语意雷同，怎么看怎么有合掌之嫌。

> 千山叶影风吹动，万壑秋霜月照明。

---

[1] 聂绀弩. 散宜生诗 [M]. 北京：人民文学出版社，1982：13.
[2] 同 [1]4.

虽然意脉流畅，但"千山""万壑"毕竟合掌。改为"一水秋思月照明"似更好，山—水，做了一个大阴阳的跳脱转换。对意象重复的诗病最有效的药方无疑是大平仄（大阴阳）理念，大家一定要牢记。

（3）逻辑不通

总有人说诗词纯属文艺、感性的东西，还需要什么逻辑？此言差矣。拿笔者《七绝·无题》的改诗作案例：

> 红梅未解风扶意，弱柳焉知傲雪情。
> 既是天骄分占尽，梅香醒骨柳须惊。

此诗末句单看没有问题，但代入本诗后，便是典型的逻辑不通：既然首联是梅柳意象交叉地各捧一遍并行无别，且揣摩第三句语气，也分明是要为末句梅柳双星闪耀式的结尾来做铺垫的，缘何末句却抑柳扬梅呢？很多初学者都有此通病：若翻译成白话文，自己一眼也能发现道理不通、逻辑相违之处，但一字一句地"码"成诗后，居然被形式欺骗了，自鸣得意于自己的大作而没发现逻辑上的漏洞。

诗词确实需要充分运用艺术的夸张渲染手法，淋漓尽致地表现情感和心志，但你必须自成逻辑、自圆其说、自证其道，道理的闭环得合上。如下的原诗就无此问题了：

> 红梅未解风扶意，弱柳焉知傲雪情。
> 既是天骄分占尽，风流何苦错相轻？

另外，魏庆之的《诗人玉屑》卷十一中转录《王直方诗话》里的一个记载："东坡有言：'世间事忍笑为易，惟读王祈大夫诗不笑为难。'祈尝谓东坡云：'有竹诗两句，最为得意。'因诵曰：'叶垂千口剑，干耸万条枪。'坡曰：'好则极好，则是十条竹竿，一个叶儿也。'"东坡大人的幽默令人忍俊不禁。我们说艺术作品当然可以"反逻辑"，但你得做好相应的铺垫和设计，否则像王祈大夫此诗句，上下皆没着落地突兀在那里，贻笑近千年矣。

（4）架构（起承转合）失度

架构设计方面的问题多数也就是起承转合的问题。比较常见的是该转不转，或转得不明显；该合不合，或合得不彻底。还是都拿笔者的《飞天》七绝诗改动作案例：

> 起：千年一梦向何方？承：万里关山月带霜。
> 承：直见繁星戈壁远，合：天风相伴自梅香。

一看就觉得第三句是败笔，就是因为此时该转不转，反而继续啰里啰唆地又"承"了一把，未能完成好铺垫之本职，自然也就把该合的末句不知带到哪条沟里去了，使得尾联与首联割裂感十足。合理的结构应该是：

起：千年一梦向何方？ 承：万里关山月带霜。
转：洗尽铅华真忆在， 合：天风共我舞敦煌。

还有一种是承和转正好颠倒过来，比如看这首：

起：惊龙得意舞诗痕， 转：正体休夸我正门。
承：遍数千秋书百二， 合：且观左笔照乾坤。

这首诗若这样写，整个结构就混乱无比不知所云了。合乎逻辑的顺序应该是：

左笔镜体书法
起：惊龙得意舞诗痕，
承：元属千秋百二门。
转：正体休夸惟我最，
合：且观左笔照乾坤。

左笔镜体又名反左书，乃南朝梁庾元威《论书》中所列古代 120 种书体之一："反左书者，大同中东宫学士孔敬通所创……呼为'众中清闲法'。"[1] 此诗为笔者观摩中国左笔镜体名家孙浩茗先生书法后的感悟诗。借机啰唆一下笔者心得：欣赏反左书的"正法"，

诗创：黄胤然
书法：反左书名家孙浩茗

应是裸眼整体的直面，而不是借镜子反观。此时需要忘记那个已惯于用右手书写"正体书法"的自我，放下我们习以为常的对"正体书法"的思维鉴赏模式。往往在一些"正向"模式已"黔驴技穷"时，用从未尝试过的"反向"角度，反而会激活人们内心深处过去从未被唤醒的感悟和力量，从而弥补那种因长久被习惯"欺骗"而产生的"缺失"。忘记自我、放下僵化、抛弃镜子直面反左书，亦可谓一种禅的体验，那种冲击确实十分凌厉。

[1]（唐）张彦远.法书要录[M].武良成，周旭，点校.杭州：浙江人民美术出版社，2012：50.

(5) 生造词

我们看一首学员的作品《一剪梅·人生何必意相逢》：

> 烟水青岑绕几重，小抚晚帐，映髻纤红。
> 寒风和笛凌云中，千里相思，尤悴华容。
>
> 点点星辰着夜浓，别个愁绪，半世虚空。
> 人生何必意相逢，挽袖将行，逐月西穹。

其他瑕疵暂且不表，词中"映髻""尤悴"疑似自造词。

其他诗友五花八门自造词："思连绻""擗忧""欺目""风涡""稔泰""墨骨""客悷""歆欢""谤猜""英香"等不一而足。或诗词语典支撑极少的词（组）："安谧""虚怨""九天锐""过也人""稍解青丝"等。

生造词是 90% 以上的新手都会犯的毛病，一定要尽快度过此阶段，雕章琢句尽量选用古代的事典、语典，而且越"熟"的典越好，而不是生典。因为"自作语最难，老杜作诗，退之作文，无一字无来处"[1]，虽有些夸张，但却可引以为戒。

要是过去判断是否为生硬自造词并不容易，甚至很难——估计得要个学富五车之人捻须凝眸、深情望远，才能准确断定。而今随便找个诗词网站，拷贝，粘贴，或者直接敲字，一秒钟不到，有还是没有语典、事典支撑？有几个还是几百个？是古时哪个朝代用于哪首诗中？作者是谁等，一目了然。现在我们吟诗填词本来就比古人在语言语境上吃了大亏，如若还不充分利用当代高科技免费提供的历代诗词曲赋数据库的检索、分析等便利的话——要知道古代皇家图书馆馆长都根本无法享有此实惠的，那么就真的和义和团勇士用鸡血护身，冲向装配着洋枪洋炮、武装到鞋垫的八国联军一样，迂腐得可爱可怜又可恨了。

很多初学者都不解：既然诗词都是创意出来的，那我为什么不能创意一个词组呢？非要用古人用剩下的词呢？为什么就不能有点新意呢？而且古人的词也都是古人自己"造"出来的，为什么今人就不行？道理很简单：虽然"词语是可以创造的，但创造词语必须符合词语的一般规律，符合语言社团的共同心理和习惯。生造的词语却不是这样，它们不合乎汉语词的一般构词规则，也不合乎中国人的思维习惯和言语心理，所以让人看着读着很别扭"[2]。

格律诗词都是有具体字数、句数限制的。而所叙之事、所抒之情又往往很复杂

---

[1] 黄庭坚. 黄庭坚全集 [M]. 成都：四川大学出版社，2001：475.
[2] 施向东. 诗词格律初阶 [M]. 天津：天津大学出版社，2001：149.

浓郁，势必带来一个其与生俱来的不足或矛盾之处——用有限的字词表达尽可能无尽的情事。如果不用典故（语典），全是自己生造词语，不但大大增加语病的风险，而且即便勉强过关，这些词字仅代表其生疏而有限的本义或组合意，那么你的诗就相当于一加一等于二，二加二等于四，每个字都只等同于独立的一个个的"单兵"，没有充分发挥老祖宗替你早已积淀成百上千年的字与字、词与词之间那种微妙叠加而成倍放大的张力与能量，显然很"吃亏"。

那么遣词造句时如酌情用一些含有成熟的语典事典的用词，大家一看就明白，立刻在脑海里涌现出相关意象和思维，等于有效借来古人的能量给你的诗加分，所彰显的内涵就大多了，意境也丰富多了，等于"赚"了。

故诗友切记，不到高级阶段绝不轻易生造词。其实新手爱生造词，原因无非有三：一是文化底蕴孱弱，词汇量不够。二是偷懒，懒得去引经据典、旁征博引、锤炼字词。"本官"自造一词，一分钟不到，还费那工夫去求证？三是总以为借用、引用古人用字用词无新意，失去了吟诗填词的"创"的意义了。其实此条实属误解，因为前人早已替天地一语中的："古之能为文章者，真能陶冶万物，虽取古人之陈言入于翰墨，如灵丹一粒，点铁成金也。"[1]

总之初学吟诗填词，先要尽量保证你的作品中"无一字无出处"，等跨入诗创高级阶段，你才有能力和资格为后世创造新的语词"出处"。

（6）所创作品只能自己理解

写出来的诗只有自己才能看懂，这也是新手普遍易犯的毛病。缘由五花八门：或逻辑不清晰，或"诗译"有误，或生造硬凑词句，或语句有歧义，或用典与立意不搭，或用生典而不注释……不一而足。比如当今干部体诗词的中古元祖、初唐时期历任沧州刺史、瀛州刺史、左武卫将军的权龙襄（又名权龙褒）的五绝大作《秋日述怀》：

> 檐前飞七百，雪白后园疆。饱食房里侧，家粪集野螂。

读后"参军不晓，请释。襄曰：'鹞于檐前飞，值七百文。洗衫挂后园，干白如雪。饱食房中侧卧，家粪便转，集得野泽蜣蜋。'谈者嗤之"[2]。翻译过来就是檐前飞过价值七百文钱的鹞子；洗后雪白的衫挂在后园里。吃饱撑了没事干，在房中侧卧突有内急便欲，起床去拉屎，看见粪上宴集了一堆屎壳郎。此诗不但句句之间的逻辑没搭上，连每句内的意脉也三五不靠。可谓解释之前满眼蒙圈，解释之后

---

[1] 黄庭坚.黄庭坚全集 [M].成都：四川大学出版社，2001：475.
[2]（唐）张鷟.朝野佥载 [M].钦定四库全书·子部十二·小说家类：卷四.

满嘴喷饭。因为《全唐诗》居然收录了权将军 5 首诗，后人高级黑为"龙褒体"，与相传唐代秀才张打油创体的"打油诗"一道，可谓中国灿烂古诗的巅峰唐诗类萃里的两根俚俗的搅屎棍。

然而打油诗还不一样，它可谓古代覆窠体的后世通用替名。明末清初的费经虞在《雅论·覆窠格》里说："古人以诗辞鄙俚者名覆窠体，杨升庵谓即近世所号打油诗也，昔张打油、胡钉铰作诗恶劣，人皆笑之。自打油盛传而覆窠之名知者鲜矣。"[1] 打油诗虽然俚俗，但却自成逻辑，浅近诙谐，一看就懂，极易化融于民俗而又被民俗所哺，传代于今。总之，人家起码还算个诗。但盛唐的干部体——龙褒体诗词却连一代都跨不过去，盛唐时期就被淹没，晚唐绝迹，就是因为此体乃将军霸王拼凑字词硬上诗弓，乱射一气，非自解而不能读也。

袁枚在《随园诗话》里曾记有一件趣事："有汪孝廉以诗投余，余不解其佳。汪曰：'某诗须传五百年后，方有人知。'余笑曰：'人人不解，五日难传，何由传到五百年耶？'"[2] 此类令人费解的作品诗友们以后就别写了。

（7）白脚撞韵

很多不谙诗律的新手都有个误区：押韵越多越显得诗有境界，越显高雅和难度。比如七绝《尺八》如果写成如下四句皆叶韵的形式：

> 乐谐黄吕在瑶台，花尽神州隔海开。
> 吹破红尘色千载，一音成佛去如来。

即白脚入韵，这几乎就是高雅打油诗的标准特征。请千万注意别跟王安石、韩愈比——在你的诗力诗觉还没人家三分之一境界的时候。此二人撞韵的案例解读参见本书第二章"'犯韵'与'撞韵'"小节。

史上句句押韵的（七言）古诗，比较有名的就是相传汉武帝在柏梁台上和群臣唱和的柏梁体诗，那是每句都押韵的。但后世根本没有流行起来，就是因为其句句押韵（无大阴阳转换），缺乏抑扬顿挫的韵律美学，机械匠气，腻而无味。

（8）题目、正文、序跋、注释有重字

相同词语一般在以上地方出现一次即可，多了显累赘和俗浅。比如这么写诗：

---

[1] 费经虞，撰；费密，补. 雅伦 [M] // 续修四库全书：集部：1697 卷. 上海：上海古籍出版社，2002：223-224.
[2]（清）袁枚. 随园诗话（共两册）[M]. 顾学颉，校点. 北京：人民文学出版社，1982：271.

七绝·有感于诗圣诗仙之窘

诗仙刺谒荆州府，诗圣身投严武堂。
百窘千愁风雨后，青天明月照华章。

注：读史始知诗圣穷愁潦倒曾投于严武门下，而诗仙亦曾以得见于韩荆州为荣。

"诗圣""诗仙"居然在题目、正文、注释中反复提及了三次，真是重要的事说三遍，生怕别人看不见。其实出现两次以上，就等于广示于天下：本人是愣头青。

相对来说，如果正文里出现非修辞性重字的话，其瑕疵的级别是更高的。比如我们看许浑那首很有名的七律《咸阳城东楼》：

一上高城万里愁，蒹葭杨柳似汀洲。
溪云初起日沉阁，山雨欲来风满楼。
鸟下绿芜秦苑夕，蝉鸣黄叶汉宫秋。
行人莫问当年事，故国东来渭水流。

其中"山雨欲来风满楼"是被人引用次数最多的诗句之一，可惜此句的"来"字不但与末句的"来"位置相同，而且组词结构亦相同："欲来""东来"，确实很可惜。

第五章 ●

词的创作与鉴赏

在序言当中我们已经大致介绍了词的概念，此处不再赘述。

笔者的诗授是按对联、诗、词的顺序进行的，无论是知识视频课还是创作实战课。这也是目前很多教诗词写作的教师一个惯常的递进次序，你也可笼统地理解为三者的学习难度也是按此顺序由低到高的。根据最近几年的线上数据统计（线下因受各种因素影响，干扰了客观性），报名参加胤然诗创对联实战班的诗友几乎和诗班的一样多，报名参加词班的诗友数量则少于前两者。

这主要因为对联是最基础的，不学不行，而它也确实相对最容易上手。对联的实际社会应用确实也比诗、词更广。报名词班的诗友相对较少，可能对很多诗友来说，主观上感觉写词很难掌握，不如对联与诗那么容易上手。还有另外一个原因是，参加实战班的诗友里中老年离退休人员占了不少，他们除了吟诗作对，也自然涉猎书画、茶禅等领域来修身养性、陶冶情操。那么就与书画的关联性而言，对联、诗、词，无疑是有一个递弱的客观事实。

有前面的对联与诗的打底，填词其实一点也不难，还是几个关键点，只要领会了，词感很快会找到。而且对联、诗、词三者也都是相辅相成，互为影响的。可以三者都涉足后，再从中根据自己的特点以及应用的需求，最后选择自己诗创的主类方向。

从实操层面来看，学完对联再学诗，会有种"顺势上台阶"的感觉，格调色彩也类似——都不能合乐而歌，都有些"正襟危坐"，作品里那种"味道"是变化不大的。不过词的风格、色彩与对联和诗就有些不一样了。一旦转到学词，很多新手头一两周的词作业，总是顺势带有之前写诗的惯性，"窜味"于诗，比较难以找到准确的"词感"。故明晰词与诗之不同，尽量暂时抛弃诗而换道于词，则是由诗班进入词班的大多数学员的一个首要任务。

一、词与诗的异同

当代著名诗词家王蛰堪先生说："诗若苍颜老者，孤灯独坐，虽葛巾布服，眉宇间使人想见沧桑，谈吐挥洒，不矜自重，不怒自威。词若美艳少妇，微步花间，风姿绰约，虽钗钿绮服，使人想见玉骨冰肌，顾盼间隐然怨诉，徒有怜惜，可远慕而不可近接焉。"[1]

瞿蜕园先生也曾说过："诗是直说的，词则必须装点陪衬。诗的字句要沉重，词的字句要轻清。"[2] 我们可以这么笼统地理解：诗比词更古正，词比诗更丽逸；诗比词更雄重，词比诗更谐婉。当然，词中亦有豪放一派，但那其实并不是词之源津，而是苏轼、辛弃疾等人"以诗入词""以文入词"的结果。

笔者多年吟诗填词一个浅薄的感悟是：填词之道，应始终保持与诗"一步之距"是最好的。如果不足一步，就类诗而不是词了；但若超过一步，则又落入元曲的调性了。故只比诗"游离一步"的感觉便是恰好，以诗有所不具之音形，言诗有所不尽之风韵。究竟这"一步"到底多"长"，等步入高级阶段后每个人自己品味。

可能很多初学的诗友还是觉得以上似乎都是偏虚的泛泛之谈，不落实处，难以把握。那么我们可以借用夏剑丞先生的卓见来提供某种落地的解释："风正一帆悬"是诗，"悬一帆风正"是词。因为诗节奏一般为"二二一"（五言），或"二二二一"（七言），特点是偶（双音节）起奇（单音节）收。"风正 / 一帆 / 悬"，给人以声势稳顺的感觉。而"悬 / 一帆 / 风正"，节奏发生了变化："一二二"，变成奇（单音节）起偶（双音节）收，给人以声势逆人的感觉，这是词中特有而诗中绝少的。[3]

另外晏殊很喜欢自己的"无可奈何花落去，似曾相识燕归来"，他在《假中示判官张寺丞王校勘》的七律诗中，就以这两句作为颈联。但这两语用为诗句显得纤弱无力，而放在词中反觉得柔婉空灵，低徊有致。正好也说明了诗和词的界限。[4]

历史上看，词与诗最大的不同在于词为"倚声之体"，虽然另外一个显见的不同是词为"长短句"格式，但不是为了以示与诗有区别、为了长短句而长短句，其最终目的还是更好地倚声入乐。刘熙载在《艺概》中曾说："词家既审平仄，当辨声之阴阳，又当辨收音之口法。取声取音，以能协为尚。玉田称其父《惜花春起早》

[1] 徐晋如. 禅心剑气相思骨：中国诗词的道与法 [M]. 桂林：广西师范大学出版社，2009：142.
[2] 瞿蜕园，周紫宜. 学诗浅说 [M]. 北京：当代中国出版社，2014：144.
[3] 周啸天. 不会吟诗也会吟——诗词创作十日谈 [M]. 成都：四川文艺出版社，2009：168.
[4] 朱庸斋. 分春馆词话 [M]. 广州：广东人民出版社，1989：164-165.

词'琐窗深'句，'深'字不协；改为'幽'字，又不协；再改为'明'字，始协；此非审于阴阳者乎？又'深'为闭口音，'幽'为敛唇音，'明'为穿鼻音，消息亦别。"[1]可见从正统源流而论，词的咬文嚼字比诗的要求更深。当然，从另外一个角度视之，"'深''幽'与'明'词义正相反，是重视协律已不惜改动歌辞的句意。"[2]

不过对当代的填词人而言，笔者认为在词调的旋律早已灰飞烟灭的客观事实下，倒也没必要假模假式地过分循古、追古，完全像古人那样处处"咬字嚼词"。即便宋代的苏东坡就已经抛开旋律的束缚而得以开创豪放一派，我们只要知晓其理即可。因为，"或者词在今后，也会脱去词律的严密束缚，而但取词的参差句法，大致不乖平仄，与旧诗的几种体裁相辅而行。至于像专门词家所斤斤较量的声律，恐怕也会成为过去的了。"[3]而且即便"宋人为谱，稍后数十年，即不复能按谱而歌，既不能付之管弦，则作为长短不葺之诗而已"[4]。

[1]（清）刘熙载.艺概 [M].上海：上海古籍出版社，1978：117.
[2]唐圭璋，等.唐宋词鉴赏辞典 唐•五代•北宋卷 [M].上海：上海辞书出版社，1988：序言 4.
[3]瞿蜕园，周紫宜.学诗浅说 [M].北京：当代中国出版社，2014：169.
[4]朱庸斋.分春馆词话 [M].广州：广东人民出版社，1989：67.

二、词之律

如果说诗按大类分有五言、七言，绝句、律诗等几类的话，那么词从字数维度划分，则有小令、中调、长调三大类；按分段格式区分的话，则有单调、双调、三叠（段）、四叠（段）。虽然没有绝对统一的共识，但大致来说不含标点符号，58字以内的词调称为小令，59~90字之间的为中调，91字以上者则是长调。

小令以单调词为主，如《十六字令》《如梦令》《古调笑》等；但亦有双调格式的，如《长相思》《忆秦娥》《西江月》等；小令因为字数较少，更为精致，故格律相对来说最严。中调则都是双调以上的词而没有单调词了，如《破阵子》《渔家傲》《桂枝香》等。中调因为字数较多，故词律也相应放宽。长调如双调的《沁园春》、三叠的《兰陵王》、四叠的《莺啼序》，因篇幅最长，故词律相对小令和中调也会放得更宽。

词中有一个常用的概念叫"阕"，但阕的理解却有两种歧义。《汉语大词典》的定义③为："歌曲或词一首叫一阕"[1]，按此理解那么单调小令为一阕，双调词则只能说成是"上半阕""下半阕"，而不能称为"上阕""下阕"。但是《汉语大词典》的官方网站"汉辞网"给出的定义则是："量词，歌曲或词，一首为一阕；一首词的一段亦称一阕"，这样的话双调词的前后两片则既可称为"上半阕""下半阕"，亦可叫作"上阕""下阕"了。另外，当代词学大家龙榆生先生在《词学十讲》中也同时有这两种叫法。比如在讲解苏东坡的双调《定风波》词时，用的说法是"上半阕""下半阕"[2]——将整首词看成一阕；但在讲解宋代陈与义的双调《临江仙》时，却又用的是"上阕""下阕"[3]——将双调词的上片、下片各看成一阕，整首词就是两阕了。这些算是应用上的佐证。由此看来这些都只是约定俗成的称呼，并无排他性的明确定义，"上阕""下阕"，"上半阕""下半阕"，叫法都没问题。

1. 词的押韵

诗有《平水韵》，词就有《词林正韵》。清代戈载所编《词林正韵》总共有19个韵部，比《平水韵》减少了很多，韵脚也就更宽，对大部分词牌而言就没有险

---

[1] 汉语大词典（第十二卷）[M]. 上海：汉语大词典出版社，1993：141.
[2] 龙榆生. 词学十讲 [M]. 北京：中华书局，2017：21.
[3] 同 [2]185.

韵之说了。

词的押韵总共可分四种：平韵格、仄韵格、平仄韵转换格、平仄韵通叶格。有的词书中更细分的平仄韵错叶格，其实是可以被包含进平仄韵转换格大类里的。据不完全统计，这四类词调数量大致为：

平韵格：251 种；仄韵格：488 种；平仄韵转换格：43 种；平仄韵通叶格：32 种。

这总共八百多种词调中并未统计变格，有的词牌变格数量就细分有十几种之多，全部加起来的话就将近 2000 种。由此可知，词的平仄押韵比诗的要复杂得多。律诗有简单的规律可循，稍微多写几首甚至都能背下来。但词不一样，这么多正格、变格的平仄，谁都背不下来，填词时只能参照词谱了。词谱的一些惯用术语大家需要了解：

韵：指每阕词押韵句的韵脚；

句：指不押韵之句脚；

读：是词曲中特有的一个语言单位，即一句之中顿逗（短暂停顿）之处，故它在韵律上可独立而语义上无法独立；

换：指在此处需要换韵，可换仄韵或平韵；

叠："叠"比较复杂，可有三种情况：一是叠字或叠句；二是指倒叠字；三是叠韵。比如李白《忆秦娥》词里面的"秦娥梦断秦楼月，秦楼月"，这是叠句。韦应物的《古调笑》（如无特殊说明，案例词牌的平仄均取《钦定词谱》的正体格式）：

胡马，胡马，远放燕支山下。

平仄（韵），平仄（叠），⊙⊙⊙平⊙仄（韵）。

咆沙咆雪独嘶，东望西望路迷。

⊙⊙⊙⊙平（换平韵），⊙⊙⊙⊙仄平（叶平）。

迷路，迷路，边草无穷日暮。

平仄（倒叠换仄韵），平仄（叠），⊙⊙⊙平⊙仄（叶仄）。

其中的"胡马，胡马"是叠句，而第二次叠句"迷路，迷路"实际上也是前一句末尾两字"路迷"的倒叠字。再看笔者填制的一首《古调笑》：

迷路（韵），迷路（叠），百转千回来处（韵）。

一瓢涧水新鲜（换平韵），泼满青苔绿禅（叶平）。

禅绿（倒叠换仄韵），禅绿（叠），无面无言傲俗（叶仄）。

这是笔者十年前游学到日本的法善寺，看到那座著名的滴水不动尊，全身布满了青苔，不见原始真面目。因为传说许愿的人把水浇到它身上，就会如愿以偿。所以天长日久就显现出这般模样。笔者一见便禅意和诗意豁然并生，甚至有一份感动。

长相思（纳兰性德）（依龙谱）

山一程，水一程，身向榆关那畔行，夜深千帐灯。

⊙⊙平（韵），仄⊙平（叠），平仄平平仄仄平（韵），平平仄仄平（韵）。

风一更，雪一更，聒碎乡心梦不成，故园无此声。

仄平平（韵），⊙平平（叠），仄仄平平平仄平（韵），仄平平仄平（韵）。

此词按《钦定词谱》多处违律，按龙榆生先生《唐宋词格律》则合律，此种情形将简称"依龙谱"，下同。此案例里的叠指的是叠韵。这么多字（韵）的重复，于诗是完全没必要的，因为诗主要是用来读的。但为何词中保留很多这种"叠"的功能？就是因为原本词都有旋律的支撑。叠句（韵）用来读，可谓啰唆，是败笔；但是若依谱而歌，这种叠句（韵）的"复唱"有时反而是旋律中的高潮和亮点所在。

叶："叶（xié）"就更复杂了。《汉语大词典》的正统解释为：通"协"。和洽；相合。如：叶韵，亦作"协韵"，它有两种解释[1]：

（1）南北朝时，学者因按当时语音读《诗经》，韵多不和，便以为作品中某些字需临时改读某音，称为叶韵。后人并以此应用于其他古代韵文。此风至宋代而大盛。明陈第始建立"时有古今，地有南北，字有更革，音有转移"的历史语言观，认为所谓叶韵的音是古代本音，读古音就能谐韵，不应随意改读。

（2）作韵文时于句末或联末用韵之称。

由以上可知，叶韵的第一种含义已成为历史，今不复再用。主要用的是第二种含义，所谓叶韵即押韵，这是比较笼统、比较宽泛又比较公认的一种解释。比如王力老师在《诗词格律》一书中标注的"叶平""叶仄"等，就是跟着前面的韵脚句"押平韵""押仄韵"的意思。关于"叶"的解释大家读到这就可以了，下面这部分内容有些偏学术了，一般读者可略去不管。

---

[1] 汉语大词典（第三卷）[M].上海：汉语大词典出版社，1989：17.

　　清代万树所编《词律》中的"叶""叶平""叶仄"等，也是同样的意思。比如书中是这样标注李白《菩萨蛮》韵脚的[1]：

> 平林漠漠烟如织（韵），寒山一带伤心碧（叶）。
> 　暝色入高楼（换平），有人楼上愁（叶平）。
>
> 玉阶空伫立（三换仄），宿鸟归飞急（叶三仄）。
> 何处是归程（四换平），长亭更短亭（叶四平）。

　　因为《菩萨蛮》属于平仄韵转换格，两平韵两仄韵，多次换韵。所以王力老师的《诗词格律》、万树的《词律》以及龙榆生先生的《唐宋词格律》中标注"叶"的逻辑是：词中每韵段的引领韵脚均标以"韵"或"换"的关键词，而"叶"只是在每一个韵段内跟随头韵而自己没有"领韵"的功能，且其既可以"叶平"亦可以"叶仄"，这样的逻辑大家是易于理解的。

　　这里的"韵段"不是特定的专有名词，只是为行文理解方便，笔者临时自组的一个词。我们知道绝句、律诗都是一韵到底不换韵，它们就可谓只有一个"韵段"。但词既有一韵到底也有中间换韵的词牌，前者也是只有一个韵段，后者则会换不同的韵部——基于《词林正韵》而非《平水韵》。词韵里是可以有平仄两种韵的，若只是在同一个韵部的由平换仄、由仄换平，它们还是属于同一个"韵段"。基于这样的解释，那么以上《菩萨蛮》中就有四个"韵段"分别押十七部韵（"织""碧"），十二部韵（"楼""愁"），十七部韵（"立""急"）——虽又押回十七部韵，但被十二部韵隔开成了单独韵段，以及十一部韵（"程""亭"）。

　　由此再延伸说明一下，细心的诗友可能注意到了：词谱中虽然标注有"换"，但到底是"换新"到之前没用过的、完全不同的韵部，还是"换回"前面用过的韵部？针对平仄韵转换格的词牌，是否"换新""换回"由作者随意而定？词谱中是看不出来的。比如李白这首《菩萨蛮》第三韵段（"立""急"）其实是换回到十七韵部，而第四韵段（"程""亭"）却是换成其他韵部（十一部），并未对应地换回第二韵段的十二部韵。

　　李白此《菩萨蛮》体为正格，其总共押了三个韵部。也有全篇只押两个韵部的，比如朱淑真（一说宋代朱敦儒）的《菩萨蛮·秋风乍起梧桐落》，它是第三韵段换

---

[1]（清）万树.词律[M].北京：中华书局，1958：301.

回第一韵段、第四韵段换回到第二韵段；朱词为变格二。还有全篇四个韵段押四种韵部的，比如温庭筠的《菩萨蛮·小山重叠金明灭》、韦庄的《菩萨蛮·人人尽说江南好》，即温词、韦词中的换韵全是"换新"而没有"换回"。这两首词的平仄格式与李白体的一样，同属正格，可见所谓正格与变格主要是依据词中的平仄格式，而跟押韵韵部数量即"换新"还是"换回"韵部没有关系。

再多看一个《词律》中柳永《曲玉管·陇首云飞》的标记案例[1]（注意其中的"叶"），随后会与《钦定词谱》作对比：

> 陇首云飞（句），江边日晚（句），烟波满目凭栏久（韵）。
> 立望关河萧索（句），千里清秋（换平叶）。忍凝眸（叶平）。
> 杳杳神京（句），盈盈仙子（句），别来锦字终难偶（叶仄）。
> 断雁无凭（句），舟舟飞下汀洲（叶平）。思悠悠（叶平）。
>
> 暗想当初（句），有多少（豆）、幽欢佳会（句）。
> 岂知聚散难期（句），翻成雨恨云愁（叶平）。阻追游（叶平）。
> 悔登山临水（句），惹起平生心事（句），
> 一场销黯（句），永日无言（句），却下层楼（叶平）。

《钦定词谱》《词律》同为清代乃至整个词学史上两部最重要的词学典籍，万树以一己之力耗时十年编著的《词律》曾被誉为"词家正轨"（清代杜文澜语），而成书稍晚的《钦定词谱》则是当时的朝廷命官王奕清、陈廷敬等人根据康熙的旨意，率十数名当时清廷的士儒耗时八年编纂而成。《钦定词谱》虽然在《词律》的基础上吸其精华、补其缺陷，但难免仍有一些不足与纰漏。

我们看《钦定词谱》里对李白体《菩萨蛮》的标记[2]：双调四十四字，前后段各四句，两仄韵，两平韵。

> 平林漠漠烟如织（仄韵），寒山一带伤心碧（韵）。
> 暝色入高楼（平韵），有人楼上愁（韵）。
>
> 玉阶空伫立（换仄韵），宿鸟归飞急（韵）。
> 何处是归程（换平韵），长亭更短亭（韵）。

---

[1]（清）万树.词律[M].北京：中华书局，1958：872.
[2]（清）陈廷敬，王奕清.钦定词谱（四十卷）[M].清康熙五十四年内府刊朱墨套印本，1715：卷五，1.

　　此处并没有标记"叶"。另外在韵脚"楼"处按逻辑应该标记"换平韵"而不是"平韵"，因为"楼""愁"属十二尤部韵，上一个韵段的"织""碧"都属十七韵部，换韵了。此词下半阕平换仄、仄换平处均标有"换"字，而上半阕"楼"处却未标记，可见古人很多时候也并不严谨。

　　《钦定词谱》在苏轼《西江月·重阳栖霞楼作》中标记有"叶"[1]：双调五十字，前后段各四句，两平韵，两叶韵。

> 点点楼头细雨（叶），重重江外平湖（韵）。
> 当年戏马会东徐（韵），今日凄凉南浦（叶）。
>
> 莫恨黄花未吐（叶），且教红粉相扶（韵）。
> 酒阑不必看茱萸（韵），俯仰人间今古（叶）。

　　此案例里上半阕的韵脚"湖""徐"均为平声，标记为"韵"，而第一个韵脚"雨"和最后一个韵脚"浦"均为同韵部的仄声，都标记为"叶"。下半阕也一样。

　　再看《钦定词谱》中柳永《曲玉管·陇首云飞》的标记：双调一百零五字，前段十二句，两叶韵四平韵，后段十句，三平韵。

> 陇首云飞（句），江边日晚（句），烟波满目凭栏久（叶）。
> 　立望关河萧索（句），千里清秋（韵）。忍凝眸（韵）。
> 杳杳神京（句），盈盈仙子（句），别来锦字终难偶（叶）。
> 　断雁无凭（句），冉冉飞下汀洲（韵）。思悠悠（韵）。
>
> 　暗想当初（句），有多少（豆）、幽欢佳会（句）。
> 岂知聚散难期（句），翻成雨恨云愁（韵）。阻追游（韵）。
> 　悔登山临水（句），惹起平生心事（句），
> 　一场销黯（句），永日无言（句），却下层楼（韵）。

　　与之前《词律》中柳永《曲玉管·陇首云飞》的标记相比，最大的不同是：《钦定词谱》用"叶"标记了整篇的起始韵脚"久"，而在所有的平声韵脚都统一标注了"韵"。再结合《钦定词谱》对《西江月》词牌的标记，似乎可以认为它把平声韵脚尊为"上位"，而仄声韵脚哪怕位于平声韵脚之前做了首韵，也只能"屈居"

[1]（清）陈廷敬，王奕清. 钦定词谱（四十卷）[M]. 清康熙五十四年内府刊朱墨套印本，1715：卷八，18.

为"叶"而无资格标以"韵"的"正名"。但以这样的逻辑去解释同样是"平仄韵通叶格"的《哨遍》词牌，结果却又自相矛盾了。比如《钦定词谱》对苏轼《哨遍·为米折腰》词的标记如下：

双调二百零三字，前段十七句，五仄韵，四叶韵；后段二十句，五叶韵，七仄韵。

为米折腰（句），因酒弃家（句），口体交相累（韵）。
归去来（句），谁不遣君归（叶）。觉从前、皆非今是（韵）。
露未晞（叶）。征夫指予归路（句），门前笑语喧童稚（韵）。
嗟旧菊都荒（句），新松暗老（句），吾年今已如此（韵）。
但小窗、容膝闭柴扉（叶）。策杖看、孤云暮鸿飞（叶）。
云出无心（句），鸟倦知还（句），本非有意（韵）。

噫（叶）。归去来兮（叶）。我今忘我兼忘世（韵）。
亲戚无浪语（句），琴书中、有真味（韵）。
步翠麓崎岖（句），泛溪窈窕（句），涓涓暗谷流春水（韵）。
观草木欣荣（句），幽人自感（句），吾生行且休矣（韵）。
念寓形、宇内复几时（叶）。不自觉、皇皇欲何之（叶）。
委吾心、去留谁计（韵）。
神仙知在何处（句），富贵非吾志（句）。
但知临水登山啸咏（句），自引壶觞自醉（韵）。
此生天命更何疑（叶）。且乘流、遇坎还止（韵）。

此词若按我们之前所举《钦定词谱》案例的逻辑，应该是将第一个韵脚"累"（仄声）标记为"叶"，但它却完全反过来了："累"及所有其它仄声韵脚均标记为"韵"，而所有的平声韵脚却都标记为"叶"了，由此可见《钦定词谱》编纂者的逻辑混乱。

最后总结一下，"叶"可有以下几种不同含义：

（1）《汉语大词典》的解释①；（2）《汉语大词典》的解释②；（3）在每一韵段内，后面的韵脚与起始韵同韵部，不分平韵、仄韵——王力老师《诗词格律》和清代《词律》的理解；（4）与每一韵段起始韵同韵部，但必须是由平转仄或由仄转平，做一个同韵部内的平仄韵转换——清代《钦定词谱》的理解。

那么"叶韵"到底什么意思？说到这里笔者不由得佩服权威的《汉语大词典》的智慧：除了给出第一种历史意义的定义外，第二种干脆只给一个笼统的定义，就是**押韵**的意思，因为更细、更精确的解释，连这些专业权威的各类词谱都不能自圆其说地给出一个统一明确的答案，就别指望辞典编纂者一锤定音了。

　　介绍完了这些词谱的常用标记，广大诗友在验证平仄词律时应该会明白许多了。而且也需要提前有个认知，就是如果查验的是诸如《词律》《钦定词谱》一类的古谱，那么即便是同一部书的不同刻印版本，极个别地方都会有一些标记的"异文"之处。

　　现在根据词牌押韵的格式不同，把本小节最开始说的四种格式逐个介绍一下。本书为方便今人理解，标记所举词例时，**干脆不再单独出现歧义性的"叶"而代之以"韵"或"叶平""叶仄"，且"叶"只取押韵之意**，特此说明。

（1）平韵格

　　由于在唐五代时期，词的律化受近体诗的影响很大，故早期的词押平韵多于押仄韵，奇字句多于偶字句，即五言、七言的诗句多于四言、六言的诗句。入宋以后，词中的仄韵就多于平韵，偶字句就多于奇字句。

　　比较常见的平韵格词牌有：《十六字令》《忆江南》《渔歌子》《捣练子》《忆王孙》《江城子》《长相思》《浣溪沙》《采桑子》《阮郎归》《临江仙》《浪淘沙令》《鹧鸪（zhègū）天》《小重山》《一剪梅》《破阵子》《风入松》《水调歌头》《满庭芳》《八声甘州》《凤凰台上忆吹箫》《声声慢》《高阳台》《望海潮》《沁园春》等。

　　此处以及后面所枚举的词牌名字，都是笔者认为对当今诗创爱好者比较适合又有一定知名度的词牌，按字数体量由小到大排列，而不是简单的信手拈来。大家亦可将其视作一个今人诗创的"可选词牌库"——虽然难免失之偏颇。但从诗创的角度而言，初学者从这些词牌中选取就足够了。

　　《十六字令》其实是很适合新手试水的体裁。比如笔者大一时（1987 年）填制的《十六字令三首·孟姜女》：

　　　　尘。遮尽花心无限春。愁肠断，月影绕空门。

　　　　尘。历难寻夫泪泣痕。鸡方叫，路上又行人。

　　　　尘。扬起千秋万里魂。长城覆，何处望新坟。

　　既可以填成单阕，也可以根据内容创作成这样的组诗形式。还有《忆江南》，此词最早是由唐代李德裕为谢秋娘所作，故名《谢秋娘》。后因白居易那首著名的《忆江南》词，改原名至今。同时也因温庭筠的同调词而有《望江南》的别名，因唐代皇甫松的同调词有《梦江南》的别名等。除正格外，还有两种变格。现举皇甫松《忆江南·其一》（一般均为正格词例，除特殊指名外）：

> 兰烬落，屏上暗红蕉。
> 平⊙仄（句），⊙仄仄平平（韵）。

> 闲梦江南梅熟日，夜船吹笛雨潇潇。人语驿边桥。
> ⊙仄⊙平平仄仄（句），⊙平平仄仄平平（韵）。平仄仄平平（韵）。

再看李清照的《鹧鸪天》，首句前6字居然均可平可仄，这也是词的一个特点：

> 暗淡轻黄体性柔，情疏迹远只香留。
> ⊙⊙⊙⊙⊙平（韵），⊙平⊙仄仄平平（韵）。

> 何须浅碧深红色，自是花中第一流。
> ⊙平⊙仄⊙平仄（句），⊙仄平平⊙仄平（韵）。

> 梅定妒，菊应羞，画栏开处冠中秋。
> ⊙⊙仄（句），仄平平（韵），⊙平⊙仄仄平平（韵）。

> 骚人可煞无情思，何事当年不见收。
> ⊙平⊙仄平平仄（句），⊙仄平平⊙仄平（韵）。

朱庸斋评论李清照的《词论》时说："好作大言，嗤点前修。然其所作，尤其南渡以后，并非尽如其所论者，当是早年立论、学识、经历、修养未臻纯青之候，故其作品，冲破其《词论》樊篱，自相矛盾。至讥评之语，实为诬妄。历来对清照词作之评，往往偏高溢美。其词清新流丽，自然中见曲折，然生活面狭隘，闺阁气重，不免近乎纤弱。清代周济云：'闺秀词惟清照最优，究苦无骨。'所评良是。后世不少柔靡轻巧之作，与清照流风不无关系。"[1]我们权当一家之言姑妄听之。

（2）仄韵格

仄韵格即全篇均押仄声韵。常见的有《如梦令》《天仙子》《生查（zhā）子》《点绛唇》《卜算子》《谒金门》《忆秦娥》《青门引》《醉花阴》《钗头凤（实际上是撷芳词的变格）》《夜行船》《鹊桥仙》《踏莎（suō）行》《蝶恋花》《渔家傲》《苏幕遮》《青玉案》《祝英台近》《满江红》《雨霖铃》《贺新郎》《兰

---

[1] 朱庸斋.分春馆词话 [M]. 广州：广东人民出版社，1989：152.

陵王》等。举几个著名的案例：

卜算子（北宋·李之仪）

我住长江头，君住长江尾。日日思君不见君，共饮长江水。

⊙⊙⊙⊙平（句），⊙仄平平仄（韵）。⊙仄平平⊙⊙⊙（句），⊙仄平平仄（韵）。

此水几时休，此恨何时已。只愿君心似我心，定不负思量意。

⊙⊙⊙⊙平（句），⊙仄平平仄（韵）。⊙仄平平⊙⊙⊙（句），仄仄平平仄（韵）。

其中末句句首的"定"字为多加的衬字，为图歌唱时行腔之便，不占平仄字位。

青门引（北宋·张先）

乍暖还轻冷，风雨晚来方定。

仄仄平平仄（韵），平仄仄平平仄（韵）。

庭轩寂寞近清明，残花中酒，又是去年病。

平平仄仄仄平平（句），⊙平⊙仄（句），仄仄仄平仄（韵）。

楼头画角风吹醒，入夜重门静。

平平仄仄平平仄（韵），仄仄平平仄（韵）。

那堪更被明月，隔墙送过秋千影。

仄平仄仄平仄（句），仄平仄仄平平仄（韵）。

以上词中第三句非韵脚句，但其末字"明"有撞韵之嫌。

渔家傲（李清照）

天接云涛连晓雾，星河欲转千帆舞。

⊙⊙⊙⊙平⊙仄（韵），⊙平⊙仄⊙平仄（韵）。

仿佛梦魂归帝所，闻天语，殷勤问我归何处。

⊙仄⊙平平仄仄（韵），平⊙仄（韵），⊙⊙⊙⊙平平仄（韵）。

我报路长嗟日暮，学诗谩有惊人句。

⊙仄⊙平平仄仄（韵），⊙平⊙⊙平平仄（韵）。

九万里风鹏正举，风休住，蓬舟吹取三山去。

⊙仄⊙平平⊙仄（韵），⊙⊙仄（韵），⊙平⊙仄平平仄（韵）。

雨霖铃（柳永）

寒蝉凄切，对长亭晚，骤雨初歇。

平平⊙仄（韵），仄平平仄（句），仄仄平仄（韵）。

都门帐饮无绪，方留恋处，兰舟催发。

平平⊙⊙仄（句），平平仄仄（句），平平平仄（韵）。

执手相看泪眼，竟无语凝噎。

仄仄平平⊙仄（句），仄平⊙平仄（韵）。

念去去、千里烟波，暮霭沉沉楚天阔。

仄仄⊙（读）、平仄平平（句），仄仄平平仄平仄（韵）。

多情自古伤离别，更那堪、冷落清秋节。

⊙平仄仄平平仄（韵），仄平平（读）、仄仄平平仄（韵）。

今宵酒醒何处？杨柳岸、晓风残月。

⊙平仄⊙⊙仄（句）？⊙仄仄（读）、仄平平仄（韵）。

此去经年，应是良辰、好景虚设。

仄仄平平（句），平仄平平（读）、仄⊙平仄（韵）。

便纵有、千种风情，更与何人说？

仄仄仄（读）、⊙仄平平（句），仄仄平平仄（韵）。

　　此词中的韵脚横跨了入声韵的六月、七曷、九屑三个韵部，但在《词林正韵》里都是叶韵的。另外，从创法上分析，下阕起句"多情自古伤离别"，非常好地完成了过片承上启下的本职功能。大家一定注意过片的这种刻意"设计感"（将在"填词之道"小节里介绍）。再看整个长调，它的时间地点并没有过多游离，时空并没有大的跨越，却依然可以填出如此长调，一是创者功底的厚实和诗力的绵长；二是词有定律而法无定式，不一定非要把时间地点跨越得很大才能写出洋洋洒洒的长调。张炎曾说："大词之料，可以敛为小词，小词之料，不可展为大词。若为大词，必是一句之意，引而为两三句，或引他意入来，捏合成章，必无一唱三叹。"[1] 这段话对部分人来说非常中肯，但对高手则不尽然，人家既能缩大为小，也能翻小成大。柳永此词显然为后者之一例。

[1]（宋）张炎. 词源 [M]. 北京：中华书局，1991：67.

在北宋词人当中，柳永成功地将俗语俚词入词而新开一派。当时很多文人名家（比如晏殊、苏轼）对他很不以为然，但他却博得宋代广大百姓尤其是歌伎的喜爱。柳永原名柳三变，曾填写过《鹤冲天》，词中有"忍把浮名，换了浅斟低唱"等"负能量"的词句，引得宋仁宗不爽。于是在柳三变殿试时直接将其名字划掉，还嘲讽道：既然功名为浮名，不如浅斟低唱，那还考什么？柳三变后来干脆自诩为"奉旨填词柳三变"——用现在的语境解读可谓"行为艺术"。但最后又耐不住混迹青楼的颓废，改名"柳永"重新参加科举，50岁左右才终于考中进士，担任低级官职，且不断平级迁职，故名"游宦"。后来柳永去拜谒宰相晏殊以求升迁，结果话不投机，交谈内容大致为：

晏殊：先生会填词吗？

柳永：跟相公您一样，我也会填一些词的。

晏殊：在下填是填，但绝不会填"针线闲拈伴伊坐"（见柳永《定风波慢》词）一类庸俗肉麻的词句的。

其实在我们今人的眼中，这句词并不太艳俗难忍，反而还有些柔情感、亲民感、生活感、画面感，这也是古今文化语境的不同使然。

还有一点大家要注意，就是在诗中所谓仄韵包括上、去、入三声，而在词中的仄韵则三仄声中还有细分：上、去两声为一个韵部，入声是单独另立韵部的。比如押入声韵的《满江红》，词谱中虽然标的是仄韵，但惯例不是押上、去两声的。

另外，可能有诗友会问：为何此处不把《暗香》《永遇乐》等著名词牌也收录进去？首先，这种列举本身就是一孔之见。其次，此处主要针对诗创的初学者，若你的水平已步入诗创高级阶段，当然可以选任何一个愿意尝试的甚至极端冷门的词牌来练手或"打卡"。最后，再多啰唆几句，大家知道，丢掉了旋律的这个最大的支撑之后，相对来说，词调越短越容易触摸到旋律感、韵律感，越长则越散、越不明显。具体到诗词，越是五言、七言（间或有一二句八言、九言）越有节奏感，越是有二言、三言、四言、六言的扎堆群聚，则越不明显。这也是为何笔者不把同样有名且有佳作传世的《暗香》《永遇乐》等词牌列入的原因。前者二言、三言、四言句蚁集大半篇幅，后者则通篇四言句"泛滥"，且韵脚颇疏，若无旋律支撑，今人读来语感、律感、韵感与《忆江南》《满江红》《青玉案》《水调歌头》等以五言、七言为主体的格律节奏，确实没法比。

笔者认为王力老师的研究很到位："宋代以后新创的词谱，和五代以前原有的词谱，其间最大的分别就是韵的疏密不同。五代以前的词，至多两句一韵，宋代新创的词，却有些是三四句乃至五六句一韵的。……唐五代的词韵密……宋词的韵疏……慢词因为韵疏，势不能不急促，使人们不嫌其疏。因此，'慢'就是促拍。"[1] 这也是笔者强调当代诗友应该首选填"韵密"的短调、中调，而不要轻易尝试那种"韵疏"的慢词长调的原因——在旋律已失的既成事实下，韵脚过疏，必定韵律节奏感大减，既然如此，今人又何必强装古人去硬填呢？

（3）平仄韵转换格

顾名思义，平仄韵转换格就是在一个词调里，有一个韵脚由平声转入不同韵部的仄声，或由仄声转入不同韵部平声的变换。龙榆生老师的《唐宋词格律》中还有更细分的"平仄韵错叶格"，其实也可划入此类。对当今的诗创人而言，可以多尝试《南乡子》《相见欢》《菩萨蛮》《减字木兰花》《柳含烟》《清平乐（ yuè）》《更漏子》《巫山一段云》《河传》《虞美人》《定风波》等词牌。举一些有名的案例：

南乡子（五代后蜀·欧阳炯）（格式二）

路入南中，桃榔叶暗蓼花红。
仄仄平平（韵），平平仄仄仄平平（韵）。

两岸人家微雨后，收红豆，叶底纤纤抬素手。
仄仄平平平仄仄（换仄韵），平平仄（韵），仄仄平平平仄仄（韵）。

这首词起始两句韵脚"中""红"是平韵，后三句的韵脚字"后""豆""手"都转成了不同声部的仄韵。词的意象不一定越大就越好。此词以"抬素手""收红豆"两个细微而司空见惯的动作来结尾，反而"合"出无穷的韵味，把整章"抬"成经典，流传后世。再看一下李煜的名篇《相见欢·其二》：

无言独上西楼，月如钩。寂寞梧桐深院、锁清秋。
⊙平⊙仄平平（韵），仄平平（韵）。⊙仄⊙平⊙仄（读）、仄平平（韵）。

剪不断，理还乱，是离愁。
⊙⊙仄（换仄韵），⊙⊙仄（韵），仄平平（换回平韵）。

别是一般滋味、在心头。
⊙仄⊙平⊙仄（读）、仄平平（韵）。

[1] 王力. 汉语诗律学 [M]. 北京：中华书局，2015：586-588.

上半阕韵脚字"楼""钩""秋"押十二部的平韵，下半阕起始两句韵脚字"断""乱"则转成了第七部的仄韵，而接下来两句韵脚字"愁""头"又转回押十二部的平韵。

少年听雨歌楼上，红烛昏罗帐。

⊙平⊙仄平平仄（韵），⊙仄平平仄（韵）。

壮年听雨客舟中，江阔云低、断雁叫西风。

⊙平⊙仄仄平平（换平韵），⊙仄⊙平（读）、⊙仄仄平平（韵）。

而今听雨僧庐下，鬓已星星也。

⊙平仄仄平平仄（换仄韵），⊙仄平平仄（韵）。

悲欢离合总无情，一任阶前、点滴到天明。

仄平平仄仄平平（换平韵），⊙仄⊙平（读）、⊙仄仄平平（韵）。

这首是南宋蒋捷非常有名的《虞美人·听雨》词，上半阕起始两句韵脚字"上""帐"是第二部的仄韵字，三四句韵脚字"中""风"转成了叶第一部的平韵。下半阕一二句韵脚字"下""也"又变成了叶第十部的仄韵，三四句韵脚字"情""明"又变回平韵，但不是上半阕的第一部，而是第十一部了。另外注意，《虞美人》的上下半阕末句均为九字句，正格的断读节奏格式为"⊙仄⊙平⊙仄（读）、仄平平（韵）"，如李煜《虞美人》中的"故国不堪回首、月明中""恰似一江春水、向东流"，苏轼《虞美人·有美堂赠述古》中的"便使尊前醉倒、且徘徊""惟有一江明月、碧琉璃"，黄庭坚《虞美人·宜州见梅作》中的"不道晓来开遍、向南枝""去国十年老尽、少年心"等，皆如此。但蒋捷这首《虞美人》词牌中的扛鼎之作不是按惯例的六三断句，而是四五断句，这也是可以的。词牌中的九字句甚至也有二七断句的，即便如以上所举《虞美人》中的案例，你也可以如此断读："便使、尊前醉倒且徘徊""惟有、一江明月碧琉璃""不道、晓来开遍向南枝"。

（4）平仄韵通叶格

平仄韵通叶格是在一个词调里既有平声韵脚也有仄声韵脚，且都在同一个韵部，并不换韵。常见的词牌有《西江月》《曲玉管》《六州歌头》等。需要特别注意的是，此类词牌的平仄通叶，其仄只能选上声、去声韵，绝对不能选入声韵来和平声韵"通叶"。好在现在的网络工具也都能替我们检测出来。看辛弃疾的《西江月》：

明月别枝惊鹊，清风半夜鸣蝉。

⊙仄⊙平⊙仄（句），⊙平⊙仄平平（韵）。

稻花香里说丰年，听取蛙声一片。

⊙平⊙仄仄平平（韵），⊙仄⊙平⊙仄（换同部仄韵）。

七八个星天外，两三点雨山前。

⊙仄⊙平⊙仄（句），⊙平⊙仄平平（换同部平韵）。

旧时茅店社林边，路转溪桥忽见。

⊙平⊙仄仄平平（韵），⊙仄⊙平⊙仄（换同部仄韵）。

此词上半阕韵脚"蝉""年"为平韵，末句韵脚"片"叶仄韵；下半阕一样，"前""边"又押回平韵，而末句韵脚"见"再叶仄韵。虽然没有明显的诗眼，无疑确有几处秀句能达到"读一遍就能记一辈子"的这种无数诗词大家梦寐以求的"诗效"。就是"稻花香里说丰年，听取蛙声一片""七八个星天外，两三点雨山前"。

笔者多次强调创作诗词作品，除了不能有明显的瑕疵外，能否成为经典，就看是否有诗眼和佳句了。"内容""思想"当然重要，不过单就诗词而言，形式更重要。因为古今中外，人人头脑里皆有内容，个个心中都不缺念头，但唯有精通形式的诗人嘴里吐出来的才叫诗词，而其中又只有极少数的精品才有资格被广传后世，"活"在当下。没有了诗的形式美，就等于没有了载体，再好的立意和思想也跑不快、跑不远。比如古代更多的诗词作品也许更有内容性、思想性，更有正能量，但只能在图书馆和诗库里存档备案，供研究或文物之用，不能活在历朝历代的文化语境当中，不能活在人们自主的传诵当中，以笔者愚见就是因为没有诗眼和佳句。这并不是贬低诗词整体的内容美而过度抬高诗句的形式美，而是提请广大诗友在创作时，一定多着眼于如何将你丝毫不亚于古人的立意、思想诗化成诗词，洋溢一种经典的诗意之美，这既是今人与古人鸿沟般差距的地方，也是我们应该着重历练之处。

同理，在当今这个飞速发展的快餐时代，如果不能保证你的诗词里有一两处诗眼或佳句作为惊喜和慰藉，奉献给广大读者和诗友的话，我实在想不明白：你干吗非要写成"诗词"，来糟蹋诗词呢？咱换成白话文的标语、口号、短句、段子、文案岂不更好？！这些比吟诗作对容易多了，也直白多了。

（5）抱韵与交韵

词中韵脚的安排还有一种特殊的形式叫"抱韵"，比如《定风波》，它属于平仄韵转换格，上下半阕每阕五句都是押韵句。规则是：头一、二句和第五句押平韵，中间三、四句押另一韵部的仄韵，好像是三、四句被环抱于头两句和第五句中间。下半阕也是属同一个韵部的第一、第二、第三、第六句，把另外一个韵部的第四、第五句环抱了，所以叫抱韵。不过上下半阕抱韵的韵相同，但被抱的韵并不相同：

莫听穿林打叶声，何妨吟啸且徐行。
⊙仄平平仄仄平（韵），⊙平⊙仄仄平平（韵）。

竹杖芒鞋轻胜马，谁怕！一蓑烟雨任平生。
⊙仄⊙平平仄仄（换仄韵），中仄（叶仄）。⊙平⊙仄仄平平（换回平韵）。

料峭春风吹酒醒，微冷，山头斜照却相迎。
⊙仄⊙平平仄仄（换仄韵），中仄（韵），⊙平⊙仄仄平平（换同部平韵）。

回首向来萧瑟处，归去，也无风雨也无晴。
⊙仄⊙平平仄仄（换仄韵），中仄（韵），⊙平⊙仄仄平平（换回平韵）。

苏轼的这首《定风波》词也很值得我们玩味。一般吟诗填词我们惯常用景语起兴，为情语或议论做铺垫。但此词起始直抒胸臆，情中含景，至上半阕末句结成儒家入世豪情的千古杰句："一蓑烟雨任平生。"然后再按时间维度自然分割出景中藏情的下半阕，亦反"常理"之道而行之。整词末句托出了佛家不二之禅意高境："也无风雨也无晴。"读来畅快淋漓，实则全是诗家的诗力和技巧刻意为之而不露痕迹。

上下半阕末句都被炼成了传世名句，可见苏轼诗力之雄厚。对一般高手而言，如果只能炼出一句，大都会设置在下半阕的末句，而不是放在上半阕，否则就有头重脚轻之感。我们说"一蓑烟雨任平生"的境界很高了，但再高，也还是儒家的、入世的、有分别心的一种态度：有"烟"有"雨"，而我不怕烟雨，坦然地去面对。但"也无风雨也无晴"的境界就越上一层了，既不是风雨也不是晴，或者又是风雨又是晴，便是佛系禅家如如不二的浑然，可见苏轼没有和佛印禅师"白混"。虽然"汉代确立了儒家在文化上的独尊地位，但实际上，确立的只是儒家在治国理念和制定国家制度方面的主导地位，而在精神生活方面，儒家从汉末以后就逐渐被玄学、道家和佛教所取代"[1]。你也可理解为在灵魂和审美的境界上，有某种儒家逊于玄道、

---

[1] 楼宇烈. 中国的品格 [M]. 海口：南海出版公司，2008：168.

佛禅又盖过儒道两家的味道。当然，诗无定法，你完全可以创作一副对联以道禅坐铺垫，下联用儒家入世的雅放越上高境的。而且这样设计的经典作品也比比皆是。

除了抱韵，还有一种韵文的押韵形式叫交韵，即词中如果把所有韵脚句按序做一个排列，那么奇数句和偶数句各自押不同的韵，即相互交替地押韵。大家了解就行，这种交韵词牌很少应用，不做延伸介绍了。总之抱韵、交韵可谓词之灵动的必然特点，而于律切之诗所不容（除了少数《诗经》里可合乐而歌的篇章外）。

2. 词的句式及平仄

此小节把词相关的平仄和句式糅在一起来讲，因为不像诗的平仄，词的平仄全在每一个不同的词谱里面，单独抽出来没太多共性的规律好讲。

（1）平仄

前面已提及，词有一个很大的特点是比诗更考究发音，因为它需要入谱而歌。故在平仄用韵的咬文嚼字方面的一些"技巧""套路"，不可不知。明代王骥德的总结很值得我们借鉴："大略阴字宜搭上声，阳字宜搭去声。"[1]"这个阴平搭上、阳平搭去的法则，是在昆山水磨腔发明之后才确立起来的。"[2]比如前面案例里介绍的"知"属于阴平，搭上一个上声的字"否"，"知否"相对来说就谐美动听。古代名篇中常用的词组：秋水、千里、千古、无数、何处等都符合"阴平搭上、阳平搭去"的说法。如果细数岳飞的《满江红·写怀》，有意无意间通篇很多处都暗合了这条"规则"：

> 怒发冲冠，凭栏处、潇潇雨歇。抬望眼、仰天长啸，壮怀激烈。
> 三十功名尘与土，八千里路云和月。莫等闲、白了少年头，空悲切。

> 靖康耻，犹未雪。臣子恨，何时灭。驾长车踏破，贺兰山缺。
> 壮志饥餐胡虏肉，笑谈渴饮匈奴血。待从头、收拾旧山河，朝天阙。

其中底部画横线的词组是"阳平搭去"，点黑点的词组是"阴平搭上"。虽然这种搭配最好是在两两断读的一个节奏拍中，但如果是上一个节奏的尾字和下个断读节奏的首字符合这两条"套路"，也会有些许声律上的和谐呈现，也总比毗邻几字全为上、去、入或平声要好。大家如果想确切知道一个平声字在古代是阴平还是

[1]（明）王骥德. 曲律注释 [M]. 陈多，叶长海，注释. 上海：上海古籍出版社，2012：105.
[2] 龙榆生. 词学十讲 [M]. 北京：中华书局，2017：140.

阳平，可以在诸多网站上查《中原音韵》（元代周德清所著）。

一般来说，平声韵是比较和婉优美，上声韵比较婉转幽咽，去声韵显得沉郁劲峭，入声韵发声最激烈短促，最显悲壮拗怒之声情，这也是为何《满江红》按惯例通篇皆用入声韵之缘故。当然，这并不是什么非要遵循的定律。诗无定法，创无定规。毕竟诗词以整体意境见长，有时需"不以词害意"，总有些地方就是故意不要那么和谐，乐于彰显某种拗怒的色彩，强调强烈情感的迸发。那么此时维护字词层面的"小和谐"反而损失了整体层面意旨意脉的权重色彩，丢失了"大和谐"。

即便正格是入声韵的《满江红》词，也有柳永押上去声韵和姜夔押平韵的特例。

（2）引领词

引领词是词（曲）区别于诗的一个显著形式标志，均处于句首。总共有一字豆、两字豆、三字豆三种。此处"豆"是"逗"的习惯简写，更专业一点说，即"读（dòu）"，指句中断读之处。分别简述如下：

一字豆

一字豆的意思就是读完此字需要语气作短暂的停顿。大部分都是去声字，比如按不完全统计，把词中最常用的 字引领字，按词库中由多到少的应用案例（下同）排列为：更，又，莫，问，看，正，便，望，但，怕，且，待，算，尽，似，听，想，是，叹，任，对，应，况，漫，凭，恨，奈，料，甚，渐，纵，喜等。有不少一字豆起到的是引领一个倒装句的作用，比如柳永《轮台子》中的"正老松枯柏情如织"，实际语序是"老松枯柏正情如织"。另外，一字豆一般也多附于四字句上，凑成一个五字句（往往引领一副四字句的对仗）。比如："正春山好处，空翠烟霏"（苏轼《八声甘州·寄参寥子》），"见水满一溪，云满千嶂"（南宋·白玉蟾《桂枝香·楼前凝望》）。

清代万树在其《词律》中说："上声舒徐和软，其腔低，去声激厉劲远，其腔高，相配用之，方能抑扬有致。……名词转折跌荡处，多用去声，何也？三声之中，上、入二者，可以作平，去则独异。故余尝窃谓论声虽以一平对三仄，论歌则当以去对平、上、入也。当用去者，非去则激不起。"[1]可见他很重视去声的作用。换句话说，如果领字不用去声而用其他三声，尤其在引领句数较多时，甚至是对偶句式时，就显得纤弱。如同火车头，如果马力弱了，就带不动后面一长串的车厢了。

---

[1]（清）万树.词律[M].上海：上海古籍出版社，1984：15.

填词与吟诗另一个很大的不同之处就在于，如果把临摹古人的诗词比作借助拐杖走路的话，那么吟诗时这副"拐杖"借用的时间可谓很短，即便需要借助也力度不算大，有的诗友甚至无须借助直接上来就"生活自理"。但填词则不然，即便对已经步入诗创高级阶段的诗友而言，在他尝试填制一首从未填制的词牌时，也必须找来几首此词牌的经典佳作反复玩味、参考，大致感觉一下它的韵律、词味、意脉等，才不至于下手后不对路，而费更大的气力去纠偏。

两字豆

两字豆即由两个相对固定搭配的字（虚字为多）组成的引领词。最常见的两字豆使用频率由多到少的排列为：何处，多少，记得，可怜，依旧，当年，不是，无端，又是，那堪，试问，不堪，无奈，如此，正是，闻道，不须，莫问，只是，何须，何况，此日，何必，已是，便是，况是，自然，不觉，恰似，遥想，好是，安得，只今，可是，未必，又还，须知，莫是，试看，但愿，不妨，那知，谁料，纵使，莫把，休说，怎禁，记曾，漫道，却是，却忆等。比如："恰似一江春水向东流"（李煜《虞美人》）；"何处约欢期，芳草外、高楼北"（宋·方千里《迎春乐·其二》）。

三字豆

词中最多可以有三个字的引领词，同样把三字豆使用频率由多到少排列如下：君不见，到而今，君知否，最难忘，记当时，都付与，更那堪，最好是，又匆匆，最堪怜，问何事，更何堪，怎禁得，又还是，又谁知，当此际，倩何人（倩，请求之意），又何必，更何须，最无端，犹记得等，比如："多情自古伤离别，更那堪、冷落清秋节"（柳永《雨霖铃·寒蝉凄切》）；"到而今春华落尽，满怀萧瑟"（宋·刘克庄《贺新郎·其九》）。

（3）句式

律诗句式的字数都是固定为五言、七言，但词是由长短句组成，其字数依调而定，理论上有从一字句到十一字句这么多种句式。当然，超过七言，其实都有短暂停顿的"读"来分隔一下。不光词的句式比诗的五言、七言为主的句式复杂了不少，词的平仄也比诗的复杂得多。

一字句

词中一字句很少，《十六字令》算一个。比如笔者大一时填的《江》：

　　　　江，两岸青烟欲淡妆。黄昏后，月影正苍茫。

　　此作品乍一看似乎纯为景语，并未明示任何情感，但其实是景中隐情之词。月色苍茫中究竟引发出作者何种情怀境界，那么任交由每人自由发挥了。

　　此词最后一句原来是"月色正苍茫"，那么"月""色"均为入声，"正"为去声，两入加一去，这样的安排在音感上是比较拗怒的。虽然"月色正"三字的连用，在古代的语典里颇多，比如说张先的"中庭月色正清明，无数杨花过无影"，但他是在倒数第二句用此三字，靠末句的"无数杨花过无影"把稍显激越的声情往回扳了些许，整体依旧显得和谐。但笔者用此三字是在最后一句了。所以多年后笔者重温时考虑再三，还是把"色"改成了"影"。用一个和缓的上声字把这种拗怒的色彩调和了一下，就与整首词的情调更匹配了。此处给我们的启示是可能都是非常好的句子，但是用在不同的诗词里面，就要分一个诗境、词境、语境、意境，主要看是不是与主旨及韵律和谐。

　　一字句著名的词牌另外还有《钗头凤》上下半阕末句的三字叠韵，如陆游《钗头凤·红酥手》中的："莫，莫，莫""错，错，错"。

二字句

　　二字句多用于叠句或者是后阕的起句，如戴叔伦《古调笑》里的起句与倒叠句：

　　　　边草，边草，边草尽来兵老。

　　　　山南山北雪晴，千里万里月明。

　　　　明月，明月，胡笳一声愁绝。

　　还有笔者当年给"美食中国"栏目创作的艺术文案，也是用的《古调笑》词牌：

　　　　花好，花好，日暮野蜂还绕。

　　　　去年燕子争巢，争罢风吟叶摇。

　　　　摇叶，摇叶，帘卷一怀春月。

　　李清照《如梦令》里面的"争渡，争渡，惊起一滩鸥鹭""知否？知否？应是绿肥红瘦"也都是二字句。

三字句

　　一般常取五言律诗的尾三字，其格式相应就以平平仄、平仄仄、仄平平为最常见。比如说苏轼冠绝古今的中秋词《水调歌头》下半阕起始的三个三字句"转朱阁，低绮户，照无眠"。另外词中的三字对仗句也十分常见，尤其是词中特有的鼎足对，比如陆游《诉衷情令·其一》下半阕的鼎足对起句：

> 当年万里觅封侯。匹马戍梁州。
> 关河梦断何处，尘暗旧貂裘。
>
> 胡未灭，鬓先秋，泪空流。
> 此生谁料，心在天山，身老沧州。

四字句

四字句的平仄格式常取七言律句的前四个字，这是因为人们五言、七言诗句大多按"二三""二二三"的节奏来断读，故三字句平仄格式多取后三字、四字句多取前四字。四字句以"仄平平仄""平平平仄""平平仄仄""仄仄平平""平仄平平"最常见，比如"江上舟摇，楼上帘招"（蒋捷《一剪梅》），"蓦然回首，那人却在"（辛弃疾《青玉案·元夕》），"平生意气，衣冠人笑，抵死尘埃"（辛弃疾《沁园春·带湖新居将成》）。

五字句

词中五字句的平仄格式比较常见的有：

仄仄平平仄：往事知多少（李煜《虞美人》）、绿水人家绕（苏轼《蝶恋花》）、半夜凉初透（李清照《醉花阴》）。

⊙仄仄平平：帘外雨潺潺（李煜《浪淘沙令》）、空有梦相随（韦庄《女冠子》）、马首望青山（纳兰性德《好事近》）。

和诗不一样，"⊙平平仄仄"的格式在词中不像前两种那么普遍，例如：

东风吹碧草（北宋·秦观《风流子》）、空阶销玉冷，燕立秋千影……手栽池上树，难系斑骓驻（清末郑文焯《菩萨蛮其一、其四》）。

"平平仄仄平"在诗中是标准的律句，但在词中比以上几种格式更罕见。另外词中也有常见的拗句："仄平平平仄""平平仄平平"，不过二者都不按标准的"二三"节奏的诗句来断读，往往遵循"一四""三二"这种词中特有的节奏：

更丝丝垂柳……但瑶琴在手（屈大均《贺圣朝》），欠黄花消息……是谁家秋色（朱祖谋《好事近·九日坐天游阁》）。

词中的拗句带有阶段性的特点，"唐五代词差不多全是律句，宋词则是律拗相参。且诗的拗句是随机的，不得已而用之。但词中拗句则是有规律的刻意安排"[1]。诗友要注意的是"一三五不论，二四六分明"在词中是无此一说的，有的词句甚至首字平仄都不是可平可仄的，具体填制时还得参照词谱。

六字句

六言可谓词的鲜明特色，其平仄规则相对较谨严。六字句是由四字句扩展而来的，分仄脚和平脚两类。仄脚的六字律句格式第二、第六字必须为仄，第四字必平，即严格按节奏点来安排。最常见的是"⊙仄仄平平仄""⊙仄平平平仄"，反而"仄仄平平仄仄"比以上两者都少见。

⊙仄仄平平仄：昨夜雨疏风骤（李清照《如梦令》）、今夕不知何夕（苏轼《念奴娇》）。

⊙仄平平平仄：四十年来家国（李煜《破阵子》）、我欲乘风归去（苏轼《水调歌头》）。

平脚的六字律句正好倒过来：节奏点第二、第六字必平，第四字必仄，最常见的可用"⊙平⊙仄平平"概括：

梦回吹角连营……弓如霹雳弦惊（辛弃疾《破阵子》）、壮怀销到今年……梦归犹是家山（王鹏运《临江仙》）。

七字句

七字句以"⊙平⊙仄平平仄""⊙平⊙仄仄平平"最常见，"⊙仄⊙平平仄仄""⊙仄平平仄仄平"次之。诗中的准律句"仄仄平平仄平仄"在词中也能用，不过第三字限定为平声。看一些例子：

⊙平⊙仄平平仄：长烟落日孤城闭（范仲淹《渔家傲》）、碧桃天上栽和露……轻寒细雨情何限（秦观《虞美人》）。

---

[1] 周啸天.不会吟诗也会吟——诗词创作十日谈 [M].成都：四川文艺出版社，2009：175.

⊙平⊙仄仄平平：一杯蓝尾怕沾唇……梅花应笑渡江人（郑文焯《临江仙·浔阳岁除》）、千山幻影入真门（黄胤然《浣溪沙·诗译泰戈尔诗一二》）。

⊙仄⊙平平仄仄：画鼓声中昏又晓……求得浅欢风日好（晏殊《渔家傲》）。

⊙仄平平仄仄平：一枕初寒梦不成……秋雨晴时泪不晴（苏轼《南乡子·送述古》）。

另外七言句如果是"上三下四"的节奏（包括三字豆的引领词），也叫尖头句（下一小节会介绍），古谱一般都会在旁边标记有"读"（或"豆"）字样：

背西风、酒旗斜矗（王安石《桂枝香·金陵怀古》），却依然、一笑人间……怕梅花、零落孤山（宋末元初张炎《声声慢·寄叶书隐》）。

正常七言诗句的节奏点在第二、第四、第六、第七字上，但"上三下四"句式的节奏点相反，在第三、第五、第七字上。节奏点上的平仄都相对更谨严。以上这些句式的平仄其实都无须记，填词的时候只要严格按照所选词牌的格律来填就行。

长句

八字句到十一字句就可谓长句了，但都是之前几种句式的组合。长句的平仄因词谱而异，此处只简单介绍断读节奏。

①**八字句**，可以有三五、五三、一七、四四、二六等断读格式：

三五句式：知音少、弦断有谁听（岳飞《小重山》）；

五三句式：惊回千里梦、已三更（岳飞《小重山》）；

二六句式：应是、良辰好景虚设（柳永《雨霖铃》）；

一七句式：妒、千门珠翠倚新妆（贺铸《西平曲》），亦可当成三五句式；

四四句式：屏山残睡、眼前春晚（朱祖谋《陌上花》），有时亦可当成二六句式。

②**九字句**，可按三六、六三、二七、五四和四五来断句：

三六句式：叹此意、今古几人曾会……浑认作、天限南疆北界（南宋·陈亮（《念奴娇·登多景楼》）；

六三句式：故国不堪回首、月明中（李煜《虞美人》），往往四五断读亦可；

二七句式：欲罢、清溪饮水水流香（黄胤然《虞美人》）；

四五句式：声入霜林、簌簌惊梅落（张先《一斛珠》）。

③十字句，一般以三七常见，也有少数按五五来断句的：

三七句式：这身世、山林朝市随缘遇（北宋·张继先《摸鱼儿》）；

五五句式：恨人去寂寂、凤枕孤难宿（欧阳修《摸鱼儿》）。

④十一字句，只在《水调歌头》里有，可按六五或四七来断句，比如：

六五句式：不知天上宫阙、今夕是何年（苏轼《水调歌头》）；

四七句式：不应有恨、何事长向别时圆（苏轼《水调歌头》）。

3. 词的对仗

与非常整齐的律诗格式相比，由于词是长短句，适合对仗的地方相对来说先天不足。而且由于早期都有旋律支撑，故词在很长一段时间里，像律诗那样必须依靠对仗等修辞格式才能使整篇流畅的需求并不大，至少理论上如此。也许正是由于这些原因，词中的对仗天生就不需像律诗中的那样工整。

如果按字数的不同，词中对仗可有三言对、四言对、五言对、六言对、七言对等几种。但并没有超过七言的对仗句，而是会将其拆分。下面逐一简单介绍。

（1）三言对

两两对仗的三言对的案例有：

青箬笠，绿蓑衣（张志和《渔歌子》）。

乘彩舫，过莲塘（晚唐·李珣《南乡子》）。

玉炉烟，红烛泪……眉翠薄，鬓云残……一叶叶，一声声（温庭筠《更漏子》）。

（2）四言对

四言对可谓词中的大户，比如：

春色将阑，莺声渐老……密约沉沉，离情杳杳（北宋·寇准《踏莎行·春暮》）。

妒雪梅苏，迷烟柳醒（宋代·赵崇霄《东风第一枝》）。

纤云弄巧，飞星传恨……柔情似水，佳期如梦（秦观《鹊桥仙》）。

（3）五言对

诗中的五言对在词中并不常见，应该是五言对诗的痕迹过于明显之故。比如：

带酒冲山雨，和衣睡晚晴……老去才都尽，归来计未成（苏轼《南歌子·再用前韵》）。

落花人独立，微雨燕双飞（晏几道《临江仙·其七》）。

（4）六言对

和四言对一样，六言对也很常见，因为它们都架构出词不同于诗的韵调色彩：

相见争如不见，有情何似无情（北宋·司马光《西江月》）。

人有悲欢离合，月有阴晴圆缺（苏轼《水调歌头》）：词中特有"同位重字"对仗。

澄明远水生光，重叠暮山耸翠（柳永《诉衷情近·其一》）。

夜月一帘幽梦，春风十里柔情（秦观《八六子》）。

（5）七言对

相较于五言对，七言对的词牌就比较多了，而且其中的传世佳句也栉比鳞次。这应该归功于七言比五言天生更有韵律感、更易于合乐而歌的特点：

无可奈何花落去，似曾相识燕归来（晏殊《浣溪沙·其四》）。

绿杨烟外晓寒轻，红杏枝头春意闹（北宋·宋祁《玉楼春·春景》）。

花片片飞风弄蝶，柳阴阴下水平桥（张先《浣溪沙》）。

翻空白鸟时时见，照水红蕖细细香（苏轼《鹧鸪天》）。

其中宋祁的锦囊句全仗有一处词眼：闹，用得可谓出神入化。一般诗眼、词眼处用动词和形容词的概率比较大，故大家以后要炼字炼句，不妨多留意一下你句中动词和形容词的选择。还有笔者创作的词牌中的一些七言对句案例：

四海孤舟归满月，千山幻影入真门（黄胤然《浣溪沙·合眸照见梦中人》）。

松月朦胧唐意象，竹云迢递宋词章（黄胤然《摊破浣溪沙》）。

江南岸柳争新翠，塞北松琴忆故人（黄胤然《鹧鸪天》）。

前面已提及，对仗在词中会比诗中呈现出更丰富的形式，比如一字豆、二字豆引领的对仗、扇面对（隔句对）、鼎足对等与旋律密切相关的对仗体式，这在诗中都是绝少出现的。由此就演变出来词中对仗自有的特点：① 可对可不对；② 不拘于固定的位置；③ 不拘于平仄重字包括字数。

比如在《满庭芳》词牌作品中的上半阕头两句，有采用严谨对仗的：

蜗角虚名，蝇头微利（苏轼《满庭芳》）。

但也有完全非对仗格式的：

三十三年，今谁存者（苏轼《满庭芳》）。

归去来兮，吾归何处（苏轼《满庭芳》）。

再看《水龙吟》词牌，上半阕中间有连续 6 句、下半阕中间有连续 7 句居然都是四言句，隔两句一用韵，韵脚不密。故必须用对仗修辞来弥补这种过多四言堆叠所引起的繁沓之感。比如欧阳修的安排是：

眼儿斜盼，眉儿敛黛（上半阕第 4、第 5 句）。

花谢春归，梦回云散（下半阕第 6、第 7 句）。

而苏轼却是这样设计的：

但丝莼玉藕，珠粳锦鲤；相留恋、又经岁（上半阕第 9、第 10 句，第 11、第 12 句）。

步虚声断，露寒风细（下半阕第 7、第 8 句）。

可见词中的对仗位置并不是固定的，而且字数也不固定。这也是由包括引领词、词牌早期的旋律或词人的主观风格等多种因素引起的。

除了一字豆外，词中二字豆亦往往引领对仗句。比如：

那堪片片飞花弄晚，濛濛残雨笼晴（秦观《八六子》）。

当时暗水和云泛酒，空山留月听琴（宋末元初王沂孙《八六子》）。

尖头句

之前说过部分词中七言句的断读节奏是"前三后四"，这和绝大部分诗中的七言句"前四后三"节奏完全相反。比如：

恨西园、落红难缀（苏轼《水龙吟·次韵章质夫杨花词》）。

这种前三后四断读节奏的七言句有时也俗称为"尖头句"。不只限于七言，习惯上把这种带句读的、字数前少后多的句式，都形象地称为尖头句，为词中特有。

五字句中"上一下四"的句式：

系、长江舴艋，拂、深院秋千（宋·杜安世《行香子》）。

七字句中"上一下六""上三下四"的句式：

怕、归来霜雪沾衣（清末·叶恭绰《声声慢·秋感》）。

且莫辞、花下秉烛（元·张翥《声声慢》）。

八字句中"上一下七""上二下六""上三下五"的句式：

待、与子相期采黄花（蒋捷《洞仙歌其一·对雨思友》）。

应是、良辰好景虚设（柳永《雨霖铃》）。

总不道、江头锁清愁（蒋捷《洞仙歌其二·柳》）。

九字句中"上二下七""上三下六"的句式：

可堪、风雨无情暗亭槛（杨无咎《解蹀躞》）。

相逢处、自有暗尘随马（周邦彦《解语花·高平元宵》）。

有些词牌里格式一样的两句尖头句如果相邻，便组成了"尖头对"：

东风第一枝（吴文英）

倾国倾城，非花非雾。春风十里独步。
胜如西子妖娆，更比太真淡泞。

铅华不御，漫道有、巫山洛浦。

似恁地、标格无双，镇锁画楼深处。

曾被风、容易送去，曾被月、等闲留住。

似花翻使花羞，似柳任从柳妒。

不教歌舞，恐化作、彩云轻举。

信下蔡阳城俱迷，看取宋玉词赋。

(6) 扇面对（隔句对）

除了虚词引领的对仗外，扇面对（隔句对）也是词中特有。在律诗的对仗中我们已经介绍过扇面对，不再重复，直接看词中的案例。比如刘克庄的这首《沁园春·答九华叶贤良》：

一卷阴符，二石硬弓，百斤宝刀（鼎足对）。

更玉花骢喷，鸣鞭电抹；乌丝栏展，醉墨龙跳（虚词"更"引领扇面对）。

牛角书生，虬髯豪客（对仗），谈笑皆堪折简招。

依稀记，曾请缨系粤，草檄征辽（虚词"曾"引领对仗句）。

当年目视云霄。谁信道、凄凉今折腰。

怅燕然未勒，南归草草；长安不见，北望迢迢（虚词"怅"引领扇面对）。

老去胸中，有些磊块，歌罢犹须著酒浇。

休休也，但帽边鬓改，镜里颜凋（虚词"但"引领对仗句）。

但即便同样的词牌，不同的词家却有不同的填法，比如陆游的《沁园春·其三》：

孤鹤归飞，再过辽天，换尽旧人。

念累累枯冢，茫茫梦境（虚词"念"引领的对仗）；王侯蝼蚁，毕竟成尘。

载酒园林，寻花巷陌（对仗），当日何曾轻负春。

流年改，叹围腰带剩，点鬓霜新。

交亲散落如云。又岂料、如今馀此身。

幸眼明身健，茶甘饭软（虚词"幸"引领的对仗）；非惟我老，更有人贫（对仗）。

躲尽危机，消残壮志（对仗），短艇湖中闲采莼。

吾何恨，有渔翁共醉，溪友为邻（虚词"有"引领的对仗）。

其他扇面对的案例还有：

> 靖康耻，犹未血；臣子恨，何时灭（岳飞《满江红》）。

> 漏迟迟、声低易断，灯黯黯、花小难圆……

> 碧霄迥、琼楼何处，红桥远、玉笛谁边（晚清俞樾《玉蝴蝶》）。

（7）鼎足对

鼎足对是词中很特别的一个对仗形式，在诗中是没有的。它不是两联对仗而是"三三对仗"，就像一个鼎，鼎有三足，三句全都得对上。比如：

孤馆灯青，野店鸡号，旅枕梦残（苏轼《沁园春·赴密州早行马上寄子由》）。

对林中侣，闲中我，醉中谁（北宋晁补之《行香子·夏日即事》）（"对"字引领）。

野光浮，天宇迥，物华幽（辛弃疾《水调歌头·和马叔度游月波楼》）。

（8）韵脚对

词中还有一种特殊的对仗叫韵脚对，因为诗中是绝不会安排对仗句还押韵的。顾名思义，韵脚对就是既押韵又对仗。比如蒋捷非常经典的《一剪梅·舟过吴江》就设计有韵脚对，上下半阕各有两处，总共四处四言韵脚对（下画线处）：

> 一片春愁待酒浇，<u>江上舟摇</u>，<u>楼上帘招</u>。
> 秋娘渡与泰娘桥，<u>风又飘飘</u>，<u>雨又潇潇</u>。
>
> 何日归家洗客袍？<u>银字笙调</u>，<u>心字香烧</u>。
> 流光容易把人抛，<u>红了樱桃</u>，<u>绿了芭蕉</u>。

以及清季四家之首王鹏运《东风第一枝》词牌里面的：

> 醉醒里、盛年暗度，歌哭外、旧游何处。

从以上诸多案例可知，词中的对仗也并不像律诗和对联那样，要限定出句对句平仄相对，而且很多是刻意安排成同位重字的，还是为了早期唱起来更美听动人。

可对可不对，怎么办？

虽然很多词中的对仗案例实际也是可对可不对，但对我们新手而言，笔者建议还是尽可能都设计成对仗，因为旋律的支撑没了，不妨多安排些对仗的修辞，以便今人"悦读"而不是"苦读"。比如说著名小令《忆江南》词牌，中间相当于"龙骨"结构的两句七言位置，古人大部分也都是对仗的：

日出江花红胜火，春来江水绿如蓝（白居易《忆江南》）。

弱柳从风疑举袂，丛兰裛露似沾巾（刘禹锡《忆江南》）。

但也有相当多的名家并未设计成对仗，估计是《忆江南》词牌属于小令，中间即便不安排对仗技巧，或唱或吟或读，总共才27个字，怎么着都容易流畅下来。比如李煜的《忆江南》，中间两句就不是对仗句：

多少恨，昨夜梦魂中。
还似旧时游上苑，车如流水马如龙，花月正春风。

温庭筠的《忆江南·其二》也未采用对仗的形式：

梳洗罢，独倚望江楼。
过尽千帆皆不是，斜晖脉脉水悠悠，肠断白蘋洲。

苏轼的《望江南·超然台作》同样亦未采用对仗：

春未老，风细柳斜斜。
试上超然台上看，半壕春水一城花。烟雨暗千家。

同样在《采桑子》（又名"丑奴儿"）词牌中间的两句四言句，欧阳修也没有采用对仗：

群芳过后西湖好，狼籍残红。飞絮濛濛，垂柳栏干尽日风。

笙歌散尽游人去，始觉春空。垂下帘栊，双燕归来细雨中。

但是辛弃疾的处理手法是不但对仗，而且还对"过了头"——干脆四字重言了。《丑奴儿·书博山道中壁》：

少年不识愁滋味，爱上层楼。爱上层楼，为赋新词强说愁。

而今识尽愁滋味，欲说还休。欲说还休，却道天凉好个秋。

我们说这种三字、四字的重复肯定只在词中才有，诗中是绝不可能出现的。还是因为词特殊的地方就是当时大多有旋律的支撑，虽然此处四字重言，唱出来反而有种复唱的韵律美。而且重言处的旋律有时也不会完全重复，而是会有某种旋律的改变或升华的——相信唱过流行歌曲的诗友都会有同感。

那么今天我们要再创意《采桑子》（丑奴儿）词，是否也效仿辛弃疾采用这种重言？笔者的建议是，最好别用。道理还是一样的，旋律根本都没了，你就别忸怩作态地也来个重复，除非你写出来旁边立马有"觊觎已久"的作曲家愿意为你谱曲，谱成曲后即刻便有"垂涎三尺"的歌手愿意倾情演唱，否则，还是把这些宝贵的字用来增补更多内涵，本来《采桑子》就属小令，才44个字。

此词前七句是一句盖过一句的浓烈厚重的情语，末句却来了一个空前绝后的大转弯，以景语结成高潮："却道天凉好个秋。"这种独特的设计大胆而又经典到位。它告诉我们：如果你前面一直在"罗列"情语，最后即便再用一个"高八调"的情语去升扬意境，既着相，也很难。反而不如用一个景语，四两拨千斤地去无限"放大"你之前铺垫的情语——大平仄（大阴阳）转换——来得巧妙而又深刻。

三、词牌选择

民国的刘坡公在《学词百法》里曾说："题意与音调相辅以成，故作者拈得题目最宜选择调名，选调得当则其音节之抑扬高下，可处处助发其意趣。"[1] 最开始的时候，因为有相应的曲子，不同的词牌（唱出来）都有不同的意调和声情，可谓自带特定的情感色彩和艺术格调。北宋的沈括就曾经说："唐人填曲，多咏其曲名，所以哀乐与声，尚相谐会。今人则不复知有声矣！哀声而歌乐词，乐声而歌怨词，故语虽切而不能感动人情，由声与意不相谐故也。"[2]

然而沈括的感叹恰恰反面证明了这种"有违"是具有当时现实合理性的，"因为词在宋代，虽有不少是按谱协律作为歌词而写的，但一般的词人只把它当作一种抒情的诗的形式，择调时就只考虑词式的长短句格，不再顾及宫调声情与腔调声情，'依乐用律'的更是百无一二。杨瓒、张炎等人论词提倡'依乐用律'。他们只是借古乐来妆点，以此自炫而已。"[3] 故今人再填词，知晓词调声情是应该的，但亦无须丁卯分明。

时过境迁，今天的我们如何在大部分词牌旋律都已荡然无存的现实语境下，依据不同的声情、调性、主题、诉求等选择词牌创作呢？可以有两种途径：一是从词牌的历史背景和其"名副其实"的名称入手；二是根据句式的奇偶以及韵脚的平仄这些词律的技术特点来择取。

很多词牌名大家望文生义就知道它大概是描绘哪一类风格和内容的，如果你想要表达同样的情感和主旨，选这一类的词牌也是八九不离十的，所谓"调即是题"。比如带些民歌风味、表达恬淡超远境界的《渔歌子》；主打离情别绪、抒发感怀思忆的《忆王孙》；喷吐激越情怀、长啸悲壮之志的《满江红》；源自虞姬诀别霸王的典故、满怀凄美悲怆之感的《虞美人》等。如果不顾这些词牌的历史背景和语境，强行跨界混搭，太过分的话，是会闹出笑话的。比如有客户让你策划一个团建的文案，最后需选一词牌创意成点睛之笔，你给人家来一首《渔歌子》就有些不搭——总觉没有多少激励而反带有悠闲"躺平"之意——除非你的客户是某渔业公司。或者别人结婚，你不按惯例出牌选《蝶恋花》《鹊桥仙》《醉花阴》一类，却偏挑一个"怒发冲冠"的《满江红》来贺新婚，就太不着调了。

---

[1] 刘坡公.学词百法 [M].上海：世界书局，1935：23.
[2]（北宋）沈括.梦溪笔谈全编二六卷 [M].明代沈儆炘延津刊本，1602：卷之五：10.
[3] 夏承焘，吴熊和.读词常识 [M].北京：中华书局，2001：23.

第二种就是从技术角度出发来择选所需词牌。这方面龙榆生先生在《词学十讲》一书中总结得十分到位："每一歌词的句式安排，在音节上总不出和谐与拗怒两种"[1]，那么具体而论，"一般词调内，遇到连用长短相同的句子而作对偶形式的，所有相当地位的字调，如果是平仄相反，那就会显示和婉的声容，相同就要构成拗怒，就等于阴阳不调和，从而演为激越的情调。"[2]——这相当于是从词谱平仄设计的角度而言的。

那么从句式字数的奇偶而言，"以三、五、七言句式构成而又使用平韵的词牌调，音节是最流美的"[3]。比如《忆江南》，通篇皆由三言、五言、七言句式构成：

忆江南·超然台作其二（苏轼）

寒食后，酒醒却咨嗟。

休对故人思故国，且将新火试新茶（一般为对仗）。诗酒趁年华。

《浣溪沙》，上下阕六句全是七言句式：

浣溪沙（纳兰性德）

谁念西风独自凉。萧萧黄叶闭疏窗。沉思往事立残阳。

被酒莫惊春睡重，赌书消得泼茶香（一般为对仗）。当时只道是寻常。

《鹧鸪天》，双调九句，七言占七句，三言有两句：

鹧鸪天·其三（朱敦儒）

我是清都山水郎。天教分付与疏狂。

曾批给雨支风券，累上留云借月章。

诗万首，酒千觞（一般为对仗）。几曾著眼看侯王。

玉楼金阙慵归去，且插梅花醉洛阳。

"它们的句式都属奇数，而在整体上看，必得加上一两个对称的句子，这就使参差和整齐取得一种调剂，而使它们的声容态度趋于流丽谐婉。"[4] 相反地，如果

---

[1] 龙榆生. 词学十讲 [M]. 北京：中华书局，2017：43.

[2] 同 [1]33.

[3] 同 [1]52.

[4] 同 [3].

是四言、六言这种偶字数的句式，并且主要押仄声韵，特别是入声韵的词调，那么其声情色彩便会呈现出一种拗怒激越的格调。

同理，在韵脚密度的安排上也有讲究。"一般说来，句句协韵的，也就是韵位过密的，例宜表达激切紧促的思想感情，隔句协韵，也就是韵位均调的，例宜表达低徊掩抑的凄婉情调；后者尤以选用上去声韵部最为适合。"[1]

如宋代卫元卿的《谒金门》：

> 花过雨。又是一番红素。
> 燕子归来愁不语。旧巢无觅处。
>
> 谁在玉楼歌舞。谁在玉关辛苦。
> 若使胡尘吹得去。东风侯万户。

在《词林正韵》里，它是句句押韵，通篇不换韵。"像这一类的对句，于和谐中见拗怒，关键只在每句的收脚都用仄声，就使人感到峭拔劲挺，显示一种凛然不可侵犯的颜色，所以许多豪放作家都爱使用。"[2] 相反地，如果词谱的安排是隔句押韵，则会显得从容优雅。比如宋代严蕊的《卜算子》：

> 不是爱风尘，似被前缘误。
> 花落花开自有时，总赖东君主。
>
> 去也终须去，住也如何住！
> 若得山花插满头，莫问奴归处。

其特点就是隔句押韵，韵脚不密实，比较适合呈现那种舒缓委婉的声情色彩，不论悲还是喜。一般来说，隔句或隔多句用韵的词谱选择平声、上声、去声比较合适，但如隔多句押韵却又偏选入声部就很罕见了，原因从"技术上"来说不合理，比较别扭：入声最适宜表达拗怒激越的情怀，而你又特意把它们填入一个隔几句才押韵的词调里，等于是把这种入声特有的声情做了一个折减、一个缓冲，相当于又抵消了入声的特色，故很少有这样的设计了。

把以上介绍的知识点贯穿一下，我们看李煜的《清平乐》：

[1] 龙榆生. 词学十讲 [M]. 北京：中华书局，2017：69.
[2] 同 [1]101-102.

> 别来春半，触目愁肠断。
> 砌下落梅如雪乱，拂了一身还满。
>
> 雁来音信无凭，路遥归梦难成。
> 离恨恰如春草，更行更远还生。

上半阕句句用仄韵："半""断""乱""满"，故彰显的声情是比较紧张、促迫的。如果不想下半阕继续这样的调性，那么平仄律式就得相应转变一下："凭""成""生"，下半阕词谱不但全部转成平韵，而且第三句又设计成非韵脚句："草"，打破了四句连韵的势头，"就显得音节和缓，转作曼声，有缠绵不尽之致，是短调中最为美听的"[1]。

类似这样风格的词牌还有《菩萨蛮》《虞美人》等。比如韦庄的《菩萨蛮·其二》：

> 人人尽说江南好，游人只合江南老。
> 春水碧于天，画船听雨眠。
>
> 炉边人似月，皓腕凝双雪。
> 未老莫还乡，还乡须断肠。

其特点是上半阕两仄韵接两平韵，下半阕全部换韵，亦为两仄韵续两平韵。虽然也是每句皆为韵脚句，但因连续换韵三次，相当于下坡路上连续三次的"点踩刹车"，整体感觉自然不会像诸如《满江红》《谒金门》等中间不换韵的词牌那么一冲到底的紧促急迫了。

《虞美人》词牌也有类似效果，比如秦观的《虞美人·其二》：

> 碧桃天上栽和露，不是凡花数。
> 乱山深处水潆洄，可惜一枝如画、为谁开。
>
> 轻寒细雨情何限，不道春难管。
> 为君沈醉又何妨，只怕酒醒时候、断人肠。

其韵脚安排特色也是上半阕两仄韵换两平韵，下半阕换两仄韵再换两平韵。

关于其他常见词牌的选调，龙榆生先生在其《词学十讲》中的第三讲"选调和

---

[1] 龙榆生 . 词学十讲 [M]. 北京：中华书局，2017：71.

选韵"里有比较中肯的介绍。笔者攫取其中的干货部分，付诸案例分享如下[1]：

《生查子》，正格为隔句押仄韵，不押韵之白脚多为平韵，由此平仄互用便显得比较谐婉：

生查子·其一（朱淑贞）

去年元夜时，花市灯如昼。
月上柳梢头，人约黄昏后。

今年元夜时，月与灯依旧。
不见去年人，泪湿春衫袖。

《相见欢》，又名《乌夜啼》，如李煜《相见欢·其一》，全阕句句押平韵，而在下半阕的过片处插入两个不同韵部的仄声短韵（"泪""醉"），即句中藏韵，如此更加谐声入乐，凸显了激越凄怨的气氛：

林花谢了春红，太匆匆。
无奈朝来寒雨、晚来风。

胭脂泪，相留醉，几时重。
自是人生长恨、水长东。

《西江月》，双调不换韵部，下半阕在句数、字数、平仄及韵律上完全复刻上半阕格式，匀称对品。上下半阕末句均有同韵部内由平换仄的变化，以强化气氛：

西江月·平山堂（苏轼）

三过平山堂下，半生弹指声中。
十年不见老仙翁。壁上龙蛇飞动。

欲吊文章太守，仍歌杨柳春风。
休言万事转头空。未转头时皆梦。

《阮郎归》，除过片句不押韵外，全阕句句押平韵，情急调苦，凄婉忧愤，宜写缠绵低抑情调。如辛弃疾《阮郎归·耒阳道中》：

---

[1] 龙榆生. 词学十讲 [M]. 北京：中华书局，2017：29-40.

> 山前灯火欲黄昏，山头来去云。
> 鹧鸪声里数家村，潇湘逢故人。
>
> 挥羽扇，整纶巾，少年鞍马尘。
> 如今憔悴赋招魂，儒冠多误身。

《玉楼春》，几乎就是七律——只不过押仄韵而已。上下半阕第三句均为平声句脚，间隔开仄韵的连韵，故音节比较舒缓。上半阕的"对偶句有些拗怒，显示情调的郁勃"：

玉楼春·春景（北宋·宋祁）

> 东城渐觉风光好，縠皱波纹迎客棹。
> 绿杨烟外晓寒轻，红杏枝头春意闹。
>
> 浮生长恨欢娱少，肯爱千金轻一笑？
> 为君持酒劝斜阳，且向花间留晚照。

此词上半阕全景铺垫了很多，其实就为了引出一个字："闹"，可谓词眼。上半阕起兴，过片后，下半阕以抒情为主，末句又以景结情，更放出无限的意韵深情。相对于李白豪放版《将进酒》，宋祁这首《玉楼春》可谓婉约版。

《破阵子》，唐代的教坊曲名，源于古代军乐，上下半阕各由一对六言句引领，故适宜表达激昂情绪。如李煜《破阵子》：

> 四十年来家国，三千里地山河。
> 凤阁龙楼连霄汉，玉树琼枝作烟萝，几曾识干戈？
>
> 一旦归为臣虏，沈腰潘鬓消磨。
> 最是苍黄辞庙日，教坊犹奏别离歌，垂泪对宫娥。

《小重山》《定风波》《临江仙》三个词牌都有些共同特点：皆以平韵为主，或以句或以读将句句连韵模式打破，使得此类调式具有"纡徐为妍""从容谐婉"的风格。各举一例：

小重山（岳飞）（用句读阻断连续平韵）

> 昨夜寒蛩不住鸣，惊回千里梦、已三更。

起来独自绕阶行，人悄悄、帘外月胧明。

白首为功名，旧山松竹老、阻归程。
欲将心事付瑶琴，知音少、弦断有谁听？

定风波·常羡人间琢玉郎（苏轼）（用两仄韵阻断连续平韵）

常羡人间琢玉郎，天应乞与点酥娘。
自作清歌传皓齿，风起，雪飞炎海变清凉。

万里归来年愈少，微笑，笑时犹带岭梅香。
试问岭南应不好，却道：此心安处是吾乡。

唐人吟诗填词，尾句一般苛求升扬意境；入宋以后，诗人多爱以哲理结句。苏轼很多作品都有此特点，大家注意体会。

临江仙·滚滚长江东逝水（杨慎）（上下阕各用两无韵句阻断连续平韵）

滚滚长江东逝水，浪花淘尽英雄。
是非成败转头空。青山依旧在，几度夕阳红。

白发渔樵江渚上，惯看秋月春风。
一壶浊酒喜相逢。古今多少事，都付笑谈中。

《蝶恋花》《青玉案》，都是选用上去声韵，比较适宜写幽咽凄怨的情调：

蝶恋花·其二（柳永）（上下阕各用一平声句阻断仄声连韵）

伫倚危楼风细细，望极春愁，黯黯生天际。
草色烟光残照里，无言谁会凭栏意。

拟把疏狂图一醉，对酒当歌，强乐还无味。
衣带渐宽终不悔，为伊消得人憔悴。

此词末二句在王国维《人间词话》中，被引为人生三境界之第二境界的代言诗句。

青玉案·横塘路（贺铸）

凌波不过横塘路，但目送、芳尘去。锦瑟年华谁与度。
月楼花院，绮窗朱户，惟有春知处。

碧云冉冉蘅皋暮，彩笔空题断肠句。

试问闲愁知几许。一川烟草，满城风絮，梅子黄时雨。

与诗不同，诗中仄声上、去、入三声皆可选用，而词的仄声（韵）则是上、去二声混用，入声是单独成韵的。故入声不能混入上、去声部，且选上、去二声的仄韵需注意理论上不能一上（声）到底，也不能一去（声）到底，一定要上、去二声联缀选用，如以上两例词牌所示。

《满江红》《念奴娇》《贺新郎》《桂枝香》等词牌一般多用短促激越的入声韵，体现一种激壮慷慨的情感。如岳飞《满江红·登黄鹤楼有感》：

遥望中原，荒烟外、许多城郭。想当年、花遮柳护，凤楼龙阁。

万岁山前珠翠绕，蓬壶殿里笙歌作。到而今、铁蹄满郊畿，风尘恶。

兵安在，膏锋锷。民安在，填沟壑。叹江山如故，千村寥落。

何日请缨提锐旅，一鞭直渡清河洛。却归来、再续汉阳游，骑黄鹤。

虽然那首更著名的《满江红·怒发冲冠》是否为岳飞所写至今仍有史家持有异议，但此首《满江红》公认确为岳飞作品。韵脚也皆为入声韵，除一字外（蹄），其余全部合乎格律。两首词可谓形异而神同。

念奴娇·赤壁怀古（苏轼）

大江东去，浪淘尽、千古风流人物。

故垒西边，人道是，三国周郎赤壁。

乱石穿空，惊涛拍岸，卷起千堆雪。江山如画，一时多少豪杰。

遥想公瑾当年，小乔初嫁了，雄姿英发。

羽扇纶巾，谈笑间，樯橹灰飞烟灭。

故国神游，多情应笑我，早生华发。人间如梦，一樽还酹江月。

注意在古韵里，此词的韵脚"物""壁""雪""杰""发""灭""发""月"均为入声字。

贺新郎·其四（辛弃疾）

甚矣吾衰矣！怅平生、交游零落，只今馀几？

白发空垂三千丈，一笑人间万事。问何物、能令公喜？

我见青山多妩媚，料青山、见我应如是。情与貌，略相似。

一尊搔首东窗里。想渊明、停云诗就，此时风味。
江左沉酣求名者，岂识浊醪妙理！回首叫、云飞风起。
不恨古人吾不见，恨古人、不见吾狂耳。知我者，二三子。

此词辛弃疾并未取入声韵，而是上、去声韵。整首词也许并不十分亮眼，但其中那句"我见青山多妩媚，料青山、见我应如是"却是唱绝古今。甚至世界禅学大师日本铃木大拙教授的名著《禅与生活》的译者（刘大悲）将其拔高到"禅家的真如妙境"[1]的高度。虽然依《钦定词谱》，此词中有"白""回"两处平仄出律。然而有此杰句于词里中流砥柱，自然瑕不掩瑜，就如同他《青玉案》中那句一骑绝尘的"众里寻他千百度，蓦然回首，那人却在、灯火阑珊处"一样。

于词中再强调一下：对我们当今众多新手而言，如果你没有李煜、周邦彦、柳永那样的天赋，也没有苏东坡、辛弃疾那样的功力，那么最好还是退而求其次，老老实实地按规矩出牌，确保作品合辙押韵不出律——任何一首作品你努力三天肯定能达到，否则苏辛等人的长处不学，尽效仿人家的瑕疵，如同你东施不好好学西施微笑，整天模仿人家偶尔打的一两个"喷嚏"，这"东施效颦"的举动，会让无明的大多数老百姓更加"怀疑诗词"的。

同样是辛弃疾所作的《贺新郎·别茂嘉十二弟》，全阕押入声韵，大家可以借此感受一下同一首词牌押上、去韵，与押入韵的细微调性色彩差别。

绿树听鹈鴂。更那堪、鹧鸪声住，杜鹃声切！
啼到春归无寻处，苦恨芳菲都歇。算未抵、人间离别。
马上琵琶关塞黑，更长门、翠辇辞金阙。看燕燕，送归妾。

将军百战身名裂。向河梁、回头万里，故人长绝。
易水萧萧西风冷，满座衣冠似雪。正壮士、悲歌未彻。
啼鸟还知如许恨，料不啼清泪长啼血。谁共我，醉明月？

再看《六州歌头》，虽然是多达143字的长调，且接踵排列几乎全为三言、四言句，但它被设计成句句叶韵，不韵之句成了打破一韵到底的必需（大平仄转换）。

---

[1][日]铃木大拙.禅与生活[M].刘大悲，孟祥森，译.合肥：黄山书社，2010：译者序4.

适宜抒写苍凉激越的豪迈感情。诗力殷厚的诗友不妨一试。如贺铸的《六州歌头》：

少年侠气，交结五都雄。

肝胆洞，毛发耸。立谈中，死生同。一诺千金重。

推翘勇，矜豪纵。轻盖拥，联飞鞚，斗城东。

轰饮酒垆，春色浮寒瓮，吸海垂虹。

闲呼鹰嗾犬，白羽摘雕弓，狡穴俄空。乐匆匆。

似黄粱梦。辞丹凤，明月共，漾孤篷。

官冗从，怀倥偬，落尘笼。簿书丛，鹖弁如云众，供粗用，忽奇功。

笳鼓动，渔阳弄，思悲翁。不请长缨，系取天骄种，剑吼西风。

恨登山临水，手寄七弦桐，目送归鸿。

像《摸鱼儿》一类的慢曲长调，一韵到底，韵脚较疏，适宜表现苍凉郁勃情绪：

摸鱼儿（元好问）

问人间、情是何物，直教生死相许？

天南地北双飞客，老翅几回寒暑。

欢乐趣，离别苦，是中更有痴儿女。

君应有语：渺万里层云，千山暮景，只影为谁去？

横汾路，寂寞当年箫鼓，荒烟依旧平楚。

招魂楚些何嗟及，山鬼自啼风雨。

天也妒，未信与、莺儿燕子俱黄土。

千秋万古，为留待骚人，狂歌痛饮，来访雁丘处。

此词为元好问当年赴试并州途中，为纪念殉情而死的大雁所填的感发之作。诗词一般很少有首句即警句者，因为按常理都是起兴于前，言情书意鸣志于后。元好问此词反其道而行之，想见作者必是为亡雁而悲愤不能自已，喷薄而出，不加阻滞，遂为绝唱。

《沁园春》的韵脚则比《摸鱼儿》更疏，而且一平到底不换韵，适宜铺张排比、显示宽宏器宇或雍容气度的风格内容。比如毛泽东这首脍炙人口的《沁园春·雪》：

北国风光，千里冰封，万里雪飘。

望长城内外，惟余莽莽；大河上下，顿失滔滔。

山舞银蛇，原驰蜡象，欲与天公试比高。

须晴日，看红装素裹，分外妖娆。

江山如此多娇，引无数英雄竞折腰。

惜秦皇汉武，略输文采；唐宗宋祖，稍逊风骚。

一代天骄，成吉思汗，只识弯弓射大雕。

俱往矣，数风流人物，还看今朝。

近现代人物里，论诗词气势，无人能出毛泽东之右，甚至将古人同词调作品涵盖在内，此《沁园春》词也毫不逊色。我们说长调作品因体量大，其整体架构设计，轻重缓急、色彩相间的安排等，难度比小令中调更呈指数级上升。故长调也最能考验一个人的诗力与诗觉。从诗创角度而言，以词论词，也不能说毛泽东这首冠绝古今之词句句都是佳句，比如上半阕末三句"须晴日，看红装素裹，分外妖娆"就显得有些许孱弱，立意上亦稍显牵强。

《八声甘州》与《沁园春》类似，平韵到底不换韵且韵脚颇疏，极具参差错落以显示摇筋转骨、刚柔相济的声容之美，最能使人回肠荡气[1]。比如柳永的《八声甘州》：

对潇潇暮雨洒江天，一番洗清秋。渐霜风凄紧，关河冷落，残照当楼。

是处红衰翠减，苒苒物华休。惟有长江水，无语东流。

不忍登高临远，望故乡渺邈，归思难收。叹年来踪迹，何事苦淹留？

想佳人、妆楼颙（yóng）望，误几回天际识归舟。争知我、倚栏干处，正恁凝愁。

另外，要说明的一点是，词中尤其是句式复杂的长调慢曲，一般句读并不严苛死板，而是词家可根据自己填词时的实际意脉而定。故以上标记的标点符号是根据具体语意、语感而定的，但也许在同一个词牌的另外作品中，可能个别地方句读就不尽相同了，此处鉴赏者可以忽略不管，但诗创者尤其要注意。

这么多词牌你是很难记住每一个的风格特点的，其实也不用记，想填哪个词牌，先去找该词牌有历史"包浆"的那些名篇来不断揣摩，学它的声情调性，不要与之相左就行了。纯熟之后就可抛弃古人的"拐杖"，在词路上纵横驰骋。

---

[1] 龙榆生.词学十讲[M].北京：中华书局，2017：57.

四、填词之道

龙榆生先生曾说："要学填词，首先要学作所谓近体诗。因为这两者的形式之美，都是利用平仄两类长短不同的字调，两两相间地连缀起来，构成平调与升降调或促调递相使用的高低抑扬的和谐音节，都得把'奇偶相生，轻重相权'八个字作为调整音韵的法则，不过长短句词曲比较更为错综复杂，变化特多而已。"[1] 可见学完了诗再学词，亦为适合当今初学者的一个不二法门。诗的风格先天就比较沉稳厚重，骨架清晰，由诗及词，可谓由重及轻，则能重能轻。相反，如果由词入诗，总易流于轻灵而气格沉郁不足。

诗有诗法，词有词道，道有大有小，循道而行亦应由大及小，并大小有所交互相应。何为大？立意（题）为大也，整体框架结构为大也。故吟诗填词写对联，确立意旨之后，"结构设计"便是不得不考虑的重中之重。如果说起承转合是律诗和绝句的基本章法的话，那么词中最常见的双调词上下两个半阕，加上中间位置起嵌合作用的过片，便是词结构上的最大特征了。

当然，词中并不是不讲起承转合。比如单调的小令，和诗一样，也得借由起承转合来梳理脉络。只不过因为词是长短句，依每个词牌句数不同而使得起承转合的具体位置并不像诗中那么相对固定分明而已。对于双调词而言，在权重上肯定是上下两片为其大结构，起承转合或降维于每片里，或一分为二："起承"安排在上片，"转合"设计于下片。不过诗创无定法，亦有个案并不局限于此。至于三叠、四叠的词牌总共加起来还不过 15 个，其结构的复杂性与其说是由于起承转合等文学维度的结构使然，还不如说是由于其当初的声乐维度的旋律造就的，故不作重点涉及，以单调及双调结构为主讨论词的谋篇布局。

1. 词的谋篇布局和架构设计

（1）单调词

单调词基本上都属于小令的范畴，体量最小的《竹枝》有 14 个字，最大者和凝版的《望梅花》也才 38 个字。常见的单调词基本上都有起承转合的"骨架"。比如我们看李珣的《南乡子·其一》（格式四）：

烟漠漠，雨凄凄（起），岸花零落鹧鸪啼（承）。

---

[1] 龙榆生. 词学十讲 [M]. 北京：中华书局，2017：11.

远客扁舟临野渡（**转**），思乡处，潮退水平春色暮（**合**）。

相较于诗来说，词中的起承转合确实看起来不是那么泾渭分明，主要也是缘于词依曲而唱的先天属性，使得词在早期都靠旋律而不是文章结构来"支撑"的。很多小令可能只描摹一事一景，不像诗那样意象厚重、气格宽广。比如李珣此词，通篇好像只是直线递进没有明显的转折与跳脱，但诗美也是具足的。

再看宋代李重元的《忆王孙·其一》：

萋萋芳草忆王孙（**起**），柳外楼高空断魂（**承**），

杜宇声声不忍闻（**续承**）。欲黄昏（**转**），雨打梨花深闭门（**合**）。

这首词也同样没什么高深的内容，用的亦是普通得不能再普通的意象，但作者愣是把普通的结句反复推敲成了传世的"词眼"。小令因为结构相对简单，末句就不能再"简单"设计了，必须升扬起意境，力求不同凡响。正如张炎说的，"词之难于令曲，如诗之难于绝句，不过十数句，一句一字闲不得，末句最当留意，有有馀不尽之意始佳。"[1] 同理，大家可以感觉一下李清照的《如梦令·其一》，体会末句描绘的鸥鹭惊起后那绵绵不绝的意境：

常记溪亭日暮，沉醉不知归路（**起**）。

兴尽晚回舟，误入藕花深处（**承**）。

争渡，争渡（**转**），惊起一滩鸥鹭（**合**）。

还有贺铸的《古捣练子·杵声齐》，末句亦为点睛之笔，读来令人唏嘘不已：

砧面莹，杵声齐（**起**），捣就征衣泪墨题（**承**）。

寄到玉关应万里（**转**），戍人犹在玉关西（**合**）。

大家学创小令在架构设计阶段要注意，与其把重点放在思想境界的高大上方面、主旨内涵的丰富奇特方面，还不如在平凡意象的锤炼方面多下功夫，从遣词造句、表现手法、表达方式上寻求某种境界的突破，尤其是末句。

当然，即便是千古佳句也不是孤立独秀的，或者说很多佳句你把它单独拿出来一看，可能并不很起眼；或者放在你的诗中、放在你的词中就很不起眼，但是在高

---

[1]（宋）张炎.词源[M].北京：中华书局，1991：64.

手的诗词里却成了名句，说明之前之后为它铺垫烘托的诗句，同样不可轻视。

（2）双调词

百分之九十以上的词都是双调结构，故我们把双调作为重点讲解。填词时如果熟练掌握上下两片的分工安排以及过片的钮链铆合，则整篇作品结构清晰，脉络流畅，自然也更易于理解和传播。所谓过片，即下半阕的首句（或首个押韵句），位置相对固定，各个词牌过片的字数不同。张炎说："作慢词，看是甚题目，先择曲名，然后命意；命意既了，思量头如何起、尾如何结，方始选韵，而后述曲；最是过片不要断了曲意，须要承上接下。"[1] 这可谓一个极简版的"填词之道"。其中把过片的作用定义得非常清晰：承接上半阕的意脉、流畅自然地接合下半阕。大家填词填到过片时，心里隐约就一定要有这样的设计感。我们看晏几道的《鹧鸪天·其一》：

> 彩袖殷勤捧玉钟，当年拚却醉颜红（**起**）。
> 舞低杨柳楼心月，歌尽桃花扇底风（**承**）。
>
> 从别后，忆相逢（**过片**），几回魂梦与君同（**转**）。
> 今宵剩把银釭照，犹恐相逢是梦中（**合**）。

上半阕的对仗可谓词中嘉句：舞低杨柳楼心月，歌尽桃花扇底风。整体特点是上半阕回忆，下半阕由过片自然渐至当下。合句是不是颇有杜甫"夜阑更秉烛，相对如梦寐"的感觉？诗有诗味，词有词美。很多诗词内涵意象其实都雷同，只是具体雕章琢句的风格不一样。这也给我们一个启迪，如同之前强调过的，你的立意其实跟古人不相上下，区别也许不在炼意（内容）上，而在炼字、炼句方面（形式）。

此词的佳句位置并不在末句，这点与单阕小令不同。由于双调以上的词体结构复杂体量大，故词眼、警句不一定非要安排在末句，特别是长调——如果前面不安排设计一些抢眼词句的话，大家是没有耐心读到最后佳句处的。此点大家可以在后面的案例中细品。再看李清照的名篇《武陵春·春晚》：

> 风住尘香花已尽，日晚倦梳头（**起**）。
> 物是人非事事休，欲语泪先流（**承**）。

---

[1]（宋）张炎.词源[M].北京：中华书局，1991：45.

闻说双溪春尚好，也拟泛轻舟（过片／转）。

只恐双溪舴艋舟，载不动、许多愁（合）。

也有老师把此词的"转"当成"续承"，把"合"句一分为二：前句为虚词"只恐"引领的转句，后句为合句，这样理解也可以。因为有很多词的起承转合比较微妙模糊，不同人从不同的语感可以有不同的理解。我们把下半阕头三句先省略，那么你会发现上半阕尾句"欲语泪先流"与下半阕尾句"载不动、许多愁"其实颠来倒去还是在同一个维度打转没有跳脱出去，有"合掌"嫌疑。理论上这样的架构设计就是一着"险棋"，稍有不慎就凸显重沓，使得整部作品流于败笔。那么如果非要如此设计，怎么办？我们看古代第一才女的李清照是如何运筹帷幄的。

开篇"风住尘香花已尽"直奔主题色调——肯定是悲凉情事，跟着"日晚倦梳头"稍微缓冲一下首句就进进的色彩，紧跟着"物是人非事事休，欲语泪先流"以比首句更甚的悲调结束上半阕，所以"日晚倦梳头"的缓冲、暂顿的功用特别重要。否则一开篇就傻乎乎从头逐级悲到底或喜到底，便不是什么高手而是匠人了。就如同滑雪时不是左右回转、变换顿挫而下，充分享受，而是从山顶上头盔也不戴，以一个马步桩姿势"不怕牺牲"、越来越快地直冲到底，那不叫滑雪，有个行话叫"火箭"（不像导弹会拐弯），雪道上各路高手见状都得屁滚尿流、慌不择路地避让的，否则玉石俱焚。

既然下半阕尾句不变，还是言愁，而上半阕的主调色彩亦为悲愁，那么下半阕头几句的情感必须"回还"调剂一下，为"载不动、许多愁"的盖棺论定做好铺垫。故下半阕开篇"闻说双溪春尚好"就用得非常有技巧了——其实外行看热闹内行看门道，经典的冰山在水面之下，暗藏的全是更厚实的技巧。这一句既是全阕尾句的铺垫，也是上半阕整体悲情的一种舒缓调节（大平仄转换）。此手法也是小说、电影里常见的设计套路，大家在创意逻辑上，其实都是相通的。

以上为一个上下半阕尾句"合掌"的案例，更多的是跳脱甚至相反的情形。这种从架构设计上来说，就更好拿捏。比如陆游的名篇《卜算子·咏梅》中上下半阕的末句"更著风和雨"与"只有香如故"；苏轼《望江南·超然台作》中的"烟雨暗千家"与"诗酒趁年华"；辛弃疾《青玉案元夕》中的"一夜鱼龙舞"与"灯火阑珊处"等。

那么是否填词都要像李清照此词那样中间都来个回还的设计，缓冲一下情绪呢？答案当然是否定的，无论什么"模式"一旦千篇一律全都如此的话，诗就死了。所以一定要根据你作品的主题、意旨、情愫、格调等进行设计。比如大家耳熟能详的岳飞《满江红·写怀》一词，我们读它时基本上都能"一口气"通贯下来，情绪上不需任何"换气"停顿，为什么？主要就是这首词本身的主旨和情怀调性决定的——它是一首抒发壮怀、激发情志、鼓舞士气的"战斗"诗词，就是要排山倒海一鼓作气，不能中途停顿以泄锐气。这就是为什么高手写哪怕 93 个字的长调读来也觉句句鳞砌、炸裂迸彩、畅快淋漓，而我们写哪怕填 44 个字的《卜算子》，让人读来也可能感到拖泥带水、"字字内卷"，好不心累神疲。

词中的起承转合并不是简单机械地划分出来就了事了，还必须将各个结构用活、用到位，"开首得把所要描述的情态概括地揭示出来，取得牢笼全体的姿势；中间又得腰腹饱满，开阖变化，无懈可击；末后加以总结，收摄全神，完成整体。"[1]

对于长调的双调词，起承转合就不是按横跨上下半阕来架构了，因为体量太大，横跨不过来。就得上下半阕各自分别安排有起承转合的脉络，再靠过片把两大结构组框架起来。这部分已经在前面诗的"起承转合"一节里介绍过了，此处仅举一例以加强印象，我们看辛弃疾《南乡子·登京口北固亭有怀》：

何处望神州（起）？满眼风光北固楼（承）。
千古兴亡多少事？悠悠（转），不尽长江滚滚流（合）！

年少万兜鍪（过片／起），坐断东南战未休（承）。
天下英雄谁敌手？曹刘（转），生子当如孙仲谋（合）！

此词另外一个设计特点是上半阕情景交融，何其豪放流畅，可谓一气呵成的傲世名篇。下半阕借典故书意。不过好像上半阕的整体气势、格局稍微压了下半阕一点。

再看笔者创意的《渔家傲·乡愁》：

少俊疏狂愁无策（起），纷纷世故流年迫（承）。
瀚海云鸿何处适（转）？沧桑惑，忍堪迁旅功名役（合）！

未老回乡欢意涩（过片／起），故乡何似他乡陌（承）？

[1] 龙榆生. 词学十讲 [M]. 北京：中华书局，2017：113.

> 壮气诗怀空自索（转），秋水迫，故人散作天涯客（合）！

其中的"策""迫""适""役"，在《词林正韵》里同属第十七韵部，但在《中华通韵》里就属不同韵部了。其架构特点是通篇以情语为主，上阕情中含景，然后下阕不断激烈递进的情语在最后做了一个总爆发：故人散作天涯客。可谓悲莫过于"空有乡愁心间纸上，全无故土旧时芬芳"。

（3）过片设计

清代沈祥龙在《论词随笔》中说："词换头处谓之过变，须辞意断而仍续，合而仍分。前虚则后实，前实则后虚，过变乃虚实转折处。"（大平仄、大阴阳的转换处）

因为过片的设计在词的章法结构中很关键，故前面介绍完起承转合在词中的安排及过片的定义后，下面再进一步行墨于这个词中独有的结构，给诗友加强印象。首先看李煜的《虞美人·其二》：

> 春花秋月何时了（起），往事知多少（承）。
> 小楼昨夜又东风（转），故国不堪回首、月明中（合）。
>
> 雕栏玉砌应犹在（过片/起），只是朱颜改（承）。
> 问君能有几多愁（转），恰似一江春水、向东流（合）。

在不影响阅读和美观的前提下，在一些比较清晰明显的案例里，我们也尽可能大致给出"起承转合""情语""景语"等相关标记和讲解，既能增加信息量和知识点，也可供诗友们融会贯通。

很多双调词的过片既是下半阕的"起"，也相当于全阕的"转"，注意细品此词过片句里的虚词"应犹"的妙用。李煜此词是几乎一个典故都不用，但却情动万人，词传百世。上半阕是借景抒情，景（语）开情（语）合。下半阕自然承接上半阕末句意脉，情景相融，末句为名句，以景语收拢全阕。大家可以思考一下，你把末句单独拿出来左翻右看，如一条冻鱼，好像也没什么太特别的地方。但是为什么放进去就如同冻鱼入水冰化，灵动不已，与这首词一起铸成了经典的名篇？

在讲诗的起承转合时我们曾提到，疑问句、设问句一类的修辞是"转"的惯用伎俩，于词中亦然。比如蒋捷《一剪梅·舟过吴江》的过片句"何日归家洗客袍"即是。再看欧阳修的《浪淘沙令·其一》：

起：把酒祝东风，且共从容。　承：垂杨紫陌洛城东。
　　　转：总是当时携手处，合：游遍芳丛。

起：聚散苦匆匆（过片），此恨无穷。　承：今年花胜去年红。
　　　转：可惜明年花更好，合：知与谁同？

此词过片"过"得非常到位：从意脉上说，很多词上半阕就相当于下半阕的起兴，那么过片就可谓一个小结语，体现了一合一开的作用。所谓"合"就是要把上半阕的意蕴小合一下，所谓"开"就是非常自然地顺势把下半阕的意脉展开。

浪淘沙令·岳阳楼（黄胤然 ）

自古岳阳楼（起），烟月风流（承）。骚人墨客爱扁舟（续承）。
　　山色湖光收醉眼（转），把酒消愁（合）。

兰芷汇春秋（过片/起），飞又沙鸥（承）。和风不老正芳洲（续承）。
　　总是诗寻归路后（转），故梦难休（合）。

这是笔者几十年前的作品了，缺点还是比较明显：过片作得不到位，使得它及另外几处都有意脉重沓的痕迹；很多意象是借用古人的，有点为赋新诗强说愁的味道。上阕开篇点题忆史，情景相融。下阕开篇又引至当下，转句由"总是"引领，全篇合句设计为一种开放式的结尾。那时并不深谙愁与梦的至味，现在年过半百，突然反讽似的醒悟：自己用半生时间，把自己活成了一个愁字，也活成了一个梦字。

新手作品往往要么上下半阕无结构感，要么相反，割裂感明显，多半是因为过片没作好，没有很好地呈现上下两片"和而不同"的效果。所以大家需好好琢磨一下各类词调名篇，看看人家的过片是如何巧妙地"合上开下"的。

另外，如果大家学填词写到最后诗意枯竭、理屈词穷了，不妨学学名家的"秘籍"：用疑问句、反问句、设问句、掉字对、引领虚词等修辞往往会四两拨千斤。

玉楼春·拟古决绝词（纳兰性德 ）

人生若只如初见（起），何事秋风悲画扇（承）？
　　等闲变却故人心（转），却道故人心易变（合）。

骊山语罢清宵半（过片/起），泪雨零铃终不怨（承）。
　　何如薄幸锦衣郎（转）？比翼连枝当日愿（合）。

采桑子（纳兰性德）

谁翻乐府凄凉曲（起）？风也萧萧，雨也萧萧（承），

瘦尽灯花又一宵（转合）。

不知何事萦怀抱（过片／起）？醒也无聊，醉也无聊（承），

梦也何曾到谢桥（转合）？

长相思·闺怨（白居易）

汴水流，泗水流（起），流到瓜洲古渡头（承）。

吴山点点愁（转合）。

思悠悠，恨悠悠（过片／起），恨到归时方始休（承）。

月明人倚楼（转合）。

大家注意像《长相思》一类的小令虽然是双调，但体量几乎与单调无异，故这种情况下过片的作用和痕迹会比较模糊淡化，创意时无须刻意发力，因为它几乎可以"不换气"地一口气读（唱）下来，不像中长调那样如果不仰仗过片与起承转合的双重架构设计，就会出现章法混乱难于理解等问题。此词上半阕是借景抒情，过片自然延续上半阕末句"吴山点点愁"，然后急剧迸发，但最后全阕又以景语结尾。

如果新手填《一剪梅》词，照李清照的模板，意调声情肯定是错不到哪里去的：

红藕香残玉簟秋（起）。轻解罗裳，独上兰舟（承）。

云中谁寄锦书来（转）？雁字回时，月满西楼（合）。

花自飘零水自流（过片／起）。一种相思，两处闲愁（承）。

此情无计可消除（转）。才下眉头，却上心头（合）。

其结构特点是上半阕的转句也是用了一个反问句的修辞来完成；过片则是使用了"掉字法"的修辞技巧，但意脉上承上启下的痕迹明显。此词的亮点无疑是末句"才下眉头，却上心头"，看似立意平淡，甚至今天普通人也往往有这样相同内容的大白话冲口而出，但人家胜在用人人不能之词句，表达人人尽知之立意。

南乡子·怀远（黄胤然）

残酒醅凋红（起），枯涧寒亭乱舞风（承）。

满目萧萧何所寄（转）？山空，日落西林恨晚钟（合）。

何处望苍穹（过片／起）？一羽孤鸿万里蓬（承）。
随梦浮名迷路远（转），匆匆，没入人间烟雨中（合）！

笔者这首词上阕景中隐情，下阕则是情中带景，最后也是以景语合上。过片可谓用问句的修辞来呈现上半阕凄凉景色的自然感慨，不失为一个讨巧的套路。

一半以上的双调词都可谓长调了，到了诗创的高级阶段，小令和长调要写好都不容易，"小令需天分、情致，长调需功力气势"[1]。大家可自行感觉。

青玉案·元夕（辛弃疾）

东风夜放花千树（起），更吹落，星如雨，宝马雕车香满路（承）。
凤箫声动，玉壶光转（转），一夜鱼龙舞（合）。

蛾儿雪柳黄金缕（过片／起），笑语盈盈暗香去（承）。
众里寻他千百度，蓦然回首（转），那人却在，灯火阑珊处（合）。

在现当代读者心目中，此词备受青睐，尤其是王国维的《人间词话》引用此词末四句作为"古今之成大事业、大学问者"所必经的三重"境界"之首，就更加为人所津津乐道。其设计特点是上半阕比较平缓，全是景语，摹的是全景和中景。过片及其后的承句仍是景语，不过呈现的是近景，因为全篇虚指的主角出现了。全阕前面其实都是为末四句的高潮做铺垫的。上半阕的转句比较模糊——很多词也无须呈现出非常明确的架构，但下半阕的转句非常清晰有力，转合出的四句全是传咏至今的经典佳句——别人费尽毕生精力也难得有一两句于词中，稼轩却能祭出四句，足见其词力之雄劲。大家感觉一下：如果将这末四句去掉，只看前面的词句，其实也很平淡，甚至隐约有《花间集》的纤妩无骨感，但前后这种先抑后扬的反转架构设计，使得整篇熠熠生辉。

有规律就有特例

我们说有规律就一定有破律和特例，相当于事物的两面，不得不同时提及。即便是双调词，也有很多经典名篇是不落窠臼而是据诗题意脉自由发挥的。比如蒋捷那首广为传诵的《虞美人·听雨》：

---

[1] 朱庸斋. 分春馆词话 [M]. 广州：广东人民出版社，1989：90.

少年听雨歌楼上，红烛昏罗帐。

壮年听雨客舟中，江阔云低，断雁叫西风。

而今听雨僧庐下，鬓已星星也。

悲欢离合总无情，一任阶前，点滴到天明。

说它经典，不仅仅因为此词是其一生经历宋亡的三种阶段之真实写照，同时也是古代颇多士人的一种生命轨迹的浓缩呈现。三种人生，三种心境，由盛及悲再至无奈（或醒悟）。

既然选择了青年、壮年、老年这三个典型的时期，那么如欲填成一首精品流传后世而不是只为自己发泄一通，从权重上看似乎就只有一种选择了：下阕整个用来写老年的归宿，上阕头两句给青年、后三句留给壮年。不信诗友从架构层面试试看还有其他更合理的设计吗？于是此词的最大的结构就顺理成章地变成了顺序横跨的三大块，同时淡化了过片与起承转合的常法。

（4）三叠及四叠词

词中由三段或四段内容组成的分别叫三叠词、四叠词。"凡是三叠的词，以音律论，前两叠是双拽头，后一叠才是换头（过片）。故文词也每每是前两叠大体一意，后一叠另作一意，使声情相应。"[1]什么叫双拽头？它是指一个三叠词，如果第一叠和第二叠的句数、字数、音韵完全一样，则头两叠就称为双拽头。词谱中三叠词很少，只有《梦还京》《踏歌》《西河》《兰陵王》《瑞龙吟》《夜半乐》《曲玉管》《甘露歌》等11个左右。从理论上说，越是这种超长的词牌，起承转合的结构就越是复杂且不甚明晰统一，故本书提供的标注解析仅为其中的理解之一，并非定解且允许争鸣。

徐晋如老师针对龙榆生先生《唐宋词格律》里柳永《曲玉管》词的标记说："又如《曲玉管》调，应分三段，龙先生按《钦定词谱》只分两段，且断句也有错误。这些在《校刊词律》里都是不误的。"[2]《校刊词律》即清代杜文澜与恩锡校刊版的《词律》。确实，现在都倾向于认为《曲玉管》是双拽头的三叠词，而龙先生却"错误"地标成了双调。不过先说断句，事实是，《钦定词谱》和《校刊词律》

[1] 沈祖棻.宋词赏析[M].北京：北京出版社，2003：41.
[2] 徐晋如.诗词入门[M].北京：中华书局，2021：251.

（看中华书局 1957 年版的《校刊词律》反而比徐晋如书中提及的上海古籍出版社 1984 年版的更清晰）以及龙先生书中的断句并未错，从意脉上看，反倒是徐晋如的断句牵强。看龙榆生先生版的句读标注，我们只改动一处，即将两片调为类似有双拽头结构的三叠词[1]：

陇首云飞，江边日晚（**起**），烟波满目凭栏久（**承**）。
立望关河萧索，千里清秋（**续承**），忍凝眸（**转合**）？

杳杳神京，盈盈仙子（**起**），别来锦字终难偶（**承**）。
断雁无凭，冉冉飞下汀洲（**转**），思悠悠（**合**）。

暗想当初，有多少、幽欢佳会（**起**）。
岂知聚散难期，翻成雨恨云愁！阻追游（**承**）。
悔登山临水，惹起平生心事（**转**）。
一场销黯，永日无言，却下层楼（**合**）。

徐晋如认为（第一叠里）正确的断句应是"立望关河，萧索千里清秋"（四六断读），以期跟第二叠同一位置上的"断雁无凭，冉冉飞下汀洲"节奏相配[2]。从诗创角度而言，两种断句其实都可以。若非要较真讨论一下，即便同一作者所填的同首词牌，某些长句的断读也并不都一样。比如：五代冯延巳的几首《虞美人》。

第一首：

画堂新霁情萧索，深夜垂珠箔。
洞房人睡月婵娟，梧桐双影上朱轩，立阶前。

高楼何处连宵宴，塞管吹幽怨。
一声已断别离心，旧欢抛弃杳难寻，恨沉沉。

第二首：

春风拂拂横秋水，掩映遥相对。
只知长作碧窗期，谁信东风，吹散彩云飞。

[1] 龙榆生.唐宋词格律 [M].上海：上海古籍出版社，1978：173.
[2] bilibili.中山大学徐晋如词律及写作 [EB/OL].（2019-10-01）[2024-01-29]. https://www.bilibili.com/video/BV1RE411X7Pj/?spm_id_from=333.337.search-card.all.click&vd_source=dd77648276b3589fa792c403204682f7.

银屏梦与飞鸾远，只有珠帘卷。

杨花零落月溶溶，尘掩玉筝弦柱，画堂空。

第一首上半阕"梧桐双影上朱轩，立阶前"（七三断读）和第二首中同样句式的"谁信东风，吹散彩云飞"（四五断读），节奏是不一样的。此其一。

其二，具体到《曲玉管》这首词，即便头两叠是双拽头，柳永时代的这首《曲玉管》的原配旋律是否完全一模一样？如果本身就刻意有些不一样，即柳永原词头两叠如依据谱曲歌唱本来就有六四和四六的不同，那自然就没有问题。

其三，退一步说，即便原配旋律完全一模一样，如同当今流行歌曲的主流格式"A1+A2+B"——从此角度而言，双拽头的三叠词可谓这种主流格式的"祖宗"，其主歌 A1、A2 两部分的旋律大都一样（也有部分是在 A2 的尾部就开始与之前 A1 的尾部旋律不一样，为了更顺畅地衔接副歌 B 高潮部分的旋律），这种情况下，如果其一样的旋律本身就有某种"容错"的特点，即你按六四节奏和四六节奏来唱，听起来都和旋律匹配得天衣无缝而没有"倒字"现象，那么在创作时又为何强行限制诗人头两叠的断读节奏必须一致，以牺牲创意自由度为代价来维护"双拽头"完全成对的名分呢？而且中国第一位音乐学博士生导师钱仁康先生亦曾经用大石调拟谱了一个《曲玉管》的仿古旋律，证明即便句法节奏不一致，但旋律却保持不变而依然叶声（钱先生据此将柳永的《曲玉管》称为"变格双拽头词"）。[1]

而且比龙榆生先生更早的清末民初的词坛大家朱祖谋的《曲玉管·京口秋眺》：

野火黏堤，寒云啮垒（**起**），霜空竟日飞鸿响（**承**）。
客里登楼穷目，衰柳无行（**转**）。尽回肠（**合**）。

冷眼论兵，愁心呷酒（**起**），无多景物供吟赏（**承**）。
最爱青山，也似北顾仓皇（**转**）。寄奴乡（**合**）。

霸气消沉，剩呜咽、回潮东注（**起**）。
永嘉几许流人，惟馀叔宝神伤。感茫茫（**承**）。
又玉龙吹起，一片西风鳞甲（**转**）。
江山如此，几曲栏干，立尽斜阳（**合**）。

以及况周颐的《曲玉管·忆虎山旧游》：

[1] 钱仁康．"双拽头"和"双拽尾"[J]．音乐艺术（上海音乐学院学报），1998（1）：37．

两桨春柔，重闉夕远（**起**），尊前几日惊鸿影（**承**）。
不道琼箫吹彻，凄感平生（**转**）。忍伶俜（**合**）。

杳杳蘅皋，茫茫桑海（**起**），碧城往事愁重省（**承**）。
问讯寒山，可有无限伤情（**转**）。作钟声（**合**）。

换尽垂杨，只萦损、天涯丝鬓（**起**）。
那知倦后相如，春来苦恨青青。楚腰擘（**承**）。
抵而今消黯，点检青衫红泪（**转**）。
夕阳衰草，满目江山，不见倾城（**合**）。

大家可以看到他们头两叠的双拽头也都是六四、四六节奏做了一个变换，而不是用一种格式一通到底的。最为关键的是《钦定词谱》[1]和《校刊词律》[2]不但本来就把"头两叠"的十字句都标记成六四、四六的变换，而且也均将此词的正格标成上下两阕而不是三叠词，只是都在释义中另行提及有他谱标为双拽头的三叠词而已。如此来看，不但徐晋如老师自己《曲玉管》的断句与两大权威词谱的正格相异，那句"《校刊词律》里都是不误的"，本身就有毛病，因为龙榆生先生秉承两大词谱的标法是"谱出有据"，顶多只能微词龙榆生先生未像两词谱那样，在《曲玉管》词调后加注有他谱亦分作三叠词罢了。而《校刊词律》将其他如《踏歌》[3]《瑞龙吟》[4]等都明确标记为三叠词而不是像《曲玉管》那样标记为双调、后附解释亦有三叠词标法，可见这两大词谱当时更倾向于《曲玉管》是双调词的。

确实有些双拽头结构的词，虽然从形式上看是三叠词，但因为前两叠内容过近，意脉分隔并不明显，也许当成双调词更合理。比如现在词谱一般都把南宋姜夔的《秋宵吟》标成双调词：

古帘空，坠月皎（**起**）。坐久西窗人悄（**承**）。
蛩吟苦（**转**），渐漏水丁丁，箭壶催晓（**合**）。
引凉飔，动翠葆（**起**），露脚斜飞云表（**承**）。
因嗟念、似去国情怀（**转**），暮帆烟草（**合**）。

[1]（清）陈廷敬，王奕清. 钦定词谱（四十卷）[M]. 清康熙五十四年内府刊朱墨套印本，1715：卷三十三，28–29.
[2]（清）万树.（校刊）词律 [M]. 上海：上海古籍出版社，1984：412.
[3] 同 [2]521.
[4] 同 [2]579.

> 带眼销磨，为近日、愁多顿老（过片/起）。
>
> 卫娘何在，宋玉归来，两地暗萦绕（承）。
>
> 摇落江枫早，嫩约无凭，幽梦又杳（续承）。
>
> 但盈盈、泪洒单衣（转），今夕何夕恨未了（合）！

他们经过研究认为：虽然从形式上看，《秋宵吟》似乎确为"双拽头"体无疑，但纵观此词整体，仍属双调，分上下两片。因为其上片（形式上的双拽头部分）音乐结构基本未动，旁谱工尺（chě）大体相同，其内容亦基本上包括在一个层次里面，既双拽头的两个头并未形成鲜明的调性对比，无论从工谱上还是从句意层面来说。因此上片内并未具备再分片的条件，把它堪称上下两片的双调词更合适。[1]但有部分学者对此有异议，他们认为还是应将其视作一首包含双拽头结构的三叠词。

究竟孰对孰错？笔者倾向于学术上各自分说，应用中并行无碍。还是拿现代流行歌曲作比较，主流的歌词体式，你笼统地说是由主歌（A部分）和副歌（B部分）两大块组成肯定没问题，但细化创作时我们往往也按A1、A2、B部分来分。极个别的，甚至还会有一个C部分。比如多年前笔者在读《六祖坛经》及《五灯会元》时，总会有一种佛心契印的共振之感，于是禅情所至便创作了一首向坛经和六祖致敬的《禅歌》，其结构便是更复杂的A1、A2、B、C模式。后来国风音乐唱作人子龙将其谱成曲并演唱：

A1：

> 双脚走过绿水青山，一路云和烟；
>
> 只身历尽千难万险，你在山之巅；
>
> 佛祖指着天上的月，孤独了千年；
>
> 佛祖笑着你的笑脸，只因月落在心田。

A2：

> 缘生缘灭空中的莲，无花香还在；
>
> 风吹幡动我心不动，悠悠天地间；
>
> 菩提烦恼未来从前，你不落两边；
>
> 空也不落在空之外，心不系住在心间。

---

[1] 王俊文.秋宵吟——姜白石歌曲初探之四[J].南京艺术学院学报（音乐与表演版），1995（1）：47.

B：

三界八风吹不败，五瓣禅花开；

十方四谛谁安排，真如本自在；

闭上眼看见如来，轻轻再将它忘怀。

C：（合唱或吟诵）

菩提本无树，明镜亦非台；

本来无一物，何处惹尘埃。

　　故从诗创而言，若你的《秋宵吟》里双拽头的两叠意脉较近，不便分割，你就当成双调词来填制；若较远，分割感明显，你便可当成三叠词来创意。

　　四叠的词更少，只有 2 个：《胜州令》（215 字）《莺啼序》（240 字）。张应中老师说"四段的称为四叠，词调有《莺啼序》《丰乐楼》，均二百四十字"[1]。他误将其视为两个不同词牌，因为《丰乐楼》是《莺啼序》的别名（见《钦定词谱》卷 39：17），二者名异体同，所以才"均二百四十字"。《莺啼序》很有名，如果说最短的词牌是 14 字的《竹枝》，那么最长的词就是《莺啼序》。我们看吴文英的《莺啼序·其二》：

残寒正欺病酒，掩沈香绣户。

燕来晚、飞入西城，似说春事迟暮。

画船载、清明过却，晴烟冉冉吴宫树。

念羁情游荡，随风化为轻絮。

十载西湖，傍柳系马，趁娇尘软雾。

溯红渐、招入仙溪，锦儿偷寄幽素。

倚银屏、春宽梦窄，断红湿、歌纨金缕。

暝堤空，轻把斜阳，总还鸥鹭。

幽兰旋老，杜若还生，水乡尚寄旅。

别后访、六桥无信，事往花委，瘗玉埋香，几番风雨。

长波妒盼，遥山羞黛，渔灯分影春江宿，记当时、短楫桃根渡。

青楼仿佛，临分败壁题诗，泪墨惨澹尘土。

[1] 张应中 . 怎样写古诗词 [M]. 北京：商务印书馆，2015：149.

危亭望极，草色天涯，叹鬓侵半苎。

暗点检、离痕欢唾，尚染鲛绡，亸凤迷归，破鸾慵舞。

殷勤待写，书中长恨，蓝霞辽海沈过雁，漫相思、弹入哀筝柱。

伤心千里江南，怨曲重招，断魂在否。

高手可以尝试挑战一下，但初学者就别再去凑这个"搜尽俗肠挤雅词"的热闹了，否则笔者忍不住还会有"外行"但醍醐灌顶的"胤然之问"：您这填的是一首词，还是四首词呢？除了当您自己最雅及最难日记珍藏，请问谁会看？换句话说，如果"量子考古学"能把《莺啼序》诞生时的原始配曲"纠缠"到完全恢复的话，或者有专业国风类作曲家及歌者都候在旁边指名道姓要一首《莺啼序》的词，笔者才会动笔。否则是绝不会装模作样地去"填"这首词的——与其说是填词，不如说是"填文"。即便填成了，炫技的成分也远高过抒情言志的初心的。

之所以说"量子考古学"，绝不是笔者戏谑之言，有位当代的悟者说"宇宙中任何一个点都具足宇宙中的所有信息"，那么有朝一日人类能够随心所欲地操控量子纠缠了，就一定能够从宋朝的某个文物里确定一个靶向点，然后把当时《莺啼序》的旋律与之纠缠过的信息记忆完全提取恢复出来。当然，顺此逻辑再延展一下，李白那"十丧其九"的失传诗篇，也终于可以重见天日了。

2. 情语景语的调度

因为王国维的《人间词话》及后世的衍生研究讨论，使得情语景语在词中似乎格外引人注目。我们结合案例看词中的大家具体是如何安排的。先看辛弃疾的《破阵子·为陈同甫赋壮语以寄》：

醉里挑灯看剑（**起**），梦回吹角连营（**承**）。

八百里分麾下炙，五十弦翻塞外声（**对仗/续承**），沙场秋点兵（**转合**）。

马作的卢飞快，弓如霹雳弦惊（**过片/对仗/起承**）。

了却君王天下事，赢得生前身后名（**对仗/转**），可怜白发生（**合**）！

这首词的架构很大胆也很有特点：上半阕全为壮丽之景语，转合之转的痕迹不甚明显。下半阕的过片（起句）便又是一副景语对仗，但过片的效果也不甚明晰，反而大脉上更像是接续上半阕的壮景图，直线性铺垫而下，下半阕"转"的对仗后，好像是大梦初醒似的：可怜白发生！以浓烈的情语作结。"若以文义分片，前九句应作一片，末五字一句应独作一片。宋词文义不依词调分片格式，以这首词最为突出的了。"[1]

很多人可能会说这是辛弃疾故意如此设计的。也许是，也许不是，这都不太重要。重要的是诗创学到一定境界，就都应该会有这样的体验，有的诗词应该如此这般的刻意而为，但有的就像好莱坞编剧之父罗伯特·麦基以及很多诗人、作家英雄所见略同的那样，一旦你写小说、编剧本、填诗词到了一定的阶段，就不要刻意地用理性头脑再去设计了，因为往往这个时候故事会自己"讲"故事、小说会自己"写"小说、剧本会按自己的节奏去"编"剧本、诗也会自己去"吟"诗了，效果也许更好。

古今中外，大家在最深的底脉和最高的境界上，其实是一脉相承、一境相通的。

浪淘沙令·其二（李煜）

起：往事只堪哀，对景难排。承：秋风庭院藓侵阶。

转：一桁（héng）珠帘闲不卷，合：终日谁来？

起：金剑已沉埋（过片），壮气蒿莱。承：晚凉天净月华开。

转：想得玉楼瑶殿影，合：空照秦淮。

这首词上半阕借景抒发一种怅惘悱恻的情怀，然而于过片处陡转逸出难得一见的雄浑气象，也是喻情于景。我们说不同的词坛大家都有其特有的风格，如果说是苏辛一类，往往会在两阕尾句处响亮收场，掷地有声，毫不掩饰其高调豪放；然而李煜在阕尾处字面上则往往是内敛含藏的，但他会借由自己孤高的内力，转而追求一种意境的绵长悠远，敲出一声虽不震耳、却又永不落地的余响。而且他把这种余响看得似乎比一般的壮语更重，故他的架构特点有时会与苏辛相反，将壮语设计在中间部分也不觉得可惜。另外后主之词往往景语多过情语，但又包含沉重得不能自已的情语于景语之中。

很多书里对"金剑已沉埋，壮气蒿莱"这两句壮语倾向于如此解释：金剑沉埋于废墟里，壮气消沉于荒草之间。笔者认为如果这样解释，就真的把后主解低了。从创意角度说若要如此解意，那这两句就有拖沓重复的痕迹了，失去了一种反转所带来的艺术效果。还是因为王步高所云大部分著书讲诗者自己不谙诗创之故。

---

[1] 夏承焘，吴熊和. 读词常识 [M]. 北京：中华书局，2001：80.

笔者认为"壮气蒿莱"应是双关语。它背后还有一层更高意境的引申：沉埋于故土金剑般的豪情壮志，无声地滋养了蒿莱，使得其和别处没有经历过战火硝烟洗礼的杂草不一样，长得格外的凄美、愤懑、苍凉。故笔者此处理解为壮气化为蓬勃坚挺的蒿草，悲愤化为锐利的草尖，重新刺向天空，然后无奈般地必须扬起来，不能够沉下去，这也许是全词唯一可以升扬起来的意境点了，如果此处你还不扬起来理解的话，那么就一沉到底，整个词就非常憋闷。

只有如此理解，作品的艺术效果、冲突效果才更强烈，才有一种双重的悲、双重的美。不管你信不信，甚至不管后主信不信，反正笔者是信了，如果是笔者写的话，一定会往这个重旨的方向来如此设计的。这也非常符合李煜及其作品的风格特点，要知道和其他经典的亡国怀旧词一样，这首也是后主被太祖软禁于大宋汴京（今开封市）时所写，屈身于明刀暗斧的寒光中，心志愁苦岂敢明言，只能如此隐情藏意了。

再看他另外一首《浪淘沙令·其一》，也是经典之作：

> **起**：帘外雨潺潺，春意阑珊。**承**：罗衾不耐五更寒。
> **转**：梦里不知身是客，**合**：一晌贪欢。

> **起**：独自莫凭栏（过片），无限江山。**承**：别时容易见时难。
> **转**：流水落花春去也，**合**：天上人间！

李煜的词，情不是那种干号的情，景不是那种硬堆的景，总是情景浑融得非常流畅自然，让人有一种身临其境的感动、如历其情的共鸣。下半阕浓情难抑，末句换作景语"天上人间"，替情语再续接出无限悲怀。这和后来辛弃疾的"却道天凉好个秋"都是同一种创法。

下面这首雅集诗是笔者在北京当时著名的文化平台知音堂参加了一次清明雅集后，写的一首《鹧鸪天·清明雅集》：

> 客里乡音不忍闻（**起**），清明思雨更销魂（**承**）。
> 江南岸柳争新翠，塞北松琴忆故人（**转合**）。

> 相诉久，意逡巡（**过片/起**），梦中几度落花频（**承**）。
> 赊来一片无霜月（**转**），返影天阶次第门（**合**）。

此词上阕是情景浑融，那么下阕就按时间自然延续，借景抒情，并用梦幻的手法来结尾。上阕容易理解，下阕稍微解释一下：在如真似幻的雅集现场，梦里仿佛和自天国而下的故人相叙已久，欲诉还休，梦中不知花开花落几回合，冬尽春来更徘徊。最后，故人应返天阙，恐天路清冷，特赊借一片无霜的圆月朗照乾坤。天阶漫漫，天门重重，故人魂魄依依难舍，遂于每道天门前留下不忍离去的归影。

　　瞿蜕园先生曾说：诗中有杜甫，词中就有周邦彦。杜是诗中的正宗，那么周是词中的正宗。这主要是指周邦彦精于音律，他的词在音节上是非常严谨的。不但平仄，连自身的上、去、入也都非常讲究。如果说王维是唐诗的先驱，杜甫为集大成，那么李后主便是词的先驱，集大成的就是周邦彦了。[1] 比如他著名的《苏幕遮·般涉》：

> 燎沉香，消溽暑（起）。鸟雀呼晴，侵晓窥檐语（承）。
> 叶上初阳乾宿雨（转），水面清圆，一一风荷举（合）。

> 　故乡遥，何日去（过片/起）？家住吴门，久作长安旅（承）。
> 五月渔郎相忆否（转）？小楫轻舟，梦入芙蓉浦（合）。

　　这首词的特点是上阕景开景合，一景到底，末句也是为人津津乐道的秀句。下阕由过片即直转情语——该转不转的话就过于单调而不讲"大平仄"了，接着情景交融，最后淡淡地合上。只能说"梦入芙蓉浦"如果配上当时的旋律，唱起来一定很美。但周邦彦的词笔者喜欢的确实不多。其实历代对周词的评价分歧本来就较大，"这种矛盾大体上反映了周词本身窄狭贫乏的思想内容和其精美复杂的艺术技巧之间的矛盾"[2]。所以相对来说，笔者更喜欢范文正公的这首《苏幕遮·怀旧》：

> 碧云天，黄叶地（起）。秋色连波，波上寒烟翠（承）。
> 山映斜阳天接水（转），芳草无情，更在斜阳外（合）。

> 　黯乡魂，追旅思（过片/起）。夜夜除非，好梦留人睡（承）。
> 明月楼高休独倚（转），酒入愁肠，化作相思泪（合）。

　　实乃大美华章，虽然几乎没有一个典故，但历史的包浆感依然非常浓重。上半阕整个为景开景合，过片则直接转情语直至结尾，是以半阕为单位的上景下情模式。首先注意其非重点句里的技巧：上半阕承句里的"波"字使用了顶针的修辞；下半阕承句用了叠字"夜夜"，均为强化韵律感的常用手法。上半阕转句"山映斜阳天接水"

[1] 瞿蜕园，周紫宜.学诗浅说 [M].北京：当代中国出版社，2014：154.
[2] 沈祖棻.宋词赏析 [M].北京：北京出版社，2003：178.

是佳句，用的是排比修辞格；全阕的尾句更是旷世绝唱："酒入愁肠，化作相思泪。"词除了必要的精细技巧之外，更主要的还应该有一种荡气回肠的气格，一种能引人升扬的境界，尤其是最好还有一两句水到渠成的警句坐镇其中，否则再好的词，如果没有一二点睛词眼的话，也是构不成千古名篇被人传诵的。从这个角度说，周邦彦与李后主、苏东坡、辛稼轩等是无法相比的。

朱光潜先生曾云："写景的诗要显，言情的诗却要'隐'。梅圣俞说诗'状难写之景如在目前，含不尽之意见于言外'，就是看到写景宜显写情宜隐的道理。写景不宜隐，隐易流于晦；写情不宜显，显易流于浅。"[1] 虽然后世人的诗词理论研究成果无论在质量还是数量上，都大大超过了唐宋，但在大气象、大境界早已被唐五代及两宋大家写遍的既成事实下，后人欲寻求突破着实不易。我们来看两首清代词坛大家的作品：

蝶恋花·重游晋祠题壁（朱彝尊）

十里浮岚山近远（**起**）。小雨初收，最喜春沙软（**承**）。
又是天涯芳草遍（**转**），年年汾水看归雁（**合**）。

系马青松犹在眼（**过片/起**）。胜地重来，暗记韶华变（**承**）。
依旧纷纷凉月满（**转**），照人独上溪桥畔（**合**）。

大家注意此词的景语情语泾渭不是太分明，景语的色彩浓过情语，若从阕上看可以认为是上景下情。设计体现在：上下半阕转句句首的虚词"又是""依旧"；过片句内的"犹"字；上半阕合句的叠字"年年"、下半阕转句里的叠字"纷纷"等（但语感总觉"纷纷"处有重沓感，不如不用叠字）。全阕尾句也能凌空铿锵一声，合出意境。

蝶恋花（纳兰性德）

辛苦最怜天上月（**起**），一夕如环，夕夕都成玦（**承**）。
若似月轮终皎洁（**转**），不辞冰雪为卿热（**合**）。

无那尘缘容易绝（**过片/起**），燕子依然，软踏帘钩说（**承**）。
唱罢秋坟愁未歇（**转**），春丛认取双栖蝶（**合**）。

---

[1] 朱光潜.诗的隐与显——关于王静安先生的《人间词话》的几点意见[M].人间世，1934，4（1）.

　　和上首词类似，这首词也是寓情于景、整体景语色彩浓过情语的。且用的全是九屑入声韵部，句句叶韵，可见其情浓意切。整个上半阕都堪称冠古绝句，注意其中承句里的掉字、叠字技巧，以及转句和过片里的引领虚词"若似""无那"。

　　后世之人在结构布局的设计上，因为有前人的铺垫，所以会显得更加清晰合理，"技巧性"十足，这也是很值得我们当今的初学者效仿的。或者换一句可能不太恰当的说法：在填词上，今人可以多跟清人学学章法、理路、技巧；步入高级阶段后，再多跟唐五代两宋人学学格局和境界。不过相对来说，前者易工，后者难摹。

3. 填词步骤

　　很多诗友刚开始总是不敢动笔填词，其实，只要依序把几个关键节点做到位，这首词大样肯定没什么问题。再有一些细节处的遣词造句，乃至词眼的锤炼，填词非但不是难事，而是享受。现把之前分而细述的几个要点总结如下。

命题立意

　　吟诗填词写对联，大部分情况下，选题立意无疑都是第一步的，尤其对新手而言。高手则不尽然，他们往往因为触景生情突发灵感，先妙手偶得一二美句，再弥前补后，同步完成诗题立意及其他诗句，从而"凑"成一首经典作品，但又看不出任何凑泊痕迹。

　　填词所谓的立题，无非就是要写什么样的主题内容：爱情？乡愁？禅悟？议论？什么样的格调色彩：褒扬？讽刺？悲愤？喜悦？大致先定个基调。

选择词牌

　　吟诗时并不先定死哪种律绝的格式，吟出哪句算哪句，以此确定究竟是平起仄收还是仄起平收等。但词不一样，因为词牌连正格加变格将近两千种，你一般是不可能先吟出两句得意词句，再去反查是匹配了哪个词牌中的哪个位置的（不过笔者乐观地估计，2 年之内会在 AI 的帮助下，有 App 就能做到把完全匹配或大致匹配你这两句的所有词谱罗列殆尽的），故必须一开始就根据立意、调性来择取适合声情的词牌，来确保你词句的文情与所选词牌的声情匹配。这与诗和对联都不一样。在开始阶段，可以找来同词牌的历史名篇先学习参考，差不多有感觉后再下手创句。

择取韵调

　　此处词比诗更甚。在古代词的择韵很重要，越是早期越如此。必须根据不同的词调、不同的声情，选择不同的韵部。尤其注意词韵里上、仄声一韵，入声则是单独韵部，不能混押。另外，词也更"吹毛求疵"于细节，连字间的韵调属性也有讲究，如前面提及的"阴平搭上""阳平搭去"等。当然，现在我们再学填词，总体来说，笔者更倾向于循"苏辛"而不是摹"周姜"。

其实周邦彦、姜夔所制之词比苏轼和辛弃疾等人的更像"词"，与音乐更合拍，唱出来也更"美"，就是因为周、姜二人被公认为是"工于词律"的大师，不但韵脚精择到位，连句中每个字相互间的平上去入搭配都极尽能事。但为什么今天的我们无论专家还是老百姓，都更喜欢苏辛的作品而背不了几首周姜的词作？就是因为没有了旋律的支撑或外衣，顿时让周姜之作字字句句刻意迎合旋律的优点无从体现而分崩离析，但苏辛之类的作品正好相反，没有了旋律的"配唱检验"，其"不协音律"的短板瞬间消失。若单纯以阅读、吟读、朗诵等方式欣赏的话，苏轼的"以诗入词""指出向上一路，新天下耳目"（王灼语）[1]，以及辛弃疾的"以文入词"的文学华彩，自然是周姜二人为合乐而牺牲掉文学优点的那些作品，所远不能及的。

王国维在《人间词话》附录里表示："予于词，五代喜李后主、冯正中而不喜《花间》，宋喜同叔、永叔、子瞻、少游而不喜美成，南宋只爱稼轩一人，而最恶梦窗、玉田。"[2] 意思是说他喜欢苏轼和辛弃疾而不喜欢周邦彦、吴文英等人的词，对姜夔也一样："白石之词，余所最爱者亦仅二者，语曰：'淮南皓月冷千山，冥冥归去无人管。'"[3]

笔者对此也深有同感。看来没有了旋律，大家拼词的纯文学属性的话，苏辛在立意、格局、劲力和境界上，都占了上风。某种意义上看，这也很像当今的歌词和新诗的比较：喜欢唱歌的人数估计是喜欢读新诗的人的一千倍；但如果把两者都印在白纸上让大家读的话，正好倒过来，甚至更惨——爱读歌词的人几乎没有一个。

架构设计

如果说单调和小令类的双调词还能容忍由着蓬勃的诗意随性而填的话，那么中长调的词则必须有一个整体架构设计的步骤或过程了，否则你填着填着自己都乱了，很是影响效率。架构设计无非是上下片的内容安排、起承转合的呈现、情语景语等大平仄的轮替、过片的承上启下或合上开下等。具体而言，词的开头、过片、结尾

---

[1]《碧鸡漫志》疏证 [M]. 江枰，疏证. 南昌：江西教育出版社，2008：74.
[2] 王国维. 人间词话汇编汇校汇评 [M]. 周锡山，编校. 上海：上海三联书店，2013：367.
[3] 彭玉平. 人间词话疏证 [M]. 北京：中华书局，2014：107.

及对仗等这几个结构点尤其要多花些心思。

如果是双调以上的词牌，刚才所说的结尾则包括各个片的尾句。对初级及中级水平的诗友来说，如果非要排个权重次序，"开头"应该排在最后：因为很少有作品的词眼是被设计在开篇起兴位置上的，故在词坯初步成型后，如果为了顾及整体主旨、词眼的权重，是可以把首句牺牲掉而改写的——如果它与其他部分有冲突或不协的话。

很多新手的一个创作误区是：总觉得诗词头一句最难写，抓耳挠腮半天也想不出个能"一鸣惊人"的诗句来，殊不知这种诗创思维本身就不对。首先，我们在诗的部分已说过，虽然立意大致得从头梳理至尾，但具体到刻章琢句的环节，根本就没有限制非要从第一句开始创起。其次，虽然词一般得由前至后循序按句填制，但把有限的诗力和时间都耗费在起句的"一飞冲天"上，一来本身难度就很大，二来即使费了九牛二虎之力真创意出来了，请问你后边的词句又该怎么设计？上下半阕尾句的权重、境界又该如何安排？估计你的诗力是不足以像苏辛那样，能够支撑把后面的词句也创意得足够精彩的，大概率会落得个头重脚轻，虎头蛇尾。

故笔者建议起句不要太"高调"，不要太"完美"，不要耗费太多的时间，要把你更多的"火力"集中在后面及词眼部分，集中在重点与高潮部分。对小令而言，就是要特别注意末句的权重，要合得精彩到位，力求把整体意境升扬起来。对双调词而言，尤其要注意重点去炼过片、每阕的尾句，以及词中对仗的部分（单调词亦如此），这些地方既是关键节点，也往往是词眼高频呈现的位置。大家初始不妨先如此"机械"地按部就班来填，等步入高级阶段后，再"让词写词"，率性行文，不再拘泥。我们来看王国维的一首《浣溪沙》：

> 山寺微茫背夕曛（起），鸟飞不到半山昏（承）。
>
> 上方孤磬定行云（转合）。
>
> 试上高峰窥皓月（过片／起），偶开天眼觑红尘（承）。
>
> 可怜身是眼中人（转合）。

这首词上半阕整个作铺垫之用，故起句中规中矩地平淡。不是不能更精彩，而是要完成自己"配角"的角色。烘托出的整个下半阕都可谓一气呵成的高潮，末句一锤绝响。

再看苏轼这首既有诗趣也有情趣的名篇《蝶恋花·春景》：

　　　　花褪残红青杏小（**起**）。燕子飞时，绿水人家绕（**承**）。
　　　　枝上柳绵吹又少（**转**），天涯何处无芳草（**合**）？

　　　墙里秋千墙外道（**过片/起**）。墙外行人，墙里佳人笑（**承**）。
　　　笑渐不闻声渐悄（**转**），多情却被无情恼（**合**）。

　　起句依然是常语，哪怕是大家之名作。注意苏轼从过片开始便极尽技巧之能事：首先是"墙里""墙外"的排比修辞，接着第二句句首的"墙外"相当于顶针过片句尾的"墙外道"，第三句句首的"笑"又顶针前句句尾，使得整个一贯而下地读来，荡气回肠畅快淋漓。苏轼因为才情敏捷诗力雄厚，不愁造不出豪句，只是放在哪里的问题，故此词上下半阕尾句均被炼成了传诵至今的词眼。

　　再看晏殊最脍炙人口的名篇《浣溪沙·其四》：

　　一曲新词酒一杯（**起**），去年天气旧亭台（**承**），夕阳西下几时回（**续承**）。

　　无可奈何花落去，似曾相识燕归来（**对仗/转**），小园香径独徘徊（**合**）。

　　上半阕的起句依然平淡，末句亦不惮于不那么出彩，因为晏殊将火力全部集中在过片处的对仗句中了。此对仗在词中颇为有名，可谓明明呕心沥血费尽思虑才吟就的，但读来却又好似妙手偶得、信手拈来一般流畅自然，毫无枯涩之感，诗词能达到这种效果，便是高手中的高手——大家了。

　　每个诗创人的兴趣癖好、风格特点也不尽相同，具体到每个人，吟诗填词的模式和方法也不可能完全一致，应该根据各自的特点尽快摸索出一套最适合自己的。例如笔者是倾向于"佳句型"的诗创者，"语不惊人死不休"，一旦在吟诗填词中觅得佳句的蛛丝马迹，就要死死抓住，甚至整篇可以为之而运作。然后接下来上下半阕的结构设计，情语景语等各类大平仄的调度安排等，都要统筹兼顾地为此来谋划。

虞美人（黄胤然）

　　　阳春无有销魂处（**起**），兴尽寻归路（**承**）。
　　群芳争斗正娇羞（**转**），减了燕脂铅黛、不风流（**合**）。

　　　花开昨夜李如玉（**过片/起**），寂寞无人掬（**承**）。
　　素馨难引蝶蜂忙（**转**），欲罢清溪饮水、水流香（**合**）。

　　这首词是笔者大学时期的作品，可惜没有填好，"李"字该平却仄，出律了。

但因为是嵌名词，也只能遗憾地不苛求了。这首词的架构特点是上阕情语景语交相辉映成铺垫，下阕开篇即聚焦，尾句结成全阕的主题意旨。

最后引用龙榆生先生的精辟论述供大家参考："一般作者多用'渐引'的起法，'顿入'则恒取逆势。要做到'笔未到而气已吞'的境界，我看只有苏轼的'大江东去，浪淘尽、千古风流人物'（《念奴娇·赤壁怀古》）和'明月几时有？把酒问青天'（《水调歌头》）以及辛弃疾的'更能消、几番风雨，匆匆春又归去'（《摸鱼儿》）才可算得达到标准。至结语亦多取'绕回'而少用'宕开'，这在长调更是如此。所谓'言虽止而意无尽'，在短调小令中，一般却都重视弦外余音，因而多取'宕开'的手法。长调要收束得紧，怕的是散漫无归宿，只有'以景结情'，才便'放开，合有除不尽之意'（并见《乐府指迷》）……柳永的'凝泪眼、杳杳神京路，断鸿声远长天暮'（《夜半乐》）和辛弃疾的'休去倚危栏，斜阳正在，烟柳断肠处'（《摸鱼儿》）都是宕开远神，值得我们学习的。"[1]

4. 意境，有我之境与无我之境

自从王国维先生在《人间词话》中提出"境界"一词，它已成为词学乃至美学领域的一个高频用词。王国维与南朝梁的刘勰（著有《文心雕龙》）、明末清初的金圣叹，并列为中国美学的三大权威，也是中国美学研究的三大热门。王国维创立的意境（境界）说美学体系是20世纪领先于国际学术界的伟大学术成果。《人间词话》也是20世纪中国成就最高的美学名著。[2]

近百年来，围绕着"境界""意境""有我之境""无我之境"，海内外诸多专家学者展开了空前的研究探讨。虽然不以学术研究为宗，但对广大诗创爱好者而言，尤其对已步入高级阶段、穷尽了诗理词技的诗友，想要进一步提升自己及所创诗词之品味的话，借鉴一下这些睿智的成果，还是很有必要的。

境界，"借用佛经中的概念，原指疆界、疆域；佛经中用的'境界'，又指'自家势力所及之境土'（《佛学大辞典》），指个人在人的感受能力之所及，或精神上所能达到的境地。文艺作品中的境界指情、景和事物交融所形成的艺术高度。"[3]

从诗创美学的角度而言，你可以把境界等同于意境。而"境界说（又称意境说），是王国维的诗学核心和美学核心"[4]。

[1] 龙榆生. 词学十讲 [M]. 北京：中华书局，2017：125.
[2] 王国维. 人间词话汇编汇校汇评 [M]. 周锡山，编校. 上海：上海三联书店，2013：前言 8.
[3] 同 [2]1.
[4] 周锡山. 王国维美学思想研究 [M]. 北京：中国社会科学出版社，1992：188-189、178-179.

再具体解释一下意境，"意，主要指作者的主观性的思想、感情、意识和观点，等等。境，主要指作品所描写、反映的客观性的自然景物、社会、历史、人物，等等。"[1]

清末樊炳清云："上焉者意与境浑，其次或以境深，或以意深，苟缺其一，不足以言文学。原夫文学之所以有意境者，以其能观也。出于观我者，意余于境；而出于观物者，境多于意。然非物无以见我，而观我之时，又自有我在。故二者常互相错综，能有所偏重，而不能有所偏废也。……夫古今词人以意胜者，莫若欧阳公；以境胜者，莫若秦少游；至意、境两浑，则惟太白、后主、正中数人足以当之。"[2]

很多已经步入诗创高级阶段的诗友，总是对"意境""意象"两个概念以及它们之间的互动关系不甚明晰，可参考一下叶朗的一段深见："意境说的精髓，如果要用一句话来概括，那就是'境生于象外'。艺术家的审美对象不是'象'，而是'境'。'境'是'虚'与'实'的统一。所以'意境'的范畴不等于一般艺术形象的范畴（'意象'）。'意境'是'意象'，但不是任何'意象'都是'意境'。'意境'的内涵比'意象'的内涵丰富。'意境'既包含'意象'共同具有的一般的规定，又包含自己的特殊的规定。正因为这样，所以'意境'是中国古典美学的独特的范畴。"[3]

那么现在说的"有我之境""无我之境"和之前介绍的"情语""景语"又有什么联系呢？"所谓'有我之境'就是以情为主，多半是情语；所谓'无我之境'就是以景为主，大体是景语。不过，人总是以景寓情，写景往往是手段，表情常常是目的，转弯抹角也要表现自己的思想感情。"[4]

在呈现效果的明晰度上，二者也有不同的特点，"若说'有我之境'是以情驭物，情是明的，那么'无我之境'就是以物载情，情是隐的。"[5]进一步细微体察就会发现，"'有我之境'与'无我之境'更是直接地根源于决定中国艺术意境的深层文化心理——儒学的人生观和庄学的人生观，'有我之境'就是'儒学之意境'，'无我之境'就是'庄学之意境'，它们之间的所谓差别实际上就是儒庄两种不同的人生观、审美观在艺术审美意境上的不同体现。"[6]

那么对那些极少数已达佛禅境界、"开悟"了的诗人，笔者认为，此时"我"已与外物天元浑融，"有我"即"无我"，达人之"有我"之境与"无我"之境浑

[1] 王国维.人间词话汇编汇校汇评[M].周锡山，编校.上海：上海三联书店，2013：386.
[2] 同[1]384.
[3] 叶朗.中国美学史大纲[M].上海：上海人民出版社，1985：621.
[4] 吴奔星.王国维的美学思想——"境界"论[J].江海学刊：第三期.
[5] 周祖谦.王国维"有我之境"美学特征辨析[J].河北师范大学学报，1998（1）.
[6] 蔡报文."有我之境"与"无我之境"——兼与叶朗先生商榷[J].争鸣，1994（2）.

然一体矣。比如我们读诗佛王维的某些诗：

五绝·辋川集·辛夷坞

木末芙蓉花，山中发红萼。涧户寂无人，纷纷开且落。

五绝·皇甫岳云溪杂题五首·鸟鸣涧

人闲桂花落，夜静春山空。月出惊山鸟，时鸣春涧中。

五绝·辋川集·竹里馆

独坐幽篁里，弹琴复长啸。深林人不知，明月来相照。

暴露一下早年心迹，前两首诗笔者曾经从字面研读，感觉自己是不会写这么简单的诗的，怎么着都得来点"深刻内涵""精辟之句"，否则"语不惊人死不休"。但讽刺的是，掩卷之后，却时常被这平淡的四句架构出的意境魂牵梦绕，每每恍兮惚兮，若有所思。这也许正是古今真正的诗创大师作品的最大魅力所在。

用人人都能懂的平实语言，用字数最少的诗（五绝），达到令人心旌摇荡的地步，估计非王摩诘的禅诗莫属。王国维在《人间词话》中说："诗人对宇宙人生，须入乎其内，又须出乎其外。入乎其内，故能写之；出乎其外，故能观之。入乎其内，故有生气；出乎其外，故有高致。"（《人间词话·六十》）

境界的三个相互支持的因素：其一，词以有境界为其美的追求。其二，有无境界，是衡量诗词作品是否美的前提；故曰：诗词有境界才有美。其三，词史上最美的作品集中于五代、北宋时，五代、北宋词之所以绝妙者，在于有境界。[1]

5. 简析古人词作短长

前面举了很多古人优秀作品的案例，然而古代名家亦并非所有作品均为有境界的上乘佳作，也有很多值得推敲的地方。下面分享一些个人的一孔之见，并不是要显摆，而只是抛砖引玉，给步入诗创中、高级阶段的诗友们提供一些可能的线索，供借鉴之用，使自己今后的作品创作得更好。比如我们看黄庭坚的《清平乐·其一》：

春归何处？寂寞无行路。
若有人知春去处，唤取归来同住。

---

[1] 李砾.《人间词话》辨 [M]. 北京：中国社会科学出版社，2006：68.

> 春无踪迹谁知？除非问取黄鹂。
>
> 百啭无人能解，因风飞过蔷薇。

整体当然是经典之作，不过个人认为过片的"春"字用得并不十分好，上半阕前两个春可谓互相有照应，与其说是重字，不如说是修辞。但第三个"春"再重复，无疑就有些许重沓的嫌疑了。再看苏轼的名作《卜算子·黄州定慧院寓居作》：

> 缺月挂疏桐，漏断人初静。
>
> 谁见幽人独往来，缥缈孤鸿影。
>
> 惊起却回头，有恨无人省。
>
> 拣尽寒枝不肯栖，寂寞沙洲冷。

陈如江老师曾微词道："这首词咏孤鸿，鸿雁的生活习性是栖宿在田野草丛间，未尝在树枝上停息，所以也就不存在'拣尽寒枝不肯栖'的问题。对此作的因观物不切而失事理之真，金人王若虚曾为之辩护说：'以其不栖木，故云耳。'（《滹南诗话》）此说可谓强词夺理。据词意，苏轼乃是借孤鸿寄托自己不愿与世俗同道的情怀，既然本心就不肯随波逐流，何必还要作一番选择？若果真如此，岂不矫情太甚？"[1]

胡仔则站队东坡辩解曰："或云：'鸿雁未尝栖宿树枝，唯在田野苇丛间，此亦语病也。'此词本咏夜景，至换头但只说鸿。正如《贺新郎》词'乳燕飞华屋'，本咏夏景，至换头但只说榴花。盖其文章之妙，语意到处即为之，不可限以绳墨也。"[2]笔者认为陈如江老师所言确有一番道理，此逻辑硬伤实难辩覆过去。那么笔者从诗创角度斗胆替苏公优化一下，改刻意色彩颇浓的"拣尽"为凌高傲然的"掠尽"，且"掠尽（入上）"音律上似乎也比"拣尽（上上）"更好。

6. 究竟是先学长调还是先学小令？

正像吟诗究竟是由律（诗）入手好还是由绝（句）入手好一样，填词也有到底先学长调还是先学小令的争论。很多古人填词确是从长调入手的，可谓古代这种专职的诗人、词人，他们安身立命、以此为职业的学词方法之一。

---

[1] 陈如江. 古诗指瑕 [M]. 上海：东方出版中心，2021：119.

[2]（南宋）胡仔. 苕溪渔隐丛话（前集）[M]. 廖德明，校点. 北京：人民文学出版社，1962：268.

但放在 21 世纪的背景语境下，笔者却对这套至今仍有部分教授坚持的古法颇不以为然。因为把古代士人培养专业关门弟子的严苛模式和方法，套用在当今广大业余爱好者尤其是初学者身上，不但显出食古不化的迂腐，而且也误导了大批爱好者，害人不浅。笔者明确反对，把培养奥运冠军的国家队运动员的训练方法，全盘照抄给只想强身健体的普通百姓；把意欲染指奥数冠军的培养模式，不做调整地套用给广大普通的中学生……，除非你本人就是这样的选手。

我们说在快节奏的微信、短视频时代的当下，这套老律、旧法、古方往日赖以生存的语境支撑点都没了。其中最大的一个——词牌的旋律，当今绝大部分词牌的曲谱早已淹没在历史长河里了。古人可以津津有味地依着旋律充满感情地填词，为何叫填词？就是按照当时众所周知的曲谱调式往里面依据格律平仄凑字造词，这叫填词。而且人家边填还边哼哼唧唧地自我试唱享受，不谐的字词马上可以调换修改。但是没了旋律支撑，词牌越长，今天的我们填起来肯定是越没感觉，尤其是对广大的业余爱好者而言。

小令则另当别论。比如李白的这首《忆秦娥》，十句四十六个字：

> 箫声咽，秦娥梦断秦楼月。
> 秦楼月，年年柳色，霸陵伤别。
>
> 乐游原上清秋节，咸阳古道音尘绝。
> 音尘绝，西风残照，汉家陵阙。

即便没有了曲谱，我们今天读起来还会清晰地触摸出一种抑扬顿挫、朗朗上口的节奏，其实那就是曾经的曲谱规范好了要填入的文字的字数及平仄，即便撤去了旋律，文字似乎还带有之前的某种痕迹而让人感觉到。但仅限于这种短调小令，如果当今的谁说长调亦如此，比如之前我们介绍过的词牌中最长的《莺啼序》，你说你现在还能从中分辨出来某种"旋律"而摇头摆尾地"自得其乐"，只有外行才信。

由于"唐宋遗谱，在元明之后，几乎全部失传"[1]，实际上就等于这些词牌不同的声乐色彩属性，对今人来讲至少损失 70%，变成了只是字数、平仄、名称不同的一堆文学"词体"而已。如果把词牌名称都隐去，光看平仄格式，即使专家也分

---

[1] 龙榆生 . 词学十讲 [M]. 北京：中华书局，2017：32.

辨不出哪种"律化的长短句"排列是适合表示爱国忠君的，哪种是专用于体现爱情怀思的。

举个很简单的例子大家就都理解了：因为笔者写过很多诗词对联体、白话文体以及介于两者之间风格的艺术文案，那么借用一首近现代曾经唱遍大江南北、国人几乎无人不晓的著名歌曲，依照它歌词的平仄创作一个温馨唯美的婚庆艺术文案，保证创意让一对新人心动不已、三年难忘。但千万别向笔者讨要这首歌曲的原名，因为一旦你知道了就不止三年难忘，而是三十年乃至永生难忘了：《大刀向鬼子们的头上砍去》。不好意思——连这么近的、这么多人唱、唱了这么多年、唱了这么多遍的近现代的歌，你都辨不出其中歌词平仄里折射出的原本旋律的"性格"色彩、调性特点，就别再吹什么能根据平仄辨认出连你老师的老师的老师，都从未听过的唐宋时代那么久远的长调里的旋律色彩——最能标志其情调色彩，恐怕就只剩下词谱名称本身了。

当然希望大家不要只停留于以上这个冷幽默的表面，而是最好笑过之后自己独立地思考一下其背后折射出来的微妙逻辑和道理。

退一万步说，即使在龚自珍、曹雪芹的时代，即便没了词牌旋律这个最大的支撑点，前文所述的吟诗填词安身立命的支撑点也日渐屡弱，但人家起码还有一个"士农工商""之乎者也"的旧文化语境的支撑点。但在当代我们这种文化语境里，在这三类支撑点全都没有了的情况下，你最好一开始学就不要爬那种又高又长的、摸不到北的长调了，不但很难有成就感，也许兴趣最后可能都"爬"没了。

现在学诗词的情况和古人不一样，在累得麻木不仁的时候，用诗和远方鄙视一下眼前的苟且，抚慰心灵，滋养情怀，喷吐胸臆，或养吾高雅之格，或养吾浩然之气。如果还能搞出点文创、诗创什么的，也算是上对得起文宗诗祖的古人，下对得起德慧双全之来者。如果咱们的拙诗、歪诗，或诗词对联体的诸多文案，居然还能够博得大家的某种赞颂和传咏，给部分人以文化的启迪、艺术的熏陶、精神的引领，那就阿弥陀佛了。同理，当今的教诗也是尽可能传授一些必要的知识和技巧，帮助大家开启自己的诗性，把诗意情怀落纸成诗。

同吟诗最好从绝句入手一样，笔者根据多年的诗授实践，发现对绝大多数新手来说，填词也肯定是从小令开蒙更好。因为小令大都诞生于唐五代时期，词中的格律与近体诗的格律相近，风格也类似，连句式也多为五言、七言。那么刚学完实战诗班，借小令转入词班，跨度小而感觉近，更容易上手。

笔者自己学诗也是从七绝开始的，词是从小令、中调入手的，90字以上的长调涉及得比较少，恰恰与某些大学教授吹捧的"古路"相反。记得笔者最早试手的词是 1984 年（高一）填制的一首《南乡子》（依新韵）：

> 红瓦房，绿池塘，小溪幽睡瘦石床。
> 呕哑乡歌和影跳，秋风好。再度黄花轻卷笑。

虽然青涩，但好歹"连滚带爬"地鼓捣出来了，结构也还像那么回事。最关键的是这种小试牛刀的喜悦和自豪，恰能抵消之前战战兢兢苦吟的辛苦，而以更浓厚的兴趣和自信继续钻研填词，并渐次有序地扩展到体量更大的其他小令乃至中长调。这才是一种不"内卷自己"的诗创状态。此词是照着李珣那首著名的《南乡子·其四》临摹的，结果有两处被李珣带"沟里"去了：

> 乘彩舫，过莲塘，棹歌惊起睡鸳鸯。
> 带香游女偎伴笑，争窈窕，竞折团荷遮晚照。

首句按律其实是不押韵的白脚句，结果他押了，笔者也押了。而且当时"舫"字错念成平声，于是就填成"房"字；他的"团"字应仄却平，笔者的"黄"字也跟着出律。后有老师指出"呕哑乡歌和影跳"虽是真实写照，却有"讽刺劳动人民民歌的嫌疑"，于是修改了一下。但出律处由李珣"背锅"就没改：

> 青松岭，绿池塘，小溪幽睡瘦石床。
> 云外斜阳开晚照，秋风好。再度黄花轻卷笑。

当然新手也可以拿更小体量的《十六字令》《渔歌子》《捣练子》等小令来试水：

渔歌子（张志和）

> 西塞山前白鹭飞，桃花流水鳜鱼肥。
> 青箬笠，绿蓑衣，斜风细雨不须归。

捣练子·其一（李煜）

> 深院静，小庭空，断续寒砧断续风。
> 无奈夜长人不寐，数声和月到帘栊。

还有《忆王孙》《忆江南》《长相思》《浣溪沙》《如梦令》等小令，都很适合作为试手词牌，而且它们也有更多的名篇可作为模板来研究临摹，相对效率更高。

朱庸斋先生也说："小令尚可凭情致、性灵、巧慧见胜。长调则非具有功力不可，尤须博学。"[1] 既然现代词学大咖都盖棺论定写长调必须"功力""博学"才能胜任，请问：连词牌都还搞不太明白的广大新手，你让他们如何只手通天，一夜之间变出所需的"功力""博学"？既然一无"功力"二不"博学"，焉能一上来居然从长调入手？

当然笔者也绝不是反对古法，如果你是要往专业的诗人、专业的词人方向去走，或者说很有天赋，决意在诗创道路上更进一步，与众不同，那么完全可以另辟蹊径地选择适合你的模式如遵循古法，从五律、七律、长调入手，也许对你更好。但是这些年传授格律诗词写作的实践经验告诉笔者，从绝句、小令这些相对容易吟成的方便法门入手，可能对大多数老师和学生来说都更实用。学生也更容易把这种写诗的兴趣一直保持到他自己的某些关键节点出现，而不至于半途而废。

而且笔者认为吟诗填词，最后一定要力求吟出警句，吟出诗眼、词眼来。否则，于别人来说，无异于又添一首诗歌"垃圾"。与其写出近百字的那种鸡肋长调，但是却无一感人的警句让当今的人们自发传诵，那咱还不如集中有限火力，好好创作出能立得住的一副对联、一首绝句，或一首小令，也更有价值。

7. 填词应该跟谁学？

学填词究竟应该跟哪个古人学？这类问题其实很难回答，因为你所熟知的古今填词大家从小是"摹"谁的诗词入门的，答案也肯定不尽相同。

对普通诗友来说，既然 99% 的人吟诗填词的目标，都不是要把自己最终锤炼成一个"全体裁""全题材""全色彩""全风格"的全能专业选手——即便你所熟知的古代名人，也没有一个是这样的"全方位"选手，那么我们就更别再成功地落入那些貌似严格全面，实则极不负责任的"教育"的套。你最喜欢哪个人的哪些词，你就以此为模板去"摹词"。谁的词好不重要，你觉得好才最重要，你学起来感觉爽才最重要。"谁易学，谁难学，然后取自己性近者、易学者先学。"[2] 因为唯有兴趣才是最后能忠实陪伴你一生的老师。同时，你自己也最好不要一辈子固定只学某个人、某类词。当然对此也无须过于担心，因为一个人从 13 岁左右情窦初开，到 30 岁完全熟透，其所喜欢的情爱对象或灵魂伴侣的类型，也必定是不断变化、成熟、进阶的。诗词也一样，随着你人生阅历的丰富、文化底蕴的沉淀、诗力诗觉的提升，不同阶段你的诗词灵性会自动适时地告诉你，自己现在该神交哪位古人。

[1] 朱庸斋 . 分春馆词话 [M]. 广州：广东人民出版社，1989：33.
[2] 同 [1]7.

虽然话是这么说，针对此议题，我们也不是说完全没有规律、任其自然。很多前人的总结依然值得借鉴。比如朱庸斋先生总结清代周济的观点时说："碧山（指清代词人王沂孙）词吐属婉雅，较有内容，无纤俚浮薄之病，学之得其规模，堪为门径；梦窗（吴文英）词秾厚密丽，无浅薄粗率之疵，学之得其沉着秾挚，但易成堆砌实质而伤气；稼轩（辛弃疾）词豪宕疏朗，无堆砌晦涩之弊，却易成狂怪犷俚而至粗率，须以两家互参，以梦窗之密，约稼轩之疏；以稼轩之朗，约梦窗之晦，务使气势矫健，意境深厚。"[1]这种见解是很到位的。

朱先生的一家之言也不可能成为所有类型初学者的圭臬，笔者认为，广而涵之，像温庭筠、韦庄、李煜、冯延巳、苏轼、秦观、晏氏父子、贺铸、李清照、辛弃疾、姜夔、纳兰性德、清季四家等人的优秀作品，都可以作为爱好和特点各不相同的诗友们的模板来效仿或熏陶。

8. 正能量和负能量

什么诗词是正能量的，什么是负能量的，概念模糊。不过可以确定无疑的是，如果用现在自媒体平台实行的标准来衡量的话，你所喜欢的千古名篇估计就没有几篇是正能量的，一大半都是"负能量"的。比如千古第一七律杜甫的那首《登高》，表面上看是多么的悲怨、多么的无奈、多么的"负能量"啊！但很奇怪，恰恰是这种"负能量"的作品，居然被人传咏了千年。而我们现在太多言之无物、干号假唱的所谓"正能量"诗词文赋，连你们家到最近的公共厕所那么远的距离都传播不过去。

皆大欢喜的喜剧是浅显而俗的，发人深省的悲剧是深沉而美的。诗贵有真情，偏激点说，只要有真情在，能打动人心，就是正能量的作品。相反那种特别的假、特别的虚、特别的空的正能量诗词，其实才是真正货真价实的负能量作品。哪怕思想再好，起调再高，就跟"三体诗词"一样，根本就不入流。将其当标语用反而实至名归，非要打肿俗脸充雅词，连一周都自主传播不下去的"正能量诗词"，既浅薄又鄙俗，最好还是先踏踏实实磨几年雅刀再来诗路上吆喝。

9. 大家卓见

夫诗有别材，非关书也；诗有别趣，非关理也。然非多读书，多穷理，则不能极其至。所谓不涉理路，不落言筌者，上也。[2]

——严羽

[1] 朱庸斋. 分春馆词话 [M]. 广州：广东人民出版社，1989：3.
[2] （南宋）严羽. 沧浪诗话 [M]. 北京：人民文学出版社，1983：26.

　　学词之道，自有其历程。创作方面，一、先求文从字顺，通体浑成；二、次求避俗取深，意境突出；三、表现自家风格，以成面目。[1]

　　初学词求通体浑成，既能浑成，务求警策，既能警策，复归浑成，此时之浑成，乃指浑化，而非初学之徒求完整而已。学词之道，先求能入，后求能出：能入则求与古人相似，能出则求与古人不相似。倘能出入自如，介乎似与不似之间，既不失有我，复不失有古，方称能成。惟其不似，是以能似，所谓善于学古者也。[2]

——朱庸斋

　　词以空灵为主，而不入以粗豪；以婉约为宗，而不流于柔曼。音旨绵邈，音节和谐，乐府之正轨也。不善学之，则循其声调，袭其皮毛。笔不能转，则意浅，浅则薄；句不能炼，则意卑，卑则靡。[3]　　　　　　　　　　——刘坡公

　　情趣与意象恰相熨贴，使人见到意象便感到情趣，便是不隔。意象含糊或空洞，情趣浅薄，不能在读者心中产生明了深刻的印象便是隔。[4]

——朱光潜

　　一篇作品中，作者果然有真切之感受，且能做真切之表达，使读者亦可获致同样真切之感受，如此便是"不隔"。反之，如果作者根本没有真切之感受，或者虽有真切之感受但不能予以真切之表达，而只是因袭陈言或雕饰造作，使读者不能获致真切之感受，如此便是"隔"。[5]　　　　　　　　——叶嘉莹

　　写景的诗词，以少用代字或典为宜。感事抒怀的作品，意思多，感情深，而诗词的篇幅短，容纳不下，需要加以浓缩，那就免不了要用代字、用典，一切看具体情况而定。[6]　　　　　　　　　　　　　　　　　　——周振甫

　　作险调、拗句、险韵，须出语平顺。作熟调、律句、宽韵，须出语曲折。此为填词大法。[7]（笔者按：也是讲究大平仄、大阴阳的融合调剂）

——朱庸斋

[1] 朱庸斋 . 分春馆词话 [M]. 广州：广东人民出版社，1989：7.
[2] 同 [1]13.
[3] 刘坡公 . 学词百法 [M]. 南昌：江西教育出版社，2018：34.
[4] 朱光潜 . 诗的隐与显——关于王静安先生的《人间词话》的几点意见 [J]. 人间世，1934，4（1）.
[5] 叶嘉莹 . 王国维及其文学批评 [M]. 广州：广东人民出版社，1982：251.
[6] 周振甫 . 诗词例话 [M]. 南京：江苏教育出版社，2005：34.
[7] 同 [1]102.

诗中不可作词语，信然；若词中偶作诗语，亦何害其为大雅。[1]

——陈廷焯

陈廷焯的见解笔者深以为然。苏轼不就是一个典型的诗语入词反而大开词界的成功例证吗？另外，再打个通俗的比方，当今生活中女扮男装，俊朗中自带妩媚，别样风流；但男扮女装，怎么看怎么别扭，如坐针毡避之不及。也是同样的道理。

清词至清季四家，词境始大焉。[2] 清季四家成就以彊村（朱祖谋）最为杰出。[3] 清代浙西诸家自命学玉田（张炎），徒得空疏破碎，盖单从修辞、用笔处学故也。鹿潭（清代蒋春霖）学玉田，则有所发展，参以稼轩之健，白石（姜夔）之峭，用笔重，故不浮，取景大，故见拙。玉田多淡语，毫不用力，得自然真趣，鹿潭作淡语而着力，似不经意而实经意，此乃清词与宋词区别之处也。[4]

——朱庸斋

遇一句中有平有仄而平多仄少，则既须顾及阴阳平之配搭，尤须注意仄声字必用去声，盖上声、入声与平声邻近，读时稍高或稍低即变为平声，而去声万不能变为平声。……四字句中，有三平一仄者，该句之仄声字尤应用去声字，即此一理。[5]

——朱庸斋

按照论诗的传统习惯，名词算实字，一部分的动词、形容词也可以算实字，其余算虚字。其间很难有明确的界限。……实字用得多，就显得厚重，虚字用得多，就显得飘逸。实字用得多，往往使读者需要用心体会，虚字用得多，就使读者可以一目了然，不愁费解。但是实字用得太多，流弊是沉闷，虚字用得太多，流弊是浅薄。要能尽管多用实字而无沉闷之弊，尽管多用虚字而无浅薄之弊，那就是工夫到家了。[6]

——瞿蜕园，周紫宜

陈言务去，乃词成章后所有事，非所论于初学。初学缚于格调，囿于声韵，成章已不易，遑（huáng，不必论及）论及此。……初学填词，第一步求稳妥，

[1] 陈廷焯. 白雨斋词话 [M]. 彭玉平，导读. 上海：上海古籍出版社，2009（卷七）：55.
[2] 朱庸斋. 分春馆词话 [M]. 广州：广东人民出版社，1989：95.
[3] 同 [2]101.
[4] 同 [2]94.
[5] 同 [2]69.
[6] 瞿蜕园，周紫宜. 学诗浅说 [M]. 北京：当代中国出版社，2014：209.

第二步求精警，第三步求超脱。

——（清）蔡嵩云《柯亭词论》

多读书，始能医俗，非胸中书卷多，皆可使用于词中也。词中最忌多用典故，陈其年、朱彝尊可谓读书多矣，其词中好使用史事及小典故，搬弄家私，最为疵病，亦是词之贼也，不特俗为词之贼耳。

词求曲折，当于无字处求之。切忌有字处为曲折。曲折在意，不在字句间也。[1]

——近代江西派词人夏敬观

治词之道，必须认定方向，以求归宿。其有"专精一家，融汇各家，自成一家"三个过程。[2]

吾人倡词，应使词之意境张、取材富。不然词之生命行绝矣，尚足以言词乎？余曾有此等阅历；遇有事物题材，写之于诗则易，入之于词则难，始渐悟因词之意境、取材、辞汇过狭使然，乃刻意诗词合一。[3]

——朱庸斋

有第一等襟抱，第一等学识，斯有第一等真诗。

——沈德潜《说诗晬语·卷上》第五

诗中高格，入词便苦其腐；词中丽句，入诗便苦其纤，各有规格在也。然腐之为病，填词者每知之；纤之为病，作诗者未尽知之。

——沈德潜《说诗晬语·卷下》第五十九

三仄更须分上去，两平还要辨阴阳。

——清初黄周星《制曲枝语》

这句话自清初以降，即广受众多词人推崇。其底层逻辑可归结为二字：变化，即诗词中两仄、三仄或两平、三平，应优先考虑用上去、去上或阴平阳平的声调联缀，尽量避免声调重复。

---

[1]（清）况周颐. 蕙风词话 [M]. 孙克强，导读. 上海：上海古籍出版社，2009：231.

[2] 朱庸斋. 分春馆词话 [M]. 广州：广东人民出版社，1989：8.

[3] 同 [2]2.

最后再强调一下，许多传世佳作在外行看来，仿佛是天才们凭借灵感，挥笔即成；但在内行眼中，无非技巧——只是要用得恰好。

五、学员案例点评

择选参加笔者实战词班的刘嵘学员的《西江月·夜宴》分享于此：

池榭管弦迭奏（**起**），山楼灯月交辉（**承**）。
鱼游春水占春魁（**转**），误入桃源林翠（**合**）。

对景几多感慨（**过片/起**），闻香无限芳菲（**承**）。
集贤宾客醉扶归（**转**），归去人间何岁（**合**）？

这首词整体来说写得非常唯美，很有意境和词味。《西江月》上下半阕头两句一般都是要对仗的，此词亦不例外，两副均为典雅的工对。头一副对仗句里前四字均为名词，理论上名词（实字）安排过多则容易有单调凝滞之感，然一个"迭"字一个"交"字，将四组名词悉数盘活，可谓不是字眼的字眼。大家要学会如此掌握动词和形容词的妙用，不多，但要恰好。

再看上半阕末句"误入桃源林翠"，不妨作延展思考：谁误入桃源林翠？是鱼，还是人，抑或鱼引众人入林翠？我们说诗贵有重旨，此处可谓一个开放性的结句，供诗友独品，韵味自足，意境自长。

这首词最绝妙的是其中的四处，笔者刻意此时才点破：《鱼游春水》是一个词牌名，《集贤宾》既是词牌名也是曲牌名，《占春魁》《醉扶归》都是曲牌名。我们在对联嵌字修辞里曾经说过，嵌字的最高境界是如盐入水，品之有味，而视之不觉。此词可谓笔者近几年见到的最经典的原创嵌名作品了。因为要嵌四个词、曲牌名进去，难度非常之大，若诗力不足，词觉不够，则很容易显露生硬牵强之态，使得整个作品落入败笔之列。

原作最后一句本来是"人与东风同醉"，因其前面的词句实在写得太出彩了，第一遍笔者愣没看出来其中的"醉"与前句的"醉"重字了。也许是语感上可作为修辞理解而非重字瑕疵。当时在复查点评精要的时候，笔者的诗创助理提到了此点。笔者后来又仔细品味了一下，按修辞来理解似乎也不是十分的肯定。于是点评时提及如果能优化一下也许更好。果然刘嵘诗友不负众望，优化成了现在的版本。一个问句，瞬间便抬升了境界，也非常霸气：之前的"人与东风同醉"属于中规中矩的平铺，并无特别夺目之处。而"归去人间何岁"则不由得让人去猜度这些夜宴之人，到底是来自人间，还是来自仙界？又是采用一种半隐半露的开放笔法，给人无限的遐想。把一个可能的重字之嫌，反而优化成了全词的点睛之笔，这种妙笔技法很值得广大学员借鉴。

●第六章●

诗词衍生问题探讨

创意诗词，更应创意诗词在当代语境下的新应用、新价值。本章内容可谓当今教授诗词写作的书籍里绝少涉及的。像笔者多年来矢志不渝地坚持"诗用"的探索和践行的，至少从表面上来看，并不多。

本章不再探讨学堂内教与学的内容，而是聚焦学堂外的诗用话题。

一、创意古诗词的新应用、新价值更重要

> 有一种文字，过目难忘；有一袭创意，青云之上；
>
> 有一脉情怀，亘古未老；有一抹境界，独步天香。

为什么创意古诗词的新价值、新应用更重要？也许这是能让古诗词不但活在当下、还能活到未来最有效的模式。"世界的科技水平越发达，我们就越需要艺术家和诗人。"

早在 2013 年，政府就高瞻远瞩地提出："让收藏在禁宫里的文物、陈列在广阔大地上的遗产、书写在古籍里的文字都活起来！"[1]这无疑给出了一个文化复兴非常具体而又可行的方向和措施。其中"活"字很重要，如果古典诗词只是用来读、用来背、用来写的话，某种意义上它们还是"死"的，没有完全活在当下。必须通过开拓蓝海式的创意，把古籍里的文字"创活"起来。不要把传统文化、文物典籍，不要把诗词曲赋只放在课本和古籍馆里，而应该把它们和当下老百姓尤其是年轻人的生活勾连起来，让诗词全方位地渗透到我们的上上下下里里外外——如同古代那样，甚至可以为古诗词创意出古代的李白、杜甫、苏东坡、李清照等也没玩过的新应用、新需求。

既然诗词在古代和我们祖先的社会生活乃至精神世界那样"亲密无间"，为何更富于开拓与创新精神的我们，不能古树发新芽呢？**诗词为什么不能用来吃、用来喝、用来穿、用来住、用来行、用来玩、用来唱、用来舞呢？**……

文化引领中国，创意复兴文化。笔者在正式转型文创领域以来，除了延续诗创、诗授以外，更践行"创意古诗词在当下语境的新应用、新价值"。笔者始终认为，这可能是比创意诗词更重要、也比背诵诗词（中国诗词大会）更宝贵的一种理念，也是真正让古诗词活过当下、活向未来的秘籍。比如我们可以**让诗词遇见**：

服装：碰撞出诗装汉服、双喜诗婚礼服等国家专利；

---

[1] 胡政阳：创新表达，让传统文化"飞入寻常百姓家"［EB/OL］.（2021-04-09）［2023-11-12］. https://news. youth.cn/gn/202104/t20210409_12843698.htm.

书法：诞生了"双章书法"理念，并于 2012 年在北京华贸中心举行了中国首展。因这是文字版权理念首次被引入书法界，国家知识产权局官方杂志《创意世界》刊登介绍时，直接把文章取名为"双章书法：为书法内容文字版权正名"[1]。

歌词：诞生了"胤然体歌词"[2]理念，近十年后在央视《经典咏流传》节目中采用胤然体歌词或倒胤然体歌词的歌曲每季逐步增加（至第三季时已过半数）。

音乐剧：诞生了"写意音乐剧"[3]理念，它是把全部或部分剧诗用原创的格律诗词体来呈现。笔者与作曲家唐浩林博士合作了业界首个极简写意音乐剧《忆王孙》的部分唱段，收录于中国原创音乐基地网上。

广告：诗创的文案更经典，会传播得更久、更远。笔者自 2008 年以来一直践行用格律诗词创意当今的广告文案、用对联创意广告语。

翻译：以诗译诗，笔者尝试用诗词对联体裁诗译了部分泰戈尔的经典诗歌。

当代艺术：笔者的业界首个原创"诗词—观念艺术"作品《还》于 2016 年在中国宋庄艺术区成功举行了首展。[4]

紫砂壶：既有笔者与其他几位艺术家合创的佛禅紫砂莲花壶的案例，亦有"中华人民共和国成立后首起回文诗词官司"的案例……

包含以上提及的几个诗创方向，也是笔者参加 2020 年 11 月在北京大学英杰交流中心举办的"第六届中华文化论坛暨海峡两岸艺术家论坛"时，向与会专家、学者所作的"让古籍里的文字活起来——创意古诗词在当下的新应用、新价值更重要"的诗创专题成果汇报之精髓。

"承古创今，让中国经典成为世界风尚"虽然非常难，但总得有人来尝试。"当诗词遇见"系列的部分内容，在笔者 2017 年由中国文联出版社出版的业界首部"文化监理"书——《文化监理、优化与创意》中已有简要介绍，此处作了适当的更新，并增添了新的内容，统一再作一个分享。

1. 当诗词遇见汉服——诗装

诗装是一个集中国三大国粹艺术——诗词、书法、服装于一身的既传统又时尚

[1] 黄胤然. 双章书法——为书法内容文字版权正名 [J]. 国家知识产权局：创意世界，2014（7）：82-83.
[2] 黄胤然. 解析胤然体歌词 [J]. 音乐生活报，2015-06-22：A14.
[3] 黄胤然. 中国音乐剧的写意化 [J]. 国家知识产权局：创意世界，2014（5）：84-85.
[4] 新浪收藏. 中国首个"诗歌—观念"艺术作品《还》将展出 [EB/OL]. （2016-06-23）[2024-01-06].
　　https://collection.sina.com.cn/ddys/2016-06-23/doc-ifxtmweh2388768.shtml.

的综合艺术衍生品，它不但适合中国，而且更适合当今世界语境的市场。从 2024 年开始的 20 年离火大运也恰恰是文化唱主角、生命智慧觉醒的时代。中国经过自身的文化监理优化，通过"一带一路"进行"文化输出"（而非文化侵蚀），让世界重新"发现东方"，大家"君子和而不同"。那么在这种文化复兴及传播的大潮中，作为艺术综合体的诗装就肯定比单纯的诗词、书法更容易让全球文化各异的不同民族人群所接受，代表中国文化元素走向世界的效果自然更好。

任何文化复兴，都必须带有当代文化创意的解读，必须结合当代的文化语境、社会语境以及世界语境，让传统文化和当代社会及世界有一个"软着陆"的接触点。笔者经多年的诗创研究实践，于 2015 年创意出了"诗装"[1] 新文创服装理念，并成功申请了国家专利，亦先后授权了灵雍智慧坊等多家文化公司。

在所有的书法字体里，笔者最终选择小篆呈现诗装内容是因为以下三个原因：1. 国脉正统；2. 完美解决"母语羞涩"；3. 最具符号感及线条美。

茶煮禅空香自在；琴鸣道妙韵天成

诗联：黄胤然；书法：中国小篆名家张殿实；诗装出品：灵雍智慧坊

首先，大家知道，在脉承古代战国时期周秦系统的正体文字（即史籀大篆），而在秦始皇统一六国之后由宰相李斯奏请并确定下来的小篆，可谓中国历史上第一个统一、规范的"国标体"文字，距今已有两千多年的"正统法脉"。毫不夸张地说，"在考古和汉字及书法艺术的发展史上，篆书更具有任何书体都不可比拟和替代的

---

[1] 黄胤然. 新汉服背景下的诗装汉服 [J]. 国家知识产权局：创意世界，2016（2）：74-76.

极其重要的地位和极高的研究价值。"[1]

其次，母语羞涩（Shy of Mother Tongue）是指在很多场景语境下我们用母语（第一语言）进行表达时，往往会产生一种"羞涩"的不适情绪，必须使用外文（或不易被辨认的其他民族语言）才行。由于我们用母语交流沟通时一目了然，直达意义层面，那么在需要一定的距离感、缓冲感、延迟感、神秘感的场景下，如用母语表达便往往会产生尴尬、别扭、羞涩的感觉。但此时，外文的优势就瞬间体现出来，因为"距离产生美"。心理学研究表明，在使用第二语言时，负面情绪会被更少地激发。故母语羞涩并不是"母语羞耻"，它不是病，也不是崇洋媚外，而只是一种客观存在的大众心理。世界上任何人都会有母语羞涩，而且在外国更甚。在外国人眼里，汉字书法尤其比其第一语言的英语、法语什么的更具艺术魅力。比如世界著名球星英国的大卫·贝克汉姆就经常自豪地展示他文在身上的中国草书"生死有命，富贵在天"。[2]

正因为小篆的肇端太过久远，以至于当今除了书法家和专业的学者外，绝大多数老百姓都不能轻易辨认小篆字体的内容。那么用在诗装上，正好可以达到一般只有外文才能完美规避母语羞涩的效果——但它又是本国正宗的"国脉"文字。

最后，在笔者看来，在所有书法字体里，小篆不但最具图案感，也是形体最优美的。它最适合用来展现诗文内容，并和服装前襟下端中国传统云纹图案形成诗—图绝配。远看，篆体诗文和云纹图案浑然一体，朦胧着"不二"的禅意。近观，才隐约觉得是文字，但又不能确切辨识出所有，反而体现了玄妙意境的矜持美，符合中国传统内敛含蓄的审美定式。

启功先生也曾一语中的地总结道："篆至少有两方面的基本含义：一是形状是圆的；二是用途是庄严郑重的。"[3] 这也是为何历代的国玺、墓志碑额、文人名士的名号章等，都无一例外地用的是小篆字体。

虽然把个别文字和服装结合，古也有之，今亦耳闻。比如 2011 年在台北市第七届汉字文化节上，由中国台湾实践大学服装设计系及辅仁大学织品服装系师生共同参与、由知名服装设计师陈季敏担任创意指导的汉字服装秀，在台北孔庙举行。

[1] 张永明，董雁. 小篆基础入门 [M]. 北京：国际文化出版社，1994：1.
[2] 外研社. 外国人为啥如此迷恋中文纹身？"母语羞涩"了解一下 [EB/OL]. （2023-09-06）[2023- 1104].
https://mp.weixin.qq.com/s?__biz=MjM5MTI2NjkwMg==&mid=2654607737&idx=1&sn=ba32ae871ea85084700
a6baff3d84bf4&chksm=bd7698408a011156e7ba405a7bd985b07232b10b6e9108a34b27768fc8813c685cd145bf2195&sc
ene=27.
[3] 启功. 古代字体论稿 [M]. 北京：文物出版社，1964：10.

但他们只是把汉字词语甚至单个汉字设计创意在服装上，更多的只是取汉字之形当图案使用了。[1]而笔者所推崇的是把原创的完整诗联和服装结合，彰显的是**诗装**之美而不是"**字装**"之美，两者有本质的不同。

显而易见，一首诗、一副对联，比一个字、一个词蕴含更多文化能量，凸显更高的意境。而且把人及企业的名号嵌入一首诗或一副对联当中，也比干巴巴地把两三个字绣在服装上，更有价值。同时这也是一种嵌名式防伪手段，因为创意诗联是有文字版权的，满足了少数追求个性和稀缺性的高端人士及收藏者的极品需求。诗装除具有天生的文化艺术价值外，商业价值和市场前景自不必说。

目前这种诗装的呈现形式是偏中式的华服，但它今后为什么不能呈现在婚服、礼服、帽子、T恤、夹克、大衣、文化工装、头巾、围巾等上面呢？试想一下，把中国的诗词或类似国外传统十四行诗最后两句对偶句（Couplet）的对联，用完美规避"母语羞涩"的小篆体+唯美云纹图案呈现在各类服装上，相信会有更多像大卫·贝克汉姆这样的外国拥趸。而且真正文人创作的诗联既能表达出又俗又硬的"生死有命，富贵在天"一类的意思，而且还更有品位和格调。离火时代，唯创不败，大家诗起来。

2. 当诗人遇见书画家——双章书画

双章书画是"双章书法"和"双章绘画"的统称。双章书画是笔者把创意诗词的版权理念首次引入书法和绘画领域，下面分别详细介绍。

（1）双章书法

所谓双章书法，就是书法家书写具有版权的当代诗词创意家的诗词作品，在宣纸上同时加盖书法家正章及诗词创意家专属用章，双方共同合作、认证的书法作品。双章书法不但书法本身是创意作品，所书文字内容（格律诗词、对联等）也是定制创意的，具有文字版权。

笔者首次提出双章书法的文化新概念是在2012年，并于同年10月在北京华贸中心舒琴兮古琴会馆举行了国内双章书法的首次展览（与中书协会员王炳尧先生合作）。

现在的书法可权当一种"单章"书法，因为书法家往往书写古人的作品，这些文字现今早已是公共版权（Public Domain， 简称PD），谁都可以使用。作品大都

---

[1] 台北举办创意服装秀 汉字服装令人惊艳（图）[EB/OL].（2011-01-18）[2023-11-04]. https://www.china news.com/tw/2011/01-18/2794032.shtml.

加盖的是书法家个人的正章和闲章，无论盖多少都属同一人的章子，故称"单章"。

　　古代的文人墨客绝大部分其诗文方面的造诣都更高过其书法成就（古代只有文人，而没有书法家这一现代人创意出来的职业称号），并且他们书写的内容绝大部分也都是自己创意的诗文，如有章也是加盖自己的专属用章，故也属于"单章"书法的范畴。

　　之前已提及，笔者多次发现自己原创的禅意诗词、对联都被很多书法家、艺术家、商家误以为是古人的作品而直接使用甚至商用。随着文化产业由粗放向精细化转型，以及人们知识产权意识和法制观念的加强，这类乱象必将得到有效的治理。否则，没有有效的知识产权保护，谁还会进行文化创意？不再有文化人创意文化了，请问你拿什么来重塑自己当代泱泱大国的文化品牌和地位呢？文化又怎么来复兴呢？

　　双章书法理念的推出也自然体现了时代的需求。由于社会的发展、传统文化的流失、西方文明体系的浸淫，社会化分工越来越细。具体到现实层面，便出现了大多诗人不懂书法而大多数书法家又不会吟诗填词的客观事实。结果，书法市场上几乎很多书法家都写了几十上百遍的"淡泊明志，宁静致远"等古人名句，买家也收藏了很多重复内容的作品。在某种意义上说，古圣先贤创意的诗文，已经被后人雅得很"烂"了。书法家都更愿意书写同样富有意境而又独一无二的新内容，收藏家也更倾向收藏不容易"撞衫"的创意"限量"作品，这无疑从商业维度催化了双章书法的市场需求。

　　双章书法的呈现看起来与普通书法完全一样，只是除了在作品左下角加盖书法家的正章外，需要额外在右上款的部位加盖一枚书法文字内容创意家的闲章。例如：

　　　　　　　双章书法：

　　　　　　苍云迷过客；圆月照归人

　　　　　　　　黄胤然撰句
　　　　　　中书协理事、书法理论家、
　　　　　　文化书法倡导者、北大教授王岳川书写

　　这副双章书法作品左下角加盖的是书法家"王岳川"的阴阳文组合正章，右上角加盖的是笔者"胤自天然"闲章（嵌入"胤然"之名）。

　　此时是不能加盖诗词创意家的正章的，比如"黄胤然印"。书法作品用当代文化价值的认知体系来衡量，应该是书写的形式为主，所书内容为辅。所以不应同时出现两个艺术家的正章，应该一正一闲、一阴一阳才显得和谐平衡。"胤自天然"，不知道的，以为是指此书法作品"传承自天然"之意；熟悉内情的，则明白那是巧妙地进行了诗句作者的嵌名防伪和认证。此书法作品的释义为：

　　浩浩天地，悠悠我心，人生大美，幻似浮云变易无常，如参不透，此生以至来世轮回悉循环如过客而不得挣脱。大智大幸者若能尽悟，恰似一轮金黄明月，圆满自足，朗照乾坤，送归人回家。

其他双章书法案例：

双章书法：
一怀明月梦；万籁古琴心
黄胤然撰联；中书协会员王炳尧先生书写

双章书法：
琴意赊来明月满；墨香融尽远山长
黄胤然创句
画家、书法家、时尚艺术家、
服装设计大师张肇达先生书写

道之境界为高，禅之归处不二。下面这幅双章书法作品是笔者和著名的甲骨文书法艺术家、无为轩主人欧德顺老师合作完成的。作品中间两个竖写的大字是甲骨文的"无为"，右边一行书写的是笔者为其"无为轩"创意的嵌名诗（依新韵）。可惜当时不严谨，依《中华通韵》则尾句有三平尾大忌，将"一"改成"漫"就没问题了。

双章书法：

万役常催志，无为自有轩
天风独步道，云水一归禅

黄胤然创意嵌名诗
无为轩主人、甲骨文书法家欧德顺书写

（2）双章绘画

诗人既然可以和书法家合作，自然也可以和书画家合作。故而笔者又把"双章"的概念衍生到了绘画作品上，这就是所谓"双章绘画"。比如笔者和中国陶瓷设计艺术大师洪南雨先生以及中国当代著名禅画家邓良华先生合作的作品：

双章绘画：

仙气择云空入谷；禅魂透水漫开莲

禅诗：黄胤然
绘画：中国陶瓷设计艺术大师洪南雨

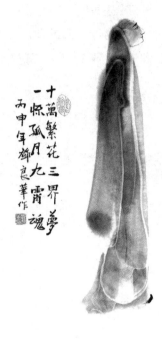

双章绘画：

十万繁花三界梦；一怀孤月九霄魂

禅诗：黄胤然

禅画：中国当代工艺美术大师邓良华

笔者的几种"胤自天然"闲章，与不同风格
的书法绘画作品匹配

3. 当诗词遇见文案

不能因为目前没有一个 4A 广告公司的文案懂吟诗填词写对联，写不出诗词文案，就说文案不能用诗词来写，就说诗词文案的广告宣传效果不好。要知道祖上多少代，唐宋元明清，那时的"文案"无一例外都是商家趋之若鹜求文人、诗人而不是匠人"创意"的——那时候根本就没有"文案匠人"一说。

笔者转型文创以来，一直矢志不渝地将诗词对联"文案化""市场化""商业化"。浅薄的人以为笔者浅薄，其实此举非但不浅薄，反而是某种意义上的"复古""持统""功德"。当今太多的人对古典诗词有太多的误区：认为用诗词写商业文案一定庸俗——若你遇到必须买单或给面子的"干部体诗词""甲方体诗词"而不是文人诗词那肯定是俗得不敢睁眼看；把诗词的高雅误解、曲解为不沾商业不沾钱的不食人间烟火，其实诗词在古代"食人间烟火"的能力能把你吓死：

七绝·赠李司空妓（刘禹锡）

高髻云鬟宫样妆，春风一曲杜韦娘。

司空见惯浑闲事，断尽苏州刺史肠。

就凭现场这么一首"破诗",便换回了一个如花似玉的"京城妙妓"般的大美人 [1],请问:你能说古代的诗词不"商业"不"市场"不"落地"吗?

笔者坚持认为文案可谓诗词最大的一片当代活着的蓝海,只有在文案领域不断开创诗词对联的新应用,才能将诗词的当代价值最大化,也才能最有效地传承诗词文化!下面将笔者诗词"文案化"的一些成功案例,抛砖引玉地分类展示,希望能给有志之士以更多的启迪。

(1) 广告文案

文案里最大宗的广告类,完全可以用诗词对联来创意,而且早已有经典案例:

"给我一天,还你千年""人头马一开,好事自然来"

"钻石恒久远,一颗永流传"……

这些广告语无一例外都是部分借用了对联、对偶的形式,只是没有全部遵循格律平仄的规则而已。

当然,有一点是必须承认的,用格律诗词来创意广告文案,难度极大,消耗的创意天赋和能量,比用白话文来创意自然要多得多。之所以现在很少看到完全合乎格律的诗词对联体广告语,并不是理论上格律体不适合用来创意文案,而是当代广告公司里的文案大师们,10 个里面有 11 个已经根本不懂诗词格律了——还有一个正在奋勇向前的应聘路上。是他们自己完全没有格律诗词的创意天赋和能力,而不是市场和客户没有这样的需求。

我们必须承认,作为中国的老百姓,同样的字数,肯定是格律诗词或对联,比白话文更朗朗上口,更容易记住,也就更易于传播和推广,品宣的效果当然更好。只是你没那个本事创意,就别越俎代庖地说广大受众和市场"不喜欢""不接受""不欣赏"诗词文案,来为你诗创能力的缺陷找借口。

现从笔者近几年创意的广告文案中,选出几个用格律诗词对联体创意的案例 [2],以博方家一笑。同时,也期望用虽然微弱却无悔的声音,对中国的传统文化表达一种暗夜秉烛般的尊重和责任。

---

[1] 唐孟棨所作《本事诗》中记载:"李绅罢镇在京,慕刘名,尝邀至第中,厚设饮馔,酒酣,命妙妓歌以送之。刘于席上赋诗,李因以妓赠之。"

[2] 笔者创意的部分嵌名对联广告语,已经在本书第三章对联修辞类别里的"嵌字与藏头"中作为案例予以介绍,此处不再重复。

国孟沉香茶广告语

一叶真香承日月；九光国梦照乾坤。

这是为广州九道茶舍出品的国孟沉香茶创意的对联体广告语。创意的理念是：由白木香树叶做成的沉香茶，同样汲取了日月天地的精华，所以造就了其独特的安神助眠、健脾养胃的不同于一般茶叶的殊效；"九光"则喻指九道茶舍所秉持的九个文化方向的"梦想之光"；"国梦"与"国孟"谐音，既喻指国孟沉香茶身体层面健民的实业梦想，亦喻指九道茶舍精神灵魂层面惠民的文化梦想，两者都能福及天下、扶济天下。

此对联体广告语适合同时兼顾宣传国孟沉香茶与九道茶舍的场合。

"品从前"酒广告语

把酒青山斟自在；酱香如意品从前。

"品从前"是青城山从前民宿出品的一款酱香型文化白酒。因主体名称本身极具文化内涵与扩展性，很适合嵌名入联。其具备两种含义：一是当成"品从前"品牌来理解；二是当成"如意地品味到从前的酱香酒味"来理解。后者充分契合了目前社会人心浮躁假货横行，大家都渴望能品尝到从前"真酒"的美好味道、重温过去难忘时光的普世情怀。

"斟自在"在口头传播中，更容易让大家理解为"真自在"，这恰是文字传播领域梦寐以求的"多重同向内涵"的殊效，特别对体量严格限制的诗词对联来说。

"把酒""如意"与"青山""酱香"采用错综对修辞技巧，这样不是为了"炫技"，而是为了将"把酒"两字眼突出到前端，对"品从前"酒的目标客户群体（男性为主）产生一定的冲击与暗示，匹配其自信、自我、自强的风格，以及潜意识中喜爱安排驾驭、运筹帷幄、指点江山、渴望成功的特点。

驻颜仙花酿酒广告语

驻颜自有仙花酿；益寿终归道祖方。

这是为驻颜仙花酿酒创意的广告语。一般来说，客户肯定比你更了解他的客户——产品的用户（但有时也不尽然），故需要文创人员与客户甚至用户进行多维度的反复沟通确认，全方位地准确理解与把握其诉求点、产品特性及目标客户群体的特点。经过这些必要的过程，确定了产品诉求的 4 个关键点：其中两点关乎产品内涵：一是点明产品性质——酒，仙花酿；二是点名此酒乃道家秘方改良酿制而成。另外两点关于产品功能：一是驻颜；二是益寿，而且是仰仗固本浚源、调理五脏六腑的道家仙方，由里而外地延缓衰老、健康延年。

一般对联无须押韵，但广告诗联为求便于记忆与传播，特创意成押韵形式。另外，鉴于对联字数与所需涵盖的信息量之间的矛盾，此联采用诗词"互文见义"的修辞技法：驻颜和益寿，还得靠道家经典传统秘方酿造的仙花酿。

把关键词"驻颜""仙花酿""益寿"直接嵌入，虽然"硬植点"偏多，创意得不好便易有堆叠感，但选用对联创意，借由其天生对称、谐美的韵律，补齐了此短板，读来通俗易懂，便于传诵。

泉之媒广告语

> 无双泉涌无穷意；有道媒传有益人。

这是笔者为内容营销品牌"泉之媒"创意的嵌名广告语，嵌入了"泉""媒"二字。上联之"意"可引申出两种并行的内涵解读：① 意旨：隐指泉之媒的创意有内容、有目的；② 意境：隐指泉之媒创意的内容富有意境品位。"道"乃策略、系统之意；"益"喻指泉之媒的传播乃靶式推广，不取无益之对象。

俗见服饰广告语

> 诗装绚冬夏；礼俗见文华。

这是为"俗见"新锐服饰品牌创意的嵌名广告语（对联体）。此对联亦可有两种断句读法，构多重内涵及境界：①：诗装，绚冬夏；礼俗，见文华。②：诗，装绚冬夏；礼，俗见文华。

政合宫"日月光华"系列品牌文案

七律·瓷胎画珐琅

> 垂范康乾恭造式，中西合璧叹辉煌。
> 却逢时变国容黯，幸有政和圆梦长。
> 再见天功鸣盛世，高承日月吐华光。
> 莫言此器身轻小，绝色人间兆吉祥。

政合宫成功复活已经失传几百年的康乾盛世宫廷秘技——瓷胎画珐琅。同时，其设计制作的"中国太空珐琅彩凤舞龙腾天球瓶"，随神舟十一号飞船进入太空巡游 33 天，落地后陈列于中国国家博物馆，并发行纪念邮册。亦可谓瓷胎画珐琅（珐琅彩瓷）一个载入史册的壮举和荣誉。这是为其复刻两岸故宫珐琅彩瓷珍宝的"日月光华"项目所创作的品牌文案，选用七律诗体完成。

亚洲茶人斗茶会暨山根雅集品牌文案

摊破浣溪沙·等茶香

丽日山南古树旁，青岩流水水流长。梅和琴箫小轩外，好风光。

松月朦胧唐意象，竹云迢递宋词章。杯盏洗空天下事，等茶香。

和之前很多茶诗、禅诗一样，笔者此词的末句也是被网络及各短视频平台作为禅茶文案的点睛素材争相引用。

东孔书院广告文案

西江月·东孔书院

树下好风如水，顶头烈日催眠。墨香每上彩云间，兴尽桂华满院。

北接仙山古圣，南迎碧海时贤。问途东孔在谁边，三亚西行不远。

这是笔者用《西江月》词牌为东孔书院创意的品牌文案。东孔书院坐落于海南岛乐东县黄流镇的东孔村，离三亚两个站。由笔者的一个海归朋友联合中外各界专家、学者及文化人士发起成立的。笔者有幸前期入驻半年多，遂据其理念创意了此品宣文案。其中的仙山是指书院北边中国首个也是面积最大的国家热带森林公园尖峰岭；古圣是指历史上从北方大陆先后被贬来海南的李纲、苏东坡等历代名人鸿儒。

上阕头两句绘的是日景，后两句则摹的是夜景（大平仄的轮换）。再细分，头两句内又是一轮大阴阳的变换；"墨香每上彩云间"则亦有一个由低到高、由人间升华至天上的另类大阴阳转换。"兴尽桂华满院"仿佛隐喻着满院落的月华，是由文人雅集之墨香蒸腾至瑶台仙界，进而催生下凡普照所致。"桂华"亦为重旨词：月光；桂花。

下阕起始的对仗句"北接仙山古圣，南迎碧海时贤"大平仄的变化中，既述事实，亦为展望：期待东孔书院像它所处的海南岛一样，既能自古不断接引、沐浴北下的文人巨擘、高僧大德所带来的传统文化之风尚，亦能敞开胸怀，拥抱以海洋文明为特征的当下的世界文明。下阕将"东南西北"嵌进去了，既富有文人意趣和境界，同时也希望东孔书院包容四方，在不远的将来把自己特有的文化品牌传向四方。

能使用十年以上的文案才算是真正的好文案，那么我们看看这些个诗词对联体文案能传播多久吧。但从目前社会上、网络上尤其是各视频平台上，大家从笔者的文案里以及诗词对联中寻章摘句引用、应用，甚至盗版商用的程度来看，这反倒成了笔者一个自信心的来源。

我们在文案诗词化时，应维持一种中国诗词与生俱来的基本的格调美、意境美，而不应让古人创意的这一颇具雅趣的诗体，糟蹋于当今某些恶俗伪文化人之手。

当然，更多时候诗人的灵感都不是为了客户需求定制的，而是有感而发随缘而降。比如笔者在老家湖南拜访某位茶人同修，在其雅致的茶室品茶后的感悟：

> 山上有茶，山下有花；天香散尽，不二无他。

艺术释文：岳麓山中，有幽谷卧霞栖云、吟风动雾，掩映如愿山房。与天台华顶同修杯盏相送，喝佛饮禅。隔屋师父的尺八不时撕破古今，重组时空，挟茶香以缝天补地。

芸芸纷繁，几人成功地辛苦奔波，又有几人能从容地在今日只过今日，而不设计明天？

喝如愿茶事的茶，是需要一种特殊的胆量的。因为一旦端起来，不念过去，不系未来，只是默默地把时间一阕一阕燃烧在当下，无所挂碍。

（2）音乐文案

顾名思义，音乐文案就是为音乐作品配写的文案。因为音乐本来就是艺术，故为艺术作品创意的文案就不同于为一般商业产品撰写的文案了，它本身必须具备一定的格调和艺术性。如笔者用《卜算子》词牌为著名的国际浪漫二胡大师贾鹏芳先生的成名曲《睡莲》创意的艺术文案：

二胡曲《睡莲》音乐文案

卜算子·莲

> 时雨浥飘蓬，璧月聆风晚。人去香幽驿院空，照水青云畔。
>
> 谁舞影惊鸿，谁复天音满。赊尽瑶琴轶韵声，曲落苍山远。

这首词上阕是景中情，下阕是情中景。贾鹏芳老师及其团队特别喜欢最后一句：

曲落苍山远。就是因为这首《卜算子》词，才奠定了笔者和贾鹏芳老师以后长达十多年的文创合作。其中最有成效的是 2011 年他在中国大陆由火烈鸟唱片公司发行的首张音乐光碟《一抹天香》，包括专辑名称在内的全套音乐文案，也是由笔者创作的。现分享其中部分内容：

《一抹天香》音乐文案

有一种音乐，听一耳便可相伴终身，叫作天籁。

看山还是山，看水还是水。倚借简单的形，却表现出更高层次之丰富内涵和意境，便当之无愧为大师。

他靠自己独特的艺术魅力，成功架构着一座沟通传统音乐与现代感悟的桥梁。

他的二胡曲不仅感动着传统的人群，而且还感动着那些不曾被感动过的灵魂。

他，就是浪漫二胡作曲家和演奏大师——贾鹏芳。

> 山有雪，莲香叠，抬头望见苍茫月。
>
> 丝弦曲尽心弦接，长天落我无双阙。

何日重逢

离别是一朵花，让你我渐远的背影，一点点展开她羽化的翼瓣，最后风干在传说里，思念就是那花香，花去香不绝。

无尽的感怀从二胡揉弦中弥漫开来。像无数只蝴蝶的翅膀，扇动着离人的歌唱。

一帘海天

在京田诚一用音乐为我们构化的世界里，推开木质窗棂，看一缕长风，慢慢梳理碧海蓝天未染尘嚣的宁静。一脉脉二胡悠长的揉音，随风飘舞香不乱，悄然挂满窗前。

当你分辨不清是弦韵还是花香的时候，那份安详融化在脸上，绽放着看不见的笑容……

月夜

刘天华先生的百年月色，还有那谜一般深邃的江南小镇，轻轻编进了贾鹏芳的丝弦里，于是，这一抹天籁的余响，没有尽头……

城里已经很久没听到这样的月亮了，月下也很久没有听到这样的夜色了。

在时隔十多年以后的 2023 年的一天，笔者再次于东京拜访贾鹏芳老师。闲聊时，他和他的团队仍然对《一抹天香》项目赞赏有加。当时除了主角贾鹏芳老师外，还整合了其他中国、日本、加拿大的各路大咖，涉及作曲、编曲、钢琴、吉他、低音大提琴、古筝、琵琶，以及音乐文案、日文翻译、英文翻译……几乎都是一流高手的呈现质量，可谓众星联袂倾力倾情合作铸造出来的精品。十多年后还能得到像贾鹏芳老师这样非常严谨的艺术家的首肯，作为文案，笔者颇感欣慰与自豪。

（3）艺术文案

《绝代佳人》

十多年前，经海归俱乐部的一个朋友引荐，笔者在北京保利剧院观摩了中国歌剧舞剧院创作的一部描写古代四大美人的舞诗剧《绝代佳人》的首秀。之后按四大美人出场顺序为他们创作了一个艺术文案《蝶恋花·绝代佳人》，中国歌剧舞剧院的一位副院长看到了这首词，非常满意，表示《绝代佳人》公开演出时，一定把这首词作为舞诗剧的开篇词。可惜因众所不周知但可猜测的原因，《绝代佳人》最后未大规模公演。[1]

蝶恋花·绝代佳人（依新韵）

霸业功名云闭月，萍影谁怜，雨打芳春谢。
长恨孤灯悲永夜，断魂满地梨花雪。

千古琵琶萦汉阙，落雁飞沙，乡梦离弦解。
执手归湖情更切，碧波一棹湮吴越。

这里面还有一个有意思的插曲：当演出到西施和范蠡大夫的时候，剧院两边的大屏幕同步出现的艺术文案里有这么一句话：**范蠡大夫和西施的爱情依然纯洁**。笔者认为**"依然纯洁"**这四个字纯属哪壶不开提哪壶的文创事故了——尤其在传说中的西施被越王勾践和范蠡大夫送给吴王夫差，成为其最宠爱的妃子，陪伴夫差三年之久。原因大家自己琢磨去吧。这句掉链子的台词创意得真的是很 Low。既没有文人意趣，也不顾古今文化语境的不同，强行用今天的时尚去解读古代的人物。这也是催生笔者要为他们用典雅的诗词另写文案的一个诱因。

笔者这首《蝶恋花》词牌的艺术文案最后两句其实也正是描绘西施和范蠡的：

---

[1] 后来笔者在此基础上继续感动，将其衍生创作成了第一首胤然体歌词的《绝代佳人》，后面会介绍。

"执手归湖情更切，碧波一棹湮吴越"，大家正好可以和"依然纯洁"对比一下这诗词体文案与白话文文案不同的艺术效果。

首次梵呗音乐会朗诵词

2014 年在北京工人体育馆举行的首场梵呗音乐会，主办方委托笔者为其创作禅意的朗诵词以匹配所唱的梵呗歌曲。此可谓艺术文案的一种，虽然形式是以白话文为主，但细心的读者依然可以品味出其中弥漫的诗韵。或者说，练好了诗词的真功夫，便可降维在白话文里天风独步了。此文案共有四个乐章：

第一章：天

天道浑纯清净，开无上金光；大爱无形而无不入，无极而无不及。

1.吉祥中国：歌曲《尊胜陀罗尼经》

山之巅，水之远，和光笼大千；颂一脉炎黄安康，中国吉祥。

2.天籁·天爱：歌曲《大悲心咒》

抬头仰望，大爱从天而降，心底回声响彻四方。

3.彼岸：歌曲《般若佛母心咒》

无上智慧，一抹心香，盘旋在等你的方向。

第二章：地

地，得一而宁，宁静成远，尽展厚爱无疆。

4.如意莲花：歌曲《六字大明咒》

停下脚步，闭上眼睛，莲花微笑的时候，听，满耳寂静，满心欢喜。

5.无量之爱：歌曲《准提咒》

空中顿悟灵光现，再寻灵光空中散，散在天地方寸间，不近，也不远。

6.如愿吉祥：歌曲《绿度母心咒》

生命第一个时刻，母亲在等我；光明第一个时刻，你在等我，故乡，天堂。

第三章：人

人，天地精灵，知所为，所不为，尊显上上智慧。

7.琉璃之光：歌曲《药师佛心咒》

把阳光擦亮，痛苦欢乐化为歌唱；把阳光擦亮，点燃希望遍照八荒。

8.《净之源》：歌曲《百字明》

睁大双眼，所以总看不见，智慧无影无边，就在心中不远的地方。

9.《照耀我心》：歌曲《阿弥陀心经》

不尽云烟三界苦，无边月色一天香，黑暗里永远有梦想，因为你在我心上。

第四章：和

天地人，国和家，你我他，不同而和，和入大缘，共成圆满。

10.《福田》：歌曲《黄财神》

真心种福田，田生百千莲，莲心出日月，回向心莲亿万田。

11.《永恒的幸福》：歌曲《文殊菩萨心咒》

苍云迷过客，圆月照归人；回家的感觉，真好；找到自己那刻，真美。

12. 朗诵词：歌曲《金刚萨埵》

出生那刻，所有都已失去，除了生命；娑婆世界，请放慢一切，除了顿悟。

13. 尾章朗诵词：歌曲《莲心曲》

一曲长歌青云上，中天明月落华章。天地人，和（何）其香。

4. 当格律诗词遇见流行歌曲——胤然体歌词

把古典诗词和现代流行歌曲融合的模式，之前已有两种：一是把古典诗词直接作歌词谱曲，如邓丽君唱的《月满西楼》，其歌词就是李清照的《一剪梅》词。另一种是把古典诗词的意境和韵味写成白话歌词，如方文山的某些中国风歌词《菊花台》《青花瓷》、李玉刚演唱的《新贵妃醉酒》及霍尊演唱的《卷珠帘》等。

而笔者所推崇的是另一种更大胆、难度更高的形式：根据现代流行歌曲歌词的结构特点，把主歌部分填成一首完整的格律诗词，严格遵守所选诗词的平仄格律；高潮部分的副歌，则可用不限平仄的白话文自由发挥，即胤然体歌词。

其主歌的 A1 和 A2 本来就是一首完整并合乎格律的《蝶恋花》词（依新韵），极简浓缩了中国古代四大美人的貂蝉、杨玉环、王昭君和西施，副歌 B 则是白话文体式。词大部分都是由字数和平仄一致的上下两阕构成，这也正好提供了现代歌曲主歌的两段（亦可重复多段）。当然理论上也可以用律诗来创意填制主歌歌词，八句分而用之。另外，也可把格律诗词作为副歌、主歌用白话文创意，相当于"倒胤然体歌词"。

胤然体歌词：《蝶恋花·绝代佳人》[1]

A1	A2
霸业功名云闲月，	千古琵琶萦汉阙，
萍影谁怜，雨打芳春谢。	落雁飞沙，乡梦离弦解。
长恨孤绝悲永夜，	执手归湖情更切，
断魂满地梨花雪。	碧波一棹湮吴越。

B

纵然被轮回欺骗了千年，我的守望傲然云天；

宿命里注定有那个瞬间，日落西海月上东山；

佳人入我怀，让我静静地望着你，

看到我心底的那双眼。

这种新体式的主歌歌词来源可有两种，一是完全照抄唐诗宋词，二是重新创意填制。前者的好处是现在的大部分词作者都能操作了，无须有高深的诗词创作造诣；缺点是几百上千年前的唐宋诗词早已自成一体，意境完整，让今人不好再续个副歌，硬把虎尾接在龙脊上。后者的好处是可以从原创时就保证两段主歌和一段副歌的意脉一气呵成，内容上更可以天马行空不受局限地创意定制，这也是我们所推崇的，但短板也是显而易见的，估计目前词作者中的99%都可能无法写出这种高难度的艺术歌词了——虽然宋朝文人个个皆会。但不能因为绝大部分词作者目前都创作不出，就抹杀这种歌词体式的市场价值和需求——这道理就如同虽然我们现在没有一个国家能够彻底解决癌症，但每个国家的科学家和医生依然不放弃努力一样。

胤然体歌词拓展了当代歌词几乎都不具备的一个新功用是：它的词（用格律诗词写就的那部分）除了可以入乐成为歌词外，更可以独立成为诗（广告文案、音乐文案、艺术文案），以更经典的语言体式在所有非音乐的媒介上进行降维打击的二次传播——因为所有当代的歌词几乎都只是用来唱而谁也不会去读。

创意胤然体歌词所依据的韵书版本，你可以选古韵即《平水韵》《词林正韵》，

---

[1] 黄胤然. 文化监理、优化与创意 [M]. 北京：中国文联出版社，2017：162.

也可以选用基于标准普通话发音的《中华通韵》。后者可能更适配当下语境。

5. 当诗词遇见音乐剧——写意音乐剧

同理，如果把音乐剧的剧诗直接用格律诗词来创意，便会迸发出一种颇具中国美学意境的"写意音乐剧"[1]。音乐剧本是一个舶来品，兴盛于美国并逐渐风靡全球。我们引进了很多也创意了不少，但在商业和艺术上同时取得显著成功的案例并不多。

大家都知道，音乐剧是一个集音乐、歌曲、舞蹈、对白、戏剧、特效等于一体的综合舞台表演剧，不像歌剧、舞蹈剧、话剧、戏剧、电影等那样，各以自己最本质的特点为主，音乐剧是兼而有之，并侧重于音乐歌曲。

中国艺术写意，欧美写实。绘画、文学、音乐等皆如此。音乐上欧美人习惯用非常复杂的结构和手法来渲染充沛的情感，注重场面的波澜壮阔、团队的协奏、内涵的丰富，以及按他们特定审美流程的逐步展现。中国音乐的创意和欣赏则更偏重"五分钟内"的旋律，扬扬自得于轻描、飞白，于淡泊处品浓郁，那叫意境。

所以作为文化元素复合性很强的音乐剧，是不可能强求审美模式与欧美迥异的我们去简单地欣赏欧美类型的作品。应根据国人偏旋律、偏意境、可竖向跳跃、立体式联觉审美的特点来改制音乐剧产品，即把音乐剧中国化。中国化不是问题；但怎么化，是大问题。

目前的改编模式是把音乐剧从低语境一端的美国式，慢慢向高语境顶端的中国式削足适履，这条路因所消耗的成本太大、时间太长、效率太低而不切实际，因为方向错了。正确的应该是从高语境的中国这端向低语境的美国那端创意发展，也许几步就走到了艺术和市场双喜临门的成功节点。

按以上所述正确方向创意，第一个可能出现的成功节点，就应该是中国"写意音乐剧"，剧诗用字简韵深、唯美入境的格律诗词来创意，这是东方特有的浓缩写意式的境界音乐剧。人们从中重温的是一种东方文化的优雅风尚，在国际上比二人转更能代表中国品位——虽然是小众的阳春白雪，但却是经典的中国文化。它应在1小时内甚至更短。音乐剧成功与否的重要标准之一是公演后是否有一二首歌曲能被传唱，如果连一首都没有，肯定失败。不如把本子趁早改成电影、话剧、舞剧等其他形式，不能为了音乐剧而音乐剧。

如下面这首《四季情歌》，可作为一个中国"写意音乐剧"的极简例子，直接用《忆王孙》词牌创意剧诗。四首《忆王孙》，124个字，就把青年男女相识、相恋、离别、

---

[1] 黄胤然. 中国音乐剧的写意化 [J]. 国家知识产权局：创意世界，2014（5）：84-85.

相思、重逢的故事用中国古典意境极简写意完——全世界只有中国诗词才能做到。

"写意音乐剧"剧诗案例：《忆王孙·四季情歌》

剧诗：黄胤然；作曲：唐浩林；演唱：陈姝姝

夏　　　　　　　　　　**秋**

夏风荷路晚回家　　　　　秋来菊把满香收

水岸伊人颜似花　　　　　煮酒弹琴水荡舟

欲渡王孙久不发　　　　　无奈功名更远游

遍天涯　　　　　　　　　倚天愁

一见钟情缘是她　　　　　风语凄清泪语流

冬　　　　　　　　　　**春**

冬云回雪玉帘重　　　　　春山细雨润离魂

难锁相思入梦浓　　　　　暗谷清兰久不闻

水远山高日月同　　　　　一叶归舟梦里人

盼重逢　　　　　　　　　荡征尘

书尽丹心蜡泪红　　　　　咫尺心香天地深

后来笔者以此写意音乐剧为结构，又改编成了一部古代奇幻类的舞蹈剧剧本《忆王孙》。该舞剧共有四幕，外加序和尾声。主要描写古代来自仙国的婵媛和人间侠士王孙之间挚爱的悲情故事。在每一幕结尾处，按故事情节的时间发展顺序：夏、秋、冬、春，把这四首原创的《忆王孙》词制作成幕歌的形式，作为这一幕内容的浓缩和境界的升华。用原创古典诗词作为舞蹈剧幕歌来彰显中国意境的，在国内舞蹈界也尚属首次。也正是因为这个原因，《忆王孙》被北京市文学艺术界联合会选中，作为优秀舞剧剧本，被编入北京联合出版公司出版的《第三届北京剧本推介会优秀作品》丛书中。

6. 当诗词遇见雅集

这么多年来全国大大小小的各类雅集，笔者参加了一百多场，也亲自策划了不少。在所创作的雅集诗词当中，被人们传播最广的就是以下这首七律雅集诗《同道新交是故人》（依新韵）：

长恨营营忘本真，雅集可以洗心尘。

广陵抚尽琴歌泪，扇舞拈来宋韵痕。

冰雪楼前犹刺骨，花春箫里更吟魂。

何愁幻世知音少，同道新交是故人。

　　这首七律和其不严格对仗的尾联以及据此延伸而出的对联"何愁幻世无知己，同道新交是故人"，全国各地很多雅集搞完了发公众号文章时，都会引用这些诗句，甚至以此为标题。

　　"当诗词遇见雅集"其实是个迫不得已的伪命题。因为中国古代先贤们搞的各类雅集，本来就是由文人士大夫来唱主角，而且现场必须吟诗填词，"有诗为证"才叫雅集。历史上较著名的有：三国颇具建安气质的邺下雅集，西晋石崇的金谷园雅集，东晋王羲之的兰亭雅集，唐朝让王勃一夜成名的滕王阁雅集，宋朝以苏轼、黄庭坚为首的西园雅集，以及元朝文人的玉山雅集等，都是以创意诗文为主。永和九年三月初三的那场微醉，不但熏出了 37 首诗歌，更成就王羲之千古名篇《兰亭集序》，及其被誉为天下第一行书的《兰亭集序》书法。滕王阁雅集里王勃的千古名句："关山难越，谁悲失路之人……穷且益坚，不坠青云之志……落霞与孤鹜齐飞，秋水共长天一色"等，更是传咏至今。

　　古代正统的雅集虽然都是以吟诗作赋为主角，但现场肯定也会有琴棋书画、酒茶香花一类的，但这些都只能是配角，唱主角的 C 位当仁不让地必须由诗文来坐镇。

　　但反观如今号称尊古、承古的雅集，结果却正好与古制相反：众配角变成了主角，这诗文的主角反倒沦落成配角，甚至大多数情况下直接被"忽视"出局。以为奢华的沉香点一下，极品的古琴弹一下，炒上天价的茶品一下，"梅花奖"抖袖唱一下，再请几个书家挥毫甩一下：宁静致远，淡泊明志，观众现场被引导得痛哭流涕、对久违的"传统文化"感言一下，最后大家起立把掌鼓一下，齐活儿！就以为"雅集任务圆满完成了"。其实是主角始终难出场，一群配角头尾忙。可见，如果让那些不懂文化，但又拥有优势资源的资本、商业主导文化，则是我们这个时代的文化悲哀，结果只能是越搞越差、越搞越歪。难怪与唐宋相比越来越没文化。

　　如果说对传统文化已经变得陌生的大多"无名观众"不知雅集真正的定义，尚属情有可原，但现在做雅文化推广之人，如连这点都不懂、不尊、不秉的话，就变得无法容忍和难辞其咎了。现在往往把诗文与其他雅文化元素并列称谓，但在古代，地球人都明白，诗文的重要性远非其他文化雅元素所能比拟和代替的。历代科举考试，重点只考诗文（唐试律诗一般为五言六韵，清试律诗一般为五言八韵），即"诗赋取士"，根本不考琴、棋、画、茶、酒、香、花之类的闲情旁艺之技。

当然我们也要一分为二地看待雅集错位问题，社会历史必定是要发展的，如果完全照搬古法，今人对后人也就失去了其存在的历史价值。消除雅文化元素高低尊卑的排位不可避免，把诗词从圣坛、君王的高位上请下来，也无可厚非，但也不能从一个极端走到另一个极端。既然要文化复兴，诗歌的国度如若没有了诗意，复兴本身也就成了一个梦。反过来，诗界自身的问题也值得检讨。过去只有文人士大夫才敢舞文弄墨，现在被各类人员，是个人就敢写，就敢吟，连格律平仄都不讲，构成了被文化专家批评戏谑过的"干部体诗词""退休体书法"，这种庸俗文创也对诗词的斯文扫地起到推波助澜的作用。

鉴于目前的实际状况，恐怕我们很长一段时间还得接受雅集无诗文、无好诗文的尴尬局面。我们不妨给雅集追加一个新的、更宽泛的无奈定义——"新雅集"：只要是弘扬中国传统文化的精华，涵盖诸如琴、棋、书、画、茶、酒、香、花、太极、武术、中医、昆曲、紫砂、青花等传统雅文化元素，以器载道，来正心、明理、悦性、雅趣、尚礼、崇德、康体的演出集会，都可泛称为"新雅集"。否则如果非要现场有文人士大夫坐镇、当场吟出很有意境的诗文，作为衡量雅集标准的话，那么现在10场雅集里9.9场就都是没有名分的，也不便于当下弘扬传统文化的大业。

7. 当诗词遇见翻译——以诗译诗

前几年某知名作家"翻译"的泰戈尔《飞鸟集》引起了巨大争议，被指"俚俗不雅""亵渎泰戈尔""弥漫着荷尔蒙气息"[1]。比如：

诗集中 "The world puts off its mask of vastness to its lover." 郑振铎的译文是"世界对着它的爱人，把它浩瀚的面具揭下了"。该作家的译文为"大千世界在情人面前解开裤裆"[2]。

"The great earth makes herself hospitable with the help of the grass." 郑振铎的译文是"大地借助于绿草，显出她自己的殷勤好客"。该作家的译文则为"有了绿草，大地变得挺骚"[3]。

由于该作家翻译的泰戈尔作品《飞鸟集》所带来的社会各界压力，这一版《飞鸟集》的出版单位浙江文艺出版社于 2015 年 12 月 28 日在其官方微博发文称"鉴

---

[1] 冯唐译《飞鸟集》引发争议，不少人直斥其亵渎经典 [EB/OL]. （2015-12-27）[2024-09-24]. http://culture.people.com.cn/n1/2015/1227/c1013-27981119.html.

[2]《飞鸟集》被指低俗遭下架 冯唐：历史会判断 [EB/OL]. （2015-12-29）[2023-07-23]. http://m.haiwainet.cn/middle/3540916/2015/1229/content_29494770_1.html.

[3] 同 [2].

于本社出版的 XX 译本《飞鸟集》出版后引起了国内文学界和译界的极大争议，我们决定：从即日起在全国各大书店及网络平台下架召回该书"[1]。

相对于这种外国诗歌的翻译，笔者在前几年提出的外国英文广告语二次"创译"的基础上，自然就有了一个把外国诗歌用中文"雅译""诗译"的想法。其实诗译这个概念早已不是新鲜事儿了，之前很多文学和翻译前辈早有论述。

卢炜曾经在《文艺报》2013 年 7 月 29 日第 003 版《理论与争鸣》发表的《关于诗人译诗的对话——文艺评论家屠岸访谈》一文里指出："西方译界早在 17 世纪就意识到诗歌译者的身份问题，英国诗人、翻译家约翰·德莱顿（John Dryden）就曾表示优秀的译诗者必须是一名优秀的诗人[2]，而与他同时代的翻译家、诗人罗斯康芒伯爵（Wentworth Dillon，Earl of Roscommon）也认为译诗不仅必须由诗人完成，并且译诗者本身必须有写出所译类型诗歌的能力[3]。因此，著名翻译家谭载喜教授认为：'伊丽莎白时代诗歌的翻译在质量上比不上散文翻译，主要原因是大部分翻译家是学者而不是诗人，译诗却必须本人也是诗人。'"[4]

翻译界还有其他重要人物也持类似观点，如诗人、学者王佐良就曾说："只有诗人才能把诗译好。"[5] 诗人朱湘的观点则更加犀利："惟有诗人才能了解诗人，惟有诗人才能解释诗人。他不单应该译诗，并且只有他才能译诗。"[6] 可见诗译的理论历来就有，只不过因其学术的技术难度和诗美的艺术难度都极大，所以几百年来中外都形成了一个倡导者众、实践者寡的尴尬局面。

笔者认为，采用广大中国读者更能接受的、更适合背诵和传咏的格律诗词及对联的形式，来"以诗译诗"地翻译外国的诗歌，其最大的好处是避免了一个诗歌翻译领域似乎永远无法弥补的硬伤：几乎所有诗歌翻译成另外一种语言后，就都已经不再是诗，完全丧失了原作作为诗歌的魅力、韵味和意境，只剩下干巴巴的内容堆砌和意思罗列。"一个根本不懂诗的人'以文译诗'，没有任何形式上的讲究，没有将原诗在思想与形式上的特点转化为另一种诗歌话语方式，实在是害人害己。"[7]

---

[1]《飞鸟集》被指低俗遭下架 冯唐：历史会判断 [EB/OL].（2015-12-29）[2023-07-23]. http://m.haiwainet.cn/middle/3540916/2015/1229/content_29494770_1.html.

[2] 谭载喜. 研究生教学用书：西方翻译简史（增订版）[M]. 北京：商务印书馆，2004：121.

[3] 同 [2]119.

[4] 同 [2]78.

[5] 王佐良. 论诗的翻译 [M]. 南昌：江西教育出版社，1992：19.

[6] 朱湘. 孤高的真情——朱湘书信集 [M]. 上海：上海人民出版社，2007：49.

[7] 邹建军. "以诗译诗"：一种必须坚持的诗歌翻译观念 [J]. 内江师范学院学报，2012，27（7）：4.

　　"诗译"可谓最大限度上弥补了这一缺陷，为了确保翻译之后的诗歌，也能像原诗对其本国读者那样，具有同样的韵味和意境，就只能在神魂层面力求和原诗息息相通，但在不损伤诗歌主旨和灵魂的字、词、句等层面上，则可以合理地省略或改写。如果还一味地追求字、词、句等表面上完全"信""达"式的翻译，那就不是"诗译"概念，而是又回到传统的"字译""意译"。

　　笔者不才，愿意斗胆做这方面的探索者，以践行"诗创"的大方向。故几年前选择了泰戈尔诗集中部分适合"诗译"成格律诗词的诗歌，分享出来，以助谈资。粗略评估了一下，《吉檀迦利》《飞鸟集》《园丁集》《新月集》中非常优美的50余首经典诗歌，其实都适合用中国格律诗词对联来进行二次创意式的诗译：

　　　　　　黄胤然诗译：若悲西落日，更失晚来星。

泰戈尔《飞鸟集》六，郑振铎译诗：

如果你因失去了太阳而流泪，那么你也将失去群星了。

原文：If you shed tears when you miss the sun, you also miss the stars.

　　　　　　黄胤然诗译：梦里相逢如陌路，醒来始觉是亲人。

泰戈尔《飞鸟集》九，郑振铎译诗：

有一次，我们梦见大家都是不相识的。我们醒了，却知道我们原是相亲相爱的。

原文：Once we dreamt that we were strangers. We wake up to find that we were dear to each other.

　　　　　　黄胤然诗译：海有真疑询有悟，天无妄语应无声。

泰戈尔《飞鸟集》一二，郑振铎译诗：

"海水呀，你说的是什么？""是永恒的疑问。"

"天空呀，你回答的话是什么？""是永恒的沉默。"

原文：What language is thine, o sea？ The language of eternal question.

　　　　　What language is thy answer, o sky？ The language of eternal silence.

黄胤然诗译：《浣溪沙·合眸照见梦中人》诗译泰戈尔〈吉檀迦利〉诗一二》

　　　　一路星光一路尘，苍颜泪汗两频频，心声浅近更劳魂。

　　　　四海孤舟归满月，千山幻影入真门，合眸方见梦中人。

英文原文及白话文翻译略。

8. 当原创古典诗词遇见当代观念艺术

产生创意的两大模式：一是"无中生有"，二是"跨界混搭"。笔者经常想，为什么不能让世界上最古老而仍然活着的诗体，遇见当下前卫得不能再前卫了的当代艺术呢？经过几年酝酿，2016 年 6 月在北京宋庄艺术区的栗树咖啡艺术空间，终于诞生了首个把原创的格律诗词和当代观念艺术铆合的艺术形式，笔者将其命名为《还》[1]。

此件格律诗词与当代观念艺术、装置艺术结合的"诗歌—观念"艺术作品《还》，由 17 个同等大小的小禅袋拼成一个万字符"卍"，又缝合在一个更大的禅袋的一面，再次组合成万字符（隐喻轮回）。大小禅袋的正面均用小篆字体印上笔者那首原创的十字回文诗《禅》：空山映雨落花红乱舞风。

诗中山喻为实相，风、花、雨诸等可喻为虚相。实映影以为虚，无中漫而生有。然末一句，小中见大，虚相反而映照实相亦为空。无实无虚，非无非有，不着两边而直入不二之境。

笔者与首个"诗歌—观念"艺术作品《还》的最终等比例呈现

万字符"卍"实际是带有曲臂的"十"字，"十字"与"万字符"都是太阳的象征变形。万字符亦可理解为由两个"Z"字构成，根据中国传统道家理论，万字

[1] 中国首个"诗歌—观念"艺术作品《还》将展出 [EB/OL].（2016-06-23）[2023-07-06]. http://collection.sina.com.cn/ddys/2016-06-23/doc-ifxtmweh2388768.shtml.

符亦由阴阳和合而成，横写的"Z"字为阳，竖写的"Z"字为阴。故在《还》作品中，组成横写"Z"字的小袋子为阳，袋口敞开；组成竖写"Z"字的小袋子为阴，袋口封闭；两个"Z"字相交部分的中间小禅袋半开半合，寓意阴阳交会。

此处"还"有两种读音，分别寓意两种不同状态：读成 huán 时，表示跳出轮回、开悟回家之意；读成 hái 时，表示"袋"中有"袋"、梦里生梦、没完没了重复轮回的未悟之态。故取名为"还"。

笔者曾经把《还》的艺术衍生品——印有十字回文诗《禅》的小袋子作为文化礼品带去游学国外，送给不同的外国人，并翻译给他们听，颇得很多痴迷中国传统文创的外国友人的垂青。比如，一个在美国攻读博士学位的印度女士接收礼物后，非常感激地给了笔者一个热情的拥抱；而一个信奉天主教、60 多岁的美国黑人老者则激动得热泪盈眶——虽然我们的信仰不同，但一点也不妨碍我们两人在他家里谈了将近三个小时的——禅（Zen）。

9. 当回文诗遇见婚礼婚庆

大家知道广告语为传播效应最大化，一般都不超过 20 个字，否则记不住。在部分情况下，用中国传统的诗词体式尤其是十字回文诗创意广告文案或者广告语，反倒特别适合。10 个字而读出一首 28 个字的七绝诗，没有谁比它更凸显语言的无限张力，可谓**折叠式文案**。而且十字回文诗必须反着读，正好可以做成一个圆形，从视觉美学上说，就大大增强了与其他艺术元素的融合性、混搭性、跨界性。人们在趣味解读的过程中，既重温了传统文化的无穷魅力，又无形中更好地传播了品牌。

沿着这种思路，笔者将十字回文诗与民俗里的婚礼文化结合，创作了一首《双喜诗》：缘情喜爱合心连又梦圆。读成以下一首七绝诗：

缘情喜爱合心连，
爱合心连又梦圆。
圆梦又连心合爱，
连心合爱喜情缘。

双喜诗的连环排列效果

微妙之处是其中的"又"和"喜"两字的位置，恰好可以变形搭配出多种包含"双""囍"的祈福吉祥美满的喜庆诗图。

此双喜诗亦可体现在婚礼文化的情侣围巾、T恤、伴手礼等相关文创衍生品上。后来笔者以此双喜诗为核心，也申请了相关国家专利。

当然，必须指出，这首双喜诗仅适合于大陆文化语境。因为我们现在通行的简体字的两个"又"并在一起可以拼成"双"字。但台湾、香港等地区通行的繁体字的"雙"字就不是由两个"又"拼出来的了。

10. 当诗词遇见治愈系——诗愈系

诗愈系也是笔者在诗创应用版图里拓展蓝海的一个方向，在本书第一章里已做了详细的介绍，此处只是将笔者实践的一些诗愈系视频的文案分享于下。

诗愈系小视频

诗文和艺术疗法的其他手段比如音乐、绘画等，可谓天生的绝配。笔者曾尝试用PD（公共）版权的视频和音乐，配上朗诵原创的诗文（诗词对联或白话文），自己剪辑制作出一些简单质朴的诗愈系小视频，上传到相关平台。虽然质量和专业的没法相比，但作为试验性的文创，差可观矣。

诗愈系2：

无人山谷，有长风习习而来，习习而去，逍遥自在，荡涤一切——其实一切原本都干净得无垢可涤荡……

秋去冬来，花尽雪埋，混沌天地间，只剩黑与白。自然自然得如此自然。

长风连字都不认，焉能识道？然，风来万物自鸣，大音，小音，无音不是道。天雪茫茫，落如芸芸众相，沾葱处，无相不是禅，无我不自在。

古风鸣道，天雪落禅。

诗愈系4： 主题诗十字回文禅诗《来如梦》：来如一梦见花开漫上台。

佛说：凡所有相，皆是虚妄。若见诸相非相，即见如来。

大家说：一切都像一场梦。有的清醒地睡着，有的愚昧地醒着。

胤然说：

> 来如一梦见花开，梦见花开漫上台。
> 台上漫开花见梦，开花见梦一如来。

诗上手机壳，举手话娑婆

有缘修得此生来，来如一梦！

梦里万象如花，悉现于此生之台。舞台耶？心台（灵台）耶？抑或虚实两相交替而见。

人生之大台，似真如幻，好一派姹紫嫣红漫空、空开遍！

行者，尘中如见花开如梦，即见如来！

诗愈系 6：

茶香自在——何求外物？

道妙无为——而无不为！

茶本洁来还洁去，几千年以来茶叶的真香原本自在，原本自足，本无求于外物。

道妙玄深，仿如天机不可泄露。大道至简而繁莫能比，上德无为而无不为也。形而上之道，尚且如此，形而下之茶，岂相异乎？

是故无为而能成其大为，无念而能得其真念，无欲而能品其真香，无心而能悟其至上道心矣。

双章书法：

茶香自在；道韵天成

诗联：黄胤然

书法：中国小篆名家张殷实

灵雍智慧坊出品诗装：

茶香自在；道韵天成

后记："茶香自在；道妙无为"的诗联本来是为灵雍智慧坊的春夏款诗装定制的诗联。但书成后书法家反馈说上下联最后两字繁体字的笔画数相差过大："自在；無為"，这样放在诗装的前襟上显得两边不对称。后来笔者就将其改成"茶香自在；道韵天成"，这样做出来的诗装就很谐调了。

诗愈系 9：

风云变幻、熙熙攘攘的江湖，难以宁静勤勉孤独的行者之心。

一瓢沧浪水，一壶老茶汤。禅师的无心之心，却能煮熟任何时态的江湖。

一望无垠的，是从前。而过去，又在未来的某个缝隙，重新等待着你。

茶香弥漫，把骚动不已的境界熏成无色。参禅问道，把所有的时空规则参到融化。

出得山门，友人问曰：可有所获？恍然惊醒，想起初衷。回望山门，若有所失，若有所悟。

三天问道孤圆影，一瀑流禅两半边。

诗愈系 10：主题诗：《大音》

大音

音乐是美丽的存在，存在是美丽的欺骗

天籁无声，粘住了空

融化古代和未来

融化时空中那些规则冰冷的毒性

悟见旋律背后的旋律，诗回忆起诗外的诗

嗡嘛呢叭咪吽

当下的琴人和听者，从来不曾真的存在

亦如所有失传的旋律，也从未真的逝去

音乐确实是美的，没有边际，也不需要翻译。凡所有相，皆是虚妄，凡所有美，皆为欺骗。最完美的旋律是旋律背后的旋律，最完美的音乐是所有音符都被烧成夜空中灿烂的星云，最极致的天籁，我敢说，她一定是无声的——为了给觉醒的灵魂腾出无极的空间。当所有俗音和天籁都息落殆尽，听啊，在无法承受震耳欲聋的寂静里，你的灵魂在歌唱，声波传过渐渐平稳，显影成宇宙。余音荡回，宇宙又翻转成灵魂。

红尘即娑婆，娑婆即遗憾。当所有的我们：诗人，琴人，听者，都打破自己的角色，就不再有遗憾。

你的边界便消失了，变得极小无内，极大无外；本无所来，亦无所去；实无所得，亦无所失。

音乐·诗

"音乐·诗"是笔者诗愈系的另一种尝试。其中的音乐与诗原本各自独立，但通过融合式的二次创意，配以必要的朗诵串词及视觉画面，跨界、融汇、发酵出多维的艺术价值和感染力。于是笔者和国风音乐人、埙公子吴题合作了几首"音乐·诗"作品，其中一首是《尘·天心莲香》。《尘》是吴题作曲并演奏的乐曲，《天心莲香》则是笔者创作的十字回文诗"天香荡水动心莲合梦缘"。整体朗诵词如下：

<blockquote>
天香荡水动心莲，水动心莲合梦缘。

缘梦合莲心动水，莲心动水荡香天。

天香荡涤世俗之水，久羁于尘的心莲被触动

心悟莲花开，香梦醒回前世禅缘

心悟之莲，既是纤尘也是天

如水滴之入大海，永恒而澎湃

迷时法华转，悟时转法华。天外人照我，我照人外天

彻底通透的无上心香和光同尘，时空无碍，动水摇天

凡圣一体，心天不二

咫尺心莲天地香
</blockquote>

11. 当诗词遇见紫砂壶

自从明朝的供春脱胎于寺庙僧人并加以升华而做出第一把真正意义上的紫砂壶，距今已有五百余年的历史了。紫砂壶如无特指，一般都是指用江苏宜兴一带深藏于岩石层下、含铁量很高（可达 8.83%）的"高岭—石英—云母"类型的紫砂黄泥，在 1100~1200℃烧制而成[1]，比江西景德镇以高岭土等为原料的青花瓷的烧制温度略低。

因其特殊的材质以及烧泥成器后大大超过青花瓷的气孔率，使得紫砂壶具有卓越的透气性，进而使其集"色香味皆蕴""暑月越宿不馊"之类的美誉于一身，也

---

[1] 余继明.中国紫砂壶图鉴 [M].杭州：浙江大学出版社，2001：前言.

最能"把茶的本然味道泡出来"。

中国不少文化雅物都是脱胎于民间，最后在文人士大夫手中完成升华至最高艺术巅峰的。紫砂壶也不例外。最早在紫砂壶领域镌刻下文人风范的，就要数清代中期的陈鸿寿和杨彭年的合作了。陈鸿寿是清代中期著名的书画家、篆刻家，而杨彭年则是同时期声名鹤立的宜兴紫砂壶制壶艺人。杨彭年和当时以陈鸿寿为代表的一批文人，一个制壶，一个填诗赋词乃至壶身篆刻，可谓开了后世紫砂的文化先河，也正是由于文化（诗词）的赋值，才成为紫砂壶升值的真正肇端。而这种"陈—杨典范"，后世至今难以超越。

由于泥料与理念的不一样，紫砂壶不能像青花瓷那样上釉，因为这样就必然会把紫砂壶与生俱来的丽质——透气性给"阉割"了。与青花瓷既有透明的釉下彩又有绚丽丰富的釉上彩不同，紫砂壶上文人字画的呈现手段可谓十分单一——只能刀刻，而且还不能太大面积以致破坏壶身的整体形态和物理应力。正像规则限制极其苛刻的中国格律诗词却能创造出任何诗体也永远无法超越的丰碑一样，表现手段单一的紫砂壶不但没有因此而降低其文化属性，相反却在一代又一代文人士大夫手中，铸就了其并不输给青花瓷的文化气质。

笔者多年前与佛禅应世新模式的某位践行者共同策划了一个由众多艺术家及法师参与和合而成的佛禅文化艺术品——紫砂莲花壶。笔者负责创意其中的禅意诗文。因被告知在紫砂壶上刻字成本较高，故从市场推广的角度衡量，字越少越好。但又不能只有一两个字，显得内涵干瘪、意境不能自成一体。既然这样就只能运用文宗诗祖们传下来的祖传秘方回文诗了，于是五个字就解决了问题：天外人照我。正读时的意思是：为红尘幻惑所迷时，上苍不断示现各种机缘灵照我等证悟人生；反读时的意思是：一旦开悟了，倒过来反客为主，撞破乾坤共一家，无主无客，无你无我——这也可谓六祖慧能所作示法偈："迷时法华转，悟时转法华"的另类诗译。

老段泥莲花壶：**天外人照我**
诗文创意：黄胤然
书法：大明寺方丈能修法师
制壶：陶瓷高级技师石越（笑石）
刻字：宜兴专业老师傅

12. 当诗词遇见月饼——诗，吃起来更香

众所周知，对我们中国人来说，每年的中秋佳节几乎是除了春节以外最重要的传统节日了。中秋节必须吃月饼，而月饼都会做成圆的，因为那一天的月亮最圆，以月之圆满喻示亲人阖家团圆。十字回文诗最经典、完美的呈现方式也是十个字围成一个圆，那么把"中秋十字回文诗"做成模具印在月饼上，便实现了诗词可以吃的"壮举"，这也是笔者一直以来拓宽诗创应用版图的一个方向。

比如这首"概念版"的中秋十字回文诗：天长好月照家还客梦圆。无论是归家的游子，还是仍在外打拼的北漂、南漂，大家于中秋之际打开包装，突然月饼上这首带有团圆喜庆、祈福吉祥色彩的中秋诗映入眼帘，那么一边吃一边品读，应该能吃到之前从未体验过的一番"诗味"：

> 天长好月照家还，月照家还客梦圆。
>
> 圆梦客还家照月，还家照月好长天。

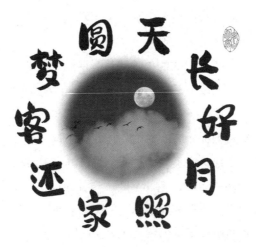

笔者想，既然诗词可以用来吃了，那么离喝、闻、玩、戴、骑、驾、睡等，也就不远了。

13. 中华人民共和国成立后首起十字回文诗官司

如果刚才的内容算作是笔者诗词主动遇见紫砂壶的话，那么本小节讲的就可谓"被动"遇见了。

自 2008 年以来，笔者发现经常有人将自己原创的诗联当成古人的作品进行引用甚至商用。比如国内某著名短视频平台，上面不署名而将笔者的各种诗文做成视频的，估计连起来都赶上几部电影的长度了。而最著名的事件，莫过于笔者被迫于2020 年赢得的被法官称为"中华人民共和国成立后头一起"（也肯定是全球第一起）十字回文诗的版权官司。

这首十字回文茶诗叫《等》，是笔者 2015 年创作的：茶人等雪落天华素满家。解读成的七绝及艺术释文如下：

> 茶人等雪落天华，雪落天华素满家。
> 家满素华天落雪，华天落雪等人茶。

艺术释文：昔兴来时，茶人等雪，现雪已至，素华映室，杯盏却空。是雪等茶人茶，还是人等茶人茶，抑或是人、茶共等茶外之茶……或者，其实诸种等，都本不必等……诗之妙处，在于独品自悟。

这首诗也被很多热爱禅、茶的传统文化爱好者所喜欢，与末句逆读而反转升扬的禅意境界不无关联。后来此诗被某紫砂壶艺术家直接当成了古人的作品，尤其当读到那段半文言半白话形式写就的艺术性释意文字，"就更加以为是古人的作品了"——这也是后来开庭审理时笔者才知道的。于是就把这首禅茶诗刻在其制作的紫砂壶上，在某知名线上平台售卖。这种既不署名也不知会就商用的做法笔者认为不妥，便诉诸北京互联网法院。历时一年，打赢了这场诗词官司。因为抄十个字是否算抄袭，新中国成立前后均未见该类十字回文诗相关卷宗案例，很多小说、剧本即便抄袭了几百字最后未判定抄袭的案例也比比皆是，故法院审理时较为严谨。

但北京互联网法院在充分求证并征询相关权威专家意见后，于 2020 年终于裁定本案侵犯版权属实："该案中，原告利用回文诗的体裁创作出涉案作品'茶人等雪落天华素满家'，虽然仅有十字，远少于七言绝句所需的字数，但在原告的精心构思、编排下，可以将该诗句读成 28 字的七言绝句……采取的是一种独特、有趣的创作手法，较好地将茶与中华传统文化结合在一起，创造出茶禅合一的意境，创意难度比较大，具有较高的艺术价值，应属于文字作品。

侵犯笔者诗词版权的紫砂壶

"这种仿照古诗词进行创作的形式值得肯定，应予以保护。被告误将涉案作品作为古诗词刻到茶壶进行销售并宣传，这种'误认'并不能成为阻却侵权的合法理由。

"被告未经许可将涉案作品刻绘在紫砂壶上用作装饰，并通过某电商公司对公众销售紫砂壶，亦未给原告署名，两者均已构成侵权。"[1]

我们就事论事，虽然这件侵权诗词版权的紫砂壶作品，从壶型制作、诗句铭刻等技艺上来看都属上乘，但也不得不说设计上有个缺陷：紫砂壶艺术家将笔者这首十字回文诗的头两句"茶人等雪落天华，雪落天华素满家"14 个字全部刻在了壶身上，显然是没有完理解回文诗的奥妙——只要刻 10 个字即可！每件作品都多刻 4 个书法字体在上面，不但制作成本大为增加，也因布满壶身、大小一致的字体而影响了视觉的美观。如果设计成下半圈刻 10 个字的正文，上半圈刻略小字体的落款，整体上就和谐了。

其实类似以上这样将笔者错当成古人、将笔者诗词错当成古人无版权作品的乌龙事件还有很多。比如同样也是弘扬传统文化的某机构在举办一场身着汉服的复古雅集后，小编发文报道时写道"古代有黄胤然七律诗《同道新交是故人》……"[2]，直接把刚过半百而尚健在、意欲将余生全部奉献给中国传统文化创意事业的笔者给"作古"了。

---

[1] 紫砂壶上刻句诗，竟然要赔钱？｜法治课 [EB/OL].（2020-06-13）[2023-07-26]. https://baijiahao.baidu.com/s?id=1669381255752948522&wfr=spider&for=pc.

[2] 5 月 6 日立夏雅集回顾（有图返）[EB/OL].（2018-05-26）[2023-05-15]. https://mp.weixin.qq.com/s/gvO1-a_htCRXFGi6-plH4g.

二、"中国诗创大会"应该更精彩

最近几年，各类比拼真实才艺的真人选秀节目长期占据全球及国内电视收视率榜首，成为广受关注的热点话题，并激发了大量观众的互动与参与。从风靡英伦的《英国达人》（Britain's Got Talent）到连续十余年称霸美国电视收视率榜并风靡全球的《美国偶像》（American Idol）——源自英国的《流行偶像》（Pop Idol）。与此同时，国内的选秀节目也呈现出百花齐放的局面：有比拼歌唱、演奏的，有角逐知识与智力的，还有展示朗诵、脱口秀与舞蹈才艺的，甚至也出现了诗词、成语、汉字等传统文化领域的综艺节目，既为观众带来才艺与文化的多元视听盛筵，也促进了传统文化的传承与发展。

笔者近几年通过网络平台分享的诗词视频知识课以及线上线下的诗创实战课程，报名人数呈现出井喷式的增长，其实也是得益于诸多传统文化类的热点节目，在笔者所能触及的有限渠道上的共振效应，由此可见其影响范围之深、之广、之久。

在观摩学习了多期中外优秀的竞技类电视节目后，笔者突发奇想，如果在不远的将来，电视上诞生一个以考核选手吟诗填词写对联的实战能力为主的**"中国诗创大会"**，是否会有令人耳目一新的另类风采与效果呢？

笔者所畅想的"中国诗创大会"模式的核心，其实并不是指定某个主题现场吟诗作对——那样就完全是考试而无法以电视综艺节目的形式来呈现了。还是设计成选择题的形式让选手作判断、选择。抛砖引玉，笔者试着举几个设想的"中国诗创大会"的试题例子。比如，有这样一道题，上联是：苍云迷过客，要求从以下五句中选出一句匹配的下联，且明示：选择中有最匹配的；也有还算可以、但不完美的；不匹配的。得分分别是满分 1 分；0.5 分；0 分。

A. 细雨迎旧朋；B. 清风阻游人；C. 苍水洗青苔；

D. 圆月照归人；E. 宿酒醉新人

如果不懂诗词格律，你是很难每次都猜到高分的。比如，如果选 A，"细雨迎旧朋"，0 分。为什么？因为上联的平仄是"平平平仄仄"，下联必须为"仄仄仄平平"（注：首字放宽，可平可仄），此处为"仄仄平仄平"，犯了平仄错误。

如果你选 B，也是 0 分。因为它犯了对联的合掌大忌。上联"迷过客"和下联"阻游人"语意重沓。而且 B 的平仄是"平平仄平平"，格律也不匹配。

选 C 呢？还是 0 分。因为"苍水洗青苔"犯了对联的另外一个大忌：同位重字。

E"宿酒醉新人"，如何？可以得 0.5 分，因为它符合平仄规则，没有硬伤，但是有意境上的软伤。对联的美除了要符合规则外，高品的对联——工对要讲究文词及意境尽可能针尖对麦芒地"对着来"，而意属同类的对仗就差档次了。"宿酒醉新人"对"苍云迷过客"，无论内容还是意境，"对"的关联性较弱，且对句境界未扬升。

只有 D"圆月照归人"才最完美地匹配了上联且符合平仄。上联"苍云迷过客"除了字面意思，还暗指未开悟前的状态。而"圆月照归人"除了字面意之外，隐含地指开悟后的境界，因工对而意美，缘禅意而格高。

再看另外一题，一首七律诗：

> 夕影弥林霞未远，高山把酒意何浓。
> 汗衣冷似陂阴雪，诗句真如壁上松。
> 万里鹏云擎汉梦，×××××××。
> 犹怀正气乾坤舞，不负丹心日月从。

同样要求从以下五句中选出一句你认为最匹配的诗句填补诗中的第六句，不同选择的得分分别也是满分 1 分；0.5 分；0 分。

A. 百代龙人唱华声；B. 一方乡土有唐龙；

C. 千秋龙野隐唐宗；D. 苍山碧水映长空；E. 千村吹雨落华声

根据七律的规则，中间四句（颔联和颈联）要求应对仗。上一句"万里鹏云擎汉梦"的平仄格式是"仄仄平平平仄仄"，下联格式应为"平平仄仄仄平平"（第一、第三字可放宽要求）。这样来看，A"百代龙人唱华声"的平仄是"仄仄平平仄平平"，不符合，0 分。

D"苍山碧水映长空"虽然平仄符合，但跟出句不成对联关系：万里—苍山、汉梦—长空，都不构成对比、至少是工对的关系。

E"千村吹雨落华声"，和 D 一样，虽然平仄符合，但也跟其应对的句子不成对联关系：鹏—吹，连词性都错了，鹏是名词，而吹是动词。

B"一方乡土有唐龙"，0.5 分，为什么？因为它没有明显的硬伤，合乎联律，但"有"一般与"无"相对，和"擎"只能说是构成不美的宽对。而且此对句偏俗，不如 C 句"千秋龙野隐唐宗"工整、有意境。这里面就牵涉到诗美、诗力的范畴了，如果你不是真懂诗词创意的话，此处就真选不好了。

最后此题的答案：C 是 1 分，B 是 0.5 分，A、D、E 为 0 分。

显而易见，如果都用类似的题库考选手，肯定能把他们真实的诗词创作硬功夫考出来，为何？因为这些诗词他们肯定没背过——全是暂借笔者原创的作品来作案例讲解的。所以今后的"中国诗创大会"可以由各类真正谙熟诗创的诗家和专家，会同编导、策划、主持人、嘉宾等，创意出这样的题库来让各位选手竞技。

记得笔者当时在一些网络平台讨论此话题时，很多人从电视节目市场、收视率等角度提出一些不同意见，主要是担心比拼诗词真功夫可能过于专业，普通观众难以理解，从而影响收视率等。其实，笔者倒认为不应过低估计了国内外广大诗词节目观众的接受能力和诗词水平，也不必过于担心"诗创类"节目的效果而使自己裹足不前，不敢大胆尝试。而且这里面早有核心理念相同但内容不同的节目为我们做了参考。比如，每 4 年都会让全球不同语言、不同文化、不同种族的观众热血沸腾的奥运会，那可全都是全球顶级高手比拼真实力的实战竞技，而不是按脚本背台词、背动作的演戏。在屏幕前全神贯注地观看奥运会各类比赛的全球观众，请问又有几人懂得羽毛球单打和双打的发球线、边界线？有几人分辨得出跳水的 A 类动作和 B 类动作的区别？有几人知道滑雪空中技巧的评分标准？绝大多数人是根本不懂的。但关键是，虽然不懂，却一点也不影响奥运会直播、转播的收视率。不但不影响，因为比拼的是"真功夫"，反而最大限度地跨种族、文化、地域及国家，激发起所有人的悬念感、兴趣感、参与感，这是很值得我们深思与借鉴的。

文体不分家，提及了国际上的奥运会，再反观国内近几十年不断火爆荧屏的各种歌唱、演奏、朗诵等才艺竞技类电视节目，哪一个不是比拼专业的歌唱与演奏真功夫？哪一个又是五音不全的普通观众或"南郭先生"上台表演就能获奖的？关键这里面的各类评委也都是真会演唱、真会演奏、真会朗诵且水平都是全国顶级的，这也为节目增添了权威性和看点。由此可见，比拼专业真功夫的综艺节目，不但一点不影响收视率，反而是吸引观众的重要因素，所以笔者对"中国诗创大会"的收视潜力充满信心。

当然，隔行如隔山，笔者只是做一个粗放的框架性构想。一个综艺节目要想席卷荧屏甚至爆红网络，它背后必须得有经验丰富且颇具创新精神的创意策划团队才行。比如像全球最大的电视节目模式研发、制作和发行公司之一的 Talpa，代表作有：《The Voice》（好声音）系列、《Big Brother》（老大哥）系列；全球领先的电视节目制作公司 FremantleMedia（弗里曼特尔媒体），代表作有：《Idols》（偶像系列，如《American Idol》〔美国偶像〕）、《Got Talent》（达人秀系列）、《Take Me Out》（非诚勿扰）等。

这两家公司的名字虽然国内观众可能很陌生，但对他们制作的节目却很熟悉：由知名节目制作人 John de Mol 创立的 Talpa 公司已经成功在过去数年里创造出了很多全球爆款模式，在 180 多个国家里面播出了超过 150 档的创意节目，其中就包括为中国观众所喜闻乐见的《中国好声音》[1]。而另一档爆款节目《非诚勿扰》的成功，也是借鉴了 FremantleMedia 公司相关模式的经验。

其实，真正懂电视综艺节目策划的文创人都明白，是比诗创的真功夫，还是比背诵的"背功夫"，谁做"主角"都不重要。最关键的是你策划人是否能有金刚钻揽下瓷器活儿，围绕一个给定的主题（需求），创意出来一种吸引观众的、高黏度的"模式"。一旦模式设计好了，比诗创真功夫的节目也许收视率会更高。最重要的是，"中国诗创大会"的冠军不但更加名副其实，即便对诗词、对联等一知半解或完全不懂的观众，也可以从节目评委、导师、嘉宾的现场解读中，熏陶了中国传统诗词、对联文化的重要知识点，学习了诗创的基本格律要求，培养了一定的诗创能力，而不只是简单地重温了一下、背诵了一下古圣先贤的诗词作品。

要知道在古代，古人无论是在科举考试、书信往来还是在文人雅集中，但凡涉及"诗词对联"的地方，皆为自创，而非背诵。腹有诗书气自华，当代 99% 的国人可能都曲解了苏东坡这句诗的原意。这句著名的诗句出自《七律·和董传留别》，苏轼恰恰是赞美、鼓励好友董传不惜年老之身，奔赴京城创作诗赋（赶考）而不是背诵诗句的。后世夸赞别人"腹有诗书气自华"，也都是赞美他能吟诗写对联，而不是背句。出口成章出的是自己原创之"章"而非背别人之"辞"。

当然，笔者并非全盘否定背诵，背不到一定份儿上，你也根本不可能吟出经典诗词，也不可能从唐朝定型的科试中崭露头角。但毕竟背诵只是基础，而不是塔顶；只是手段，而不是目的。中国古代诗词文化之所以栉比鳞次地呈现灿烂的群峰，就是因为在不同的时空，都具备了各领风骚数百年的创意人才，而不是背诵专家。楚辞、汉赋、唐诗、宋词、元曲、清对联，全都是创意出来的，而不是背诵出来的。

---

[1]《中国好声音》，谁的好声音？｜央广网 [EB/OL].（2016-07-07）[2024-09-11]. https://ent.cnr.cn/ylzt/wypl/gd/20160707/t20160707_522612267.shtml.

三、景点楹联问题多 | 某市开先河进行专项文化监理及优化

在"华丽"转型中国传统的诗创领域后，笔者经常游学各地，参访过四十几个国家，脚步踏遍了国内诸多著名的旅游胜地和文旅景点。在考察中，笔者发现全国各地的楹联文化有一个既尴尬又普遍的现象，不得不引起我们的重视：我们重新创作及悬挂的很多诗联、禅联，存在不少错误。大部分是由于当代创作者对传统诗词对联的常识规矩、基本格律等掌握不全面，文化底蕴及诗力不足引起的；也有部分是诗联作者创意得没错，但后期被工作人员左右悬挂反了。在这些为数众多的楹联错误里，确有不少堪称文创败笔，严重点的，其实离文化事故也不远了。如任其继续发展，此种不良文风不仅使旅游景点的品牌受到损失，亦使国家整体文旅形象受到一定的影响。同时，也会误导对传统诗联文化并不谙熟的广大游客——尤其是在他们把这些问题楹联误当作"精品""范式"来敬仰和学习时，就不是文"化"天下，而是文"误"四方了。

为避免枯燥说教，我们可以先看一些实际的案例。这些都只是笔者游览时目之所及而"文化监理"出来的，那么没有看到而又确实存在的问题楹联肯定更多。其中在不同景点经常重复出现的那些楹联纰漏，广大诗友一定要在今后的诗创中引起足够的警觉，避免重蹈覆辙。

勇猛精进道心证菩提；因果缘起性空见如来。

文创监理：首先，上下联最后一个字，"提""来"，无论按《平水韵》还是按《中华通韵》，均为平声，这就犯了对联最致命大忌——上下联末字平仄未对立。用《闲谈写对联》的作者、20世纪在很多次全国级的征联大赛担任复评专家的白化文先生的话说，初评时，他们评委有一个"砍三斧子"的筛选规则，"头一斧子，往韵脚上看，全平全仄者格杀勿论"[1]。也就是说，这副对联若参加比赛，应该连初选都不可能过，更别谈进到下一轮让专家级别的评委复选了。其次，此联连带倒数第二个字也均为平声，而且上下联所有关键节奏点处的平仄全错："进—起""心—空""证—见"，都违反了联律中"平仄对立"的原则。最后，从句意上看，上下联立意也有合掌之嫌。

---

[1] 白化文.闲谈写对联[M].北京：北京出版社，2017：309.

> 妙尊法王三界慧灯圆明永耀渡迷津；
> 千钵化现诸佛海会悲智圆成摄有情。

文创监理：和上一副楹联类同，亦在关键点的平仄上犯了联律大忌——上下联末字"津""情"均为平声，无论按《平水韵》还是《中华通韵》。同时，还犯了不规则重字的忌讳：有两处"圆"字。另外，"千"最好与数字对应而不是"妙"字；"有"最好与"无"对应而不是"迷"字；最后，"法王—化现"，结构未对应。

> 慈容含笑迎客至；兜率天宫盼尔归。

文创监理：这一副上联"慈容含笑"是主谓宾结构，而下联对应位置的"兜率天宫"却错搭成了并列名词结构，未遵循联律中的"结构对应"原则。再细分，"慈容"与对应的"兜率"结构亦不对应；"含笑"是动宾结构，"天宫"则是偏正结构，同样不对应。最后看字，"含"为动词，"天"是名词，亦没有遵守"词性对品"。

附带说一下，如果是笔者来创意，此处一般不会用"尔"字，"盼尔"一词于诗中，明朝以前几乎无人用，只是明清以后才略见几处语典，就是因为在古代语境里，"尔"字多偏轻慢意。所以此处应该用个敬词，至少是个中性词来表示。而且，"迎客至""盼尔归"完全合掌，也犯了对联的大忌。

> 文殊心间祥纹法轮常觋现；妙吉喉音清澈莲池起美姿。

文创监理：此联问题不少，一是专有名字"文殊"与两个形容词组成的并列复合词"妙吉"对不上；二是"心间"应该对"物外"一类的词而不是"喉音"，且结构亦未对上；三是"觋现"与"美姿"的结构同样未对上；四是上下联前两处关键节奏点"间—音""轮—池"的平仄又错了，无论按《平水韵》还是按《中华通韵》。

> 圣教心印法脉永续般若正法幢；道契真如三密相应妙德慧日灯。

文创监理：此联也犯了对联上下联末字"幢""灯"均为平声的大忌，无论按《平水韵》还是《中华通韵》。而且上联出现两个"法"字，犯了对联不规则重字的大忌。另外"心—真""法—三"亦不是工对。上下联节奏点的平仄多处也都未对上："续—应""若—德"等。最后，上下联句意亦犯合掌之忌。由此看来，尾字平仄不合律以及上下句意合掌，是我们当代诗友新创楹联时常犯的毛病。

早敲钟警醒世间名利客；证万缘三德空获见如来。

晚击鼓唤起苦海梦中人；狂心动精进道果证菩提。

文创监理：这是某景点钟楼、鼓楼的两副对联，开始以为是牛头不对马嘴，后来仔细品读，才发现是不谙传统文化的安装工人把钟楼、鼓楼的对联错搭成了如此面目。

那么就把这两联恢复成原配一起分析监理一下：

早敲钟警醒世间名利客；晚击鼓唤起苦海梦中人。

外行看以为还不错，但细分到字，"世间—苦海""名利—梦中"的词性、结构均未完全对品。而且，句意也合掌了。

证万缘三德空获见如来；狂心动精进道果证菩提。

这第二副问题更严重：首先，"见如来—证菩提"，既对成了货真价实的合掌，又犯了尾字均为平声的大忌。其次，"三德空获—精进道果"结构上完全没有对应。最后，"证万缘—狂心动"，结构、节奏均未对品，且有不规则重字"证"。整体来说，这也是一个不及格的对联。

净观宝地庄严绝妙；证菩提树色相皆空。

文创监理：此联犯了对联的另一个忌讳——节律不对拍，即"净观—宝地"与"证—菩提树"分别是二二和一三的节奏，读起来非常别扭，就不是对联而是散文了。"色相—庄严"词性亦不对品。另外，"庄"用了简体，而原匾额里，"觀""寶""嚴"却又用了繁体，字体应尽量统一。

鸡足山中参礼虚云寺；我心当下境界妙难言。

文创监理：首先，节奏点上"界—礼"，平仄未对立。其次，"参礼"为动词，而"境界"却为名词，词性未对品，且结构亦错。最后，"鸡足山中—我心当下""虚云寺—妙难言"节奏全不对品。在这副景点楹联里，遗憾地多达 4 处有违联律。

佛有千尊同一个慈悲心肠；殿容万众修各种解脱法门。

文创监理：这副对联最大的毛病也是上下联尾字"肠""门"二字皆为平声，

按白化文老师的说法也直接是不及格对联。

针对以上各地的新创禅联，敏锐的诗友便会发现一个现象，即禅语似乎运用得过多，无论是立意上还是形式上，就有些着象了。如果"仅仅限于表现禅理、运用禅语，那是还没有悟到禅的真谛，还没有把握到禅与作诗之间关系的法门"[1]。

仔细研究一下相关历史就知道，其实不只是现当代，宋代以降就有像苏轼、欧阳修一类的文宗诗祖们，敏锐地发现了"师父体诗词"——当时僧人的诗词作品普遍存在的一些问题，如颇具"疏笋气""酸馅气"[2]"菜气"（欧阳修《冷斋夜话》卷六）"钵盂气"（清·贺贻孙《诗筏》）。在宋人看来，有"疏笋气"是因为读书少[3]。宋代著名南渡词人叶梦得更是一针见血地指出："近世僧学诗者极多，皆无超然自得之气。往往反拾掇摹效士大夫所残弃。又自作一种僧体，格律尤凡俗，世谓之酸馅气。"[4]看来欲写出经典的诗词对联，必要的诗格联律还是要讲的。

> 南来稻花香辞龙龛下登村南诏雨润合龙桥；
> 北往岸柳飘拂凤翔上关邑大理风摇白鹤溪。

我们再看，这是某著名网红打卡地近 9 米高的石牌坊上，署名为"鲁班弟子×××"创作的"楹联"，问题也比较多。首先，最致命的错误还是上下联尾字"桥""溪"全是平声，无论按古韵还是新韵。

其次，上联有两个"南"字和两个"龙"字，但是下联同样位置上却并没有重字与上联对应设计成修辞的形式。笔者想起一个真实的笑话：几十年前读大学时，我们年级因军训成绩突出，得了全校第一。同学们兴奋异常，立刻把教官抬起来抛到空中。但因莘莘学子戴眼镜者居多，都怕肌肉结实的教官落下来"砸伤"自己的眼镜。没承想大家都这么想，当教官自由落体时书生们都下意识地集体往后躲，结果教官独自一人上演了跌落在地、滚翻卸力、鱼跃翻起的一系列高难度动作。为此，"涉案"的同学们遭到系领导的严重"教育"。上述对联出句的重字修辞便相当于把"人"抛起来，对句就必须相应有"接住"的设计，否则这类楹联作品会让品牌"摔"得比较惨。

再次，上下联节奏点上字的平仄：香—飘、龛—翔、诏—理、合—白、桥—溪，

---

[1] 马奔腾.禅境与诗境[M].北京：中华书局，2010：134.
[2] 陈如江.古诗指瑕[M].上海：东方出版中心，2021：65-66.
[3] 周裕锴.中国禅宗与诗歌[M].上海：上海人民出版社，1992：48.
[4] （宋）叶梦得.石林诗话校注[M].逯铭昕，校注.北京：人民文学出版社，2011：135.

共 5 处全都没有对上。

最后，上下联的"香—飘""合—白"词性均未对品。

该著名景点每天游人拍照、视频几千次，而有如此多问题的楹联却堂而皇之地刻印在 9 米高的石牌梁柱上，可谓既没有很好地树立起应有的文化品牌，也误导了广大文化底蕴欠缺的游人，等于是花大价钱矗立起来一座"文化事故"。

以上列举的文旅景点新创楹联的种种问题并不是最近才有的，而是 20 世纪就开始萌芽、泛滥的。比如白化文老师曾在《闲谈写对联》一书中提及多年前的北京红螺寺的山门由当代人写的一副笑话楹联：

> 以红螺净土聚八面来风；启旅游大门迎四海嘉宾。

"且不论两句中的平仄不调与意思不要之处，光说句尾，两个平声字怎能同时用在联脚呢！经过提意见，此'联'撤去。"[1]

众所周知，在中国古代，诗词对联大都是由熟读四书五经的文人士大夫吟咏而成，其中精品才会雕版或活字印刷于宣纸上，也只有更少的精品里的精品，才有幸被刻在石碑上、牌匾上立挂起来供后世熏陶品赏，可见中国传统文化对诗词对联"刻碑上匾"是何等严谨。

但反观我们现在包括寺庙、道观在内的诸多文化旅游景点，其诗联创作的质量问题确实有待重视。没错，自古流传下来许多脍炙人口的禅诗道联，有不少也是由当时的出家师父们写的。但古代这些师父出家之前，大部分也都是经过四书五经的浸染、诗格联律的熏陶的。比如中国道教两大派别之一的全真派创始人王重阳（王嚞 zhé，古同"哲"）居然创作有传世诗词作品 600 多首。学者考证其原本：修进士业，为京兆府学生员……拥有包括《莺啼序》（此词调并非之前认为的吴文英或高似孙所创）在内的多个词调的创调权[2]。"全真王重阳本士流，其弟子谭、马、丘（丘处机）、刘、王、郝，又皆读书种子"[3]，这确实也是当今绝大数多师父和修行人所无法比拟和超越的。

古今中外都认一个通理：专业的人干专业的事，才能确保一个国家和民族整体文化的先进性，社会文明的引领性。具体到文旅景点的楹联，笔者认为还是应该请

[1] 白化文. 闲谈写对联 [M]. 北京：北京出版社，2017：283.
[2] 左洪涛. 全真教创始人王重阳应为词史上最长词调创调人考 [J]. 西北民族研究，2005（2）：87-89.
[3] 陈垣. 南宋初河北新道教考 [A]. 陈垣，明季滇黔佛教考 [C]. 石家庄：河北教育出版社，2000：585.

既谙熟中国传统文化又精通诗联写作的专家来创意，否则，就有可能难以匹配这些文化场所原创楹联应有的文化水准，承担起应有的文创责任。换句话说，创意经得起时间考验的高质量的诗词对联，笔者认为不会有任何一个其他的群体，能从整体上超过中华诗词学会、中国楹联学会、中国诗歌学会那些专业诗人的水平的——当然，个体除外。

现当代很多包括寺庙道观在内的风景名胜，也都是请以赵朴初先生为代表的一批精通国学、通晓佛道、谙熟诗词格律的大师来创意。赵朴初先生是出身于书香世家——"四代翰林"状元府里的著名作家、诗人、书法家，我们先看他的禅联：

> 虚室有万象；青天无片云。
>
> ——赵朴初题汕头青云禅寺

> 宗依法华，判释五时八教；行在止观，总持百界千如。
>
> ——赵朴初题天台山国清寺方丈楼

> 静听钟声，声声普震虚空界；恒持佛念，念念不忘菩提心。
>
> ——赵朴初题扬州摘星寺钟

中国楹联学会名誉会长、学会的组建者、著名楹联大家成其昌老先生（笔名常江）亦应邀创作了不少经典的禅联，例如：

> 回头一望，脑后即黄梅，求衣何必追梅岭；
> 闭目三思，心中本佛性，领偈自然显性根。
>
> ——常江题湖北黄梅五祖寺

> 攀鸡笼一顶红云，千寻法界，直上天台脱旧骨；
> 餐凤寺百竿竹露，十顷蒲风，重回尘世做新人。
>
> ——常江题安徽和县凤林寺

当代《闲谈写对联》的作者白化文老师及《楹联十讲》的作者朱庆文老师，也都为一些寺庙撰写了不少禅联的佳作，例如：

> 且留步回头，望山中千秋禅寺；
> 要收心洗耳，听世外一杵钟声。

——白化文题无锡祥符禅寺山门牌坊

眼前春谷人家，便是大千世界；
身后乌霞寺庙，可登不二法门。

——朱庆文题南陵乌霞寺山门

笔者亦会应一些熟知笔者佛道底蕴和诗创境界的方丈住持邀请，为他们创作一些禅联。如下面这副作品是应浙江温州太黄山兴福寺之邀，为其山门牌坊创意的：

禅门天地开，梦幻泡影全由此中过；
佛印古今同，究竟涅槃不向心外求。

为温州吹台山内举扬曹洞宗只管打坐宗风的白云寺创作的山门牌坊楹联：

只管打坐，春夏秋冬，复归本来面目；
勿忘实修，东南西北，遍照无漏心光。

一些文化场所的对联创作及悬挂错误问题，一点也不比名胜古迹里的少，甚至更多。比如长沙的全国中小学生研学实践教育基地——湖南雨花非遗馆内，某著名百年老字号黑茶商号的楹联：

晋湘一脉传承百年茶韵；
金花千两创新万世佳饮。

先不说其节奏点的平仄大都错了，光是上下联尾字全为仄声即可判为不及格。无独有偶，馆内另一处文化商号的楹联亦是尾字全仄：

传中医经典；承岐黄薪火。

另外，楹联本身没有问题，但被人左右挂反，此类问题出现的频率也很高，几乎是每景点必"中彩"。多年前，笔者在五星级景区五台山某场所看到一副楹联：

烟霞清净尘无迹；水月空灵性自明。

这应该是古人的作品，对仗非常严谨工整，颇有境界，禅意十足。可惜今人给悬挂反了，因为根据上端门楣处的牌匾"方丈"，读法是从右向左，故可判断两边的对联应该上联挂在右边、下联挂在左边，而不是相反。

　　无论是被誉为"中国长江上下游四大禅林之首"康熙帝御赐"空林"匾额的某文殊院，还是全国第二大文庙的云南某文庙，抑或是被誉为"天下天后第一宫"东南亚最大的妈祖庙广东某地的天后宫……笔者目力所及，都发现一处以上的对联被左右挂反。南方某著名古城的东门洱海门、北门三塔门、正门南门的城楼上，也都至少有一副龙门对楹联左右次序挂反了（关于龙门对对联的书写及悬挂，参见本书第二章第二节里"对联的书写张贴"小节），西面的苍山门因最近几年封闭，笔者未上去进行"文化监理"。从问题楹联斑驳难辨的字迹看，已被错误地悬挂了很多年。对这类问题，作为"文化监理师"的笔者都会在力所能及的范围内，通过电话向相关单位或管理部门反映，大部分都被正确调换过来了。

　　国内如此，国外亦屡见不鲜，在号称"海外华人中心"的加拿大温哥华，有一个一百多年历史的中山公园，笔者就发现其门口悬挂的一副楹联也正好挂反了。

　　还有一类也很典型的"楹联"败笔是随便把古人诗中非对仗的两句摘出来，请书法家书写或自行电脑排版，制成楹联形式悬挂出来。这是把诗句当成对联，甚至是首句入韵诗的头两句，不但末字均为平声，甚至还押着韵。

　　比如有位也是弘扬传统文化且颇喜欢禅学的老师，把唐代南岳怀让下十六世云居善悟禅师的法嗣，南宋善能禅师写的那首著名的诗偈[1]：

> 万古长空，一朝风月。
> 不可以一朝风月昧却万古长空，
> 不可以万古长空不明一朝风月。

　　请大字书法家将头两句"万古长空，一朝风月"8个字，分别写成比人还高的两条长幅，十分工整地用对联的形式装裱在其文化空间的一面墙壁上。其实稍懂点传统文化的就知道，善能写的是诗偈，头两句根本就不是供人当对联来悬挂装点、吟诵参解的。读者运用本书前面所讲知识点即能明白，如果非要臆揣古人将其视为对联，那么，上句末字"空"为平声，下句末字"月"为仄声，正好与联律相左，此为大忌；且"长空"为偏正结构，而"风月"却是个并列结构；另外，"万古""一朝"，同为时间维度没有跳脱出来。所以，如果就是喜欢这两句，非要写成书法装裱悬挂，可以这样来优化：将其写在一张纸上，或将其悬挂在不同的地方（墙壁），

[1]（宋）普济. 五灯会元 [M]. 苏渊雷，点校. 北京：中华书局，1984：1375.

千万别以对联的规矩、格式丝毫不差地书写悬挂，难免闹笑话。

由以上举不胜举的各类案例可知，全国各地文旅景点新创及悬挂的诗联，目前普遍没有一个必要而有效的文创质量监理和优化机制予以事前纠错。专业人士都知道，对这些为数众多的文创败笔、文化事故，其弥补纠错的成本，恐怕 10 倍于之前请专业人士创作的成本还不止了。

全国首个颁布楹联标准的"楹联文化城市"

后来笔者将以上内容与好友、中华诗词学会理事、某市诗词楹联学会会长竹松兄进行了沟通。他非常赞同笔者就这些楹联创作、悬挂的问题，以中华诗词学会、中国诗歌学会、欧美同学会会员的名义，向包括国家文旅在内的相关部门递交建言信。并表示，他所在的这座世界级的历史文化名城，这几年"也出现了不少未尊重传统文学格律要求，创作相对随意的'病联''怪联'和个别低俗作品，屡遭海内外专业人士诟病，影响了文化名城的形象"[1]。市政府的相关部门近几年也没少收到文化人、游客就悬挂的楹联质量问题投递过来的反馈与建言信件。他也感觉到此类问题有愈演愈烈的趋势。一种强烈的文化责任感让他实在不能再坐等了。要知道，作为我国楹联文化萌芽的重要史证之一——唐代桃符题辞，就是在该市举世闻名的莫高窟藏经洞里发现的（见本书第三章）。

果然在他的积极努力下，2022 年该市市委、市政府"两办"就在全国前所未有地相继印发《关于规范楹联悬挂管理工作的通知》和《关于规范楹联牌匾书写工作的方案》，以政府名义就历史文化名城楹联、匾额撰写、书写、刻挂及日常管理工作提出规范标准和管理流程。其力度之大和范围之广也出乎了笔者的预料，原以为只会涉及重要的文化场所和星级景点，但没想到他们把楹联监理和优化的触点下到了农家院这些过去的文化盲区，要求"市街区、景点、公园、学校、临街门店及乡镇文化设施、农家客栈等场所，长期悬挂、相对固定的楹联必须坚持格律规范、联景相融、内容健康、雅俗共赏的原则"[2]，同时规定，各单位（含个体）在公共场合拟悬挂的楹联内容，须报市文联牵头审核通过后，方可书写、镌刻和悬挂。并要求各行政主管部门对本辖区悬挂的楹联负总责，不按程序操作、未经审核刻挂、

---

[1] 中国楹联学会. 敦煌推出全国首个文化名城"楹联悬挂标准"[EB/OL].（2022-05-15）[2024-01-07]. https://mp.weixin.qq.com/s/iQVkTS1JbWYgH4cR90yPKQ.
[2] 同 [1].

内容失真有误、影响市容形象的行为，要严肃追究主管部门的监管责任。"两办"还启动实施了全市楹联牌匾焕新工程，新更换的楹联将在重点景区场所刻挂，同时原稿由市政府登记造册，永久存档和收藏。[1][2]

　　该市为此专门成立了以竹松兄为组长的六人"楹联改造专班"。只是令他始料未及的是，辖区内总计1000余副楹联，居然发现80%都是有各种毛病的。然后他们顶着巨大压力将问题楹联撤换下来，虽然困难重重，但好在市"两办"下定了决心要办好此事。"楹联改造专班"之后在全球范围内征集、邀请楹联专家根据诉求重新撰联。特别是德高望重的联坛泰斗、中国楹联学会名誉会长常江老先生，在得知该市由"两办"亲自坐镇，在全国范围内开先河地进行辖区内楹联的文化监理和优化活动，非常赞赏。他不但自己欣然同意为该市创意某些楹联，还动员常门弟子——都是目前国内一流的楹联高手，共同为该市创作。这些作品无疑都是当代顶级的原创楹联。在经过"楹联改造专班"审核无误后，再请全国知名的书法家书写。两年下来虽然每个小组成员都辛酸满怀、身心俱疲，但每人都更有一种使命高度的成就感——名正言顺的"全国楹联文化城市"即将于今年实至名归。

　　其他城市笔者不敢说，但对该市所辖范围内的楹联，全球各地的游客、诗友们带着孩子来参观游览，是完全可以放心地将其当作范式来品赏学习、让后代熏陶的。

　　最后，笔者也真心期望全国其他主打文化牌、文旅牌的城市，也能像该市这样，或借鉴该市对楹联文化进行监理和优化的成功经验，使自己辖区内重要文化景点悬挂的所有楹联（包括原创楹联），前对得起古人，后不负来者。

[1] 中国楹联学会. 敦煌推出全国首个文化名城"楹联悬挂标准"[EB/OL].（2022-05-15）[2024-01-07]. https://mp.weixin.qq.com/s/iQVkTS1JbWYgH4cR90yPKQ.

[2] 敦煌诗社. 甘肃敦煌市出台楹联悬挂标准[EB/OL].（2022-05-14）[2024-01-07]. https://mp.weixin.qq.com/s/jDvLltfsjQ45zOE3ZI94kg.

四、学诗浑似学参禅

> 诗的无上境界，清凉在禅意上；
>
> 禅的别样法门，洞开在诗意里。

多年诗授下来，发现不少学生都在这类问题上有强烈的探求欲：诗创的最高境界是什么？

"狡猾"点的老师一般都不会明确地给出答案，仿如禅史上"不可言说""一说即错"一样。但正如"不立文字"的禅最后却"不离文字"一样，笔者认为有时哪怕冒着"错了"的风险，也要高张一份"一剑倚天寒"的"诗勇"，把自己的拙见权当肥料，垫在已达诗创高级阶段学生的诗美体系的底炉里，最后催炼出他们自己的"诗悟"——此时观点是否与你一致已不重要了。

笔者一直秉持的一个诗学理念——也是自己几十年诗路历程的真实体验，就是诗创的最高境界一定与禅相关。因为产生绝妙诗意最重要的一种手段——意境创造"是最能体现中国审美文化主要特色的，意境也是中国传统美学的核心概念。但意境理论是在佛禅文化的氛围中产生和发展的"[1]，"禅对诗歌意境的影响并不是表面的、浅层的。它之所以能深刻作用于诗歌意境，其前提就在于禅的境界与诗的境界在致思方式、基本特点等方面存在高度的相通性。"[2]

前文曾引用季羡林先生的论述，指出诗与禅的共同点在"悟"或"妙悟"上，不但在此处二者相同，就连达到此"殊胜"状态的手段也极为相似：直觉。诗和禅一样，都特别钟情于直觉的作用。换句话说，参禅悟道，与创意出绝妙境界的诗词一样，那种经过千百遍熔炉历练后的直觉，必不可少。因为"直觉的基本特征是主体心理不受形式逻辑规律的束缚，跳跃性地直接领悟事物本质、洞察问题的实质，禅的认知方式正有这样的特点。……它强调直觉的特点也正契合了诗歌意境创造的需要，从而在潜移默化中增添了诗歌意境的神韵"[3]。

说到诗，也许大家都能"英勇无畏"地表示咱也知道点什么；但提及禅，似乎都有些"畏葸不前"，觉得其比较玄。若要究本溯源，"禅在梵语中是沉思，译为思维修或静虑，它的意思是将散乱的心念集中，进行冥想，止息意念，得到无我无念的境界。然而，根据现代心理学的研究，这种凝神沉思的状态，正是人

---

[1] 马奔腾 . 禅境与诗境 [M]. 北京：中华书局，2010：1-2.

[2] 同 [1]10.

[3] 同 [1]105-107.

的潜意识十分活跃的时候，往往能使人下意识产生无数奇幻的联想。另一方面，以禅定的方式进行直觉观照与沉思联想，人的思维就会摒弃逻辑和理性的制约，观照的对象与人的心灵相互交融，浑然莫辨。这对于哲学和逻辑学是一种谬误，但对于艺术创作与欣赏却有极宝贵的价值。"[1]

诗悟与禅悟都需要灵感，而灵感的激发与其说是借由平日艰苦奋斗的外界熏陶，毋宁说更仰仗于绝对自我的直觉。

在禅看来，要想参透最后的禅关证得三昧，有时不是虔诚而努力地做点什么、"加"点什么才能达到的，恰恰相反，而是要有金刚般的智慧去机锋凛冽地减些什么的。这点我们也可从深受唐宋禅意影响的邻国日本的俳句里得到一个间接的印证。比我们律诗中最短的五绝还要短小的俳句，先天就没那么多空间供你嵌杂进过多的词意。故与其说那些读后令人仿如隔世的俳句，是由于其巧妙的语言表现了什么，还不如说是因为其在努力"清除似乎挡在我们与真物之间的东西"[2]。而要在也许是世界上最短小的古典诗歌体里"准确"地保留哪些、删除哪些，按部就班的理性和逻辑恐怕是难以胜任的，得靠那种倚剑天寒的禅意直觉。除了参考在"对联创作与鉴赏"那一章介绍过的松尾芭蕉的几首俳谐外，我们再看几首作品：

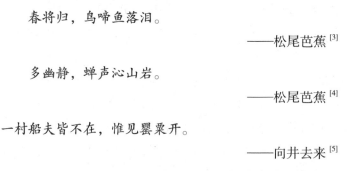

> 春将归，鸟啼鱼落泪。
>
> ——松尾芭蕉 [3]

> 多幽静，蝉声沁山岩。
>
> ——松尾芭蕉 [4]

> 一村船夫皆不在，惟见罂粟开。
>
> ——向井去来 [5]

我们也不能小看日本的俳句，"冰心说她的短诗受到泰戈尔的影响，而泰戈尔的短诗是受到俳句的影响的。"[6] 禅的生母在古印度，养母在中国。但由于众所周知的原因，我们缺席了近代向西方世界弘扬东方的禅文化，反倒是我们曾经的文化学生日本完成了这一步（以世界著名禅学家、日本铃木大拙教授为代表）。故在面

---

[1] 周裕锴.中国禅宗与诗歌 [M].上海：上海人民出版社，1992：3-4.
[2] [日] 铃木大拙.禅与艺术 [M].北京：北方文艺出版社，1988：45.
[3] 郑民钦.日本俳句史 [M].北京：京华出版社，2000：34.
[4] 同 [3]35.
[5] 同 [3]57.
[6] 同 [3]434.

向未来的世界语境背景下论及诗与禅，就不得不将日本禅文化的一些有益成果也纳入进来。

　　关于悟与禅，铃木大拙先生曾有一段鞭辟入里的名论："没有悟就没有禅，悟确是禅学的根本。禅如果没有悟，就像太阳没有光和热一样。禅可以失去它所有的文献，所有的寺庙以及所有的行头；但是，只要其中有悟，就会永远存在。"[1]其实，诗又何尝不是如此呢？如果诗创人缺少了诗悟，其作品也不可能让读者读而有悟，尤其对与禅有着强纽带关联的传统的诗词对联而言。"语不惊人死不休"，诗无见悟怎堪读？当然，如果要着个象，也把悟分个三六九等，其中妙悟无疑是更殊胜的。戴复古曾有诗云"欲参诗律似参禅，妙趣不由文字传"，而严羽则更在《沧浪诗话》中提出"禅道惟在妙悟，诗道亦在妙悟"的高论。

　　那么如何才能有效抓取这些妙悟？靠悬梁刺股般的刻苦努力吗？靠岁月熏陶出的文化底蕴吗？靠"曾经沧海"再回来接引你的名师指教吗？好像是，又远远不仅是。因为这里面不是简单的理解就能解决或达到的，而要靠纯自我内心的体验。而那种体验的所获所达，"如人饮水，冷暖自知"，"只可意会，不可言传"。因为"文章要传达的意思，就在作者所说出来的话上，换句话说，它在语言所表述的意义之中；而诗所传达的'味'，却在语言的意义之外。……那么如何才能得到那文义之外的好处呢？——光用理解力不行，最重要的是用体验。诗味是理解不出来的，因为它不是理解的对象，而是体验的对象。……理解在本质上是一种外向的活动，它是以我的心灵为工具，对心之外的对象的分析和考察；而体验却是一种内向的活动，在体验中，心不再是向外寻求的工具，它即是被寻求的目标本身。换言之，体验是我们对自己内心感受的反观。"[2]

　　如果仅凭言传身教就能保证让人开悟的话，那古代开悟的禅师身边众多学人早就连滚带爬、一代接一代地都开悟了——历史和事实告诉我们不是这样的。那么诗悟也一样，笔者很赞同李壮鹰老师的观点："我也时常会接触到这样一些人，他们自称是最懂得诗的好处和韵味的，所以读完了一首诗以后，能把它的'味'滔滔不绝地说得头头是道，很能博得人们的佩服。照我看来，这些人自然是很值得佩服的，但却未必真的得到了诗的神味。前边说过，诗的'味'即本体，它是发生在心中的情感，而这种纯粹的内在事实恰恰是不能用任何语言来表述的。试图对情感进行分

[1][日]铃木大拙.禅与生活[M].刘大悲，孟祥森，译.合肥：黄山书社，2010：60.
[2]李壮鹰.禅与诗[M].北京：北京师范大学出版社，2001：114.

析、解说，无异于切割一泓海水、雕塑一团云雾。所以在诗味面前，任何雄辩的才能都是无能为力的。事实上，如果一个人真正得到了一首好诗的本体，他就会陷入一种无名的激动之中，感到用任何语言都无法形容。……因为诗之本体作为纯粹内部的事实，是只肯活在人心中的东西，如果把它移植到嘴边，就等于要了它的命。"[1] 反过来诗的这种超越思维和语言的、很难被驾驭和表述的"灵性"，也恰是其与禅的灵犀相通之处，因为禅悟在这方面更有过之而无不及。

　　我们可以拿北宋末年的诗人吴可写的三首非常有名的以禅论诗七绝[2]，来对诗、禅所提倡的那种直觉、顿悟有个更诗意的直观感受。在读诗之前，我们先重温一下楼宇烈先生的一段经典论断："'《诗》无达诂'就是讲《诗经》没有一个确定的共同的解释……是可以由每个人自己去体会的……这种'诗无达诂'的精神就等于得意忘言。把握一个意思，不能只停留在语言上。这就形成了中国艺术非常重要的一个特点——文以载道。……欣赏者也可以通过作品，体会到自己想要体会的那种东西。而这个东西，并不一定要还原到作者原先想要寄托的那个意思，也就是说这不是一个单纯的考据问题，而是一个体悟问题。因此就中国艺术来讲，创作者有创作，欣赏者同时还有创作。"[3] 那么，受楼宇烈先生所言鼓励，且容笔者有意将吴可原诗顺序打乱，"创意"式地领悟一下：

学诗·其二
学诗浑似学参禅，头上安头不足传。
跳出少陵窠臼外，丈夫志气本冲天。

学诗·其一
学诗浑似学参禅，竹榻蒲团不计年。
直待自家都了得，等闲拈出便超然。

学诗·其三
学诗浑似学参禅，自古圆成有几联？
春草池塘一句子，惊天动地至今传。

　　按这样的顺序正好就完美地诠释了一个诗创的"三重境界（关）"，在必不可

[1] 李壮鹰. 禅与诗 [M]. 北京：北京师范大学出版社，2001：115.
[2] 陈良运. 中国历代诗学论著选 [M]. 南昌：百花洲文艺出版社，1995：410.
[3] 楼宇烈. 中国的品格（修订本）[M]. 海口：南海出版社，2008：190.

少的知识储备、诗律熟稔的基础上，而后才开始真正给你"拉分"的"自选动作"：第一关，在已经准备到位的诗力和诗觉的"怂恿"下，必须调出你的诗勇去突破那些过去让你循规蹈矩与敬仰的"窠臼"，哪怕是诗仙、诗圣的，亮出你"本自具足"的齐天"诗剑"；第二关，继续不断努力精进，随着功力日渐成熟与老劲，英儒豪壮的棱角慢慢与世浑融，随时随地"等闲拈出"的皆是大勇若无、大音希声般的超然境界；第三关，终于等来那一声撕破时空的"蛙鸣"，臻达凡圣不二的诗禅"圆成"之境。这也是五代徐寅所云"夫诗者，儒中之禅也。一言契道，万古咸知"（《雅道机要》）。

读者可以按自己的直觉、感悟和节奏，好好品味一下吴可的这三首《学诗》诗。说到这里，也得提一下元好问的这两句更著名的诗句："诗为禅客添花锦，禅是诗家切玉刀"（《答俊书记学诗》）[1]。当然，在禅史上，诗对于禅可不仅仅是元好问诗字面所云的可有可无的锦上添花之用，二者是有相当长一段相濡以沫的"蜜月期"的。因为"语言文字并不仅仅是运载思想的工具，而其本身就可成为参禅的对象"[2]。"明僧普荷写过一首诗：'……禅而无禅便是诗，诗而无禅俨然。'在他看来，诗是没有禅语的禅，禅是没有诗句的诗，诗与禅在实质上是相同的。清人李邺嗣进而把禅家的佛祖和大诗人等同起来，说佛祖是不作诗的诗人，大诗人是不坐禅的佛祖，二者在本色上并无区别。这些意见虽然不免偏颇、绝对，但无疑是反映了前人对诗与禅之相通性的深刻认识"。[3]而且"中唐之后不受佛禅影响、不写作禅意诗的诗人是非常少见的"。[4]此亦可当作一个间接的佐证。

回想笔者的诗路历程也很有趣，过了诗创的高级阶段、实现了诗意"自由"后，自己很多作品写着写着就剑走偏锋，往"禅路"上窜。比如笔者在当时"双章书法"国内首展上的诗联作品，半数以上竟全是禅联。前面已作为不同章节的案例列举了不少，诗友应该还有印象。不光诗词对联如此，甚至连新诗也经常"无可救药"地滑进禅门，无论是就主旨、风格还是意境来说。

在诗授历程中，不少诗友也难免会有这样一些疑惑：诗非要往禅路上靠才有意境、才美吗？那么白马驮经之前，中国古代两汉上溯至先秦的众多诗歌佳作就都难有境界了吗？另外，这背后具体的"技术"原理究竟又是什么呢？其实，禅诞生于

[1]（金）元好问. 元好问诗编年校注 [M]. 狄宝心，校注. 北京：中华书局，2011：394.
[2] 周裕锴. 文字禅与宋代诗学 [M]. 北京：高等教育出版社，1998：前言 7.
[3] 李壮鹰. 禅与诗 [M]. 北京：北京师范大学出版社，2001：123.
[4] 马奔腾. 禅境与诗境 [M]. 北京：中华书局，2010：86.

古印度，只能说后者拥有该字眼的"著作权"，却一点也不妨碍其他民族与文化在同时或该理念译入之前，同样产生并拥有对禅意的"感悟权"。正如笔者在业界首次提出"文化监理"的理念一样，其实，文化监理的实际动作及案例，在2500年前应该就实际存在了，无论之外。针对第二类问题，马奔腾老师的观点可谓切中肯綮："在诗歌里，禅门直觉的艺术效果主要表现为两个方面，一是使诗境更少滞碍，一是使诗境更加含蓄蕴藉。"[1]当然，作为"诗与禅最终融合的唯一中介"[2]——汉字，也因其与生俱来的特点而在世界语言之林中，显得特别与众不同——"与拉丁系语言的逻辑严谨、构造严密不同，单音节象形汉字为主的汉语形象性和流动性都很强，组合自由，构成文学作品则容易富于暗示性、隐喻性、朦胧性，容易生发成品味不尽的韵致。从某种程度上，可以说汉语是一种诗的语言，以汉语为表达工具的民族是一个带有诗性的民族。"[3]不光于诗，因为"没有形态变化的汉语是世界上模糊性最强的语言"（季羡林语），所以在汉语语境下来表禅、达禅，就更具有其他语言几乎都难以拥有的一种能突破字面义，模糊而准确地体验到禅的高效性。

突破意味着舍弃，有时有舍才有得，舍的勇越大则所得的慧越多、所上得的境界越高，所谓大舍大得。魏晋玄学的代表人物三国时期曹魏的王弼在哲学层面，对象、意、言的关系曾有过一段十分精湛的表述，对我们诗创境界的理解也会很有启悟："夫象者，出意者也。言者，明象者也。尽意莫若象，尽象莫若言。言生于象，故可寻言以观象；象生于意，故可寻象以观意。意以象尽，象以言著。故言者所以明象，得象而忘言；象者，所以存意，得意而忘象。……是故，存言者，非得象者也；存象者，非得意者也。……然则，忘象者，乃得意者也；忘言者，乃得象者也。"[4]

行文至此，笔者突然直觉到应该就此打住了。否则，等于自己洋洋洒洒所云的几十万字（言），均被上一段自己所引用的王弼所言反过来打脸了。那么就以笔者多年前的一首新诗《盘旋在等你的方向》来做本文、本章甚至本书的结尾吧。

读到这里，敏感的读者可能会觉得不可思议——明明是介绍旧诗（格律诗词）的写作书籍，却居然用一首新诗来鸣金收官，未免也太悖谬、滑稽了。其实，这也是笔者听从直觉的"禅示"，突发奇想的刻意所为：如何才能显得有禅意？如果第一步都不知该如何走的话，那么不妨反其道而行之——凡有违"常理逻辑"的，即为禅之始。

---

[1] 马奔腾. 禅境与诗境 [M]. 北京：中华书局，2010：113.
[2] 周裕锴. 文字禅与宋代诗学 [M]. 北京：高等教育出版社，1998：前言5.
[3] 同 [1]139-140.
[4] （三国·魏）王弼. 王弼集校释 [M]. 楼宇烈，校释. 北京：中华书局，1980：609.

盘旋在等你的方向
——2011 年 11 月于九华山

日落了
禅灯初上
说着初冬的清凉

我像一段历史
独自在微烛间流浪
依然被遗忘

门闭门开
山下霓虹温暖如梦
回家的路
不知是来
还是往

今晚没有月亮
心香升到空中
盘旋在等你的方向

附录

一、推荐书籍

1. 对联

● 《声律启蒙》（清·车万育 著 中华书局），阅读阶段：初级

以上初级乃指诗创的初级阶段，下同。初学者经常会问：《声律启蒙》与《笠翁对韵》到底哪个更好？这类问题近几年似乎又重新成了一个热点，确实比较复杂，牵涉面也很广。比如按时间先后，就有元代河北安平人祝明所著《声律发蒙》、明代云南嵩明人兰茂所著《声律发蒙》（与祝明版为同宗异流关系、并曾误署"杨林兰"之名）、明末清初文学家浙江兰溪人李渔所著的《笠翁对韵》、清代湖南邵阳人车万育所著的《声律启蒙》。影响最大的无疑是后两者。

简而言之，车万育的《声律启蒙》比祝明的《声律发蒙》在对仗方面更加规范，编入的典故也更多，但在韵律的遵守上前者不如后者。换句话说，《声律启蒙》更普及易懂，《声律发蒙》更合韵。李渔的《笠翁对韵》在知名度上仅次于车万育的《声律启蒙》，但《声律启蒙》更严谨且更适于蒙学，而由于李渔并不忌讳用邻韵来通押对句，故《笠翁对韵》里此类以及其他类别的错误，加起来总体也就比《声律启蒙》更多，且其阅读所需的文言及国学基础知识要求也稍高。

从诗创角度综合考虑，如果只选其一，建议读车万育的《声律启蒙》即可。

● 《对联通》（余德泉 著 湖南大学出版社），阅读阶段：初级

这是一本比较全面的对联写作与鉴赏的入门书，也是笔者阅读的第一本对联写作书，确实书如其名。它把对联的历史、特点、种类、规则（包括马蹄韵）、创作技巧，甚至包括对联的标点符号及书写、钤印（盖章）、张贴的规范都涵盖殆尽，并配有大量的案例讲解。作者余德泉教授是湖南省文史馆员、湖南省楹联家协会原主席、中国首位对联学研究生导师，并荣获过中国对联界的最高奖——梁章钜奖。

● 《楹联十讲》（朱庆文 著 西泠印社出版社），阅读阶段：初级

此书作者时任中国楹联学会理事、学术委员会副秘书长，理论功底深厚。颇为难得的是，其对联创作水准亦属一流。十讲内容涵盖了对联的联律、声韵、词、节奏、

句法、修辞、立意、章法、类别、联墨等，基本上面面俱到了。为配合讲解，亦提供了历代名联和作者创作的对联作为相应案例。也是一本很好的对联入门书。此书与余德泉的《对联通》选择一本作为入门即可。

● **《对联入门》**（谷向阳、刘太品 著 中华书局），阅读阶段：初级、中级

这本书的编写者是时任中国楹联协会副会长的谷向阳与《对联文化》主编刘太品，权威性自不必多说。最独特的是，此书一反常理，以 300 余副历代经典楹联作为正文介绍，辅以 200 余副名人对联，而把一般作者都着重介绍的对联的历史、格律、修辞等说理内容，只作为"附录二"放在最后。其最大好处是围绕读者的兴趣，一上来就以久经传诵的历代佳联为主，吸引住读者的眼球，而且每副对联下面都分别展开有【注释】【作者】【内容简析】【对联简析】【声调简析】（即平仄），可谓既有故事趣味性，也不乏对联格律及技巧的解析，把枯燥的对联之理、之道，融入每副佳联的讲解中。故特别适合一读理论就打瞌睡、一听故事段子就来劲的读者。

● **《楹联丛话》**（梁章钜、梁恭辰等 著 中华书局），阅读阶段：高级

梁章钜是清代诗人、楹联大家，官至江苏巡抚，兼署两江总督。《楹联丛话》是我国文学史上第一部联话巨著，首建楹联分类体系，开楹联史之先河。《楹联丛话》共十二卷，分为故事、应制、庙祀、廨宇、胜迹、格言、佳话、挽词、集句、杂缀、谐语等，收入联话 600 余则，楹联 1700 余副，把能收集到的历代及当时大部分优秀之作囊括其中。每则联话都尽可能交代作者和楹联背景，以及相关解释、评价或考证，但并无系统的对联格律及创作技巧介绍。联话相当于漫谈式的论联体制，和笔记相似，可作为楹联史料的参考而不适合入门。后世出版的此书实际上包括了《楹联丛话》《楹联续话》《楹联三话》《楹联四话》等几部分，《楹联四话》是其子梁恭辰在梁章钜病逝后编辑完成的。因此书是用文言文写就的，很多再版印刷的字体甚至依旧采用繁体竖排式样，故阅读有一定难度，主要作为一种延伸读物。

2. 诗

● **《诗词格律》**（王力 著 中华书局），阅读阶段：初级

现代语言学泰斗王力先生所著的《诗词格律》在诗词领域享有很高的知名度，几十年里不同的出版社重印过很多次，发行量遥遥领先于其他诗词格律类书籍，最

通俗易懂又简明扼要，是诗创入门的首选。虽然此书成于 20 世纪敏感时期，里面很多地方都带有那个时代的局限性印记以及个别瑕疵，但总体无伤大雅。

●《唐诗百话》（施蛰存 著 上海人民出版社），阅读阶段：初级

此书可谓施蛰存先生最负盛名的代表作，几十年来好评如潮，甚至美国耶鲁大学还将它译成英文作为教材使用。此书不像喻守真先生的《唐诗三百首详析》那样严格按"注释""作意""作法"等模块来讲解，但更详尽。他把作者介绍、该诗所用诗体的源流、诗歌知识、诗眼所在、诗创技巧、所涉及的典故及风俗、所反映的时代背景等，都融合进一篇三千字左右的漫话形式里。语言翔实易懂却又"干货"满满。该书特点是脉络清晰规范，尤为可贵的是施蛰存先生是以诗之本体为主，点评时尽量做到客观公允，不夹带偏见私情，不像某些诗词大家那样评析时带有很强的个人色彩。不是说那样不好，只是一旦个性十足，必定会几家欢喜几家烦，无法广为普。读施先生此书的感觉，就好比听一位学识渊博的长者平易近人地给你娓娓道来。作为唐诗鉴赏的入门经典，定会让你无悔一读。

●《学诗浅说》（瞿蜕园、周紫宜 著 当代中国出版社）阅读阶段：初级

此为该社的"小书馆"系列，即大师们用通俗语言写的篇幅短小精悍的书籍，浅显易懂，但内容都是"见骨见肉的精华"。本书是关于如何学习旧体诗词的普及读物。正像书中序言所云："用最简捷的方法给读者说明怎样欣赏，怎样写作。"作者瞿蜕园是著作等身的现代文史大家、书画家，古典文学造诣极深，且擅填诗词；周紫宜则是"上海画院最富诗才的画家……就情韵才气而论，则不在蜕老之下。她的近体和长短句尤为出色……蜕老的诗以功力见长，而周紫宜的诗以天分见长"（俞汝捷语）。

对这本书最精简到位的介绍，还是书中原序里的一段，不妨抄录如下："本书是作者根据多年讲授的经验，将所累积的资料系统地编成的。特别注重由浅入深，提纲挈领，使读者不需要多费时间，首先能掌握诗的主要形式和规律，然后在指导欣赏方法和叙述源流派别时，顺便介绍一些传诵的名篇，在介绍时又顺便加以说明解释。……在知识比较充实以后，才指示习作的方法……本书在关键性的地方不厌反复求详，而初学所不必措意的地方却尽量从略，以免加重读者的负担。" 笔者读此书的实感确实是轻松享受而又受益匪浅。

● **《诗词格律与写作》**（王步高 著 东南大学出版社），阅读阶段：初级、中级

已故的王步高教授是著名古典诗词研究学者、《大学语文》系列教材主编，在东南大学与清华大学都曾开设过"诗词格律与写作"的课程，东南大学亦出品过王教授 24 讲德同名教学视频，深受学子们的好评与喜爱，育人无数。他可谓当代颇负盛名的一位专职教授诗词写作的大学教授，可惜因病于 2017 年逝世于南京。这本书是王教授多年诗词写作研究与教学的结晶，生前只完成了初稿，最后由白朝晖老师整理编辑完成（补写了部分内容）。

此书"意欲建立一套既保留精要又简洁明了的方法，为当代人学习格律诗词提供方便……兼具学术性和实用性"，另外还展示并点评了大量东南大学与清华大学两校大学生的诗词作业，包括佳作与有问题的作品，很有参考借鉴意义。

全书按基础知识（押韵、四声、平仄、对仗）、对联的鉴赏与写作、绝句的鉴赏与写作、律诗的鉴赏与写作、词的知识及写作的顺序进行写作。并精选有历代的诗话、词话。

● **《唐诗三百首详析》**（喻守真 著 中华书局），阅读阶段：中级

喻守真先生早年做过上海中华书局的编辑，以擅长注释誉世。这本书也是诸多传授诗词写作的老师一致推荐的，原因是喻先生不但把每一首诗悉数依旧韵标注好了平仄，而且均按"注释""作意""作法"来依序讲解。其中"作意"是剖析该诗的意旨，"作法"则聚焦于诗创的手法，谋篇布局的结构设计等，所占篇幅最多。过去老先生的著作里干货量还是蔚为可观的，因为修学底蕴在那里。

● **《古诗指瑕》**（陈如江 著 东方出版中心），阅读阶段：中级、高级

任何一位步入中高级诗创阶段的诗友，都应该认真研读像本书一类挑古人诗词瑕疵的读物，因为我们每个诗创人爱犯的很多毛病都在里面被涉及。此书围绕古人诗词的感情、意象、语言、结构、诗趣、音韵等六个方面，总结出 96 种诗病，以 96 篇文章来呈现，很适合作为诗创最后阶段的融汇提高。当然，对其中的少数观点，我们也需独立地思考判断、辩证地借鉴取舍。比如第 3 篇"上下不匀"里提及唐代崔颢《七律·黄鹤楼》的颈联"晴川历历汉阳树，芳草萋萋鹦鹉洲"时，指出上句"历历"意连的是汉阳树而不是晴川，但下句的萋萋明显指的是"芳草"而不是其后的鹦鹉洲，故此对仗意脉上就变成了"晴川—历历汉阳树"与"芳草萋萋—鹦鹉洲"，

上下就没对匀称。[1] 笔者认为，虽然从逻辑和技术上讲，此说肯定成立，但代入实际的读诵体验中，此处指瑕未免牵强：为什么不能理解成萋萋芳草将鹦鹉洲装扮得青葱无限，以至于烘托出一派"萋萋鹦鹉洲"的诗意境界呢？

再比如第 8 篇"杜撰词汇"里引用唐代罗隐《五律·秋日富春江行》中的颈联"冷叠群山阔，清涵万象殊"为案例，作者对"冷叠"评论道："此词的意思，却令人无从理解"[2]，同时援引纪晓岚的点评："'冷叠'二字生"（《瀛奎律髓刊误》）。不过笔者认为，虽然此词确系罗隐首创，但从诗创的角度，笔者完全能够理解罗隐的意思。况且，陈先生在其另一本著作《中国古典诗法举要》中提到张继《枫桥夜泊》的首句"月落乌啼霜满天"，针对有人质疑应该是"霜满地"才合乎科学时，他却又解释道："我们细细体察就可发现，这'霜满天'乃是诗人独特的感受：客船江中，彻夜难眠，只感到寒气袭来，侵肌砭骨，就像茫茫的夜空中都弥漫着霜华一般。这种感受正因为是诗人所独有，所以让有些人无法理解。"[3] 笔者认为既然可以宽容地理解"霜满天"，为何不能理解富有类似意境的"冷叠"呢？

3. 词

● 《唐宋词鉴赏辞典》（唐圭璋等 著 上海辞书出版社），阅读阶段：初级、中级

畅销不衰的传统文化普及读物，作者汇集了诸如夏承焘、俞平伯、唐圭璋、周汝昌、葛晓音、王运熙、萧涤非、程千帆等一百多位现当代唐诗宋词领域的大师级专家。除了宋词以外，还把唐五代词的精华也纳入进来，总共 1500 余首，基本每首都配有鉴赏的文章。基本代表了现当代最高水准、最丰富的赏词巨著。

● 《唐宋词格律》（龙榆生 著 上海古籍出版社），阅读阶段：初级

龙榆生是与夏承焘、唐圭璋齐名的当代词学大家之一，词学相关著述甚多，于诗词创作甚为有益。这本书是公认的最实用可靠的一本词谱书，因其词学研究的泰斗地位，有的网站甚至单独以他的《唐宋词格律》为法度蓝本开设数据库验证词律。笔者的一首《南乡子·怀远》词，若依钦谱（清代的《钦定词谱》）则多处出律，

---

[1] 陈如江. 古诗指瑕 [M]. 上海：东方出版中心，2021：8.
[2] 同 [1]25.
[3] 陈如江. 中国古典诗法举要 [M]. 北京：人民文学出版社，2016：16.

但依龙谱（龙榆生）则合律，故笔者便依龙谱保全原词意境而不强行换字以适钦谱。

本书是根据龙先生在大学教授唐宋词的讲义整理校勘而成。共收 150 多种常见的词牌，每一调都会有其历史演变的简介，并提供"定格"和"变格"，标明句读、平仄和韵位。同时也尽可能标志出该词适合表达哪种意旨情怀——这是龙先生很到位的总结。每词调后均附有一首至数首唐宋词人的经典传诵之作以供参考比较。

● **《词学十讲》**（龙榆生 著 北京出版社"大家小书"），阅读阶段：初级、中级

所谓"大家小书"就是"大家写给大家看的书"。《词学十讲》原名《倚声学》，是由龙榆生先生当年在上海戏剧学院创作研究班授课时的讲义编著而成，可谓其毕生呕心沥血治词的精华之一，既有理论上的系统性也有实战中的精准性，深受同学们的好评。

十讲内容涵盖有唐宋歌词的形式和发展、近体诗和曲子词的演化、选调和选韵、句读长短以及韵位安排与声情关系、对偶、结构、四声阴阳、比兴、欣赏和创作等，注重词的音乐性是本书的一大特点。龙先生谙熟音韵词律，于平仄四声的声韵设计安排、位置节奏的转换调度，并以此来表达不同的内容、思想与情感等方面，均有深厚见解。假如规定只能看一本填词图书的话，此书是也。

● **《宋词举》**（陈匪石 著 上海古籍出版社），阅读阶段：高级

清末民初的著名学者、同盟会会员陈匪石先生，作为朱祖谋的高徒，本身就谙熟治词、填词，是那个时代的名家之一。这本书也是由陈先生在大学授课的教案编辑而成，每个词例前有词作者简介和历代词家精辟评价，每词后均按"校记""考律""论词"展开论述。若不以专业考据训诂为目的的话，可不理"校记"，只需重点关注"考律""论词"即可，尤其是"论词"部分，乃书中精华之处。陈先生以大师级专业水准细细点评，给出作品鉴赏的层次、要点，其实对诗创者而言，也就等于同时给出了诗创的方向、方法和着力点。鉴赏之"赏眼"即诗创之"诗眼"。

以前老先生讲解诗词，和现在大多数博士教授以及自媒体网红模式造出来的"文化"博主讲诗词不一样，前者大多可谓只懂学术（有的还不如老先生精细），后者干脆就拷贝他人内容、抄念成诗词段子，自己毫无诗词建树，充当一个当代"诗词戏子"的角色，但却赚足流量和粉丝。关键这两类人在诗创上跟过去老先生相比可

谓天壤之别，或者不会或者只能写些"三体诗词"欺哄老百姓而已。

想看原版也可以去国家图书馆的网上数字图书馆免费翻看正中书局的版本。

● **《分春馆词话》**（朱庸斋 著 广东人民出版社），阅读阶段：中级、高级

朱庸斋先生既是词人也是词学家，门下育人甚多。此书可谓其毕生的填词体悟与词学研究结晶，语言平实简洁，珠玑满篇。涵盖词的风格、意境、声韵、句法及学词的门径等。书中提出的"学词当自流溯源，宜从清季四家（指清末四大词家的朱祖谋、况周颐、王鹏运、郑文焯）"的独到观点，令人耳目一新。

● **《清词菁华》**（沈轶刘、富寿荪 选编 安徽文艺出版社），阅读阶段：高级

此书虽为多位教授诗创的大咖竭力推荐之作，但它既适合于又不适合于新手。说它适合，那是因为词作全为清人填制，离今之语境相去不远，可谓最贴近我们的古人，词句浅近易懂。说它不适合，是因为此书按作者为单元编辑，前面插一个不足百字的作者简介，下边就是其作品精华的一个极简罗列，并无任何注解分析，最后再统一附上大多不足一百五十字的综合简评。故不适合没有一定诗词及古文基础的诗友。

● **《人间词话汇编汇校汇评》**（王国维 著 周锡山 编 上海三联书店），阅读阶段：高级

诗词作品的诗味、境界是最难攻的，也是最具个人主观评判色彩的，很难在一篇小文章里说得既清又全。除了反复多读、多品、多练之外，重点可多看这本书。它将近现代著名学者王国维的《人间词话》诞生后近百年来，各家精彩独到的研究、见解、争鸣于一册。笔者看了多遍，共鸣之处还画了很多红杠，可谓既是知识的加固、意境的梳理，又是美学的享受。针对的虽然是词，但于诗亦然。

4. 其他延伸读物

《二十四诗品讲记》（司空图 原著 朱良志 讲记 中华书局）——此书很耐读，但如果水平只是诗创中级以下，那么阅读所获养分可能仅流于字面，当作一部文学作品来欣赏。等到了高级及以上水平时，方能让你透过字面，由外而内，由象入理，真切地把握到不同诗品的微妙异同，并在阅读和诗创中，或多或少、潜移默化地和

所读诗词、所创诗词对号入座，从而最大效果地品出、创出诗美及境界。

《沧浪诗话》（严羽 著）——"在宋人诗话中，《沧浪诗话》是最为著名的'以禅喻诗'的代表作，同时，这也是一部对后世影响最大的诗话。"[1]

《古代汉语》（王力 著，中华书局）。

《古文观止（注音版）》（李梦生、史良昭 译注 上海古籍出版社）。

《超越主谓结构：对言语法和对言结构》（沈家煊 著 商务印书馆）。

《金圣叹选批唐诗》（金圣叹 著 北京联合出版公司）。

《近三百年名家词选》（龙榆生 编选 中华书局）。

《唐五代两宋词选释》（清·俞陛云 著 上海古籍出版社）。

《中国古代杂体诗通论》（郡化志 著 北京大学出版社）。

以上书籍也都是可供选择来读的好书。限于作者才蔽识浅，也一定还有更多好书未及介绍，敬请谅解，欢迎方家补充。

初学者是否应该看线装古籍？

线装古籍确实别有一番韵味，拿在手上细细摩挲，那种历史的穿越感、文化的厚重感，是现代装帧设计的书籍难以比拟的。对已步入诗创高手行列或立志以诗创为终生"职业"者可以尝试浸淫其中。但对普通诗创爱好者，笔者不建议一上来就捧本古籍一本正经地"啃"，从金钱、时间和效率等成本来看，都不算最优。

另外大家浏览部分古籍时，经常看到竖排的繁体字句右边会出现用朱笔加的圈或点，画圈的表示最精彩之处，加点的为次好的地方。成语可圈可点即由此而来。

---

[1] 张伯伟. 禅与诗学（增订版）[M]. 北京：人民文学出版社，2008：78.

二、本书关键章节思维导图

1. 诗歌的几个概念

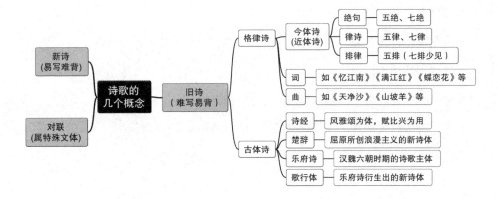

2. 诗词格律三要素

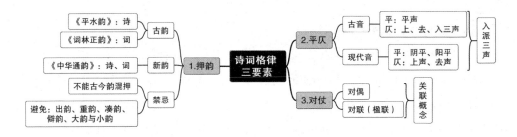

3. 怎样写好对联

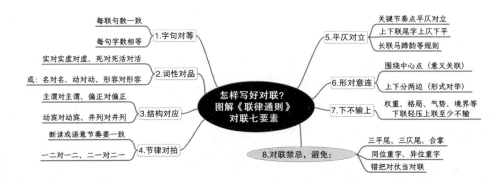

4. 吟诗步骤

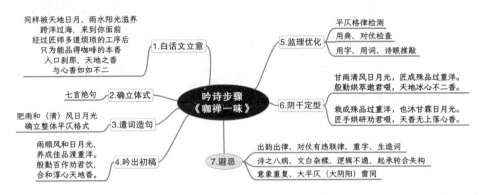

同样被天地日月、雨水阳光滋养
跨洋过海，来到你面前
经过匠师多道烦琐的工序后
只为能品得咖啡的本香
入口刹那，天地之香
与心香如如不二

1.白话文立意

5.监理优化
平仄格律检测
用典、对仗检查
用字、用词、诗眼推敲

七言绝句 —— 2.确立体式

吟诗步骤
《咖禅一味》

肥雨和（清）风日月光
确立整体平仄格式

3.遣词造句

6.阴干定型
甘雨清风日月光，匠成殊品过重洋。
殷勤烘萃邀君啜，天地冰心不二香。

栽成殊品过重洋，也沐甘霖日月光。
匠手烘研劝君啜，天香无上落心香。

雨顺风和日月光，
养成佳品渡重洋。
殷勤百作劝君饮，
合和淳心天地香。

4.吟出初稿

7.避忌
出韵出律、对仗有违联律、重字、生造词
诗之八病、文白杂糅、逻辑不通、起承转合失构
意象重复、大平仄（大阴阳）雷同

5. 填词步骤

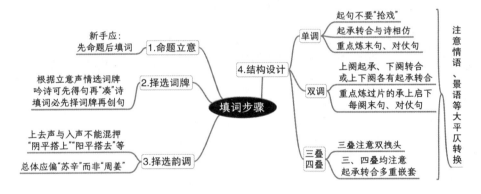

新手应：
先命题后填词

1.命题立意

4.结构设计

单调
起句不要"抢戏"
起承转合与诗相仿
重点炼末句、对仗句

注意情语、景语等大平仄转换

根据立意声情选词牌
吟诗可先得句再"凑"诗
填词必先择词牌再创句

2.择选词牌

填词步骤

双调
上阕起承、下阕转合
或上下阕各有起承转合
重点炼过片的承上启下
每阕末句、对仗句

上去声与入声不能混押
"阴平搭上""阳平搭去"等
总体应偏"苏辛"而非"周姜"

3.择选韵调

三叠
四叠
三叠注意双拽头
三、四叠均注意
起承转合多重嵌套

6. 创意古诗词创意新应用、新价值

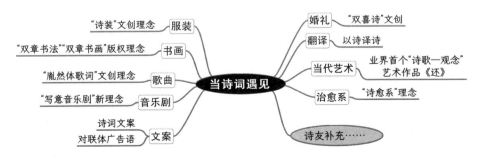

"诗装"文创理念 —— 服装

"双章书法""双章书画"版权理念 —— 书画

"胤然体歌词"文创理念 —— 歌曲

"写意音乐剧"新理念 —— 音乐剧

诗词文案
对联体广告语 —— 文案

当诗词遇见

婚礼 —— "双喜诗"文创

翻译 —— 以诗译诗

当代艺术 —— 业界首个"诗歌一观念"
艺术作品《还》

治愈系 —— "诗愈系"理念

诗友补充……

三、诗友及学员评价

老师博学多才，对作业的讲评极其精细深入，使学员在解决写作问题过程中认知并消化了关键要点。老师在讲评作业时旁征博引，深入浅出，无形中增长了学员的见识，拓展了学员的思维。

——某退休人员

黄老师的课物有所值，它能让诗词小白少走弯路，快速掌握格律诗词创作的基本要求和方法，又能让人在老师优美舒缓的讲解声中领略到传统诗词文化的意蕴和精髓。一个普通人通过诗创课的学习，也可以写出自己心中的诗，让情怀落纸成诗！感谢黄老师的课程，使我获益匪浅。

——某学员

感触最深的是黄老师提及的"得意忘形"。服装作品是"形"，通过作品展示出来的美感便是"意"。因此我们应让客户对着装后的自己"得意而忘形"，只觉得是自己美而不是服装美。以这个"意"为主来开发设计产品。

——某知名公司服装设计师

谢谢老师，我自己看诗改诗的时候有些说不上原因，好或不好也大都凭感觉，很佩服您每次都看出并且能清晰地分析出好的地方或是问题所在。

——某戏曲艺术工作者

学了黄老师的诗创课，不但诗词写作水平快速提升，更惊奇的是，再去写一般的文案、文章，突然发现变得得心应手，令人刮目相看了。

——某广告公司文案

你的诗让人想起曾经的美好时光，那时的男生裹着军大衣，骑着破单车，冒着寒风，把女生从东城拉到西城，碰到警察，跳下车，脚疼得到现在都记忆犹新，其实只为了就着几瓶燕京和花生，大家畅谈着各自的理想、梦想、狂想和歪想……

——某海归高管

（更多评价见封底）

后记

虽然有几十年诗创、诗授的积淀，同时作为"文化监理"理念的提出者以及十几年幕后为诸多第三方监理优化各类文字、文案的经历，在严谨的职业病的驱使下，本书的实际写作和优化，依然耗时一年半。从加拿大的维多利亚起笔，到广东、江西、四川、广东、北京、云南、四川、广东、云南……在伴随生命觉醒的文旅历程里，随之变换的写作地点在形迹上，也恰和当前世界的一大主体色彩成功"撞衫"——内卷。其间为了查阅相关参考书籍，频访各地图书馆及包括国家数字图书馆在内的众多网络资源库。光是四川省图书馆就前后去了三次——清代女诗人熊琏在《澹仙诗话》里对李商隐的评价，就是在此处最终核验到的。而一直未落实的、金蔚老师在《琴度》中关于"艺之道"的引用，在稿子齐清定的前几天，才由某外企中国区首代翻箱倒柜在其 20 年前购买的此书中，帮忙把原话所在页数最终确定下来。

目前全球最火热的几款人工智能（AI）软件，没承想也能帮些忙。比如：后期需查验《占春魁》是否确为曲牌名，但因已隐居大理的乡村，相距省级图书馆甚远。故尝试向 AI 软件提问，它立刻提供了一个叫"中国古典戏曲资料库"的公益网站，居然从里面查到了。其实，即便是古雅的诗词曲赋，懂得如何利用高科技和互联网的最新成果，也叫活在当下，也叫接地气。

2024 年是九紫离火大运的元年，能以此书向中国文化复兴的大梦献礼，既是笔者的文责和诗责，也是笔者的荣幸。

本人对购买本书的广大诗友致以最诚挚的敬意，感谢您对中国传统文化的热爱，以及对默默传承国学圣技——吟诗填词的诗创人予以暗夜秉烛般的宝贵支持！

中国的世界非遗项目数，虽然目前已稳居全球第一，但和其他很多诗词专家及广大诗友一样，笔者更希望在不远的将来，中国的诗创文化也能够成功申请到"人类非物质文化遗产"（Intangible Cultural Heritage）。

期望在不远的将来，我们的文化除了有世界级的文创来提升大国品牌，优化境界，更有中国式的诗创，来诗愈喧嚣时代，筑梦大同未来。

黄胤然

甲辰年冬于大理臻谛书院